Pour s'aimer de nouveau

Trompeuses preuves

Une mariée en fuite

BARBARA DUNLOP

Pour s'aimer de nouveau

Traduction française de
EDOUARD DIAZ

PASSIONS

HARLEQUIN

Collection : PASSIONS

Ce roman a déjà été publié en 2019

Titre original :
HIS TEMPTATION, HER SECRET

HARPERCOLLINS FRANCE
83-85, boulevard Vincent-Auriol, 75646 PARIS CEDEX 13
Service Clients — www.harlequin.fr
ISBN 978-2-2805-0139-2 — ISSN 1950-2761

Édité par HarperCollins France.
Composition et mise en pages Nord Compo.
Imprimé en avril 2024 par CPI Black Print (Barcelone)
en utilisant 100% d'électricité renouvelable.
Dépôt légal : mai 2024.

MIXTE
Papier issu de sources responsables
FSC® C159065

Pour limiter l'empreinte environnementale de ses livres, HarperCollins France s'engage à n'utiliser que du papier fabriqué à partir de bois provenant de forêts gérées durablement et de manière responsable.

1

Alors que les nouveaux mariés ouvraient le bal dans la grande salle du Beacon Hill Crystal Club, somptueusement décorée, TJ Bauer s'efforçait de refouler les souvenirs de son propre mariage. Deux années déjà s'étaient écoulées depuis le décès de Lauren. Certains jours il supportait un peu mieux le chagrin de sa perte, mais d'autres, comme aujourd'hui, sa souffrance et son sentiment de solitude étaient si violents qu'ils l'empêchaient presque de respirer.

— Ça va ? s'enquit Caleb Watford en s'approchant pour lui tendre un verre de pur malt avec un seul glaçon.

Comme il l'aimait. Caleb le connaissait bien.

— Tout est parfait, merci.

— Menteur.

Il n'avait aucune intention de s'appesantir sur ce sujet, et, au lieu de répondre, il indiqua la piste de danse d'un geste.

— Matt est un sacré veinard.

Caleb le dévisagea une seconde, puis il acquiesça.

— Oui, je suis bien de ton avis.

Refoulant le souvenir de Lauren, il songea au jour où leur ami commun, Matt Emerson, avait fait sa proposition de mariage à Tasha, sans même avoir une bague à lui offrir.

— J'ai cru qu'elle allait refuser, dit-il.

— Mais tout a fini par s'arranger, conclut Caleb.

En effet. Il était sincèrement heureux que Matt ait trouvé

l'amour. Tasha était intelligente, belle et éminemment pratique. Exactement la femme dont Matt avait besoin dans sa vie.

— Tu seras le prochain, déclara Caleb en lui assénant une claque amicale sur l'épaule.

— Non, coupa-t-il, replongeant dans son douloureux passé.

— Tu dois garder l'esprit ouvert.

— Remplacerais-tu Julia ?

Cette question ne rencontra qu'un long silence.

— C'est bien ce que je pensais, observa-t-il en sirotant une gorgée de son whisky.

— C'est facile d'affirmer que cela n'arrivera jamais alors qu'elle est là, avec moi.

Ils tournèrent leur regard vers Julia, l'épouse de Caleb, qui avait mis au monde des jumelles trois mois plus tôt, et qui rayonnait. À cet instant précis, elle riait aux propos de Noah, son beau-frère.

— Il est plus difficile de faire le deuil du passé, répondit-il, s'efforçant de trouver les mots pour dire ce qu'il ressentait.

Il était plus à l'aise avec les faits qu'avec les émotions. Les émotions se retournaient toujours contre lui.

— Ne crois pas que je n'essaie pas, poursuivit-il. Je fais de mon mieux. Mais j'en reviens toujours à Lauren.

— Je comprends. Du moins je le crois.

— Si je pouvais simplement presser un bouton...

Il s'interrompit. Sa raison lui disait que Lauren ne reviendrait plus. wwEt qu'elle aurait voulu qu'il continue à vivre. Mais elle était l'amour de sa vie. Le seul, l'unique. Il lui était impossible d'imaginer qu'une autre prenne sa place.

— Attends encore, suggéra Caleb. Donne-toi du temps.

— Je n'ai pas vraiment le choix. Le temps passe, avec ou sans moi.

Les derniers accords de musique s'éteignirent, et Matt et Tasha vinrent les rejoindre avec des sourires radieux. La gracieuse robe de tulle de Tasha balayait le parquet luisant. Il n'aurait jamais imaginé qu'il verrait un jour le garçon manqué de son souvenir, aujourd'hui mécanicienne de marine, en tenue traditionnelle de mariée. Lorsqu'elle portait une robe au lieu de sa salopette, elle était incroyablement belle.

— Viens danser avec la mariée, suggéra-t-elle avec un rire musical, glissant son bras sous le sien.

En tant que témoin des mariés, il se devait de garder ses pensées mélancoliques pour lui. Plaquant un sourire sur ses lèvres, il posa son verre et s'inclina devant Tasha.

— J'en serais très honoré.

— Tout va bien ? murmura-t-elle lorsqu'ils commencèrent à danser sur la piste.

— Tout est parfait, assura-t-il.

— J'ai vu ton expression lorsque tu parlais avec Caleb.

— Où as-tu appris à danser ainsi ? éluda-t-il.

— TJ, qu'y a-t-il ? insista-t-elle.

— Rien. Enfin si, une toute petite chose. Je suis un peu jaloux de Matt.

— Cela, c'est un gros mensonge, répliqua-t-elle en riant.

— Regarde-toi, Tasha ! se récria-t-il. Il n'y a pas un seul homme ici qui ne soit pas jaloux de Matt... À part, bien sûr, Caleb, et les autres types mariés.

— Voilà ce que j'appellerais un compliment très construit.

— Ce que je veux dire, c'est que tu fais une mariée radieuse.

— Une situation très éphémère, observa-t-elle. De plus, je ne peux presque pas respirer dans ce corset, et je ne te parle même pas de mes hauts talons. En cas d'urgence, il faudrait que quelqu'un me porte hors d'ici.

— Je suis certain que Matt sera plus qu'heureux de te porter là où il te plaira.

Elle tourna un regard d'adoration vers son mari, et il ne put s'empêcher de ressentir une toute petite pointe d'envie pour leur dévotion l'un à l'autre.

— Ta mère a l'air ravie qu'on ait fait les choses en grand pour ce mariage, remarqua-t-il, changeant de sujet.

— Je fais mon devoir de fille. Mais j'ai averti Matt que ce sera peut-être la dernière fois qu'il me verra en robe.

— En tout cas, tu fais tes adieux en grand style.

Au même instant, son téléphone vibra dans sa poche. Tasha avait dû entendre le bourdonnement, car elle dit :

— Tu peux répondre.

— À cet instant précis, je n'ai besoin de parler à personne.

— Et si c'était l'un de tes investisseurs ?

— Nous sommes samedi soir.

— C'est déjà dimanche matin en Australie, rappela-t-elle, qui savait que sa société d'investissement était implantée dans le monde entier.

— Un autre jour férié, donc, raisonna-t-il, peu désireux d'interrompre cette réception de mariage pour des conversations d'affaires.

Le téléphone se tut.

— Tu vois ? remarqua-t-il. C'est fini.

— C'est ce qui arrive toujours lorsqu'on ne décroche pas.

Le téléphone vibra de nouveau. Tasha s'arrêta de danser.

— TJ, tu vas devoir répondre.

— Pas du tout, insista-t-il, essayant gentiment de l'entraîner.

— Vérifie au moins qui t'appelle.

— Personne au monde n'est aussi important que Matt et toi.

— Il s'agit peut-être d'une urgence.

Elle avait gagné. Il sortit discrètement son téléphone et continua à danser. Apparemment apaisée, Tasha suivit ses mouvements.

Étrange. Le nom affiché sur l'écran était celui de l'hôpital St. Bea, à Seattle. Depuis longtemps, sa société faisait des dons généreux à l'hôpital de Highside, près de sa maison de Whiskey Bay. Mais, jusqu'ici, il n'avait jamais eu aucun contact avec l'hôpital St. Bea. C'était sans doute quelqu'un qui sollicitait des dons.

— Qui est-ce ? s'enquit Tasha.

— L'hôpital St. Bea, répondit-il, s'apercevant soudain qu'il avait arrêté de danser.

— Quelqu'un est peut-être blessé.

— Pourquoi l'emmènerait-on à St. Bea ?

Il connaissait quelques personnes à Seattle, mais la plupart de ses amis étaient à Whiskey Bay ou à Olympia, la capitale de l'État de Washington. Et, là-bas, personne ne l'aurait désigné comme la personne à contacter en cas d'urgence.

— Tu ferais mieux de les rappeler, remarqua Tasha, prenant son bras pour l'entraîner hors de la piste de danse.

— Tasha ! protesta-t-il.

— Fais-moi plaisir. Sinon, je vais m'inquiéter.

— S'il le faut..., dit-il en soupirant.

— Il le faut.

Sur le bord de la piste, elle le laissa par discrétion, et il avança jusqu'au hall d'entrée, où la musique n'était plus qu'un son lointain, avant de pousser le bouton de rappel.

— Hôpital St. Bea, service oncologie, dit une voix de femme nette et précise.

Oncologie ? Qui avait un cancer ?

— Je suis Travis Bauer, se présenta-t-il. Vous m'avez contacté ?

— Oui, monsieur Bauer. Je vous passe le Dr Stannis.

— Mais, de quoi...

Il s'interrompit. La femme l'avait déjà déconnecté. Il attendit, sans trop savoir s'il devrait se sentir anxieux, ou simplement curieux.

— Monsieur Bauer ?

— Oui ?

— Ici le Dr Shelley Stannis, du service d'oncologie à St. Bea. Je dirige le programme de greffe de moelle osseuse.

— Appelez-vous pour le don de moelle ?

Il commençait à comprendre.

— Oui, c'est exactement cela. Je vous remercie d'avoir rappelé aussi vite. J'ai trouvé votre nom dans notre registre, et il se trouve que nous avons un jeune patient atteint de leucémie potentiellement compatible avec vous. Si vous êtes disponible, j'aimerais arranger une consultation avec vous pour les derniers tests de compatibilité.

— Quel âge a ce patient ?

— Il a neuf ans.

— Quand avez-vous besoin de moi ? s'enquit-il sans hésiter.

— Êtes-vous toujours volontaire pour un don de moelle ?

— Absolument.

— Avez-vous des questions à poser à ce sujet ?

— Je suis sûr que j'en aurai quelques-unes, mais pas maintenant. Je suis à Boston, mais je peux revenir.

— Si cela vous était possible, monsieur Bauer, répondit le Dr Stannis d'un ton hésitant, j'aimerais procéder aux analyses dès demain. Comme vous vous en doutez, nous avons ici une maman très anxieuse, qui espère de tout cœur que vous serez un donneur compatible.

— J'y serai, promit-il. Et, je vous en prie, appelez-moi TJ.

— Merci infiniment, TJ.

— Pas de problème. À demain.

— Tout va bien ? s'enquit Matt en apparaissant près de lui.

— Très bien, même. Je suis peut-être un donneur de moelle compatible pour un petit garçon de Seattle.

Comme Matt se contentait de le dévisager, bouche bée, il s'excusa :

— Je déteste vous abandonner, tous les deux.

— Vas-y ! l'encouragea Matt. Va sauver une vie.

Il n'y avait aucun instant à perdre. Au lieu de se battre pour une place dans un vol de nuit bondé, il appela une compagnie aérienne privée dont il avait parfois utilisé les services. Quelquefois, il était bien pratique d'être riche.

Sage Costas marchait vite dans un large couloir, à l'hôpital St. Bea, ses hauts talons claquant sur le sol luisant. Depuis neuf jours, depuis que les médecins avaient diagnostiqué une forme très agressive de leucémie à son fils Eli, elle vivait dans une angoisse constante. Et, plus elle approchait du salon réservé aux patients et à leurs familles, plus son cœur battait fort. Combien de temps un être humain pouvait-il résister à ce genre de stress avant de disjoncter ?

Elle avait à peine dormi durant toute cette semaine, et pas du tout la nuit dernière. Ce matin, elle s'était obligée à se doucher et même à se maquiller un peu. Pour une raison assez floue, elle avait espéré que cela l'aiderait un peu. Mais elle tenait énormément à faire bonne impression. Elle était terrifiée à l'idée que le donneur puisse changer d'avis.

Elle venait de l'apercevoir. Derrière les grandes vitres du salon, un homme brun de haute taille, élégamment vêtu, s'entretenait avec le Dr Stannis. C'était forcément le donneur.

La gorge serrée, elle ralentit le pas, puis s'arrêta devant la porte close, ne trouvant pas le courage d'entrer. Elle avait désespérément prié pour cet instant. Les enjeux étaient énormes, et elle ne savait pas si elle pourrait survivre à un échec de cette entrevue. Puis, prenant une profonde inspiration, elle poussa la porte et entra dans le salon.

— Bonjour, Sage, dit le Dr Stannis en venant aussitôt à sa rencontre.

Au même instant, l'homme se retourna, et une expression de stupéfaction totale apparut sur son visage.

— Sage ?

L'univers venait de basculer sur son axe.

— Est-ce vraiment toi ? balbutia-t-il en s'avançant vers elle.

Elle ne put que le dévisager. Son sang rugissait dans ses oreilles. Elle sentit sa vision devenir floue, puis elle tituba.

— Sage ! s'exclama le Dr Stannis en se précipitant pour la soutenir. Tout va bien ?

Elle avait l'impression que la pièce tourbillonnait autour d'elle. Lorsque sa vision redevint normale, il était toujours là.

— Oui, cela ira, parvint-elle à articuler d'une voix faible.

— Connaissez-vous déjà M. Bauer ? s'enquit le Dr Stannis, visiblement curieuse.

— Nous étions dans le même lycée, l'informa-t-elle d'une voix à peine audible, luttant encore contre l'incrédulité.

— Est-ce ton fils qui est malade ? demanda-t-il d'un air navré. Je suis sincèrement désolé, Sage.

Puis, elle vit son front se plisser et devina qu'il procédait à un rapide calcul mental.

— Vous avez bien dit qu'il a neuf ans, n'est-ce pas, Dr Stannis ?

— Oui.

Il se retourna lentement vers elle, avant d'ajouter :

— Et je suis un donneur de moelle probable pour lui ?

Elle avait la gorge trop serrée pour répondre, et demeura silencieuse.

— Est-il mon fils ? articula-t-il, le bleu de ses yeux virant au gris sombre d'un ciel d'orage.

Le temps sembla s'arrêter. Dans le profond silence qui suivit, on n'entendait plus que le cliquètement du ventilateur de la climatisation.

Elle eut seulement la force d'acquiescer.

— Nous devrions peut-être nous asseoir, suggéra le Dr Stannis, lui serrant fermement le bras.

— J'ai un fils ? s'écria-t-il d'une voix rauque. Tu étais *enceinte* ?

Elle tenta de répondre. Inutile. Elle était incapable d'articuler le moindre mot. TJ, lui, n'avait pas ce problème :

— Et tu ne m'en as jamais rien dit ? gronda-t-il.

Le Dr Stannis intervint précipitamment.

— Je pense qu'il serait préférable que nous...

Mais une vague d'amertume balaya sa peur et elle retrouva soudain sa voix.

— Tu ne le méritais pas ! répliqua-t-elle, presque en criant.

— Sage ! l'arrêta le Dr Stannis d'un ton coupant.

Elle se tut. Seigneur, elle venait de commettre une grave erreur. Ils avaient besoin de TJ ! La vie d'Eli dépendait du bon vouloir de cet homme qui l'avait trahie, qui lui avait menti et qui avait honteusement profité de sa naïveté d'adolescente pour amuser ses amis.

Elle le détestait. Mais il était la seule personne au monde à pouvoir sauver la vie de son fils.

— Je suis désolée, s'excusa-t-elle, s'efforçant désespérément de mettre un peu de sincérité dans sa voix.

À en juger par son expression glaciale, elle n'y avait pas très bien réussi.

— Je t'en prie, ne fais pas cela, balbutia-t-elle, au bord des larmes. Ne le fais pas payer à Eli.

Il parut d'abord abasourdi. Puis, il jura à mi-voix.

— Tu penses vraiment que je ferais du mal à un petit garçon... Mon propre fils...

Il marqua une pause, s'efforçant visiblement de reprendre le contrôle de ses émotions, avant de poursuivre :

— Tu crois que je laisserais ma colère envers toi influencer ma décision de l'aider ? Pour qui me prends-tu ?

Elle ne savait pas quoi répondre à cela. Elle ne connaissait pas l'homme qu'il était devenu. Mais elle savait quel genre d'adolescent il avait été — dénué de scrupules et égocentrique. Elle n'avait aucune raison de croire qu'il avait changé.

— Je ne sais pas qui tu es, se força-t-elle à répondre.

— Combien de temps faut-il pour vérifier que je suis un donneur compatible ? demanda-t-il au Dr Stannis.

— Quelques jours, répondit-elle. Mais, compte tenu de votre proximité génétique, je suis encore plus optimiste.

— C'est un coup de dés, observa-t-il seulement.

Elle ne pouvait même pas ne serait-ce que deviner l'intensité des émotions tapies derrière ces mots.

— Êtes-vous sûre que tout va bien, Sage ?

— Oui, merci, Dr Stannis, assura-t-elle. Cela va aller.

Il allait les aider. Pour le reste, ils verraient plus tard. À cet instant précis, la greffe de moelle osseuse était tout ce qui comptait.

— Je vais vous laisser le temps de bavarder un peu, tous les deux, déclara le Dr Stannis, qui leur lança un dernier regard avant de quitter la pièce.

Que devait-elle dire, maintenant ? Elle n'en avait pas la moindre idée et les secondes s'écoulèrent dans un lourd silence.

Heureusement, il reprit la parole le premier, et sa voix vibrait de rage contenue :

— Je ne te demanderai même pas comment tu as pu faire une chose aussi horrible.

— Moi ? répliqua-t-elle d'un ton incrédule. Tu sais *exactement* ce qui s'est passé entre nous. Tu étais là.

— Ce n'était qu'une blague d'adolescent stupide, répondit-il, balayant l'argument d'un revers de main. Depuis, nous avons grandi. *Dix années* se sont écoulées.

— Tu étais un petit crétin superficiel et égocentrique.

— Je ne veux pas me disputer avec toi, Sage, répliqua-t-il en redressant les épaules. Cette conversation peut attendre. Maintenant, j'aimerais voir mon fils.

— Non ! protesta-t-elle, paniquée.

— Que veux-tu dire ? gronda-t-il. Pourquoi non ? Je te rappelle que tu n'as plus vraiment le choix.

— Tu ne peux pas le lui annoncer maintenant, TJ, plaida-t-elle, cherchant ses mots. Pas tant qu'il est aussi malade. Nous ne pouvons pas lui asséner une nouvelle pareille à l'hôpital.

Il sembla y réfléchir et son expression s'adoucit.

— J'ai besoin de le voir, Sage. Nous ne sommes pas obligés de lui dire que je suis son père, tout du moins pas aujourd'hui. Mais je vais faire sa connaissance tout de suite.

— D'accord, capitula-t-elle en soupirant.

— Il s'appelle Eli, n'est-ce pas ?

— Oui. Eli Thomas Costas.

Il n'eut aucune réaction à l'énoncé de ce nom. Il alla jusqu'à la porte du salon et la tint ouverte pour elle.

— Emmène-moi voir mon fils.

— Quoi ? s'exclama Matt. Tu dis qu'il a *neuf ans* ?

— J'étais encore au lycée, confirma TJ.

Une bière fraîche était posée sur l'accoudoir de son transat de bois, sur la grande terrasse de la marina de Whiskey Bay, mais il ne l'avait pas touchée.

— C'était donc bien avant que tu ne rencontres Lauren, observa Caleb.

Les trois hommes étaient assis autour du barbecue à gaz, mais il était encore tôt, en cette soirée de juin, et ils ne s'étaient pas donné la peine de l'allumer.

— Je n'ai jamais trompé Lauren.

— Je replace seulement la situation dans son contexte.

— C'était une aventure d'un soir. Au bal de promotion. Nous avons dansé ensemble.

Il n'avait pas envie de reconnaître que c'était dans le cadre d'un pari idiot qu'il avait proposé à Sage Costas, l'intello de la classe, de danser avec lui. Pas avant d'y être obligé. Et il espérait que ce jour ne viendrait jamais.

— Et elle ne t'avait jamais parlé du bébé ? s'étonna Matt.

Si Sage lui avait annoncé la nouvelle, il aurait remué ciel et terre pour établir une relation avec son fils. Son propre père avait déserté le foyer familial avant sa naissance et il ne ferait jamais la même chose avec son enfant.

— Comment est-il ? s'enquit Caleb, baissant la voix.

— C'est un très beau garçon, assura-t-il, s'abstenant de préciser que l'enfant avait été trop fatigué pour lui dire autre chose que bonjour.

— Comme son papa ? plaisanta Matt.

Il repensa au visage du petit et sourit. Il s'était reconnu en Eli. Et il ne pensait pas que cette ressemblance soit imaginaire.

— S'il a le cerveau de sa mère, le monde va devoir faire attention à lui, répondit-il.

Cette déclaration était sincère. Du côté de sa maman, Eli avait hérité un patrimoine génétique fantastique. À l'époque, sa classe avait désigné Sage comme l'élève la plus susceptible de devenir un jour la première femme présidente.

— Quand comptes-tu tout lui dire ? s'enquit Matt.

— Je ne sais pas encore, reconnut-il en avalant une gorgée de sa bière. Lorsqu'il ira mieux, je suppose.

— Et les tests de compatibilité ?

— On m'a dit que cela prendrait un jour ou deux. J'ai deux ou trois contrats pour des placements que je dois signer. Après cela, je compte vider mes tiroirs et retourner à Seattle. Quoi qu'il arrive, et même si je ne suis pas un donneur compatible, Eli est tout de même mon fils, et il va recevoir les meilleurs soins médicaux que l'argent puisse procurer.

Matt et Caleb échangèrent un regard, et il les dévisagea.

— Quoi ? Qu'y a-t-il ?

— C'est une excellente cause pour ton argent.

Malheureusement, son fils n'avait pas seulement besoin d'argent. Il ignorait encore ce qu'il ferait s'il s'avérait qu'il n'était pas un donneur de moelle osseuse compatible. Il fallait qu'il le soit. Rien d'autre n'était acceptable.

— As-tu parlé avec lui ? voulut savoir Caleb.

— Seulement quelques mots. Il était assommé par les médicaments. Sage m'a dit qu'il jouait au base-ball.

— As-tu consulté un avocat ? s'enquit Matt.

— J'ai parlé avec trois d'entre eux.

— Et qu'en disent-ils ?

— Que mon affaire est défendable, répondit-il.

— Et que souhaites-tu obtenir ? s'enquit Matt.

— Qu'a-t-elle proposé ? intervint Caleb.

Il but une nouvelle gorgée de sa bière. Cette scène paraissait incroyablement familière, banale. Il était là, assis avec ses amis comme il l'avait fait des centaines d'autres fois au cours des années, mais son existence venait d'être totalement bouleversée. Sa vie ne serait jamais plus la même.

— Sage a eu la garde d'Eli durant neuf ans, répondit-il, exposant la décision à laquelle il était arrivé après trente-six heures de réflexion. Je compte demander un traitement égal.

— Tu ne peux pas te montrer aussi dur, protesta Matt.

— Un garçon adolescent a besoin de son père, insista-t-il. J'aurais tout donné pour que mon propre père apparaisse dans ma vie lorsque j'avais l'âge d'Eli.

— Un garçon a aussi besoin de sa maman, rappela Caleb.

Il le savait, bien sûr, même s'il n'avait pas très envie de le reconnaître à cet instant. Mais il avait beaucoup de temps à rattraper, et ni Sage ni personne d'autre ne l'en empêcherait.

— Sage aura un droit de visite. C'est plus qu'elle ne m'a jamais accordé.

— Pourrais-tu aller t'installer à Seattle ? s'enquit Matt.

— Les écoles de Whiskey Bay sont excellentes. Les hôpitaux de la région aussi. Et, pour le style de vie, il n'y a même pas de comparaison.

— Les voisins sont très bien, convint Caleb en souriant.

— Et il ne manquera certes pas de place, chez moi.

Un nœud lui serra la gorge. Lauren aurait désiré élever plusieurs enfants. C'était elle qui avait aménagé la grande maison, qui comportait six chambres, en y incluant une immense salle de jeux au sous-sol pour les jours de pluie, ainsi qu'une suite pour la nounou au-dessus du garage. Elle rêvait d'être enceinte lorsqu'on lui avait diagnostiqué un cancer du sein.

— Je ne pense pas que ce sera aussi simple, l'avertit Matt.

— Rien n'est jamais simple, répliqua-t-il. Mais je suis déterminé et je ne manque pas de ressources.

— Elle est la mère de ton enfant.

— Et, moi, je suis le père du sien ! Un fait qu'elle semble avoir royalement ignoré.

— Sais-tu pourquoi elle t'a simplement tenu à l'écart ? s'enquit Caleb. Je veux dire, elle aurait pu facilement te poursuivre pour obtenir une pension alimentaire pour son enfant, non ?

— Elle n'aurait pas eu à me *poursuivre*, comme tu dis. J'aurais rempli mes obligations sans protester.

— Je sais, je sais. Mais on aurait pu s'attendre à ce qu'elle te demande de l'aider un peu.

Il savait que la vérité finirait par éclater au grand jour. Ses amis étaient trop intelligents et ils l'appréciaient trop pour le laisser s'en tirer avec une explication aussi vague. Il décida donc de se jeter à l'eau :

— Elle m'a dit que je ne méritais pas de connaître l'existence d'Eli, avoua-t-il.

— Pourquoi ? s'enquit Caleb, fronçant les sourcils.

— Parce que ce n'était qu'un pari idiot.

Ses deux amis le dévisagèrent d'un air d'incompréhension. Il poussa un soupir et se lança.

— C'était le soir du bal de promotion, expliqua-t-il d'un ton qui exprimait tout son embarras. Nous étions un groupe de footballeurs de l'équipe de terminale, et chacun de nous a tiré le nom d'une fille d'un chapeau. Moi, j'ai tiré le nom de Sage.

— Je suppose qu'aucune des pom-pom girls n'était sur votre liste, raisonna Matt, visiblement déçu.

Il ressentit un mélange de honte et de remords.

— Non, reconnut-il. C'étaient les geeks du lycée, les filles les moins populaires. Le but du pari, c'était seulement d'obtenir une danse et un baiser. Mais Sage...

Il se souvenait encore de cette irrésistible vague de désir qui l'avait submergé. Il n'avait jamais compris ce qui rendait Sage si spéciale. À l'époque, elle était une petite jeune fille toute mince, au nez constellé de taches de rousseur. Mais, lorsqu'il l'avait embrassée et qu'elle lui avait rendu son baiser, l'un et l'autre avaient eu le souffle coupé. Sa voiture était garée trop près de la porte du gymnase, et ils avaient terminé la soirée ensemble sur le siège arrière.

— Nous devinons le reste, observa Caleb.

— Le lendemain, je l'ai cherchée pour m'excuser, mais, à ce stade, elle était déjà au courant de notre blague. Elle était enragée. Elle m'a décoché un grand coup de poing sur le torse et m'a dit qu'elle ne voulait jamais plus m'adresser la parole.

— On peut facilement la comprendre, opina Matt.

— C'était stupide et cruel, je le sais. Mais j'avais seulement eu l'intention de l'embrasser. Pour la suite, nous sommes aussi responsables l'un que l'autre. Sage était plus que consentante. Et néanmoins, elle m'a caché l'existence de mon fils pendant neuf ans. À mon sens, sa réaction a été plus cruelle que ma faute initiale.

2

Une semaine plus tard, quelques heures à peine après la greffe de moelle osseuse, Sage s'attendait à trouver TJ en train de se reposer dans son lit d'hôpital. Mais, déjà debout et à moitié rhabillé, il enfilait une chemise blanche parfaitement repassée.

— Est-il bien raisonnable de te lever si rapidement ?

— L'infirmière m'a retiré ma perfusion.

— Mais tu viens de subir une intervention chirurgicale.

— J'en suis conscient, assura-t-il, refermant les pans de sa chemise.

Elle s'efforça d'oublier la vue de son torse à la musculature magnifique.

— Tu dois avoir mal.

— Seulement à la hanche. Le Dr Stannis m'assure que la douleur disparaîtra en quelques jours. Rester couché ne m'aidera pas.

— Peux-tu conduire ?

Elle ignorait où il était descendu, mais elle tenait à s'assurer qu'il rentrerait à son hôtel en toute sécurité. C'était le minimum qu'elle puisse faire pour l'homme qui avait peut-être sauvé la vie de son fils.

— Cela ira, marmonna-t-il en se reboutonnant. Je ne suis pas fan de l'anesthésie. Je tiens trop à mes cellules grises.

— Je suis désolée que tu aies eu à subir cela, murmura-t-elle. Merci, TJ.

Elle s'efforça de refouler ses larmes. Ce n'était pas le moment de perdre le contrôle de ses émotions, elle le savait.

— Inutile de me remercier, répliqua-t-il, rivant son regard au sien. Eli est mon fils. Il est normal que je l'aide.

Accepter ce partage n'allait pas être facile. Elle avait eu son fils tout à elle depuis si longtemps qu'elle n'imaginait pas laisser entrer une autre personne dans leur petit cercle.

— J'ai besoin que tu le comprennes, Sage, insista-t-il.

— Tu vas devoir me laisser un peu de temps.

— J'ai déjà perdu neuf années, rappela-t-il en enfilant un élégant blazer gris.

Seigneur, qu'entendait-il par là ? Elle était terrifiée de lui demander. Au lieu de cela, elle remarqua :

— Eli est sous étroite surveillance, au cas où son système immunitaire rejetterait la greffe.

— Et alors ? Qu'en est-il ?

— Il est encore trop tôt pour se prononcer. Comptes-tu rester dormir à Seattle, ce soir ?

— Je resterai ici aussi longtemps qu'il le faudra, répondit-il d'un ton froid. J'ai beaucoup réfléchi.

— À quoi ?

— J'aimerais faire transférer Eli à l'hôpital de Highside.

— Quoi ? s'exclama-t-elle, la gorge serrée. Où ?

— Tout près de Whiskey Bay. C'est l'un des meilleurs...

— Non.

— Laisse-moi t'expliquer.

— Tu n'emmèneras pas Eli loin de Seattle !

— C'est dans son intérêt, raisonna-t-il. Je fais des dons importants à Highside depuis des années. Ils ont les meilleurs médecins, la meilleure technologie. Là-bas, Eli serait...

— St. Bea est un excellent hôpital, coupa-t-elle.

— C'est un établissement public.

— Et alors ? répliqua-t-elle d'un ton défensif.

— Alors, ils sont surchargés de patients, sous-équipés, et constamment en manque d'effectifs.

— Ils ont offert à Eli tout ce dont il a besoin. Ils l'ont diagnostiqué. Ils t'ont même retrouvé, *toi*.

— J'étais inscrit dans les registres. N'importe quel hôpital m'aurait retrouvé.

— Je ne veux pas qu'il soit déplacé.

Elle avait besoin de rester auprès de son fils pendant sa convalescence. Whiskey Bay était à trois heures de route. Elle n'avait déjà que trop manqué son travail, ces dernières semaines, et elle comptait se rattraper en faisant des heures supplémentaires pendant la convalescence d'Eli.

— Cela libérerait un lit pour quelqu'un qui pourrait en avoir désespérément besoin, argua-t-il.

— Non ! N'as-tu pas compris ?

— Et toi ? N'as-tu pas compris ce que le mot *père* signifie ?

— Il ne peut pas encore être transporté.

Luttant contre une vague de panique, elle décida que l'argument médical était son meilleur atout.

— Il ne s'agit pas de le déplacer aujourd'hui, ni même demain. Mais, dès qu'il ira mieux, nous pourrions louer un hélicoptère médical. C'est un vol de trente minutes au plus.

— Un hélicoptère médical ? répéta-t-elle, abasourdie.

— Bien sûr, confirma-t-il. C'est rapide, confortable, et l'équipe médicale à bord est prête à toute éventualité.

— Cela coûterait une fortune !

— Nous parlons de la vie de mon fils.

— Tu es toujours le même grand homme, n'est-ce pas ?

Il la fusilla du regard, sans répondre, et elle poursuivit :

— La star de l'équipe de football, celui qui avait tout, les meilleures universités, les meilleures fêtes, toutes les filles.

— Je ne vais pas m'excuser d'avoir obtenu des diplômes universitaires.

Elle eut l'impression qu'un poignard lui traversait le cœur. Elle avait dû renoncer aux nombreuses bourses d'études qu'on lui offrait pour élever Eli. Mais, déjà, il poursuivait :

— J'ai gagné mon argent. Et je le dépense pour mon fils.

— Ton fils n'en a pas besoin.

— As-tu l'intention de contester ma décision ?

Elle s'apprêtait à le lui confirmer lorsqu'on tira le rideau, et le Dr Stannis apparut. Elle détailla TJ de la tête aux pieds, puis elle sourit.

— Voilà une récupération express, commenta-t-elle.

— J'ai déjà connu pire, assura-t-il. Comment va Eli ?

— Il est en réanimation. Nous allons le surveiller quelques heures encore. Vous sentez-vous prêt à sortir ?

— Absolument. Quand pourrai-je voir mon fils ?

— Plus tard, ce soir. Disons vers 21 heures ? Mais il sera encore un peu groggy à cause de l'anesthésie.

— Nous reviendrons à 21 heures.

Elle allait protester qu'elle n'irait nulle part, lorsque le Dr Stannis ajouta, s'adressant à TJ :

— Surtout, veillez à rester bien hydraté, d'accord ?

— Y a-t-il un bon restaurant, près d'ici ?

Elle mit un instant à comprendre que cette question lui était destinée, et elle haussa les épaules.

— Euh… Je n'en sais rien.

Il n'était pas question d'expliquer à M. le Millionnaire- loueur d'hélicoptères médicalisés qu'elle apportait son déjeuner à l'hôpital pour économiser le prix d'un repas à la cafétéria. Quant aux restaurants, elle n'y pensait même pas.

— Le Red Grill est à deux pas d'ici, remarqua le Dr Stannis. Les familles de nos patients en disent du bien.

— Ce sera parfait, déclara-t-il. Allons-y.

Comme il lui faisait signe de passer la première, elle hésita, fronçant les sourcils.

— C'est moi qui régale, dit-il. Nous devons manger, non ?

— Et n'oubliez pas de vous réhydrater, insista le Dr Stannis.

— Le cabernet sauvignon est-il recommandé ? plaisanta-t-il.

— Seulement avec modération.

— Très bien, docteur.

— Et veillez à ce que Sage s'alimente convenablement. Elle me paraît avoir perdu du poids, depuis quelques semaines.

— Pensez-vous à quelque chose en particulier ? s'enquit-il.

— Beaucoup de calories.

— Alors, ce sera des lasagnes, déclara-t-il.

— Je n'aime pas les lasagnes, grommela-t-elle.

En réalité, elle adorait les lasagnes, mais elle était encore déstabilisée par la détermination de TJ à transporter Eli vers un autre hôpital. Et sa façon d'organiser son dîner comme si elle n'avait pas voix au chapitre l'avait irritée.

— Dans ce cas, tu commanderas autre chose, répondit-il d'un ton nonchalant. Ils ont un menu. Et le Dr Stannis a raison. Je te trouve un peu trop mince.

— Je suis parfaitement normale, assura-t-elle.

Ses jeans étaient devenus trop grands, mais elle ne l'aurait admis devant personne.

— Je n'avais pas l'intention de t'insulter.

— Ton opinion ne compte pas du tout pour moi.

— Heu... Je vais vous laisser, s'excusa le Dr Stannis.

— Merci, docteur, dit-il en serrant chaleureusement sa main entre les siennes.

— Merci infiniment, ajouta-t-elle, résistant à son envie de la serrer dans ses bras.

— J'ai été heureuse de pouvoir vous aider, répondit le Dr Stannis. Maintenant, allez vous occuper de vous-même durant quelques heures. Eli est en d'excellentes mains.

— Je le sais, convint-elle.

Elle avait une confiance totale dans l'équipe de St. Bea. Il n'y avait aucune raison de laisser TJ déplacer Eli ailleurs.

Le Red Grill s'avéra être un établissement à l'ambiance texane, animé par un groupe de musiciens qui se produisait dans la grande salle à manger. L'hôtesse les plaça à une table dans le patio, où ils seraient plus tranquilles, et elle leur apporta aussitôt deux grands verres de thé glacé et des chips de maïs avec du guacamole.

TJ refusait de prendre d'autres calmants qui lui brouilleraient les idées, même si la douleur dans sa hanche devenait plus intense. Il poussa les plats vers Sage, mais elle secoua la tête.

— Ordre du médecin, rappela-t-il. Mange !

Elle obtempéra, visiblement à contrecœur. Il avait mille questions à lui poser, mais il ne savait plus par où commencer.

— As-tu gardé des photos d'Eli petit ?

— Oui, confirma-t-elle, oubliant aussitôt les hors-d'œuvre pour sortir un téléphone de son petit sac.

Lorsqu'elle le lui tendit, il se sentit submergé par des émotions qu'il n'avait jamais ressenties auparavant. Il oublia instantanément la douleur dans sa hanche pour contempler le bébé souriant sur l'écran.

— Quel âge avait-il ?

— Six mois. C'était sa toute première photo.

Il fixait encore l'écran lorsque la serveuse réapparut.

— Avez-vous choisi ? s'enquit-elle.

— Accordez-nous encore quelques minutes, s'il vous plaît, répondit-elle à sa place.

Il afficha la photo suivante, où Eli se tenait debout dans un jardin et caressait un labrador plus haut que lui.

— Tu as un chien ?

— Non, ils sont interdits dans notre petit appartement. Beaumont était le chien d'un ami.

— Un garçon a besoin d'un chien, déclara-t-il, se souvenant combien il avait désiré en avoir un lorsqu'il était enfant.

— Un garçon a besoin d'un toit au-dessus de sa tête, rétorqua-t-elle d'un ton irrité.

— Ce n'était pas une critique, assura-t-il.

— J'ai fait de mon mieux, TJ.

— Oui, je sais, dit-il d'un ton conciliant. Tu as fait ce que tu as pu. Mais pourquoi ne m'as-tu jamais contacté ?

— Je ne vais pas te l'expliquer une seconde fois.

Le retour de la serveuse mit fin à cet échange.

— Je prendrai un *burrito* au bœuf, dit-il sans même jeter un coup d'œil au menu.

— La même chose, dit Sage.

La serveuse repartie, il afficha aussitôt la photo suivante. Eli se tenait devant un gâteau au glaçage bleu, décoré de mini-ballons. Sur le gâteau, il y avait trois bougies allumées, et Eli souriait d'une oreille à l'autre. Il avait des cheveux bruns un peu bouclés, tout comme lui. Ses yeux, son sourire en coin lui semblaient étrangement familiers, et, soudain, il eut l'impression que son cœur allait éclater. Il avait un fils — son propre fils. Et il avait déjà manqué une partie de sa vie.

Il afficha la photo suivante, mais sa vue se brouillait.

— Je mérite une chance de rattraper le temps perdu.

Elle parut sur le point de protester, puis elle acquiesça.

— Je sais, répondit-elle. Tu peux le voir aussi souvent que tu le souhaites. Je n'essaierai pas de t'en empêcher.

— Je veux qu'il soit soigné à l'hôpital Highside.

— Non, répondit-elle d'un ton sans réplique. Ce n'est pas possible. Il a besoin de moi. Il a besoin de moi tous les jours.

— Tu pourrais venir t'installer à Whiskey Bay.

— J'ai un emploi, TJ, rappela-t-elle. Je comprends que tout cela te demande un effort d'adaptation, mais...

— Un effort d'adaptation ? gronda-t-il. Est-ce ce que tu penses vraiment ?

Il s'était penché vers elle et ce mouvement avait provoqué un éclair de douleur dans sa hanche. Il s'efforça de garder un visage impassible, mais elle l'avait remarqué.

— Tu souffres, murmura-t-elle. Nous devrions retourner à l'hôpital.

— Non, répliqua-t-il, baissant la voix. Nous devrions manger. Nous affamer n'arrangera pas la situation d'Eli.

— Comptes-tu me conseiller dans l'art d'être parent ?

— Pas du tout. Parce que j'ignore tout de ce sujet. Grâce à toi.

— Je viens de m'excuser.

— Et tu t'imagines que cela suffit ?

Il s'aperçut qu'il avait élevé la voix et s'obligea à se calmer. Ils étaient tous deux fatigués, tendus, et se lancer mutuellement des invectives n'arrangerait rien.

Leur commande arriva à cet instant et il poussa son téléphone vers elle.

— Merci de m'avoir montré ces photos. Tu devrais manger.

Elle acquiesça sans un mot, et il rappela la serveuse.

— Pourriez-vous m'apporter une tequila, s'il vous plaît ?

— Un antidouleur serait plus efficace, remarqua-t-elle.

— Ce n'est pas pour la douleur.

Ils mangèrent en silence, et il se surprit à se réjouir qu'elle prenne un peu de nourriture. Il désapprouvait sa décision de le tenir à l'écart de la vie de son fils, bien entendu, mais, à l'évidence, s'occuper seule d'un enfant malade l'avait sérieusement éprouvée.

Puis, une autre idée lui traversa l'esprit. Elle n'était peut-être pas si seule que cela. Bien sûr, elle ne portait aucun anneau à son doigt, mais cela ne signifiait pas qu'elle n'ait aucune relation.

— Es-tu célibataire ? Y a-t-il un homme, quelque part, dans ta vie et celle d'Eli ?

— Non, il n'y a personne, répondit-elle, visiblement surprise par cette question. Seulement Eli et moi.

— Et ta famille ?

Il avait cru déceler de la solitude dans sa réponse.

— Mes parents sont décédés il y a quelques années de cela. Mais ils n'étaient déjà pas présents dans nos vies.

— Pourquoi ? Vivaient-ils dans une autre région ?

— Non, ils m'ont simplement exclue de leur vie. Ils m'avaient interdit de garder Eli. Ils exigeaient que je le fasse adopter.

— Pourquoi ? s'enquit-il, horrifié.

— Ils refusaient de m'aider à l'élever et ils ne croyaient pas que j'y arriverais seule. Mais ils avaient tort.

Elle riva son regard au sien, avant d'ajouter :

— Lorsque j'ai quitté la maison, j'étais enceinte de six mois. Je ne les ai jamais revus.

Il la dévisagea. Pourquoi ne l'avait-elle jamais contacté ?

— J'ai fait le bon choix, poursuivit-elle. Malgré toutes nos batailles, je le referais sans hésiter.

— Je regrette que tu m'aies tenu à l'écart, ne put-il s'empêcher de répondre.

— Je ne peux pas remonter le temps, TJ, répliqua-t-elle, serrant sa fourchette si fort que ses jointures avaient blanchi.

— Oui, je sais.

Il poussa un soupir, sentant la tristesse le gagner.

Leur seul choix était de continuer à avancer. Mais, s'il pouvait faire quoi que ce soit pour Eli, rien ne pourrait l'en empêcher.

La salle d'attente du Dr Stannis, aux murs peints de couleurs discrètes et douces, était meublée de confortables fauteuils de cuir vert jade, et Sage ne put s'empêcher de songer que ce décor avait été conçu tout spécialement pour apaiser des personnes confrontées à des situations douloureuses.

Elle brûlait de serrer la main de TJ dans la sienne. C'était un élan irrationnel, bien sûr, car leur relation durant ces dernières vingt-quatre heures n'avait été, au mieux, qu'une sorte de fragile cessez-le-feu. Mais, alors qu'ils attendaient que le Dr Stannis leur rapporte les résultats des examens d'Eli, tous ses nerfs étaient tendus à craquer.

Mais ce fut TJ qui, le premier, prit sa main dans la sienne.

— Ne t'inquiète pas, murmura-t-il. Tout ira bien.

— Tu n'en sais rien, répliqua-t-elle d'une voix tendue.

Il quitta son fauteuil pour poser un genou au sol devant elle, et il serra ses deux mains entre les siennes.

— Reste positive, l'encouragea-t-il d'une voix douce.

Elle hocha la tête en silence, et, au même instant, le Dr Stannis vint les rejoindre.

— Je ne vais pas faire durer le suspense plus longtemps, annonça-t-elle. Les résultats sont exactement tels que nous les avions espérés. Aucun signe de rejet ou d'infection.

Elle fut à deux doigts de s'évanouir de soulagement.

Avant qu'elle n'ait eu le temps de réagir, il la fit se lever et la serra très fort dans ses bras.

Son corps contre elle était solide et vigoureux, ferme et délicieusement tiède. Soudain, elle se trouva ramenée en arrière dans le temps, à leur bal de promotion, à leur danse, à leur baiser. À l'inexplicable sentiment que, dans les bras de TJ, elle avait trouvé sa vraie place dans l'univers.

Elle n'avait pu renoncer à lui alors et elle n'en avait pas non plus envie aujourd'hui. C'était un sentiment effrayant, et elle fit un effort conscient pour s'écarter de lui.

Il ne semblait pas pressé de la libérer, lui non plus. Il l'enlaça ainsi durant plusieurs secondes encore, avant de relâcher un peu son étreinte.

— Il a réussi, déclara-t-il, émerveillé.

— Grâce à toi.

À cet instant, qui il était, ce qu'il avait fait et ce qu'il ferait dans l'avenir ne la préoccupait plus du tout. Il avait sauvé son fils. Et elle avait une immense dette envers lui.

— Il a encore besoin de retrouver des forces, observa le Dr Stannis. Et nous devrons surveiller ses lymphocytes. Mais, à ce stade, tous les marqueurs sont positifs.

Elle s'aperçut tout à coup que des larmes ruisselaient sur ses joues, et elle les essuya d'un revers de main. Puis, il l'aida à se rasseoir dans son fauteuil.

— Dans combien de temps pourrai-je le ramener à la maison ? s'enquit-elle.

— D'ordinaire, nous attendrions une semaine, répondit le Dr Stannis. Mais, dans le cas d'Eli, je recommanderais que nous le gardions une semaine de plus.

Son euphorie s'évapora d'un seul coup.

— Quel est le problème ? s'enquit-elle, paniquée.

— La chimiothérapie l'a beaucoup affaibli et nous avons déjà combattu une infection. Il est jeune et son corps a beaucoup lutté.

— Et c'est tout ? Vous en êtes certaine ?

— S'il y avait autre chose, je vous le dirais.

— Et... Un autre hôpital ? suggéra TJ.

— Que voulez-vous dire ? s'enquit le Dr Stannis en se tournant vers lui.

— Je pensais à le faire transporter à l'hôpital Highside.

— C'est un excellent établissement, reconnut le Dr Stannis.

— Je suis en lien avec eux, expliqua-t-il. Ils ont une renommée internationale, et je voudrais faire le maximum pour favoriser sa guérison.

— D'un point de vue médical, oui, il peut être transporté là-bas, convint le Dr Stannis, tournant son regard vers Sage.

— Il aurait une chambre privée, insista-t-il en se tournant vers elle à son tour. Il y serait plus tranquille pendant qu'il retrouve la santé. Leurs équipements sont les meilleurs du monde. Si la moindre complication survenait, c'est là-bas qu'il serait le mieux soigné.

— Mais il n'aurait pas sa mère à ses côtés, rappela-t-elle d'une voix tremblante.

— Tu pourrais l'accompagner, suggéra-t-il. L'hôpital dispose d'une résidence destinée aux parents. Tu peux t'y installer gratuitement le temps qu'il faudra.

— J'ai un emploi, protesta-t-elle, consciente qu'elle ne pouvait pas compter sur d'autres congés. Lorsque Eli sortira, lorsqu'il ira mieux, vous deux pourrez…

— Je ne fais pas cette proposition pour qu'il soit plus près de moi, mais pour qu'il reçoive les meilleurs soins possibles, déclara-t-il d'un ton ferme.

— Je vais vous laisser en discuter entre vous, déclara le Dr Stannis en se levant.

— J'aurais encore une question, docteur, dit-il.

— Oui ?

— Si Eli avait été votre fils, auriez-vous choisi St. Bea ou Highside ?

Le Dr Stannis hésita visiblement.

— Je dois reconnaître que pour l'attention aux patients et pour les résultats, Highside n'a pas son pareil, convint-elle.

— Merci, docteur répondit-il.

Le Dr Stannis sortit du bureau et elle se tourna vers lui.

— J'ai besoin de travailler pendant la convalescence d'Eli. Je ne peux pas le faire à Whiskey Bay, rappela-t-elle.

— Prends un congé. L'argent n'est pas un souci. Je peux…

— Il ne s'agit pas seulement d'une question d'argent, l'interrompit-elle d'un ton embarrassé. J'ai déjà manqué trop de jours de travail. Si je ne reprends pas mon poste bientôt, ils vont devoir me remplacer.

— Où travailles-tu ?

— Au Eastway Community Center, répondit-elle, redressant le front. Je suis leur organisatrice d'événements.

Elle n'avait pas honte de son travail, qui était utile et qui aidait des gens dans le besoin. Mais elle savait que c'était un modeste accomplissement, comparé à la réussite de TJ.

— Je pourrais peut-être leur parler, observa-t-il.

— Ah, non ! s'insurgea-t-elle.

Cette idée la mettait hors d'elle. Elle était une adulte. Elle n'avait pas besoin qu'un grand macho, un magnat de la finance en beau costume, aille plaider sa cause.

— La place d'Eli est ici. Sa mère est ici. *Ma* vie est ici.

— Et la mienne...

Il s'interrompit tout à coup, visiblement gêné.

— D'accord, marmonna-t-il. Oublions cela.

— Je te remercie de te montrer raisonnable.

— Et maintenant, nous devrions aller voir Eli, suggéra-t-il en se levant. Nous reparlerons de tout cela plus tard.

L'aile de pédiatrie de l'hôpital était à dix minutes à pied. Il était presque l'heure du dîner, et elle espérait que son fils consentirait à manger quelque chose.

Elle avait hâte qu'Eli retrouve son appétit et toute son énergie, qu'il redevienne simplement un petit garçon comme les autres.

3

Une nouvelle fois, TJ fut frappé par la pâleur, l'aspect fragile d'Eli dans ce sévère lit d'hôpital. Mais, au moins, cette fois-ci il était assis et il tournait les pages d'un album de bande dessinée. Il leva les yeux en les entendant entrer.

— Bonjour, maman, dit-il d'une voix douce.

— Bonjour, mon cœur, répondit Sage en s'approchant pour déposer un baiser sur son front.

La chambre comportait d'autres lits. Deux d'entre eux étaient occupés, l'un par une petite fille victime d'un accident de voiture, qui avait une jambe en traction, et l'autre par un petit garçon qui venait de subir une appendicectomie et qu'on devait bientôt laisser rentrer chez lui.

L'hôpital était d'une propreté impeccable, mais il trahissait aussi son âge, avec des radiateurs bruyants, des sols de lino usé, et un système électrique à bout de souffle. Son cœur se serra.

— Bonjour, Eli, murmura-t-il.

Eli leva les yeux vers lui, visiblement intrigué par ses visites répétées. Sage comprenait parfaitement. Pour un enfant comme lui, cette constante présence d'un homme inconnu à son chevet était sûrement incompréhensible.

Elle l'avait présenté comme un vieil ami du lycée. Et même si TJ brûlait de lui révéler la vérité, il respectait sa volonté d'attendre qu'Eli ait retrouvé ses forces.

— Bonjour, répondit Eli, visiblement de mauvaise humeur.

— Comment te sens-tu ? s'enquit-elle.

Son fils se contenta de hausser les épaules.
— As-tu faim ?
— Pas vraiment, répondit Eli en baissant à nouveau les yeux vers son livre.
— Tu as besoin de reprendre des forces, murmura-t-elle en recoiffant ses cheveux un peu ébouriffés du bout des doigts.
— Je vais essayer, marmonna-t-il.
— Te sens-tu frustré de ne pas guérir plus vite ? s'enquit TJ.
— Êtes-vous le petit ami de maman ?
— Eli ! protesta-t-elle. Pourquoi cette question ?
— Non, répondit-il d'un ton serein. Je ne suis pas le petit ami de ta maman. Nous sommes de vieux amis.
Elle alla s'asseoir sur la chaise des visiteurs et posa doucement sa main sur l'épaule de son fils.
— Il y a quelque chose que tu dois savoir, mon cœur.
Il cessa de respirer.
— Qu'est-ce que c'est ? s'enquit Eli, se tournant vers elle.
— C'est TJ qui a donné sa moelle osseuse pour ta greffe.
Il se permit de souffler. Il était un peu déçu, bien sûr, mais il était inutile d'annoncer à Eli qu'il était son père d'une manière aussi abrupte. Il était préférable d'attendre. Cette révélation lui suffisait pour l'instant.
— C'est vrai ? fit Eli, ouvrant de grands yeux.
— Oui, confirma-t-elle en prenant sa main pour y déposer un baiser. C'est lui qui t'a fait ce merveilleux cadeau.
Visiblement embarrassé, Eli leva son regard vers lui, et il répondit précipitamment :
— J'ai été heureux de pouvoir le faire.
— Merci, monsieur, répondit Eli en redressant les épaules.
— Je me réjouis seulement de voir que tu vas mieux.
— Je vais mieux ? répéta Eli. C'est vrai ?
— Oui, bien sûr, mon chéri ! intervint-elle, s'efforçant de dissimuler son inquiétude.
— Je ne me sens pas mieux.
— Tu es assis dans ton lit, observa-t-elle. Hier, tu en étais incapable. Tu as fait des progrès.
— Maintenant, ce n'est qu'une question de temps, ajouta-t-il.

— Je croyais qu'elles m'avaient menti, murmura Eli, esquissant l'ombre d'un sourire.

— Qui ? s'étonna-t-elle.

— Le Dr Stannis. Les infirmières. Elles me répètent constamment que ces choses prennent du temps, et que je devrais me détendre et laisser mon corps guérir.

— Elles ont raison.

— C'est ce qu'elles avaient dit à Joey, remarqua Eli, les yeux brillants de larmes retenues. Et, après, il est mort.

TJ eut l'impression d'avoir reçu un coup de poing en pleine poitrine. Une expression de consternation sur son visage, Sage se leva pour serrer Eli dans ses bras.

— Oh ! mon chéri ! murmura-t-elle. Ne t'inquiète pas ! Ta greffe a été un succès !

— Ce ne sera pas facile, ajouta-t-il. Tu vas devoir être fort, Eli. Mais tu vas déjà mieux, c'est certain.

— Je peux lire sans avoir mal à la tête, maintenant, convint l'enfant.

— Il paraît que tu joues au base-ball ? dit-il en allant s'asseoir sur le bord du lit.

— J'y jouais, corrigea Eli. Avant.

— Voilà une bonne raison de vouloir guérir, observa-t-il.

— Mais il faudra un peu de temps, intervint Sage. Pour le moment nous devrions voir si tu peux manger quelque chose.

— J'essaierai, répondit Eli après un instant de réflexion.

— Qu'est-ce qui te ferait vraiment plaisir ? demanda-t-il, se surprenant à sourire devant ce petit exploit.

Eli tourna son regard vers sa mère comme pour lui demander sa permission, avant de répondre :

— Pourrais-je avoir un milk-shake au chocolat ?

— Je peux courir en chercher un, proposa-t-il.

— Oui, mon chéri, approuva-t-elle, faisant de son mieux pour dissimuler son émotion. Tu peux avoir autant de milk-shakes au chocolat qu'il te plaira.

— Enfin quelque chose de bon à être à l'hôpital, remarqua Eli avec un pâle sourire.

Il ne parvenait pas à croire que son fils faisait de l'humour.

Sur un lit d'hôpital, affaibli, effrayé, luttant pour sa vie, Eli plaisantait encore. Son fils ne manquait ni de courage ni de force de caractère, et une nouvelle fois, il se sentit très fier de lui.

Quittant la chambre, il prit l'ascenseur pour redescendre au parking. À une rue de là, un restaurant fast-food servait des milk-shakes, mais Eli méritait mieux qu'un milk-shake ordinaire. Son premier cadeau à son fils devait être, au moins, un peu spécial.

Alors, il prit sa voiture pour se rendre chez un prestigieux glacier, à dix minutes de là, et il attendit qu'on ait préparé sa commande spéciale.

À son retour, il trouva Eli en position semi-allongée dans son lit. Les yeux fermés, il écoutait Sage qui lui lisait une histoire, assise sur une chaise entre son lit et celui de la petite fille à la jambe plâtrée.

La petite fille lança un regard timide à son milk-shake, et, tout à coup il eut le sentiment d'être le pire crétin du monde.

Sage interrompit sa lecture.

Il posa le milk-shake sur la table d'Eli et s'approcha.

— As-tu envie de quelque chose, toi aussi ? s'enquit-il, s'adressant à la petite fille.

— Heidi, je te présente mon ami TJ, dit Sage en le désignant.

— Bonjour, Heidi, dit-il en lui souriant. J'aurais dû te poser la question tout à l'heure. Qu'aimerais-tu manger ? Si les infirmières le permettent, je peux te rapporter tout ce qui te fera plaisir.

La petite fille hésita, et Sage l'encouragea d'un sourire.

— Ne t'inquiète pas, la rassura-t-elle. Il a les moyens de t'offrir tout ce qui te fait envie.

— Une pizza ? suggéra timidement Heidi.

— Pas de problème, assura-t-il. De quelle sorte ?

— Une Hawaiienne, répondit-elle. Et...

La petite fille s'interrompit, et, du coin de l'œil, il vit qu'Eli portait son milk-shake à ses lèvres au même instant.

— C'est vraiment délicieux ! s'extasia-t-il.

Les yeux bleus de Heidi s'étaient illuminés et il ressentit une douce chaleur se répandre dans sa poitrine. Il n'avait pas eu autant de plaisir à faire des cadeaux depuis des années.

— Je peux aussi te rapporter un milk-shake, ajouta-t-il.

Au lieu de répondre, Heidi se tourna vers Sage d'un air ébahi. Elle lui sourit à son tour.

— Chocolat ou vanille ? Peut-être fraise ou caramel ?

— Caramel, répondit Heidi, encore incrédule.

— Et toi, Sage ? demanda-t-il, voulant éviter de commettre deux fois la même erreur. Pizza et milk-shake pour tout le monde ?

Elle lui offrit un sourire rayonnant, et il aurait pu jurer qu'il avait senti sa joie pénétrer dans chacun de ses pores.

— Bonne idée, répondit-elle. Surprends-moi.

— J'accepte cette mission !

Puis, sur un salut militaire comique, il sortit de cette chambre d'hôpital, pénétré du sentiment absurde d'être un super-héros.

Après les pizzas et les milk-shakes, Sage fit la lecture à haute voix jusqu'à ce qu'Eli et Heidi soient tous deux endormis. Puis, elle souhaita une bonne nuit à l'infirmière et TJ et elle redescendirent au rez-de-chaussée. Elle se sentait fatiguée mais soulagée. Eli montrait des signes encourageants d'amélioration. Il avait dégusté son milk-shake sans rien laisser et même avalé quelques bouchées de pizza.

— Je reviendrai demain matin, déclara TJ alors qu'ils approchaient des portes de verre coulissantes.

— J'en suis certaine, assura-t-elle.

Ils allaient devoir trouver un moyen de gérer cette situation comme des adultes sensés, mais chaque chose en son temps.

— Où est ta voiture ? demanda-t-il, remarquant sans doute qu'elle partait dans la direction opposée au parking.

— Je vais prendre le bus.

Il la rattrapa en deux enjambées.

— Je n'ai pas de voiture, ajouta-t-elle, s'efforçant d'adopter un ton détaché.

— Pourquoi ?

— Parce que c'est comme cela.

— Et comment fais-tu pour aller travailler ?

Pour toute réponse, elle désigna le bus qui venait d'apparaître au bout de la rue dans un rugissement de moteur.

— C'est de la folie, opina-t-il.

Elle ne trouvait pas cette situation très agréable, elle non plus, mais elle avait dû vendre sa voiture pour payer les frais d'hôpital d'Eli, car leur assurance médicale ne couvrait qu'une partie infime des coûts.

— Tu as besoin d'une voiture, déclara-t-il d'un ton ferme.

— J'avais une voiture.

— A-t-elle été accidentée ?

— Non, je l'ai vendue.

— Pourquoi irais-tu...

Il s'interrompit, fronçant les sourcils comme s'il venait de comprendre.

— Les factures d'hôpital, n'est-ce pas ?

— Oui, reconnut-elle. Les factures d'hôpital.

Il était inutile de se cacher derrière des faux-semblants. Elle était une mère célibataire avec un emploi mal rémunéré et un fils malade. C'était la simple vérité.

— À compter de cette seconde, tu ne dois plus rien à l'hôpital, déclara-t-il. Tu n'as plus de dépenses médicales.

— Tu ne peux pas...

— Je peux, et je le fais. Quelle somme as-tu déboursée jusqu'à présent ?

— Cela ne te regarde pas.

— Préfères-tu que je fasse ma propre évaluation ?

— Non, je ne veux pas que tu fasses quoi que ce soit.

C'était son orgueil qui se disputait avec lui. Elle n'avait aucune raison logique d'insister pour payer seule la facture. D'autant moins qu'elle savait qu'il avait de l'argent à ne plus savoir quoi en faire.

— Je vais te raccompagner chez toi.

— J'ai un pass hebdomadaire pour le bus.

— Il est presque 23 heures, rappela-t-il. Il n'est pas question que je te laisse rentrer en bus.

— Je suis parfaitement capable de m'occuper de moi-même, répliqua-t-elle, croisant les bras sur sa poitrine. Je n'ai pas besoin de toi ni de personne pour veiller sur moi. J'ai voyagé dans ce bus des douzaines de fois tard le soir. Et je n'ai pas besoin de ta permission pour recommencer.

— Je t'offrais un simple service.

— Tu es...

Elle s'interrompit. Elle était à bout de forces, et le bus n'arriverait que vingt minutes plus tard. Sans compter qu'il lui faudrait ensuite attendre une quinzaine de minutes dans le centre-ville l'arrivée du bus suivant. Elle était folle de refuser son offre.

— D'accord, capitula-t-elle. Merci. Ce sera plus rapide.

— Es-tu toujours aussi têtue ?

Elle le fusilla du regard.

— Mes intentions sont honnêtes, assura-t-il, indiquant l'autre extrémité du parking. Ma voiture est là-bas.

— J'ai l'habitude de ne compter que sur moi-même.

— Mais ta vie a changé.

— La tienne aussi, observa-t-elle alors qu'il déverrouillait les portières d'un coupé sport rouge vif avec sa télécommande. Le contraste avec le minibus vieux de quinze ans qu'elle venait de vendre était saisissant.

— Nous allons faire face ensemble, Sage, dit-il d'un ton grave. Nous sommes les parents d'un enfant.

Faute d'une réponse adéquate, elle monta dans la voiture.

Les sièges de cuir avaient une merveilleuse douceur, et leur luxueuse fragrance embaumait l'habitacle. L'écran de navigation et le tableau de bord faisaient irrésistiblement penser à un vaisseau spatial.

— Où allons-nous ? s'enquit-il en s'installant au volant.

— Vers le nord, sur Fairton Road.

— Tu habites dans le centre ?

— C'est plus près de mon travail.

Son petit appartement en sous-sol était situé dans l'un des plus anciens quartiers de la ville. Les rénovations d'immeubles qui allaient bon train sur les quais n'étaient pas encore arrivées chez elle, à Fir Street. Cela signifiait que les loyers restaient raisonnables, mais le développement des quartiers voisins repoussait les problèmes vers son quartier chaque jour davantage.

Il ne leur fallut que quelques minutes pour gagner la voie

rapide, puis il prit de la vitesse. Le bolide était très confortable, et elle avait l'impression de voler sur un coussin d'air. C'était infiniment plus agréable que le bus. S'appuyant confortablement à l'appuie-tête de cuir, elle s'abandonna au plaisir de cette course nocturne, les yeux levés vers les éclairages routiers que défilaient au-dessus d'elle comme des éclairs de stroboscope.

Trop vite, ils arrivèrent à sa sortie. Elle le guida dans les rues de son quartier et lui indiqua le bon immeuble.

Il s'arrêta le long du trottoir et coupa le moteur.

Devant l'épicerie du coin de la rue, un groupe de jeunes traînaillaient, tous de sexe masculin et assez débraillés. Deux d'entre eux fumaient, et deux autres manifestaient un vif intérêt pour la voiture de TJ.

— Qui sont ces gars-là ?

— Ils ont l'air plus dangereux qu'ils ne le sont vraiment. Aucun d'eux ne m'a jamais ennuyée.

— Y a-t-il beaucoup de drogue, dans ce quartier ?

— Comment le saurais-je ? Pas plus qu'ailleurs, probablement. Je n'ai jamais fait très attention.

Elle était habituée à son quartier. Bien sûr, il n'était pas le plus propre de la ville et les pelouses n'y étaient pas les mieux entretenues. Mais ses voisins les McAfee étaient absolument adorables, et son propriétaire, un boulanger de la même rue, veillait sur elle et sur Eli.

Il descendit de son bolide et considéra le groupe d'un œil froid. Elle descendit de son côté et vint le rejoindre.

— Ignore-les, conseilla-t-elle.

— Ils essaient de décider s'ils réussiront à nous intimider.

— Si tu ne les ennuies pas, ils ne t'ennuieront pas non plus.

— Je ne veux pas qu'ils ennuient ma voiture.

— Ne sois pas paranoïaque, répliqua-t-elle en se dirigeant vers les marches de pierre qui descendaient vers l'entrée de son appartement.

— Depuis combien de temps habites-tu ici ?

— Depuis qu'Eli a deux ans.

— Ce quartier a-t-il toujours eu cette allure ?

— Tu veux dire l'allure d'un quartier de loyers modérés ?

— C'est plus que cela, grogna-t-il d'un ton franchement critique.

Elle glissa sa clé dans la simple serrure et ouvrit, et, derrière elle, il s'étonna encore :

— Pas de verrou de sécurité sur la porte ?

— Ce quartier n'est pas spécialement dangereux.

— Vraiment ? ironisa-t-il.

Insultée et irritée par ces commentaires, elle entra et se retourna aussitôt sur le seuil.

— Merci de m'avoir raccompagnée, TJ.

— N'as-tu pas envie que nous parlions un peu ? s'étonna-t-il, visiblement pris de court.

— Et de quoi ?

— De notre situation, précisa-t-il, balayant du regard la pièce derrière elle.

L'appartement était peut-être un peu en désordre, car elle avait passé une grande partie de son temps à l'hôpital, ces deux dernières semaines. TJ était probablement habitué à un cadre plus luxueux, mais elle n'avait pas l'intention de s'excuser. Elle vivait avec un budget limité, mais Eli avait un foyer sûr et propre, et les professeurs de son école étaient compétents et très dévoués. Et le parc tout proche, qui faisait partie des rénovations récentes du quartier, était un terrain de jeu idéal pour son fils.

— Je suis un peu fatiguée, TJ, répondit-elle. Ne pourrions-nous pas plutôt parler demain ?

— Je n'ai vraiment pas envie de te laisser ici toute seule, marmonna-t-il, jetant un coup d'œil à sa montre.

— J'habite ici ! protesta-t-elle. Tu te conduis de façon ridicule et insultante.

— Il y a une bande de délinquants presque devant chez toi.

— Ce ne sont que des gosses.

— Ces gosses-là se rasent depuis quelques années déjà, observa-t-il. Ils sont peut-être armés.

— Bonne nuit, TJ, dit-elle, à bout de patience. Retourne donc à ton hôtel 5 étoiles et profite de ton minibar.

— Viens avec moi, insista-t-il d'un ton pressant.

— J'ai l'intention de dormir dans mon lit, ce soir, déclara-t-elle d'un ton exaspéré. Comme je l'ai fait la nuit dernière et comme je continuerai à le faire demain.

Il s'apprêtait à répondre, mais elle l'interrompit :

— Non, ne dis rien. Va-t'en, s'il te plaît. Je te verrai demain à l'hôpital.

— Je passerai te chercher.

— Non ! Je regrette déjà de t'avoir laissé me raccompagner.

— Ce n'est pas vrai.

Il avait raison, bien sûr. Sans lui, elle serait encore dans le centre à attendre son second bus.

— Pourquoi t'entêtes-tu à refuser mon aide ?

C'était une bonne question. Mais elle ignorait la réponse.

— Je pense que c'est surtout parce que je te trouve un peu trop autoritaire, déclara-t-elle, faute de mieux.

— Je dirais logique et raisonnable, corrigea-t-il.

— Est-ce vraiment ainsi que tu te vois ? dit-elle en riant.

— Je suis descendu à l'hôtel Bayside.

— Suis-je censée être impressionnée ?

— Je faisais seulement allusion à ma situation géographique, précisa-t-il avec un soupir exaspéré. L'hôtel est en plein centre. Je n'aurai même pas besoin de faire un détour pour venir te chercher.

Puis, avant qu'elle n'ait eu le temps de faire un commentaire, il ajouta :

— Logique et raisonnable.

— Et un peu trop autoritaire, insista-t-elle.

— Soit, répondit-il en soupirant. Un tout petit peu. Alors, disons 8 heures ?

Elle n'avait pas très envie d'accepter. Acceptation rimait avec capitulation, et elle eut un dernier sursaut de révolte :

— TJ, je ne crois pas que…

— Nous disons donc 8 heures, coupa-t-il, posant sa main sur son épaule. Referme la porte derrière moi.

Puis, il était parti. Elle éprouvait une sorte d'agréable picotement à l'endroit où il avait posé ses doigts. Et elle voulait le détester, mais le cœur n'y était plus.

Eli semblait retrouver son énergie le matin mais, l'après-midi, il retombait dans sa léthargie. Les infirmières leur assuraient que c'était normal. TJ les quitta un moment pour laisser Sage profiter d'un peu de temps en tête à tête avec Eli, et il en profita pour appeler son assistante pour s'assurer de la bonne marche du bureau.

Ensuite, il rappela quelques clients, mais il repensait sans cesse à l'appartement de Sage et d'Eli. Il comprenait qu'une maman célibataire n'avait pas une vie facile. Sa propre mère avait dû se battre pour les élever, son frère et lui. Il n'y avait aucune honte à avoir des difficultés financières, surtout pour une femme élevant seule son fils.

Mais Sage n'avait plus besoin de lutter. Ni de s'inquiéter pour son avenir et celui de leur fils.

Il désirait les voir déménager de ce quartier au plus vite. Il désirait que son fils vive à Whiskey Bay. Après ces quelques jours passés avec elle, il n'était plus aussi intransigeant sur ce sujet qu'il l'avait été auparavant, mais sa détermination à faire partie du quotidien d'Eli était restée intacte.

Il ignorait encore comment il réussirait, mais il savait que tout se passerait bien mieux s'il parvenait à convaincre Sage au lieu de la combattre.

Sitôt que cette idée eut germé dans son esprit, il l'explora soigneusement. S'il souhaitait gagner Sage à sa cause, il devait lui montrer tous les avantages de cette nouvelle situation. Et, pour qu'elle les comprenne vraiment, il devait lui montrer Whiskey Bay.

À l'hôpital, Eli était dans l'un de ses mauvais jours. Il avait à peine touché à son dîner. Et, à 18 heures, il était profondément endormi.

— Demain, il ira mieux, murmura-t-il alors qu'elle embrassait le garçon sur le front.

— On dirait qu'il a de la fièvre, chuchota-t-elle.

— L'infirmière vient de prendre sa température, rappela-t-il.

— Nous devrions lui demander de la vérifier à nouveau.

— Ils le feront, assura-t-il, posant doucement sa main sur son épaule. Eli sera surveillé toute la nuit.

— Et si la fièvre revenait ?

— Tu t'inquiètes pour rien, murmura-t-il, attristé de la voir dans cet état de stress. Allons plutôt manger quelque chose.

— Je préfère rester ici.

— Il n'y a rien que tu puisses faire pendant qu'il dort.

— Je sais, reconnut-elle en prenant la petite main d'Eli dans la sienne.

— Il n'y a absolument aucun symptôme alarmant, observa-t-il encore, résistant bravement à son envie de serrer la main de Sage dans la sienne de la même façon. Le chemin vers la guérison risque d'être long, c'est tout.

— J'essaie de me tenir le même discours.

— Le mieux que tu puisses faire pour Eli, actuellement, dit-il en venant se planter devant elle, c'est de rester forte et en bonne santé toi-même.

— Pourquoi faut-il que tu aies toujours raison ? répliqua-t-elle, esquissant l'ombre d'un sourire.

— C'est ma nature, je n'y peux rien.

Cette réponse provoqua un sourire plus franc et il se sentit encouragé à pousser son avantage :

— Allons faire un bon dîner quelque part. Tu as ton téléphone pour rester en contact permanent avec la station des infirmières.

— Je ne veux pas tenter le sort.

— Tu es une femme intelligente, insista-t-il. Tu sais bien que le fait que tu restes à son chevet n'a aucun effet thérapeutique sur Eli.

— Je le sais, convint-elle en se détendant un peu.

— Je connais un restaurant vraiment sublime, déclara-t-il, bien décidé à ne pas lui révéler d'autres détails avant le moment opportun.

— Très bien, capitula-t-elle. Tu as raison. Un bon dîner nous fera du bien.

— Pourrais-tu le répéter ? suggéra-t-il en souriant. J'adore t'entendre me dire que j'ai raison.

— Tu as un ego démesuré, TJ, déclara-t-elle en se levant pour ramasser son sac.

Elle se moquait de lui, bien sûr, mais, quelque part, elle avait un peu raison. Il aimait énormément accomplir des choses difficiles. Il adorait le succès et il tenait à rester toujours au sommet de ses capacités. Sitôt qu'il constatait un ralentissement, dans quelque domaine que ce soit, il prenait des mesures pour rattraper son retard.

L'année précédente, par exemple, il avait découvert que Matt et Caleb pouvaient courir plus vite que lui. Il était retourné à la salle de sport et il avait commencé à ramer et à pédaler tous les jours, si bien qu'aujourd'hui il les battait tous les deux dans une course de huit kilomètres. Il n'avait jamais vraiment réfléchi à ce qui le poussait à agir ainsi, mais c'était sûrement une question d'ego.

— Que dirais-tu d'un dîner de fruits de mer ? suggéra-t-il alors qu'ils marchaient vers le parking.

— Tout me convient, mais je ne peux pas continuer à te laisser tout payer.

— Je suis loin d'avoir fini de payer la dette que j'ai envers toi, répondit-il, se retenant à grand-peine d'éclater de rire.

— Envers Eli, peut-être, mais certainement pas envers moi, répliqua-t-elle. Tu ne me dois rien.

— Tu veux dire, à part neuf années de pension alimentaire ?

Elle eut l'air sincèrement horrifié.

— Je ne te demande pas cela non plus ! s'exclama-t-elle. Cette histoire n'a aucun rapport avec l'argent.

— Oui, je le sais, reconnut-il d'un ton embarrassé.

Le fait même qu'il ait appris l'existence d'Eli tenait à une bizarre coïncidence. Il sentait sa colère revenir chaque fois qu'il pensait à ce secret qu'elle lui avait dissimulé. Mais le moment était mal choisi pour lui reprocher d'anciennes décisions. Il ne devait surtout pas se disputer avec elle.

— Je n'accepterai pas ton argent, déclara-t-elle.

— Il s'agit seulement d'un dîner, Sage. Je t'invite à dîner. Les gens font cela avec leurs amis tous les jours.

— Nous ne sommes pas des amis.

— Alors, j'espère que nous le deviendrons. Tout serait beaucoup plus facile si nous étions amis.

Elle ne semblait toujours pas avoir de réponse à lui offrir à ce sujet lorsqu'ils atteignirent sa voiture.

— As-tu peur de voler ? s'enquit-il alors qu'ils s'installaient dans son coupé rouge.

— Non, répondit-elle. Mais cela ne fait pas partie de notre monde. Nous n'avons pas vraiment les moyens de partir en vacances au soleil. En tout cas, cela ne me fait pas peur. Pourquoi cette question ? Cherches-tu mes éventuelles tares génétiques ?

— Pas du tout, se défendit-il en faisant démarrer la voiture. D'ailleurs, tu n'en as aucune.

— J'ai les cheveux roux et des taches de rousseur.

— Tes taches de rousseur se sont effacées, et c'est bien dommage. J'ai toujours pensé qu'elles étaient très mignonnes. Et tes cheveux ne sont pas roux, ils sont auburn. Une merveilleuse teinte d'auburn. Sais-tu combien d'argent certaines femmes seraient prêtes à payer pour avoir tes cheveux ? Sans oublier que tu es une femme brillante. Quel était ton QI, déjà ?

— Je ne te le dirai pas.

— Si haut que cela, hein ?

Elle se contenta de pousser un soupir et il laissa tomber le sujet alors qu'ils se faufilaient dans la circulation fluide. Quelques minutes plus tard, il s'arrêtait sous la luxueuse marquise de l'hôtel Brandywine.

— Est-ce ici que nous dînons ? s'étonna-t-elle, parcourant du regard l'allée dallée de briques et les jardins illuminés.

— Pas exactement, répondit-il en descendant de la voiture avant d'en faire le tour pour venir lui ouvrir sa portière.

— Allons-nous marcher ?

Un voiturier en uniforme arriva au même moment et il lui confia ses clés avant de répondre :

— Pas exactement, Sage, répondit-il en désignant les grandes portes à tambour.

— Je ne comprends pas.

— Il y a un héliport sur la terrasse de cet hôtel.

— Un quoi ? fit-elle d'un air d'incompréhension. Peut-on dîner, là-haut ?

— De là-haut, on peut faire atterrir et décoller des hélicoptères, expliqua-t-il lorsqu'ils eurent traversé les portes à tambour. Tu m'as bien dit que tu n'avais pas peur de voler, n'est-ce pas ?

— Tu m'avais dit que tu allais m'emmener dîner.

— Et c'est exactement ce que nous allons faire, assura-t-il en poussant le bouton d'appel de l'ascenseur.

— En hélicoptère ? Essaierais-tu de m'impressionner ?

— Pas du tout. Nous dînons au Crab Shack. C'est un fabuleux petit restaurant de fruits de mer. L'hélicoptère est une décision purement pratique. Nous irons plus vite.

— Plus vite que quoi ?

— Plus vite qu'en voiture.

Les portes de la cabine se refermèrent derrière eux, et insérant une carte magnétique qu'il avait tirée de sa poche, il pressa le bouton donnant accès à la terrasse.

— As-tu loué une chambre dans cet hôtel ?

— Non, reconnut-il en rempochant la clé magnétique. J'avais pris quelques dispositions pour pouvoir accéder à l'hélicoptère ce soir.

— Tu avais donc tout prévu assez tôt ?

— Absolument tout. Les hélicoptères ne descendent pas du ciel lorsque je claque des doigts.

— Ce restaurant est-il très élégant ?

— Tu es belle. Tu es plus que belle.

— Alors ? Est-ce un palace ?

— Pas vraiment. En réalité, c'est un petit établissement sans prétention.

— Est-il situé sur une île ?

Les portes de l'ascenseur se rouvrirent au même instant, et il marmonna, détournant la tête :

— Nous allons à Whiskey Bay.

— Qu'est-ce que tu as dit ?

— J'ai dit que notre restaurant était à Whiskey Bay, répéta-t-il, renonçant à prolonger son subterfuge plus longtemps.

Elle s'arrêta net pour le dévisager.

— Et si je refuse de monter dans cet hélicoptère ?

— Dans ce cas, tu manquerais la promenade aérienne de ta vie, les meilleurs fruits de mer du pays et une excellente occasion de voir le lieu où j'habite.

4

TJ n'avait pas menti, songea Sage. Les fruits de mer du Crab Shack étaient extraordinaires, et le trajet en hélicoptère avait été l'aventure de sa vie. Leur vol n'avait duré que vingt minutes et il avait été plus confortable qu'elle ne s'y était attendue. Ils avaient volé à basse altitude, et le spectacle des lumières à leurs pieds et des étoiles au-dessus d'eux avait été absolument inoubliable. Lorsqu'ils avaient atterri, elle avait constaté qu'il possédait un second véhicule, ce qui n'aurait pas dû la surprendre. Celui-ci était un luxueux SUV.

Alors qu'ils roulaient sur la route côtière de Whiskey Bay, il lui expliqua qu'un 4x4 était bien pratique lorsqu'il devait rouler sur des pistes de terre. Il n'aimait pas risquer sa voiture de sport hors des routes goudronnées.

De la façon dont il l'expliquait, l'argument semblait parfaitement sensé. Lorsqu'on est milliardaire, pourquoi se priver de posséder autant de véhicules qu'on le désire ?

— Tu vois, remarqua-t-il en tournant dans le parking. L'hôpital est à peine à quinze minutes de chez moi. Je crois que tu vas être impressionnée.

— Tu ne me feras pas changer d'avis, l'avertit-elle.

Elle n'était pas venue visiter l'hôpital Highside pour être impressionnée, mais pour trouver les arguments pour défendre St. Bea. Vers le milieu de leur dîner, il lui était venu à l'esprit qu'elle pourrait mieux plaider sa cause si elle prenait la mesure de la concurrence… et détectait ses faiblesses.

— J'aimerais que nous ayons une conversation, pas un débat, observa-t-il en soupirant.

— Je n'y crois pas une seconde.

Ils descendirent tous deux du SUV. Le parking était parfaitement éclairé, tout comme l'entrée principale. Quelques personnes entraient ou sortaient du bâtiment, certains en uniforme, d'autres visiblement des patients ou des visiteurs. Au-dessus de l'entrée principale, le nom de l'hôpital s'affichait en lettres rouges stylisées sur la façade blanche. Le hall des admissions était un vaste espace clair, haut de plafond, aux couleurs plus hardies qu'elle ne l'aurait imaginé dans un hôpital. Il y avait plusieurs espaces meublés de confortables fauteuils et un long comptoir de bois clair derrière lequel plusieurs infirmières renseignaient le public. Deux d'entre elles relevèrent les yeux lorsqu'ils s'approchèrent et leur offrirent des sourires de bienvenue.

Ils n'arrivèrent jamais jusqu'au comptoir. Une jeune femme mince et brune d'une trentaine d'années les intercepta à cet instant. Avec ses cheveux attachés en une tresse, son blazer et sa jupe droite, elle était l'image même du professionnalisme.

— Monsieur Bauer, c'est un plaisir de vous voir ici, dit-elle en lui serrant la main.

Comma celle-ci se tournait vers elle, un sourire aimable aux lèvres, il fit les présentations :

— Une amie, Sage Costas. Sage, je te présente Natalie Moreau, l'adjointe du directeur de Highside.

— Très heureuse, assura-t-elle, se demandant s'il avait tout arrangé d'avance et si elle s'apprêtait à subir une campagne de communication.

Cela ne la ferait pas changer d'avis. Elle ne se laisserait pas influencer davantage par ses relations avec les gros bonnets que par ce somptueux établissement. Elle soupçonnait qu'il essayait de la manipuler.

— Je suis désolé de me présenter ainsi à l'improviste, s'excusa-t-il, s'adressant à Natalie.

— Vous êtes toujours le bienvenu, monsieur Bauer, assura Natalie.

— Sage a un fils de neuf ans qui est malade et j'espérais que vous pourriez lui faire visiter votre établissement.

L'expression de sympathie qui éclaira le visage de Natalie lorsqu'elle se tourna vers elle paraissait sincère.

— Je suis désolée de l'apprendre, murmura-t-elle. Je peux vous proposer une visite guidée des lieux, et vous me poserez toutes les questions qui vous viendront à l'esprit.

— Nous n'avions pas l'intention de vous déranger dans votre travail, assura-t-il. L'une des infirmières aura peut-être un petit moment pour nous accompagner...

— Voyons, vous ne me dérangez pas du tout ! se récria Natalie. Et si nous commencions par les salons des visiteurs et le restaurant du rez-de-chaussée ?

Ils se mirent en marche, et Natalie leur montra les espaces de détente et la grande cafétéria divisée en deux zones, l'une dédiée à la restauration rapide et l'autre à une cuisine plus élaborée. Elle fit remarquer qu'un plat savoureux et bien présenté procure non seulement plus de plaisir, mais de meilleures chances de guérison.

Sage était très impressionnée. La construction, l'ameublement, les équipements, tout ici était d'une qualité exceptionnelle. Les personnes qu'ils croisaient n'avaient pas du tout l'air stressées. C'était un hôpital, bien sûr, mais on avait davantage l'impression de se trouver dans un hôtel.

Natalie leur montra les chambres des patients, dotées de cloisons amovibles pour les transformer en chambres doubles pour les patients qui n'aimaient pas être seuls et qui en faisaient la demande. À chaque étage, des salons ouverts aux patients et aux visiteurs offraient un espace convivial. En pédiatrie, ces salons étaient remplacés par des salles de jeux pour les enfants.

— Comment les enfants se rendent-ils dans les salles de jeux ? s'enquit Sage, songeant à Eli qui était cloué au lit, probablement encore pour quelque temps.

— S'ils ne peuvent pas se déplacer à pied ou en fauteuil, nous pouvons placer leur lit dans l'aire de jeux pendant des périodes limitées, expliqua Natalie. Tous nos lits sont automatisés et dotés d'une télécommande. Notre ratio personnel/patients est le meilleur du pays et nos patients peuvent toujours compter sur un professionnel pour les aider. De plus, chaque chambre est équipée d'une connexion Wifi.

— Voulez-vous dire que tous vos patients peuvent recevoir leurs mails et surfer sur le Net ?

— Oui, bien sûr, confirma Natalie. Naturellement, certains sont trop souffrants pour pouvoir profiter de ces services, mais nous désirons qu'à mesure qu'ils retrouvent leurs forces, ils se sentent autant que possible comme chez eux.

Elle comprenait à présent pourquoi TJ aimait tant cet établissement, compte tenu du niveau de services auquel il devait être habitué dans sa propre vie. Mais elle restait ferme sur ses positions. Eli était très bien à St. Bea. Il n'avait peut-être pas accès à Internet, mais il avait sa maman. Et cela, c'était infiniment plus important.

— Pourriez-vous nous parler de votre service d'oncologie ? demanda TJ à leur guide.

— C'est le meilleur, le plus à la pointe de tout le pays, répondit Natalie, visiblement très fière. Nous avons recruté les meilleurs spécialistes et les meilleurs chercheurs. Votre fils est-il atteint d'un cancer, madame ?

Un nœud lui serra la gorge.

— Une leucémie, précisa-t-elle d'une voix mal assurée. Eli vient de recevoir une greffe de moelle osseuse. À l'hôpital St. Bea.

— C'est très encourageant, opina Natalie, posant sa main sur son bras en un geste de sympathie. Vous avez eu beaucoup de chance de trouver un donneur compatible.

— Le donneur n'était autre que TJ. L'état de mon fils s'améliore lentement, et il est très bien soigné à St. Bea.

— Je connais bien leur équipe, observa Natalie. Tous des professionnels très motivés et d'excellents cliniciens.

Elle tournait un regard satisfait vers TJ, lorsqu'il déclara :

— Je songeais à faire transférer ce garçon à Highside.

— Pas moi, répliqua-t-elle.

— Il s'agit d'une décision personnelle, rappela Natalie en considérant TJ d'un regard discrètement désapprobateur.

— L'hôpital St. Bea est beaucoup plus proche de mon domicile, expliqua-t-elle.

— Nous disposons ici d'un environnement à la pointe de la technologie et des meilleures capacités d'accueil, mais je reconnais que rien ne remplace la famille.

— Merci, murmura-t-elle, émue.

— Je n'ai jamais suggéré que sa maman ne le verrait plus, se défendit-il alors qu'ils se remettaient en marche.

— Highside est loin de Seattle, remarqua Natalie, achevant de la convaincre qu'elle ne faisait pas partie du complot.

— Elle pourrait venir s'installer dans la résidence réservée aux parents, insista-t-il.

— J'ai un emploi à Seattle, rappela-t-elle.

— Monsieur Bauer, dit Natalie en s'arrêtant pour lui faire face, nous vous apprécions énormément et nous vous sommes très reconnaissants pour le généreux soutien financier que vous nous apportez...

— Il ne s'agit pas d'une question d'argent, coupa-t-il.

— La décision appartient à Mme Costas. Eli est son fils, et elle est seule à pouvoir décider ce qui est le mieux pour sa famille.

Sage s'efforçait de ne pas tourner son regard vers TJ, mais elle ne put s'en empêcher. Seule sa mâchoire serrée trahissait son irritation. À l'évidence, il ne comptait pas crier sur tous les toits qu'il était le papa d'Eli.

— Avez-vous d'autres questions ? s'enquit Natalie.

— Non, répondit-elle. Merci de votre amabilité.

— Bonne chance avec votre fils, dit Natalie, serrant ses deux mains entre les siennes. J'espère qu'il se remettra très vite. Nous sommes ici si jamais vous avez besoin de nous, mais, quoi que vous décidiez, le choix vous appartient.

Elle sentit une vague de culpabilité déferler sur elle. Elle appréciait beaucoup Natalie et elle était impressionnée par tout ce qu'elle avait vu à Highside.

Mais elle ne pouvait pas quitter Seattle. Elle ne pouvait pas laisser TJ les séparer, Eli et elle. Elle devait continuer à croire que son fils guérirait aussi vite à St. Bea qu'à Highside.

TJ ignorait comment il avait échoué, mais les faits étaient là. Il avait compté sur Natalie pour souligner les mérites de Highside et impressionner Sage avec le niveau de ses prestations mais, à sa grande déception, la directrice adjointe avait pris le parti de Sage.

Il s'était refusé à lui révéler qu'il était le papa d'Eli, car cela aurait été injuste vis-à-vis de Sage. Il avait déjà décidé que la prochaine personne à qui il l'annoncerait serait Eli lui-même. Mais, au fond, cela avait peut-être été une erreur. L'attitude de Natalie aurait peut-être été différente si elle avait su qu'il était le père de cet enfant, et qu'il avait aussi son mot à dire.

— Pourrions-nous retourner à Seattle, à présent ? s'enquit Sage en rangeant son téléphone dans son sac.

Ils roulaient sur la route côtière en direction du Crab Shack, où l'hélicoptère les attendait, posé sur un parking.

— Des nouvelles ? lui demanda-t-il, faisant allusion au texto qu'elle venait de recevoir.

— Il dort encore.

— C'est bien.

En tout cas, il espérait qu'Eli dormait d'un sommeil réparateur. Il avait besoin de reprendre des forces.

— Il se fait tard, remarqua-t-elle en consultant sa montre.

— J'ai seulement besoin de faire un autre arrêt.

— Où cela ?

— Chez moi. C'est sur notre route.

— Très bien, marmonna-t-elle.

— Es-tu en colère ?

— Je me sens frustrée.

— Tu ne pouvais pas prendre la bonne décision sans connaître tous les faits, raisonna-t-il, bien décidé à ne pas renoncer si facilement.

— J'ai déjà pris la bonne décision.

— Tu es trop intelligente pour avancer un pareil argument.

— D'accord, j'ai vu Highside. C'est un hôpital très impressionnant, je ne le nie pas. Mais, *moi*, je ne vis pas à Whiskey Bay.

— Nous pourrions facilement arranger cela.

— Il n'est pas question que je quitte mon job. Ni que je renonce à mon appartement.

— Ton appartement n'a rien de spécial, et tu le sais. Et tu peux facilement trouver un autre emploi à Whiskey Bay.

— Vraiment ? rétorqua-t-elle en le fusillant du regard. Crois-tu que ce soit aussi facile pour des gens comme moi ?

— Des gens comme toi ? Que veux-tu dire ?

— Une mère seule sans aucun diplôme universitaire.

Ils venaient de tourner sur une route secondaire qui desservait trois autres propriétés nichées le long de la côte, respectivement celles de Matt et Tasha, Caleb et Julia, et Melissa, la sœur de Caleb, et son mari Noah.

— Aucun diplôme ? s'étonna-t-il en détournant ses yeux de la route pour la dévisager une seconde. Mais tu étais la plus brillante d'entre nous ! Tu aurais pu décrocher un diplôme universitaire sans la moindre difficulté.

— Je ne suis jamais allée à l'université, TJ.

— Et toutes ces bourses d'études que l'on t'offrait ? Tu croulais sous les propositions, tout le monde le savait.

— J'ai été bien trop occupée, observa-t-elle d'un ton froid.

— N'aurais-tu pas pu suivre des cours à mi-temps ?

— Cela n'a pas fonctionné.

— Que veux-tu dire ? Lorsqu'une chose est importante, on se débrouille pour que cela fonctionne.

— Tu parles comme un homme qui n'a jamais eu à s'occuper d'un nouveau-né, rétorqua-t-elle, élevant la voix. Toutes les portes s'ouvraient devant moi, sauf que je ne pouvais pas être logée dans une résidence universitaire avec un bébé, et que mes bourses ne me donnaient pas les moyens de louer un appartement en ville, de me nourrir et de faire garder le bébé. Sans compter que, le soir, au lieu de lui chanter des comptines, j'aurais dû potasser mes cours.

— Et plus tard ? Lorsque Eli a commencé à aller à l'école ?

Il lui semblait qu'à un certain moment, au cours de ces neuf ans, elle aurait pu faire un effort. Elle avait de telles capacités, qu'il était criminel de ne rien en faire.

— Te rends-tu compte à quel point ton attitude est insultante ?

Il tourna dans l'allée conduisant à sa résidence, et arrêta son véhicule devant le garage, avant de se tourner vers elle.

— Fais-le maintenant, suggéra-t-il.

Pour toute réponse, elle ferma les yeux et poussa un long soupir, et il crut nécessaire d'ajouter :

— Tu n'as que vingt-neuf ans. Reprends tes études maintenant. Passe tes diplômes.

— Ramène-moi à la maison, TJ.

— Entre avec moi un instant, dit-il d'une voix douce, comprenant qu'il l'avait poussée trop loin.

— Non.

— Cela ne prendra pas longtemps, insista-t-il. Ensuite, nous retournerons à pied jusqu'à l'hélicoptère.

Tout d'abord, elle ne bougea pas. Puis, elle déboucla sa ceinture et ouvrit sa portière.

Il était désolé qu'elle se soit sentie insultée, mais il ne parvenait pas à croire qu'elle ait renoncé aussi facilement. On avait toujours le choix. Chaque situation exigeait une stratégie différente. Il suffisait de continuer à chercher jusqu'à l'avoir trouvée.

Ils grimpèrent les quelques marches de pierre conduisant à l'entrée de la grande maison, et il déverrouilla la porte. Les lumières du hall s'allumèrent automatiquement à leur entrée. Devant eux, le grand salon était plongé dans la pénombre. La terrasse et le jardin éclairé étaient visibles à travers les immenses baies vitrées au fond de la pièce.

Elle se figea un instant sur le seuil, contemplant ce décor en silence, et il soupira.

— Je reconnais que c'est grand pour une personne seule.

— Grand ? répéta-t-elle, incrédule. J'aurais dit *gigantesque*.

— Tu as raison. Je ne monte presque jamais au premier.

— Il y a aussi un étage ?

— L'escalier se trouve par-là, de l'autre côté du bureau.

— Oui, naturellement, dit-elle, bouche bée.

— Aimerais-tu boire quelque chose ?

— Nous n'allons pas rester.

— Un thé glacé ? suggéra-t-il en passant dans le salon pour entrer dans la grande cuisine ouverte.

Devant la cuisine se trouvaient une salle à manger puis un

autre petit salon, où il passait une bonne partie de son temps, lequel donnait lui-même accès à une vaste terrasse.

— J'ai de la bière fraîche, l'informa-t-il, indiquant l'énorme réfrigérateur. Et, bien sûr, il y a toujours du vin à la maison.

Il s'aperçut alors qu'elle ne l'avait pas suivi. Retournant sur ses pas, il la retrouva plantée sur le seuil du salon, visiblement effarée.

— Allons, viens, l'encouragea-t-il.

— Quel est le montant exact de ta fortune ?

— Je ne saurais répondre exactement à cette question. Je suppose que je peux m'offrir à peu près toutes mes fantaisies.

Elle fit quelques pas hésitants dans le salon.

— Emploies-tu du personnel domestique ?

— Une personne vient pour le ménage, et j'emploie un paysagiste pour l'entretien du jardin.

Il marqua une pause, avant de conclure :

— C'est une grande maison, mais personne n'y vit. Là-bas, sur ta gauche, au bout de ce petit couloir, il y a mon cabinet de travail, ma chambre et l'escalier conduisant à l'étage. Sens-toi libre de tout explorer. Un verre d'eau ?

— Oui, volontiers, répondit-elle d'un air absent en se dirigeant vers le couloir.

Lorsqu'il revint de la cuisine avec deux grands verres d'eau glacée, elle avait disparu. Supposant qu'elle était montée au premier étage, il la suivit. Il la trouva plantée devant la porte ouverte de l'une des chambres.

— Il n'y a aucun meuble à cet étage, remarqua-t-elle.

— Mon épouse…

Il s'interrompit une seconde, avant de poursuivre d'une voix raffermie :

— Lauren désirait que nous ayons plusieurs enfants. Elle s'attendait à ce que nous ayons besoin de tout cet espace.

— Je suis désolée, s'excusa-t-elle. Je n'avais pas l'intention de remuer des souvenirs douloureux.

— Ce n'est pas grave, assura-t-il.

Sentant qu'il était pressé d'en finir, elle examina rapidement les autres chambres, avant de remarquer :

— On pourrait facilement faire tenir trois appartements comme le mien, à cet étage.

— C'est assez spacieux, convint-il.

La plupart du temps, il ignorait le premier étage. C'était un gaspillage d'espace. Mais il n'était pas question de vendre la maison dont Lauren avait personnellement dessiné les plans. Et, même si elle était trop grande pour lui, il n'imaginait pas la partager avec qui que ce soit d'autre — à part Eli.

Il adorerait que son fils vive un jour ici avec lui.

Il savait que c'était impossible, bien sûr. Même s'il avait parlé fort devant Matt et Caleb, il ne lui viendrait jamais à l'idée de séparer le garçon de sa maman. D'ailleurs, aucun tribunal du pays ne le lui permettrait.

Ironie suprême, il y avait ici plus de place qu'il n'en fallait pour Sage et pour Eli.

Cette idée le fit se figer. Ce serait mieux que parfait. *Idéal.*

Il se retourna vers elle pour la regarder plus attentivement, son plan prenant rapidement forme dans son esprit.

— En quoi consiste exactement ton travail ? lui demanda-t-il en lui tendant son verre d'eau.

— Je te l'ai dit. J'organise des événements pour le centre communautaire.

— Est-ce un travail administratif ?

— Principalement, oui.

— Des compétences applicables ailleurs, il me semble.

Elle comprit immédiatement où il voulait en venir et fronça les sourcils.

— TJ ! gronda-t-elle. Ne recommence pas !

— Ne ferme pas la porte à cette possibilité, Sage. Tu pourrais vivre ici. Avec Eli. Pourquoi pas ?

Face à l'expression de son visage, il sut qu'il avait mal engagé la partie. Il lui avait fait cette suggestion beaucoup trop tôt. Il essaya aussitôt de se corriger :

— Ce que je veux dire...

Sans un mot, elle tourna les talons et repartit vers le salon.

— C'est une option, non ? lança-t-il, lui emboîtant le pas. Nous devrions au moins en discuter. Tu ne paierais aucun loyer.

Les écoles sont fantastiques. Tu pourrais prendre un emploi à mi-temps et aller à l'université ici même. Je compte parmi les plus généreux donateurs à l'université locale, et tes études ne te coûteraient rien non plus.

— Arrête ! cria-t-elle en pivotant brusquement vers lui.

— D'accord, je me tais.

Encore une fois, il était allé trop loin — et beaucoup trop vite.

— Je n'ai aucune intention de venir m'installer à Whiskey Bay, déclara-t-elle. En revanche, je ne m'opposerai pas à ce que tu continues à voir Eli. Je te promets que nous trouverons un arrangement, mais je refuse de bouleverser ma vie entière pour satisfaire tes désirs.

Il luttait contre un amer sentiment de défaite. Il ne voulait pas être un simple visiteur dans la vie de son fils. Il désirait avoir une place permanente auprès de lui. L'écouter chaque soir lui parler de sa journée à l'école. Jouer au base-ball avec lui. Lui servir ses céréales le matin. Soigner ses petites écorchures. Et il désirait faire tout cela en temps réel, pas un week-end sur deux et la moitié des vacances.

Il désirait qu'Eli vive avec lui tous les jours. Mais il comprenait que Sage désirait la même chose, et qu'elle aussi y avait droit. Pour que cela soit possible, il aurait fallu que Sage trouve d'autres avantages à s'installer à Whiskey Bay qu'un loyer gratuit.

— Merci, dit-elle, prenant une profonde inspiration. À présent, nous devrions rentrer à Seattle.

Elle avait raison, bien sûr. Ils ne résoudraient pas leur différend ce soir. Il ne savait plus vraiment ce qu'il avait espéré, mais il était amèrement déçu que cela ne se soit pas produit.

Il la suivit, rageant contre leur situation. Partout, dans le monde entier, les parents vivaient avec leurs enfants. C'était dans l'ordre normal des choses. Il ne demandait pas la lune.

Qu'est-ce qui faisait d'eux des parents plus méritants que lui ? En quoi étaient-ils différents ?

La réponse était évidente, bien sûr. Ces parents-là s'aimaient. Ils étaient mariés.

Puis, une idée lui vint à l'esprit, lumineuse.

— Attends ! lança-t-il alors qu'elle avait déjà sa main sur la poignée de la porte.

Elle serra les lèvres, mais elle s'arrêta et attendit.

— Je n'ai pas été juste avec toi, reconnut-il.

— Cela, c'est vrai, répondit-elle en se détendant de façon presque imperceptible.

— Je ne peux pas te demander de mettre ta vie sens dessus dessous contre une promesse de loyer gratuit.

— Non, en effet.

— Les enjeux doivent être bien supérieurs.

Pour toute réponse, elle le dévisagea d'un air perplexe.

— Épouse-moi, dit-il.

Elle n'eut aucune réaction, et il se demanda si elle avait entendu sa proposition. Alors, il continua à parler :

— Partage ma vie, plaida-t-il. Toute ma vie.

Elle éclata de rire. Elle essaya de se ressaisir, plaquant ses doigts fins sur sa bouche, mais elle continua à rire derrière sa main sans pouvoir s'arrêter.

Il ne comprenait pas.

— Pourquoi est-ce si drôle ? grogna-t-il, vexé.

— Ce n'est pas drôle, assura-t-elle en reprenant son sérieux. C'est grotesque.

— C'est logique, argua-t-il. Nous avons un fils ensemble.

— Nous nous connaissons à peine, TJ.

— Il ne s'agirait que d'un mariage de convenance, naturellement.

À peine avait-il prononcé ces paroles que l'image de Sage voluptueusement allongée sur son lit surgit dans sa conscience. Il la refoula précipitamment, et poursuivit :

— Regarde la taille de cette maison. Nous ne risquerons pas de nous gêner mutuellement. Eli et toi pouvez disposer de tout le premier étage pour vous tout seuls.

— Ramène-moi à la maison, TJ.

Elle avait l'air triste et très lasse, à cet instant. Fragile et désolée. Mais elle était aussi tellement belle qu'il aurait tout donné pour pouvoir la serrer dans ses bras et la réconforter. Il mourait d'envie de l'embrasser.

— Qu'est-ce qui cloche, chez moi ? marmonna-t-il.

— Tu es fatigué. Nous sommes fatigués tous les deux.

— Peut-être, répondit-il en soupirant.

Mais il savait que c'était bien plus sérieux que cela.

Malgré son état d'épuisement, Sage ne parvenait pas à dormir. Aussi ridicule que cela puisse paraître, les paroles de TJ revenaient en boucle dans son esprit.

C'était probablement la demande en mariage la plus mal ficelée de toute l'histoire humaine. Mais c'était aussi la seule qu'elle ait jamais reçue. TJ lui avait demandé de l'épouser. Personne d'autre ne l'avait jamais fait avant lui. Elle se redressa sur son séant dans son lit, le silence à peine rompu par le bourdonnement lointain du moteur du réfrigérateur et le goutte-à-goutte intermittent d'un robinet qui fuyait. Une voiture passa dans la rue, la lueur de ses phares balayant le mur de la chambre.

Il était un homme très séduisant. Athlétique et sexy. Et il était aussi très intelligent et très riche. Quelle femme refuserait de l'épouser ?

Repoussant les couvertures, elle se leva. Frissonnant dans le petit haut et le boxer de flanelle qu'elle portait pour dormir, elle trotta jusqu'à la cuisine pour boire un verre d'eau.

Elle ne pouvait pas épouser TJ et aller s'installer à Whiskey Bay, c'était impossible — même s'il avait la maison la plus fabuleuse du monde entier. Ils n'étaient plus en 1955. Les gens ne se mariaient plus simplement parce qu'ils avaient conçu un enfant.

Ils négociaient des arrangements, réfléchissaient à des solutions logiques. Eli pourrait simplement...

Faire des allers-retours en bus de Seattle à Whiskey Bay tous les jours ? songea-t-elle en buvant une gorgée d'eau.

Elle se rappela l'hélicoptère avec un rire sans joie. Croyait-elle vraiment que son papa laisserait Eli prendre le bus ?

Il était un homme déterminé, puissant. Il était...

Soudain, au lieu d'avoir froid, elle avait très chaud.

Son téléphone tinta au même instant, annonçant qu'elle avait reçu un texto. Pensant que c'était l'hôpital, elle regagna la chambre au pas de course et ramassa l'appareil.

C'était TJ. Et un seul mot s'affichait sur l'écran :

Désolé.

Elle s'affala sur le bord du lit, serrant le téléphone entre ses mains. *Désolé ?* Et de quoi ? De l'avoir traînée jusqu'à Whiskey Bay ? D'avoir fait pression sur elle pour qu'elle s'y installe ? De lui avoir demandé de l'épouser ?

Elle lui répondit qu'elle ne lui en voulait pas. Et c'était vrai. Il n'avait rien fait de mal. Il méritait qu'elle se montre patiente avec lui. Il avait eu la surprise de sa vie en apprenant l'existence d'Eli, et, depuis, son comportement ne l'avait jamais déçue. Il désirait bâtir une relation avec son fils. Il se faisait peut-être des illusions mais, au moins, il n'avait pas menacé de lui faire un procès.

Et c'était heureux, d'ailleurs. Il avait sûrement une armée d'avocats à son service qui lui permettraient d'obtenir au minimum la garde partagée, et Eli serait alors obligé de passer des week-ends, peut-être des étés entiers à Whiskey Bay.

Son téléphone sonna dans sa main, la faisant sursauter.

C'était TJ.

— Bonsoir, dit-elle d'un ton hésitant.

— Tu es encore réveillée ?

— Je m'étais levée pour boire un verre d'eau, dit-elle, peu désireuse de lui expliquer les vraies raisons de son insomnie.

— Moi aussi, assura-t-il.

— Je commence à pouvoir deviner quand tu me mens, remarqua-t-elle, souriant malgré elle.

— Tu m'as percé à jour, convint-il en riant. En réalité, je parlais au téléphone avec un client en Australie.

— Ah, fit-elle, frappée une nouvelle fois par la distance qui séparait leurs deux mondes. Oui, bien sûr.

— Alors ? murmura-t-il. Tu me pardonnes ?

Avant qu'elle n'ait eu le temps de répondre, elle entendit une bouteille exploser sur le trottoir juste devant sa fenêtre.

— Qu'est-ce que c'était que cela ?

— Un bruit de bouteille brisée, dehors, dans la rue.

— Que se passe-t-il ? Qui est là, dehors ?

— Je n'ai pas regardé. Sûrement des jeunes qui s'amusent.

— Est-ce fréquent, dans ce quartier ? s'enquit-il après un long silence.

— Pas vraiment. C'est surtout le samedi soir.

Au même instant, quelqu'un se mit à marteler sa porte avec ses poings, et elle entendit la voix d'un ivrogne crier :

— Ouvre-moi, chérie !

— Qui est-ce ? demanda-t-il d'une voix tendue.

— Je ne sais pas, répondit-elle en reculant nerveusement d'un pas. Quelqu'un est en train de frapper à ma porte.

— N'ouvre surtout pas ! J'arrive tout de suite.

— Ne sois pas bête. La porte est verrouillée. Ils s'en iront.

— As-tu appelé la police ?

— Pour leur dire quoi ?

De nouveaux coups violents résonnèrent contre sa porte, puis la même voix avinée :

— Calista ! Ouvre-moi, ma chérie ! Laisse-moi entrer !

— C'est seulement quelqu'un qui s'est trompé de maison, expliqua-t-elle. Il finira par s'en aller.

— Tu ne me sembles pas si sûre de toi, Sage, remarqua-t-il. J'arrive tout de suite.

— Non, TJ. Il te faudrait un bon quart d'heure pour arriver.

— Dix minutes.

— Il sera parti avant que tu arrives.

Les coups contre sa porte reprirent de plus belle, et la même voix lui hurla à nouveau d'ouvrir.

— Et si on commandait des pizzas ? dit une autre voix alors qu'on secouait violemment la poignée de la porte.

Ils étaient donc plusieurs.

— Je suis déjà dans ma voiture, Sage. Laisse cette porte fermée et parle-moi. Y a-t-il une autre pièce chez toi où tu pourrais t'enfermer ?

Elle hésita, peu désireuse de se barricader chez elle, ni d'admettre qu'elle pouvait réellement être en danger.

— Seulement la salle de bains.

— Je vais devoir grimper… Eh ! Où est mon gros arbre ? dit la première voix.

— Quel arbre ? s'étonna l'autre.

— L'arbre devant chez moi, expliqua le premier ivrogne.

— Tu t'es trompé de maison, conclut son compagnon de beuverie avec un hoquet.

Elle laissa échapper un long soupir de soulagement.

— Je crois qu'ils commencent à comprendre leur erreur, dit-elle pour rassurer TJ.

— Enferme-toi tout de même dans ta salle de bains.

— Tu es sûr que c'est la bonne rue ? dit l'un des ivrognes.

— Nous avons... trop bu, bafouilla l'autre.

— Je crois qu'ils sont en train de s'en aller, chuchota-t-elle.

Elle entendit leurs rires et le bruit de leurs pas s'éloigner, et, soudain, elle se rendit compte que ses jambes tremblaient. S'éloignant de la porte, elle alla s'asseoir sur le sofa. Quelques minutes après, une voiture s'arrêta devant chez elle. Le bruit du moteur s'éteignit, et elle sut instantanément que c'était TJ.

— Je suis là, dit sa voix au téléphone.

— Ils sont partis.

— Pourrais-tu me laisser entrer ?

Elle se leva péniblement alors qu'il ajoutait :

— C'est moi.

Pour une raison mystérieuse, ces paroles lui procurèrent un merveilleux réconfort, et elle lui ouvrit sa porte.

Il la scruta, visiblement inquiet.

— Tu vas bien ?

Elle acquiesça en silence, s'écartant pour le laisser entrer.

— Sûre ? insista-t-il en posant sa main sur son épaule.

— Oui, assura-t-elle. Tout va bien.

Il lui sourit, et, lui retirant délicatement son téléphone des mains, il coupa la communication. Puis il la prit dans ses bras, l'enveloppant dans une étreinte rassurante.

Elle ressentit un bonheur indicible, et, durant quelques instants, elle ferma les yeux et se contenta de se blottir contre la douceur de son corps solide. Elle savait qu'elle aurait dû s'écarter de lui, mais elle en était incapable.

— Tu m'as fait peur, chuchota-t-il contre son oreille.

Le contact de sa joue contre la sienne produisit une sorte

de décharge électrique, et elle sentit une intense sensation de chaleur irradier dans tout son corps.

Il se figea et elle cessa de respirer.

Il allait l'embrasser. Elle le sentait dans chaque fibre de son être. Et elle allait le lui permettre. Elle allait même lui rendre son baiser.

Au même instant, son téléphone sonna dans la main de TJ, les faisant tous deux sursauter.

— Ce n'est pas moi qui t'appelle, déclara-t-il comme si ce n'était pas évident.

Il s'écarta un peu pour lui montrer l'écran allumé.

Son cœur cessa de battre.

— C'est l'hôpital !

5

— Il s'agit d'une infection, expliqua le Dr Stannis.

Eli, qui dormait, était à nouveau très pâle. TJ se désolait de revoir son fils sous perfusion.

— Nous sommes intervenus très tôt et nous la traitons avec des antibiotiques, mais nous devons rester vigilants.

— Que puis-je faire ? s'enquit Sage d'une voix brisée, son visage presque aussi pâle que celui d'Eli.

Il fut tenté de mentionner une nouvelle fois Highside, mais il ne souhaitait pas la stresser encore davantage. Il se tourna alors vers le Dr Stannis. Et comprit au premier regard que l'oncologue était réellement inquiète.

— Si vous en avez les moyens, murmura-t-elle en posant doucement sa main sur le bras de Sage, vous pourriez peut-être envisager de le transporter à Highside.

— Le coût n'est pas un problème, intervint-il aussitôt.

— Cela aiderait-il Eli ? s'enquit Sage, la bouche sèche.

— Je ne veux pas vous alarmer, mais une infection à ce stade est problématique. Il se trouve que Highside dispose des meilleurs équipements du pays et d'un laboratoire à la pointe de la technologie.

Elle marqua une pause, avant d'ajouter :

— Et, si son état empirait encore...

Sage tressaillit, et il glissa son bras autour de ses épaules.

— Je ne dis pas que cela se produira, précisa précipitamment le Dr Stannis. Mais à Highside, vous auriez davantage d'options.

— Peut-il être transporté sans danger ?

— En ambulance, oui, convint le Dr Stannis.

— Je peux faire venir un hélicoptère, déclara-t-il.

— Attends ! dit Sage, levant un regard terrorisé vers lui.

— Ne nous emballons pas, répondit-il en plaçant doucement ses mains sur ses épaules. Comme le docteur vient de le dire, il ne s'agit pas d'une urgence, mais d'une simple précaution.

Elle le dévisagea une seconde, puis acquiesça.

— Faisons-le, murmura-t-elle.

Il sortit son téléphone. Cette victoire ne lui procurait aucune satisfaction. Il avait désiré qu'Eli vienne chez lui à Whiskey Bay, mais sûrement pas dans ces circonstances.

Il appela d'abord Air Ambulance, puis l'hôpital Highside pour leur annoncer l'arrivée d'Eli. De son côté, le Dr Stannis contactait le service d'oncologie de Highside pour leur transmettre son dossier médical.

À l'arrière de l'hélicoptère, une place était prévue pour elle près d'Eli. Il s'installa à l'avant, près du pilote. Le vol jusqu'à la côte se déroula sans incident, et, à leur arrivée, deux infirmières et un médecin les attendaient sur l'héliport. Eli fut rapidement pris en charge et conduit dans une chambre.

En regardant Sage debout au chevet de leur fils, il céda à la tentation et plaça à nouveau son bras autour de ses épaules.

— Il a ouvert les yeux dans l'hélicoptère, remarqua-t-elle.

— C'est sûrement un bon signe.

— Il a demandé pourquoi il y avait tant de bruit.

Au même instant, le médecin qui était venu les accueillir à l'héliport, un homme grand et mince d'une quarantaine d'années, réapparut dans la chambre.

— Je suis le Dr Westray, se présenta-t-il, sa main tendue.

— Voici Sage Costas, la maman d'Eli, répondit-il en serrant la main offerte.

— Heureux de faire votre connaissance, Sage, dit le médecin en se tournant vers elle. Je veux que vous sachiez qu'Eli reçoit les meilleurs soins existants. Je viens de parler au téléphone avec le Dr Stannis. Nous sommes optimistes. Nous allons vaincre cette infection.

— Comment va-t-il, docteur ? s'enquit-elle, effleurant le front de son fils du bout des doigts.

— La fièvre a baissé et c'est bon signe. Il est encore un peu tôt pour en tirer des conclusions définitives, mais c'est une évolution encourageante.

— Je voudrais rester avec lui, déclara Sage.

— Vous pouvez rester à son chevet tant qu'il vous plaira, répondit le Dr Westray. En outre, nous avons une résidence réservée aux parents où vous pouvez vous installer si vous le souhaitez pour rester près de votre fils. L'infirmière vous réservera une chambre là-bas si vous souhaitez vous reposer.

— Non, répondit-elle. Pas encore.

— Je comprends. Nous allons garder sa température sous étroite surveillance. Si vous avez d'autres questions, la station des infirmières se trouve au bout du couloir.

— Merci, docteur, murmura-t-elle, les yeux brillants de larmes retenues.

— Je vous en prie. Je suis de garde cette nuit. Je repasserai.

TJ le remercia à son tour et lui serra la main, et le médecin se retira. Il demeura un long moment debout près d'elle, à regarder leur fils dormir. Pour le moment, ils ne pouvaient rien faire de plus pour lui. C'était à Eli de lutter.

Épuisé, il alla finalement s'asseoir dans l'un des deux fauteuils qui occupaient un coin de la pièce. Dans le silence de la chambre, on n'entendait que le lointain murmure de la circulation sur la route côtière, le doux crépitement de la pluie sur les vitres et les bips des équipements électroniques.

Fermant les yeux, il songea à l'incident des deux ivrognes à la porte de Sage. Elle ne devait jamais plus retourner là-bas. Elle n'y était pas en sécurité. Et Eli non plus.

Un discret bruit de pas lui fit rouvrir les yeux, et il vit une infirmière entrer dans la chambre. Elle chuchota quelques mots à l'oreille de Sage, prit la tension d'Eli et mesura sa température. Il retint son souffle mais, la voyant sourire, il fut envahi par une vague de soulagement.

— La fièvre a encore un peu baissé.

Sage se détendit visiblement, et il se leva d'un bond.

— Alors, tout va bien ?

— Il va mieux, convint l'infirmière en ressortant.

— Tu serais mieux dans l'un de ces fauteuils, observa-t-il, s'approchant de Sage. Ils sont inclinables, et tu pourrais peut-être dormir un peu. Je vais t'apporter une couverture.

— D'accord, répondit-elle en soupirant. Je suppose que je peux m'éloigner de quelques pas. On dirait bien qu'Eli a retrouvé des couleurs, n'es-tu pas de mon avis ?

— C'est vrai, assura-t-il pour lui faire plaisir.

— C'est bon signe.

— As-tu soif, Sage ?

— Un peu, reconnut-elle.

Il y avait un petit réfrigérateur dans la chambre, et il alla l'ouvrir pendant qu'elle prenait place dans l'un des fauteuils.

— Eau ou jus d'orange ? s'enquit-il.

— Un jus d'orange serait parfait.

Il choisit une bouteille d'eau pétillante pour lui-même et posa la bouteille de jus d'orange débouchée sur la table près d'elle. Ensuite, il alla chercher une couverture dans le placard, et il la couvrit.

— Personne ne m'avait plus bordée ainsi depuis une éternité, observa-t-elle, esquissant un pâle sourire.

— Avais-tu besoin qu'on te borde ?

— C'est très agréable. Je suis si heureuse qu'il aille mieux !

— Eli est un battant, répondit-il en s'installant dans l'autre fauteuil. Il a déjà presque gagné ce round.

— Il doit tenir cela de toi, suggéra-t-elle.

Il sentit que sa vue se brouillait de larmes d'émotion. Elle le reconnaissait en Eli, et cette idée lui coupait le souffle.

— Il a ton rire, observa-t-elle en buvant une gorgée. Il marche même comme toi. N'est-ce pas merveilleux ?

— Ce garçon est formidable. J'ai hâte de le connaître mieux.

Après cela, elle demeura silencieuse. Ils avaient encore beaucoup de sujets à débattre, pour l'avenir, mais elle avait besoin de se reposer. Il espérait qu'elle parviendrait à dormir. Tout le reste allait devoir attendre.

— On dirait bien que tu as gagné la partie, remarqua-t-elle.

— Je n'ai jamais voulu que cela se passe ainsi.

— Je le sais. Et j'ai accepté parce que c'était la meilleure solution pour Eli. Mais il est ici, maintenant, et je vais devoir démissionner de mon job.

— Tu n'as plus besoin de travailler.

— J'ai besoin d'un emploi, au contraire. J'ai besoin de mon indépendance financière et de l'épanouissement personnel que le travail procure.

Il s'apprêtait à l'interrompre, lorsqu'elle ajouta :

— Mais mon fils a besoin de moi encore davantage. Je suis d'abord une maman, et je l'ai été dès la seconde où j'ai appris que j'étais enceinte.

— Je suis sincèrement désolé de m'être laissé entraîner dans cette plaisanterie stupide. Tu ne peux imaginer à quel point je l'ai regretté. Je donnerais tout pour revenir en arrière.

— Moi, je ne regrette pas du tout ce qui est arrivé, avoua-t-elle après un instant de réflexion. Si c'était à recommencer, je choisirais Eli au-dessus de toute autre considération.

— Toi aussi, tu es merveilleuse, dit-il en prenant sa main.

Sa main qui semblait minuscule dans la sienne, fraîche et délicate. Elle lui faisait du bien. Il ne la relâcha pas.

Ce fut la voix d'Eli qui réveilla Sage. Son fils riait. Pas bien fort, mais il riait.

Lorsqu'elle ouvrit les yeux, TJ était assis au chevet d'Eli, et tous deux étaient penchés au-dessus d'une tablette.

Ils avaient le même sourire, et elle fut frappée par leur ressemblance. L'infirmière qui se tenait près d'eux pointa son doigt sur l'écran pour souligner un détail, les yeux brillants de plaisir, s'appuyant familièrement sur l'épaule de TJ. Elle était jeune et très jolie, et, malgré elle, elle ressentit une bouffée de jalousie, aussitôt réprimée.

— Maman ! s'écria Eli. Ils ont un menu interactif. Je peux commander tout ce que je veux et on me l'apportera.

— Bonjour, lui dit l'infirmière d'un ton guilleret. Ce matin, nous n'avons que de bonnes nouvelles. Eli n'a plus de fièvre, et il dit qu'il a faim.

Sage écarta la couverture et redressa son fauteuil, recoiffant ses cheveux en désordre du bout des doigts. Ses vêtements étaient froissés, et elle se sentait négligée en comparaison de cette jeune femme en uniforme impeccable.

— Le menu est adapté aux besoins spécifiques de chaque patient, et vérifié par un diététicien, précisa l'infirmière.

— Tu as bien meilleure mine, mon cœur, observa-t-elle en s'approchant d'Eli.

— TJ m'a dit que j'étais monté dans un hélicoptère.

— C'est vrai, répondit-elle, jetant un coup d'œil en direction de TJ, apparemment frais et reposé, et toujours aussi séduisant. Nous nous sommes inquiétés pour toi, tu sais.

— C'était bizarre, dit Eli.

TJ s'écarta pour lui laisser la place, et elle s'assit sur le bord du lit.

— Qu'est-ce qui était bizarre, mon chéri ?

L'infirmière se retira discrètement alors qu'Eli commençait :

— Je me souviens d'avoir vu des éléphants à pois. Ensuite, il y avait une mare, mais c'était du pudding au chocolat, avec des chamallows qui se transformaient en poussins tout dodus. Ce n'était pas comme dans un rêve. C'était différent.

— Oui, c'est bizarre, reconnut-elle, sachant que c'était probablement l'effet de la fièvre.

Elle ne put s'empêcher de poser sa main sur le front de son fils, qu'elle trouva merveilleusement frais.

— Y a-t-il des jeux, dans cette tablette ? s'enquit Eli en promenant son doigt sur l'écran.

— Je crois que tu viens tout juste de commander un jus de tomate, remarqua TJ.

— Ah, fit Eli, déçu. Je pourrai regarder la télévision ?

— Après le petit déjeuner, promit-elle.

À peine eut-elle prononcé ces mots qu'elle se demanda pourquoi elle se sentait obligée de limiter le temps que son fils pourrait passer devant la télévision. Quelle importance s'il déjeunait planté devant l'écran, pourvu qu'il déjeune ?

— Y a-t-il une chaîne de sports ? s'enquit Eli.

TJ lui ébouriffa les cheveux.

— Probablement, répondit-il en souriant. Je suis sûr que ta maman ne nous en voudrait pas si nous regardions un match.

— Je me sens tout de même obligée de te conseiller de ne pas en abuser, observa-t-elle. Si tu te sens fatigué, je veux que tu fasses une petite sieste, d'accord ?

— Je ne fais que cela depuis des semaines.

— Je sais, murmura-t-elle en déposant un baiser au sommet de sa tête. Je suis très heureuse que tu te sentes mieux.

— Serais-tu très fâché si j'emmenais ta maman déjeuner ? suggéra TJ. Je ne crois pas que nous ayons les mêmes privilèges de service que toi.

— Ne vas-tu pas aller travailler, aujourd'hui, maman ? s'étonna Eli. Quel jour sommes-nous ? Ai-je manqué l'école ?

— Heu... TJ t'a-t-il dit que nous avions quitté Seattle ?

Eli se tourna vers TJ d'un air ébahi, et il acquiesça.

— Nous sommes venus ici en hélicoptère, expliqua-t-il. Nous sommes près d'une petite ville appelée Whiskey Bay, au sud de Seattle, sur la côte.

— Il y a une plage ?

— Oui, pas très loin.

Eli se tourna vers elle, fronçant les sourcils, et elle s'empressa de le rassurer :

— Ton professeur m'a dit que tu rattraperais tes cours plus tard. Et, pour répondre à ta question, je n'irai pas travailler aujourd'hui. Nous sommes trop loin.

— Vas-tu rester ici ?

Son pauvre petit semblait si inquiet.

— Aussi longtemps que tu y seras, promit-elle.

Eli parut se détendre, et, une nouvelle fois, elle ressentit un immense besoin de le protéger. Il était encore si jeune...

Une autre infirmière fit son entrée, apportant un verre de lait, du jus d'orange et de la gelée de fruits sur un plateau.

— Tu es sûrement Eli, dit-elle. Il paraît que tu as faim ?

— Il n'y a pas de crème glacée, remarqua Eli d'un air déçu.

— Ne t'inquiète pas, le rassura l'infirmière en posant le plateau sur la petite table roulante près du lit. La crème glacée arrive. As-tu remarqué, sur ta tablette, que les menus sont classés en trois couleurs ? Il y a le rouge, le jaune et le vert.

TJ lui passa la tablette, et l'infirmière tapota l'écran et le plaça devant Eli.

— Tu vois, tu dois commander deux plats verts, un plat jaune, et ensuite seulement un plat rouge.

— D'accord, répondit Eli avec un soupir résigné.

Tandis que l'infirmière s'éloignait, TJ prit la télécommande et alluma la télévision, cherchant une chaîne de sports pendant qu'elle observait son fils en train de manger. Il avait déjà avalé trois bouchées de gelée de fruits, et il ne semblait pas vouloir s'en tenir là. C'était très encourageant, même si la prudence restait de mise. Son système immunitaire était encore affaibli, mais tout danger immédiat était à présent écarté.

— Il y a un match de base-ball en cours, lui dit TJ à mi-voix. Toi aussi, tu as besoin de déjeuner.

C'était aussi son avis, mais elle avait également besoin d'une douche et de vêtements propres. Et c'était un problème, car elle avait laissé toutes ses affaires à Seattle et n'osait pas utiliser davantage sa carte bancaire.

— TJ, j'ai besoin de rentrer à Seattle, dit-elle. Je dois prendre quelques vêtements et expliquer ma situation à mes collègues de travail.

Elle se tourna vivement vers Eli, pour ajouter :

— Mais rassure-toi, je reviendrai vite.

— Tu n'as pas besoin de partir tout de suite, observa TJ, fronçant les sourcils.

Il n'était pas question d'ouvrir ce débat devant son fils. Ignorant cette remarque, elle s'enquit :

— Cela ira jusqu'à mon retour ? Ne te fatigue pas trop, d'accord ? Fais une sieste après le petit déjeuner.

— Je ne suis plus un gosse, grommela Eli.

— Non, c'est vrai, reconnut-elle en serrant sa main, bouleversée de le trouver à la fois si mûr et si enfantin.

Ils étaient déjà dans le couloir lorsque TJ remarqua :

— Tu n'as pas besoin de retourner chez toi pour récupérer

tes affaires maintenant. Tu peux acheter quelques vêtements à Whiskey Bay. Nous avons des boutiques, ici aussi.

Ils montèrent dans l'ascenseur. Elle se sentait embarrassée et furieuse contre lui pour l'avoir acculée à reconnaître qu'elle n'avait plus un sou. Et sa réponse fut plus cinglante qu'elle n'en avait eu l'intention :

— Je suis navrée, rétorqua-t-elle. Je crains d'avoir oublié ma carte Platine à la maison.

Il parut désarçonné un instant, mais il se reprit vite.

— Très bien, dit-il, sortant son portefeuille pour en tirer une carte bancaire. Pour le moment, tu vas accepter ceci.

— Non ! s'exclama-t-elle en reculant, horrifiée. Non !

Au même instant les portes de la cabine se rouvrirent au rez-de-chaussée sur un groupe de quatre personnes qui attendaient pour monter. Rouge d'embarras, elle se glissa entre eux et fila tout droit vers la sortie. Mais pas assez vite.

— Prends cette carte, Sage, insista-t-il en la rattrapant.

— Non, répondit-elle sans ralentir. Pas question !

— Je te dois neuf années de pension alimentaire pour Eli. Je ne sais pas quelle razzia de shopping tu avais en tête, mais je parie que tu ne pourras pas épuiser ton crédit en une journée.

— Tu ne me dois absolument rien.

— Au contraire, je te dois tout !

Ils arrivaient à la sortie, et il se précipita pour lui ouvrir la porte. Elle sortit, et, à la seconde où elle posa le pied sur le trottoir, elle se rendit compte qu'elle n'avait pas la moindre idée d'où elle allait.

Elle s'arrêta, et la réalité la rattrapa d'un seul coup. Elle n'avait pas de voiture. Pas d'argent. Elle allait devoir quitter son emploi. Et, même si elle avait essayé de s'en accommoder, elle n'avait pas envie d'élever son fils dans un appartement en sous-sol dans un quartier qui partait à la dérive. Bientôt Eli serait adolescent, et les influences du quartier prendraient encore plus d'importance.

TJ avait la réponse à tous ses problèmes. Il pouvait tous les résoudre d'un claquement de doigts. Il ne lui en coûterait que de ravaler sa fierté. Une toute petite chose — un détail, n'est-ce pas ?

Elle redressa les épaules. Pour Eli, elle le ferait.

— D'accord, répondit-elle. J'accepte.

— Tu vas prendre ma carte bancaire ?

— Oui, je ferai tout ce que tu m'as demandé. Je viendrai m'installer à Whiskey Bay. J'habiterai dans ta maison. Mais j'*insiste* pour payer un loyer. Je trouverai bien un job.

Il ne parut pas aussi satisfait qu'elle s'y était attendue. À vrai dire, il fronçait même les sourcils.

— J'ai changé d'avis, déclara-t-il.

Devant l'air consterné de Sage, TJ comprit qu'il était à nouveau en train de tout gâcher et chercha désespérément des yeux un coin tranquille où ils pourraient s'asseoir.

— Je veux dire, ajouta-t-il précipitamment, que nous devons parler de nos plans d'avenir.

— Je...

— Non, ne dis rien. Viens, marchons un peu.

— Je n'ai pas envie de marcher, répondit-elle d'une voix un peu tremblante. Tu as changé d'avis, et c'est très bien ainsi.

— S'il te plaît ? murmura-t-il.

Elle hésita une seconde, puis, redressant les épaules, elle se mit en marche sur l'allée pavée de briques rouges.

Remerciant silencieusement le ciel, il lui emboîta le pas.

— Il demeure que je dois veiller aux intérêts d'Eli, ajouta-t-il alors qu'ils longeaient un parterre de tulipes et de narcisses.

— Dois-je comprendre que tu as l'intention de me faire un procès ? s'enquit-elle d'une voix dénuée d'émotion.

— Non, bien sûr que non ! En tout cas, j'espère que nous n'en arriverons pas là. Je n'ai aucune envie d'impliquer des avocats dans cette histoire.

— Je n'ai pas d'avocat.

— Moi, j'en ai quatre... Heu... Désolé, c'était censé être une plaisanterie.

Il comprit qu'il ne faisait qu'aggraver la situation à chaque seconde. Ils étaient arrivés devant un belvédère bâti face à l'océan, avec des bancs.

— Pourrions-nous nous asseoir un instant ?

Elle grimpa les trois marches d'un air résigné et alla s'asseoir sur l'extrême bord d'un banc.

— Je vais tout recommencer depuis le début, déclara-t-il en prenant place à côté d'elle. Si tu pouvais m'écouter sans m'interrompre, je t'en serais reconnaissant.

Elle demeura silencieuse et il sentit son espoir revenir.

— Je désire ce qu'il y a de mieux pour Eli, et je sais que toi aussi. Je pense que Whiskey Bay est un meilleur environnement pour lui. Je sais que tu t'accommodes de ton appartement et que ton quartier n'est peut-être pas aussi problématique que je l'imagine. Moi aussi, je pourrais aller m'installer à Seattle, bien sûr, mais je n'ai pas envie de partir. Mes racines sont ici. Lauren et moi avons bâti cette maison, et je ne veux pas y renoncer. Mes meilleurs amis, Matt et Caleb, sont mes voisins.

Il s'arrêta pour reprendre sa respiration, et, comme elle ne l'interrompait pas, il poursuivit :

— Je désire qu'Eli vive avec moi, et je sais que tu désires qu'il continue de vivre avec toi. Mais je ne veux pas que tu aies l'impression de n'être qu'une invitée dans ma maison. Je veux qu'Eli ait une vraie famille.

Comme elle le dévisageait d'un air d'incompréhension, il ajouta, la gorge serrée d'émotion :

— Tu m'as dit que tu n'avais personne dans ta vie. Moi-même, j'ai déjà perdu l'amour de ma vie. J'ai passé cette dernière année à essayer, mais je sais maintenant que je ne rencontrerai jamais une femme comparable à Lauren. Je désire néanmoins qu'Eli ait une famille. Un père *et* une mère qui soient avec lui chaque jour. Et pas chacun de son côté. Je ne veux pas qu'il passe constamment de l'un à l'autre. Un jour, peut-être, il aura envie de lancer une balle de base-ball. Il aura peut-être besoin des conseils d'un homme, ou que sa maman le serre dans ses bras. De savoir que tu es là. Que la personne qui a veillé sur lui depuis le jour de sa naissance est toujours là. Quels que soient ses besoins, je veux être sûr qu'ils seront satisfaits.

— TJ, répondit-elle en pâlissant, nous ne pouvons pas...

— Justement, si. Nous le pouvons. Nous pouvons au moins essayer. Si nous échouons, s'il arrive que tu rencontres un autre homme dans l'avenir et que tu décides de me quitter, nous en reparlerons. Mais, entre-temps, je veux la totale : une bague, une cérémonie et un compte bancaire joint.

Il prit sa main dans la sienne, avant d'ajouter :

— Je ne peux pas te demander de renoncer à ta vie actuelle sans t'en offrir une nouvelle.

Elle ouvrit la bouche pour répondre, puis elle sembla y renoncer. Il s'obligea à attendre. Il en avait assez dit. D'interminables secondes s'écoulèrent dans un silence total.

— Un mariage de convenance, observa-t-elle enfin.

— Oui.

— Une solution très radicale pour un problème assez banal.

— Cela n'a rien de banal. Et même si cela l'était, cela resterait unique pour nous deux. Notre situation est unique, pourquoi la solution ne le serait-elle pas ?

Elle parut chercher en vain un contre-argument à lui opposer, avant de remarquer :

— Et que dirions-nous aux gens ?

— La vérité. Nous nous connaissions au lycée. Nous avons un fils. Nous nous sommes retrouvés et nous nous sommes mariés. C'est tout ce qu'ils ont besoin de savoir.

— Vivre un mensonge, observa-t-elle.

— Non, bien sûr que non ! Je ne te demanderais jamais de faire cela. Tu peux préciser les détails de notre histoire à qui il te plaira. Personnellement, je ne confierai la vérité qu'à un tout petit cercle.

— Je trouve incroyable que nous ayons ce genre de discussion.

Il libéra sa main et s'adossa au banc, avant d'observer :

— Moi aussi, j'ai peine à croire à tout ce qui s'est produit au cours de ces quelques dernières semaines.

Ils demeurèrent tous deux silencieux. La brise faisait bruire les feuilles des arbres et les vagues de l'océan s'écrasaient sur les rochers en contrebas.

— Avant toute cette histoire, dit-elle enfin, avant que l'hôpital n'ait retrouvé ta trace, alors que je venais tout juste d'apprendre la mauvaise nouvelle, je m'étais juré que je ferais tout, que je donnerais tout, que j'endurerais n'importe quoi pourvu qu'Eli guérisse.

Il aimait la direction que prenait cette conversation, même si son choix du terme *endurer* le désolait un peu.

— Je suppose qu'il pourrait m'arriver pire, conclut-elle.

— Voilà exactement ce qu'un homme a envie d'entendre, remarqua-t-il, souriant malgré lui.

À sa grande surprise, elle pouffa de rire.

— Je ne vais tout de même pas commencer à te mentir.

— Est-ce oui, alors ? s'enquit-il en prenant sa main. Sommes-nous ensemble dans cette aventure ?

— Pour élever Eli ? Pour l'aider à guérir ?

— Oui aux deux questions.

— Au fond, tu es son papa.

— Exactement.

— Alors oui, confirma-t-elle. Nous sommes ensemble.

6

En prononçant ses vœux, Sage peinait à s'exprimer d'une voix audible, tant elle avait la gorge sèche. Elle doutait que le juge de paix l'ait même entendue.

Ils étaient réunis dans une salle silencieuse du tribunal de Whiskey Bay au sol de mosaïque et aux murs lambrissés. Matt et Tasha, des amis de TJ, leur servaient de témoins. La bague ornée d'un solitaire semblait lourde à son doigt. Elle lui avait fait remarquer qu'une bague de fiançailles était superflue, mais il avait insisté.

Matt et Tasha savaient qu'il s'agissait d'un mariage de convenance, et il se disait prêt à dire la vérité à toutes les personnes qu'elle désignerait. Mais, pour le grand public, ils étaient convenus qu'il était préférable pour Eli que sa famille ait l'air aussi normale que possible.

Elle savait que c'était la bonne décision. Et cependant, ce diamant de deux carats à son doigt lui donnait l'impression d'être une faussaire.

Elle ne put s'empêcher d'y poser son regard. Le solitaire de taille ronde scintillait sur sa monture d'or blanc. Une pierre conventionnelle pour un mariage qui était tout le contraire.

Elle s'acquitta de la formalité des vœux, et osa même regarder TJ bien en face en les prononçant.

Son visage arborait une expression sombre, presque triste. Mais il serra ses mains dans une étreinte rassurante et il parvint même à se confectionner l'ombre d'un sourire.

Il pensait probablement à Lauren, songea-t-elle. Elle savait combien celle-ci lui manquait. Leur mariage devait avoir été à des années-lumière de cette simple cérémonie.

Le juge de paix réclama les bagues, et Matt s'avança pour les lui apporter. TJ glissa un anneau d'or à son doigt, et elle fit de même avec lui. Et ce fut tout.

— Vous pouvez embrasser la mariée.

Il se pencha vers ses lèvres. Elle leva les siennes et attendit. Elle savait à quoi s'attendre. Après tout, ce n'était pas leur premier baiser. Celui-là, elle l'avait revécu dans sa mémoire des milliers de fois.

Elle se prépara à ressentir le même plaisir.

Mais elle n'était absolument pas prête pour le déluge d'émotions qui s'abattit sur elle à l'instant où ses lèvres vinrent se poser sur les siennes.

Le temps avait dû estomper ses souvenirs.

Un million d'étoiles explosèrent dans son cerveau et elle sentit sa peau s'enflammer.

Elle entrouvrit ses lèvres, et leur baiser devint plus profond, plus passionné. À peine consciente de ce qu'elle faisait, elle noua ses bras autour de son cou et se blottit fiévreusement contre lui.

Posant ses mains sur ses hanches, il la repoussa gentiment, rompant le contact.

Elle revint soudain à la réalité, rougissant de confusion.

— Félicitations ! s'exclama Tasha en venant la serrer dans ses bras, la sauvant à ce moment délicat.

Matt serra la main de TJ et lui asséna une claque amicale dans le dos.

— Félicitations, mon vieux.

Seigneur, mais que lui arrivait-il ? Elle s'efforça désespérément de calmer les battements précipités de son cœur. Et de prétendre qu'elle ne venait pas de se couvrir de ridicule.

— Caleb a retenu une salle privée au Neo, dit Matt. Rien de trop élaboré. Il n'y aura qu'eux, nous et Noah et Melissa.

— Euh… De quoi parlez-vous ? s'étonna-t-elle.

— Nous allons fêter l'événement comme il se doit, expliqua Matt.

— Ce sera une affaire toute simple, assura Tasha.

— Euh... Matt et vous savez, bien sûr, que nous ne sommes pas vraiment...

— Sage, nous savons que ce n'est pas un mariage conventionnel, dit Tasha. Mais cela ne signifie pas que vous ne fassiez pas partie de la famille. Je suis impatiente de connaître votre fils.

L'expression de Tasha devint sérieuse :

— Comment va-t-il ?

— Mieux, assura-t-elle.

Cela faisait déjà plus d'une semaine qu'ils l'avaient transporté à l'hôpital Highside, et Eli devenait plus fort avec chaque jour qui passait.

— Il a envie de sortir, ajouta-t-elle.

— C'est bien normal, opina Tasha. À quoi s'intéresse-t-il ?

— Il adore le base-ball, déclara TJ. Il est receveur.

— Il va devoir commencer prudemment, intervint Sage.

Il était encore plus impatient qu'Eli, elle l'aurait juré. Ils partageaient un goût commun pour les sports, et c'était ce qui les rapprochait. Elle savait qu'Eli serait surpris en apprenant que TJ était son père, mais elle espérait que ce serait une bonne surprise.

Là-dessus, elle était plutôt optimiste, mais rien n'était encore acquis. TJ et elle étaient convenus de tout lui dire dès sa sortie de l'hôpital.

— Pour le moment, déclara Tasha, nous allons faire la fête. Ceci est une heureuse occasion. C'est moi qui conduis.

— C'est parfaitement ton droit, reconnut Matt en souriant.

— Il a commis l'erreur de m'épouser, remarqua Tasha, pouffant de rire alors qu'ils sortaient de la salle. Alors, maintenant, je suis propriétaire de la moitié de sa BMW.

— J'ai moins peur lorsqu'elle pilote un bateau, grommela Matt derrière elles.

— Avez-vous déjà fait la connaissance de Julia ? s'enquit Tasha.

— Non, mais TJ m'a parlé de Julia et Caleb. Ils ont des jumelles, n'est-ce pas ?

— Elles auront bientôt cinq mois, confirma Tasha. Elles sont absolument adorables.

Sa main descendit vers son propre ventre et effleura délicatement l'arrondi qui tendait sa robe d'été bleue.

— Moi aussi je suis enceinte. De quatre mois, annonça-t-elle, rayonnante de bonheur.

— Toutes mes félicitations, répondit-elle avec sincérité. J'en suis très heureuse pour vous deux.

— En voyant la joie de Matt à la prochaine venue de cet enfant, remarqua Tasha d'un ton hésitant, son excitation à l'idée d'être bientôt papa, j'ai pensé que vous...

— Que j'étais une personne horrible ? termina-t-elle à sa place, ses fragiles émotions vacillant au bord de la rupture.

Elle s'était préparée à subir la colère des amis de TJ. Elle ne s'y était pas attendue de la part de Tasha à cet instant, mais elle comprenait son point de vue.

— Quoi ? se récria Tasha en posant sa main sur son épaule. Non, Sage ! *Non !* Ce n'est pas du tout ce que je voulais dire. Je pense, au contraire, que c'est merveilleux que vous ayez offert à Eli et à TJ l'occasion d'être réunis.

— Je sais que c'est le mieux pour Eli, murmura-t-elle, partiellement rassurée.

— C'est vrai, convint Tasha, l'entraînant vers une voiture gris sombre garée à quelques mètres de là. Mais vous comptez aussi. Vous allez monter avec moi, d'accord ? Matt et TJ peuvent nous suivre dans l'autre voiture.

Elle jeta un coup d'œil derrière elles et vit que les deux hommes étaient en pleine conversation. En ce moment si particulier, il était normal que TJ ait besoin du soutien de ses plus proches amis. Et, étant donné les circonstances, il n'y avait aucune raison qu'il soit impatient de se retrouver seul avec sa nouvelle épouse.

— Sage vient avec moi ! lança Tasha en se retournant vers eux. Nous nous reverrons là-bas.

Elles montèrent dans la voiture, et elle tira sa jupe sur ses jambes. Sa garde-robe n'était pas très fournie, et comme leur mariage était tout sauf classique, elle avait porté une robe de cocktail vert pâle achetée en solde trois ans plus tôt, pour la fête de Noël de la société. TJ avait offert de lui en acheter une autre, mais elle avait refusé.

Il y avait peu de circulation sur la route côtière et la BMW enchaînait les virages bien au-dessus de la vitesse autorisée. Tasha semblait détendue et parfaitement à l'aise derrière le volant.

— TJ vous considère comme un génie, remarqua Tasha.

— TJ ne me connaît pas très bien. Le fait d'avoir eu de bonnes notes au lycée ne fait pas de moi une sommité intellectuelle.

— D'après lui, vous avez renoncé à aller à l'université pour élever Eli.

— C'est vrai. Et je le referais si nécessaire.

— Je suis désolée, s'excusa Tasha d'une voix douce. Je n'avais pas l'intention de critiquer votre décision.

— C'est un sujet sensible, observa-t-elle, regrettant déjà son accès d'humeur.

— Avez-vous songé à reprendre vos études ?

— Maintenant, je suis certaine que vous avez parlé avec TJ. Suis-je tombée dans un piège ?

— Pas du tout ! Je ne suis pas du genre à trahir la cause féminine.

— Je sais, répondit-elle, un peu embarrassée. Désolée.

— Ne vous excusez pas, répondit Tasha avec un haussement d'épaules nonchalant. Vous ne me connaissez pas encore. Sinon, vous sauriez déjà que je milite pour que les femmes soient libres de choisir leur carrière.

Elle savait que Tasha avait défié la volonté de sa riche famille bostonienne pour devenir mécanicienne de marine.

— J'ignore ce qui vous passionne, Sage, mais vous devriez poursuivre votre rêve. Et, surtout, ne laissez jamais TJ ou quelqu'un d'autre vous en détourner.

Cette jeune femme venait de lui donner matière à réflexion. Elle l'appréciait de plus en plus.

Lorsqu'ils auraient expliqué à Eli qui était TJ, quand son fils et elle se seraient installés à Whiskey Bay dans une routine familiale, que ferait-elle alors ?

Ils s'étaient retrouvés au Neo, un restaurant de fruits de mer — le dix-septième de cette enseigne que Caleb avait ouvert dans le pays et qu'il avait inauguré à peine deux semaines plus tôt.

— Elle a l'air très bien, opina Caleb.

TJ sourit. Oui, Sage était une femme incroyable. Il tourna son regard vers elle, assise à l'autre table et en pleine conversation avec Tasha.

Il l'avait embrassée.

Il avait su qu'il le ferait. C'était ce que l'on attendait du marié à la fin de la cérémonie. Ce dont il ne s'était absolument pas douté, c'était qu'il l'embrasserait *réellement*. Corps soudés l'un à l'autre en un baiser incandescent qui avait mobilisé toutes ses hormones, toutes ses émotions. Son regard alla se poser sur ses lèvres adorables, et une nouvelle vague de désir monta tout au fond de lui.

— Elle est superbe, convint-il, revenant brusquement à la réalité. Je n'ai jamais dit le contraire.

— Mais elle n'est pas Lauren, c'est cela ?

— Elle ne sera jamais Lauren.

Il eut honte de ces paroles sitôt qu'il les eut prononcées. Il avait l'impression d'avoir trahi Lauren en embrassant Sage et, simultanément, il trahissait Sage en la comparant à Lauren. Il refusait de les confronter. Les deux situations étaient totalement différentes.

— Je ne suis pas convaincu que tu aies bien réfléchi avant de t'engager ainsi, observa Caleb.

— J'y ai mûrement réfléchi, au contraire, assura-t-il, regrettant que Caleb ne le soutienne pas autant que Matt.

— Se marier est une énorme décision.

Il ne put s'empêcher de tourner à nouveau son regard vers Sage. Et il ressentit un nouvel élan de désir. Il savait qu'il devait absolument trouver un moyen de l'endiguer.

— Notre mariage n'est pas de cette sorte, rappela-t-il.

— Il n'y a qu'une seule sorte de mariage.

— Il y en a des milliers. Certains se marient par amour. D'autres pour l'argent. Et d'autres dans l'intérêt des enfants.

— Dans ces cas-là, généralement, il est question d'une grossesse et...

— Mieux vaut tard que jamais, remarqua-t-il. J'ai réfléchi à toutes les options, mais je désire me montrer juste vis-à-vis de

Sage. Elle a droit à la sécurité. Peux-tu imaginer vivre dans la maison d'une autre personne, dépendant de ses bonnes grâces et soumis à tous ses caprices ?

— Je ne crois pas une seconde que tu la mettrais à la porte.

— Ce que je veux dire, c'est qu'elle n'aurait aucun moyen de savoir comment je vais la traiter. De cette façon, elle est propriétaire de la maison à part égale avec moi. Je ne pourrais pas la chasser même s'il m'en venait l'envie. Bien sûr, je ne le ferais jamais, mais, ainsi, elle n'a même pas à s'en inquiéter.

— La maison, soit, convint Caleb. Mais, au-delà de cela, j'espère que tu as un contrat de mariage en béton.

Il ne répondit pas.

— J'espère que tu ne lui as laissé aucune faille pour te ruiner, observa Caleb en le dévisageant.

— Ne disais-tu pas qu'elle avait l'air très bien ?

— Qu'elle ait l'air très bien et que tu sois stupide sont deux choses totalement différentes.

— Il n'y a pas de faille.

Caleb parut se détendre.

Mais il n'entendait pas laisser ce malentendu rester sur la table plus longtemps.

— Parce qu'il n'y a pas de contrat de mariage, ajouta-t-il.

Caleb le dévisagea avec des yeux ronds.

Et il trouva ce regard plus dérangeant que si son ami avait hurlé.

— Alors, quoi de neuf ? s'enquit Matt d'un ton jovial en tirant une chaise près d'eux au même instant.

Puis, il les dévisagea tour à tour, intrigué par leurs expressions, et son sourire mourut sur ses lèvres.

— Que se passe-t-il ?

— Quelqu'un a lobotomisé TJ, pour extraire la moitié de sa cervelle, expliqua Caleb.

— L'image est jolie, commenta Matt.

— Caleb, elle est la mère de mon fils !

— Que tu n'avais pas revue depuis neuf ans. Tu ne sais rien d'elle. Tu ignores ses intentions. *Tout* est possible.

— Tu crois vraiment que le fait de m'avoir demandé de donner ma moelle osseuse pour Eli faisait partie d'un plan machiavélique pour me dépouiller de mon argent ?

— Ah ! fit Matt. Vous parlez du contrat de mariage. Je t'avais bien dit que Caleb réagirait ainsi.

— Caleb n'avait pas à réagir du tout, gronda-t-il.

— Comment peux-tu avoir la tête aussi dure ? s'emporta Caleb, haussant la voix à son tour. Le divorce de Matt ne t'a-t-il rien appris ?

— Comment ai-je été mêlé à cette histoire ? s'étonna Matt.

— Tu es l'exemple de ce qu'il faut éviter, expliqua Caleb.

— Sage n'est pas Diana, rappela-t-il. L'argent ne l'intéresse pas du tout.

— Comment le saurais-tu ? Tu la connais à peine. Un contrat de mariage est une absolue nécessité.

— Ohé ! cria la voix de Julia depuis l'autre table.

Il se rendit soudain compte qu'ils parlaient très fort. Lorsqu'il leva les yeux, il constata que Sage et tous les autres s'étaient tournés vers eux et les fixaient curieusement. Sage n'avait pas touché à la portion de cheese-cake dans son assiette et paraissait totalement humiliée.

Il se leva aussitôt et vit Caleb rougir visiblement.

— Je... merci beaucoup à vous tous, dit Sage en même temps, tout en repoussant sa chaise et en ramassant son sac accroché au dossier. Cela a été une longue journée et je me sens un peu fatiguée. Je crois que je vais vous souhaiter bonne nuit.

Là-dessus, elle se dirigea vers la porte et il la suivit.

Du coin de l'œil, il vit que Caleb se levait, lui aussi. Puis, il vit que Julia l'arrêtait.

Il n'essaya pas de la rattraper avant qu'elle ait traversé la partie du restaurant ouverte au public. Marchant à distance respectable derrière elle, il descendit l'escalier à sa suite et attendit qu'elle ait franchi les doubles portes avant de marcher à ses côtés.

— Sage, je suis sincèrement navré.

— Tu n'as rien fait, dit-elle sans le regarder, continuant à marcher, le front haut.

— Je sais, mais ce n'était ni l'heure ni le lieu pour entrer dans ce débat avec Caleb le jour de notre mariage.

— Je ne m'attendais pas à une telle scène, c'est vrai.

— Moi non plus.

Mais, bien sûr, ces temps derniers, il allait de surprise en surprise. Il ne s'était pas attendu non plus à ce baiser.

— Ma voiture est là-bas, sous le lampadaire.

— Je suppose que je suis censée rentrer avec toi, remarqua-t-elle en s'arrêtant, comme si cette idée la surprenait.

— Oui. C'est ce qui était prévu.

— Cela semblait beaucoup plus facile en théorie.

Il ne savait pas quoi répondre à cela. Regrettait-elle de l'avoir épousé ? Il se demandait ce qu'elle pensait du baiser qu'ils avaient échangé. Lui avait-il rappelé cet autre baiser, des années plus tôt ? S'était-elle souvenue comme lui de la raison précise pour laquelle Eli était venu au monde ?

Ils montèrent dans sa voiture et attachèrent leurs ceintures.

— Il n'avait pas tort, tu sais.

— Qui ?

— Caleb. Cela ne m'était pas venu à l'esprit, mais c'est toi qui as tout l'argent. Tu as effectivement besoin d'un contrat.

Il lui lança un regard en coin. Était-ce à cela qu'elle pensait ? Leur baiser avait fait trembler la terre sous leurs pieds, et elle se préoccupait d'un contrat de mariage ?

— Crois-tu que je songerais à me protéger contre toi ? s'enquit-il en accélérant pour sortir du parking.

— C'est une question de logique, TJ. Nous ignorons où ceci va nous mener, ce qui pourrait arriver.

Ce n'était pas faux, bien sûr. Mais, concernant le contrat de mariage, il avait déjà pris sa décision.

— Eli est mon fils, Sage. Tu es sa mère, et à présent tu es mon épouse. Vous êtes ma famille, tous les deux.

— Seulement d'une façon très marginale.

— Non. De la façon la plus fondamentale qui soit. Quoi que l'avenir nous réserve, quel que soit l'argent que je gagne, ou que je ne gagne pas, je le fais pour nous trois. Voilà ce que cela signifie exactement.

Elle se tourna sur son siège pour le dévisager en silence.

Il s'arrêta dans l'allée et il coupa le moteur avant de se tourner vers elle, prêt à répondre à tous ses arguments.

— Je ne te comprends pas. Je pourrais te mettre sur la paille.

— Est-ce ton intention ? demanda-t-il tout en connaissant déjà la réponse.

— Je ne ferais jamais cela.

— Je le sais.

Elle secoua la tête d'un air incrédule et lui adressa un sourire en coin. Elle était incroyablement belle à la lumière de la lune. D'un point de vue purement objectif, elle était l'une des plus belles femmes qu'il ait jamais connues. Une beauté unique. Ses yeux verts s'emplissaient de lumière lorsqu'elle était heureuse. Ses cheveux auburn étaient merveilleusement brillants. Et les quelques taches de rousseur qui saupoudraient son nez ajoutaient une touche humaine à ce visage de déesse classique.

— Tu ne sais rien, répliqua-t-elle. Ni toi ni moi ne savons ce que l'avenir nous réserve. Je sens que cette situation va devenir bizarre.

C'était une façon de voir les choses, songea-t-il en voyant son anneau d'or briller à son doigt dans la lumière. Ce qu'il ressentait, c'était un sentiment de loyauté et de dévouement total pour elle et pour son enfant. Bizarre ou pas, il avait désormais une famille. Et un nouveau but dans sa vie.

Sage avait le sentiment d'être une invitée dans la maison de TJ. Pire encore, elle avait l'impression de vivre dans la maison modèle d'un magazine d'art de vivre.

Une femme de ménage, Verena, arrivait tous les matins. Souriante et professionnelle, elle époussetait des surfaces sans la moindre trace de poussière et passait l'aspirateur sur des tapis que personne n'avait foulés.

TJ l'avait informée qu'une cuisinière était disponible en cas de besoin. Il mangeait souvent dehors et avait des goûts simples, alors ils ne faisaient pas souvent appel à elle. Mais il lui avait laissé son numéro, au cas où.

Elle ne parvenait pas à s'imaginer en train d'appeler une

cuisinière pour lui préparer ses toasts le matin, ou pour faire rôtir un poulet pour le dîner. Cela lui semblait surréaliste.

Il lui avait confié les clés de son SUV en lui suggérant de se rendre à Olympia et de s'acheter une voiture. Et pour finir, il lui avait également suggéré de choisir l'ameublement pour le premier étage de la maison. Elle essayait d'y réfléchir calmement, mais les sommes qu'elle était encouragée à dépenser lui donnaient le vertige.

Pour le moment, elle faisait le tour de l'immense cuisine et ouvrait des placards, s'efforçant de se familiariser avec son nouvel environnement, lorsqu'on frappa à la porte.

— Il y a quelqu'un ? lança une voix féminine.

Il laissait sa porte ouverte toute la journée, et ses voisins semblaient avoir pour habitude d'entrer avant d'y avoir été invités. Elle allait devoir se faire à ces coutumes.

— Oui, je suis là, répondit-elle en traversant le salon pour aller à sa rencontre.

— C'est Melissa, vous souvenez-vous de moi ? La sœur de Julia, annonça la visiteuse.

— Bonjour, répondit-elle.

Sage avait fait sa connaissance quelques jours plus tôt, au dîner du Neo.

— Je tombe mal, peut-être ?

— Non, pas du tout.

Elle avait rendu visite à Eli ce matin-là et y retournerait plus tard, dès que TJ serait rentré. En attendant, elle essayait de s'occuper et de s'habituer à sa nouvelle vie. L'unique autre alternative aurait été d'aller choisir l'ameublement du premier. Et elle n'était pas prête pour cela.

— J'adore cette maison, déclara Melissa, balayant du regard le salon aux plafonds hauts, baigné de lumière.

Le soleil entrait à flots par les immenses baies vitrées ouvertes sur la terrasse, d'où l'on apercevait l'océan. Grâce aux bons soins de Verena, les meubles de merisier brillaient comme des miroirs. Les sofas de cuir et les fauteuils étaient confortables et stratégiquement placés.

— J'ai l'impression de vivre dans un décor de magazine, observa-t-elle en soupirant.

— Je vous comprends, assura Melissa, pouffant de rire. Moi-même, j'ai grandi dans un appartement à Portland. Rien de comparable à tout ceci.

— Avez-vous subi un choc culturel en arrivant ici, vous aussi ?

— Noah a restauré la vieille maison de mon grand-père, répondit Melissa. Rien à voir avec cette maison-ci. Vous avez vu la maison de Caleb et celle de Matt. Elles sont impressionnantes, mais, pour l'opulence, TJ les bat tous.

— Quelle chance pour moi, remarqua-t-elle d'un ton mélancolique. Voulez-vous vous asseoir ? Puis-je vous offrir une boisson fraîche ?

— Volontiers, merci, répondit Melissa.

Elle passa dans l'office pour jeter quelques glaçons dans deux verres, puis elle les remplit de ginger ale à ras bord et revint les poser sur la table basse du salon.

— Connaissez-vous le Whiskey Bay Seaside Festival ?

— Non, reconnut Sage.

— Nous l'organisons chaque année à Lookout Park. Il y a de la musique, des plats régionaux, une course de bateaux personnalisés et une chasse au trésor pour les enfants. Et, pour finir en apothéose, un grand feu d'artifice.

— Cela a l'air très amusant.

— Oui, en effet. Je fais partie du comité d'organisation et c'est en cette qualité que je suis venue, aujourd'hui. Pour deux raisons. D'abord, je collecte des dons, naturellement. TJ contribue toujours généreusement.

— Je devrai en parler avec lui, répondit-elle, un peu embarrassée, même si TJ lui avait donné libre accès à leur compte commun.

— Aucun problème. Mais la principale raison de ma visite était de vous inviter à faire partie du comité d'organisation.

Avait-elle bien compris ?

— Cela ne représentera pas une charge de travail trop lourde, je vous rassure. Et ce sera l'occasion de faire la connaissance des autres membres de notre communauté, poursuivit Melissa.

Sage appréciait les efforts de la jeune femme pour l'inclure dans leur cercle, mais elle ne pouvait s'empêcher d'être nerveuse.

— Comment réagiraient ces gens si j'acceptais ?

— Je suis sûre qu'ils seraient heureux que vous les aidiez.

— Je veux dire… Que raconte-t-on à mon sujet ?

— Les gens sont curieux, naturellement, reconnut Melissa, sirotant une gorgée de ginger ale. Le mariage s'est fait très vite, et je pense qu'ils ont tous deviné, pour Eli. D'autant plus que TJ et vous étiez déjà amis au lycée.

Elle s'inquiétait un peu de l'accueil que cette communauté réserverait à Eli. Un enfant né hors mariage n'était plus un scandale, mais il serait un objet de curiosité.

— La plupart sont simplement heureux pour TJ. Tout le monde à Whiskey Bay les adorait, Lauren et lui.

— Il ne sera pas facile de marcher dans de telles traces, observa-t-elle, sentant croître sa nervosité.

Si TJ était tant aimé de ces gens, que diraient-ils d'elle pour lui avoir caché si longtemps l'existence de son fils ?

— Ce n'est pas ce que je voulais dire ! assura Melissa, l'air contrit. Tout le monde se réjouit pour TJ, et ils ont très envie de vous connaître, vous et Eli. Personne ne se doute…

— Que nous avons fait un mariage de convenance ?

— Oui, TJ nous l'a dit. Mais pour les autres, lui et vous étiez amoureux au lycée, un point c'est tout. La façon dont TJ et vous gérez votre famille ne regarde que vous deux.

— Que vous a-t-il raconté, exactement ?

— TJ a avoué à Caleb qu'il était sorti avec vous à cause d'un pari avec ses copains.

— Je suis surprise qu'il l'ait reconnu, convint Sage après un instant de réflexion.

— C'était idiot, et il avait très honte.

— Il est vrai que j'ai du mal à reconnaître dans l'homme qu'il est devenu le brillant athlète qui avait séduit une jeune fille juste pour amuser ses amis, reconnut-elle.

Melissa la considéra d'un air surpris.

— Est-ce cela que vous croyez qu'il a fait ?

— C'est la stricte vérité.

— Pas exactement.

— J'étais là, rappela-t-elle.

— Mais TJ était seulement censé vous embrasser. C'était cela, le challenge. Il n'avait jamais eu l'intention...

Melissa marqua une pause, avant d'ajouter :

— D'après Caleb, TJ n'avait pas l'intention de faire l'amour avec vous. Et, à l'époque, il n'en avait soufflé mot à personne.

Elle cessa de respirer. Ce qu'elle pensait être l'histoire de ces dix dernières années venait d'être réécrite.

— Comment... est-ce possible ? balbutia-t-elle.

— Sait-il que vous n'êtes pas au courant ? s'enquit Melissa.

— Je... Je l'ignore.

— Vous devriez vous en assurer.

Melissa avait raison, elle le savait. Ce que TJ avait fait était mal, bien sûr, mais c'était beaucoup moins terrible qu'elle ne l'avait pensé.

— Alors ? Pour le Seaside Festival, êtes-vous intéressée ?

— Oui, bien sûr, répondit-elle, s'efforçant encore de se ressaisir. Vous pouvez compter sur moi.

Elle allait rester à Whiskey Bay. Il était temps pour elle d'accepter cette réalité. Elle avait déjà commencé à pardonner à TJ. Et cette révélation achevait de clore ce chapitre.

7

En rentrant de leur visite du soir à Eli, à l'hôpital, TJ avait convaincu Sage de boire un verre de vin avec lui. Alors qu'il débouchait la bouteille qu'il venait de remonter de la cave, il nota que Sage marchait nerveusement de long en large dans la pièce comme elle le faisait souvent, ces temps derniers.

Dehors, il s'était remis à pleuvoir. Leurs deux verres à la main, il indiqua la cheminée d'un geste du menton.

— Viens t'asseoir près du feu. Nous serons mieux.

— Pourquoi ne me l'as-tu pas dit ?

— Quoi donc ? s'enquit-il.

— Pourquoi ne m'as-tu pas expliqué ce qui s'était passé ce fameux soir ?

— Quel soir ?

— Le soir du bal de promotion. Le pari.

Il fronça les sourcils, déçu. Leur triste histoire était le dernier sujet au monde qu'il souhaitait aborder, ce soir-là.

Eli se sentait de mieux en mieux. Toute cette journée, à son travail, il avait été impatient de rentrer à la maison pour retrouver Sage.

Posant leurs deux verres sur la petite table ronde flanquée de deux fauteuils, il remarqua :

— Tu étais déjà au courant, pour cette bêtise.

— Tu sais donc ce que j'en pensais. Et tu m'as laissée continuer à le croire.

— Tu devrais t'asseoir.

— Je ne suis pas en colère, observa-t-elle, restant debout.
— On le dirait bien, pourtant, dit-il en s'asseyant lui-même.
— Je suis déconcertée, c'est tout.
— Tout cela est de l'histoire ancienne.
— Une histoire qui nous a suivis durant toute notre vie. Avais-tu parié que tu ferais l'amour avec moi ?
— Non, répondit-il, soutenant son regard.
— Alors, en quoi consistait ce pari ?
— Je devais te parler, danser avec toi, t'embrasser et te convaincre de me donner ton numéro.
— Et ensuite, ne jamais m'appeler.
— C'est cela, reconnut-il.
— C'est horrible.
Il ferma les yeux, remâchant son regret pour la millième fois. Il n'avait participé à ce jeu qu'une seule fois, mais il savait que des douzaines d'autres filles en avaient été victimes, avant et après ce fameux bal de promo. Il regrettait aujourd'hui de ne pas avoir été assez fort pour s'y opposer, de n'avoir pas été plus attentif à l'effet de leur comportement sur ces filles innocentes.
— Mais moins horrible que je ne l'avais cru, ajouta-t-elle d'un ton où il détectait plus de lassitude que de colère.
— Si je pouvais remonter le temps…
— J'avais pensé que faire l'amour avec moi faisait partie de ce pari, et que tu t'en étais vanté à tes amis. Durant toutes ces années, j'ai pensé des horreurs à ton sujet.
— J'ai essayé de te parler le lendemain. Je t'ai cherchée.
— Je n'avais pas envie de t'écouter.
— Alors, j'ai compris que toutes mes explications ne soulageraient que moi. Je t'ai donc fait des excuses, et j'en suis resté là.
— Et je t'ai détesté.
— Tu en avais le droit, convint-il en prenant sa main.
— Si je l'avais su, j'aurais peut-être agi différemment.
— C'est justement pour cela que j'ai gardé le silence après avoir fait la connaissance d'Eli. Je ne voulais pas que tu te sentes coupable. Tout est ma faute, Sage.
— Non, murmura-t-elle, secouant tristement la tête. Je me suis laissé aveugler par la colère. Je suis désolée.

— Ce n'est pas ta faute ! protesta-t-il en l'attirant à lui pour l'installer sur ses genoux. Si j'ai prétendu le contraire, c'est parce que je me sentais affreusement coupable.

— Non, murmura-t-elle, plongeant son regard tout au fond du sien. Tu as essayé de réparer dès que tu l'as su.

Elle paraissait dévorée de regrets, vulnérable, et son instinct protecteur se réveilla en lui. Il ne put s'empêcher de caresser sa joue, d'effleurer ses lèvres du bout du pouce.

Un flot de couleur envahit ses joues, et ses lèvres s'entrouvrirent. Il la serra plus fort contre son épaule pour lui dire que tout cela c'était le passé, et qu'ils avançaient ensemble vers l'avenir, mais, sans qu'il sache trop comment c'était arrivé, ses explications se transformèrent en un baiser.

Ses lèvres effleurèrent les siennes, puis leurs bouches se rejoignirent, et leur baiser devint rapidement plus profond, plus passionné. Il lui enlaça la taille, voguant sur la crête d'une merveilleuse vague de désir.

Puis, l'image de Lauren resurgit dans sa mémoire. Et il se sentit écrasé de culpabilité. Que croyait-il faire ?

— Désolé, s'excusa-t-il en s'écartant brusquement. Je n'aurais pas dû faire cela.

Elle prit une profonde inspiration. Puis, elle se dégagea de son étreinte et se leva.

Il fut tenté de la rappeler, mais il n'osa pas.

— Je crois que nous sommes tous deux un peu à cran, observa-t-elle sans le regarder, en allant s'asseoir dans le fauteuil opposé.

Il luttait certainement contre un flot d'émotions. Mais lesquelles ? Que ressentait-il ?

— Tu pourrais peut-être parler avec un décorateur, pour l'ameublement de l'étage, suggéra-t-il, faute de mieux.

— Je n'ai pas besoin de décorateur, dit-elle en sirotant une gorgée de son vin. Je choisirai tout moi-même. D'ailleurs, j'ai l'intention de me rendre à Seattle dès demain.

— Ah bon ?

— J'ai quelques questions à régler, quelques personnes à voir.

Il était tenté de lui demander des précisions, mais il s'en garda bien. C'était à elle de décider de le lui dire ou non.

— Melissa est passée, aujourd'hui, l'informa-t-elle, ôtant ses chaussures pour se pelotonner sur son fauteuil, s'installant comme chez elle pour la première fois. Elle m'a demandé mon aide pour le Seaside Festival. Elle m'a aussi demandé si tu comptais faire un don.

Il allait devoir remercier Melissa. C'était une charmante attention de sa part d'avoir songé à inclure Sage dans leur communauté par ce biais.

— As-tu accepté de les aider ? s'enquit-il en ramassant son propre verre de vin.

— Oui, bien sûr. Vas-tu leur faire un don ?

— *Nous* allons leur faire un don, corrigea-t-il. À toi de choisir le montant.

Elle se figea.

— Je ne suis pas en position de prendre une telle décision.

— Bien sûr que si. C'est aussi ton argent.

— Absolument pas.

— Tu vas devoir t'y habituer, Sage. Renseigne-toi auprès de Melissa pour connaître les besoins du festival et choisis une somme. Ensuite, tu appelleras Gerry Carter, notre chef comptable. Il s'occupera du reste.

Comme elle se contentait de le dévisager dans un silence stupéfait, il ajouta avec un sourire rassurant :

— Tu t'y habitueras, tu verras. Gerry règle aussi les factures de cette carte Platine que je t'ai donnée. Mais, avant qu'il ne puisse faire son travail, tu dois te rendre dans un magasin et y faire des achats. Un lit, un sofa, peut-être un vélo pour Eli ?

— Ce n'est pas si facile, observa-t-elle d'un ton hésitant.

— Cela viendra, je te le promets. Profite de ta visite à Seattle pour t'acheter une voiture.

— M'acheter une voiture avec *ta* carte bancaire ? répéta-t-elle, souriant malgré elle.

— En premier lieu, c'est *ta* carte bancaire. Et, pour répondre à ta question, elle peut aussi servir à acheter une voiture, en effet.

— Tu le regretteras peut-être, dit-elle en levant son verre.

— J'en doute fort.

Après toutes les épreuves qu'elle avait traversées à cause de lui, elle pouvait dépenser sans compter, il ne le lui reprocherait pas. Si cela la rendait heureuse, elle le méritait.

Après son déjeuner à Seattle avec ses collègues du centre social, Sage était passée rendre visite au Dr Stannis pour la mettre au courant des progrès d'Eli. L'oncologue avait été ravie d'avoir de ses nouvelles, même si elle avait ses contacts à Highside, qui l'informaient régulièrement. Mais, comme elle le disait, rien ne valait un récit de première main.

En repartant, Sage s'était arrêtée dans l'ancienne chambre d'Eli pour dire bonjour à Heidi.

— Sage ! s'écria la petite fille, rayonnante.

— Tu as très bonne mine, Heidi, dit-elle en s'approchant pour la serrer dans ses bras. Comment te sens-tu ?

— Je vais beaucoup mieux, répondit la petite fille avec un sourire lumineux. On m'a retiré mon plâtre.

— Tu gambaderas en un rien de temps.

— J'ai pu rendre visite à maman, aujourd'hui.

Elle avait appris que la mère de Heidi était sortie du service de réanimation et elle en était soulagée pour la petite fille. Heidi était adorable, et sa maman était sa seule famille.

— Je lui ai donné un dessin que j'avais fait, d'un arbre plein d'oranges, d'ananas et de pommes.

— Tout cela sur un seul arbre ?

— Cela s'appelle l'expression artistique. C'était dans le livre que l'infirmière Amy a commencé à me lire.

— L'as-tu encore ?

Heidi indiqua la table de chevet. Sage tira le fauteuil près du lit et reprit la lecture là où l'infirmière l'avait laissée.

Elle lut jusqu'à ce que Heidi se soit endormie. Déposant un léger baiser sur son front, elle se promit de revenir bientôt.

L'après-midi tirait à sa fin lorsqu'elle se remit en route pour rentrer. Au volant du véhicule de TJ, elle passa devant les façades de plusieurs concessionnaires d'automobiles, avec leurs véhicules luisants bien alignés.

Elle savait qu'elle n'achèterait rien, mais elle fut tentée de jeter un coup d'œil. C'était la première fois de sa vie que l'idée d'acheter une voiture neuve l'effleurait. Que ressentirait-elle, assise au volant d'un véhicule que personne n'avait jamais conduit et qu'elle aurait elle-même choisi ?

Elle tourna dans le parking d'une concession et s'arrêta devant la salle d'exposition des véhicules. Avant même qu'elle ne soit descendue du SUV, un vendeur souriant, en costume impeccable, se matérialisa devant elle.

— Bienvenue, madame, dit-il en lui tendant la main. Je suis Cody Pender. Comment allez-vous ?

— Très bien, je vous remercie, répondit-elle, un peu surprise par la chaleur de cet accueil.

Puis, elle se souvint qu'elle était arrivée au volant du véhicule de TJ. À l'évidence, l'homme supposait qu'elle avait les moyens d'acheter une voiture. Ce qui, en fait, était le cas.

— Quel genre de véhicule serait susceptible de vous intéresser ? roucoula le vendeur.

— Aujourd'hui, j'aimerais seulement regarder.

— Vous avez tout à fait raison. Je me ferai un plaisir de vous montrer nos véhicules neufs.

— C'est très gentil de votre part.

— Où vont vos préférences ? Une berline ? Un coupé ? Commençons par la salle d'exposition. Vous aurez une meilleure idée de ce qui pourrait vous convenir le mieux.

Une bonne douzaine de véhicules de toutes tailles étaient exposés dans cet immense espace. Elle venait de s'arrêter devant une voiture bleue d'entrée de gamme lorsque son téléphone sonna. C'était TJ.

— Bonjour, dit-elle en établissant la communication.

— Es-tu déjà sur la route du retour ?

— Heu... non, reconnut-elle, jetant un regard embarrassé autour d'elle. Je suis encore à Seattle. Je suis passée à l'hôpital pour rendre visite au Dr Stannis et à Heidi.

— Es-tu encore là-bas ?

— Non, convint-elle, décidant qu'il serait ridicule de le dissimuler. Je me suis arrêté chez un concessionnaire pour regarder des voitures.

— Bravo ! s'exclama-t-il comme s'il venait d'apprendre une nouvelle extraordinaire. Je te félicite !

— Je ne fais que regarder.

— Y a-t-il quelqu'un avec toi pour t'aider ?

— Oui, bien sûr.

— Passe-le-moi.

— Pourquoi ? s'enquit-elle, tournant son regard vers Cody.

— Je veux lui poser quelques questions. À moins, bien sûr, que tu ne préfères aborder les détails techniques toi-même.

— Je ne fais que regarder, rappela-t-elle.

— Fais-moi plaisir, d'accord ?

— Soit, capitula-t-elle avec un soupir théâtral.

Elle attira l'attention de Cody, qui se rapprocha aussitôt.

— Mon...

Elle s'interrompit. Elle n'avait jamais prononcé ce mot auparavant. Et elle toussota pour s'éclaircir la gorge.

— Mon mari désire vous parler.

— Bien sûr, dit le vendeur en prenant le téléphone qu'elle lui tendait. Bonjour, monsieur. Cody Pender à l'appareil.

Il écouta un instant, et une expression de surprise apparut sur son visage. Puis il se tourna vers Sage.

— Oui, monsieur, absolument.

Saisie d'un étrange pressentiment, elle écouta Cody vanter les mérites des différents modèles d'exposition. Elle n'entendait pas les réponses de TJ, mais Cody rayonnait.

— Oui, monsieur, je veillerai personnellement à ce que madame examine tous nos nouveaux modèles.

Puis, il lui rendit son téléphone.

— Que lui as-tu dit, TJ ? s'enquit-elle.

— Je me suis seulement permis d'évaluer tes besoins.

— Que veux-tu dire ?

— Ne t'étonne pas s'il te montre de très jolies automobiles. Amuse-toi bien. Essaie-les sur la route.

— Tu complotes quelque chose.

— Oui, reconnut-il d'un ton bref. C'est mon plan secret pour te convaincre d'acheter une voiture. Mais ce n'est plus un secret, puisque je viens de tout te dire.

— Es-tu irrité ?

— Non. Amusé, plutôt. Mais ma suggestion est sérieuse. Amuse-toi. Si un modèle te plaît, appelle Tasha. Elle te fournira tous les détails techniques. Je t'envoie son numéro par texto. Ne déçois pas Cody. Il semble vraiment excité.

Elle se surprit à sourire, malgré elle.

Trois essais plus tard, elle avait eu un coup de cœur pour une petite berline racée aux confortables sièges de cuir, vive et silencieuse, avec une tenue de route spectaculaire et un siège arrière spacieux pour Eli.

— Vous souriez, remarqua Cody lorsqu'elle retourna se garer sur le parking de la concession.

— C'est une voiture extrêmement agréable à conduire.

— J'en ai une autre, un peu différente, à vous montrer dans la salle d'exposition. Allons y jeter un coup d'œil.

Elle savait qu'elle ne devrait pas prendre autant de plaisir à cette démonstration, mais elle le suivit à l'intérieur.

Celle-ci était d'un magnifique bleu métallique qui semblait changer de teinte selon l'angle sous lequel on l'observait, et elle faisait visiblement partie du très haut de gamme. Cody lui ouvrit la portière pour lui montrer l'intérieur. La voiture comportait aussi un grand toit panoramique qui serait parfait pour Eli.

— J'ai peur de vous demander son prix.

— Je ne suis pas autorisé à vous révéler le prix, madame.

Cette réponse la laissa sans voix.

— Les instructions que m'a laissées votre mari étaient très claires. Je dois vous trouver un véhicule parfait, vous suggérer d'appeler Tasha et finaliser les derniers détails avec elle. Votre mari tenait beaucoup à ce que votre décision ne soit pas influencée par les questions d'argent.

Elle fronça les sourcils. Comment pouvait-elle choisir une voiture sans comparer les prix ?

— Avez-vous le numéro de Tasha ? s'enquit Cody.

— Oui.

— Vous devriez l'appeler.

— Je n'ai pas l'habitude de vivre de cette façon, marmonna-t-elle en sortant son téléphone. J'avais une vie... normale.

— Raison de plus pour profiter pleinement de l'instant, observa Cody avec un large sourire.

— Mais, c'est bizarre.

— Ce n'est pas du tout bizarre, madame. Les gens achètent des voitures tous les jours.

— Sans demander le prix ?

— Je veillerai à ce que Tasha soit informée du prix.

— C'est idiot, dit-elle composant le numéro de Tasha.

— Personnellement, je trouve cela très romantique.

Elle réfléchissait encore à cette réponse lorsqu'elle entendit la voix de Tasha dans l'écouteur :

— Bonjour, Sage. TJ m'a dit que vous m'appelleriez. Avez-vous trouvé quelque chose à votre goût ?

— Oui, reconnut-elle.

— Racontez-moi tout.

— Elle est magnifique et très confortable, bleu métallisé avec un toit panoramique et un moteur puissant.

— Elle m'a l'air parfaite, observa Tasha. Voulez-vous me laisser parler avec le vendeur, s'il vous plaît ?

— J'aurais peut-être dû me contenter d'une voiture d'occasion, ne croyez-vous pas ?

— Sottises ! Passez-le-moi et ne vous faites pas de souci.

Capitulant devant l'inévitable, elle tendit l'appareil à Cody.

La conversation dura quelques minutes, puis Cody s'excusa pour se retirer dans son bureau vitré.

Secouant la tête d'un air incrédule, elle se retourna vers la voiture flambant neuve. Elle était vraiment magnifique. Elle caressa le volant, s'imaginant déjà filant sur la route côtière, Eli près d'elle, souriant et en bonne santé.

Soudain, sa vue se brouilla de larmes. Elle venait de se glisser à la place du conducteur, adossée à la douceur du siège, les yeux fermés, lorsque le retour de Cody vint interrompre sa rêverie.

— Désolée, s'excusa-t-elle.

— C'est parfait, au contraire, assura Cody en lui rendant son téléphone. Vous devez vous habituer à toutes ces sensations. Tasha souhaite vous parler.

— Tasha ?

— Tout est réglé, l'informa Tasha. J'ai négocié un prix très avantageux. Le concessionnaire va vous fournir une assurance et des documents temporaires, et vous pourrez conduire votre nouvelle voiture pour rentrer.

— Quoi ? balbutia Sage. Et que fais-je du SUV ?

— Le véhicule de TJ sera livré dès demain à Whiskey Bay, expliqua Tasha. Qui n'aurait pas envie de rentrer à la maison au volant de la voiture neuve qu'elle vient d'acheter ? N'êtes-vous pas tout excitée ?

— Je suis abasourdie. Ce n'est pas ainsi que je conçois l'achat d'une voiture. La dernière fois, il m'avait fallu un mois pour trouver un véhicule décent qui soit dans mes moyens.

— C'est une excellente voiture, vous avez fait le bon choix. Elle est classée dans les meilleures pour la sécurité. TJ est impatient de la voir.

— Vous lui avez donc parlé à nouveau ? Sait-il quelle voiture j'ai choisie ?

— Cela lui est égal, Sage. C'est vous qui allez la conduire. Il désire que vous soyez heureuse.

— J'ai beaucoup de mal à faire ces ajustements.

— Je comprends parfaitement, assura Tasha. N'oubliez pas que je suis mécanicienne de marine. Je sais comment les choses fonctionnent et je suis fermement ancrée dans la réalité.

Sage se souvint que Tasha avait épousé Matt à peine quelques semaines auparavant.

— Merci, répondit-elle. Vous me rassurez un peu.

— Conduisez prudemment.

— D'accord, promit Sage.

Elle se doutait que cette voiture merveilleuse avait dû coûter un prix exorbitant, et elle allait tout faire pour la ramener sans l'abîmer.

8

Le jour où Eli sortit enfin de l'hôpital était un samedi, et un soleil éclatant brillait dans le ciel. Pendant le trajet en voiture, alors que TJ conduisait, Sage informa son fils qu'elle s'était installée dans sa maison pendant son hospitalisation.

— Cette maison est trop cool ! s'exclama Eli, s'élançant dans l'allée qui conduisait au jardin au lieu d'entrer.

Il le suivit.

— C'est presque aussi grand qu'un terrain de base-ball ! s'extasia le petit garçon, découvrant l'immense pelouse.

Ce jardin devait avoir l'air d'un paradis pour un enfant de neuf ans. De ce côté-ci, le sous-sol de la maison était au même niveau que l'extérieur, avec un patio attenant à la salle de jeux. Devant ce patio, face à l'océan, s'étendait une vaste pelouse bordée d'arbres endémiques de la région et de massifs fleuris.

— Oui, nous pourrions certainement lancer quelques balles, par ici, convint-il.

— Peut-on descendre à la plage ?

— Il y a bien un sentier, mais la côte est rocheuse, chez nous, et assez peu adaptée à la baignade. Nous avons une piscine à côté du patio. Et, à un quart d'heure d'ici, il y a un parc aquatique avec des toboggans géants.

— Cool, opina Eli, se laissant tomber assis sur la pelouse pour glisser avec délices ses doigts dans l'herbe.

Sage les rejoignit.

— C'est un spectacle merveilleux, lui murmura-t-elle à l'oreille. Je n'arrive pas à croire qu'Eli est enfin rentré… à la maison.

— Nous devons lui annoncer tout le reste.

Il se sentait impatient et anxieux tout à la fois.

— Je sais.

— Tout de suite ? suggéra-t-il en se tournant vers elle.

— Oui, répondit-elle après une seconde d'hésitation. Le plus tôt sera le mieux.

— Avais-tu déjà vu un jardin aussi grand ? lança Eli alors qu'elle s'asseyait dans l'herbe près de lui. Combien de gens vivent dans cette maison ?

— Seulement nous trois, précisa-t-il en venant s'asseoir avec eux. Ta maman, toi et moi.

— Vous habitez ici tout seul ? s'étonna Eli.

Il ne savait pas quoi répondre à cela. Heureusement, elle vola à sa rescousse.

— J'ai une nouvelle à t'annoncer, mon chéri, déclara-t-elle en prenant la main de son fils.

— Est-ce une mauvaise nouvelle ? s'enquit Eli en se rembrunissant. Vais-je être encore malade ?

— Non, pas du tout ! Tu es en parfaite santé. Tous les résultats d'examens étaient excellents. Il s'agit de moi… et de TJ.

Eli se tourna vers lui, soudain attentif.

— Nous t'avions dit que c'était lui qui avait donné sa moelle osseuse pour que tu guérisses, n'est-ce pas ?

Eli attendit.

— Eh bien…, poursuivit-elle d'un ton hésitant, la raison de la parfaite compatibilité de cette greffe, c'est qu'il est ton papa.

Il attendit la réaction d'Eli, retenant son souffle.

— Mon vrai papa ? s'enquit Eli en le toisant avec dédain. Depuis le début ?

— C'est la vérité, confirma-t-elle. TJ est ton père biologique.

— Et où étiez-vous pendant tout ce temps ?

— Il ignorait que tu étais né, intervint-elle précipitamment.

— Je ne connaissais pas ton existence, confirma-t-il. Si j'avais su, j'aurais été là pour ta maman et pour toi.

— Comment pouviez-vous ne pas le savoir ? Vous êtes-vous donné la peine de chercher ?

— Non, tu as raison, convint-il. Mais je n'avais absolument aucune idée que tu existais.

— C'est ma faute, avoua-t-elle. J'aurais dû tout dire à TJ. Mais, à l'époque, je ne lui faisais pas confiance. Je ne pensais pas qu'il ferait un bon père. Franchement, je pensais que nous étions mieux sans lui.

Eli se tourna vers la maison, avant de remarquer :

— Pourtant, on dirait qu'il aurait pu nous aider.

— C'est vrai. Et je m'en veux d'avoir été aveugle si longtemps. Mais je suis aussi très heureux de t'avoir retrouvé. Je suis fier de te connaître.

— Je suppose que vous m'avez sauvé la vie, observa Eli, une expression radoucie sur son visage.

— Désormais, je serai toujours là si tu as besoin de moi.

Et il le pensait de tout son cœur.

— Il y a autre chose, ajouta-t-elle.

Eli se tourna vers elle.

— TJ et moi en avons discuté, et nous sommes convenus que nous désirons tous deux rester aussi proches de toi que possible pendant que tu grandis.

Elle hésita. Eli la dévisagea, attendant la suite, et TJ se hâta de terminer cette explication à sa place :

— Quand j'ai su toute l'histoire, alors que tu étais en convalescence, heu... Nous nous sommes souvenus que nous nous aimions beaucoup, au lycée. Et nous avons pensé que le mieux, pour toi et pour nous, était que j'épouse ta maman.

Eli sursauta et se tourna vers sa mère.

— Tu vas te marier ?

Comme elle hésitait, il répondit à sa place :

— Nous nous sommes déjà mariés, Eli. Nous désirons jouer ensemble notre rôle de parents.

— Allez-vous venir vous installer à Seattle ? s'enquit Eli.

— Nous y avons pensé, intervint-elle. Mais TJ est propriétaire de cette merveilleuse grande maison, et...

— Ici ? s'exclama Eli en jetant un regard incrédule autour de lui. Nous allons vivre *ici* ?

Il ne parvenait pas à déterminer s'il était heureux ou contrarié. Le moment était venu de lui sortir ses meilleurs arguments de vente.

— Tu peux décorer ta chambre comme il te plaira et choisir tes meubles toi-même. Et, au sous-sol, il y a un grand écran plat pour les jeux vidéo.

— Et mes amis ? J'ai promis à Heidi que je reviendrais lui rendre visite.

— Nous irons voir Heidi, promit-elle.

— Tu peux inviter tes amis ici, ou aller les voir à Seattle.

— Je sais que ce ne sera pas tout à fait la même chose, ajouta-t-elle, mais je viens d'acheter une nouvelle voiture, et nous pourrons nous rendre à Seattle quand tu en auras envie.

— J'en ai envie maintenant.

— Peut-être demain, suggéra-t-elle en le recoiffant.

— Peut-être comme dans *jamais*, ou peut-être comme dans *demain pour sûr* ?

— Si tu te sens suffisamment en forme, nous irons demain, je te le promets, intervint-il.

— Il y a aussi des jeux en ligne ? s'enquit Eli, tournant son regard vers la maison.

— Nous avons un ordi surpuissant avec une carte graphique monstrueuse. Mon ami Matt est un geek, et il me conseille.

— On entre ? suggéra Eli, qui avait retrouvé son entrain.

Et ainsi, tout simplement, il devint le papa d'Eli. Son cœur débordait d'amour, et il sourit d'une oreille à l'autre.

— Oui, viens, mon fils, répondit-il. Rentrons.

— Une nounou ?

Sage ne parvenait pas à croire qu'elle avait bien entendu. Eli s'était endormi. Il s'était choisi une chambre ouverte sur l'océan et sur le jardin, au coin sud du premier étage. La chambre était dotée d'un bow-window pour lire confortablement et d'une petite salle de bains privée. Eli bouillonnait d'enthousiasme. Il était impatient d'aller choisir son lit tout neuf.

— Elle n'est pas une nounou, répliqua TJ.

Leur dîner terminé, ils étaient allés s'installer dans le petit salon. Si cette pièce offrait des panoramas aussi spectaculaires que le reste de la maison, les couleurs y étaient discrètes et apaisantes, et l'ameublement choisi pour procurer le plus grand confort. Cette pièce devenait rapidement celle qu'elle préférait dans toute la maison. Elle avait pris place dans le sofa d'angle super-cosy, et il avait opté pour le fauteuil de cuir, en face d'elle.

— Considère-la comme une seconde gouvernante, ajouta-t-il. Nous sommes trois, désormais, et la charge de travail va augmenter. Je ne peux pas demander à Verena de faire le double de travail.

— Je ferai ma part, rappela-t-elle. Et je peux très bien m'occuper d'Eli et de moi-même.

— De temps à autre, tu auras envie de t'absenter.

Elle était tentée de protester. À Seattle, elle n'avait jamais confié Eli à une baby-sitter. Lorsqu'elle faisait ses courses, elle l'emmenait ; et de toute façon elle n'avait aucune vie sociale. Une mère célibataire avec un budget très serré ne pouvait pas se permettre de sortir le soir.

— Je peux m'arranger en jonglant avec l'emploi du temps d'Eli, observa-t-elle. Je l'ai fait durant des années.

— Le fait est que tu n'as plus à te donner cette peine. Je te parle de liberté, Sage. De flexibilité. Lorsque tu as une chose importante à faire, tu la fais, tout simplement, et tout le monde est content. Kristy commence demain matin.

— Et c'est tout ? remarqua-t-elle sans aucun enthousiasme. Tu as trouvé une gouvernante en claquant des doigts ?

— J'ai un excellent service, dit-il, étonné.

— Je croyais que notre mariage serait un partenariat, et que j'aurais mon mot à dire dans toutes nos décisions ?

— C'est la vérité.

— Mais il ne s'agit pas du tout d'un partenariat si tu ne me consultes que lorsque cela t'arrange, répliqua-t-elle d'un ton acide. Est-ce aussi ce que tu faisais avec Lauren ?

Elle regretta ces paroles sitôt qu'elles eurent franchi ses lèvres. Elle vit son regard perdre toute chaleur. Il serra les mâchoires.

— Je te demande pardon, s'excusa-t-elle précipitamment. J'ai eu tort de dire cela...

Elle s'interrompit, incapable de trouver les mots justes, et il remarqua :

— Tu te demandes si j'aurais agi différemment dans un mariage réel, n'est-ce pas ?

Elle aurait aimé pouvoir le nier, mais c'était vrai. Il se dirigea vers la cuisine et elle se leva pour le suivre alors qu'il sortait une bière du réfrigérateur.

— Réel ou pas, notre mariage existe, et je m'efforce de le faire fonctionner. Je veux bien t'accorder un droit de veto cette fois-ci, comme dans toutes les décisions concernant Eli, mais j'exige les mêmes droits. Eli est *notre* fils.

Là-dessus, il déboucha tranquillement sa bière. Elle n'aimait pas beaucoup la direction que prenait cette conversation. Ils avaient besoin de collaborer, pas de contester constamment les décisions de l'autre. Elle détestait l'idée de capituler, mais elle savait qu'au fond il avait raison.

— Nous pouvons essayer, dit-elle sans aucun enthousiasme. Mais il va nous falloir du temps pour que cela fonctionne.

— Je le sais, reconnut-il, faisant glisser la bouteille de bière sur le plan de travail dans sa direction.

Ce n'était pas sa marque préférée, mais elle savait reconnaître une offrande de paix lorsqu'elle en voyait une. Elle l'accepta.

— Merci.

— À quelle heure comptes-tu partir pour Seattle ? s'enquit-il, sortant une autre bière pour lui-même.

— Je ne me suis pas fixé une heure précise, répondit-elle en sirotant une première gorgée de sa bière légère. J'attends de voir comment Eli se sentira demain matin.

— Cela te dérangerait-il beaucoup si je venais avec vous ? s'enquit-il après une brève hésitation.

La réponse était oui. Beaucoup. Elle désirait avoir Eli tout à elle. Elle désirait que sa vie retrouve sa normalité, ne serait-ce que le temps d'un après-midi. Mais ils venaient de convenir qu'ils étaient des partenaires avec des droits égaux. Et, à l'évidence, il avait envie de la compagnie d'Eli, lui aussi. Elle allait devoir s'habituer à une nouvelle normalité.

— Pas du tout, assura-t-elle.

— Merci, c'est gentil.

Il disparut un instant pour allumer la cheminée à gaz du patio, et des flammes claires jaillirent de l'appareil.

Que dirais-tu de t'asseoir un moment dehors ? suggéra-t-il.

C'était une bonne idée. L'air frais l'apaiserait. À l'extérieur, du ciel étoilé à la brise légère et au murmure des vagues, tout respirait la paix.

Il ouvrit les portes de verre coulissantes en grand, faisant du petit salon et du patio un seul grand espace. En le suivant à l'extérieur, elle se rendit compte qu'elle adorait l'odeur de l'océan. Les feuilles des érables voletaient dans la brise autour d'eux, et la chaleur du gaz caressait ses jambes.

Elle alla s'accouder à la balustrade pour contempler le paysage nocturne, le ciel tout scintillant d'étoiles, l'eau noire, l'écume blanche des vagues éclairée par les lumières extérieures du Crab Shack et de la marina de Matt. Plus loin, on apercevait les brillants éclairages du Neo, le restaurant de Caleb. L'établissement était encore ouvert, le parking bondé.

— C'est merveilleux de voir Eli sortir enfin de cet hôpital, remarqua-t-il en arrivant près d'elle.

Elle commença à se détendre.

— Il s'est très vite intégré à son nouvel environnement.

— Tu avais raison, Sage. Attendre qu'il me connaisse mieux, qu'il soit sorti de l'hôpital et qu'il ait retrouvé ses forces était la bonne approche.

Elle ne répondit pas. Elle n'avait fait que suivre son instinct, car c'était tout ce qu'elle avait pour la guider. Elle était heureuse que tout ait bien fonctionné.

— J'étais impatient, poursuivit-il en soupirant. Je ne voulais pas gaspiller une seule seconde.

Elle lisait encore la tristesse dans ses yeux. Et soudain, elle se sentit à nouveau coupable d'avoir gardé ce secret durant si longtemps.

— Je peux le comprendre.

— Je fais de mon mieux pour dissimuler mon impatience, mais j'ai hâte de le voir courir et jouer.

— Cela viendra, assura-t-elle d'une voix douce. D'ici un mois, il courra plus vite que toi.

— Tant mieux. Je songeais à l'inscrire à la ligue junior.

— Il adorerait cela. Mais je ne suis pas sûre qu'il soit encore assez fort, cette année.

— Il peut regarder. Rencontrer les autres enfants.

— Oui, probablement, répondit-elle, songeant une nouvelle fois qu'il n'allait pas être facile d'élever un enfant à deux. Il est ton fils et il t'appartient aussi de le décider.

Il lui sourit, puis son sourire s'effaça lentement, et son regard descendit vers ses lèvres.

La vague de désir qui déferla sur elle à cet instant précis commençait à lui devenir familière. Elle ne pouvait plus nier la force de son attirance pour lui. Une attirance dangereuse. Ils apprenaient tout juste à se sentir à l'aise l'un avec l'autre. Tout sentiment au-delà de la simple amitié ne ferait que compliquer leur situation.

— Sage, dit-il dans un souffle.

— Non, s'il te plaît, l'arrêta-t-elle, posant un doigt sur ses lèvres. Ne fais pas cela.

— Tu es une femme fabuleuse, murmura-t-il, recouvrant sa main avec la sienne.

— Fabuleusement ordinaire, répondit-elle en soupirant.

— Oh ! non, ce n'est pas vrai ! protesta-t-il, glissant ses doigts dans ses cheveux.

Elle ne respirait plus. Elle savait qu'elle aurait dû s'écarter, mais elle avait follement envie qu'il l'embrasse.

— C'est une situation compliquée, l'avertit-elle.

— Oui, je sais.

Il la prit dans ses bras et elle blottit sa tête contre son épaule. Elle sentait une telle force en lui, une telle assurance, que l'anxiété qu'elle portait en elle depuis des années sans même en être consciente fondit instantanément. Eli avait un père, et, pour la première fois de leur vie, ils avaient la sécurité.

— Nous trouverons un moyen, promit-il.

Elle était soulagée qu'il ne l'ait pas embrassée.

Elle était triste qu'il ne l'ait pas embrassée.

La sécurité, c'était important. Pour une maman, c'était même un élément vital. Mais elle était aussi une femme.

Et TJ était un homme très, très sexy.

TJ avait le sentiment que sa maison était pleine de vie. En rentrant à la fin d'une journée à son bureau, à Whiskey Bay, il entendit Eli qui bavardait au sous-sol avec deux autres garçons de son âge. De la musique lui parvenait du premier étage, et il décida de remonter à sa source.

— C'est trop encombré, déclarait Sage alors qu'il atteignait le palier. Je n'aurais pas dû acheter ce second fauteuil.

— Mais ils font une paire parfaite, observa Melissa.

Il s'arrêta devant la porte ouverte, trouvant les deux femmes plantées au milieu d'un entassement de meubles.

— J'avais pourtant pris des mesures, se désola Sage.

— C'est un peu serré, en effet, convint Melissa.

— S'il vous plaît, dites-moi que vous n'êtes pas en train de déplacer des meubles toutes seules, intervint-il.

— Nous faisions seulement un essai, assura Sage.

— La pièce est trop petite, observa-t-il, soulignant ce qui lui paraissait être une évidence.

— Et ces meubles sont trop grands, gémit-elle, mais je ne veux pas les rapporter au magasin. Sais-tu combien de temps il m'a fallu pour les choisir ?

— Tu aurais dû me laisser engager un décorateur, ne put-il s'empêcher de lui rappeler.

— Moi, je n'abandonne pas encore, déclara Melissa en recommençant à pousser un fauteuil.

— Ne te blesse pas, intervint-il, comprenant clairement que les quelques centimètres qu'elle gagnerait ne feraient aucune différence. Nous allons simplement abattre cette cloison.

Sage le dévisagea d'un air surpris, mais Melissa sourit.

— Et aussi celle-là, ajouta-t-il, désignant la cloison qui séparait la chambre du couloir. Nous allons réunir les deux chambres du milieu en y intégrant le couloir. Voilà qui devrait nous faire gagner tout l'espace nécessaire.

— Abattre le mur ? répéta Sage.

— J'appelle Noah tout de suite, dit Melissa.

— Attendez ! protesta Sage. La maison est presque neuve !

— Et alors ? répliqua-t-il. Il nous restera encore suffisamment de chambres à l'étage. Celle d'Eli à un bout, la tienne à l'autre, plus la grande chambre en façade.

— Avec un salon au milieu pour relier le tout, conclut Melissa. Noah est un artiste pour ce genre de travail.

— Vous ne pouvez tout de même pas…

Sage se tut, car Melissa avait déjà sorti son téléphone.

— Bonjour, mon chéri, dit-elle d'un ton guilleret. Peux-tu passer chez TJ cet après-midi ? Il songe à faire quelques rénovations au premier étage de sa maison.

— Tu ne peux pas prendre une décision aussi importante en un clin d'œil, chuchota Sage, visiblement abasourdie.

— Pourquoi pas ? J'aurais dû y penser bien avant. Je veux que tu te sentes à l'aise, ici. Que tu aies ton propre espace. Que penserais-tu d'une kitchenette à l'étage ?

— Non, je n'ai pas besoin d'une kitchenette.

— Noah va venir, annonça Melissa, rayonnante. Il travaillait sur notre maison, aujourd'hui, mais c'est le projet d'une vie. Il peut le mettre entre parenthèses quelque temps.

— Qui sont ces enfants, en bas ? s'enquit-il, s'adressant à Sage.

— Ils font partie de l'équipe de base-ball junior, expliqua-t-elle, parcourant la pièce d'un regard découragé.

— Ne vous inquiétez pas, la rassura Melissa, étreignant affectueusement son épaule. Ce sera magnifique.

Il ressentit un petit pincement de jalousie. Il aurait tout donné pour pouvoir toucher librement Sage. Il se rappelait encore la délicieuse sensation qu'il avait éprouvée lorsqu'il l'avait serrée dans ses bras, dans le patio. Cela faisait si longtemps qu'il n'avait plus été si proche d'une femme… Tellement longtemps depuis Lauren…

Faire l'amour lui manquait. Mais ce qui lui manquait vraiment, c'était faire l'amour avec Lauren. Il était injuste de projeter ce désir sur Sage pour l'unique raison qu'elle était là, et qu'elle était si belle.

À cet instant, le téléphone de Sage sonna.

— Oui, allô ! fit-elle en le plaçant contre son oreille.

Il vit son sourire mourir sur ses lèvres.

— Oh ! non !

— Eli ? s'enquit-il d'une voix tendue, sachant que son fils avait subi des analyses sanguines deux jours plus tôt.

Elle fit précipitamment *non* de la tête, et répondit :

— Oui, bien sûr. J'arrive aussitôt que possible. La pauvre !

Melissa posa à nouveau sa main sur le bras de Sage en un geste rassurant, et à nouveau, il se surprit à l'envier. Il désirait la toucher lui-même, la réconforter après cette mauvaise nouvelle qu'elle venait d'apprendre au téléphone.

Sage remercia son interlocuteur d'une voix un peu tremblante, et elle se tourna vers lui.

— La maman de Heidi vient de mourir, expliqua-t-elle d'un ton incrédule. Elle était sortie de réanimation il y a plus d'une semaine et Heidi avait même été autorisée à la voir une ou deux fois.

— C'est affreux, observa Melissa. Sa maman et vous étiez-vous amies ?

— Je ne l'ai jamais rencontrée, reconnut-elle tristement. Lorsque Eli a été hospitalisé, Heidi et sa mère étaient déjà à l'hôpital suite à un accident de voiture. Heidi est une petite fille adorable. Je dois absolument me rendre à Seattle pour aller la voir.

— Oui, naturellement, convint-il. Je vais nous arranger un vol privé.

Elle parut sur le point de protester, mais se ravisa. À l'évidence, elle désirait se rendre à Seattle aussi rapidement que possible ; l'avion était un choix logique.

— Je vais t'accompagner, déclara-t-il.

— Tu n'as pas besoin de faire cela.

— Eli doit aller la voir, lui aussi, observa-t-il d'une voix douce. Je vais m'assurer que tu arrives là-bas rapidement.

— Laissez-le donc vous aider, suggéra Melissa, intervenant en sa faveur, ce qui lui fit très plaisir.

— D'accord. Je crois que Heidi sera très heureuse de voir Eli, reconnut-elle.

Il prit son téléphone pour appeler une petite compagnie aérienne privée dont il avait souvent utilisé les services. Après une brève discussion, il coupa la communication et se tourna vers elle.

— Nous devons être à l'aéroport dans trente minutes.

Ils expliquèrent la situation à Eli et le préparèrent pour le départ. Melissa se proposa pour raccompagner les autres enfants chez eux. Il constata, attendri, que Sage préparait un sandwich à son fils pour le voyage. Eli l'ignorerait encore pendant des années, mais il avait la maman la plus merveilleuse du monde.

Le vol se déroula sans incident, et une limousine les attendait à Seattle. Moins de deux heures plus tard, ils étaient dans la chambre de Heidi, à l'hôpital.

Il resta sur le seuil pendant que Sage et Eli réconfortaient la petite fille. Heidi sanglotait et Sage la serrait dans ses bras. Eli avait pris sa main dans la sienne et caressait doucement ses cheveux blonds.

Immensément fier de son fils, il alla s'asseoir dans le couloir pour attendre.

— Monsieur Bauer ? l'appela une infirmière qu'il reconnut.

— Bonjour, Claire, répondit-il en se levant. Appelez-moi TJ, je vous en prie.

— C'est très gentil à Sage d'avoir accouru aussi vite, observa Claire en jetant un coup d'œil dans la chambre.

— Rien n'aurait pu l'arrêter, je crois. Comment va Heidi ?

— Elle est triste, bien sûr. Et elle a peur. Quelle tragédie, n'est-ce pas ?

— Et, physiquement, comment va-t-elle ?

— Physiquement, elle s'est bien remise. Nous attendions que sa mère aille mieux pour la renvoyer chez elle.

Elle réapparut au même instant. Les deux femmes s'embrassèrent et échangèrent quelques mots, puis Claire s'excusa en promettant de revenir les voir un peu plus tard.

— Je vais rester ici un bon moment, assura Sage.

Dès qu'ils furent seuls, elle s'approcha de lui, et il dut puiser tout au fond de ses réserves de self-control pour résister à son envie de la serrer dans ses bras à l'étouffer.

— Elle est toute seule, désormais, murmura-t-elle.

— C'est tragique.

— Elle a besoin d'aide.

— Je m'occuperai de tous ses besoins. Je réglerai sa note d'hôpital et tous les soins spécialisés qui lui seront prescrits.

— L'argent ne suffira pas, cette fois-ci, répliqua-t-elle, visiblement bouleversée. Régler ses factures l'aidera, mais...

— Mais ?

— Elle a besoin d'une famille, TJ, déclara-t-elle en le regardant droit dans les yeux.

Il lui fallut un instant pour comprendre le sens de ses paroles. Et un autre pour assimiler leur portée.

— Ce que tu veux dire...

— Elle a besoin *de moi*, précisa-t-elle. Heidi n'est qu'une petite fille toute seule au monde.

— N'a-t-elle pas une grand-mère ? Des tantes, des oncles ?

— Elle n'a personne, répondit Sage.

Il lança un regard à l'intérieur de la chambre, où Eli et Heidi étaient assis ensemble sur le bord de son lit, avant de se tourner à nouveau vers elle.

— Et tu voudrais qu'elle vienne vivre chez nous ?

— Je désire l'adopter, corrigea-t-elle.

Il avait déjà deviné que c'était ce qu'elle avait en tête. Dans son regard, il lisait la sincérité, la compassion et une totale détermination, à parts égales.

— Et tu me trouvais impulsif pour avoir proposé d'abattre une cloison ! remarqua-t-il, esquissant un sourire.

— Je dois le faire, TJ, insista-t-elle.

— Non, corrigea-t-il. *Nous* devons le faire.

Elle le dévisagea d'abord d'un air surpris, puis il vit que ses yeux brillaient de larmes retenues.

— Merci, TJ, murmura-t-elle en l'enveloppant dans la douce étreinte de ses bras.

Il la serra fermement contre lui, s'ordonnant de penser à Heidi, à Eli, de penser à elle comme à une maman affectueuse et compétente. Mais ce n'était pas du tout ce à quoi il pensait.

Il pensait à elle entièrement nue dans ses bras, dans son lit. Il s'ordonna de la relâcher, mais ses bras ne lui obéissaient plus. Au lieu de cela, ils se resserrèrent autour d'elle.

9

Assise à la table de la cuisine dans la maison de Noah et de Melissa, Sage esquissa un sourire en lisant le texto que Kristy, leur nouvelle gouvernante, venait de lui envoyer.

— Les deux enfants sont endormis, dit-elle, s'adressant à Melissa, Julia et Tasha.

— J'aimerais pouvoir dire la même chose des jumelles, se lamenta Julia, relevant les yeux de son propre téléphone. Caleb vient de m'envoyer un SOS.

— Dis-lui d'appeler Matt, conseilla Tasha, effleurant l'arrondi de son ventre du bout de ses doigts. Il a besoin de s'entraîner pour l'avenir.

Elle sourit, à l'aise dans cette ambiance amicale, parmi ces femmes accueillantes et chaleureuses.

— Heidi s'habitue-t-elle à vivre chez vous ? s'enquit Melissa, s'adressant à elle.

— Elle va avoir besoin d'un peu de temps.

Une semaine s'était écoulée depuis le décès de sa maman. Aux obsèques, Heidi était restée accrochée à elle. Sur la recommandation de la chef de service de l'hôpital et avec l'aide des avocats de TJ, un juge leur avait confié la garde temporaire de Heidi. La procédure officielle d'adoption, elle, prendrait quelques mois.

Pour le moment, Heidi souffrait encore de la perte de sa maman, elle se remettait péniblement de ses blessures.

— Heidi est une petite fille très courageuse, observa Tasha.

— Hier, je l'ai vue sourire, dit-elle. Eli et elle peignaient sur le mur, et Eli s'est barbouillé le nez de rouge.

— La peinture murale est une excellente idée, opina Julia.

— C'était une idée de Lauren, précisa-t-elle.

Un mur entier de la salle de jeux, au sous-sol de la maison de TJ, était dédié à l'expression artistique. Ils avaient décidé que, lorsque le mur aurait été intégralement recouvert de dessins, on prendrait une photo de l'ensemble, puis on le repeindrait en blanc et on recommencerait. C'était un concept tout simple, mais les enfants semblaient l'adorer.

— Je crois que Lauren était très impliquée dans le festival, remarqua Julia. Le repas communautaire préparé avec des produits fermiers de la région et les stands d'artistes locaux étaient deux de ses idées.

Sage s'efforça de refouler le sentiment aigu d'infériorité qu'elle éprouvait lorsque les gens faisaient référence à Lauren. Visiblement, TJ n'était pas le seul à avoir adoré cette femme.

— La création artistique n'est pas mon fort, avoua-t-elle.

— Mais vous êtes une maman fantastique, déclara Melissa.

— Au lycée vous étiez la meilleure, ajouta Tasha. C'est TJ qui me l'a dit.

— C'est une exagération, protesta-t-elle.

— Quelles étaient vos matières préférées ? s'enquit Julia.

— Les maths, je suppose, répondit-elle après un instant de réflexion. J'aimais aussi la physique. Je me sens à l'aise dans les sujets concrets.

— Les maths ? répéta Julia. Comment le festival peut-il employer un tel talent ?

— Je peux rédiger des chèques, suggéra-t-elle.

— C'est formidable ! s'exclama Melissa. Le budget ! Je pense que c'est le talent qui nous sera le plus utile.

— Puis-je vraiment vous aider à gérer votre budget ?

— Au-delà de votre généreuse contribution financière, voulez-vous dire ? Vraiment gérer le budget ?

— Je suis très à l'aise avec les bilans financiers.

— Adoptée à l'unanimité, intervint aussitôt Tasha.

Le téléphone de Julia sonna. Elle jeta un coup d'œil à l'écran et poussa un soupir.

— Apparemment, Matt ne va pas s'en sortir tout seul, dit-elle en se levant. Je ferais mieux de rentrer.

— Je viens avec toi, déclara Tasha. Sage, préparez-vous, car le budget du festival arrivera à votre porte demain matin à la première heure.

— Merci, répondit Sage.

— C'est *vous* qu'il faut remercier, protesta Melissa en riant. C'est le poste le moins désirable de l'organisation du festival.

— Ne la découragez pas, lança Tasha.

— Ma proposition tient toujours, assura-t-elle, heureuse de pouvoir se rendre utile.

Sur ce, Julia et Tasha repartirent, et Melissa replia le plan du parc qu'elles examinaient.

— Un verre de vin, Sage ? suggéra-t-elle. Je ne vous l'ai pas proposé en présence de Tasha, car l'alcool lui est interdit.

— Oui, volontiers, répondit-elle, qui appréciait beaucoup la compagnie de Melissa.

Eli et Heidi étaient sous la garde de Kristy, et TJ comptait rester tard au bureau pour participer à une téléconférence avec un client en Australie.

— Noah vous apportera ses plans pour le premier étage dès demain, dit Melissa en la conduisant dans sa grande cuisine lumineuse et tout juste rénovée à la perfection.

— Je suis sûre qu'ils seront spectaculaires, répondit-elle, désormais convaincue du bon goût de Noah.

— Ce que vous faites est magnifique, observa Melissa.

— Je n'ai aucun mérite. C'était une idée de TJ et c'est Noah qui va se charger des travaux.

— Je faisais allusion à Heidi.

— Heidi est une merveilleuse petite fille, c'est bien normal.

— D'après TJ, vous n'avez pas hésité une seconde.

— Lui non plus.

Elle lui était reconnaissante d'avoir si généreusement accueilli Heidi — et Eli — dans sa vie. Peu d'hommes en auraient fait autant, même pour leur propre fils. Et moins encore pour la femme qui leur aurait dissimulé son secret durant tant d'années.

— Qu'y a-t-il, Sage ? s'enquit Melissa en lui tendant un verre de chablis.

— Rien.

— Vous aviez une curieuse expression sur le visage. Pensiez-vous à TJ ?

— Je pensais à Eli et à Heidi.

— Vous pensiez à un homme, insista Melissa en souriant.

— Seriez-vous voyante extralucide ?

— Je suis seulement quelqu'un qui sait observer, corrigea Melissa alors qu'elles s'asseyaient à la table. Je n'insisterai pas. Mais je suis tout de même curieuse. Tout va bien, entre vous ? Vos vies viennent de subir des transformations majeures.

— Tout va bien. Très bien, même.

Elle fit de son mieux pour réprimer son sourire, mais en vain. Melissa s'en aperçut.

— À présent, je suis vraiment curieuse, Sage ! Mais, bien sûr, vous n'êtes pas obligée de me répondre. Votre mariage serait-il en train de prendre un tour romantique ?

— Non, répondit-elle aussitôt, sirotant son vin.

— Ah ? fit Melissa.

— Je l'ai embrassé, avoua Sage.

Elle avait envie que Melissa et elle deviennent amies, et l'exclure de sa vie privée n'était pas le meilleur moyen de commencer une amitié. De plus, ce n'étaient que quelques baisers, en comptant aussi celui échangé à leur mariage. Ils ne signifiaient rien. Enfin, pas grand-chose.

— Embrassé, ou *embrassé* ? s'enquit Melissa.

— Embrassé, c'est tout, éluda-t-elle, tournant son verre entre ses doigts. Bon, j'admets que c'était assez plaisant. On pourrait même dire que c'était fabuleux. Croyez-vous que j'aie fait une bêtise ? TJ est vraiment très sexy.

— C'est vrai, convint Melissa. Séduisant, athlétique et très intelligent. Sans oublier qu'il est le père de votre enfant, et que vous vivez avec lui. Ce qui serait étonnant, ce serait que vous ne ressentiez rien pour lui.

— Alors, à votre avis, ma réaction est normale ?

— Serait-ce si terrible s'il se passait quelque chose entre vous ? remarqua Melissa en riant.

— Je n'en suis pas sûre. Nous sommes entrés dans cette aventure les yeux grands ouverts — c'était seulement dans l'intérêt d'Eli. Ni lui ni moi n'étions à la recherche d'une relation, et TJ encore moins que moi.

— Lauren n'est plus de ce monde, rappela Melissa d'une voix douce.

— Mais elle n'est pas oubliée pour autant.

— Vous êtes jeunes, beaux, en bonne santé.

— Cela ne signifie pas que nous soyons obligés de…

Elle s'interrompit, atterrée de constater que ses idées dérivaient une nouvelle fois dans une direction où elles s'égaraient souvent, ces derniers temps.

— Cela ne signifie pas non plus que vous soyez obligés de pratiquer une stricte abstinence, rappela Melissa.

— Il n'est pas question que je fasse cela avec…

— Avec votre mari ?

— Il n'est pas… enfin, pas dans le sens conventionnel.

— Je ne dis pas que vous êtes *obligée* d'avoir des rapports sexuels avec lui, entendu, précisa Melissa en remplissant à nouveau leurs deux verres. Mais ne vous hâtez pas trop de l'exclure non plus. D'ailleurs, avec qui d'autre le feriez-vous ? Je vous vois mal prendre un amant.

— Je ne tromperais jamais TJ ! s'insurgea-t-elle.

Melissa la dévisagea, une question muette dans son regard. Si elle refusait de faire l'amour avec TJ, mais qu'elle n'était pas disposée à le tromper, que lui restait-il ?

De longues années d'abstinence s'étiraient devant elle.

Le Seaside Festival de Whiskey Bay battait son plein. Ce dimanche soir, des centaines de participants, locaux et touristes confondus, profitaient de ce qui avait été l'une des plus belles journées de ce mois d'août. Eli s'était déjà fait des copains parmi les joueurs de la ligue junior, et TJ avait pris un plaisir immense à regarder son fils participer aux jeux des autres enfants, l'après-midi.

La jambe de Heidi était presque guérie, mais il lui faudrait encore attendre quelque temps avant de pouvoir courir. Elle avait adoré les stands des artisans. Il avait proposé de lui offrir l'une des pièces exposées et Heidi avait finalement choisi un bol de céramique peint à la main, aux couleurs vives et joyeuses. C'était sûrement un bon signe.

Le soleil avait disparu derrière les montagnes et le bénévole préposé au barbecue servait ses derniers clients. Assis à la table de pique-nique — Eli près de lui et Heidi en face d'eux, près de Sage — les enfants paraissaient épuisés.

— Je devrais les ramener à la maison, remarqua-t-elle, déposant un baiser sur la tête blonde de Heidi.

— Kristy s'en chargera, dit-il en sortant son téléphone.

— Kristy profite du festival avec quelques amis, rappela-t-elle en se levant. Je ne veux pas la déranger.

— Nous la payons pour cela, objecta-t-il en envoyant son texto. Et elle aime son travail.

Elle pouvait difficilement contrer cet argument. Kristy était étudiante à l'université et désirait gagner autant d'argent que possible pendant les vacances d'été. Elle appréciait son job, adorait visiblement les enfants.

— Kristy dit que nous pourrons voir le feu d'artifice depuis la terrasse, remarqua Eli.

Un premier feu d'artifice était prévu à 20 heures, suivi d'un second, plus spectaculaire, pour clore le bal à minuit.

— Seulement si vous prenez d'abord votre bain, dit-elle.

— Et mon masque de chat ? s'inquiéta Heidi, qui s'était fait peindre un masque de chaton sur le visage.

— Cette peinture était faite seulement pour la journée. Elle tacherait ton oreiller, ma chérie.

Kristy arriva au même instant, remarquant aussitôt l'expression désolée de la petite fille.

— Qu'y a-t-il, bout de chou ? s'enquit-elle.

— Je veux être un petit chat, répondit Heidi, levant des yeux brillants de larmes vers elle.

— Elle ne veut pas se laver le visage, expliqua-t-il.

— Je vais prendre une photo de ce petit chat, dit Kristy, tirant aussitôt son téléphone de sa poche. Nous saurons à quoi il ressemble, et, demain, nous pourrons le reproduire.

Heidi retrouva aussitôt son sourire.

— Bien joué, chuchota-t-il à l'oreille de Kristy.

— Allons, les enfants, en route ! dit celle-ci en leur tendant les mains.

— Nous ne rentrerons pas trop tard, promit Sage à mi-voix.

— Prenez tout votre temps.

Leur trio s'éloigna, bavardant avec animation, et elle poussa un soupir de soulagement.

— Tout va bien ? s'enquit TJ.

— Oui, pourquoi ?

— Tu as soupiré.

— Pour la première fois, Heidi a l'air heureuse.

— Elle a fait beaucoup de chemin, ces dernières semaines.

— Grâce à toi, observa-t-elle, rencontrant son regard.

— Tu n'as pas à me remercier. D'ailleurs, je ne sais même pas ce qui me vaut tous ces remerciements.

Cette réponse la fit rire, et ce son merveilleux se réverbéra comme une douce onde de chaleur dans tout son être.

— Je n'en sais rien non plus, dit-elle. Ce que je sais, c'est qu'Eli va un peu mieux chaque jour, et que Heidi commence à se sentir à l'aise dans la maison.

— J'en suis aussi heureux que toi.

— Je sais, convint-elle.

Dans le belvédère du parc, l'orchestre avait commencé à jouer. Une piste de danse temporaire avait été installée sur la pelouse, sous des guirlandes faites de centaines de minuscules lucioles blanches, et de nombreux couples affluaient déjà.

Il n'avait jamais rêvé que sa vie puisse un jour atteindre une telle perfection. Sa maison était pleine de voix et de rires, et sa belle femme s'intégrait parfaitement dans leur petite communauté. Eli se faisait des copains dans l'équipe de base-ball, et avait même participé à quelques séances d'entraînement avec eux. Et Heidi était comme un joyau délicat. Il ne pouvait s'empêcher d'imaginer combien Lauren aurait adoré avoir une petite fille comme elle.

Puis il se rappela que, si Lauren était encore de ce monde, Sage ne serait pas ici. Ce serait seulement Lauren et lui, et peut-être Eli — mais seulement à mi-temps, car il partagerait sa garde avec Sage.

Contemplant son profil délicat un instant, il essaya de s'imaginer vivant avec Lauren et Eli, mais l'image restait floue dans son esprit. Pour la première fois, il se demanda comment Lauren aurait réagi en apprenant l'existence d'Eli. L'aurait-elle aimé comme il l'aimait ? Au fond de son cœur, aurait-elle accepté l'enfant d'une autre femme ?

— Nous n'avions jamais eu une telle foule, remarqua Melissa en s'approchant de leur table avec Noah.

— Toutes mes félicitations, dit-elle en lui souriant.

— À vous aussi, Sage.

— Je n'ai pas fait grand-chose.

— Sage a négocié des prix avantageux pour toutes les prestations et a trouvé le moyen de faire des économies, corrigea Melissa, s'adressant à TJ. C'est elle que vous pouvez remercier pour la qualité de la sonorisation, ce soir.

— Elle est bien meilleure que l'année dernière, convint-il.

— Et son travail n'est pas terminé, ajouta Melissa. La plupart d'entre nous aurons terminé demain soir. Mais Sage va trier des bons de commande et des factures durant tout le mois à venir.

— Aucun problème, assura-t-elle. Les additions, c'est encore à ma portée.

Ces paroles le surprirent. Comment Sage pouvait-elle se dévaluer ainsi ?

— Voulez-vous vous asseoir ? proposa-t-elle.

— Non, répondit Melissa. Noah et moi allons danser.

Elle se tourna vers lui, avant d'ajouter :

— Et vous ? N'allez-vous pas emmener votre épouse sur la piste de danse ? Elle mérite bien de s'amuser un peu.

Il se tourna vers Sage, et nota qu'elle évitait soigneusement son regard.

Ils n'avaient plus dansé ensemble depuis une éternité et cela risquait d'être un moment embarrassant. Néanmoins, il était prêt à courir ce risque. Il avait très envie de danser avec elle.

Il se leva et lui tendit sa main.

— Et si nous essayions ? suggéra-t-il.

— Bravo ! La nuit est jeune, le félicita Melissa en rejoignant Noah qui l'attendait sur la piste de danse.

Cette exubérance fit sourire Sage. Puis, elle rencontra son regard, et il vit son sourire mourir sur ses lèvres.

Sans se laisser le temps de changer d'avis, il fit rapidement le tour de la table, et, prenant sa main, il l'aida à se lever.

Sage n'avait jamais autant dansé de toute sa vie. Ils s'étaient essayés à tous les genres, de la danse sportive au slow langoureux, en s'arrêtant de temps à autre pour boire un verre en contemplant les étoiles. Julia et Caleb rentrèrent tôt pour retrouver les jumelles, mais Melissa et Noah restèrent — et même Tasha, qui se plaignait toujours que sa grossesse l'épuisait, resta jusqu'à la dernière danse.

Il ne manquait plus que le feu d'artifice, qui devait être tiré depuis l'extrémité du quai, et la foule se dirigea vers la falaise qui dominait le port.

— Par ici, dit TJ en l'entraînant par la main pour contourner un amas de rochers un peu à l'écart de la foule.

Ils arrivèrent à une petite parcelle de terrain plat, face à une vue spectaculaire de l'océan.

— Oui, c'est parfait, ici, approuva-t-elle.

Le bruit de la foule leur parvenait faiblement, étouffé par la barrière des rochers lorsque la première sphère de lumière scintillante explosa au-dessus d'eux, provoquant des murmures d'admiration dans la foule. D'abord blanche, elle vira au bleu et à l'indigo dans le ciel de la nuit.

— Assieds-toi, suggéra-t-il.

— Connaissais-tu déjà cet endroit ? s'enquit-elle en s'asseyant sur un rocher lisse et frais, heureuse de pouvoir soulager ses pieds douloureux.

— Il m'est arrivé de venir ici en quelques occasions, convint-il en prenant place près d'elle.

D'autres explosions de lumière se matérialisaient dans le ciel, dessinant des figures complexes de toutes les couleurs de l'arc-en-ciel. Assis côte à côte en silence, ils assistèrent au somptueux spectacle. Tournant les yeux vers lui, elle vit son profil s'éclairer, ses yeux briller dans la lumière.

Elle croyait encore sentir ses bras vigoureux la serrer contre lui, sa chaleur irradier en elle. Sur cette piste de danse, elle avait été ramenée dix ans en arrière, à une autre danse, une autre soirée dans les bras de TJ.

Comme s'il avait senti son regard rivé sur lui, il se tourna vers elle.

Lorsqu'il lui sourit, son cœur se mit à battre si fort qu'elle crut qu'il allait bondir hors de sa poitrine.

Puis, elle vit son sourire s'effacer. Ses yeux devinrent des puits d'ombre où se reflétaient les éclairs du feu d'artifice.

Il se pencha vers elle avec une lenteur désespérante. Elle ne respirait plus. Elle ferma les yeux, entièrement concentrée sur cet instant magique.

Puis, ses lèvres effleurèrent les siennes, et des éclairs de lumière plus éblouissants que les feux d'artifice explosèrent derrière ses paupières closes.

Son baiser devint plus profond, et ses mains l'attirèrent tout contre lui. Ses bras vigoureux se refermèrent enfin autour d'elle. Renversant sa tête en arrière sous la force de son baiser, elle se blottit contre lui et y répondit passionnément, avec la sensation d'être libérée de la gravité et de flotter dans l'air salé sur un nuage de pure félicité.

La grande main tiède de TJ vint se poser au creux de son dos, et ses doigts trouvèrent la peau nue sous l'ourlet de son petit haut. Elle laissa glisser les siennes sur ses pectoraux durs, parfaitement définis, sur ses puissantes épaules, se délectant de la sensation de ses muscles sous ses doigts. Soudain, il mit fin à leur baiser, et il s'écarta d'elle, la fixant d'un regard stupéfait. Elle s'attendait à ce qu'il mette un terme à cet instant de folie mais, au lieu de cela, il saisit l'ourlet de son petit haut et, la regardant droit dans les yeux, il le fit passer par-dessus sa tête. Elle n'essaya pas de l'arrêter. Elle n'avait aucun désir de l'arrêter.

Il le laissa tomber négligemment sur le sol et contempla un long moment son soutien-gorge de dentelle violette tandis qu'elle le débarrassait de sa chemise, révélant son torse sculptural au hâle parfait.

Elle ôta elle-même son soutien-gorge avant de se blottir à nouveau dans ses bras, pressant ses seins contre ses pectoraux durs, se rappelant leur dernière étreinte, dix ans plus tôt, respirant avec délices sa fragrance masculine, retrouvant ses lèvres pour un autre baiser incandescent.

Il la souleva pour la reposer à califourchon sur ses cuisses, et, glissant ses doigts dans ses cheveux, il l'embrassa avec une fougue renouvelée. Lorsqu'il recueillit l'un de ses seins dans sa paume, l'intensité de la sensation lui coupa le souffle.

C'était *cela* qui s'était passé, autrefois, songea-t-elle. C'était *ainsi* que tout avait commencé.

Les feux d'artifice qui continuaient à exploser derrière elle n'étaient pas aussi extraordinaires que ce qui se produisait à cet instant précis entre eux.

— TJ, murmura-t-elle. S'il te plaît...

Pour toute réponse, il laissa échapper un gémissement, et elle porta ses mains au premier bouton de son jean.

Mais il l'arrêta, posant sa grande main sur la sienne.

Elle s'écarta de lui.

— Qu'y a-t-il ? murmura-t-elle.

Il indiqua la direction de la foule d'un geste du menton. Dans le ciel derrière elle, une forte explosion la fit sursauter. La foule était rassemblée de l'autre côté des rochers, pas très loin.

— Oh ! fit-elle, soulagée et déçue à la fois.

— Et je te demande pardon, ajouta-t-il en lui tendant ses vêtements. Ceci n'était pas prévu dans notre accord.

— C'est vrai, convint-elle, ne regrettant rien. Mais...

— Il vaut mieux que les choses restent simples, coupa-t-il en la reposant sur le sol pour ramasser sa chemise.

Tout à coup, se sentant nue et totalement vulnérable, elle se rhabilla précipitamment.

— Nous devrions rentrer, suggéra-t-il en se levant.

Elle acquiesça en silence. Le feu d'artifice se poursuivait, mais elle n'avait plus vraiment envie d'assister au spectacle.

Alors qu'ils se remettaient en marche, elle fut tentée de lui demander ce qu'il entendait lorsqu'il déclarait qu'il voulait que les choses restent simples. De son point de vue, elles ne pouvaient pas l'être davantage. Après tout, ils étaient mariés, et l'ancienne alchimie entre eux était toujours aussi explosive après toutes ces années.

— TJ ? dit-elle d'un ton hésitant alors qu'ils arrivaient à la voiture.

— N'en parlons plus, l'interrompit-il. Les récriminations n'arrangeraient rien.

— Ce qui s'est passé n'est la faute de personne, observa-t-elle d'une voix douce, se souvenant des paroles de Melissa.

— C'est ma faute, insista-t-il, se glissant derrière le volant.

Le trajet du retour fut bref. Mais elle passa chaque seconde à chercher les mots justes, les bonnes tournures de phrase pour lui parler de sa conversation avec Melissa.

Ils venaient de s'arrêter devant la maison, et il avait coupé le moteur, lorsqu'elle se jeta à l'eau :

— Nous sommes mariés, remarqua-t-elle, son regard fixé droit devant elle.

Elle devina qu'il s'était tourné face à elle, mais elle n'osa toujours pas rencontrer son regard, en ajoutant :

— Nous ressentons de l'attirance l'un pour l'autre. Je ne veux pas prendre un amant, mais je ne veux pas non plus vivre toute ma vie dans l'abstinence. Tu étais là. Tu as bien senti ce qui se passait entre nous, toi aussi. Je pense que nous devrions...

Il se figea.

— Je pense que nous devrions dormir ensemble, termina-t-elle d'un trait.

Le silence qui suivit cette déclaration avait quelque chose d'assourdissant. Elle crut nécessaire de s'expliquer :

— Ce que je veux dire...

— Je sais ce que tu voulais dire, coupa-t-il.

Et, tout à coup, elle vit la souffrance au fond de ses yeux, ses mâchoires serrées, ses mains crispées sur le volant. C'était à Lauren qu'il pensait à cet instant. Ce serait toujours elle la première. Elle le comprenait aussi clairement dans son expression que s'il l'avait crié sur les toits.

Elle ne savait plus si elle devait se sentir blessée ou humiliée. Mais elle n'allait pas traîner dans les parages en attendant de le savoir. Elle descendit vivement de l'habitacle du SUV, entra dans la maison et monta l'escalier sans ralentir.

10

Le soir précédent, TJ était resté longtemps assis derrière son volant, à essayer de remettre de l'ordre dans le chaos de ses émotions. Une relation charnelle avec Sage ? Dormir avec elle nuit après nuit ? Lui faire l'amour ? Il voyait tout cela si clairement dans son esprit qu'il avait été douloureusement tenté de dire oui.

Mais cela aurait été injuste pour eux deux, pour eux tous. Il savait qu'il avait fait le bon choix, la veille, et il en était toujours persuadé aujourd'hui.

Il était parti de bonne heure, ce matin-là, sans même prendre le temps de boire un café, et il s'était rendu tout droit à son bureau, dans le centre de Whiskey Bay. Sa société, Tide Rush Investments, était propriétaire de l'immeuble mais elle n'occupait que les deux étages supérieurs. La société avait d'autres branches, à New York, à Londres, à Sydney et à Singapour, et il songeait à en créer de nouvelles.

Matt poussa la porte de son bureau quelques instants plus tard, un gobelet de café dans chaque main.

— Tu arrives tôt, aujourd'hui, observa-t-il.

— J'avais un peu de travail à rattraper, assura-t-il sans entrer dans les détails.

Matt traversa la pièce pour lui tendre l'un des gobelets, qu'il accepta avec reconnaissance.

— Alors ? s'enquit Matt. Comment vont tes affaires ?

— De mieux en mieux. Je me demande pourquoi plus de gens ne se lancent pas dans ce business.

— C'est parce qu'ils n'ont pas ton talent. Tu es un magicien dans ta partie.

Il posa une enveloppe sur son bureau, avant d'ajouter :

— Je t'ai apporté un chèque.

— Je t'avais dit que ce n'était pas pressé.

Après un incendie catastrophique à la marina, Tide Rush Investments avait prêté à Matt l'argent nécessaire pour les réparations de son yacht.

— Ce n'est que la première échéance, précisa Matt.

— Merci.

Suivit un instant de silence. Matt fut le premier à reprendre la parole :

— T'es-tu amusé, hier soir ?

— Oui, beaucoup, répondit-il, s'efforçant de se concentrer sur les événements du festival, et non sur ce qui s'était passé plus tard, entre Sage et lui. Et toi ?

— C'était formidable. D'après Tasha, nous n'avions jamais eu autant de monde.

— Je me réjouis de l'entendre. En tout cas, les enfants se sont amusés comme des petits fous.

— Heidi est adorable, opina Matt en souriant.

— C'est vrai, convint-il, souriant à son tour.

Il était encore étonné de la rapidité avec laquelle il s'était attaché à cette enfant. Et il en allait de même pour Eli. Son fils était intelligent et digne de confiance. Il avait une énergie débordante, et il devenait plus fort chaque jour. Il était de plus en plus fier de lui.

— As-tu beaucoup dansé ? s'enquit Matt prudemment.

Il préféra rester vague, n'ayant aucune envie de parler des émotions qui le hantaient.

— Tout le monde a dansé.

— Tout le monde n'a pas dansé avec Sage.

— Tout le monde n'est pas marié avec Sage, rappela-t-il.

Ces paroles avaient à peine franchi ses lèvres lorsqu'il se souvint de la proposition qu'elle lui avait faite.

Elle était son épouse. Et il l'avait repoussée.

— Comment cela va, vous deux, le mariage ?

— Que veux-tu dire ? marmonna-t-il, dévisageant son ami.

— Je suis curieux, c'est tout. J'ai bien vu comment tu la regardais, hier soir.

— Nous avons dansé. Alors, oui, je l'ai regardée.

— Elle t'émoustille.

— Ce ne sont pas tes affaires.

— Je disais seulement...

— Que disais-tu ? gronda-t-il en se levant.

— Je suppose que ce que j'avais envie de te dire, c'était de lui laisser une chance. Je t'ai vu sourire, hier soir. Tu avais l'air heureux. Plus heureux que je ne t'avais vu depuis...

— Je ne suis pas heureux, coupa-t-il.

Matt avait l'air de suggérer qu'il avait oublié Lauren pour s'intéresser à Sage. C'était faux. Sage était sûrement une femme unique, Eli et Heidi des enfants merveilleux, et il était bien décidé à faire tout ce qu'il pouvait pour eux trois, mais ils ne remplaceraient jamais Lauren. Il n'était pas à la recherche pas d'un happy end sans elle. Quel genre d'homme ferait cela ?

— Très bien, dit Matt d'un ton conciliant. Mais, si un jour tu as envie de me parler, n'hésite pas, d'accord ?

— Il n'y a rien à en dire.

— C'est cela, répliqua Matt d'un ton sarcastique. Je te crois.

— Elle est très sexy, d'accord ?

— Là, au moins, tu dis la vérité.

Il lui lança un regard noir.

— D'un point de vue purement objectif, précisa Matt en riant. Je suis marié, souviens-toi. Et Tasha est la femme la plus sexy de l'univers.

Soudain, il sentit qu'il baissait sa garde.

— Sage est... Comment dire ? poursuivit-il d'un ton rêveur. Lorsqu'elle rit, lorsqu'elle joue avec les enfants...

— Ce qui serait bizarre, ce serait qu'elle te laisse froid, remarqua Matt.

— Mais je ne peux rien y faire.

— Oui, je sais, convint Matt en se rasseyant. Vous avez conclu un accord, tous les deux.

C'était un bon accord. Un mariage de raison. Chacun d'eux

vivant sa propre vie. Partageant la responsabilité d'Eli sans se gêner l'un l'autre.

Tout du moins, cela l'avait été jusqu'au soir précédent, jusqu'à ce que Sage essaie d'en modifier les termes. Jusqu'à ce qu'il comprenne à quel point il avait envie de les modifier, lui aussi.

— TJ ?

— Euh... Quoi ?

— Tu étais ailleurs. Qu'est-ce qui te tracasse ?

— Hier soir, répondit-il en s'affalant à nouveau dans son fauteuil, elle m'a fait une nouvelle proposition. Elle m'a déclaré que nous devrions avoir des relations sexuelles.

Matt le dévisagea d'un air ébahi.

— Et ce n'était pas seulement une proposition ponctuelle, poursuivit-il. Elle m'a expliqué que nous pourrions dormir ensemble toutes les nuits.

Matt demeura silencieux.

Mais, une fois lancé, il n'entendait plus s'arrêter.

— Elle m'a dit que nous avions tous deux droit à une vie sexuelle épanouie et que... nous pourrions prendre notre plaisir ensemble.

Il soupira, avant d'ajouter :

— Comme deux amis se permettant quelques fantaisies intimes. Mais ce n'est pas ce que nous sommes. Nous sommes mariés. Et, dans l'intérêt d'Eli, nous devons rester ensemble. Si nous permettons que la situation se complique, quelqu'un va souffrir.

— Tu l'as *repoussée* ? s'exclama Matt d'un ton incrédule.

— Qu'aurais-tu fait, à ma place ?

— Si mon épouse ravissante et incroyablement sexy m'avait proposé de faire l'amour avec elle ?

— Tu sais parfaitement que ce n'est pas aussi simple.

— Simple ou pas, je ne l'aurais jamais insultée en refusant.

TJ ouvrit la bouche pour lui asséner une réplique cinglante, mais aucune ne lui vint à l'esprit.

Le mois d'août était déjà bien avancé et Sage commença à songer à la prochaine rentrée scolaire. Eli et Heidi étaient à présent en bonne santé et heureux. Heidi avait encore quelques moments de tristesse, mais les deux enfants se faisaient des amis et participaient à diverses activités. Eli jouait au base-ball tandis que Heidi avait choisi un club où les enfants s'initiaient aux arts. Elle adorait la peinture, et son groupe passait beaucoup de temps à peindre des paysages sous les frondaisons du parc municipal.

En travaillant à l'organisation du festival, elle s'était prise d'intérêt pour les autres œuvres philanthropiques auxquelles TJ faisait des donations. Il versait des sommes généreuses à l'hôpital Highside et se demanda s'il accepterait d'aider St. Bea de la même manière.

Gerry Carter, le chef comptable de Tide Rush Investments, lui avait donné accès à une partie de ses dossiers, et elle avait ainsi découvert qu'ils recevaient des centaines de requêtes, par courrier et sur le site web de la société. Elle les avait triées, et elle en avait tiré un tableau incluant les organisations, les dates, les sommes déboursées, les causes défendues et qui en bénéficierait.

Elle entendit la porte d'entrée se refermer et leva un regard coupable vers la pendule. Il était presque 22 heures. TJ travaillait souvent tard et elle s'efforçait de rester au premier étage lorsqu'il était à la maison. Ils étaient polis l'un envers l'autre, mais leur relation n'était plus la même depuis la soirée des feux d'artifice.

Elle avait agi dans un élan irréfléchi, et, aujourd'hui, elle le regrettait amèrement. Mais elle savait qu'elle ne pouvait pas aller plus loin dans ses idées philanthropiques sans lui en parler d'abord. Redressant les épaules, elle ressortit du bureau.

Elle trouva TJ dans la cuisine, planté devant la porte ouverte du réfrigérateur. Il releva les yeux en l'entendant entrer, visiblement surpris de la voir.

— Bonsoir, TJ, dit-elle, restant prudemment de l'autre côté de l'îlot central.

— Ah, fit-il en choisissant un jus de fruits. Tu es levée.

— Je travaillais sur l'ordinateur du bureau, expliqua-t-elle, brandissant une liasse de feuillets comme preuve.

— As-tu soif ?

Elle faillit refuser mais, très désireuse que cette conversation reste amicale, se ravisa.

— Merci, répondit-elle. Je prendrai la même chose que toi.

Il remplit deux grands verres de glaçons au distributeur, et partagea le jus de fruits entre eux.

— J'ai étudié les comptes de tes œuvres philanthropiques, remarqua-t-elle.

Son expression changea presque imperceptiblement et elle eut la sensation de l'avoir irrité. Mais elle décida de l'ignorer, et elle poursuivit :

— Tu reçois de très nombreuses requêtes.

— Il y a de très nombreuses bonnes causes, marmonna-t-il en posant l'un des verres devant elle.

— J'ai remarqué que, par le passé, tu avais une préférence pour l'éducation et pour la santé.

— Oui, je suppose.

— J'ai fait un tri des requêtes et je les ai organisées, l'informa-t-elle en lui tendant ses feuillets.

Visiblement surpris, il les prit et les examina l'un après l'autre, avant de relever les yeux vers elle.

— C'est un énorme travail, observa-t-il.

— Il y avait des centaines de dossiers. J'ai quelques idées à te proposer, enfin quelques recommandations concernant des œuvres qui mériteraient peut-être ton soutien.

— Que *nous* les aidions, corrigea-t-il.

Elle rencontra son regard, et une nouvelle fois, elle sentit ce courant de désir passer entre eux. Il lui fallut un instant pour retrouver la parole.

— Nous, répéta-t-elle. Très bien.

— Je te laisse décider, dit-il en reposant ses feuillets pour se diriger vers le petit salon.

— Je ne veux pas que cela se passe de cette façon, protesta-t-elle en s'accrochant à ses pas.

— Je n'ai pas le temps de t'aider. Nous avons énormément de travail au bureau.

— Oui, je vois cela, remarqua-t-elle d'un ton de reproche.

— C'est ainsi que je gagne mon argent, rappela-t-il en prenant place sur le sofa, son verre à la main.

— Cela n'a pas l'air de te rendre très heureux.

Il la fusilla du regard et elle fit de son mieux pour ne pas se laisser intimider. Elle s'assit près de lui, posant son rapport sur la table basse.

— Je pensais que nous devrions nous concentrer sur des œuvres locales, ou, au plus, à l'échelle de l'État. Tes contributions seront plus utiles si elles sont mieux ciblées.

— *Nos* contributions, rappela-t-il.

— Si tu veux, dit-elle en soupirant. Le fait est que, ces temps derniers, elles ont beaucoup baissé.

— Fais ce que tu veux.

— Mais ce n'est pas du tout ainsi que je le vois !

— Sage, gronda-t-il d'un ton d'avertissement.

— Quoi, qu'y a-t-il ? protesta-t-elle, élevant la voix. Je n'arrive pas à te comprendre. Tu ne désires pas dormir avec moi ? Parfait ! Je ne dormirai pas avec toi, voilà tout.

Un lourd silence suivit. Comme si chacun essayait de retrouver son souffle. Il fut le premier à reprendre la parole :

— Crois-tu vraiment que je n'aie pas envie de faire l'amour avec toi ? s'enquit-il d'une voix rauque.

Elle ne savait pas quoi répondre à cela. Elle l'avait proposé. Il avait dit non. Quoi d'autre pourrait-elle penser ?

— Je meurs d'envie de faire l'amour avec toi, déclara-t-il. Tu es belle à couper le souffle. Tu es incroyablement sexy et intelligente.

— Mais...

— Je ne peux pas poser mon regard sur toi sans me rappeler ta proposition, sans me traiter de tous les noms pour avoir réagi de cette façon. Je suis un idiot.

Elle le dévisagea, bouche bée, peinant à croire ce qu'elle entendait, mais, déjà, il reprenait :

— Tu avais raison. Tu *as* raison. Et... heu... si tu acceptais encore de...

Il s'interrompit, et, inclinant sa tête vers elle, il effleura ses lèvres d'un baiser. D'abord délicat, hésitant, ce baiser gagna très vite en détermination.

D'abord paralysée par la surprise, elle sentit bientôt son corps répondre, sous la forme d'une avalanche incontrôlable d'hormones. Elle se jeta pratiquement dans ses bras en murmurant son nom tout contre sa bouche.

Il la serra étroitement contre lui, et, glissant ses doigts dans sa chevelure, il l'embrassa avec toute la passion dont il était capable.

Nouant ses bras autour de son cou, elle lui rendit son baiser avec délices. Elle sentait la chaleur de son corps, entendait sa respiration précipitée, respirait la fragrance épicée de sa peau. Et ses baisers avaient un goût de magie.

Mais elle brûlait d'impatience et de désir. Glissant ses mains entre eux, elle se débarrassa de son petit haut, révélant un soutien-gorge de dentelle blanche.

Il s'écarta un instant pour la contempler avec une sorte de révérence dans le regard. Puis, sa grande main hâlée vint recouvrir son sein.

— Oh ! Sage ! murmura-t-il.

Elle défit elle-même l'agrafe et jeta le soutien-gorge d'un geste négligent. Son regard rivé au sien, il se débarrassa de sa veste et déboutonna sa chemise.

Ils avaient dépassé le point de non-retour. Il était trop tard pour revenir en arrière. Elle se leva et ôta son jean, puis sa culotte de dentelle blanche.

Il esquissa un sourire, puis il acheva de se déshabiller. Lorsqu'il fut nu, il la serra à nouveau dans ses bras. Ils étaient peau contre peau, désormais. Leurs bouches se trouvèrent, leurs corps se soudèrent l'un à l'autre. Elle avait la sensation de tomber, tomber dans un abîme sans fond, où rien n'existait plus, à part lui.

Elle explora son corps avec ses mains, et il lui rendit ses caresses, accordant les mêmes attentions à son visage, à ses seins, à ses cuisses. Ses mains étaient légères, habiles, et elle sentit son corps s'éveiller davantage à chaque caresse. Un feu liquide brûlait en son centre, et elle se délectait de la sensation de ses muscles fermes sous ses doigts, de ses larges épaules, de ses biceps volumineux, de son ventre plat.

— Oui, gémit-il tout contre son oreille. C'est tellement…

Son corps se tendit comme un arc, et, une fraction de seconde plus tard, elle se retrouva allongée sur le dos dans la douceur des coussins tandis qu'il se positionnait au-dessus d'elle. Elle avait l'impression que tout son être s'était liquéfié. Elle leva ses jambes pour les nouer autour de sa taille alors que leurs deux corps fusionnaient l'un dans l'autre.

Lorsqu'il accéléra le rythme, elle se blottit plus fort contre lui, tout son corps parcouru par des spasmes de plaisir. Ses coups de boutoir se firent plus forts, plus profonds, et elle leva ses hanches pour aller à sa rencontre, voguant sur un océan de sensations de plus en plus intenses. Glissant ses mains sous ses fesses, il la souleva contre lui, et ce changement d'angle provoqua un cataclysme dans ses sens, comme l'explosion de mille soleils, la catapultant vers des hauteurs dont elle ignorait même l'existence.

— Oui, TJ ! s'entendit-elle crier. Oui ! Oui !

— Sage, murmura-t-il. Ma douce, ma ravissante Sage…

Puis, progressivement, les vagues géantes s'espacèrent, jusqu'à ce qu'elle ait la sensation de flotter comme un bouchon sur un océan de sérénité et de joie.

— Tu avais raison, lui chuchota-t-il à l'oreille. Tu avais mille fois raison.

TJ se tenait devant le barbecue, dans le patio de sa maison, lorsque Matt vint le rejoindre.

— Il t'en aura fallu du temps, TJ !

— Du temps ? répéta-t-il, sortant de sa rêverie.

Des hamburgers et des saucisses grésillaient sur le gril. Eli et quelques-uns de ses copains grimpaient aux arbres à la limite du jardin. Debout sur la pelouse dans une robe d'été blanche, Sage bavardait avec Melissa, l'une des jumelles de Caleb dans les bras.

Il ne parvenait pas à détacher son regard d'elle.

— Ne joue pas les innocents, ironisa Matt. Tu la dévores des yeux.

— Je ne peux pas m'en empêcher, avoua-t-il.

— Je savais que tu finirais par suivre mon conseil, remarqua Matt en souriant.

TJ observa Sage, qui berçait doucement le bébé dans ses bras, avant de répondre d'un ton lourd de sarcasme :

— Tu sais bien que je ne prends jamais aucune décision importante dans ma vie sans te demander conseil.

— C'est exactement ce que tu devrais faire.

— Celle-ci n'avait rien à voir avec toi.

— Je ne prétends pas en avoir eu l'idée le premier. J'ai seulement été le premier à le remarquer.

— Remarqué quoi ? s'enquit Caleb en les rejoignant.

— Que TJ est amoureux de sa femme, précisa Matt.

— Qui ne serait pas amoureux de sa ravissante épouse ? plaisanta Caleb.

— J'espère que ce n'est pas ton cas, gronda-t-il.

Il était surpris par sa propre réaction viscérale. Quelque chose avait changé, depuis hier soir. Il se sentait très possessif vis-à-vis de Sage. C'était tout naturel, pour un mari. Leur mariage n'était peut-être pas un mariage « normal », mais c'était un mariage. Et, à présent qu'ils avaient fait l'amour, l'imaginer avec un autre homme était une torture. Il n'avait aucun droit d'exiger quoi que ce soit d'elle, bien sûr, mais elle lui avait déclaré elle-même qu'elle ne désirait pas prendre un amant.

— Ne prends pas cet air abattu, dit Caleb en lui assénant une claque amicale sur l'épaule.

Se souvenant tout à coup des hamburgers, il s'affaira à les retourner.

— Je ne me sens pas du tout abattu, se défendit-il.

Matt lui lança un regard en coin, et Caleb le remarqua.

— Que se passe-t-il, ici ?

— Rien, éluda Matt.

— Il y a bien quelque chose, insista Caleb.

Il n'avait pas envie de jouer la comédie à l'un de ses plus proches amis. Il haussa les épaules.

— Notre relation a changé, reconnut-il.

— Que s'est-il passé ? s'enquit Caleb d'un air inquiet.

— Elle a changé en bien, le rassura-t-il.

— Vraiment ? s'étonna Caleb.

— Oui, vraiment, intervint Matt. Et moi, je l'avais déjà remarqué. Au contraire de toi, qui as la tête ailleurs depuis sept mois.

— Essaie donc d'aller travailler tous les jours en n'ayant pratiquement pas fermé l'œil de la nuit, répliqua Caleb.

Il marqua une pause, avant d'ajouter d'un ton sarcastique :

— D'ailleurs, c'est exactement ce que tu feras, à partir du printemps prochain. Tu vas adorer.

— Je suis impatient d'y être, assura Matt en toute sincérité.

Après le sauvetage des hamburgers, il tourna à nouveau son attention vers Sage. Elle portait ce bébé comme si c'était une chose toute naturelle, pour elle. C'était ainsi qu'elle avait dû porter Eli. Et, soudain, il se sentit accablé par le regret de tout ce qu'il avait manqué.

— J'en suis très heureux pour toi, Matt, déclara Caleb.

Revenant brusquement au présent, il se rendit compte que ses deux amis le dévisageaient curieusement.

— Ce n'est pas ce que vous croyez, assura-t-il précipitamment, se sentant coupable malgré lui. C'est... autre chose. Nous avons un accord. Nous sommes un homme et une femme avec des besoins normaux. Et, ni elle ni moi ne sommes tentés d'avoir des aventures extraconjugales.

— Sait-elle que c'est tout ce qu'il y a entre vous ? s'enquit Caleb, fronçant les sourcils.

— C'était son idée, précisa-t-il.

— Et cela ne te semble pas dangereux ?

— Ils n'avaient pas beaucoup d'autres options, intervint Matt.

— Et toi, tu l'approuves ? s'enquit Caleb, s'adressant à Matt.

— Je désapprouve seulement les alternatives, répondit Matt. La frustration sexuelle à vie ? L'adultère ? Le mariage libre ? Peux-tu imaginer TJ gardant la maison pendant que Sage sort danser avec un autre homme ?

— C'est peut-être un peu trop demander, avoua Matt.

— C'est jouer avec le feu, corrigea Caleb. L'un de vous deux va forcément tomber amoureux de l'autre.

— Ce ne sera pas moi, assura-t-il.

Il n'y avait aucune place dans son cœur. Cette idée l'attristait, et c'était pour Sage qu'il était désolé. Elle méritait que quelqu'un tombe fou amoureux d'elle.

— Dans ce cas, ce sera Sage, conclut Caleb. Que feras-tu si elle tombe amoureuse de toi ?

— C'était son idée, répéta-t-il avec détermination.

Elle savait ce qu'elle lui proposait, et, comme Matt l'avait souligné, ils n'avaient pas le choix.

Il continua à observer Sage avec le bébé dans ses bras. Il ne voulait d'aucune des autres solutions. Ils avaient pris leur décision.

Et, à cet instant, il était impatient que tout le monde soit parti pour se retrouver seul avec elle.

11

En traversant le campus de l'université, Sage avait le cœur en joie. Les images de sa nuit avec TJ repassaient en boucle dans sa mémoire. Il était merveilleux. Et elle n'avait pas besoin de se projeter au-delà de l'instant présent.

Pour le moment, elle était sur le point de s'inscrire à l'université. Après avoir longuement étudié la liste des matières qui y étaient enseignées, elle était parvenue à la surprenante conclusion qu'elle désirait étudier l'analyse de données informatiques. Les mathématiques avaient toujours été son fort, et chaque fois qu'elle avait eu à travailler avec des feuilles de calcul et des bases de données, elle avait été fascinée par la puissance de ces outils.

Au bout de la large allée bordée d'érables, elle grimpa les marches du bâtiment des admissions. Derrière les portes de verre, elle vit que le hall grouillait d'activité. Des étudiants faisaient la queue, d'autres bavardaient en petits groupes.

Elle trouva le bureau des admissions des nouveaux étudiants grâce à un plan affiché au mur parmi d'autres informations. C'était une grande salle lumineuse et apparemment parfaitement ordonnée. Elle se joignit à la queue de ceux qui attendaient d'être reçus par la douzaine d'employés assis derrière une longue table. La plupart avaient à peine vingt ans, mais elle se réjouit d'apercevoir quelques personnes dans la trentaine. Elle s'était demandé comment elle trouverait sa place dans la population étudiante.

La queue avançait avec régularité, et, bientôt, elle se tint face à une dame d'un certain âge en blazer bleu marine, le nez chaussé de lunettes de lecture.

— Avez-vous sélectionné vos cours en ligne ? s'enquit cette dernière.

— J'étais sur liste d'attente pour un ou deux d'entre eux, répondit-elle. Mais comme je n'ai pas l'intention d'étudier à plein temps, si tous mes choix ne sont pas validés, cela ne sera pas très grave.

— Hum ! fit la femme, visiblement soucieuse.

— Est-ce un problème ?

— Non, répondit la femme en lui offrant un sourire rassurant. Voulez-vous attendre un instant ? Je reviens tout de suite.

— Mais pourquoi...

La femme disparut avant qu'elle n'ait terminé sa phrase. Un peu mal à l'aise, elle constata qu'à tous les autres postes les inscriptions se poursuivaient sans le moindre accroc. Elle avait quitté le lycée depuis bien longtemps et elle espérait que cela ne jouerait pas en sa défaveur.

Une autre femme plus jeune, mince et élégamment vêtue, apparut à la place de son ancienne interlocutrice.

— Madame Bauer ?

— Je m'appelle Costas, corrigea-t-elle, surprise qu'on l'appelle par ce nom. Sage Costas.

— Désolée, madame Costas. Oui, bien sûr. Je suis Bernadette Thorburn, la présidente de cette université.

Elle lui tendit sa main manucurée, et, de plus en plus surprise, Sage la serra.

— Avez-vous quelques minutes pour bavarder un peu ? s'enquit Bernadette.

— Oui, je suppose, répondit-elle, se tournant vers la dame en blazer bleu, qui attendait à proximité. Avons-nous terminé ? Avez-vous besoin d'autres documents ?

— Bernadette va s'occuper de vous, assura la dame.

Tout à coup, elle comprit la situation. TJ était l'un des plus généreux donateurs de l'université. Ces femmes devaient penser que son épouse n'avait pas besoin de faire la queue.

— Je peux très bien suivre la procédure d'inscription ordinaire, assura-t-elle précipitamment.

— Il y a un autre sujet dont j'aimerais parler avec vous, dit Bernadette, avec un sourire qui laissait supposer des intentions amicales. Je vous rejoins au bout de la table.

— Très bien, répondit-elle, ramassant tous ses documents.

Pourquoi refuser un petit coup de pouce ? songea-t-elle. Si elle était admise aux cours pour lesquels elle avait été en liste d'attente, ce serait un agréable bonus. Le cours de statistique serait son premier choix.

Au bout de la longue table, Bernadette lui tenait une porte ouverte, et elles entrèrent dans un bureau donnant sur la grande cour d'honneur. Elles s'assirent à une table ronde, et Bernadette lui sourit à nouveau.

— Bienvenue à l'université.

— Merci. Je suis heureuse d'être ici. J'ai hâte de commencer mes cours.

— J'espère que votre fils va bien.

— Vous connaissez l'existence d'Eli ? s'enquit-elle après un instant de silence stupéfait.

— Whiskey Bay est une toute petite communauté, rappela Bernadette. L'université North Pacific sert un public plus large, bien sûr, y compris international, mais nous nous efforçons de préserver la flamme de la culture locale autant que possible. C'est la source d'une expérience unique pour nos étudiants. Notre région a bien des atouts.

— Je suis du même avis. J'ai grandi à Seattle.

— Et je crois comprendre que vous étiez major de votre promotion ?

— C'était il y a presque une décennie.

— Depuis, vous avez gagné en expérience de la vie.

Elle acquiesça en silence.

— Une femme parfaitement intégrée dans la communauté, et y exerçant une certaine influence, poursuivit Bernadette. On m'a dit que vous aviez insufflé une nouvelle vie au Seaside Festival. Des dons en progression, un public plus nombreux et des coûts en baisse. C'est un fait, n'est-ce pas ?

— Ma contribution a été modeste, assura-t-elle, jugeant que cette description était totalement disproportionnée par rapport au travail qu'elle avait accompli. Seulement un peu de logique et de raison appliquées au budget.

— Quoi qu'il en soit, cela a fonctionné. Je compte quelques amis au comité d'organisation, et ils étaient impressionnés.

— Eh bien... merci, répondit-elle, faute d'une meilleure réponse.

— J'ai été autorisée à vous faire une proposition.

Elle marqua une pause, avant de poursuivre :

— Le conseil d'administration m'a informée qu'on envisage de vous nommer comme membre permanent.

— Au Seaside Festival ? s'étonna-t-elle. J'ignorais que le festival avait un conseil d'administration.

— Un siège au conseil d'administration de l'université Pacific Northwest, corrigea Bernadette.

Sage mit un moment à assimiler le sens de ces paroles. Puis, elle ouvrit de grands yeux.

— À l'université ? répéta-t-elle, incrédule. Mais je n'ai pas les qualifications nécessaires pour siéger au conseil d'administration d'une université !

— Vous ne croiriez pas le nombre de fois que j'ai entendu cette réponse, observa Bernadette en riant. Principalement de la part de femmes. Mais ne vous sous-estimez pas, Sage. Le conseil ne cherche pas un profil ou une formation particulière. Ils souhaitent recruter des membres de notre communauté riches d'une expérience de la vie et qui comprennent intimement la culture de notre région.

— Et, incidemment, capables de faire rentrer de l'argent, observa-t-elle, qui commençait à comprendre. C'est Mme Bauer qu'il vous faut, n'est-ce pas ?

— C'est beaucoup plus que cela. Vous ne vous êtes pas contentée d'offrir un chèque pour le festival. Vous avez convaincu d'autres personnes de participer au financement. Puis vous avez géré ces sommes avec prudence. Le Seaside Festival est l'événement phare de Whiskey Bay, et vous l'avez amélioré en très peu de temps.

— Oui, mais...

— Permettez-moi d'ajouter ceci. La parité hommes-femmes

pose problème au conseil d'administration de North Pacific, comme dans la plupart des autres universités. Nous avons moins de vingt pour cent de femmes au conseil. Très franchement, c'est une situation qu'il est urgent de corriger.

— Je vois. Je serais un membre de pure forme.

— Pas du tout ! protesta Bernadette, le regard brillant de détermination. Votre rôle ne sera pas uniquement symbolique. D'après ce que l'on m'a rapporté, vous êtes une femme énergique, intelligente et résolue. Je ne doute pas un instant que vous ferez la différence. Et je vous promets que ce sera une expérience extrêmement enrichissante.

— Est-ce difficile, pour vous aussi, d'être une femme et de présider une université ?

— Naturellement, c'est difficile. Mais on gagne en expérience avec le temps. Et c'est un travail important. Je suis très heureuse de pouvoir le faire.

— Vous m'avez convaincue, déclara Sage.

Ce serait sûrement un challenge. Mais qui aurait du sens. Et c'était exactement le genre de contribution qu'elle souhaitait faire à sa nouvelle communauté.

TJ ne pouvait s'empêcher de boire Sage des yeux. La lueur vacillante d'une lampe-tempête sur leur table, à la terrasse du Neo, se reflétait sur sa peau crémeuse. Elle avait relevé ses cheveux en chignon, et quelques mèches folles effleuraient ses tempes. Ses pendants de diamants, assortis au collier qui reposait à la base de son cou d'albâtre, scintillaient dans la lumière douce de la salle.

Il lui avait offert ces bijoux le soir précédent au cours d'une fête d'anniversaire joyeuse et bruyante, avec un gâteau, des présents et des chansons. Les enfants avaient adoré. Elle avait hésité à accepter ces joyaux et il savait qu'elle s'inquiétait d'une telle dépense. Mais, lui, c'était tout le contraire. Elle était éblouissante, parée de diamants, et il était heureux de pouvoir les lui offrir.

Le serveur, qui venait de déboucher une bouteille de champagne à leur table, remplit leurs flûtes. Une douce brise soufflait de l'océan, le ciel scintillait d'étoiles et la lune n'était qu'un mince croissant dans la distance.

— Joyeux anniversaire, murmura-t-il, levant son verre.

— Je n'ai pas besoin que nous fêtions deux fois mon anniversaire, protesta-t-elle en riant.

— Tu mérites cela, et même davantage, pour tous les anniversaires que j'ai manqués.

— Tu ne dois pas essayer de rattraper le temps perdu, remarqua-t-elle d'une voix douce, effleurant le somptueux collier qu'il lui avait offert.

Il n'était pas de cet avis. Il savait qu'elle n'avait pas eu une vie facile lorsqu'elle était seule avec Eli. Et qu'il aurait pu adoucir son sort de mille façons.

Il aurait voulu passer chaque seconde du reste de sa vie auprès d'eux. Mais c'était impossible. Déjà, la réalité les rattrapait.

— Je dois me rendre à New York, l'informa-t-il.

— Quand ? s'enquit-elle, son sourire vacillant sur ses lèvres.

— Demain. Seulement pour un ou deux jours.

— Très bien.

— Je n'ai pas envie d'y aller, avoua-t-il, luttant contre une vague de culpabilité.

— Cela ne fait rien, assura-t-elle, souriant à nouveau.

— Il arrive quelquefois que le P-DG d'une société doive se déplacer en personne pour signer certains documents, se sentit-il obligé de lui expliquer.

— Cela doit être important.

— Nous sommes sur le point de conclure une grosse affaire. C'est une victoire éclatante pour notre bureau de New York, et il convient de marquer le coup.

— Peux-tu me dire de quoi il s'agit ?

— Je le pourrais, oui, mais les détails t'ennuieraient. Il s'agit d'une fusion de deux sociétés du domaine de l'aérospatiale, l'une américaine et l'autre japonaise.

— La station spatiale ?

— Mars.

— Et c'est *cela* que tu trouves ennuyeux ?

— Ils ne vont pas vraiment aller sur Mars, en tout cas pas

ce week-end, précisa-t-il. Il s'agit de tester des systèmes et des innovations technologiques qui pourraient un jour faciliter une mission sur Mars.

— Ce n'est pas ennuyeux du tout. Loin de là.

— Je suis seulement le financier de l'opération.

— Cela, c'est vrai, convint-elle, effleurant à nouveau son collier du bout des doigts.

Comme s'il venait d'avoir tout à coup une inspiration, il se pencha vers elle et prit sa main par-dessus la table.

— Que dirais-tu de m'accompagner à New York ?

Elle se contenta de le considérer d'un air surpris.

— Viens avec moi, s'il te plaît. Nous pourrions descendre au Plaza, dîner dans un grand restaurant, aller voir un spectacle ensemble.

— Et les enfants ?

— C'est pour de telles occasions que nous avons deux gouvernantes.

— Mais... Tout un week-end ?

— Eli et Heidi adorent Kristy. Ils remarqueront à peine notre absence.

— Je ne sais pas. Tout cela semble tellement...

— Accompagne-moi à New York, répéta-t-il, levant sa main jusqu'à ses lèvres pour déposer un baiser dans sa paume. Nous avons bien droit à un week-end de liberté, rien que nous deux.

Elle plongea son regard tout au fond du sien et il eut la sensation que le temps s'était arrêté.

Il désirait l'avoir auprès de lui à New York. Il comprenait seulement maintenant à quel point il avait besoin d'elle. Lui faire l'amour pour ensuite aller dormir seul dans une chambre séparée ne le satisfaisait pas. Il désirait la serrer dans ses bras la nuit entière.

— S'il te plaît, murmura-t-il.

Elle hésita, puis elle acquiesça timidement.

— Si ce n'était déjà fait, je commanderais du champagne, dit-il avec un sourire rayonnant.

— Je mène une vie vraiment étrange, murmura-t-elle, comme si elle pensait à voix haute.

— Détends-toi et profite de ses bienfaits, conseilla-t-il en lui tendant le menu relié de cuir. Et maintenant, si tu me racontais ta journée ?

— Aujourd'hui, je me suis inscrite à l'université, l'informa-t-elle en ouvrant son menu sur la table.

— Bravo. Excellente décision.

Il attendit. Il sentait que ce n'était pas tout.

— C'est quand même bizarre, ajouta-t-elle sans lever ses yeux du menu.

— Oui ? Quoi ?

— Ils m'ont fait une autre proposition.

— Ah ? fit-il, une expression neutre sur le visage.

— Ils m'ont proposé un siège au conseil d'administration.

Il sourit.

— J'espère que tu as accepté.

— Bernadette Thorburn s'est montrée très convaincante.

— Bernadette est une excellente négociatrice.

— Je ne suis pas sûre d'avoir suffisamment d'expérience.

— Tu seras fabuleuse, assura-t-il en ouvrant son propre menu, très excité d'apprendre qu'elle allait siéger au conseil d'administration de l'université.

C'était exactement ce dont elle avait besoin pour utiliser ses talents et s'impliquer davantage dans la vie de leur communauté. Il désirait qu'elle se plaise, ici, à Whiskey Bay.

C'était même plus que cela, décida-t-il. Il désirait qu'elle *adore* vivre ici.

— Quand commences-tu ? s'enquit-il.

— Pas avant octobre.

— Mais, dit-il, fronçant les sourcils, ils avaient dit…

Il s'interrompit précipitamment, mais trop tard.

Elle leva lentement les yeux pour le dévisager.

Il se figea, retenant son souffle. Il ne fallut à Sage que trois secondes pour tout comprendre.

— C'est *toi* qui leur as demandé de me recruter, dit-elle d'une voix sans timbre.

Il secoua la tête pour tout nier en bloc mais, visiblement, elle ne croyait pas un instant à la sincérité de cette défense.

— Tu as utilisé ton argent et ton influence pour m'obtenir un poste honorifique de membre du conseil, n'est-ce pas ?

— Cela ne s'est pas du tout passé ainsi.

— Pourquoi irais-tu faire une chose pareille ? gronda-t-elle, élevant la voix.

— Je leur ai seulement suggéré d'étudier ta candidature.

— Suggéré ? répéta-t-elle, incrédule. En les menaçant de leur retirer tes contributions financières ?

— Sage, arrête, s'il te plaît. Je leur ai seulement fait une suggestion. Ils étaient libres de refuser et ils le savaient. Le reste, tu ne le dois qu'à toi-même.

— Je ne te crois pas, déclara-t-elle en refermant son menu.

— As-tu déjà choisi ?

Il espérait la distraire pour éviter la tournure que prenait cette conversation.

— Oui, répondit-elle. Je vais rentrer à la maison et me préparer un sandwich.

— Tu ne peux pas vouloir faire cela, protesta-t-il.

C'était impossible. Elle ne pouvait pas être aussi furieuse à cause d'un détail aussi infime !

Elle tendit la main vers son sac.

— Arrête-toi, murmura-t-il. Regarde-moi.

Elle se figea, tournant un regard furieux vers lui.

— Comment penses-tu que tout cela fonctionne ?

— Je ne tiens pas réellement à le savoir et je ne veux pas y être mêlée de quelque manière que ce soit.

— Tu disais le contraire il y a à peine deux minutes.

— C'était au moment où je croyais encore avoir légitimement quelque chose à offrir.

— Tu as *beaucoup* à offrir. C'est pourquoi j'ai suggéré ton nom et pourquoi Bernadette a accepté.

Il avait cessé de respirer, s'attendant au pire, mais elle ne s'enfuit pas sur-le-champ. Il prit cela pour un bon signe.

— Tu as fait un travail fantastique, au festival, rappela-t-il.

— N'essaie pas de me faire croire que je dois cette distinction à mes accomplissements au festival. La vraie raison, c'est simplement ton argent.

— C'est un facteur qui a partiellement compté, bien sûr. Et alors ? C'est ainsi que le monde fonctionne. À l'évidence, tu as apprécié la proposition de Bernadette. Tu penses donc que tu peux apporter ta contribution. Alors, fais-le. À partir de cette seconde, je ne peux plus rien faire d'autre pour toi. La porte est ouverte. À toi de choisir si tu entres ou non.

Elle le dévisagea d'un air soupçonneux, sans dire un mot. Il brûlait d'en dire plus, mais il jugea plus sage de se taire.

— Si tout cela est vrai, pourquoi ne m'en as-tu pas parlé honnêtement dès le début ? Pourquoi n'as-tu pas été sincère avec moi ?

C'était une question légitime, il le savait. Il n'avait pas eu l'intention de la manipuler. Il désirait la rendre heureuse. Il avait imaginé mille fois la conversation qu'elle aurait avec Bernadette, et la joie qu'elle en éprouverait. Et, franchement, cette idée l'avait rendu très heureux, lui aussi.

— Je désirais que tu sois heureuse, expliqua-t-il.

— Et tu avais réussi, reconnut-elle en soupirant. Mais, ensuite cela m'a mise en colère. Et maintenant, je ne suis plus heureuse du tout.

— Je suis désolé. Je n'y avais pas suffisamment réfléchi.

— Tu veux dire que tu ne t'attendais pas à être démasqué, ironisa-t-elle.

— Normalement, je suis un assez bon négociateur.

— Ah, parce que c'est ta manière de faire ? gronda-t-elle.

— Non ! se défendit-il, sentant qu'il perdait pied. Pas à la maison. En affaires seulement. Un petit peu. Il arrive que l'approche directe ne soit pas la bonne méthode. Quelquefois, il vaut mieux planter une graine et attendre tranquillement qu'elle germe.

— Je ne suis pas une graine.

— Je le sais.

— Je ne veux pas que tu me laisses germer, ajouta-t-elle, réprimant visiblement un sourire.

— Je n'y songerais jamais, assura-t-il. Tu es trop sexy.

— Tu n'as pas besoin de te servir de ton argent pour me rendre heureuse.

— Je n'y songe même pas, assura-t-il, en toute sincérité.

Elle lui adressa un sourire triste. À l'évidence, il ne l'avait pas encore convaincue.

Il allait devoir y travailler.

— Vous allez vraiment prendre l'avion ? s'enquit Heidi d'un ton circonspect.

Les deux enfants venaient de prendre leur petit déjeuner et ils étaient assis dans le salon, encore en pyjama. Sage avait pris place avec TJ dans les fauteuils face à eux.

— Kristy restera ici avec vous jusqu'à notre retour, la rassura-t-elle, luttant contre une vague de culpabilité.

— Nous allons beaucoup nous amuser, assura Kristy, se détournant du lave-vaisselle qu'elle était en train de charger dans la cuisine.

— Je ne suis jamais montée en avion, remarqua Heidi.

— Moi, je suis monté une fois dans un hélicoptère, observa Eli, mais je ne m'en souviens pas. Allez-vous assister au match des Mets ?

Elle ne s'était pas doutée que la conversation prendrait cette direction. Elle échangea un regard gêné avec TJ.

— Veux-tu dire que les Mets jouent ce soir ?

— Ce sera leur premier match à domicile, cette saison, l'informa Eli, les yeux brillants d'espoir.

— Moi aussi, j'adore le base-ball, intervint Heidi.

Elle vit TJ fermer les yeux et laisser retomber sa tête sur sa poitrine.

— Je n'ai jamais assisté à un match de la ligue professionnelle, ajouta Eli.

— Eli est bien ton fils, observa-t-elle, essayant de ne pas éclater de rire. Il plante des graines et il les laisse germer.

— Peut-on manger des hot-dogs, au stade ? s'enquit Heidi. Vous les apporte-t-on jusqu'à votre siège ?

— Dites-moi, tous les deux, répondit TJ, relevant la tête, dois-je comprendre que vous avez envie de venir à New York, vous aussi ?

— Oui ! crièrent les deux enfants à l'unisson.

— Kristy ? lança-t-il en se tournant vers leur jeune gouvernante. Seriez-vous libre pour nous accompagner à New York le temps d'un week-end ?

— Pas de problème.

— Youpi ! s'écria Eli en se levant d'un bond, bientôt suivi par Heidi.

Devant la joie des enfants, elle sentit son cœur déborder d'amour et se pencha vers TJ.

— Merci, murmura-t-elle.

— Je te l'ai déjà dit, répondit-il à mi-voix. Tu n'as pas à me remercier de faire plaisir à mon fils.

Il tourna son regard vers Heidi, avant d'ajouter :

— Ou à ma fille.

— Allez hop, vous deux, dit Kristy d'un ton joyeux. Direction la chambre. Nous devons préparer vos affaires pour le voyage.

— Notre avion décolle dans une heure, l'informa TJ.

Les enfants et Kristy s'étant éclipsés, il sortit son téléphone de sa poche de chemise, puis se pencha à son oreille pour chuchoter :

— J'ai toujours l'intention de t'avoir toute à moi.

Elle lui sourit. Elle se sentait le cœur léger, heureuse et excitée. Elle aussi désirait se retrouver seule avec lui.

— Allô, Danica ? dit-il, parlant à son assistante. Nous allons avoir besoin d'une seconde suite au Plaza. Il y aura cinq passagers à bord du jet. Et nous aurons besoin de cinq billets pour le match des Mets. Au fait, vous pouvez annuler notre réservation au restaurant. Il semblerait que nous allons nous régaler de hot-dogs au stade.

Elle pouffa de rire à cette remarque, mais il concluait déjà son appel.

— Je vous remercie, Danica.

— Ce n'est pas drôle, Sage, protesta-t-il dès qu'il eut coupé la communication. Sais-tu combien il est difficile d'obtenir une table dans ce restaurant ?

— Pauvre bébé, murmura-t-elle en se levant pour recueillir son visage entre ses mains.

— Un petit baiser pour me consoler ? suggéra-t-il.

Elle se pencha lentement vers lui et il ferma les yeux, levant son visage vers elle, attendant son baiser.

Mais, à la dernière seconde, elle se contenta de déposer un baiser sur son front.

— Ah, non alors ! s'insurgea-t-il. Cela ne suffit pas.

— Tu dois être réellement triste, le taquina-t-elle.

— Dévasté, renchérit-il, posant sa bouche sur la sienne.

Elle lui rendit son baiser, entrouvrant les lèvres, soudant sa bouche à la sienne. Nouant ses bras autour de son cou, elle se blottit tout contre lui tandis qu'un torrent d'émotions déferlait sur elle. Il était un homme extraordinaire et un papa merveilleux. Leurs vies étaient peut-être exceptionnellement compliquées, mais, à cette minute précise, ce soir et peut-être encore demain, elle allait faire de son mieux pour les simplifier.

TJ et elle s'accordaient des petites vacances, comme des milliers d'autres familles partout dans le pays, voilà tout. À la différence, bien sûr, que la plupart des autres familles s'entassaient dans leur mini-van pour passer leurs vacances dans un motel de bord de mer. Mais, à bien y réfléchir, voyager en jet privé et descendre au Plaza, c'était pratiquement pareil… non ?

— Qu'y a-t-il ? s'étonna-t-il, scrutant son expression.

Il lui était presque impossible d'exprimer en paroles ce qu'elle ressentait. Au lieu de cela, elle choisit d'en plaisanter.

— Comme je te l'ai dit en une occasion, je mène vraiment une vie étrange.

— C'est une vie parfaitement normale.

— J'ai l'impression d'être une intruse dans ce monde.

— Tu y as parfaitement ta place, répliqua-t-il. Tu es mon épouse. La mère de mon fils.

Ces paroles lui réchauffèrent le cœur, et elle s'autorisa à se blottir un peu plus contre lui, se délectant de sa force.

— Détends-toi, murmura-t-il, glissant ses doigts dans sa chevelure. Profite des bienfaits de la vie.

— C'est ce que je vais faire, promit-elle.

C'était la seule solution sensée. Et, au demeurant, c'était exactement ce qu'elle désirait.

Elle tendit ses mains pour caresser son visage, laissant

glisser ses doigts sur ses joues et sur son cou puissant, puis elle l'embrassa à nouveau.

Elle entendait déjà la voix des enfants dans l'escalier, et elle savait qu'il ne leur restait plus que quelques instants en tête à tête, mais elle l'embrassa passionnément, savourant l'instant, bien décidée à faire durer l'illusion durant les deux prochains jours.

12

Lorsque le match s'était terminé, les enfants tombaient de sommeil. Kristy les avait ramenés dans leur suite, de l'autre côté du couloir, en leur promettant un bain de mousse parfumée dans la baignoire géante et de leur lire une histoire lorsqu'ils seraient couchés. Sage et TJ étaient enfin seuls.

Leur suite comportait deux chambres, mais il n'avait aucune intention d'utiliser la seconde.

Le service d'étage va nous monter le dîner, l'informa-t-il alors qu'ils passaient dans le salon.

— Les hot-dogs du stade ne t'ont-ils pas suffi ?

— J'ai prévu bien mieux.

— Nous nous sommes tout de même bien amusés, remarqua-t-elle en souriant.

— C'est vrai, convint-il en débouchant la bouteille de bourgogne qui les attendait sur le bar.

Le match et le reste de la journée avaient été plus distrayants qu'il ne s'y était attendu. Ils étaient allés au zoo, où Heidi était tombée en adoration devant les félins. Il lui avait acheté un léopard des neiges en peluche, et Eli avait choisi un python en caoutchouc, qu'il avait aussitôt enroulé autour de son cou, au grand émoi de Sage et de Heidi.

— Ce vin sera parfait avec l'assiette de charcuterie que je nous ai commandée, observa-t-il. Et j'ai mis du champagne au frais pour tout à l'heure, avec les fraises au chocolat. Je ne connais pas ce bourgogne, mais Caleb me l'a chaudement recommandé, dit-il en remplissant leurs verres.

— Tu as consulté Caleb pour le vin ? s'étonna-t-elle.

— Je l'ai appelé hier soir, après que tu as accepté de venir.

— Et avant qu'Eli et Heidi ne décident de s'incruster.

— La nuit est encore jeune, observa-t-il, faisant tinter son verre contre le sien.

Curieusement, même s'il était plus qu'heureux de se retrouver enfin seul avec elle, le fait que Kristy et les enfants les aient accompagnés dans ce voyage ne le gênait pas du tout. Cette journée avait été parfaite.

— Alors ? Que penses-tu de ce vin ?

— Il est délicieux.

Il goûta à son tour et sourit. Caleb n'avait pas menti.

Au même instant, on frappa à la porte.

Le garçon d'étage entra dans la suite, poussant un chariot devant lui, et il lui fallut quelques minutes pour mettre la table devant la grande fenêtre en façade, face au parc.

Il raccompagna l'employé jusqu'à la porte et lui donna un généreux pourboire. À son retour, il surprit Sage en train de croquer une fraise trempée dans le chocolat fondu.

— Ces fraises étaient censées accompagner le champagne, la tança-t-il en souriant.

— Je suis une anticonformiste, expliqua-t-elle sans la moindre trace de repentir.

— Une rebelle.

— Et toi un snob.

— Tu ne me permettras jamais d'avoir le dernier mot, n'est-ce pas ? observa-t-il en s'approchant pour lui enlacer la taille.

— Oh ! je ne dirais pas cela, répliqua-t-elle en se lovant contre lui, une lueur sensuelle au fond de ses yeux de jade.

— Je reprends ce que j'ai dit.

— Cela, j'en suis certaine, dit-elle en se libérant de ses bras.

— Que fais-tu ? s'étonna-t-il.

— Je vais me changer.

— Reste telle que tu es, s'il te plaît. Ne change jamais.

Alors même qu'il faisait cette plaisanterie, il se rendit compte qu'il ne voulait réellement pas qu'elle change. Il aimait tout en elle.

— J'ai suivi ton conseil, l'informa-t-elle.

Il essaya à nouveau de la prendre dans ses bras, mais elle l'esquiva en reculant.

— À l'évidence, je t'ai très mal conseillée.

— Je vais changer de tenue. J'ai utilisé ta carte de crédit.

— C'est la *tienne*.

— Et je me suis acheté un petit ensemble.

Il se figea, la bouche sèche.

— Qu'entends-tu par *petit* ?

— Je crois que tu vas adorer, dit-elle avec un sourire coquin.

— Dans ce cas, qu'attends-tu ?

— N'as-tu pas envie de terminer les hors-d'œuvre ?

— Les hors-d'œuvre attendront, répliqua-t-il, impatient de découvrir quelle sorte d'ensemble elle s'était acheté.

— Je ne voudrais surtout pas compromettre une expérience culinaire exceptionnelle.

— Tu peux compromettre tout ce qu'il te plaira.

Cette réponse la fit rire. Puis, elle tourna les talons et se dirigea vers la chambre d'un pas dansant.

Lorsqu'elle eut refermé la porte derrière elle, il prit une profonde inspiration et s'ordonna de rester détendu. Il alla prendre place dans l'un des fauteuils et sirota son vin.

Quelle que soit la tenue dans laquelle elle réapparaîtrait, il resterait calme. Il prendrait tout son temps comme il l'avait prévu. Il privilégierait une atmosphère romantique. Ils avaient toute la nuit pour…

Elle apparut sur le seuil, et il faillit lâcher le verre qu'il tenait à la main.

Elle était vêtue de satin violet, une chemise de nuit courte, à bretelles très fines qui découvraient ses épaules blanches, au col et à l'ourlet bordés d'une dentelle exquise, et ses cheveux auburn luisaient doucement dans la lumière. Elle avait de longues jambes superbes, et elle était pieds nus.

Abandonnant instantanément son vin, il se leva, ôta son polo d'un geste et traversa la pièce pour s'approcher d'elle.

— Alors ? s'enquit-elle, tendant ses bras pour exécuter une pirouette devant lui. Qu'en penses-tu ?

Sortant de sa stupeur, il la serra tout contre lui.

— J'adore ta tenue, assura-t-il, respirant sa fragrance merveilleuse.

— Tu l'as à peine regardée.

— Je la regarderai mieux un peu plus tard, promit-il.

Sur ces mots, il l'embrassa, s'enivrant du nectar de sa bouche, de la sensation divine de son corps parfait sous la mince barrière de satin.

Elle respirait plus vite, à présent, et il sentait la pression de ses seins à chaque respiration. Elle lui rendait son baiser avec une fougue merveilleuse. Sa bouche avait un goût de miel, ses cuisses étaient fermes et lisses, ses seins d'une merveilleuse douceur sous ses doigts. Leurs pointes durcissaient sous ses caresses. Elle creusa les reins pour se blottir contre lui, et un gémissement monta de sa gorge.

Il sentit une gigantesque vague de désir déferler sur lui. La soulevant dans ses bras, il l'emporta dans la chambre et l'allongea sur les draps frais du grand lit à baldaquin.

Dans la lueur argentée de la lune pénétrant à travers le voile léger des rideaux, il ôta rapidement son pantalon et s'allongea à côté d'elle. Il fit glisser les fines bretelles de sa chemise de nuit sur ses épaules, traçant un chemin de baisers jusqu'à ses seins, en agaçant les pointes avec sa langue et avec ses dents.

Elle gémit, à nouveau, glissant ses doigts dans ses cheveux courts, ondulant doucement des hanches contre lui.

Sa chemise de nuit était maintenant remontée autour de sa taille, et il s'écarta un peu pour contempler un instant le tableau qu'elle lui offrait, ses cheveux auburn sombre contrastant avec les draps d'un blanc éclatant, ses bras au-dessus de sa tête, un genou replié.

— Tu es magnifique, murmura-t-il, laissant sa main glisser lentement de son sein jusqu'à sa taille fine.

Ses doigts effleurèrent le contour de sa hanche, descendant toujours plus bas, et elle ferma ses yeux verts en frissonnant.

Il atteignit enfin la douce chaleur de sa féminité. Son cœur battait à tout rompre et il ne respirait plus qu'à grand-peine. Incapable d'attendre plus longtemps, il se débarrassa de son boxer et s'allongea sur elle.

Elle resserra ses bras autour de lui, l'embrassant passionnément, enfonçant ses doigts dans les muscles de son dos, et, lorsqu'il entra dans sa moiteur brûlante, dans son infinie douceur, il ne put s'empêcher de gémir son nom.

Il était déterminé à prendre tout son temps. Elle méritait que ceci soit un instant romantique. Elle méritait d'être choyée, chérie. Elle méritait d'être l'unique femme dans l'univers. Seulement cette nuit, décida-t-il, il bannirait de son esprit tout ce qui n'était pas Sage. Seulement cette nuit.

Ses yeux étaient fermés. Ses lèvres vermeilles entrouvertes, et elle avait le sang aux joues tandis qu'elle ondulait langoureusement des hanches, en parfait synchronisme avec lui. Il sentait des ondes de plaisir de plus en plus fortes, de plus en plus rapprochées parcourir son corps, et il accéléra le rythme. Elle répondit en l'étreignant fiévreusement dans ses bras, et, avant d'avoir compris ce qui lui arrivait, il perdit tout contrôle de la situation. Ébloui, il explosa enfin dans un kaléidoscope de couleurs, tremblant de tout son corps dans les spasmes du plaisir, et murmurant son nom.

On était au milieu de la matinée, et la maison était étrangement silencieuse. Plantée sous l'arche séparant le séjour du petit salon, Sage s'imprégnait de ce silence. C'était comme si le temps s'était arrêté.

Pour Heidi et Eli, ce jour-là avait été celui de la rentrée des classes. L'école élémentaire de Whiskey Bay se trouvait à un quart d'heure de bus de la maison, et les deux enfants avaient été très excités de grimper à bord du bus scolaire jaune au coin de la rue.

TJ était parti à son bureau, et Kristy était retournée à l'université. Verena ne devait arriver qu'une heure plus tard.

Quand s'était-elle retrouvée totalement seule pour la dernière fois ?

Elle avait une liste de lecture pour ses cours et deux rapports du conseil d'administration de l'université à étudier. Sans compter les nombreux appels aux dons d'associations adressées à Tide Rush Investments qui lui restaient encore à trier.

Mais, à cet instant précis, et pour quelques minutes encore, elle désirait simplement savourer cette paix.

Peut-être une tasse de thé ? songea-t-elle. Habituellement, elle prenait du café le matin, mais, ce jour-là, elle avait envie d'un thé léger ou d'une infusion aux arômes floraux.

Un joyeux désordre régnait dans le petit salon. En passant, elle referma le livre de coloriage de Heidi et ramassa les quelques crayons restés sur la table. Le python en caoutchouc d'Eli, qui était enroulé sur l'un des fauteuils, ne la faisait plus sursauter depuis quelques jours. La chemise à carreaux de TJ était suspendue au dossier d'une chaise, et elle tendit la main pour la toucher.

Il l'avait enlevée la veille parce qu'il avait trop chaud devant le barbecue. Ils avaient fait cuire des hamburgers sur le gril et ils avaient dégusté des glaces pour le dessert. La veille, ils avaient vécu une journée proche de la perfection.

Elle ramassa la chemise et pressa le doux tissu contre son visage. Elle inhala la fragrance subtile de TJ qui l'imprégnait, et un torrent d'émotions déferla sur elle. TJ lui-même était proche de la perfection.

Il était peut-être même parfait.

Il était parfait pour elle.

— Bonjour, dit la voix de Melissa, provenant de l'entrée. Où êtes-vous ?

Elle écarta la chemise de son visage, avant de répondre :

— Je suis ici, dans le petit salon.

Elle commençait à s'habituer à la culture locale de ces quatre maisons sur l'océan. Les gens entraient librement les uns chez les autres. Elle ne s'y était pas encore adaptée au point d'oser le faire elle-même, mais elle avait bon espoir d'y parvenir un jour.

— Les enfants sont-ils partis pour l'école ? s'enquit Melissa.

— Ils étaient impatients de se mettre en route.

— Bravo pour eux.

— J'espère que leur enthousiasme durera, observa-t-elle. Ce

serait beaucoup espérer qu'ils soient aussi joyeux de partir pour l'école tous les jours de l'année.

— Moi, j'aimais bien l'école, assura Melissa, fixant la chemise qu'elle tenait toujours dans sa main.

— De la lessive à faire, expliqua-t-elle, sentant qu'elle rougissait. J'étais sur le point de préparer du thé. Cela vous tente ?

— Oui, merci. Avec plaisir.

Elle se dirigea vers la cuisine et Melissa la suivit.

— Quand devez-vous commencer vos cours ?

— Jeudi prochain, précisa-t-elle. Je vais m'en tenir à deux cours, ce semestre. Je ne veux pas négliger mon travail philanthropique avec Tide Rush.

Son avenir avec TJ lui apparaissait radieux. Peut-être un peu trop radieux ? Au moment de l'arrivée de Melissa, elle serrait la chemise de TJ contre son visage, un sourire béat aux lèvres, s'émerveillant de la perfection de son propriétaire.

Ne devrait-elle pas se sentir un peu inquiète ?

— Sage ? dit Melissa.

— Euh... oui ?

— Votre bouilloire déborde.

— Oh ! fit Sage en refermant précipitamment le robinet. Vous avez raison.

— Quelque chose vous tracasse ?

— Non, rien, assura-t-elle.

— Est-ce TJ ? s'enquit Melissa en la rejoignant devant l'évier. Y a-t-il des... problèmes entre vous ?

— Tout va bien. Très bien, même.

— Trop bien ? suggéra Melissa, toujours perspicace.

Elle fut tentée de mentir, puis elle y renonça.

— Il est... Oui, c'est peut-être une bonne façon de le décrire. Il est trop bien. Il est incroyable. Il est merveilleux avec les enfants. Eli l'adore. Il est attentionné et patient avec Heidi, qui retrouve lentement sa confiance en elle-même.

— Et avec vous, comment est-il ?

— Il est en tout point extraordinaire. Je... Nous...

— Vous êtes amoureuse de lui, observa Melissa en lui entourant les épaules de son bras.

Sage ferma les yeux, aux prises avec un curieux mélange de soulagement et d'anxiété, avant de murmurer :

— Comment ai-je pu permettre que cela se produise ?

— Et lui, que ressent-il ? Le savez-vous ?

— Il paraît heureux. Il est attentionné, détendu. Nous rions ensemble. Il me fait confiance avec son argent. Nous avons une vie sexuelle fabuleuse.

— Allez-vous le lui dire ?

Elle secoua vivement la tête.

— Oh ! non ! répondit-elle. Sûrement pas ! Cela ne faisait pas partie de notre accord.

— Les accords peuvent être renégociés.

— Pas celui-ci. Nous élevons des enfants ensemble.

— Et vous vivez ensemble. Vous dormez ensemble. Vous avez un compte joint à la banque. À mes yeux, cela ressemble terriblement à un mariage.

— Le problème n'est pas que nous soyons mariés, dit-elle en posant la bouilloire sur le feu.

— J'ai vu la façon dont il vous regarde.

— C'est seulement du désir physique.

— Je suis prête à parier qu'il y a plus. J'ai vu de l'amour pour vous dans ses yeux.

Tout à coup, Sage avait la gorge serrée. Elle voulait espérer qu'il l'aimerait un jour, mais elle n'osait pas.

— Je ne crois pas que notre histoire finisse de cette façon, répondit-elle en soupirant.

— Vous ne pouvez pas savoir comment elle se terminera.

— Lauren, dit-elle simplement.

— Les gens recommencent à vivre après un deuil.

— Croyez-vous sincèrement que ce soit possible ?

— Non seulement possible, mais fort probable.

— Je ne sais pas...

— Vous devriez peut-être tout lui dire, observa Melissa alors que la bouilloire se mettait à siffler. Songez-y.

Elle acquiesça en silence.

L'idée de tout lui dire était tentante, et elle la retourna dans son esprit pendant qu'elles prenaient le thé. Que se passerait-il si elle avouait à TJ qu'elle l'aimait ? Elle imaginait sa réaction embarrassée. Horrifiée. Puis, elle l'imaginait fou de joie. Elle permit même à la version imaginaire de TJ de lui déclarer qu'il l'aimait à la folie, lui aussi.

Il souriait. Il la serrait dans ses bras. Il l'embrassait et il lui disait qu'il l'aimait plus que tout au monde. L'image était tellement séduisante que, dès qu'elle se retrouva seule après le départ de Melissa, elle se sentit prête à prendre tous les risques.

Elle serra la chemise de TJ contre son visage, inhalant à nouveau sa merveilleuse fragrance masculine. Puis, elle rit de sa propre naïveté. Elle n'allait pas passer le reste de la journée à traîner dans la maison en soupirant comme une adolescente pâmée d'amour.

Serrant la chemise dans sa main, elle suivit le couloir jusqu'à la chambre de TJ. La porte était ouverte comme presque toujours, mais elle se surprit à hésiter sur le seuil.

Elle n'était jamais entrée dans la chambre de TJ. Ils ne dormaient pas ensemble. Elle dormait à l'étage avec les enfants, et il dormait dans son propre lit.

Au début, c'était pour respecter son domaine privé. Ensuite, c'était devenu une habitude. Elle n'avait aucune vraie raison de venir dans cette partie du couloir.

Elle entra prudemment.

Son lit était fait à la perfection, bien que Verena ne soit pas encore arrivée — détail intéressant. Les rideaux des deux fenêtres, de part et d'autre du lit, étaient tirés. Riant de sa bizarre lubie d'avoir désiré préserver son odeur, elle jeta sa chemise dans le panier à linge sale et écarta les rideaux.

Dans la salle de bains, elle vit un flacon de ce qui semblait être du parfum, et son cœur manqua un battement. Près du flacon, il y avait une boîte de sels de bain parfumés, un pot de verre contenant des tampons à démaquiller et trois bougies colorées. Comme si Lauren s'était absentée pour un bref instant, et qu'elle allait revenir d'une minute à l'autre.

Un nœud lui serra la gorge, et elle se dépêcha de sortir de la chambre. Elle s'apprêtait à la quitter lorsqu'elle posa son regard sur la commode. Le dessus était couvert de photos de Lauren, de la photo de mariage officielle à un cliché pris lors d'un pique-nique dans un parc, où Lauren et lui riaient dans les bras l'un de l'autre, allongés ensemble sur une couverture. Et, trônant au centre de ces souvenirs, elle vit trois coffrets à bijoux en cristal. Le plus grand arborait le nom de Lauren gravé sur son couvercle. Le plus petit contenait des bagues — un diamant de fiançailles, et deux anneaux d'or, un grand et un petit.

Elle sentit son sang se transformer en glace.

— Que fais-tu là ? gronda la voix de TJ derrière elle.

Elle pivota face à lui, ne sachant quoi répondre. Elle aurait probablement dû se sentir coupable mais, au lieu de cela, elle était en colère, et elle se sentait trahie. Et accablée de tristesse.

— As-tu conservé ses vêtements aussi ?

Comme il se contentait de la dévisager en silence, elle poursuivit :

— Cette pièce est un véritable sanctuaire. As-tu conservé toutes ses affaires ?

— Je ne crois pas que cela te regarde.

— Je suis ton *épouse*.

— Ce n'est pas pareil, marmonna-t-il après une brève hésitation.

— Tu veux dire que je ne suis pas une *véritable* épouse.

— J'ai été honnête avec toi depuis le début.

— En d'autres termes, c'est la vérité, n'est-ce pas ?

Il s'était comporté comme s'il tenait à elle. Chacune de ses paroles, chacune de ses actions lui avaient laissé croire qu'elle comptait à ses yeux. Qu'elle n'était pas uniquement la maman d'Eli.

— À quel sujet ? s'enquit-il, visiblement déconcerté.

— Au sujet de tout ceci, répondit-elle, désignant la chambre d'un ample geste du bras. De toi. De nous. Je pensais pouvoir y arriver, TJ.

— C'est ce que nous faisons, Sage.

— Non, répliqua-t-elle. Pas moi.

— Ce que tu dis n'a aucun sens.

— Je dois m'en aller, dit-elle en le contournant.

— Où vas-tu ? Et pourquoi ?

Elle continua à marcher vers la porte sans se retourner.

— Je n'ai jamais prétendu l'avoir oubliée, lança-t-il derrière elle.

Il disait vrai, elle le savait. Il n'avait jamais prétendu qu'il ne portait plus le deuil de Lauren. C'était elle-même qui s'en était convaincue toute seule.

Le soleil de l'après-midi faisait scintiller la surface lisse de l'océan derrière la terrasse de la marina, où TJ était attablé avec Matt et Caleb.

— Dis-moi que tu exagères ! s'exclama Matt.

— Dis-moi que tu n'es pas aussi niais, ajouta Caleb.

Il essaya de se défendre :

— Je me suis montré totalement honnête avec elle. Elle savait depuis le début que nous étions ensemble uniquement pour Eli.

— Vous couchez ensemble ! gronda Matt, élevant la voix.

— C'était *son* idée.

— Pour certaines personnes, le sexe est indissociable des émotions, rappela Caleb.

— Suggères-tu que je devrais m'interdire de coucher avec elle ?

Cette idée lui était insupportable. Il ne voulait pour rien au monde renoncer à cette facette de leur relation. C'était l'une des rares choses dans sa vie qui lui permettaient de garder sa santé mentale. Dans les bras de Sage, il se sentait entier, complet. Il n'était plus seul au monde.

— Ce que je veux dire, c'est que tu dois cesser de lui mentir, précisa Matt.

— Je ne lui mens pas ! J'ai été cent pour cent honnête. J'ai toujours respecté ma part de notre accord.

— Tu veux dire la partie financière, répliqua Matt.

— Oui, bien sûr, confirma-t-il en soupirant. L'argent compte, même si je ne parviens pas à lui en faire dépenser beaucoup. À moins que ce ne soit au bénéfice d'autres personnes. J'ai réussi à la convaincre de s'acheter une voiture et quelques vêtements, mais Melissa a eu toutes les peines du monde à lui faire acheter quelques meubles.

— Ce n'est que de l'argent, observa Caleb.

— C'est ce que je ne cesse de lui répéter.

— Ce que je veux dire, précisa Caleb, c'est que ce n'est pas seulement d'argent dont elle a besoin. Tout l'argent du monde n'aurait pu sauver Eli. Il avait besoin de toi. Et Sage aussi a besoin de toi plus que de ton argent.

— Sage n'est pas malade.

— Elle a besoin de ton amour, rétorqua Caleb.

— J'aime Lauren, rappela-t-il d'un ton douloureux.

— Lauren n'est plus de ce monde, rappela Matt.

— Le fait qu'elle ne soit plus là ne signifie pas que j'aie cessé de l'aimer.

— Peut-être, concéda Caleb. Mais cela ne signifie pas non plus que tu ne puisses pas aimer Sage.

Il hésita.

— Je ne suis pas amoureux de Sage. Mais, je suppose que, d'une certaine façon, je l'aime.

Soudain, il se sentait déloyal envers Lauren, et il s'empressa d'ajouter :

— Mais je n'aimerai jamais aucune autre femme comme j'aimais Lauren.

— Personne n'a suggéré que tu devrais oublier Lauren, observa Matt d'une voix douce. Mais Sage est là. Elle est réelle, et elle fait partie de ta vie.

— Veux-tu risquer de perdre Sage ? intervint Caleb.

— Non, bien sûr ! répondit-il sans la moindre hésitation.

— As-tu envie de la faire souffrir ?

— Non !

Il s'était efforcé de ne jamais la blesser depuis qu'ils s'étaient retrouvés. Il avait une dette envers elle. De plus, il l'appréciait. Il la respectait. Il la trouvait désirable. Il l'aimait.

Tout à coup, il se rappela l'expression douloureuse qu'il avait entrevue dans ses yeux tandis qu'elle contemplait la photo de son mariage, les bagues dans leurs écrins de cristal, les souvenirs de sa vie avec Lauren. Et il eut l'impression d'avoir été frappé par la foudre.

Il avait laissé Lauren faire souffrir Sage.

Comment pouvait-il avoir fait une chose pareille ?

Lauren ferait à tout jamais partie de son passé. Mais, Sage... Sage était son présent, et aussi son avenir. Elle était douce, aimante, et...

Il releva la tête pour considérer ses deux amis tour à tour, et une immense vague de regret déferla sur lui.

— Oh ! non ! murmura-t-il.

— Il a compris, remarqua Caleb.

— On le dirait bien, convint Matt.

— J'aime Sage, avoua-t-il. Je dois lui faire des excuses. Immédiatement.

— Pas avec des mots, l'avertit Matt.

— Ni avec de l'argent, ajouta Caleb.

— Je dois lui montrer qu'il y a une place pour elle dans ma vie, décida-t-il en se levant d'un bond.

— Il n'est pas aussi bête qu'il en a l'air, observa Matt, en riant.

— Heureusement pour lui, ironisa Caleb.

Il leur offrit un sourire reconnaissant. Il appréciait leur franchise, même si elle s'avérait quelquefois un peu agaçante, voire douloureuse.

Il quitta la marina pour retourner chez lui. Sage n'était toujours pas rentrée, mais c'était tant mieux. Il avait un petit travail à terminer avant qu'ils n'aient leur conversation.

Elle serait probablement de retour à la maison avant que les enfants ne soient rentrés de l'école, ce qui signifiait qu'il avait deux heures devant lui. Il alla chercher quelques cartons de déménagement au sous-sol et il les remonta dans sa chambre.

Il commença par le plus facile, les savons et les parfums de Lauren, et ses vêtements toujours rangés dans les tiroirs de la commode. À mesure que ceux-ci se vidaient, le poids qui pesait sur son cœur s'allégeait. Il y avait des centaines de souvenirs heureux dans ses affaires. Mais, aujourd'hui, c'était tout ce qu'ils étaient. Des souvenirs heureux.

Lorsqu'il rangea la dernière des photos posées sur la commode, le jour commençait à baisser. Il consulta sa montre. Sage n'était pas rentrée, et les enfants non plus.

Une main de glace lui serra le cœur. Où étaient-ils ? Était-elle partie en les emmenant ?

Et s'il était déjà trop tard ?

13

Sage était déjà à mi-chemin de Seattle, son téléphone éteint et les enfants sur le siège arrière, lorsqu'elle s'était rendu compte qu'elle ne pouvait pas faire cela. Elle ne pouvait pas disparaître sans un mot d'explication. C'était une décision lâche, et elle n'avait pas le droit d'arracher ainsi les enfants à leur école. C'était irresponsable de sa part.

Certes, elle souffrait. Elle se sentait humiliée. Mais TJ avait scrupuleusement respecté les termes de leur accord. C'était *elle* qui avait décidé qu'elle désirait davantage. Il s'était toujours montré honnête avec elle.

Elle avait fait demi-tour dans une aire de repos et avait repris le chemin de la maison.

À leur arrivée, TJ était sorti pour accourir à leur rencontre. En voyant les deux enfants endormis, il avait serré les lèvres et il avait soulevé Eli dans ses bras sans dire un mot.

Elle porta Heidi jusque dans sa chambre. La petite fille s'était à peine réveillée au moment où elle lui enfilait sa chemise de nuit pour la mettre au lit.

Ensuite, elle avait rassemblé tout son courage pour présenter ses excuses à TJ. Il était préférable pour tout le monde de retrouver un semblant d'équilibre. Dans l'intérêt d'Eli et de Heidi, elle devait enterrer les sentiments qu'elle éprouvait pour TJ.

Elle allait devoir renoncer à dormir avec lui, bien sûr. Le serrer dans ses bras en sachant que c'était Lauren qu'il aimait lui briserait le cœur. Elle ne pourrait pas le supporter.

Mais elle pouvait faire tout le reste. Et elle le ferait.

Elle redescendit l'escalier, et il ne lui fallut qu'une minute pour le retrouver sur la terrasse attenante au petit salon. Son cœur battait à tout rompre et elle avait la gorge serrée, mais elle s'obligea à continuer d'avancer bravement.

— Bonsoir, dit-elle d'un ton hésitant, sortant sur la terrasse.

Il releva brusquement la tête comme si elle avait interrompu ses réflexions, et il la considéra en silence. Elle se percha sur le bras du fauteuil voisin du sien, murmurant :

— Je n'aurais pas dû partir de cette façon.

— J'ai essayé de t'appeler, remarqua-t-il.

— J'avais éteint mon téléphone.

Il hocha la tête en silence.

— Tu avais raison, poursuivit-elle. Ma réaction était exagérée. Je... Je n'aurais pas dû être surprise par ce que j'ai découvert.

— Je ne pensais plus te revoir, convint-il d'un air sombre.

— J'ai eu tort, je le reconnais. J'avais peut-être seulement besoin d'un peu de temps, d'un peu de distance, pour remettre de l'ordre dans mes idées. Nous avions un accord, TJ. Je suis prête à l'honorer.

— Prête à devenir mon épouse ? suggéra-t-il avec une ironie douloureuse.

— Oui, confirma-t-elle. Et la maman d'Eli et de Heidi. Il est préférable pour nous trois... que nous restions ensemble.

À sa grande surprise, il prit sa main dans la sienne et la caressa doucement, et elle résista à son envie de se libérer. Ce contact était presque douloureux.

— Je ne peux pas...

Sa voix se fêlait, et le reste de sa phrase ne fut qu'un murmure à peine audible :

— Je crois que nous ne devrions pas continuer à coucher ensemble.

La main de TJ s'immobilisa instantanément.

— C'était une erreur, s'obligea-t-elle à poursuivre. Je sais que c'était moi qui l'avais proposé, mais je me suis trompée en croyant que cette relation pouvait fonctionner sans devenir trop compliquée.

— Personnellement, j'avais trouvé ta logique irréprochable.

Elle aussi y avait cru un temps. Mais cela, c'était avant que son cœur ne s'en mêle. Elle avait risqué son cœur, et elle l'avait perdu. À cet instant, elle ne ressentait plus qu'un grand vide, mais elle savait que des jours douloureux l'attendaient, à essayer de tourner la page de ses sentiments pour TJ.

— Puis-je te montrer quelque chose ? s'enquit-il.

— Euh... Bien sûr, fit-elle, surprise. Qu'est-ce que c'est ?

— Viens, dit-il en se levant sans lâcher sa main. Par ici.

— Où allons-nous ? Kristy est-elle ici ?

— Kristy n'est pas ici et nous n'allons nulle part.

Ils traversèrent le petit salon et le séjour, et il ne ralentit pas lorsqu'ils arrivèrent au couloir menant à sa chambre. Elle s'arrêta net.

— Non, TJ, s'il te plaît. Je ne peux pas.

— Tout ira bien, je te le promets.

— Je sais que non, protesta-t-elle en essayant de se libérer.

— Sage, murmura-t-il en se tournant face à elle pour effleurer sa joue d'une caresse. Fais-moi confiance. Je ne te ferai jamais plus souffrir.

— Tu n'as pas... C'était ma faute, balbutia-t-elle. Pas la tienne.

— Non, coupa-t-il d'une voix douce. Le seul responsable, c'est moi. Laisse-moi une chance de me faire pardonner.

Elle avait la gorge si serrée qu'elle parvenait à peine à respirer, et elle sentit que sa vue se brouillait de larmes.

— Je ne peux pas entrer, murmura-t-elle d'une voix faible.

— Elle n'est plus là, Sage.

Ses paroles n'avaient aucun sens. Elle devait fuir, laisser tout ceci derrière elle.

— Lauren n'est plus ici, murmura-t-il. Elle est sortie de ma chambre et de mon cœur — enfin, en grande partie. Je garderai toujours le souvenir ému de ce qu'elle et moi avons partagé, mais c'est le passé. Viens jeter un coup d'œil.

Une immense vague d'émotion monta en elle, lui coupant le souffle. Comment pourrait-elle jamais cesser de l'aimer ?

— Tu es mon présent, Sage, dit-il en prenant ses deux mains dans les siennes pour l'entraîner vers le bout du couloir.

La lumière était allumée dans la chambre, et elle remarqua aussitôt qu'elle avait été débarrassée de tous ses souvenirs. Elle se figea sur le seuil, saisie par l'énormité de ce geste.

— TJ ! s'exclama-t-elle. Tu n'avais pas besoin de...

— Et, si tu veux bien de moi, tu seras aussi mon avenir, murmura-t-il. Je t'aime, Sage.

— Ai-je bien entendu ? s'enquit-elle d'un ton incrédule, rivant son regard au sien.

— Je t'aime tant que, si nous n'étions pas déjà mariés, je te proposerais tout de suite de m'épouser, confirma-t-il en souriant. Jamais, au grand jamais, je n'aurais cru éprouver à nouveau ce sentiment. Reste avec moi.

Il désigna la chambre, avant d'ajouter :

— Dors avec moi ici, toutes les nuits, pour toute la vie. Soyons un couple marié pour de bon. Faisons des bébés. Remplissons cette maison d'amour et de rires.

Il s'interrompit, avant d'ajouter d'un ton hésitant :

— Si tu veux bien, naturellement. Si tu...

— Si je t'aime ? suggéra-t-elle, avec un sourire radieux. Mais oui, TJ, je t'aime. Je n'en avais pas l'intention et j'ai résisté, mais je suis tombée follement amoureuse de toi.

— J'aurais dû le savoir ! s'exclama-t-il en la soulevant dans ses bras pour la faire virevolter.

— Que je t'aimais ?

— Que j'étais fou de toi. Quand je t'ai vue tenir la fille de Caleb dans tes bras, tu étais la perfection même. J'ai eu envie que nous ayons un autre bébé ensemble.

— D'autres bébés, suggéra-t-elle avec un sourire rêveur.

— Dois-je comprendre que tu n'y serais pas opposée ?

— Maman ? dit une petite voix derrière elle.

Elle se retourna et vit Heidi devant elle. C'était la première fois que la petite fille l'appelait ainsi.

— Oui, ma chérie ?

— J'ai fait un cauchemar.

— Je suis désolée, ma chérie.

— Aimerais-tu que papa te lise une histoire dans ta chambre ? s'enquit TJ d'une voix apaisante.

Heidi acquiesça en silence.

— Très bien mon poussin, dit-il en soulevant la petite fille dans ses bras.

Puis, il prit la main de Sage et ils se mirent en marche tous les trois.

— Tu es le meilleur papa du monde, déclara-t-elle, appuyant sa joue contre son épaule.

— Meilleur papa, murmura Heidi, nouant ses bras autour de son cou.

— Je vous aime toutes les deux, répondit-il d'une voix émue. Je vous aime tous.

JULES BENNETT

Trompeuses preuves

Traduction française de
YVES CRAPEZ

PASSIONS

HARLEQUIN

Titre original :
BEST MAN UNDER THE MISTLETOE

Ce roman a déjà été publié en 2019.

1

Commentée par le journaliste de télévision, « l'affaire Maverick », ce scandale qui, ces derniers temps, avait défrayé la chronique de Royal, petite ville prospère du Texas, prenait des allures d'apocalypse.

« L'enquête doit beaucoup à l'effort de tous les habitants de Royal. Grâce à la diligence de la population locale, le puzzle est enfin complet et nous pouvons aujourd'hui révéler à tous que le fameux cybercriminel qui aura terrorisé notre ville, n'était autre que Dale Walsh, connu de tous sous le nom de "Dusty". »

D'un geste plein de colère, Gabe Walsh coupa le son du téléviseur et s'efforça de faire le point.

Que son oncle Dusty ait pu espionner et faire chanter un si grand nombre d'habitants dépassait son entendement.

Décédé d'une tumeur cérébrale une semaine plus tôt, Dusty n'était plus là pour rendre des comptes, encore moins fournir des explications sur ce qui avait suscité de sa part tant de haine envers ses concitoyens.

Aussi Gabe en était-il réduit aux suppositions, ce qui le mettait à la torture.

Patron d'une florissante entreprise de sécurité, il aurait fort à faire, désormais, pour reconquérir l'estime de tous et persuader ses clients qu'il n'était pour rien dans les manigances de son oncle.

Admettre que ce dernier, dissimulé sous le lâche anonymat

.. Maverick », se soit acharné à terroriser les membres du TCC, le Texas Cattleman's Club, restait pour lui une énigme.

Violant les vies privées, Maverick avait déterré maints secrets petits et grands et en avait plongé plus d'un – et plus d'une – dans l'embarras ou la honte, chantage à l'appui.

Pour sa dernière cyberattaque, Maverick avait pris pour cible Chelsea Hunt, l'une des personnalités locales et membre éminent du TCC.

Captées à l'aide d'une caméra dissimulée dans le vestiaire des dames, des photos de Chelsea nue avaient été diffusées par son oncle sur les réseaux sociaux.

Selon les personnes qui s'étaient mobilisées pour élucider le mystère, Dusty avait toujours travaillé seul excepté pour cette dernière offensive qui avait nécessité l'aide d'un complice, une femme sans doute.

À ce jour, et en dépit des efforts du shérif Nate Battle, le complice en question courait toujours.

Chelsea et les autres victimes avaient lutté avec succès pour sauver leur réputation mais Gabe ne pouvait hélas en dire autant de la sienne car, après les attaques de son oncle contre des personnalités de Royal, le nom des Walsh était moins que jamais en odeur de sainteté !

L'apparition sur l'écran du visage de son oncle l'incita à rétablir le son tandis que le présentateur annonçait la prochaine conférence de presse du shérif.

Pourquoi Dusty avait-il eu tant de haine envers le TCC et, en particulier, envers les membres féminins du club ?

Chelsea, l'une de ses dernières victimes, était aussi celle qui, grâce à ses dons en informatique, avait contribué à son identification.

Héritière de la chaîne de restos grills Hunt & Co, la jeune femme jouissait de la sympathie générale tandis que lui, président du Walsh Group, une société spécialisée en sécurité, se retrouvait aujourd'hui sur la sellette et aurait fort à faire pour retenir sa clientèle.

Et tout ça à cause de son oncle !

S'il était aujourd'hui suffisamment riche pour prendre sa

retraite, voir le nom des Walsh terni par la faute de Dusty le minait et le poussait à vouloir restaurer la réputation de la famille en même temps que celle de sa société.

Tandis que, avec son accent texan inimitable, le shérif parlait de l'affaire qui mobilisait tout Royal depuis déjà des mois, il laissa libre cours à ses pensées.

Dusty s'en serait-il pris exclusivement aux membres du TCC, ce club si longtemps fief des cow-boys et éleveurs locaux, et qui ne s'était ouvert que très tardivement au beau sexe, par jalousie d'avoir vu sa candidature refusée ?

Il gardait en mémoire les colères de son oncle qui, jamais, n'avait accepté de lui parler de sa vie privée et de lui dire précisément ce qu'il avait sur le cœur. Dusty avait emporté son secret dans la tombe.

Avec un soupir, il éteignit le téléviseur et s'efforça de ne plus penser à ces photos de Chelsea entraperçues sur les réseaux sociaux.

Avait-il jamais vu femme plus belle qu'elle ?

Chelsea et lui s'étaient connus par l'intermédiaire d'amis communs, Shane Delgado et Brandee Lawson, qui leur avaient demandé d'être demoiselle et garçon d'honneur à leur mariage prochain.

Il avait été séduit par le charisme que dégageait cette jolie blonde, autant que par cette aura qui faisait son charme.

La semaine précédente, alors que l'identité de Maverick était encore un mystère et que les fameuses photos n'avaient pas encore été diffusées sur les réseaux sociaux, Chelsea et lui avaient échangé un baiser aussi torride qu'imprévu.

Ce jour-là, tous deux travaillaient à l'élaboration de l'arche nuptiale, celle sous laquelle les futurs époux défileraient le jour J, quand un élan soudain les avait poussés l'un vers l'autre.

Comment pourrait-il oublier ce premier baiser !

D'une main nerveuse, il fourragea dans sa tignasse tout en s'efforçant de chasser le souvenir du corps souple et tiède de Chelsea pressé contre sa virilité émoustillée.

Sans l'affaire des photos et le fait que sa réputation était compromise à cause des méfaits de son oncle, la jeune femme et lui auraient-ils décidé d'aller plus loin dans leur relation naissante ?

Un bourbon bien tassé lui rendit un peu de sérénité.

— Bah, ce ne sont pas les femmes qui manquent, au Texas !

Le pire était encore à venir car, dans quelques heures, Chelsea et lui avaient rendez-vous au ranch de Brandee, afin de vérifier que le projet d'arche nuptiale auquel ils s'étaient attelés un mois plus tôt, avant la diffusion des fameuses photos, avait l'agrément des futurs mariés.

Comment Chelsea l'accueillerait-elle ? En ennemi juré à cause de sa parenté avec Maverick ?

Et dire qu'il n'y était pour rien !

Un second bourbon lui redonna de l'optimisme et, reposant son verre, il voua aux mille diables le mariage, l'arche et ces fanfreluches en rose et blanc dont raffole la gent féminine.

Avertir le couple qu'il valait mieux ne plus compter sur lui dans les préparatifs de leur mariage lui traversa l'esprit.

Hélas, il était trop tard pour faire machine arrière, surtout vis-à-vis de Shane, son meilleur ami qu'il considérait comme étant de la famille, et aussi de Brandee à qui il ne ménageait pas non plus son affection.

Ces photos !

Ce corps de rêve, dénudé, si beau, ces seins…

Stop !

Pas question de jouer les voyeurs avec une femme qu'il estimait plus que tout.

Si seulement il lui était donné d'effacer la faute de son oncle, de faire en sorte que jamais ces photos n'aient été diffusées, alors tout serait si simple !

Chelsea n'aurait plus de raisons de lui en vouloir, et ce rendez-vous, au lieu d'être une pénible épreuve, serait l'occasion rêvée pour un nouveau baiser…

Jurant entre ses dents, il claqua la porte de son luxueux loft et prit la route du ranch en se demandant quel accueil Chelsea allait lui réserver.

Emporté par une terrible maladie, son oncle méritait sa

compassion mais il lui en voudrait toujours d'avoir quitté la scène après avoir fait tant de mal autour de lui.

Dans la grange du ranch, le tournevis lancé par Chelsea Hunt manqua de peu la tête de Gabe Walsh.

— Et flûte ! s'exclama-t-elle, folle de rage contre celui qui venait d'apparaître et qui, de surcroît, se payait le culot de sourire alors qu'elle avait failli l'éborgner.

Ancien agent du FBI et aujourd'hui à la tête d'une société de sécurité, le neveu de Maverick ne pouvait qu'être complice par association du monstre qu'avait été son oncle.

Poings sur les hanches, Gabe la fixa d'un air moqueur.

— Drôle de façon d'accueillir celui qui vient t'aider à construire l'arche nuptiale.

Sa nonchalance étudiée faisait de lui le plus sexy des hommes et puis, après tout, n'avait-elle pas tort de le condamner sans preuves ?

Oublie qu'il est si sexy et que, l'autre jour, ce baiser échangé avec lui t'a drôlement émoustillée.

Le sourire qu'affichait Gabe et ses biceps tatoués la mettaient au comble de l'exaspération, mais elle était sans défense contre le désir qu'il lui inspirait…

— Brandee m'a envoyé un texto. Elle insistait pour que je t'aide à construire l'arche nuptiale, poursuivit Gabe en se rapprochant prudemment d'elle.

— Avant de savoir que Maverick était ton oncle, je me demandais qui avait pu dissimuler cette caméra dans le vestiaire des femmes. Aujourd'hui, la réponse se tient peut-être devant moi…

Elle le vit froncer les sourcils.

— Attends ! De quoi parles-tu ?

— De toi, voyons ! Je te soupçonne d'avoir aidé ton oncle à me piéger.

Prise de colère, elle attrapa le marteau comme pour en frapper Gabe qui recula d'un pas.

— Arrête, espèce d'idiote ! Quand admettras-tu que j'ignorais tout des activités de mon oncle ?

Le marteau lui échappa des doigts et heurta le sol avec un *clank* sinistre, de quoi refréner ses ardeurs belliqueuses car elle se voyait mal commettre un meurtre.

— Dusty et toi, vous étiez proches, non ?

— Tu parles sans preuves et c'est grave, répliqua Gabe. Je n'ai ni prêté main-forte à mon oncle ni été au courant de ce qu'il faisait.

— Et je devrais te croire ?

— Je n'ai pas pour habitude de mentir, et mon passé d'agent du FBI offre certaines garanties, il me semble.

Il avait raison, alors pourquoi lui en voulait-elle autant ?

Serait-ce qu'inconsciemment, elle espérait qu'un jour ou l'autre, cet homme si beau et si sexy lui ferait enfin l'amour ?

Gabe s'approcha, un demi-sourire aux lèvres, ses avant-bras musclés lui rappelant combien son étreinte avait été virile, l'autre jour…

— Autant nous mettre au travail si nous voulons terminer l'arche avant la date du mariage, déclara-t-il en la fixant de son regard de braise. Par quoi commence-t-on ?

Par un baiser ?

— Et si nous faisons d'abord la paix ? suggéra-t-elle d'un ton radouci.

— Bonne idée ! Plus de menaces ? Plus de tournevis volant dans l'espace ?

— Promis.

— As-tu le plan que Shane a dessiné ?

— Le voilà.

Haute de près de trois mètres, large d'un mètre cinquante, l'arche devait être décorée de façon romantique et, sous sa voûte fleurie, les futurs époux prononceraient bientôt leurs vœux, ce qui la rendait un petit peu jalouse.

Héritière de Hunt & Co, une chaîne de restos grills en plein essor, elle n'était pourtant pas à plaindre, car outre le fait qu'on la disait belle, elle avait de l'argent et la vie devant elle.

L'affaire des photos lui avait porté un coup sévère et avait réactivé en elle ses peurs passées ainsi que le souvenir d'un épisode particulièrement douloureux que seul son frère Daniel connaissait.

En venant bénévolement en aide aux adolescents en détresse, elle réglait des comptes avec cette période de sa vie marquée par la souffrance mais, femme avant tout, ses tiroirs recelaient des dessous sexy qui auraient fait pousser des cris d'orfraie aux ligues locales de décence.

Rencontrerait-elle un jour l'homme providentiel, aussi tendre et généreux qu'il serait bon amant, et pour qui elle serait heureuse de porter ces dessous affriolants ?

C'était là son souhait le plus cher.

Sortant son portable, elle sélectionna les photos d'une arche identique à la leur et les montra à Gabe.

— Es-tu sûre que c'est le modèle choisi par Brandee ? lui demanda ce dernier penché sur son épaule.

— Oui, répondit-elle, troublée par sa trop grande proximité.

Avec ses allures de cow-boy, Gabe lui inspirait un désir qu'elle n'aurait sans doute pas éprouvé pour ses collaborateurs en costume-cravate.

Même si elle ne l'admettait jamais devant lui, cet homme lui plaisait énormément…

— Vas-tu cesser de te presser ainsi contre moi ? s'exclama-t-elle, agacée.

— De la façon dont tu tiens ton portable, je ne peux guère faire autrement sauf, bien sûr, si tu entends construire l'arche toute seule, sans mon aide.

Furieuse qu'il ait raison, elle glissa l'appareil dans sa poche.

— Tiens tes distances, Gabe. Et n'essaie pas de profiter du fait que nous allons travailler ensemble pour m'embrasser ou pour…

Elle se tut, gênée.

— Pour quoi donc ? demanda Gabe d'un ton innocent.

— Eh bien pour… Pour ce qu'un homme peut faire à une femme sans défense et qui…

— Tu n'es pas sans défense, Chelsea, et si ma présence t'indisposait tant que ça, je suis sûr que tu n'aurais jamais accepté de me revoir.

— Que veux-tu dire ?

Gabe lui sourit.

— Tu as aimé m'embrasser autant que j'ai aimé t'embrasser,

ma belle. Et si tu n'avais pas espéré plus, alors nous ne serions pas ici en train de nous chamailler.

— Ce baiser a été une erreur, voilà tout.

— Plutôt une évidence, répliqua-t-il, ses lèvres frôlant les siennes.

— Arrête !

— Ose dire que je ne t'attire pas.

— Tu m'attires, c'est vrai, mais ce n'est pas une raison pour aller plus loin.

Et elle le repoussa d'une bourrade.

— Dans ce cas, mettons-nous sans tarder au travail, rétorqua Gabe avec un petit sourire.

Elle se faisait un monde de ce baiser, voilà tout.

Un baiser banal, en somme.

Aucune raison de s'affoler, n'est-ce pas ?

— Bon, que veux-tu que je fasse ? demanda-t-elle dans un soupir.

— Prends ce montant-là, oui, le grand. Pose-le sur le sol. Oui, très bien.

Elle obéit docilement, heureuse de ne pas avoir la responsabilité d'un puzzle de menuiserie qui s'avérait plus complexe que prévu.

Une fois les différentes pièces à assembler disposées sur le sol, l'arche commença à prendre forme, et elle aida Gabe à percer les trous et à visser.

— Crois-tu que nous finirons à temps ? demanda-t-elle. Brandee compte aussi sur moi pour m'occuper des fleurs, des vins et de l'envoi des invitations officielles.

Gabe lui lança un coup d'œil compatissant.

— Tu n'y arriveras jamais seule.

— C'est bien pourquoi je t'en parle…

Car dans son enthousiasme, elle avait accepté de seconder Brandee sans se rendre compte de la difficulté de la tâche.

Gabe se frotta la joue, piquée d'une barbe naissante particulièrement sexy, avant de répondre :

— Je veux bien t'aider mais à condition de ne pas avoir à calligraphier chaque faire-part en lettres dorées, tu sais, comme dans les films hollywoodiens.

Elle ne put s'empêcher de rire.

— Il y a belle lurette qu'on ne calligraphie plus les faire-part. Une société de reprographie s'en charge.

Le sourire de Gabe s'accentua.

— Tant mieux ! Si un jour je commettais l'erreur fatale de me marier, au moins cette corvée-là me sera épargnée.

Elle n'avait aucune intention de se marier, mais la déclaration de Gabe ne manqua pas de retenir toute son attention.

— Je m'occuperai des faire-part, proposa-t-elle, et si tu le veux bien, tu pourrais te charger de commander le vin et les alcools ?

— Bien sûr. Où devrai-je faire livrer ?

— Au TCC puisque c'est là-bas qu'auront lieu la fête prénuptiale et le mariage.

Cette fête prénuptiale avait pris, au fil du temps, une grande importance puisqu'elle permettrait à tous les protagonistes du mariage de répéter l'événement sereinement et, le cas échéant, d'apporter d'indispensables corrections à ce que seraient la cérémonie officielle et la noce qui suivrait.

— Au TCC ? Très bien, répondit Gabe.

Et dire que c'était dans les vestiaires de ce club que ses malheurs avaient commencé ! songea-t-elle.

— Je te donnerai un double du bordereau de commande afin que tu t'assures que rien ne manque, à la livraison, précisa-t-elle, les joues en feu.

— Quoi d'autre ? s'enquit Gabe. Je te préviens : pas question de choisir des serviettes, des nappes et encore moins des fleurs.

Devait-elle prendre son indignation au sérieux ou bien Gabe était-il vraiment macho à ce point-là ?

— Si tu ne veux pas m'aider, autant le dire tout de suite !

— Hum... Toi, tu fais la tête ! fit remarquer Gabe, moqueur.

— Avec quelques raisons, non ?

Il haussa les épaules.

— Des raisons de faire la tête, c'est plutôt moi qui devrais en avoir, marmonna-t-il. Tout à l'heure, tu as failli m'éborgner, je te rappelle.

— Est-ce d'avoir été visé par ce tournevis qui te chagrine tant ou le fait que je ne me sois pas encore jetée dans tes bras ?

Un soupir échappa à Gabe.

— Bon, nous y voilà. Le mieux serait peut-être d'en discuter car, après tout, il faut être deux pour s'embrasser.

Comme si elle ne le savait pas !

De ses mains nerveuses et puissantes, Gabe lui prit la taille.

— Tu me plais, Chels...

— Si tu veux que nous puissions travailler dans la sérénité, garde tes mains loin de moi, rétorqua-t-elle.

Ces mains qui, peut-être, avaient placé dans un coin des vestiaires, la caméra espion...

Non. Gabe n'était pas homme à se livrer à une telle infamie.

— À vos ordres, répondit Gabe, au garde-à-vous.

Elle ne put s'empêcher de lui sourire.

Jamais il n'aurait agi en voyeur, et encore moins cautionné les agissements d'un maître chanteur, même si ce dernier était son oncle. Gabe était un homme droit et intègre, et il embrassait tellement bien... Leur baiser de l'autre jour restait pour elle un magnifique souvenir.

Oui mais...

Si jamais elle se trompait, si la complicité de cet homme qui avait le don de l'attirer autant, était un jour prouvée, alors le prochain tournevis qu'elle lui lancerait au visage ne manquerait pas sa cible.

2

— Voilà ! lança Gabe en maintenant aussi droite que possible l'arche enfin assemblée sous le regard de Chelsea.

— Il me semble que ça penche un peu à gauche, non ?

Au terme d'une journée de labeur partagé, Chelsea et lui s'étaient entendus à merveille, sans l'ombre d'une dispute.

— Comme ceci, alors ? demanda-t-il avant de couler un regard en direction de cette jeune femme incroyablement sexy.

Avec son jean et son débardeur moulants, Chelsea ne ressemblait guère à la dirigeante de société qu'elle était pourtant, encore moins à l'idée que l'on se faisait d'une passionnée d'informatique.

Grâce à cette passion, elle avait contribué à élucider le mystère Maverick et pouvait aussi, sous le coup de la colère, transformer le premier tournevis venu en missile de choc. Une femme de caractère qui lui plaisait. Beaucoup.

— C'est mieux mais à présent, l'arche penche un peu trop à droite, lui fit-elle remarquer.

L'assemblage des pièces leur avait pris une bonne partie de l'après-midi et, durant les pauses, Chelsea avait eu une façon de le regarder qui trahissait l'intérêt qu'elle lui portait.

De son côté, il ne faisait pas non plus mystère d'être attiré par elle.

— Et comme ça ? s'enquit-il en réglant la barrette métallique qui permettait de redresser l'élément latéral de l'arche.

Il retint un sourire. Sa virilité avait tendance *aussi* à se redresser dès lors qu'il regardait Chelsea.

— Parfait ! déclara-t-elle en souriant. Surtout ne change rien.

Après un ultime réglage et alors que, les muscles endoloris, il déposait enfin l'arche sur le sol, son portable sonna.

Le temps de prendre connaissance du message et le regard de Chelsea se fit hostile.

— Ta petite amie ?

Quelle moue adorable ourlait ses lèvres quand la colère la prenait.

Au lieu de répondre, il rassembla ses outils en sifflotant.

— Eh bien, serais-tu devenu sourd ?

Il vrilla son regard dans celui de Chelsea.

— Si ma vie sentimentale t'intéresse, pose-moi clairement la question.

— Pourquoi serais-je intéressée par ta vie sentimentale ? répliqua-t-elle en faisant voltiger ses cheveux blonds.

Une fois ses outils rangés, il s'approcha d'elle, le sourire conquérant.

— Au cas où tu aurais encore envie de m'embrasser, je suis d'accord.

— Quel type arrogant tu fais ! Non mais, tu crois vraiment que je veux t'embrasser ?

— Oui !

Allait-il recevoir au coin de l'oreille le premier objet venu ?

Non.

Au moins ne le considérait-elle plus tout à fait comme un ennemi, ou du moins comme suspect d'avoir prêté main-forte à son oncle dans cette sinistre affaire de photos volées.

— Ne pousse pas ta chance, dit-elle, sourcils froncés.

— Vraiment, tu ne veux pas ?

— Non et non !

Il ne put retenir un rire.

— Dans ce cas, à plus tard !

Et, sacoche en bandoulière, il se dirigea vers son pick-up garé sur le terre-plein du Hope Springs, le ranch de Brandee.

— Attends, idiot !

Chelsea le rejoignit en courant.

— J'aurais dû penser que tu ne me laisserais pas partir ainsi, la taquina-t-il.

— C'est malin ! Brandee vient de m'envoyer un texto. Elle nous demande de faire un saut à la boutique de mariage Natalie Valentine, en ville.

— Ta robe de demoiselle d'honneur est prête ?

— Tout juste. Et je dois procéder à un dernier essayage.

— Je n'aurais pas demandé mieux que de t'aider à passer ladite robe mais le boulot m'appelle. Avec le scandale des photos volées, mes clients veulent être rassurés à mon sujet, et les convaincre que je n'ai rien à voir avec Dusty n'est pas une mince affaire.

Chelsea soupira.

— Je comprends. Dans ce cas, accompagne-moi au moins au magasin Priceless car Brandee m'a chargée d'y prendre le cadeau qu'elle destine à Shane. Et comme c'est à côté de la boutique de mariage...

Il s'agissait d'une table en chêne longue de six mètres et de chaises assorties assez encombrantes.

— Et mes clients ? demanda-t-il.

— Tu auras le temps de les voir après.

Qui aurait résisté à tant de persuasion féminine, et à un si joli sourire ?

— Allez, monte ! dit-il.

— Je préfère te suivre avec ma propre voiture.

— Suis-je donc un personnage si peu fréquentable à tes yeux ?

— Mais non...

— Nous pourrons discuter des détails du mariage, et je te ramènerai ici pour reprendre ta voiture.

Il la vit hésiter quelques secondes, puis elle fit le tour du véhicule et alla s'installer sur le siège passager.

Déjà une petite victoire, songea-t-il, car tant que Chelsea aurait le moindre doute le concernant, rien ne serait possible entre eux.

Aussi était-il plus que jamais décidé à faire la lumière sur l'épisode des photos volées.

Une fois à Royal, il se gara dans le parking en sous-sol de son immeuble et troqua son pick-up contre la camionnette qu'il réservait à des transports volumineux.

— Tu es bien organisé, lui fit remarquer Chelsea.

— Il faut tout prévoir.

Toujours méfiante, Chelsea prit place dans la camionnette non sans jeter des coups d'œil discrets autour d'elle.

— L'endroit rêvé pour un guet-apens, dit-elle. Je n'ose imaginer ce qu'il pourrait advenir de moi si ton cher oncle était encore de ce monde…

Au moins ne semblait-elle plus mettre en doute son innocence à lui, nota Gabe.

— Paix à son âme, dit-il. Et j'espère que bientôt, toi et moi aurons d'autres sujets de conversation.

— Il faudra du temps pour que j'oublie, murmura Chelsea. Quand je pense que ce cinglé a osé dissimuler une caméra dans les vestiaires du TCC. Pourquoi moi et non une autre femme ? Qu'est-ce que je lui ai fait, à ton oncle ?

La remarque pleine de justesse ajoutait encore au mystère de cette affaire.

Dusty aurait-il eu des comptes à régler avec Chelsea ? Et si oui, lesquels ?

— Je ne sais pas, répondit-il. Ça reste un mystère pour moi. En tout cas, j'espère que tu crois désormais à mon innocence.

Chelsea le regarda pensivement.

— J'ai du mal à t'imaginer en prédateur, mais comprends-moi, je ne peux m'empêcher de douter.

— Tu devrais me connaître assez pour savoir que je n'aurais jamais prêté la main à une telle saloperie, rétorqua-t-il, énervé.

— Calme-toi, murmura Chelsea en lui caressant le genou.

La chaleur de cette main sur sa jambe lui fit aussitôt oublier sa rancune. Après tout, Chelsea avait été la victime, bien plus que lui, de ce sordide complot.

Comment Dusty avait-il pu salir non seulement la réputation de cette femme mais aussi le nom des Walsh, son propre nom…

— Mets-toi à ma place, reprit-elle avec un petit sourire. Ces photos ont été diffusées à mon insu, sur des dizaines de milliers de portables.

— Encore une fois, je n'y suis pour rien. Et autant te le dire, je me suis interdit de te regarder sur les réseaux. J'en ai vu quelques-unes, bien sûr, mais je me suis tout de suite déconnecté.

— Et tu voudrais que j'avale ce mensonge ?

— Puisque je te le dis. Et crois-moi, je serai le premier à réclamer un châtiment exemplaire contre le complice de mon oncle.

Chelsea parut se détendre un peu.

— Nous verrons ça, Gabe.

Le désir contenu du regard qu'elle posa sur lui l'incita à raffermir sa prise sur le volant.

— Réfléchis un peu, dit-il, bien décidé une fois de plus à plaider son innocence. Je dirige une société qui pèse plusieurs millions de dollars, et j'aurais été assez bête pour tremper dans cette minable combine de photos volées ?

Même en les disant, ces mots lui faisaient horreur. Il avait toujours tiré orgueil et fierté de son honnêteté et se sentait blessé par les insinuations portées contre lui.

Dur en affaires, dur avec ses employés, dur avec les criminels qu'il avait pourchassés en tant qu'agent fédéral, il respectait la loi et la morale mais, par la faute de son oncle, certains de ses clients, et même Chelsea, mettaient son intégrité en doute. Et cela le mettait dans une rage folle, d'autant qu'il ne pouvait rien y changer pour l'instant. Il pouvait juste espérer que le shérif découvrirait rapidement le ou la complice de son oncle.

S'il voulait avoir une chance de séduire Chelsea un jour, comme il en brûlait d'envie, il lui faudrait d'abord la convaincre de sa *totale* innocence.

— Nous y sommes, dit-il en tournant au coin de l'avenue où se trouvaient et la boutique de mariage et le magasin d'ameublement.

— Veux-tu aller chercher les meubles pendant que je fais mon dernier essayage ? suggéra Chelsea en posant le pied sur le trottoir.

— J'aimerais autant t'accompagner. Et puis, tu ne t'imagines quand même pas que je vais transporter seul cette table et ces chaises ?

— Alors viens avec moi, marmonna-t-elle, peu enthousiaste.

Comme beaucoup de Texans, il avait été élevé dans le culte de la femme et des bonnes manières, mais avant qu'il ait pu s'effacer pour laisser Chelsea entrer dans la boutique, elle le bouscula pour passer en force.

Seigneur, qu'elle avait l'air furieuse !

Une fois à l'intérieur, il fut comme happé par ce royaume de la fanfreluche et des senteurs délicates.

— Bonjour ! les salua une pimpante employée en entraînant Chelsea vers la cabine d'essayage.

Pendant que la jeune femme passait la robe de demoiselle d'honneur, il s'assit sur le canapé en cuir blanc, non loin de la cabine, et en profita pour répondre sur son portable à des clients inquiets.

Satané Dusty !

Si son oncle vivait encore, avec quelle joie il lui aurait fait passer le goût des combines !

Son ressentiment s'évanouit à la seconde où Chelsea, plus belle que jamais, sortit de la cabine en tenue de demoiselle d'honneur pour se camper devant le miroir.

Avec ses manches bouffantes, ses galons dorés et sa longue traîne, la robe n'avait rien d'inconvenant, mais parce qu'elle était un peu juste, elle mettait en valeur la sveltesse de la jeune femme autant que ses formes désirables.

— Que regardes-tu ? lui lança-t-elle.

— Toi, ma belle.

Bouder rendait Chelsea encore plus troublante, au point qu'il sentit durcir sa virilité.

Une vraie torture !

— Qu'en dites-vous ? demanda la vendeuse.

— Quelques retouches seront nécessaires, répondit Chelsea avec cette moue qui la rendait si désirable.

— Ici et là ?

— Oui, et la taille un peu moins serrée.

Les deux femmes ayant entrepris une discussion sur les mérites comparés de tel point de couture et de telle qualité d'étoffe, il crut bon d'intervenir :

— N'oublie pas, Chelsea, qu'il nous faut encore aller chercher la table et les chaises.

Et son jean qui enflait à vue d'œil !

Chelsea le regarda d'un œil noir.

— Je sais, Gabe, mais cet essayage est plus important que tout. Le jour du mariage, je veux pouvoir respirer à mon aise sans pour autant avoir l'air d'un sac de pommes de terre.

— Si vous voulez entrer dans la cabine pour enlever votre robe, suggéra la vendeuse à l'intention de Chelsea.

— N'oublie pas qu'il nous faut encore prendre les meubles, rappela-t-il à la jeune femme.

Le regard qu'elle lui adressa fut tout aussi noir que le précédent.

— Pourquoi es-tu de si mauvaise humeur ? rétorqua-t-elle. Après tout, personne ne t'obligeait à m'accompagner ici.

Ni à accepter d'être garçon d'honneur, d'autant qu'il n'avait rien d'un adepte du mariage...

— C'est vrai, reconnut-il.

— Alors ne me presse plus, conclut-elle en s'examinant dans le miroir.

L'essayage avait attiré d'autres clientes qui, gentiment, donnèrent leur avis.

Le pépiement incessant de ces femelles, pour la plupart ravissantes, n'eut pas pour effet de lui rendre son calme.

— Ces retouches demanderont longtemps ? s'enquit Chelsea auprès de la vendeuse.

— Une semaine au moins.

— C'est trop long. Je préfère prendre cette robe telle qu'elle est et je me débrouillerai par moi-même.

Gabe sourit. Une femme de caractère, vraiment.

Chelsea gagna la cabine, ferma la porte, puis un frou-frou discret lui apprit que la future demoiselle d'honneur était en train de se déshabiller. Bien sûr, des images érotiques affluèrent aussitôt devant ses yeux...

Un cri exaspéré fusa.

— La fermeture est coincée ! Venez m'aider !

Chelsea s'adressait à la vendeuse mais cette dernière s'occupait déjà d'une autre cliente et ne pouvait plus l'entendre.

Il en informa la jeune femme.

— S'il te plaît, va la chercher ! demanda Chelsea d'une voix anxieuse.

Mais l'arrivée de nouvelles clientes mobilisait les deux vendeuses qui ne savaient plus où donner de la tête.

— On risque d'attendre longtemps, dit-il après avoir exposé la situation.

— Qu'allons-nous faire ?

— J'ai la solution.

Sans plus réfléchir, il entra dans la cabine et referma la porte derrière lui.

3

— Que fais-tu ici ! s'exclama Chelsea en voyant surgir Gabe dans la cabine.

Et cette satanée robe qui ne cessait de glisser !

— Tel un preux chevalier, je viens à ta rescousse, déclara-t-il, le regard moqueur.

— Voyons, tu n'as pas le droit de...

— N'as-tu pas réclamé de l'aide ?

— De l'aide, oui, mais celle d'une *vendeuse*, pas la tienne, répliqua-t-elle, mains croisées sur ses seins.

— Ma chérie, la boutique est pleine à craquer de futures mariées et demoiselles d'honneur, et les deux vendeuses sont débordées.

Ma chérie !

— Oui mais...

— Le temps presse, alors que choisis-tu ? Rester à moitié nue jusqu'à ce soir ou m'autoriser à débloquer cette fermeture ?

Sous le regard coquin de Gabe, sa colère fit place à un sentiment proche du désir... et tant pis si la dernière des choses à faire était de tolérer sa présence dans une cabine réservée aux essayages *féminins* !

— Eh bien, que décides-tu ? insista Gabe.

Devait-elle l'autoriser à débloquer la fermeture rétive au risque de succomber ?

— Je me débrouillerai seule, répondit-elle enfin. Et toi, va donc au magasin de meubles où je te rejoindrai.

— Et si tu cessais de jouer les prudes ?

La pensée d'avoir été vue nue par des milliers d'inconnus lui mit soudain le feu aux joues.

— Ne crois-tu pas que j'ai quelques raisons d'être pointilleuse sur le sujet de ma pudeur ?

— Laisse-moi donc te délivrer de cette robe sans autre arrière-pensée que ma sincère admiration pour toi, murmura Gabe à son oreille.

Elle frissonna.

Quel homme lui avait jamais parlé ainsi ?

Elle fut presque tentée de le laisser jouer les sauveurs.

— Non ! lança-t-elle.

— Non ?

— Ta présence m'oppresse.

— Et pourquoi ?

— Ta place n'est pas ici.

Ne tenant aucun compte de sa réponse, Gabe la prit dans ses bras.

— La vérité, ma belle, est que nous nous désirons, toi et moi.

Elle l'aurait giflé pour avoir dit... la vérité.

Si seulement Gabe n'avait pas été le neveu de ce diable de Dusty responsable de la destruction de tant de réputations à Royal...

— Sors d'ici, je t'en supplie !

— Et si tu me laissais juste t'embrasser ? demanda-t-il, sa bouche frôlant la sienne, ses mains expertes caressant ses hanches.

Les sens incendiés par ce regard brûlant, elle poussa un soupir de volupté. Quelle femme aurait pu résister ?

— Gabe, voyons...

— Ose encore dire que tu n'en as pas envie, poursuivit-il sans cesser de caresser son dos nu.

Un nouveau frisson la parcourut.

Jamais ses rares amants avares de tendresse et si peu inventifs n'avaient su lui insuffler ce désir que Gabe, tout naturellement, faisait si bien naître en elle.

Pourquoi, de tous les hommes, avoir précisément choisi le seul qu'elle aurait dû fuir, neveu du sinistre individu qui avait diffusé ses photos à la terre entière ?

— Tourne-toi ! ordonna Gabe.

Elle fit ce qu'il lui demandait et le reflet de leurs corps dans le miroir accentua un peu plus encore son trouble.

— Tu es belle, Chelsea...

Et lui était si... viril. Son sexe dur contre ses reins...

D'une saccade, il décoinça la fermeture rétive, et la chaleur de ses doigts sur son dos nu lui arracha un frisson de volupté.

Pourquoi ne pas s'abandonner à lui ? Le laisser...

Seigneur ! Elle perdait la tête ?

— Quel beau couple nous formons, murmura-t-il en lui mordillant l'oreille.

— Non, il ne faut pas, dit-elle, soudain pudique.

— Il ne faut pas quoi, mon chou ? Que je renonce à vouloir décoincer cette fermeture ou que je cesse de te désirer comme un fou ?

Elle humecta ses lèvres d'un coup de langue rapide tandis que Gabe redoublait de caresses.

— Eh bien, tu n'as pas répondu.

— Gabe, je...

Je te désire comme une folle.

— Tu le savais, mon chou, que ce baiser n'était qu'un préliminaire, n'est-ce pas ?

Les bavardages des autres clientes ajoutèrent à sa confusion... et la ramenèrent à la réalité.

Quel scandale s'il prenait fantaisie à la vendeuse d'entrer sans crier gare !

Mais la porte resta close et elle, tremblante de désir et à moitié nue dans les bras de cet homme qui la regardait comme le plus beau trésor de la terre.

— Ose dire que tu n'en as pas envie ! déclara Gabe en lui caressant la nuque et le dos.

— Arrête !

— Tu trembles de désir, ma belle. Et je te désire tout autant.

Non, il ne fallait pas. Elle devait résister et…

Elle se jeta dans ses bras.

— Embrasse-moi…, murmura-t-elle.

Sa bouche sur la sienne, leurs langues étroitement emmêlées…

Plaquée contre la paroi de la cabine, elle laissa Gabe retrousser sa robe et lui écarter les cuisses.

— J'ai tellement envie de toi, dit-il d'une voix rauque.

Sur ce point, elle ne pouvait pas le contredire !

Trois coups furent frappés à la porte.

— Pardon de *vous* déranger, dit la voix d'une des vendeuses, mais d'autres clientes attendent leur tour pour un essayage.

Les joues en feu, elle s'écarta vivement de Gabe avant de répondre :

— Juste un instant ! Ma fermeture était coincée !

D'abord les photos, ensuite ce nouveau scandale…

— Dépêchez-vous, s'il vous plaît, insista la vendeuse.

Elle en aurait pleuré !

— Allez ! Aide-moi à retirer cette satanée robe, ordonna-t-elle à Gabe tout en s'efforçant d'ignorer la bosse qui déformait son jean.

Quasiment nue devant lui en culotte et soutien-gorge, elle fut prise d'une pudeur soudaine.

— Ne regarde pas ! Sors !

— Dommage ! répondit-il en obéissant.

Une fois seule dans la cabine, elle rougit comme elle ne l'avait jamais fait auparavant, et ce fut avec une rage mal contenue qu'elle plia la robe et enfila ses vêtements.

Le diable était en Gabe !

Elle avait été à deux doigts de lui céder, de se livrer à un homme à qui elle n'accordait tout de même pas son entière confiance.

Saurait-elle seulement garder ses distances avec lui jusqu'au mariage de Shane et Brandee ?

Elle n'en prenait pas le chemin…

4

Après avoir envoyé des messages rassurants à ses plus anciens clients, Gabe éteignit son ordinateur portable.

L'intermède avec Chelsea, dans la boutique de mariage, avait mis ses sens à vif car la jeune femme conjuguait la beauté et la sensualité comme aucune autre avant elle.

Tantôt elle lui tenait la dragée haute et semblait le mépriser, tantôt elle semblait croire en son innocence et l'aurait presque plaint d'être ce qu'il était, le neveu d'un sale type.

Comment pouvait-elle l'imaginer, lui, en train de prendre des photos d'elle nue pour les diffuser ensuite sur les réseaux sociaux ?

Qu'elle soit une énigme pour lui ajoutait encore à son charme et, ma foi, il devait bien avouer que cela décuplait son désir pour elle.

Du temps où il était encore agent fédéral, ses bonnes fortunes s'étaient comptées par dizaines sans qu'il en ait le moindre remords jusqu'au jour où un drame lui avait donné la phobie des sentiments amoureux.

Aujourd'hui encore, son cœur se serrait quand il repensait à cet épisode dramatique qui avait causé la mort de son partenaire et ami.

Chelsea était bien la première femme à lui redonner l'espoir qu'un jour, peut-être, une vie nouvelle pourrait s'offrir à lui, une vie de partage et non cette existence solitaire qui était devenue son lot quotidien.

Pour se changer les idées, il décida d'aller se ressourcer au Texas

Cattleman's Club qui mettait à la disposition de ses membres les meilleurs chevaux de toute la région.

Le club n'ayant rien à lui reprocher, il avait, contrairement à son oncle, facilement obtenu sa carte de membre, et depuis, il profitait tant qu'il le pouvait des avantages de ce club parmi les plus huppés de la région, et proche de son loft, détail non négligeable.

Cow-boy dans l'âme, monter était pour lui un viatique indispensable et lui faisait oublier le souvenir de cette mission manquée, à Dallas, au cours de laquelle son collègue du FBI avait trouvé la mort.

Alors qu'il se dirigeait vers le parking, son portable sonna.

— Gabe ?

— Salut, Shane...

— J'ai appris la nouvelle concernant Dusty.

— Eh oui ! Qui se serait douté qu'un homme comme lui pouvait être Maverick ?

— Brandee et moi, nous n'avons jamais douté de ta bonne foi, en tout cas.

Décidément, cette affaire n'avait pas fini de lui empoisonner l'existence !

— Merci. Cette histoire est un vrai cauchemar mais je vais remonter la pente.

— Nous sommes avec toi, lui assura Shane.

D'une pichenette, il ajusta ses lunettes de soleil au moment de quitter le sous-sol de l'immeuble pour l'avenue lumineuse.

— Merci, mon vieux. Le plus difficile sera de regagner la confiance de ma clientèle, mais j'y arriverai. Et vous, ce mariage ?

— C'était à ce sujet que je voulais te parler. Brandee est dans tous ses états.

Il ne put s'empêcher d'éclater de rire.

— Alors là, toi seul peux remédier à ce problème !

— Il s'agit de toi et de Chelsea, en fait. D'après Brandee, vous vous êtes *donnés en spectacle*, dans une cabine d'essayage...

Il cessa aussitôt de rire. Bon sang ! De quoi se mêlaient les gens ?

Ce qui se passait entre Chelsea et lui ne regardait personne d'autre qu'eux.

— Qui t'a dit ça ? demanda-t-il sèchement.

— Tout le monde en parle, en ville. Il paraîtrait que Chelsea était à moitié nue et toi, en train de la caresser…

— Et merde ! La fermeture de sa robe était coincée. Elle m'avait appelé à la rescousse.

Shane poussa un long soupir.

— Loin de moi l'idée de me mêler de ta vie privée mais Chelsea est demoiselle d'honneur à notre mariage, tu comprends ?

— Bien sûr.

— Brandee, qui la connaît bien, ne voudrait pas qu'elle soit perturbée, surtout le jour de notre mariage.

Chelsea se serait-elle plainte auprès de sa grande amie Brandee ? Il n'osait l'imaginer.

— Je n'ignore pas que Chelsea est vulnérable mais tant d'histoires pour une fermeture bloquée, c'est un peu ridicule, non ? rétorqua-t-il.

— Votre petit manège n'a pas échappé aux autres clientes de la boutique, et parmi elles certaines sont des personnalités locales.

— Qu'y puis-je si aucune vendeuse n'était disponible pour aider Chelsea à se dépêtrer de cette robe ?

— Les versions les plus gratinées de cet *incident* circulent en ville, et à l'heure qu'il est, tu peux parier ta dernière chemise que ce cher Daniel est au courant.

Gabe poussa un juron. Daniel Hunt, le frère ultra-protecteur de Chelsea, s'était toujours montré méfiant à son égard, et ses insinuations avaient le don de lui taper sur les nerfs. Cet *incident*, comme disait Shane, allait bien sûr apporter de l'eau à son moulin.

D'un autre côté, il pouvait comprendre qu'il veille sur sa petite sœur après le départ de leur mère et la mort de leur père très peu de temps après.

— Daniel ne m'impressionne pas mais je sais que Brandee et toi, en tant que membres du TCC, avez aussi eu à subir les attaques de Dusty, dit-il d'un ton radouci.

À un moment ou à un autre, presque tous les adhérents du célèbre club avaient été la cible de Maverick.

Comme à chaque fois qu'il pensait à son oncle, Gabe ne comprenait toujours pas l'acharnement que ce dernier avait mis à empoisonner toute une ville, et en particulier les membres du TCC, par ses révélations scandaleuses.

En dépit de sa fortune, du fait qu'il était né ici et venait d'une famille respectable, jamais Dusty n'avait été admis dans ce club huppé. Mais pourquoi ?

— Et moi, je n'oublie pas qu'à cause de ton oncle, tu vas avoir fort à faire pour retrouver la confiance de tes clients, reprit Shane. Aussi pardon de t'avoir importuné avec cette broutille.

Gabe remercia le ciel d'avoir un ami tel que Shane Delgado.

— Je te promets de veiller au grain, dit-il. Aucun scandale ne viendra ternir ton mariage avec Brandee.

La communication coupée, il voulut se concentrer sur sa conduite, mais c'était à Chelsea qu'il pensait, à son corps souple et appétissant, à la saveur de ses lèvres...

Dans cette cabine d'essayage, ils n'étaient pas passés loin d'une rapide partie de jambes en l'air, mais oserait-elle l'admettre ? Il ne baisserait pas les bras et tenterait de la séduire, peut-être par des moyens plus subtils ?

Mais pour l'instant, il devait se concentrer. Après sa balade à cheval, il allait voir un très important client échaudé par l'annonce de sa parenté avec Maverick.

L'enjeu étant un contrat de plusieurs centaines de milliers de dollars, il lui fallait absolument rattraper le coup et convaincre son client que « Maverick et lui » n'étaient pas un duo d'escrocs.

S'il voulait reprendre la main à Royal et jouir de nouveau de l'estime de tous, il aurait à faire preuve d'humilité, mais une fois la confiance de sa clientèle dans sa société regagnée, il se promit de tout mettre en œuvre pour courtiser Chelsea.

Et goûter aux fruits de sa beauté sans pareille.

Chelsea avait longuement expliqué à Rose, la responsable un brin condescendante de la restauration au TCC, comment elle entendait organiser la fête prénuptiale qui réunirait Shane, Brandee, tant d'autres aussi et bien sûr Gabe, le garçon d'honneur...

— N'ayez crainte, j'ai l'habitude de ce genre de festins, lui fit remarquer Rose, le sourire aux lèvres. Je suis texane et les steaks n'ont pas de secret pour moi.

Chelsea crut bon d'insister car Hunt & Co, la chaîne de restos grills qui portait son nom, était prestataire de la réception.

— Je connais vos qualités professionnelles, Rose, dit-elle en souriant, néanmoins, ce sont nos steaks qui vous seront livrés et que je vous demanderai de préparer selon mes directives.

Pour Shane et Brandee, elle voulait tout simplement ce qui se faisait de mieux.

— Compris ! répondit Rose en lui tapotant l'épaule. N'ayez crainte, la fête sera réussie.

— Merci ! dit-elle, soulagée et consciente de ce que son inquiétude pouvait avoir d'exaspérant pour Rose.

Une fois dehors et voyant qu'il lui restait du temps libre, l'idée lui vint de faire une promenade à cheval.

Galop ou trot, tout lui serait bon pour oublier que des milliers d'internautes et d'usagers des réseaux sociaux, avaient pu la contempler nue, à son insu.

— Salaud de Dusty ! ne put-elle s'empêcher de murmurer tout en se dirigeant vers les écuries du TCC.

Pour tenter de se changer les idées, elle avait déjà tout essayé : la lecture, les films en VOD et même, pour ne pas perdre la main, quelques intrusions dignes du hacker qu'elle était restée au fond d'elle-même, dans les pages Internet de son frère.

Hélas, ses efforts ne lui avaient fait oublier ni Dusty... ni son attirance pour Gabe.

Jamais elle ne s'était sentie aussi excitée que l'autre jour, dans cette cabine d'essayage !

Et tout ça grâce à une fermeture coincée...

La proximité virile de Gabe dans cet espace restreint, alors que plusieurs femmes bavardaient à deux pas de là, l'avait troublée au-delà de tout. Quant à son désir...

Elle avait eu terriblement envie que Gabe la déshabille, la plaque contre le mur de la cabine et la prenne là, sans plus attendre, alors même que n'importe qui pouvait les surprendre.

De quoi finir en prison pour attentat à la pudeur !

Courir de tels risques pour quelques minutes de plaisir, elle ? Elle ne se reconnaissait plus.

C'était la faute de Gabe !

Désormais, elle ne cessait de penser à lui. Et pas pour aller prendre un café !

Qu'y pouvait-elle si celui qui avait failli devenir son amant avait le don de la troubler autant ?

À l'écurie, elle choisit une jument alezane, la sella, mit le pied à l'étrier et partit au galop, loin de ses soucis.

Alors qu'elle jouissait de la beauté d'un paysage plombé par de lourds nuages gris, son frère tenta de la joindre sur son portable mais elle ignora l'appel, choisit le mode « silence » et poursuivit sa promenade sans remords.

Lorsqu'elle entra dans un bois d'eucalyptus, une sérénité nouvelle la consola de l'humiliation subie récemment.

Après tout, ces photos d'elle prises à la sauvette rendaient hommage à cette beauté que d'aucunes lui enviaient et, quand la vie aurait repris son cours normal, elle pourrait ranger ce mini-drame dans la case « impondérables » de sa déjà longue existence.

Pourrait-elle alors sans crainte admettre que Gabe était l'amant idéal dont elle n'avait cessé de rêver ?

L'homme l'impressionnait et la troublait d'autant plus qu'il émanait de lui un mystère, une mélancolie dont elle ignorait la cause.

Sans parler du dernier épisode, dans la cabine d'essayage !

Allons ! Elle ferait bien d'oublier Gabe plutôt que de se torturer l'esprit.

Facile à dire…

Fort heureusement, le TCC mettait à disposition de ses membres diverses activités et, une fois ses amis mariés, elle ne manquerait pas de s'organiser un emploi du temps « loisirs » qui lui changerait les idées.

Tout en dévalant au petit trot une pente herbue, le souvenir de l'époque où les femmes n'étaient pas admises au TCC lui revint en mémoire.

Les mâles du cru, bottés et coiffés de Stetson, se souciaient fort peu alors de l'égalité entre les sexes, et la simple suggestion qu'une femme puisse avoir des droits égaux aux leurs les faisait rire aux éclats.

Jouir aujourd'hui des avantages du club comme n'importe quel rancher de Royal était un progrès qui, à l'évidence, n'avait pas eu l'heur de plaire à tous, en tout cas pas à Dusty Walsh.

Le fait qu'il n'ait jamais été membre du TCC l'intriguait.

Il était éduqué, riche à millions, propriétaire de nombreux hectares de belles terres et sa place semblait toute trouvée au sein du TCC.

Qu'il n'y ait jamais été admis était assez étrange et lui donnait la fâcheuse impression que les Walsh cachaient un squelette dans quelque placard.

Gabe, ancien agent fédéral, avait-il été mêlé à une sombre affaire, à Dallas ? Aurait-il quelque chose à se reprocher ?

Un bruit de sabots la fit se retourner.

Évidemment, quand on parlait du loup...

— Hé, qui voilà ! J'aurais pourtant juré être seul sur cette piste, lança Gabe en lui décochant un regard appuyé.

Quel culot !

Mais quelle prestance, à cheval...

— Rien ne t'empêche de suivre une autre route que la mienne, rétorqua-t-elle.

Gabe rapprocha sa monture de la sienne.

— Me prendrais-tu pour un malappris ? Je suis trop galant pour agir ainsi.

Le sentir si près d'elle la troubla.

— Si tu restes, alors garde tes distances, ordonna-t-elle.

L'épisode de la cabine d'essayage ne lui avait-il pas enseigné que, une fois sous l'emprise de ce séducteur, elle ne contrôlait plus rien ?

— Mademoiselle a ses humeurs ?

— Juste envie d'être seule. De méditer.

— Permets-moi de t'accompagner en silence. Tu ne remarqueras même pas ma présence, promis !

Avec un soupir, elle s'immobilisa au beau milieu du chemin.

— T'ignorer est chose impossible, Gabe. Et tu me troubles

trop pour que je puisse continuer à me promener seule. Quant à méditer…

Le Stetson noir ombrageant ses traits virils n'était pas de nature non plus à lui rendre sa sérénité.

Gabe se rengorgea.

— Moi, troubler une aussi gente dame ? Ma foi, je n'en reviens pas…

La colère la prit.

— Pour la dernière fois, va-t'en !

— Impossible. Deux jours sans te voir et mon âme se dessèche. Et puis, avant de venir ici, je suis allé au Hope Springs et j'ai travaillé dur pour peaufiner notre belle arche nuptiale. Et bien sûr, j'ai pensé à toi.

L'arche ! Elle avait totalement oublié l'arche nuptiale !

— Désolée ! Oui, j'aurais dû venir te prêter main-forte mais j'avais d'autres soucis en tête.

Le regard de Gabe l'enveloppa comme une caresse.

— Chels, tu ne peux pas me fuir éternellement sous prétexte que nous sommes attirés l'un par l'autre. Et puis que feras-tu, le jour du mariage de nos amis ? Aurais-tu oublié que la demoiselle d'honneur donne le bras au garçon d'honneur ?

Comme si ce détail avait pu lui échapper !

— D'accord, marmonna-t-elle. Mais alors promets-moi que nous ne parlerons pas de l'épisode de l'autre jour, dans la boutique.

Avec aux lèvres ce sourire piquant qui avait le don d'incendier ses sens, Gabe lui sourit.

— C'est promis. Si tu veux, nous pourrions parler de toi, de ta vie. De tes projets…

Tiens, le séducteur ferait-il amende honorable ?

— Et depuis quand t'intéresses-tu à ma vie ?

— Depuis que je te connais, Chels, et je suis sincère. J'aimerais vraiment en apprendre plus à ton sujet.

— Bon, d'accord, mais pas d'allusion déplacée sinon je m'en vais.

Durant la demi-heure qui suivit, elle se surprit à évoquer pour Gabe certains épisodes de sa vie, notamment cette passion qu'elle avait eue, très tôt, pour Internet.

— J'étais une vraie geek, conclut-elle.

— Diriger les services informatiques de Hunt & Co n'est pas à la portée de n'importe qui.

— Maîtriser un système et comprendre le fonctionnement des choses ont toujours été mes deux passions. Déjà toute petite, je m'attaquais aux serrures récalcitrantes avec un fil de fer. Tant que je n'avais pas réussi à forcer leur ouverture, je ne m'estimais pas satisfaite.

— Quel âge avais-tu ?

— Sept ans. Je suis même devenue experte en la matière, et puis les serrures ont perdu de leur attrait le jour où mon père m'a initiée au maniement des outils graphiques, sur ordinateur.

— Et tu as voulu faire comme lui ?

— Exactement. Papa avait fondé la chaîne de restos grills qui porte notre nom et l'informatique est devenue pour moi le plus séduisant des jeux. La nuit, je me réveillais parfois pour aller pianoter sur son clavier d'ordinateur.

— Ton père te permettait d'accéder à ses données ?

— Découvrir le code d'accès n'a pas été très difficile. Fière de ce premier succès, j'ai continué et peu à peu, je suis devenue une spécialiste du décryptage digital.

— Mais… Quel âge avais-tu donc ?

— Dix ans.

— Hou là ! Dis, mes comptes bancaires sont-ils à l'abri de tes doigts agiles ?

Elle ne put s'empêcher de rire.

— Tant que tu te tiens tranquille, oui.

Cette rencontre impromptue se déroulait mieux qu'elle ne l'aurait cru et c'était bien la première fois que quelqu'un lui manifestait un intérêt sincère.

— Autre chose que tu voudrais savoir ? s'enquit-elle, en veine de confidences soudain.

— Ton père s'est-il rendu compte que tu pouvais pirater son système ?

— Oui, car je commettais encore des maladresses.

— Comme tout hacker débutant.

Elle grimaça.

— J'ai horreur du terme « hacker », du moins en ce qui me concerne. Tu sais, je ne cherchais pas à saboter les communications militaires ou je ne sais quoi.

— N'empêche que violer un système informatique est puni par la loi.

— Eh bien, punition ou pas, je n'ai jamais été prise sur le fait et c'est tant mieux.

Dans les yeux de Gabe, elle vit ce qui ressemblait à du respect.

— Quel genre d'opération as-tu menée à bien grâce à tes connaissances en informatique ? demanda-t-il.

Elle hésita à lui répondre. Pouvait-elle ou non lui faire confiance ? Le souvenir de ses lèvres pressant les siennes, de ses doigts caressant sa peau nue la rassura.

— Il m'est arrivé d'infiltrer la base de données de mon lycée et de changer une ou deux notes trop basses.

— Péché véniel. Quoi d'autre ?

De nouveau elle hésita.

— Il m'est arrivé de modifier des données bancaires.

De quoi la conduire illico en prison.

— Tu as fait *ça* ? s'étonna Gabe.

— Eh oui !

Réparer une injustice à l'aide de quelques clics lui avait procuré la sensation exaltante d'être utile à son prochain, aussi n'avait-elle jamais eu de regrets.

— Attachons nos montures à cet arbre, déclara-t-elle après un instant de réflexion. Je vais te raconter.

5

En proie à des sentiments mitigés pour cette femme au génie précoce qui, malgré tout, s'était mise hors la loi, Gabe n'en était pas moins disposé à entendre ce qu'elle avait à lui raconter.

— Je t'écoute, dit-il, une fois leurs montures attachées à un arbre.

Chelsea soupira.

— Eh bien, ça remonte à l'époque de mon adolescence. Un couple travaillait pour Hunt & Co et j'avais sympathisé avec la femme, qui était alors enceinte. Son mari, lui, était un joueur invétéré, le genre à flamber les économies du ménage en une soirée.

— Continue, dit-il, déjà captivé.

— Mon père avait offert de payer les dettes du mari si ce dernier promettait de ne plus jamais jouer. Le mari a refusé et a préféré quitter sa femme enceinte qui, du jour au lendemain, s'est retrouvée seule pour rembourser le crédit de la maison.

— Et naturellement, elle n'a pas pu régler les mensualités et elle a perdu la maison.

— Exactement. Cette femme enceinte qui continuait à travailler pour notre compagnie était devenue SDF et moi, à l'époque, ça m'était insupportable.

— Je vois. Je crois deviner…

— Le mari était parti se faire pendre ailleurs mais semblait aussi avoir gagné beaucoup d'argent. Alors, avant qu'il ne dilapide son gain au poker, j'ai eu l'idée de visiter son compte bancaire…

— Robine des Bois !

— Si tu veux, oui. Et j'ai effectué quelques virements de son compte à celui de sa femme, et de façon si discrète que l'opération s'est faite sans heurt.

Même si Chelsea avait agi dans l'illégalité, l'intention était généreuse.

— Te rends-tu compte du scandale, si tu avais été prise sur le fait ?

Elle haussa les épaules.

— J'estimais de mon devoir d'aider cette pauvre femme et je l'ai fait, voilà tout. Bien sûr, aujourd'hui, je mesure mieux le risque pris alors, et je ne suis pas sûre que je pourrais encore agir de cette façon-là.

— Le mari, enfin l'ex-mari de cette femme, aurait très bien pu porter plainte en découvrant qu'il lui manquait quelques dollars.

— Ses fonds étaient douteux, pas déclarés car provenant de paris sur des combats de coqs, une pratique tout à fait illégale, alors à sa place je n'aurais rien dit. Et j'ai eu de la chance, car il n'a en effet rien dit. Tout au moins pas à ma connaissance.

Non sans émotion, Chelsea lui parla d'elle, de son adolescence, de ses espoirs d'alors.

Et bien sûr, de ses chagrins.

— Quelques mois après cette affaire, ma mère est partie de la maison. Sans nous dire un mot, sans que nous sachions où elle allait.

— Comment a réagi ton père ?

— Très mal. Nous espérions, mon frère et moi, que les choses finiraient par s'arranger mais maman n'a plus jamais donné signe de vie.

Elle marqua une pause avant de reprendre :

— Certains jours, j'aurais voulu mourir tellement je me sentais seule et inutile. Je me demandais de quelle faute j'étais coupable pour avoir mérité un tel destin, pour ne pas avoir su retenir ma mère auprès de nous.

Ému, il voulut passer son bras autour des épaules de la jeune femme qui le repoussa.

— Dans l'état où je suis, je serais une proie bien trop facile pour un homme tel que toi, alors laisse-moi tranquille.

— Ma démarche était avant tout amicale.

Chelsea lui jeta un regard dubitatif.

— Une démarche *amicale* ? rétorqua-t-elle. Je n'ai pas souvenir que nous ayons été amis un jour.

Il lui sourit.

— Tu as raison. Dans le fond, je serais bien en peine de définir ce qui nous attire l'un vers l'autre. Quelque chose d'inédit et de fort en tout cas.

Et cette fois-ci, quand il fit mine de l'enlacer, elle lui lança un regard troublé.

Au moins lui permettait-elle de la serrer contre lui, et c'était tout ce qui lui importait pour l'heure.

— J'aimerais te faire confiance, déclara Chelsea, les yeux brillants.

— Qui t'en empêche ?

— Aurais-tu donc la mémoire courte ? Ces photos, ton oncle…

Encore cette sale affaire !

— Quand cesseras-tu de m'accuser de complicité ? Je t'ai dit et redit que je ne savais rien des agissements de mon oncle.

— Même si tu n'y es pour rien, je ne peux m'empêcher de t'associer à ton oncle. Pourtant, tu me plais, c'est incontestable…

Ah, voilà qui était mieux… Son désir pour elle atteignit un nouveau pic.

— Si je te montre de la tendresse, vas-tu me le reprocher ? demanda-t-il tout bas.

— Gabe, non, il ne faut pas…

La suite se perdit dans un long baiser qui les laissa l'un et l'autre pantelants de désir, mais quand il voulut dégrafer le jean de Chelsea, cette dernière se rebiffa et il jugea plus prudent de ne pas insister.

Pour l'instant, caresser les cheveux de sa belle était déjà pour lui une vraie joie.

Ce corps de rêve, ces hanches souples, ces seins dont les pointes saillaient à travers le débardeur…

— Tu me rends fou !

Des mots banals en apparence, en fait très sincères et qui lui venaient spontanément aux lèvres.

— Gabe, sois doux avec moi...

Bon sang ! Venait-elle de l'autoriser à... aller plus loin ? Il refusa de s'attarder sur le sujet. Ce n'était pas le moment.

— N'aie crainte, mon ange..., murmura-t-il.

En proie à un désir de plus en plus vif, il entreprit de caresser ses formes voluptueuses.

— Attends ! s'exclama-t-elle. On pourrait nous voir ! Suppose que des cavaliers arrivent ?

— Les arbres feront écran.

Avoir réponse à tout n'était-il pas la clé de la victoire ?

— Si tu es sûr de toi...

— Certain !

Ses doigts s'insinuèrent dans les recoins secrets de la jeune femme qui se mit à gémir.

— Gabe !

— Ma chérie !

— Je... Oh ! c'est bon ! Oui, continue...

Avec un petit cri, Chelsea ondula lascivement les hanches puis lui offrit sa bouche.

Et tandis qu'il s'appliquait à lui donner du plaisir, les ongles de Chelsea labourèrent son dos nu, sous la chemise.

Des lèvres de la jeune femme monta un gémissement de jouissance puis elle s'écarta de lui, ses lèvres entrouvertes, visiblement comblée.

Chelsea Hunt baissant la garde !

Enfin !

Une émotion profonde le submergea, et il regretta de ne pas pouvoir allonger le temps à l'infini.

— Gabe, c'était si bon !

— J'en suis heureux, murmura-t-il en caressant le front de la jeune femme.

Lumineux comme un ciel d'été, le regard de Chelsea se posa sur lui.

— Si j'avais pu me douter...

Était-il toujours à ses yeux un traître, peut-être même le complice de son oncle ?

Le hennissement de l'un des chevaux rompit le charme, et Chelsea voulut rentrer.

Douloureuse à force d'être réprimée, son érection se rappela à son souvenir quand il se releva, mais le plaisir de sa partenaire n'était-il pas l'essentiel ?

Donner confiance à Chelsea, la persuader qu'il n'avait rien fait de mal, rien fait pour mériter son courroux, serait l'étape suivante.

— Gabe...

— Je sais ! Peut-être aurions-nous dû attendre mais ce qui est fait, est fait.

Et, gêné d'afficher une érection bien trop visible, il s'éloigna de quelques pas pendant qu'elle rajustait sa tenue.

— Je ne te demande pas de t'excuser, dit Chelsea en boutonnant son jean, et si je dois en vouloir à quelqu'un, c'est à moi et à moi seule.

Toujours cette satanée culpabilité féminine !

— Pourquoi t'en voudrais-tu d'avoir pris du plaisir ? demanda-t-il. Nous n'avons rien fait de mal.

Sinon, peut-être, être devenus très proches l'un de l'autre ?

— Oui... Enfin, non. Je ne sais plus, bafouilla la jeune femme.

L'ombre de Dusty planait sur leur relation, c'était certain. Il en voulait pour preuve cette méfiance que Chelsea continuait de lui témoigner alors même qu'elle venait de prendre tant de plaisir.

Plutôt que de polémiquer, il mit le pied à l'étrier et peu après, Chelsea monta à son tour en selle.

— Gabe ? J'espère ne pas t'avoir blessé par mes propos ?

La boule d'amertume obstruant sa gorge finit par se résorber.

— Pourquoi voudrais-tu que je me dispute avec toi alors que nous avons passé un moment merveilleux ? Je ne suis pas responsable des faits et gestes de mon oncle, c'est tout.

Chelsea se mit à rougir.

— Je ne demande qu'à te croire, mais laisse-moi du temps.

Du temps !

Ceux qui le soupçonnaient à tort des pires méfaits n'avaient que ce mot à la bouche !

Et lui, prenait-il assez le temps de se défendre, de chercher à convaincre Royal de sa bonne foi, de son innocence absolue dans ce scandale qui avait éclaboussé tant de notables de cette riche petite ville ?

— Bon, assez parlé. Je rentre au bercail et tu as le choix entre me suivre et aller de ton côté, dit-il d'une voix ferme.

Le regard de Chelsea se durcit.

— Si nous n'avons aucun préparatif en vue pour le mariage, autant rentrer chacun de son côté, ne serait-ce que par discrétion.

— Par *discrétion* ? Mais tu te prends pour Lady Chatterley ?

— Pas du tout !

— Bien sûr que si !

— Gabe, je...

Un roulement de tonnerre empêcha la jeune femme de finir sa phrase, et quand il leva le nez en l'air, il constata que les nuages de tout à l'heure recouvraient en totalité le ciel.

— Je te suis, dit Chelsea, visiblement peu rassurée.

Et dire qu'il avait fallu cet orage pour qu'elle consente à ne plus le fuir !

Chelsea posa ses clés sur le guéridon de l'entrée, et entreprit d'essuyer ses cheveux ruisselants de pluie.

L'orage grondait toujours et le ciel s'illuminait encore d'éclairs qui la rendaient nerveuse.

Allumer aurait été inutile puisque, dans son immeuble, la panne d'électricité était générale, aussi alluma-t-elle quelques bougies.

— Gabe, si j'avais su...

Prononcer son prénom l'aida à soulager la tension qui l'étreignait, et il lui vint l'envie de se plonger dans un bon bain chaud.

Comment en était-elle arrivée à s'abandonner aux caresses de cet homme en qui elle était loin d'avoir totalement confiance ?

— Gabe, je te hais !

L'opposé de ce qu'elle lui avait affirmé une heure plus tôt et la main sur le cœur.

Avec pour seul éclairage l'écran bleuté de son portable, elle se rendit dans sa chambre et ôta ses vêtements.

Ce plaisir que Gabe lui avait donné, tout à l'heure, comment prétendre qu'elle ne l'avait pas savouré jusqu'à l'ultime seconde ?

C'était sa faute. Elle ne l'avait pas repoussé, au contraire.

Mais qu'y pouvait-elle s'il n'était que virilité et savait si bien stimuler ses sens ?

— À présent, il te faudra payer le prix de ton imprudence, murmura-t-elle en disposant autour de la baignoire qui se remplissait, des bougies parfumées.

Que Gabe l'ait si bien séduite ne faisait pas de lui un innocent, loin de là, et elle n'était pas près d'oublier que son oncle, Dusty Walsh, avait diffusé des photos d'elle, nue, sur les réseaux sociaux.

Tel oncle, tel neveu ? Le raccourci était peut-être un peu facile, mais elle devait le garder à l'esprit.

N'allait-elle pas être à vie la risée d'une population locale trop heureuse de la montrer du doigt ?

Alors qu'elle fermait les robinets, elle entendit la sonnerie de son téléphone portable qu'elle avait laissé dans la pièce voisine.

Daniel ? Sans doute.

Il devait se faire du souci pour elle mais la crainte de devoir lui rendre des comptes l'incita à ne pas répondre.

Un bon bain et une nuit tranquille étaient ses seules exigences du moment.

Sauf que… le visage de Gabe était toujours là.

Même si elle l'avait voulu, il lui aurait été impossible de le chasser de sa mémoire, encore plus d'oublier ses divines caresses.

Qui aurait cru qu'il puisse être si généreux au point de lui donner tant de plaisir sans rien réclamer en échange ?

Elle aurait voulu le vouer aux gémonies, lui inventer elle ne savait quelle tare originelle, mais voilà, Gabe Walsh s'était comporté avec elle en homme attentionné et, ce qui avait son importance, elle savait aussi pouvoir compter sur sa discrétion.

En fait, loin d'être une réplique de son oncle, Gabe lui avait montré à quel point il pouvait être doux et tendre.

Allait-elle en tenir compte ?

Les sels versés dans l'eau diffusèrent rapidement leur délicate odeur de lavande dans la salle de bains, touche apaisante qui lui fit le plus grand bien.

Parce que sa nature était pessimiste, que son adolescence avait été marquée par l'abandon de sa mère, elle ne put s'empêcher, une fois de plus, d'éprouver des doutes et des inquiétudes.

N'était-elle pas en train de se fourvoyer en se rapprochant d'un homme qui, quoi qu'il en soit, ne pourrait sans doute jamais la rendre heureuse ? Il n'était pas un fan du mariage, il le lui avait bien dit, au cours d'une conversation.

Une fois sa mission de demoiselle d'honneur accomplie, elle prendrait définitivement ses distances avec lui et tournerait la page.

Il lui avait dit qu'elle était belle.

Elle s'observa dans le miroir, à la lueur des bougies.

Belle ?

Oui, sans doute.

Elle aimait ses seins, ses hanches aussi...

Il l'avait à peine effleurée de ses doigts que, déjà, le désir avait afflué en elle.

Sans l'orage, elle aurait volontiers pris la fuite pour ne plus voir cet homme, du moins durant un temps, mais le grondement du tonnerre et les éclairs avaient eu raison d'elle et, en femme soudain apeurée, elle avait docilement regagné le club à ses côtés.

— Reconnais-le, idiote, que Gabe t'a donné du plaisir comme personne avant lui.

Et c'était la stricte vérité.

Avec aucun autre homme elle ne s'était épanouie autant, dans la plénitude de sa féminité.

Alors pourquoi ne pas prendre Gabe comme amant ?

Non, ça jamais !

Jamais tant qu'il lui resterait le moindre doute sur la complicité éventuelle de cet homme dans l'affaire des photos.

Mais quand elle enjamba la baignoire, un désir brûlant la saisit, et les fantasmes les plus érotiques lui traversèrent l'esprit.

6

L'exclamation enthousiaste de Brandee fit se retourner Gabe.

— Tu m'as fait peur ! dit-il à la jeune femme dont la silhouette se découpait en contre-jour sur le seuil de la porte de la grange.

— Désolée ! Je n'imaginais pas que l'arche nuptiale puisse être aussi réussie. Chelsea et toi, vous avez vraiment travaillé merveilleusement.

« Merveilleusement » n'était peut-être pas le mot juste, mais oui, il s'était donné du mal, et Chelsea aussi.

— Nous voulions que tout soit conforme à tes souhaits, dit-il avant d'embrasser la future mariée sur les deux joues.

— Et c'est le cas ! confirma Brandee, radieuse.

Que Shane, son meilleur ami, ait eu la chance de rencontrer l'âme sœur ne pouvait que le réjouir même s'il doutait encore que l'amour puisse opérer des miracles.

— Chelsea n'est pas ici ? demanda Brandee. Ne devait-elle pas s'occuper avec toi de la décoration de l'arche ?

Si ! Et avec des bouquets de gui et des branches de houx à profusion. Et d'autres choses encore, peut-être, mais il ignorait quoi.

Leur dernière rencontre datait déjà de trois jours et il ne se faisait toujours pas une idée précise du sentiment qui l'animait, suite à leur balade à cheval qui s'était terminée en petit intermède tout à fait agréable…

— Je lui ai envoyé un texto mais sans doute avait-elle trop de travail aujourd'hui pour nous honorer de sa présence, répondit-il.

Brandee lui lança un regard interrogateur.

— Est-ce à cause de cette histoire de l'autre jour, dans la cabine d'essayage, que l'on ne vous voit plus ensemble ?

— Je ne pense pas que son absence d'aujourd'hui soit liée à ce ridicule incident, dit-il avec prudence.

Encore heureux que Brandee ne soit pas au courant de leurs frasques récentes !

Cette dernière l'observa un instant avec attention.

— Chelsea a ses mystères mais c'est une fille tout ce qu'il y a de plus chouette, dit-elle. La publication des photos a été pour elle un vrai choc, et le fait que Maverick se soit avéré être ton oncle, un autre choc encore.

— Je sais !

Bon sang ! Cette histoire allait-elle le poursuivre toute sa vie ?

Il n'avait encore connu aucune défaite avec les femmes, sauf une fois, et cet épisode douloureux avait été à l'origine de la mort de son collègue du FBI.

Puis il y avait eu Chelsea… Si au début elle l'avait attiré de façon passagère, il n'avait pas tardé à s'intéresser à elle de façon plus approfondie.

Et l'affaire Maverick, la publication des photos, la révélation que le hacker maître chanteur qui faisait trembler Royal, n'était autre que son oncle Dusty, avaient d'un coup anéanti tous ses efforts.

— Pour Chelsea, le nom des Walsh est maudit, aussi je peux comprendre qu'elle doute de moi, marmonna-t-il.

La compassion qu'il lut dans les yeux de Brandee le réconforta.

— La justice t'a lavé de tout soupçon dans cette affaire, déclara cette dernière, et ceux qui te connaissent n'ont jamais douté de ta bonne foi.

De ça, il en était sûr, autant que de l'amitié sans condition que lui portaient Shane et Brandee. Mais les autres… Certains de ses clients, par exemple, se méfiaient de lui.

— Votre soutien m'a été précieux, reconnut-il. J'en veux beaucoup à mon oncle, d'autant que je ne sais pas ce qui l'a poussé à agir de la sorte. Aujourd'hui, c'est à moi de porter le flambeau des Walsh et de faire en sorte que l'honneur du nom soit rétabli.

— Dans le fond, tu es autant une victime que l'ont été Chelsea et tant d'autres.

— Oui, et peut-être même plus que les autres car certains m'ont soupçonné et me soupçonnent encore d'être complice de Dusty.

Puisse Chelsea lui faire confiance, l'absoudre enfin… et accepter de venir dans son lit !

— Tout finira par s'arranger, Gabe, déclara Brandee avec chaleur. Et Chelsea n'aura alors plus aucune raison de douter de toi.

Parler de Chelsea suscitait tant d'émotions en lui qu'il préféra changer de sujet.

— Au fait, j'ai enfin trouvé ce que j'allais t'offrir pour ton mariage.

Le visage de Brandee s'éclaira.

— L'aide que Chelsea et toi nous avez apportée pour les préparatifs aurait largement suffi.

— Ma foi, j'ai voulu marquer le coup, et je crois que tu seras contente. Comme ce cadeau est trop encombrant pour que je te le donne le jour du mariage, j'ai pensé le faire livrer ici, demain.

Brandee ouvrit de grands yeux.

— Tu m'intrigues ! Ne me dis pas que tu veux m'offrir la tour Eiffel !

— Non, ce que je te destine te sera plus utile, du moins dans un domaine qui t'est cher.

Brandee participait à des activités communautaires, notamment auprès des jeunes en détresse ayant des problèmes familiaux ou personnels.

Avec ses fonds propres, elle avait financé un camp de vacances pour ces adolescentes et adolescents qui venaient y trouver cette chaleur affective et cette sécurité leur faisant défaut chez eux.

— Gabe, arrête de me faire languir et dis-moi de quoi il s'agit.

— Demain tu sauras tout, répondit-il en rassemblant ses affaires. Je dois partir mais libre à toi d'attendre la venue de Chelsea.

Alors qu'il se dirigeait vers son pick-up, Brandee l'interpella.

— Gabe ?

— Oui.

— Chelsea n'est pas aussi forte que tu le penses. Ses manières brusques cachent une certaine vulnérabilité.

Vulnérable, Chelsea ? Depuis qu'il la fréquentait, elle avait fait preuve de beaucoup de détermination et il refusait de la considérer comme une faible femme.

— Je crois que tu te trompes et que Chelsea a prouvé plusieurs fois qu'elle savait prendre soin d'elle-même.

— Ne t'y fie pas trop, Gabe. Chelsea est seule depuis trop longtemps déjà et il manque un homme, un vrai, à sa vie.

Aïe !

— Et... cet homme providentiel pourrait être moi ?

Brandee lui sourit.

— Qui sait ! Tu ne lui es pas indifférent en tout cas.

— Comment le sais-tu ?

— Je suis une femme et Chelsea est mon amie. Il y a des regards qui ne trompent pas.

Cette remarque l'intrigua. Chelsea aurait-elle des sentiments pour lui ?

— Je crois que tu t'avances beaucoup, Brandee.

— Veux-tu connaître le fond de ma pensée ?

— Je t'écoute.

— Chels et toi, vous êtes faits l'un pour l'autre.

Pris de court, il laissa échapper un rire moqueur.

— Rien que ça ! À quand le mariage, alors ?

Brandee haussa ses gracieuses épaules.

— Je parle sérieusement, Gabe. Et je compte sur toi pour protéger cette femme qui est ma meilleure amie.

Grâce à son expérience de hacker, à sa connaissance d'Internet aussi, Chelsea avait peu à peu rassemblé nombre d'informations concernant sa mère.

Ce soir, face à son ordinateur, elle sentait le moment venu de faire le point sur ses recherches.

Cette quête lui avait pris un an et le résultat lui permettrait désormais de savoir à quoi s'en tenir sur celle qui avait déserté le foyer familial, abandonnant enfants et mari, quelques années plus tôt.

Remariée à un certain Patterson, Shondra, sa mère démissionnaire, avait coupé les ponts avec son passé pour entamer une nouvelle vie, oubliant totalement l'existence de son mari et de ses enfants.

Pleine d'amertume, Chelsea n'arrivait toujours pas à comprendre comment cette femme avait pu abandonner sa famille pour un hypothétique ailleurs.

Pourquoi cette fuite ?

À l'époque où son père vivait encore, elle n'avait pas osé le questionner à ce sujet et lui, de son côté, ne lui avait jamais fourni la moindre explication sur le départ de sa femme.

Un an plus tard, brisé, dépressif, il mourait d'une crise cardiaque et depuis, elle se demandait ce qui avait pu pousser sa mère à les quitter.

Sur l'écran de son ordinateur s'afficha la première page d'un journal du Kansas qui célébrait un festival de bluegrass.

Toujours très belle, Shondra donnait le bras à un homme d'allure rustique et, plus elle fixait le visage radieux de sa mère, plus son amertume croissait.

Le départ de Shondra avait bouleversé sa vie et, plus grave encore, lui avait donné le sentiment qu'elle n'était pas à la hauteur de l'affection à laquelle tout enfant peut prétendre.

Sa mère les avait donc tant méprisés, pour prendre un beau matin la poudre d'escampette ?

Un mystère jamais percé à jour.

Aujourd'hui encore, si elle se refusait à faire confiance à autrui, c'était parce que la trahison de sa mère l'avait rendue méfiante. Méfiante jusqu'à un point maladif.

Ses fondations en miettes, elle n'avait plus cru en rien ; et dans tout acte, toute parole d'autrui, il lui semblait détecter un mensonge, de quoi donner le vertige à l'adolescente qu'elle était alors et qui aurait tant eu besoin d'aide et de protection.

Au fil des ans, elle s'était reconstruite tant bien que mal, à l'abri d'une carapace qui la protégeait et qui empêchait les autres de voir à quel point elle avait souffert, et combien elle souffrait encore.

Diriger le département informatique de Hunt & Co l'avait confortée dans un rôle qui lui permettait de faire illusion.

Avec le temps, elle avait pris de l'assurance et s'était parfois montrée tranchante et tyrannique envers ses subordonnés. Une réaction de défense, en fait, ajoutée à sa volonté de n'accorder à personne le droit de s'immiscer dans sa vie ou de contrôler ses décisions, ces deux derniers points visant en priorité Gabe Walsh.

Parce qu'il avait eu assez de bon sens ou d'intelligence pour ne pas chercher à la revoir depuis l'épisode sensuel au cours de leur balade à cheval, elle aurait pu s'estimer satisfaite, mais en vérité, elle se languissait de lui, et même terriblement.

Dernièrement, il lui avait envoyé un texto pour l'avertir que, l'arche étant terminée, elle était la bienvenue au ranch de Brandee afin de commencer à décorer leur « œuvre d'art ».

Il avait même poussé sa peine jusqu'à commander du gui, des fleurs et des tonnes de guirlandes.

Elle aurait pu le remercier et l'avertir qu'elle passerait au ranch quand il y serait présent, mais non, par fierté mal placée, elle avait préféré garder le silence.

Avec un soupir, elle se focalisa de nouveau sur le visage souriant de sa mère qui n'avait pas hésité à abandonner son foyer pour mener la vie dont elle devait rêver en secret, et depuis bien longtemps déjà.

Une frustration soudaine l'incita à éteindre son ordinateur.

Il fallait qu'elle arrête de se complaire dans le passé ! Qu'elle pense à autre chose, à vivre, par exemple. Qu'elle pense à elle !

Le carillon de l'entrée retentit et, comme une petite fille surprise les doigts dans la confiture, elle s'empressa d'éteindre son ordinateur.

Qui pouvait sonner à sa porte à cette heure tardive ?

L'œil collé au judas, elle reconnut Gabe.

Porte entrebâillée, elle lui fit face.

— T'aurais-je par hasard invité chez moi ?

L'avant-bras appuyé contre le chambranle, Gabe lui sourit, sa virilité encore accentuée par l'éclairage tamisé de l'entrée.

— Je voulais te voir.

Si peu de temps après leur petit épisode sensuel, sa présence la mettait dans l'embarras.

— Tu aurais pu m'avertir de ta venue.

— Je t'ai envoyé un texto, Chels.

C'était exact.

— Je ne pouvais pas deviner que cette discussion avec moi, tu souhaitais l'avoir ce soir, répliqua-t-elle.

Le regard qu'il lui lança mit le feu à ses sens.

— Allons-nous continuer ainsi longtemps, Chels ?

Alors qu'elle s'effaçait pour le laisser entrer, Gabe ne fit pas mine d'avancer.

— Que cette affaire de photos volées t'ait éprouvée, Chels, je peux le comprendre, mais moi, je n'y suis pour rien. Dusty ne m'a jamais tenu au courant.

— T'ai-je accusé d'être son complice ?

— Non, mais tu as encore du mal à me faire totalement confiance, n'est-ce pas ?

— Je... Je ne sais plus où j'ai la tête, avoua-t-elle dans un souffle.

Et, comme si une main l'avait poussée, elle se retrouva dans les bras de Gabe qui ne sut trop comment réagir. Il la serra brièvement contre lui et la repoussa doucement.

— Chelsea, rien au monde ne me plairait davantage que de faire l'amour avec toi, tout de suite, mais je veux que la décision t'appartienne.

— Aurais-tu fait tout ce chemin pour me dire que c'était à moi de décider de la suite de notre relation ?

— Oui, car en dépit de tes malheurs récents, je te crois assez forte pour savoir ce que tu veux. Aussi ne compte pas sur moi pour tourner autour du pot ou pour jouer les hypocrites alors même que nous nous désirons.

— Toi alors !

— Je te respecte profondément, Chelsea, et à partir de maintenant, tout ce qui arrivera entre nous sera de ton fait, plus du mien. Est-ce clair ?

Elle le regarda, stupéfaite, et il lui offrit un large sourire. Apparemment, sa stupeur le mettait en joie.

— Croyais-tu que je venais tenter ma chance au débotté ? reprit-il. Dans ce cas, c'est bien mal me connaître.

— J'ai failli te claquer la porte au nez.

— Mais tu ne l'as pas fait et tu as écouté ce que j'avais à dire, ce qui prouve que je n'avais pas totalement tort en venant sonner chez toi.

Devait-elle baisser la garde, le faire entrer chez elle et, pourquoi pas, lui proposer de passer la nuit ici ?

Balançant entre l'envie de satisfaire sans tarder le désir que lui inspirait cet homme et l'espoir que, peut-être, une relation plus durable était possible entre eux, elle sentit vaciller ses résolutions.

Au moins savait-elle désormais qu'elle attendait bien plus de leur rencontre qu'une seule nuit d'amour.

— Il se fait tard, dit Gabe. Auras-tu besoin de mon aide, demain, pour les derniers préparatifs du mariage ?

Elle lui sourit.

— En principe, non. L'arche est quasiment prête. Les steaks et tout ce qu'il faut pour la fête prénuptiale déjà commandés.

— Donc, tu t'occuperas de tout ?

Discernait-elle comme du regret dans sa voix ?

— Veux-tu te charger des boissons ? suggéra-t-elle. Bière, whisky, enfin tout ce que tu jugeras utile d'acheter.

— D'accord. Et comme barman et barmaid, nous pourrions engager Tanner et Ellen qui font les meilleurs cocktails de Royal.

Elle approuva avec enthousiasme.

— Et ne m'avais-tu pas parlé de ces housses de chaises dont il faudra prendre livraison ? poursuivit Gabe comme s'il voulait à tout prix se rendre utile.

— Je peux m'en charger.

— C'est toi qui décides. Et pour le reste aussi..., ajouta-t-il avec son sourire coquin.

L'allusion lui procura un frisson d'excitation mais elle trouva la force de résister à l'envie de se jeter de nouveau dans ses bras.

— Nous en reparlerons demain, dit-elle. Il se fait tard et j'ai sommeil...

Ils échangèrent un regard lourd de promesses et, comme à regret, elle referma sa porte.

Qu'allait-elle faire avec Gabe, à présent ?

Le fuir ou bien prolonger ce jeu du chat et de la souris, du « je t'aime, je ne t'aime pas », à la fois si dérangeant et si excitant ?

La tentation de céder totalement à cet homme et de passer une nuit entière dans son lit était grande, bien sûr, mais la meilleure part d'elle-même réclamait davantage : l'assurance qu'il ne la trahirait pas et qu'il n'avait jamais trempé dans la combine abjecte de son oncle Dusty.

Tant qu'elle n'aurait pas cette certitude, elle se refuserait à admettre que Gabe Walsh lui inspirait un sentiment qui n'osait pas encore dire son nom.

Un sentiment si puissant qu'il lui arrivait parfois de rêver d'une vie harmonieuse avec Gabe, dans une belle maison où elle aurait plaisir à élever leurs enfants…

Elle éprouvait pour lui ce qu'elle n'avait jamais éprouvé encore pour aucun de ses amants précédents.

Qu'elle le veuille ou non, cet homme au profil de baroudeur, tout en charme et en force, hantait désormais ses moindres pensées.

7

L'arche nuptiale avait fière allure.

— Alors, qu'en dis-tu ? demanda Chelsea en se tournant vers Brandee.

Si elle s'était donné du mal, l'aide de Gabe avait été décisive.

Décorée de fils d'or, de camélias en soie et de boules de gui, l'arche était plus que jamais le symbole rêvé d'un beau mariage.

Brandee hocha la tête, des étoiles dans les yeux.

— C'est magique ! s'exclama-t-elle. Tout ce que j'aurais pu souhaiter dans mes rêves les plus fous. On jurerait que tu as lu dans mes pensées.

— Disons que je te connais bien, répondit-elle en serrant Brandee dans ses bras.

La joie de son amie était aussi intense que la sienne.

Même si l'idée que l'on puisse passer toute une vie avec un homme, en toute confiance, lui apparaissait comme un rêve inaccessible.

Une part d'elle, pourtant, n'aurait pas demandé mieux que d'y croire, surtout depuis qu'elle connaissait Gabe…

— Tu entends, dehors ? fit remarquer Brandee.

— Oui, on dirait un cortège de voitures, répondit-elle en entraînant son amie vers l'extérieur.

Six vans flambant neufs, trois pick-up, neufs également, se garaient en arc de cercle sur le terre-plein du Hope Springs Ranch.

— Enfin, qu'est-ce que tout ça signifie ? demanda Brandee.

— Je l'ignore, répondit-elle tout aussi perplexe que son amie.

Le conducteur du premier van vint à leur rencontre.

— Je cherche une Mme Lawson...

— C'est moi, dit Brandee.

L'homme lui tendit un stylo et une facture payée en trois exemplaires.

— Si vous voulez bien signer, madame. Ah, les clés des véhicules sont sur le contact...

— Mais... De quoi s'agit-il ? demanda Brandee.

— Oh ! désolé ! Un M. Walsh vous fait livrer ces véhicules. Votre cadeau de mariage, paraît-il, et une contribution pour votre association.

Chelsea ouvrit de grands yeux ; elle n'en revenait pas.

Là où la plupart des couples devaient se contenter, comme cadeau de mariage, d'un grille-pain ou d'un service à punch, Gabe, lui, offrait à Brandee et à ses petits protégés neuf véhicules !

Ce qui lui restait de ressentiment contre lui s'évanouit aussitôt et, pour la première fois depuis la triste affaire des photos, elle fut totalement convaincue de l'innocence de Gabe. Un homme aussi généreux ne pouvait pas être mêlé, de près ou de loin, à l'odieux chantage de Maverick.

Quand les livreurs furent partis, Brandee et elle inspectèrent les véhicules dont la valeur globale représentait plusieurs centaines de milliers de dollars.

Une folie !

Certes, Gabe était riche mais il était de notoriété publique que les plus fortunés donnaient souvent le moins.

Pas lui en tout cas et Chelsea en fut ravie.

Brandee rayonnait.

— Gabe m'étonnera toujours. Son *volumineux cadeau*, comme il l'avait annoncé, en était vraiment un, n'est-ce pas ?

— En effet. Tu pensais peut-être qu'il allait t'offrir un cheval ?

— Exactement, car il connaît mon amour de l'équitation mais qu'il ait pensé à mon association me touche au-delà de tout. Grâce à sa générosité, mes ados pourront se rendre en camp de vacances dans les meilleures conditions de confort.

— Six vans et trois pick-up, de quoi emmener toute une tribu !

— Oui. Grâce à Gabe. Et je pourrai accueillir d'autres pensionnaires !

Des larmes roulèrent sur les joues de Brandee.

— Quand même, quel grand cœur, ce Gabe, murmura cette dernière. Tiens, pas plus tard qu'hier, j'ai eu l'occasion de parler avec lui.

Comme Brandee n'en disait pas plus, Chelsea demanda :

— De quoi avez-vous discuté ?

Tout ce qui touchait à Gabe l'intéressait.

Brandee la regarda dans les yeux.

— Un peu de tout et, aussi de toi.

— Vraiment ?

— Gabe t'estime beaucoup, et même si tu te méfies de lui, il ne t'en veut pas.

— J'ai quelques raisons d'être sur mes gardes, non ? rétorqua-t-elle d'un ton acerbe.

Brandee haussa les épaules.

— Il faut parfois apprendre à tourner la page, Chels. Et sous sa dégaine de dur toujours en contrôle de ses émotions, Gabe cache une sensibilité étonnante.

— Hum... Je n'en mettrais pas ma main au feu.

— Et tu te tromperais. Cet homme éprouve des sentiments forts pour toi.

Le signal « danger » s'alluma aussitôt dans l'esprit de Chelsea.

— Je suis sûre du contraire.

— Et moi je te dis que Gabe s'intéresse de très près à toi, c'est évident !

Et si c'était vrai ?

— Nous sommes amis, rien de plus, dit-elle pour couper court.

Brandee se mit à rire.

— Amis, vraiment ? Alors pourquoi vous embrassiez-vous comme des fous, l'autre jour, dans la boutique de mariage ?

Chelsea rougit, et la carapace qui la protégeait du monde extérieur en général et de Gabe en particulier se fendilla.

— Bon, j'admets qu'il ne me déplaît pas, avoua-t-elle. Es-tu contente ?

Et, convaincue qu'elle était à présent de son innocence, il

n'aurait pas fallu insister beaucoup pour lui faire admettre que depuis leur première rencontre, cet homme aussi séduisant que beau lui inspirait bien plus qu'un simple désir physique.

— Ah, enfin ! s'exclama Brandee avec un sourire triomphal. Je me doutais bien qu'il y avait romance sous roche entre vous deux.

— Ne laisse pas ton prochain mariage te monter à la tête et te donner des idées fausses. Entre Gabe et moi, je te le répète, il ne s'est rien passé.

Et ces baisers, ces étreintes, le fabuleux plaisir qu'il lui avait procuré, l'autre soir, sous les arbres ?

Brandee lui tapota le bras.

— Garde tes secrets, ma chère. Ta vie privée t'appartient et je n'ai pas à y mettre le nez.

Mais à la façon dont son amie la regarda, il était clair qu'elle n'en pensait pas un mot.

— Parlons d'autre chose si tu veux bien, dit-elle pour couper court.

Il fut question du choix des invités, un excellent dérivatif à ses pensées qui, toujours, la ramenaient à Gabe.

Une heure plus tard, elle prit congé de Brandee et rejoignit sa voiture, impatiente de se retrouver enfin seule pour faire le point.

Qu'elle le veuille ou non, Gabe l'obsédait, et refuser d'admettre qu'il lui plaisait et qu'elle avait envie de lui, frisait le ridicule.

Et puis, n'avait-elle pas elle aussi droit au bonheur, comme n'importe quelle autre femme ?

— Mais que fait-elle donc ? maugréa Gabe en refrénant une impatience croissante.

Cinq minutes s'étaient écoulées depuis que le portier l'avait averti de la venue de Chelsea qui, en toute logique, aurait déjà dû sonner chez lui.

Pourquoi tardait-elle autant ?

Pour tromper son impatience, il jeta un coup d'œil, par la baie vitrée de son loft, aux rues de Royal et au sapin géant dressé sur la place centrale.

En ville, si on parlait encore de Maverick, Noël prenait le pas sur ce scandale.

Quelques heures plus tôt Nate Battle, le shérif, l'avait appelé pour l'avertir que l'enquête se poursuivait mais que, pour le moment, nul ne connaissait l'identité du complice de Dusty.

« Je veux le nom du complice de mon oncle », avait-il insisté avec colère.

Nate lui avait promis de faire le maximum.

Et Chelsea qui brillait par son absence !

Trop impatient pour attendre plus longtemps, il alla ouvrir et eut la surprise de tomber nez à nez avec la jeune femme.

— À quoi joues-tu donc ? Depuis quand es-tu là ?

Agrippant son sac à main comme une bouée, Chelsea se mit à rougir.

— Excuse-moi, je...

— Je te fais donc si peur que ça ? demanda-t-il d'une voix radoucie.

— Non, mais... J'étais sur le point de repartir.

— Un scrupule de dernière minute ? Nous gagnerions du temps si tu admettais que nous sommes attirés l'un par l'autre.

— Pardon ?

— Tu m'as bien entendu. Veux-tu entrer ou préfères-tu poursuivre la discussion dans ce couloir ?

Il la sentit piquée au vif et quand elle entra enfin chez lui, ce fut en le défiant du regard.

Respirer son parfum lui fit tourner la tête.

Ah, cette peau laiteuse, ces seins...

— Eh bien, que t'arrive-t-il ? lui lança-t-elle, moqueuse.

— Désolé, j'étais ébloui.

L'œil aux aguets, toute gêne envolée, Chelsea arpenta son salon comme pour mieux prendre possession des lieux.

— Tu sais, ton fameux cadeau à Brandee, eh bien, je ne m'y attendais pas et elle non plus, dit-elle.

— Tant mieux, sinon cela n'aurait pas été une surprise.

— À quoi joues-tu, Walsh ? demanda Chelsea en se plantant, bras croisés, devant lui.

— À rien. Je voulais simplement faire plaisir à Brandee.

— Alors c'est réussi. Te rends-tu compte qu'avec l'argent d'un tel cadeau, Shane et Brandee pourraient s'offrir mille lunes de miel, et dans les pays les plus exotiques ?

— Vas-tu me reprocher d'avoir contribué à aider son association pour ados en détresse ?

Chelsea l'observa un instant en silence.

— Tu es imprévisible et c'est pourquoi, parfois, tu me fais peur..., murmura-t-elle.

— Me préférerais-tu rangé, bedonnant, préoccupé par des plans d'assurance-vie et bêchant un carré de choux ?

Après avoir rajusté une mèche derrière son oreille droite, Chelsea poussa un soupir.

— À défaut de choux, tu cultives l'art de retourner les choses à ton avantage, Gabe. Oh ! comme je voudrais te détester et...

— Et quoi donc ?

— Je ne devrais pas te faire confiance mais un homme capable d'offrir autant de voitures neuves à une future mariée qui s'occupe d'ados en détresse ne peut qu'avoir un bon fond.

Auréolée des lumières du couchant, Chelsea n'avait jamais été plus belle, et le désir qu'il lut dans son regard le conforta dans son optimisme.

— Viens plus près, dit-il en ouvrant ses bras.

— Non.

Mais l'instant d'après, elle se jetait dans ses bras.

— Tu ne sais plus où tu en es, mon ange ? Ou bien, le sais-tu mieux que je ne le suppose ? Dis-moi...

— Oh Gabe...

— Pourquoi venir jusqu'ici ? Pour me parler du cadeau que j'ai fait à Brandee ?

— Non, même si ce cadeau m'a convaincue qu'un homme aussi généreux que toi ne pouvait être un salaud.

— Et donc ?

Il la sentit frémir entre ses bras.

— Tu le devines, non ?

— Je veux te l’entendre dire.

— J’ai envie de toi, voilà.

Ses yeux qui trahissaient son désir… Ses doigts fins sur sa nuque… Sa bouche proche de la sienne…

Son rêve serait-il devenu réalité ?

— Je te veux, Gabe. En moi…

Il pressa sa virilité contre ce ventre tiède, consentant.

— Si j’avais su, il y a belle lurette que j’aurais offert vans et pick-up à Brandee afin que tu accoures vers moi, murmura-t-il en souriant.

— Mieux vaut tard que jamais, répondit Chelsea en caressant ses joues.

— Oui, mieux vaut tard que jamais, répéta-t-il en glissant ses doigts sous le chemisier de la jeune femme.

Sa peau était douce et chaude et il avait hâte d’y poser ses lèvres, de la couvrir de baisers et de caresses…

— Gabe, si tu savais comme j’ai attendu ce moment…

— Et moi donc !

Alors que les reflets de la ville dansaient sur la baie vitrée, il commença à déshabiller Chelsea.

— Attends ! On pourrait nous voir ! s’exclama-t-elle, gênée.

Sa silhouette à moitié nue dans le soleil couchant stimula un peu plus encore son ardeur virile.

— Les vitres sont traitées, ma belle, tu ne crains rien.

— Je ne veux pas…

— Fais-moi confiance.

D’un baiser, il l’empêcha de protester plus longtemps puis ce fut elle qui chercha ses lèvres, se livrant à lui avec une ardeur qu’il n’aurait pas soupçonnée.

Et cette fois-ci, rien ne viendrait interrompre leur tête-à-tête.

— Déshabille-moi, ordonna-t-elle, le souffle court.

La plaquant contre la baie vitrée, il lui ôta ce qui lui restait de vêtements jusqu’à ce qu’elle n’ait plus que son soutien-gorge et sa culotte comme voiles ultimes.

— Tu es belle, si belle !

— Arrête de parler, Gabe. J’ai envie de toi. Maintenant.

8

Pour un peu, elle se serait agenouillée pour lui offrir cette caresse que certaines femmes refusent d'accomplir mais qui lui faisait envie.

Sans lui en laisser le temps, Gabe se gaina d'un préservatif puis se pressa contre elle.

— On pourrait nous voir, dit-elle en désignant les immeubles alentour.

— Je t'ai dit que non, rétorqua Gabe d'une voix sans réplique.

— Tu... Tu me traites comme si j'étais ta chose.

— Je te désire, Chels, alors laisse-moi faire, dit-il en vrillant son regard dans le sien.

Une tape sur la hanche lui fit lever la jambe, et elle poussa un petit cri en sentant des doigts impatients la pénétrer.

— Ose prétendre que tu n'es pas excitée, souffla Gabe à son oreille.

Bien sûr, qu'elle l'était ! Il le voyait bien, non ?

Comment pouvait-elle se laisser traiter ainsi et y prendre tant de plaisir ?

Alors même que le scandale suscité par Maverick était loin d'être éteint, ce n'était plus aux photos qu'elle pensait mais à cet homme en érection qui savait si bien la caresser.

— Gabe, je...

— Chut !

Un nouveau cri s'échappa de ses lèvres.

— Oh Gabe, je...

— Tu aimes ?

Comment ce diable d'homme connaissait-il si bien les femmes ?

— Oui, oh oui !

Les reins creusés, elle imprima à tout son corps une lente ondulation qui la mit en transe.

— Tes doigts... Encore plus profond...

N'était-ce pas ce qu'il faisait déjà ?

Emportée sur le toboggan de la passion, elle ne put retenir un long gémissement de volupté.

— Oui... C'est bon...

À ses caresses, Gabe substitua sa virilité et ce fut pour elle un véritable instant de bonheur.

— Gabe, je... Oh oui !

Plaquée contre la baie vitrée, elle se mit à gémir de plus en plus fort.

— Gabe, oh Gabe !

L'apothéose fut à la mesure de ses attentes autant que de celles de Gabe, et quand la vague reflua, elle éprouva un élan de reconnaissance pour l'homme qui avait si bien su la satisfaire.

— J'aimerais que tu passes la nuit ici, avec moi, murmura Gabe en la serrant entre ses bras.

— Pas cette fois-ci. Pas encore, répondit-elle à regret, sa joue posée sur l'épaule musclée de son amant.

Surtout ne pas se laisser dominer par sa féminité et garder la tête froide.

— Tu réfléchis trop, ma belle. Si ce que nous venons de vivre n'a pas suffi à te chambouler la tête et les sens, alors c'est que j'ai tout faux.

— Ne te fâche pas ! Je suis au contraire chamboulée par...

Elle se tut. Lui avouer qu'elle était chamboulée par la parfaite connaissance qu'il avait du corps féminin, mais surtout par l'homme bon et généreux qu'il était ? Non, pas encore.

— Par quoi, Chels ?

— Tant de choses merveilleuses, répondit-elle en frottant sa joue contre la sienne qui piquait un peu.

— Quoi par exemple...

— Tout. Tout était magique.

Ses caresses en particulier…

Mais tant que le complice de Maverick n'aurait pas été identifié et arrêté, elle se refuserait d'appartenir totalement à cet homme qui avait pourtant si bien su la combler.

Gabe la souleva dans ses bras puis l'emporta dans une vaste pièce aux murs bleus, à la décoration cuir et acajou rappelant l'atmosphère des films d'avant-guerre.

— Ma chambre à coucher, dit-il.

Le lit immense ne manqua pas de l'impressionner et, aussi, de stimuler sa libido.

L'antre du lion !

— Veux-tu passer la nuit ici, avec moi ? demanda-t-il en l'étreignant.

— J'en ai très envie mais pas ce soir, répondit-elle avec effort.

— Pourquoi ?

Devait-elle lui révéler que, dans son esprit, consentir à partager son lit équivaudrait à lui avouer qu'elle l'aimait et qu'elle voulait d'une relation durable entre eux ?

— Je ne peux pas, Gabe, pas maintenant.

Dans le regard qu'il posa sur elle, une ombre de tristesse voila l'éclat du désir.

— Tu as l'art de te compliquer l'existence, Chels.

Échappant à son étreinte, elle regagna le salon et ramassa ses vêtements.

— À quoi joues-tu ? demanda-t-il en la rejoignant.

— Tu le vois bien, non ? Je me rhabille…

— Pas question !

Soulevée par une paire de bras musclés, emportée jusqu'à la chambre, elle se retrouva fesses nues sur la couette douillette, Gabe juché sur elle.

— La vie est plus simple qu'il n'y paraît, ma belle.

— Tu n'as pas le droit de…

— Laisse-moi faire et tu décideras plus tard si tu veux ou non passer la nuit avec moi.

Après tout, que risquait-elle ?

— D'accord, murmura-t-elle.

Et tant pis pour ses résolutions.

Un amant aussi exceptionnel que Gabe ne méritait-il pas toutes les dérogations possibles ?

Gabe disputait une partie de fléchettes avec son ami Shane, au bar du TCC.

Après avoir perdu quelques parties, Shane avait rattrapé son retard et le devançait désormais de plusieurs points.

L'issue promettait d'être serrée.

Alors que sa fléchette volait en direction du centre de la cible, il crut avoir remporté le point.

— Manqué ! s'exclama-t-il, furieux.

Shane se frotta la joue et lui jeta un regard étonné.

— Tu aurais pu mieux faire, fit-il remarquer. Que t'arrive-t-il, mon vieux ? D'ordinaire, c'est toi le plus adroit.

C'était vrai. Ce jeu d'adresse si prisé en Angleterre n'avait plus de secret pour lui mais il ne pouvait s'empêcher de repenser aux récents événements qui avaient perturbé la vie de Brandee, de Chelsea et de tant d'autres, victimes des coups tordus de Maverick.

À cause de son oncle, il avait perdu la confiance d'une partie de sa clientèle et, pour tenter de réparer les dégâts, c'était à une épuisante stratégie de reconquête qu'il devait s'astreindre jour après jour.

Et surtout, il y avait Chelsea… Loin d'être guéri de sa passion pour elle, il ne pensait qu'à la revoir au plus vite tant elle lui manquait. Or il savait qu'il ne devait pas se montrer trop pressant avec elle, s'il ne voulait pas qu'elle lui échappe définitivement.

— Bah, juste un peu de malchance, répondit-il en buvant la moitié de sa bière.

— Des soucis ?

— Comme tout le monde, mais parlons plutôt de toi. As-tu pris le temps de rédiger tes vœux de mariage ?

Shane commanda un autre bourbon.

— Mes vœux sont rédigés, oui, mais c'est Brandee qui m'inquiète car plus la date approche, plus elle est nerveuse.

— Se marier n'a rien d'anodin, surtout pour les femmes.

Shane laissa échapper un petit rire.

— Je lui ai conseillé de se calmer et elle l'a mal pris. Nous nous sommes disputés.

— Ah...

Shane se frotta le menton et poursuivit :

— Tout est rentré dans l'ordre. Au moins, grâce à toi et à Chelsea, l'arche nuptiale est une merveille et je sais que notre mariage sera une réussite.

— Je n'en doute pas.

Et lui, aurait-il un jour le désir d'unir sa destinée à celle d'une femme ?

Après avoir fini son verre, Shane lui lança un regard où brillait la curiosité.

— À propos, comment va Chelsea ? s'enquit-il. Brandee s'étonne d'avoir eu si peu de nouvelles d'elle, ces derniers temps.

Révéler la vérité de ses relations avec la jeune femme étant hors de question, il se résolut à mentir.

— Je crois qu'elle est très occupée par son travail. L'informatique, ces réseaux à connecter en permanence... Et d'après ce qu'elle m'en a dit, le dernier logiciel dont elle équipe Hunt & Co présente quelques failles.

Shane eut un sourire moqueur.

— Gabe, voyons, je croyais que j'étais ton ami. Chelsea n'est plus la même, d'après ce que m'a dit Brandee, et tu y es pour quelque chose, non ?

Oui, il ne savait trop sur quel pied danser, avec elle !

L'autre nuit, alors qu'ils avaient si bien fait l'amour, Chelsea s'était rhabillée et l'avait quitté sans un mot.

Blessé par ce départ précipité, il ne savait plus quoi penser ni que faire. Était-ce simplement du désir qu'il éprouvait pour cette femme ? Ou de l'amour ?

Son orgueil de mâle lui commandait de ne plus reprendre contact avec elle, mais en aurait-il la force ?

— À quel titre devrais-je te rendre des comptes ? répliqua-t-il. Chels et moi, nous sommes majeurs et vaccinés, que je sache.

Shane lui tapota le bras.

— Du calme, mon vieux. Je m'en voudrais d'être indiscret

mais Chelsea et toi êtes mes amis et aussi ceux de Brandee, alors il est normal que je m'interroge sur la nature de votre relation.

L'apparition de Daniel Hunt, le frère de Chelsea, l'empêcha de répondre.

— Je ne te savais pas à Royal, déclara cordialement Shane au nouveau venu.

— Erin trouve cette ville accueillante et chaleureuse, aussi avons-nous décidé d'y faire nos courses de Noël et de rester jusqu'à votre mariage, répondit Daniel non sans couler à Gabe un regard désapprobateur.

Gabe finit sa bière et se leva. Ce frère hyperprotecteur dont les manières l'agaçaient venait-il par hasard le questionner au sujet de Chelsea ?

— Bon, je dois y aller, déclara-t-il.

— Reste ! lui dit Daniel en commandant une tournée au barman.

— Pas trop longtemps alors, répondit-il, contrarié.

Daniel lui sourit.

— Les préparatifs du mariage avancent ? Telle que je connais ma petite sœur, elle fourmille sûrement d'idées et d'initiatives.

Daniel ne croyait pas si bien dire !

La nuit dernière, au moment de faire l'amour, Chelsea avait insisté pour prendre la direction des opérations sans qu'il s'en offusque, et elle l'avait aimé et caressé en usant de toutes les ressources de son corps et de sa féminité.

Le mâle qu'il était s'était senti esclave du désir de sa belle jusqu'à la double explosion de leur jouissance. C'était aussi ça, la cause de sa mélancolie d'aujourd'hui : le sentiment diffus d'avoir laissé échapper une femme en tout point exceptionnelle.

— Ta sœur a du caractère, c'est certain, dit-il avec prudence.

— Oui, Chels a de la ressource, murmura Daniel, pensif. Au fait, j'aurais quelques questions à te poser sur l'affaire Maverick.

Encore !

— Pourquoi ne t'adresses-tu pas à Nate Battle qui connaît le dossier à fond ? Moi, j'ai juste mis mes équipes de sécurité au travail sur ce dossier et pour le moment, je n'ai rien de nouveau à te communiquer.

Daniel le scruta d'un regard méfiant.

— Tes hommes sont-ils compétents ?

— Autant sinon plus que des policiers officiels mais à ce jour, ils ont fait chou blanc.

— Chou blanc ? répéta Daniel avec un soupçon d'ironie.

— Oui, car il semblerait que Dusty travaillait seul ou, du moins, en équipe réduite.

Le regard de Daniel flamboya.

— Si je tenais l'enfant de salaud qui a installé une caméra dans le vestiaire pour piéger ma sœur, je lui ferais passer un mauvais quart d'heure ! Quand je pense à tout ce qu'elle a enduré par la faute de ce maudit Walsh...

« Ce maudit Walsh » s'adressait autant à lui qu'à son oncle, bien sûr, mais Gabe ne releva pas. Il n'avait aucune envie de polémiquer sur le sujet maintenant.

— Je te tiendrai au courant de l'enquête et j'espère que, bientôt, celle-ci arrivera à conclusion, dit-il en insistant pour payer la tournée.

— Je compte sur toi, Gabe, marmonna Daniel non sans lui lancer un regard peu amène.

— Tu pars ? demanda Shane.

— Oui, j'ai du travail. Je t'appellerai bientôt. Sans doute à bientôt aussi, pour la fête prénuptiale ? ajouta-t-il en se tournant vers Daniel.

— J'y serai sans faute, répondit ce dernier. Ah, Gabe, si par hasard tu vois ma sœur, demande-lui donc pour quelle raison elle ignore mes textos.

— Pourquoi tu penses que je pourrais la voir ? répliqua-t-il, méfiant.

De nouveau, ce petit sourire ironique sur les lèvres de Daniel.

— Oh ! une idée comme ça. Une intuition, si tu préfères.

— Te serais-tu acheté une boule de cristal ?

— Non, pas encore, mais je mettrais ma main au feu que toi et Chelsea, vous êtes devenus *proches*.

Daniel Hunt, le devin de Royal...

— Bon, tu as gagné. Je passerai le message à ta sœur dès que je la verrai.

Daniel hocha la tête.

— Au fait, Gabe, inutile de te dire que Chelsea doit être ménagée, surtout après cette affaire qui l'a fragilisée.

— Ta sœur est bien plus forte que tu ne le crois, rétorqua-t-il avant de s'éloigner, son Stetson vissé sur la tête.

Une fois hors du bar, l'air lui parut plus respirable.

Sans être pour autant un ennemi, le frère de Chelsea avait la manie de se mêler de ce qui ne le regardait pas et de jouer les protecteurs, ce qui avait le don de lui taper sur les nerfs.

Même s'il comprenait qu'un grand frère veille sur sa petite sœur.

Que Chelsea ait souffert du scandale suscité par ces photos volées était plus que compréhensible, mais la vie reprenait à Royal et il pria pour que le scandale passe un jour au second plan.

Restait bien sûr à savoir qui avait pu aider Dusty à installer une caméra dans le vestiaire des femmes, au TCC, une question encore sans réponse.

Que son diable d'oncle, sous le masque de Maverick, ait eu la volonté de briser tant de vies, de carrières, d'amours le mettait toujours en colère.

D'accord, les dirigeants du TCC avaient refusé sa candidature et Dusty n'avait donc jamais obtenu sa carte de membre, mais de là à se muer en Mister Hyde, il y avait de la marge.

Décidément, cette affaire le dépassait.

Sachant ses jours comptés, Dusty avait-il voulu faire le mal pour le mal, parce qu'il supportait difficilement que les bien portants continuent à vivre, à aimer, à avoir des joies alors que lui était condamné ?

— Dans le fond, peu importe ! lança-t-il en grimpant dans son pick-up.

Et il démarra sur les chapeaux de roues.

Les plaies ouvertes par Dusty, l'épisode des photos volées, si humiliant pour Chelsea, finiraient bien par cicatriser.

Au diable, Dusty !

En arriver à détester à ce point son oncle ajoutait encore à son trouble, mais fort heureusement, le mariage de Shane et Brandee coïnciderait avec Noël et apporterait à tous du renouveau et de l'espoir.

À propos d'espoir…

Renonçant à regagner son loft comme il en avait l'intention, il prit à gauche, bien décidé à dire à une certaine jeune femme ce qu'il avait sur le cœur.

9

Après avoir effectué plusieurs simulations sur ordinateur, Chelsea acquit la certitude que son projet était viable.

Victoire !

La pensée d'offrir bientôt aux nombreux ados en détresse un lieu d'accueil la réconforta et, satisfaite, elle éteignit l'appareil.

Son programme « SOS Ados » s'efforcerait de lutter contre les crises de désespoir et le recours aux drogues ou au suicide qui, trop souvent, séduisaient tant de jeunes.

Elle allait mettre Brandee dans la confidence et, pourquoi pas, organiser avec son aide des actions conjointes.

Dans le monde cruel d'aujourd'hui, aucun jeune ne devait être un laissé-pour-compte comme elle l'avait été, à une période de sa vie qui, encore aujourd'hui, lui donnait la chair de poule.

Le départ de sa mère et la mort de son père un an plus tard avaient marqué sa première vraie crise de désespoir.

Daniel avait été à ses côtés dans l'épreuve sans jamais pouvoir se substituer à ce père qui lui manquait, aussi avait-elle dû lutter seule, ce qui l'avait conduite au bord de l'abîme.

L'autre crise majeure, très récente, avait été la diffusion sur les réseaux sociaux de ces photos d'elle nue, prises à la sauvette dans le vestiaire de TCC. Être jetée en pâture à des dizaines de milliers de voyeurs, quelle épreuve et pour sa fierté, et pour son intégrité !

Chaque fois qu'elle y pensait, le rouge de la honte lui montait aux joues et lui donnait l'envie d'aller vivre sur une île déserte.

Une fois le premier choc passé, et alors que l'enquête du shérif battait son plein, elle avait pris conscience que bien d'autres qu'elle avaient eu à souffrir des attaques, calomnies, insinuations du dénommé Maverick.

Des adolescents se comptaient parmi les victimes du hacker, et c'était en se mettant à leur place, en imaginant tout ce que pouvait éprouver un jeune piégé par un malade comme Dusty Walsh, qu'elle avait résolu d'agir.

D'anciens bureaux situés hors de la ville ayant été mis en vente, elle les avait achetés afin d'en faire l'épicentre de son action et, dès que Brandee et Shane se seraient mariés, elle se mettrait au travail, et avec enthousiasme !

Dès que Brandee et Shane seraient mariés, elle quitterait Gabe, aussi... Et cette pensée laissa tomber un voile noir sur son cœur.

En ce moment précis, alors que l'heure d'aller se coucher approchait, sa présence lui aurait été... un réel plaisir.

Leur dernière rencontre avait été fabuleuse et c'était seulement grâce à un effort de volonté qu'elle avait trouvé la force de rentrer chez elle au beau milieu de la nuit.

Depuis lors, elle n'avait eu aucune nouvelle de Gabe, pas un appel, pas même un texto, et si elle n'était guère étonnée par son silence, pouvait-elle jurer qu'elle n'en souffrait pas ?

Un bain parfumé, tiède à souhait, l'aida à se détendre, et elle pensa avec envie à tous ces couples qui s'aimaient, qui partageaient leur quotidien...

Partir de chez Gabe n'avait peut-être pas été la meilleure idée du monde, après tout.

Aussi dominateur qu'elle, aussi entêté, aussi jaloux de ses prérogatives de mâle qu'elle de son droit à être une femme libre, le beau cow-boy lui manquait terriblement.

Le carillon de l'entrée tinta et une voix familière retentit.

— Chels ? C'est moi, ouvre.

Gabe !

Elle se sécha et s'habilla à la hâte pour aller lui ouvrir.

— Tu en as mis du temps ! dit-il en entrant sans qu'elle l'y ait invité, l'œil aux aguets.

Imaginait-il qu'elle était avec un homme ?

— Il est tard et...

Sans la laisser poursuivre, il s'installa sur son canapé et la dévora du regard.

— Fais comme chez toi, dit-elle. Surtout ne te gêne pas !

— Oh ! je ne me gêne pas.

Elle ne put retenir un sourire.

— Quel bon vent t'amène ?

— Je voulais te voir. J'ai vu ton frère au TCC et il se plaint de ne plus avoir de tes nouvelles.

— Je vois... Et bien sûr, il t'a chargé de jouer les messagers. Touchant !

Gabe haussa les épaules.

— Daniel m'agace, marmonna-t-il. Il semble me soupçonner d'être pour quelque chose dans la diffusion de ces photos qui t'ont fait tant de mal...

Savoir qu'il avait été question d'elle et de l'affaire Maverick la mit dans le plus grand embarras.

— Et il ne vous est pas venu à l'idée, à l'un ou l'autre, que moi, l'intéressée, je pouvais avoir droit à l'oubli ? demanda-t-elle sèchement.

Nouveau haussement d'épaules de Gabe.

— Je te transmets le message. Pour les récriminations, tu verras ça directement avec ton frère.

Un vrai cow-boy brut de brut, mais n'était-ce pas précisément ce qui lui plaisait en Gabe, en plus du fait qu'elle n'avait pas reçu d'homme chez elle depuis, voyons...

Gabe lui sourit.

— Maintenant que l'essentiel est dit, peut-être devrais-je partir ? s'enquit-il.

Oh oui !

Oh non...

— Pourquoi venir jusqu'ici ? Tu aurais pu me téléphoner ou m'envoyer un texto, lui fit-elle remarquer.

— J'avais envie... de te voir.

Imaginer sa bouche sur la sienne enflamma ses sens aussi rapidement qu'une botte de paille prend feu, et elle se reprocha aussitôt sa faiblesse passagère.

— Je crois que tu devrais partir, dit-elle.

Car dans le cas contraire, qui pouvait savoir ce qu'il adviendrait d'elle face à ce séducteur tout en muscles dont elle ne mettait plus l'intégrité en doute.

Sans faire mine de se lever, Gabe la scruta de son regard perçant.

— En as-tu seulement envie, Chels ? Et puis, ne me dois-tu pas au moins une explication ?

— À quel sujet ?

— L'autre nuit. Tout allait bien entre nous et au matin, tu n'étais plus dans mon lit.

Plutôt que de rester debout, elle s'installa dans un fauteuil face à Gabe.

— J'avais décidé de rentrer chez moi et je ne voulais pas te réveiller, expliqua-t-elle.

— Comme si j'allais te faire du mal... Bon, admettons. Mais ne me laisse plus jamais seul comme tu l'as fait.

— Je suis libre, Gabe. Et notre relation est censée s'interrompre dès que Shane et Brandee seront mari et femme.

— Dis plutôt que tu crains d'éprouver pour moi des sentiments que tu ne contrôlerais plus.

Hors de question qu'elle l'admette !

— Rassure-toi, cow-boy, mes sentiments sont sous contrôle.

Gabe perdit son air ironique.

— Il serait temps que je te parle un peu de moi, Chels. Si je te disais que mon passé me hante ? Qu'il m'arrive de faire encore des cauchemars en repensant à certains faits ?

Elle se radoucit. Jamais il ne lui avait vraiment parlé de lui, mis à part quelques anecdotes au fil des conversations.

— Tu peux me parler en toute confiance, murmura-t-elle.

Gabe passa une main nerveuse dans sa tignasse.

— Tu crois me connaître alors que tu ignores tout de moi. Avant d'habiter Royal, j'avais une vie qu'il est difficile d'imaginer, une vie où j'aurais pu mourir n'importe quand. Un destin de flic parfumé à la poudre et au danger.

Elle éprouva un frisson.

— Dallas, le FBI ?

— Oui. Et quand tu sauras tout, tu me comprendras mieux.

Elle s'attendait à des explications mais Gabe se leva pour aller examiner ses photos de famille, sur le manteau de la cheminée.

— Cette petite fille à nattes ?

— C'est moi, répondit-elle en le rejoignant.

— Et le garçonnet à côté de toi, c'est Daniel, je suppose ?

— Oui.

— Et ici ?

— Des vacances avec mes parents, à la montagne.

D'autres photos la montraient avec Brandee lors d'un pique-nique, ou devant un coucher de soleil sur fond d'océan, aux Bahamas, autant de souvenirs qui, les soirs de cafard, lui apportaient un certain réconfort.

— Gabe, dit-elle d'une voix douce, nous en étions restés à Dallas, au FBI...

Une ombre voila le regard de Gabe.

— Au début, il s'agissait d'une affaire privée, ou du moins je pensais qu'elle l'était, dit-il d'une voix qu'elle ne connaissait pas. Une rencontre magique avec une femme belle, séduisante, la grande classe. L'attraction n'était pas que physique entre nous et, pour la première fois de ma vie peut-être, j'ai bien cru que j'étais amoureux.

— Cette femme, comment était-elle ?

— Très belle. Une brune aux longs cheveux de soie. Même si elle était mêlée à mon enquête, je la croyais innocente.

Chelsea aurait donné cher pour ne pas avoir à imaginer Gabe caressant d'autres seins, d'autres cuisses...

— Et que s'est-il passé ?

— Je crois que je l'aimais vraiment. En tout cas, à l'époque, j'ai voulu m'en persuader. Comme mon enquête progressait, il m'a fallu faire un choix entre mon devoir d'agent du FBI et...

— Et tes sentiments pour cette femme ?

— Oui.

Que Gabe ait pu aimer une autre qu'elle lui fit mesurer à quel point elle tenait à lui. L'autre nuit, s'il s'était réveillé pendant qu'elle se rhabillait, elle aurait renoncé à partir.

— Les flèches de Cupidon..., murmura-t-elle.

Gabe laissa échapper un petit rire triste.

— Des flèches parfois mortelles, précisa-t-il. Durant cette mission, mon partenaire et moi avons été piégés par nos ennemis. Un vrai traquenard. J'aurais pu, j'aurais *dû* intervenir, mais par peur de blesser cette femme qui nous avait trahis et qui me manipulait depuis le début, j'ai tardé à réagir et mon collègue a été tué.

— Oh Gabe, c'est terrible !

— Par ma faute, par ma naïveté romantique, j'ai perdu un ami et je m'en veux encore.

— Cette femme...

— Elle travaillait pour le gang que nous étions chargés de démanteler. Je n'y ai vu que du feu.

Il se tut, et elle vit son regard s'emplir de tant de tristesse, tant de remords, que son cœur se serra.

— De ce jour, reprit-il, j'ai fait le serment de ne jamais plus me laisser prendre par les sentiments. Le plaisir, oui, la confiance, non. Car si je peux contrôler mon travail et les décisions que m'impose ma profession, aimer une femme me rend aveugle et cela ne se reproduira plus.

Cet aveu lui fit mal, mais n'était-ce pas ce qu'elle s'était promis, elle aussi ? Ne pas se laisser aveugler par une passion amoureuse afin de ne pas souffrir si elle se terminait ?

Au moins Gabe avait-il le courage de l'admettre.

Elle lui adressa un sourire ému.

— Et c'est pour m'apparaître sous un autre jour que tu es venu ici, ce soir ?

— Peut-être. Enfin, non... Ah, je ne sais plus, Chels.

— Réfléchis...

Elle plongea son regard dans le sien jusqu'à ce qu'il hoche la tête.

— Oui, murmura-t-il.

Qu'il se soit confié à elle la touchait, bien sûr, mais avait-elle le droit de tomber amoureuse du neveu d'un prédateur qui avait en partie gâché sa vie ?

— Oh ! Gabe !

Brûlante d'émotions contenues, elle prit ses mains dans les siennes et le regarda avec ferveur.

Elle l'avait si mal jugé, si mal traité aussi.

— Tu me prends pour un salaud après ce que je t'ai raconté ? demanda-t-il en fronçant les sourcils.

— Mais non ! Je te prends pour un homme fait de chair et d'esprit, répondit-elle en effleurant sa main d'un baiser.

— Chels, c'est vrai ? Tu es sincère ?

— Oui. Et le nouveau Gabe me convient à merveille.

Le regard qu'il lui adressa exprimait une profonde reconnaissance en même temps que du soulagement.

— Parce que je t'ai révélé ce qui me ronge depuis des années, tu as une autre opinion de moi ? demanda-t-il.

— Oui, une tout autre, même.

Quel manque de prudence de sa part mais aussi, comment ne pas faire confiance à un homme qui admettait ses faiblesses ?

Gabe l'attira à lui, et elle se laissa aller contre ce torse viril, frissonnant au contact de ces bras puissants.

— Gabe, j'aurais tant à te dire…

Il l'embrassa à en perdre haleine.

— Encore…, murmura-t-elle, les seins gonflés de désir et le ventre en feu.

Après l'avoir comblée de caresses et de baisers, Gabe plongea son regard dans le sien.

— Si tu me demandes de rester, ma belle, sache que moi, je ne partirai pas au beau milieu de la nuit.

— Reste.

10

La première chose que fit Gabe en se réveillant fut de chercher Chelsea du regard.

Tout comme l'autre nuit, la place à ses côtés était inoccupée, et il en fut réduit à respirer le parfum discret de Chelsea dont le drap était encore imprégné.

Pas de chance !

Au moins se trouvait-il au domicile de la jeune femme, ce qui, selon toute logique, impliquait qu'elle ne soit pas bien loin... Tout au moins l'espérait-il.

Elle n'avait pas fini de l'obséder, songea-t-il, et quand son regard se fixa sur l'oreiller où elle avait posé sa tête, l'émotion le submergea.

Bon sang ! Il l'aurait bien prise dans ses bras pour lui montrer l'effet qu'elle avait sur lui, mais la diablesse avait l'art de s'éclipser sans qu'il s'en rende compte !

Au moins avait-il bien profité de la nuit...

Il avait beaucoup hésité avant de se décider à confier cette petite partie de sa vie à Dallas, mais par chance, Chelsea l'avait écouté avec indulgence.

Plus tard, peut-être lui ferait-il un récit détaillé de cette terrible mission durant laquelle l'agent fédéral qui était son ami, avait trouvé la mort.

Par sa faute !

Parce qu'il avait laissé une femme le mener par le bout des

sentiments, jusqu'au piège fatal, dans ce quartier de Dallas qui, à jamais, symboliserait pour lui l'échec et la peur.

Sa démission du FBI n'avait pas suffi à apaiser ses remords et, durant plusieurs semaines, il s'était senti proche de la dépression.

Par la suite, il avait pris ses quartiers à Royal, fief du siège social de la société de sécurité familiale dont il tenait aujourd'hui les rênes.

Travailler seize heures par jour l'avait aidé non à oublier mais, du moins, à laisser la plaie cicatriser.

Alors qu'il souhaitait développer son entreprise à l'international en assurant à sa clientèle un service de sécurité haut de gamme, le scandale Maverick avait éclaboussé Royal, traînant le nom des Walsh dans la boue.

Il aurait pu vendre sa société et prendre une retraite dorée entre sa villa de Miami et sa maison du Montana, mais vivre en nanti ne l'intéressait pas. De plus, cela aurait signifié qu'il était peut-être complice des agissements de son oncle et ça, il n'en était pas question ! Il avait donc décidé de se battre.

Une fois habillé, il se rendit dans la cuisine d'où émanaient une légère odeur de brûlé… et un flot réjouissant de jurons des plus féminins !

Chelsea, vêtue d'un grand T-shirt, l'une de ses épaules à moitié dénudée, bataillait avec la poêle et lui apparut plus attirante que jamais.

— C'est bien la première fois qu'une femme me prépare le petit déjeuner, dit-il d'un ton jovial.

De surprise, Chelsea laissa tomber son couvercle qui heurta avec un *clang* sonore le sol carrelé.

— Tu m'as fait peur !

— Je ne suis pas celui que tu t'attendais à voir ?

Elle lui adressa un sourire moqueur.

— Voyons… Il me semble bien t'avoir déjà rencontré quelque part… Mais où ? À moins que je te confonde avec un autre ?

Son bras s'enroula autour de la taille souple et mince.

— Ma belle, je confirme que c'est bien avec moi que tu as fait l'amour, cette nuit.

— Alors plus de doute, ce petit déjeuner est bien pour toi, répondit Chelsea avant de déposer un baiser sur sa joue.

— Et qui te dit que je n'ai pas faim d'autre chose ? demanda-t-il en mordillant l'oreille de la jeune femme.

— Gabe, voyons !

Sans écouter ses protestations, il la souleva et l'assit sur le comptoir, à bonne hauteur, non sans exhiber ses biceps tatoués dont il était fier.

— Quel homme ! déclara Chelsea en touchant du doigt les motifs qui décoraient ses bras.

— Ose prétendre que ça ne t'excite pas.

— Tu en as même sur le torse, ajouta-t-elle en glissant ses doigts dans l'échancrure de sa chemise.

Si le lit n'avait pas été si loin, qui sait s'il n'aurait pas décidé d'y transporter Chelsea tant il avait envie d'elle.

— Certaines femmes n'aiment pas les hommes tatoués, dit-il.

— Moi si ! Et je crois que je ne pourrais plus jamais faire l'amour avec un homme à la peau nue.

La simple pensée qu'elle puisse se donner à un autre que lui, non seulement attisait sa jalousie, mais aussi le rendait triste.

Et pourtant, ils ne s'étaient pas juré fidélité...

— Flûte ! Mes œufs ! s'exclama Chelsea.

— Archi-brûlés...

— Désolée, Gabe, je vais...

D'un baiser sur les lèvres, il l'empêcha de terminer sa phrase.

— Laisse-moi te montrer mes talents de cuisinier.

— Et moi, alors ?

— Toi ? Tu es la plus sexy des femmes et c'est très bien ainsi.

Avec son T-shirt à mi-cuisses, son épaule dénudée, jamais elle n'avait été aussi désirable...

— Et ton travail ? insista-t-elle. Tes clients ?

— Ils attendront. Pour l'instant, j'ai la chance d'être en compagnie d'une fille sexy et charmante qui ne me considère plus comme le complice de Maverick.

Une expression coquine se peignit sur le visage de Chelsea.

— Et que me vaudra cette preuve de confiance ?

— Un déshabillage en règle dès que nous serons rassasiés,

répondit-il en posant un rapide baiser sur ses lèvres, avant de casser des œufs dans un bol.

Chelsea fit la moue et le T-shirt glissa un peu plus sur son épaule, dévoilant sa peau laiteuse et la pointe charnue d'un sein.

— L'héritière d'une chaîne de restos grills incapable de cuire des œufs, fit-elle remarquer dans un soupir. Tu te rends compte ?

— Tu as d'autres talents dont celui d'être sexy à damner un saint, répondit-il tout en versant le contenu du bol dans la poêle chaude.

De toutes les femmes qu'il avait connues, Chelsea était celle qui lui apportait le plus, et si une relation suivie entre eux n'était pas à l'ordre du jour, rien ne lui interdisait d'envisager une prolongation de cette idylle naissante qui lui donnait tant de satisfactions.

— Baveuse, l'omelette ?

— Oui, enfin non. Comme tu veux. Dis-moi, Gabe, et si nous parlions sérieusement ?

Il avait d'autres choses en tête qu'une discussion mais... D'autant plus qu'il connaissait le sujet qu'allait évoquer Chelsea.

— Tu es en train de te demander si notre relation va durer ?

Elle lui sourit, et il sentit naître en lui un espoir fou.

— Peut-être bien.

— D'après toi, nous aurions des chances de nous entendre, je veux dire de façon durable ? demanda-t-il.

Les yeux mi-clos, elle l'observa un instant avant de répondre :

— Tu sais si bien cuisiner que j'ai envie de te prendre à l'essai. Et puis je dois admettre que notre nuit a été... divertissante.

Il en lâcha sa cuillère.

— *Divertissante ?* Flamboyante, plutôt ! Et j'ai les marques de tes ongles un peu partout...

Chelsea lui adressa un regard moqueur.

— OK, mille excuses ! Notre nuit a été fabuleuse.

— Parce que je te fais bien l'amour ?

— Pas seulement mais oui, en effet, tu me fais bien l'amour. Mieux qu'aucun autre homme ne me l'avait jamais fait, répondit-elle d'une voix rauque.

Il ne sut s'il devait se sentir heureux, simplement flatté, ou jaloux à la pensée que d'autres hommes avaient pu tenir une telle femme dans leurs bras.

— Le plaisir, c'était bien ce que nous recherchions, toi et moi, non ? reprit-elle.

— Bien sûr…

— Une relation sans complications sentimentales devant se terminer le jour du mariage de Brandee et Shane ?

— C'était ce qui avait été décidé, oui, répondit-il sans grand enthousiasme.

Sauf que croiser Chelsea, en ville ou chez des amis, sans faire l'amour avec elle n'était plus une option pour lui.

Oublier son corps de rêve ? L'oublier, elle ?

Sûrement pas !

Elle était belle, intelligente, attentionnée. Il aimait tout en elle. Tout.

— Pourquoi sembles-tu préoccupé ? lui demanda-t-elle.

Pourquoi ?

Mais parce qu'il tenait à elle, voyons ! Et bien plus encore qu'il ne l'aurait cru.

— Tu ne t'en doutes pas un peu ? rétorqua-t-il.

Allait-elle se moquer de lui ? Esquiver la question ?

— Je crois que si, répondit-elle avec un sourire lumineux.

Lui d'ordinaire si sûr de son fait se sentit soudain intimidé, presque autant que l'aurait été un collégien et, pour se donner une contenance, il choisit de servir le petit déjeuner.

— Dis-moi, tu nous as préparé un festin, lui fit remarquer Chelsea.

— Il nous reste deux semaines avant le mariage, et comme nous allons souvent faire l'amour, autant prendre des forces.

— Ce programme me convient ! répondit Chelsea en riant avant d'attaquer son omelette avec appétit.

Il resta quelques secondes à la contempler, et la vision de ce corps si beau, à peine voilé par le T-shirt, stimula sa libido…

— Hé ! Qu'est-ce que tu fais ? s'exclama-t-elle tandis qu'il lui reprenait son assiette pour la poser un peu plus loin.

— Tu vois ! répondit-il en lui caressant l'intérieur des cuisses.

— Gabe, et le petit déjeuner…

— J'ai faim de toi.

Et il lui montra sans plus attendre combien son appétit d'elle était grand.

En l'absence de Gabe, parti à Dallas pour affaires deux jours plus tôt, Chelsea avait accompagné son amie Brandee dans une boutique de lingerie fine.

Gabe…

Admettre qu'elle ne pensait plus qu'à lui aurait été encore en dessous de la vérité.

— Crois-tu que ça plairait à Shane ? demanda Brandee en lui montrant un string avec soutien-gorge assorti.

— Quel homme ne serait pas séduit, répondit-elle tout en remarquant une nuisette qui, elle en était certaine, ne manquerait pas de donner des idées à Gabe.

— À ma place, quelle couleur choisirais-tu ? Rouge ou noir ?

Décidément, cette nuisette lui plaisait beaucoup…

— Prends les deux, répondit-elle en vérifiant que la nuisette était à sa taille. Abondance de lingerie n'a jamais nui et c'est encore le meilleur moyen de rendre nos hommes fous de nous.

Brandee, qui avait remarqué son manège, laissa échapper un petit rire.

— Dois-je comprendre que Gabe est fou de toi ? Ou bien est-ce toi qui es folle de lui ? À quand le mariage ?

— Tu te crois maligne, hein, et tout ça parce que tu portes au doigt une bague de fiançailles sertie de diamants.

— Ne te vexe pas. Après tout, Gabe et toi passez du temps ensemble…

— Oui, mais c'est provisoire.

— Comment ça, provisoire ?

— Nous avons décidé de ne plus nous voir après votre mariage.

Brandee soupira.

— Je trouve que c'est une idée étrange de votre part. Et c'est surtout dommage. La façon dont vous vous regardez en dit long sur vos sentiments réciproques.

— Tu me troubles avec tes remarques, dit-elle en rougissant.

Même si sa relation avec Gabe était destinée à prendre fin, rien ne l'empêchait de pimenter leurs ébats en se montrant à lui dans la plus sexy des nuisettes, n'est-ce pas ?

Brandee lui sourit.

— Je sais que pour toi, Gabe est bien plus qu'une passade.

Une bouffée de chaleur l'envahit. Mentir à Brandee avait toujours été très difficile ; son amie lisait en elle beaucoup trop bien.

— D'accord, j'admets avoir un faible pour lui, avoua-t-elle.

— Son absence te pèse, n'est-ce pas ?

Évidemment !

Et à son impatience de retrouver Gabe s'ajoutait la crainte que ce voyage d'affaires, à Dallas, réactive les souvenirs de la mission fatale qui avait coûté la vie à son collègue du FBI.

Et, surtout, que ce retour dans la grande ville texane réveille chez cet homme plus sensible qu'il y paraissait, la nostalgie d'une histoire d'amour manquée, certes, mais qui n'en avait pas moins beaucoup compté pour lui.

Elle n'était plus si sûre de vouloir mettre un terme à leur relation, une fois passé le mariage de Shane et Brandee, pourtant, n'était-ce pas ce qu'ils avaient tous les deux décidé ?

— Eh bien, tu es devenue muette ? s'étonna Brandee.

— Oh ! je réfléchissais...

— À Gabe ? Et moi qui m'imaginais que tu allais m'aider à choisir de quoi être encore plus sexy aux yeux de mon cher et tendre...

— Ne t'ai-je pas donné mon opinion ?

— Si, mais tu as passé plus de temps à regarder cette nuisette qu'à t'occuper de moi. L'effet Gabe, sans doute ?

De nouveau elle rougit.

— Je ne sais pas où j'en suis, admit-elle.

Brandee hocha la tête.

— Au moins en es-tu consciente et c'est l'essentiel. Tu sais, j'ai vécu à peu près la même chose avec Shane jusqu'à ce que je me retrouve un beau jour impliquée malgré moi dans le scandale Maverick. C'est grâce à Shane, à son aide et à son soutien, que je m'en suis sortie et depuis, nous ne nous quittons plus !

Brandee cherchait-elle par hasard à la convaincre de ne pas tirer un trait sur son histoire avec Gabe ?

— Je n'ai pas oublié combien tu as souffert mais mon histoire est différente de la tienne, répondit-elle avec prudence.

Avoir la bague au doigt et un compagnon pour le restant de ses jours ne lui disait vraiment rien, et pourtant elle aurait menti en prétendant que Gabe n'était pas, désormais, au centre de ses préoccupations.

Chaque minute passée en sa compagnie la comblait et son plus cher désir était d'en apprendre toujours plus à son sujet, sans pour autant aliéner sa liberté et son indépendance chèrement acquises.

— Et en quoi ton expérience est-elle si différente de la mienne ? demanda Brandee en s'approchant d'un présentoir à lingerie fine.

— Shane et toi avez été séparés par un concours de circonstances tandis que Gabe et moi n'avons jamais envisagé de prolonger notre relation au-delà d'une certaine date.

Et c'était elle, en plus, qui avait fixé cette règle idiote !

— Gabe est d'accord ? s'enquit Brandee en caressant délicatement un bas de soie.

— Il a même abondé dans mon sens. S'il avait attendu davantage de notre relation, tu peux être sûre qu'il m'en aurait parlé.

— Alors, où est le problème ?

Elle soupira. Le problème… c'est qu'il n'y en avait pas vraiment, en fait.

— Je ressens un plaisir inouï quand Gabe me fait l'amour, et penser que je serai bientôt privée de lui me donne déjà des regrets.

Brandee se tourna vivement vers elle.

— Ah, parce que Gabe et toi avez déjà fait l'amour ? Première nouvelle.

— Nous nous étions promis de garder le secret.

Brandee sourit.

— Eh bien, c'est réussi. Au point où nous en sommes, autant que tu me racontes tout, non ?

— Gabe me faisait la cour, oh très discrètement, depuis déjà un bon moment. Alors à la fin, j'ai cédé.

— Quand ? Où ?

— L'autre jour, dans la cabine d'essayage de la boutique de mariage. Et ensuite durant une promenade à cheval.

— Non ! Ce n'est pas vrai !

— Si… Nous avons poussé les choses assez loin mais sans conclure. Et puis il y a eu cet incroyable cadeau qu'il t'a fait livrer au ranch, tu sais, ces pick-up et ces vans flambant neufs.

— Oui, nous étions toutes les deux sous le choc. Et c'est ce qui t'a fait changer d'avis sur Gabe ?

— J'avoue avoir été séduite. Un homme capable d'une telle générosité ne pouvait avoir été le complice de Dusty. À compter de ce jour, mes sentiments pour lui ont… *évolué.*

Brandee lui prit la main.

— Chels, veux-tu dire que tu… ? Enfin, que ce que tu ressens pour Gabe serait de l'amour ?

Une nouvelle rougeur lui monta aux joues.

— Grands dieux, non !

Si, mais elle ne l'avouerait pas pour tout l'or du monde !

— Veux-tu mon opinion ? demanda Brandee.

— Dis toujours…

— Tu aimes Gabe d'amour et tu n'oses pas regarder la vérité en face. Oh ! je te comprends… Aimer n'est pas si facile, n'est-ce pas ?

Non, et son père, fou de douleur d'avoir été quitté par la femme qu'il aimait, en était mort.

— Ne sois pas ridicule, marmonna-t-elle.

— Tu l'aimes ! insista Brandee pour sa plus grande gêne.

— Non, tout au plus suis-je peut-être *un peu* amoureuse de lui. Nous nous verrons jusqu'à ton mariage et ensuite, fini !

— En es-tu si sûre ?

— Certaine. Et en ce qui concerne mes confidences, inutile de te recommander la discrétion.

Cette liaison qu'elle aurait voulue simple et banale, s'avérait bien plus complexe qu'il n'y paraissait et, sans nul doute, le fait qu'elle éprouve pour Gabe ce qu'elle n'avait jamais éprouvé pour aucun autre homme en était la cause.

— Alors, cette nuisette ? demanda Brandee.

— J'hésite...

— Sur toi elle serait sensationnelle. Gabe l'adorerait...

Imaginer la soie glissant sur sa peau nue provoqua chez elle une bouffée de désir.

— Oh Brandee, dis-moi ce que je dois faire !

Sa meilleure amie l'entoura de son bras.

— Pour commencer, déguster en la compagnie de ton amie Brandee une glace à la vanille nappée de chocolat chaud.

— Avec de la chantilly ?

— Avec de la chantilly. Et puis nous irons tester le beaujolais californien du bistrot à vin, près de la grande place.

— L'idée me plaît mais j'avais prévu de faire mon shopping de Noël. Je n'ai pas même encore choisi ton cadeau.

Brandee lui tapota le bras.

— Mon cadeau c'est toi puisque tu viendras à ma fête prénuptiale, demain, et que bientôt tu seras demoiselle d'honneur à mon mariage.

— Au fait, qu'allons-nous porter comme robes, demain ?

— J'avais pensé au style western mais peut-être devrais-je avoir une tenue plus habillée, répondit Brandee. Et toi ?

— J'aimerais mettre la blanche, un peu asymétrique, celle que nous avions achetée ensemble.

— Bonne idée. Et comme chaussures ?

— Mes bottes rouges. Et en sautoir, j'imagine un joli bijou, quelque chose d'original.

Brandee lui sourit.

— Eh bien, allons l'acheter, ce bijou ! Et toi, en retour, tu m'offriras la robe qui sied à une future mariée.

— Marché conclu ! répondit-elle en confiant à la vendeuse la fameuse nuisette qu'elle s'était décidée à acheter.

Plairait-elle à Gabe ?

Elle ne tarderait pas à être fixée, et à la pensée que, bientôt, celui qui la faisait tant rêver serait enfin de retour, une intense émotion la saisit.

Elle désirait Gabe plus que tout au monde, mais au-delà de la pure attraction physique, n'y avait-il pas, du moins de sa part, l'envie de vivre avec cet homme une véritable, une grande histoire d'amour ?

11

La robe que portait Chelsea à la fête prénuptiale de Shane et Brandee, aurait rendu n'importe quel homme fou de désir.

Et du désir, c'était exactement ce que ressentait Gabe tandis qu'il suivait du regard les évolutions de la jeune femme entre les groupes d'invités, dans la salle de réception du TCC.

Et dire qu'avant, seuls les hommes étaient admis ici !

Une pensée traversa soudain son esprit...

Toujours plus nombreuses à rejoindre le célèbre club texan, les femmes avaient-elles fait grincer à ce point-là les dents de son oncle pour qu'il les prenne pour cibles ? Non, c'était impossible. Jamais Dusty...

— Bravo pour la décoration, Gabe ! lui lança l'épouse d'un des adjoints du shérif Nate Battle, le ramenant à l'instant présent.

— Merci.

Chelsea et lui s'étaient donné du mal, et il contempla d'un œil satisfait les nappes à carreaux couvrant les tables, les bougies surmontant les bouteilles de chianti et le gigantesque logo S & B – pour Shane et Brandee – au-dessus du buffet.

— Tiens, Gabe, je voulais justement vous voir, l'apostropha l'un de ses plus anciens clients, propriétaire d'une enseigne de supermarché.

— Avec plaisir.

L'homme le fixa d'un œil sévère.

— Ne le prenez pas mal, Gabe, mais j'ai décidé de ne pas renouveler notre contrat pour l'année prochaine.

— Vraiment ?

— Oui. Une compagnie concurrente assurera désormais la sécurité de nos entrepôts. Votre oncle, vous comprenez…

— Je comprends.

Même depuis la tombe, ce cher oncle Dusty continuait à lui empoisonner la vie, et s'il voulait faire revenir la confiance chez les plus hésitants de ses clients, il avait tout intérêt à mettre les bouchées doubles.

— Sans rancune ? demanda son interlocuteur en lui tendant la main.

— Sans rancune.

Que pouvait-il dire d'autre ? D'autant qu'il avait mieux à faire, aujourd'hui, que se lamenter sur ce genre de problèmes.

Où donc était passée Chelsea ? Il avait beau scruter la foule des invités, il ne la voyait pas.

Que diable pouvait-elle bien être en train de faire ?

Dépité, il quitta la salle de réception et s'engagea dans le couloir privé flanqué de bureaux aux portes closes.

— Chelsea ? appela-t-il à tout hasard.

Un juron proféré à voix basse par une voix familière l'incita à pousser la porte. La jeune femme était là, et lorsqu'elle se tourna vers lui, il vit qu'elle avait les yeux rougis.

— Chels, que se passe-t-il ?

Rien. Je… J'ai besoin d'un peu de temps…

— Mais tu as pleuré. Tu pleures encore…

— Non, ce n'est rien.

Après avoir fermé la porte, il prit Chelsea dans ses bras.

— Il y a à peine cinq minutes, tu riais avec les autres, tu jouais aux fléchettes et tout semblait bien aller. Que s'est-il passé ?

Elle lui adressa un semblant de sourire.

— Rien de grave. Ne t'inquiète pas.

— Bien sûr que si ! Quelqu'un t'a fait du mal ?

— Tu… Tu m'as manqué ! murmura-t-elle en caressant son torse.

— Pas de faux-fuyants. Dis-moi tout et tout de suite.

— Oh ! un crétin qui m'a agressée. Des commentaires sur les photos volées, sur mon anatomie, tu vois un peu le genre.

— Qui est-ce ?

— Je l'ignore. J'ai préféré fuir plutôt que de gâcher la fête de Shane et Brandee.

Un flot rageur pulsa en lui.

— Qui est-ce ? Je veux l'écrabouiller de mes mains.

— Non ! Pas question d'embarrasser nos fiancés qui se reprocheraient sûrement d'avoir invité ce crétin à la fête.

— Si je le tenais, cet oiseau-là, il passerait un mauvais quart d'heure, marmonna-t-il, les dents serrées.

Quiconque s'en prenait à Chelsea devenait son ennemi juré.

— Pas de scandale, Gabe, murmura la jeune femme en se serrant contre lui.

— Entendu mais c'est bien parce que…

— Embrasse-moi !

Les lèvres de Chelsea étaient tièdes et avaient un goût de miel.

— Être aussi sexy que toi ne devrait pas être permis, dit-il en caressant ces seins généreux moulés par l'étroitesse de la robe.

— Je devais penser fort à quelqu'un en particulier quand j'ai acheté cette robe.

— C'est vrai ? Et on peut savoir à qui ?

— Devine… Et que crois-tu que je porte, en dessous ?

Il en eut soudain la bouche sèche.

— Eh bien, je…

— L'idée de renouveler ma lingerie est récente, précisa-t-elle en le couvant du regard. Je ne sais pas pourquoi…

Prisonnier du désir qu'il avait de cette femme, il prit ses lèvres avec fougue et plongea les doigts dans ses longs cheveux souples et doux…

Au fur et à mesure que Chelsea répondait à ses caresses, le souvenir de leur nuit d'amour revint hanter ses pensées les plus intimes, et il n'eut plus qu'une envie : recommencer.

Pourquoi pas maintenant ?

— Viens ! dit-il d'une voix que l'émotion altérait.

— Pas ici, voyons ! répondit-elle en le repoussant doucement.

— Et pourquoi pas ? rétorqua-t-il en empoignant ses hanches puis en la plaquant sur le bureau.

— Quelqu'un pourrait entrer ! Pense un peu à ce que diraient Shane et Brandee si…

— Laisse-moi alors regarder ce que tu caches sous ta robe.

Elle effleura ses lèvres d'une caresse.

— Refrène tes ardeurs, mon bel étalon, et tu ne seras pas déçu. Mais pas question que je te fasse un strip-tease dans ce bureau.

— Où, alors ? Et quand ?

— Chez moi... Dès que nous pourrons nous échapper de ce lieu sans risquer d'être impolis.

— Chez moi alors, c'est plus près.

— D'accord.

Un long frisson le parcourut.

Outre le fait qu'il brûlait de faire l'amour à cette femme, l'accueillir chez lui avait son importance car il y voyait déjà le prélude à une future cohabitation.

— Si tu savais comme je te désire ! murmura-t-il tout en lui caressant les cuisses.

— Sois sage. Patience...

Après avoir effleuré ses lèvres d'un baiser, Chelsea s'écarta de lui, rajusta sa tenue et lui tendit la main.

— Viens, allons rejoindre les autres sinon ils se demanderont ce que nous avons fabriqué. Et je te laisse imaginer ce qu'ils penseront...

Comme il ne tenait nullement à éveiller la curiosité générale, il acquiesça.

— Pars la première. J'arrive dans un instant.

Dans l'état où Chelsea l'avait mis, il aurait été bien incapable de feindre le naturel, et n'importe quel œil exercé se serait vite aperçu de son degré d'excitation.

Restait tout de même à savoir qui, parmi les invités, avait eu assez de bassesse, d'audace aussi, pour s'attaquer à Chelsea...

— À bientôt, lui dit-elle, le sourire aux lèvres, en sortant du bureau.

Une fois seul, il se remémora l'épisode hautement érotique du petit déjeuner, quand Chelsea était assise sur le comptoir de la cuisine et lui...

Bon sang !

Pourrait-il seulement vivre sans elle, aujourd'hui ?

— Ressaisis-toi, vieux frère, et rajuste ta tenue.

Ce qui, sans mentir, lui prit cinq bonnes minutes.

Enfin présentable, il retourna dans la salle et survola du regard l'assemblée.

Lequel de ces hommes avait osé insulter Chelsea ? Bafouer l'honneur et l'intégrité de la jeune femme en évoquant ces satanées photos ?

La plupart lui étaient familiers, et sa liste de suspects fut bientôt circonscrite à trois individus au faciès arrogant.

Qu'un seul d'entre eux s'approche de Chelsea et il ne répondrait plus de rien…

Résolu à se calmer, il regarda un temps Chelsea et Brandee jouer aux fléchettes tandis qu'Erin, la compagne de Daniel, arbitrait la partie, puis il s'intéressa au duel qui opposait Daniel et Shane, un peu plus loin.

Sa dernière fléchette fichée au centre de la cible, Daniel exulta.

— Gagné ! Que veux-tu, je suis le meilleur ! Tu me dois un bourbon.

— Même deux si tu veux ! répliqua Shane en riant.

Agacé par l'arrogance de Daniel, Gabe ne put s'empêcher de mettre son grain de sel dans leur conversation.

— Personne n'a rien à payer, ce soir. Les boissons sont offertes par Chelsea et moi.

Shane parut surpris.

— Vraiment ? Dans ce cas, un grand merci à vous deux.

Daniel le défia du regard.

— Encore de mèche avec ma sœur, à ce que je vois ?

— Encore, oui. Et au cas où certains invités auraient trop bu, nous avons engagé des conducteurs bénévoles qui conduiront à leur place.

— Décidément, vous avez pensé à tout, fit remarquer Shane.

— Brandee et toi, vous le méritez bien.

Sans compter que préparer leur mariage l'avait rapproché de Chelsea, ce qui, à ses yeux, n'avait pas de prix.

— Une tournée s'impose, déclara Shane, tout sourire.

Gabe acquiesça tout en surveillant du regard Chelsea qui disputait une partie de fléchettes non loin.

— En plein dans le mille ! s'exclama la jeune femme qui avait retrouvé le sourire.

Décidément, cette robe avait le chic pour faire ressortir ses formes pulpeuses…

En proie à de nouveaux fantasmes, il sursauta quand une poigne vigoureuse lui broya l'épaule.

— Et si tu cessais ton petit jeu, Walsh ?

La mine menaçante, Daniel semblait vouloir en découdre avec lui.

— Que veux-tu dire ? rétorqua-t-il en se dégageant avec brusquerie.

— Cette façon que tu as de reluquer ma sœur… Qu'y a-t-il entre vous, au juste ?

— Adresse-toi à elle.

— En attendant, c'est toi la personne concernée, répliqua Daniel en martelant son torse d'un index rageur.

Ce frère ronchon qui ne cessait de lui chercher des noises allait faire les frais de sa colère rentrée, s'il continuait…

— Que cherches-tu au juste, Daniel ?

— À connaître la vérité sur ta relation avec ma sœur.

Gabe ne put s'empêcher de rire.

— Je te propose une partie de fléchettes. Si je perds, je te dis tout.

Et il était sûr de gagner.

Daniel accepta en rechignant.

Alors qu'il visait la cible, un bruit de verre brisé parvint à ses oreilles et il se retourna.

Son sang ne fit qu'un tour quand il vit Chelsea aux prises avec l'un des trois hommes qu'il soupçonnait de lui avoir manqué de respect.

— Laissez-moi, espèce de salaud ! s'écria la jeune femme.

En smoking débraillé, visiblement ivre mort, le trouble-fête essaya d'embrasser Chelsea qui le repoussa.

— Allez, ne fais pas ta mijaurée ! Tu en as montré assez sur tes photos pour accepter de faire un petit strip-tease en public.

Quand le coude de Chelsea vint le frapper en pleine poitrine, l'homme poussa un cri de douleur et proféra à l'encontre de la jeune femme une injure sexiste.

Furieux, Gabe s'approcha du malotru, l'attrapa par le col de sa chemise et l'obligea à se mettre à genoux.

— Excuse-toi, sinon…

L'homme bredouilla quelques paroles confuses.

— Et maintenant, dehors ! dit-il en traînant l'indésirable jusqu'au parking.

Jamais il n'en avait autant voulu à son oncle d'être le responsable de ce scandale.

Le plus rageant, peut-être, était que la plupart des gens de Royal semblaient avoir oublié l'affaire – la fête de ce soir en témoignait – jusqu'à ce que cet imbécile vienne tout gâcher.

De retour dans la salle, il vit que Chelsea était entourée de ses proches : Erin, Brandee, Shane et l'inévitable Daniel.

Signe du destin, elle se trouvait juste sous une boule de gui, ce qui ne manqua pas de lui donner une idée…

Il bouscula la foule et embrassa la jeune femme à pleine bouche, sous un tonnerre d'exclamations joyeuses et d'applaudissements.

— Et notre secret ? murmura Chelsea entre ses larmes.

Il ne put s'empêcher de sourire.

— Les gens penseront ce qu'ils veulent. En attendant, partons d'ici.

— Maintenant ?

— Gabe a raison, Chels, intervint Brandee. Fais ce qu'il te demande et puis, la fête est presque finie.

— Dans ce cas…

Alors qu'il entraînait Chelsea vers la sortie, Daniel se mit en travers de leur route.

— Minute, Walsh ! Et cette partie de fléchettes ?

— Une autre fois, si tu veux bien, répondit-il, agacé.

Sans laisser à son frère le temps de répliquer, Chelsea intervint :

— Je t'appellerai demain. Maintenant, laisse-nous partir, Daniel.

Gabe serra plus fort la main de Chelsea dans la sienne. Le soutien qu'elle venait de lui apporter fut sa plus belle récompense et, laissant Daniel interloqué, tous deux s'en allèrent bras dessus, bras dessous, comme des amoureux.

Une fois à bord de son pick-up, Chelsea lui offrit ses lèvres pour un baiser plein d'ardeur qui promettait une nuit d'amour des plus intéressantes...

— Partons d'ici. J'ai envie de toi, déclara-t-elle en reprenant son souffle.

Les sens en fusion, il démarra en trombe.

Ne plus être à ses yeux coupable de ce que Dusty avait pu faire ou ne pas faire aurait dû le soulager, mais ce qu'il éprouva à ce moment précis fut la volonté de découvrir à tout prix qui avait placé une caméra dans le vestiaire des dames, au TCC.

Chelsea posa sa main sur son genou.

— Gabe, si...

— Pas maintenant, dit-il en se concentrant sur la conduite.

Dans sa tête, tout se mélangeait : son désir pour Chelsea, sa fureur de l'avoir vue insultée, son ressentiment pour Dusty et, aussi, sa peur d'aller plus loin dans la relation avec celle dont il était indéniablement amoureux.

Garder le contrôle de ses émotions devrait rester sa priorité mais s'il désirait se protéger, il n'était pas non plus question de faire de la peine à Chelsea.

Encore moins de la blesser au risque de la perdre.

12

Chelsea ne savait plus quoi penser.

Depuis leur départ du club, Gabe n'avait pas dit un mot, et à la façon dont il serrait les mâchoires, elle le sentait toujours en colère contre le triste individu qui l'avait malmenée, tout à l'heure.

Qu'il prenne aussi vigoureusement sa défense la touchait mais, déjà encombrée d'un frère hyperprotecteur, elle ne voulait pas d'un autre garde du corps et entendait bien disposer de sa vie comme elle l'entendait.

Le trajet silencieux dans l'escalier puis dans l'ascenseur mit ses nerfs à rude épreuve.

Enfin, la cabine s'immobilisa à l'étage où se trouvait le loft.

— Entre, dit Gabe en lui ouvrant sa porte.

Les lieux lui étaient familiers, mais elle n'avait pas remarqué, dans un coin du salon, plusieurs écrans en circuit fermé montrant les abords de l'immeuble, le sous-sol, l'entrée principale et même l'ascenseur.

Gabe vivait dans un vrai bunker !

— Pourquoi tant de précautions ? ne put-elle s'empêcher de lui demander après avoir montré les écrans du doigt.

— L'immeuble m'appartient. Les autres appartements sont loués et j'ai la responsabilité d'assurer la sécurité des résidents.

Un immeuble pour lui seul ?

Elle le savait riche, mais à ce point-là...

Plus elle fréquentait Gabe et plus le mystère qu'il dégageait s'épaississait, au point qu'elle n'était pas encore parvenue à le situer sur sa propre échelle d'évaluation.

Au mur, un ouvrage de ferronnerie représentait une carte géante du Texas, preuve de l'attachement de Gabe pour cet État, le deuxième en taille après l'Alaska.

Et là-bas, la cuisine...

Moderne, immense, organisée autour d'un îlot central qui évoqua aussitôt pour elle de tendres et érotiques souvenirs...

Elle s'imagina un instant en maîtresse de maison, préparant des steaks – à point ? bleus ? saignants ? – pour son homme qui, lui, se chargerait de choisir les vins...

Tu rêves, ma fille !

Si elle était là avec lui, c'était pour des raisons purement sexuelles, alors inutile de se mettre de fausses idées en tête.

Pourtant, à le regarder déboutonner ses manches sur de virils avant-bras, comment n'aurait-elle pas eu envie de prolonger la rêverie romantique que ce séduisant cow-boy savait si bien lui inspirer ?

Et ce geste qu'il avait d'accrocher son Stetson à la patère !

— Alors, tu vas rester plantée là longtemps ? lança-t-il d'un ton rogue.

— Quand tu me parles ainsi, j'ai surtout envie d'appeler un taxi et de rentrer chez moi !

Leurs regards s'affrontèrent.

Gabe fut le premier à baisser les yeux.

— Reste, Chels, s'il te plaît.

— À condition que tu cesses de passer tes nerfs sur moi.

Le regard de braise s'adoucit.

— Oui, désolé, marmonna-t-il. Ce n'est pas à toi que j'en veux mais à ce salaud qui t'a manqué de respect, au club. Tu étais pâle à faire peur. Terrorisée, même !

Elle ne le savait que trop bien ! Et tout ça à cause de ces photos diffusées sur les réseaux sociaux, la honte de sa vie.

N'était-elle pas la risée de certains et Gabe, une sorte de proscrit du fait de sa parenté avec Maverick ?

En somme, tous deux formaient un vrai couple maudit !

— Je suis un objet de scandale et je le sais, dit-elle. Si le type de ce soir a osé me traiter comme il l'a fait, d'autres pourraient l'imiter, et je ne veux pas être un boulet pour toi.

Il la regarda d'un œil effaré.

— Qu'est-ce que tu insinues, Chels ? Penses-tu une seconde que je t'abandonnerais à ton sort, que j'accepterais de te laisser à la merci d'individus de ce genre à cause de ces photos volées ? Tu me prends vraiment pour le dernier des derniers !

Une telle réaction signifiait-elle qu'il l'aimait ou bien entendait-il jouer à fond son rôle protecteur, être son chevalier servant jusqu'à la rupture inévitable qui prendrait effet après le mariage de leurs amis ?

— Je suis une grande fille, Gabe, et je peux me débrouiller seule. Toi, pense à ta clientèle, à l'avenir de ta société.

— Pas question ! répondit-il en la serrant contre lui.

Pressant son visage viril entre ses paumes, elle lui sourit.

— Tu n'es responsable de rien, tu sais.

— Sans doute, mais aujourd'hui, je veux te protéger et tant que le complice de mon oncle n'aura pas été épinglé, je ne pourrai pas dormir tranquille.

Autrement dit, il éprouvait des remords exactement comme après le drame qu'il avait vécu à Dallas, quand son collègue du FBI avait été tué en mission, songea-t-elle, ne sachant pas comment elle devait le prendre.

Une fois le complice de Maverick arrêté, qu'adviendrait-il de leur relation ? Gabe continuerait-il seulement à s'intéresser à elle ?

Là, c'était peut-être à elle de faire en sorte que...

— Gabe, te souviens-tu de ta demande, au club ?

— C'est-à-dire ?

— N'étais-tu pas curieux de connaître ce que je portais sous ma robe ?

— Si !

— Alors... regarde, murmura-t-elle en soulevant sa robe.

Gabe la dévora des yeux.

— Bon sang, Chels ! Je n'ai jamais désiré une femme comme je te désire. Tu es si sexy que j'irais te chercher avec les dents sur la lune !

Elle éclata de rire.

— Dis tout simplement que tu as envie de moi.

— Oh que oui !

— J'ai acheté aussi d'autres tenues à ton intention.

— Lesquelles ?

— Un ensemble culotte et soutien-gorge du même vert que mes yeux et une guêpière noire…

— Une guêpière ? J'ai hâte de te voir la porter…

Plaquée contre la baie vitrée, sauvagement caressée et embrassée par un Gabe au summum de sa virilité, elle fut bientôt tremblante de désir.

— J'aime ce que tu me fais…, murmura-t-elle.

Courbée sous sa poigne, enlacée et palpée, elle se souvint de leur première nuit et ses sens s'embrasèrent un peu plus.

— Gabe… Emmène-moi dans la chambre.

— Non, je veux te prendre ici, dit-il en la débarrassant de sa robe avant de s'attaquer à son soutien-gorge.

Les seins nus, elle s'offrit à lui et quand, mordillant ses pointes, il la mit à l'épreuve, elle ne put retenir un cri de plaisir.

— Continue !

Il fit glisser son string sur ses cuisses.

— Chels !

Peut-être parce qu'elle avait gardé ses bottes, elle se sentait encore plus nue face à ce regard masculin.

— Tu ne te déshabilles pas ? demanda-t-elle.

— Pourquoi le ferais-je puisque tu vas t'en charger ?

Elle ne se fit pas prier et entreprit de déboutonner le jean qui gonflait à vue d'œil… Elle dut se faire violence pour ne pas se précipiter sur ce sexe mâle majestueusement dressé.

— Je te plais ? demanda Gabe dont les yeux brillaient.

— Oh oui ! répondit-elle en coiffant ce sexe viril d'un préservatif.

L'instant d'après, Gabe la prit dans ses bras et, après s'être débarrassée de ses bottes, elle lui enserra la taille de ses cuisses.

Tout en l'embrassant avec une fougue qu'elle ne lui connaissait pas, il la pénétra d'un coup de reins fabuleux, là, au beau milieu du salon.

— Tu me fais perdre la tête, dit-il avec un regard de fauve, en la jetant sur le canapé.

Pesant sur elle de tout son poids, il prit avidement sa bouche et la pénétra en longs va-et-vient musclés.

— Encore ! s'exclama-t-elle tandis que sa virilité l'emplissait.

Mais elle voulait plus, bien plus de lui.

Elle devait juste admettre... qu'elle aimait cet homme d'amour.

Gabe dans sa vie, tous les jours, toutes les nuits...

— Chels, je... C'est si bon !

Il mordillait son oreille, griffait sa peau sans qu'elle ressente la moindre douleur, si grand était son plaisir.

— Viens en moi plus profond encore..., le supplia-t-elle.

Le déferlement viril accentua un peu plus encore sa propre jouissance.

— Chérie, mon amour...

Avait-elle mal entendu ?

Le plus beau cadeau jamais reçu.

— Mon amour, murmura-t-elle.

À l'exception du halo d'une petite lampe, le salon plongé dans la pénombre leur faisait un rassurant cocon, et elle pria pour que cet instant devienne éternité.

Mais Gabe était un franc-tireur, un solitaire, et lui demander en prime de l'aimer était sans doute illusoire.

— Je... C'était si bon, Chels.

— Que me disais-tu tout bas, à l'instant ?

Elle le sentit se raidir.

— Moi ? Rien du tout !

Il mentait. Elle gardait encore au creux de l'oreille ces mots si tendres qu'il lui avait murmurés.

Exerçant une pression douce sur sa hanche, Gabe, le sourire aux lèvres, semblait de nouveau prêt à lui faire l'amour.

Quelle femme n'aurait pas été flattée ?

— Tu as envie de moi, encore ? s'étonna-t-elle.

— À un point que tu n'imagines pas. Les autres préservatifs sont dans ma chambre...

Un frisson la parcourut.

Elle se voyait déjà dans un mois, dans un an, partageant la vie de cet homme aussi séduisant que tendre.

— Dans ce cas, qu'attendons-nous ? répliqua-t-elle.

13

Il y avait encore quelques semaines, elle aurait juré ne pas être concernée par le romantisme d'une telle cérémonie mais les circonstances nouvelles de sa vie l'avaient fait changer d'avis et, à son tour, elle rêvait d'un avenir en blanc.

Pour tromper son agacement, elle s'obligea à contrôler, sur l'écran de son ordinateur, le bon fonctionnement d'un nouveau logiciel comptable qu'elle entendait généraliser dans sa société.

Au lieu d'avancer dans sa tâche, ce fut à ce week-end fabuleux avec Gabe que ses pensées la ramenèrent…

Tous deux avaient passé leur temps à se donner du plaisir, et de toutes les façons possibles, aussi ressentait-elle une nostalgie teintée de mélancolie car, sauf avis contraire, dans quatre jours, leur histoire s'arrêterait.

Admets que tu aimes cet homme, idiote ! Fais quelque chose à ce sujet.

Oui, mais quoi donc ?

Kidnapper Gabe ? L'enfermer quelque part ?

Elle imagina quelques scénarios et se mit à rire.

Faire l'amour avec lui l'avait emplie de bonheur au point qu'elle en redemandait, et pour la vie entière.

— Bonjour, petite sœur…

Son frère Daniel, pas plus gêné qu'à l'habitude, entra dans son bureau et referma la porte derrière lui.

— Eh bien, fais comme chez toi ! s'exclama-t-elle.

— Est-ce une façon de me recevoir ?

Depuis l'incident de l'autre soir, au TCC, elle n'avait pas eu de ses nouvelles sinon par un bref texto auquel elle n'avait pas répondu, mais elle savait qu'il séjournait jusqu'au nouvel an avec sa fiancée Erin au Crescent Moon, le ranch des Hunt.

Après s'être installé dans le fauteuil des visiteurs, Daniel croisa ses longues jambes et la regarda d'un air songeur.

— Comme tu n'étais pas en réunion, ton assistante m'a permis de venir te parler, expliqua-t-il.

— Même si j'avais été occupée, je doute fort que ce détail aurait pu t'arrêter, rétorqua-t-elle en éteignant son ordinateur.

— Tu te doutes de l'objet de ma visite ?

— Attends que je réfléchisse... Gabe ?

Stetson ôté, son frère en coiffa l'extrémité de l'accoudoir en soupirant.

— J'avoue que votre relation m'inquiète. Voyons, Chels, un loup solitaire comme lui ne te rendra jamais heureuse et dans l'aventure, tout ce que tu récolteras sera un cœur brisé.

Évidemment ! Elle aurait été étonnée qu'il l'encourage à fréquenter Gabe.

— Quelle tirade, mon frère ! As-tu répété ou bien est-ce de l'improvisation ?

— Ce que je te dis est sincère, Chels.

— Tu me fatigues, Daniel. Après tout, je ne t'ai rien demandé, et si je te remercie de te soucier de moi, je suis assez grande pour mener ma vie privée comme je l'entends.

— Ce type va te faire souffrir, Chels.

— Gabe a droit à toute mon estime, et dès le départ, il avait été entendu que notre histoire serait brève, alors tranquillise-toi.

— Et moi qui te croyais romantique ! rétorqua son frère, moqueur.

C'était vrai, hélas, et en disant cela, Daniel appuyait à l'endroit précis où elle avait mal.

— De quoi te mêles-tu, à la fin ? Veux-tu des détails sur ma relation avec Gabe ? Des détails *sexuels*, peut-être ?

Son frère eut un mouvement de recul.

— Bien sûr que non ! Mais il est de mon devoir de te prévenir qu'avec lui, tu risques de souffrir.

Même si sa relation avec Gabe allait s'achever bientôt, elle avait toutes les raisons du monde de vouloir en profiter jusqu'à la dernière seconde.

— Arrête de vouloir contrôler ma vie, Daniel. Est-ce que je me mêle de la tienne ? Erin et toi allez vous marier et être heureux, mais c'est votre histoire, pas la mienne.

— Je ne te comprends pas, sœurette. Toi aussi, tu as droit au bonheur et…

— Merci de ta sollicitude, mais crois-le ou non, je ne suis pas en quête d'un mari.

Et pourtant, dès lors qu'elle aimait Gabe, ne pas vouloir vivre avec lui manquait de logique.

Son frère se redressa, visiblement contrarié.

— Gabe a des réactions plutôt violentes, tu ne crois pas ? L'autre soir, au club, j'ai cru qu'il allait tuer ce type qui t'importunait.

— Tu vois, tu n'es pas le seul à vouloir me protéger, rétorqua-t-elle, cinglante. Autre chose dont tu voulais discuter avec moi ?

Daniel soupira.

— Oui, et cette fois-ci, cela n'a aucun rapport avec Gabe.

— Je t'écoute, dit-elle, soulagée.

— Erin et moi, nous voudrions t'inviter à dîner ce soir.

— C'est gentil, mais en quel honneur ?

— Nous aurions quelque chose d'important à te demander, déclara Daniel en se levant. 18 heures, ça t'irait ?

— Entendu, je serai là.

Daniel lui caressa la joue.

— Chels, tu sais combien je t'aime, n'est-ce pas ?

— Oui.

— Je ne veux que ton bien.

— Je le sais et je te remercie d'avoir toujours été présent, répondit-elle en donnant l'accolade à ce frère agaçant parfois mais dont la fidélité lui était acquise.

Une fois seule, elle s'efforça de faire le point.

L'opinion de Daniel sur Gabe n'était pas pour l'étonner mais n'était-ce pas à elle de décider de sa vie ?

Si cet homme lui plaisait au point d'en être devenue profondément amoureuse, elle ne laisserait à personne le privilège de lui dicter sa conduite à ce sujet.

Après le mariage de Shane et Brandee, Gabe et elle auraient peu d'occasions de se revoir, et viendrait alors pour elle le temps de faire son deuil d'une belle histoire qui lui aurait énormément apporté.

Saurait-elle seulement oublier Gabe un jour ?

Elle n'y croyait guère mais que faire d'autre sinon se résigner à admettre qu'il n'avait pas le profil d'un mari idéal ?

Ce qu'il lui avait dit de sa mission à Dallas, de la mort de son collègue du FBI, de la trahison d'une femme qu'il aimait alors et qui l'avait manipulé, tout cela expliquait sans doute sa méfiance envers tout lien durable avec une femme. Était-il homme à changer d'avis sur la question ? Souhaitait-elle qu'il change d'avis ?

Plus troublée que jamais, elle s'efforçait de se concentrer sur les données de son tableur quand un texto de Gabe lui parvint.

Ce soir tu es à moi, ma belle, et de toutes les façons possibles…

Au moins la désirait-il et cette perspective lui rendit son optimisme.

Elle lui répondit qu'elle ne pourrait le rejoindre que vers 20 heures et… essaya de nouveau de se concentrer sur son travail.

En vain.

Chelsea aimait sa maison de Pine Valley mais le ranch de Crescent Moon, ce lieu où elle avait grandi, restait pour elle encore aujourd'hui une source d'émotions.

Sa future belle-sœur et son frère se tenaient dans la plus belle pièce de la maison, celle dite « des quatre saisons » dont les larges baies vitrées, hiver comme été, laissaient passer le soleil.

Plus jeune, elle s'y réfugiait durant des heures pour lire ces romans d'aventures qui lui donnaient l'espoir d'une vie meilleure, une vie où elle serait enfin aimée à sa mesure.

Quand elle avait du vague à l'âme, les chevaliers d'antan, les boucaniers au cœur généreux, les officiers galants surgissaient des pages imprimées pour venir à sa rescousse et alors, tout s'arrangeait comme par magie.

Aujourd'hui, les héros d'antan auraient eu le profil de Gabe...

— Chels ! Quel plaisir de te voir ! s'exclama Erin en venant à sa rencontre.

— Crois-tu que j'aurais laissé passer une si belle occasion de goûter à ta cuisine raffinée ? répondit-elle en embrassant sa belle-sœur.

En plus d'être charmante, Erin avait tout d'un cordon-bleu, une qualité qui lui faisait défaut.

— Bonsoir, sœurette. Je te sers un verre ? proposa Daniel en s'approchant du bar.

— Du vin, alors.

— Et de l'eau pour moi, dit Erin. Le dîner sera prêt dans quinze minutes.

Le regard pétillant de sa future belle-sœur excita sa curiosité.

Qu'avaient-ils de si important à lui dire, Daniel et elle ?

— Tu te fais trop rare, dit Erin.

— Ces temps-ci, j'ai été débordée au travail, et par les préparatifs du mariage de Shane et Brandee, aussi !

— Ne serait-ce pas plutôt un certain Gabe Walsh qui te mettrait en effervescence ? demanda Erin d'un ton taquin.

Nier l'évidence n'aurait servi à rien puisque, l'autre jour, Gabe l'avait embrassée en public.

— Il tient en ce moment une certaine place dans ma vie, c'est vrai, reconnut-elle.

Elle jeta un rapide coup d'œil à son frère. Allait-il en profiter pour lui adresser des reproches ?

— À ta santé, sœurette, dit-il en levant son verre. Et autant que tu le saches tout de suite, Erin et moi allons être parents.

Elle crut avoir mal entendu et les regarda tour à tour sans un mot.

— Daniel veut dire que je suis enceinte, précisa Erin, son visage fendu par un large sourire. Tu es la première à être au courant !

Une bouffée de joie l'envahit alors.

— Je suis si contente pour vous deux ! Et pour moi aussi, d'ailleurs, puisque je vais être tante !

— D'après le gynéco, je suis déjà enceinte de six semaines, expliqua Erin.

Chelsea l'étreignit avec tendresse.

— Un petit bébé ! Je suis sûre que vous serez des parents modèles.

Daniel la serra entre ses bras.

— Merci, murmura-t-il, visiblement ému. Et à ce propos, même si c'est un peu passé de mode, nous voudrions que tu sois la marraine de nos deux têtes blondes.

— Avec plaisir, je...

Elle se tut et ouvrit de grands yeux.

— Comment ça, vos *deux* têtes blondes ?

— Ce sont des jumeaux que je porte, déclara Erin.

— Deux enfants ! Incroyable...

Le rire d'Erin fusa.

— Au début, Daniel et moi avons été en état de choc mais la nature fait bien les choses puisque nous voulions une grande famille.

— Disons que nous avons pris de l'avance, ajouta Daniel, rayonnant.

Tant de bonheur aurait pu la rendre jalouse mais ce qu'elle ressentit fut une bouffée d'allégresse.

— Je ne sais pas quoi dire...

— Enfin, Chels, tu ne vas pas te mettre à pleurer ! lui fit remarquer Daniel.

— Et pourquoi pas ? Si je pleure, c'est de bonheur. Quand je pense que vous allez bientôt être parents, et de deux enfants !

Erin lui sourit.

— Ces temps derniers, mon humeur jouait au yo-yo et je me demandais bien pourquoi. Au moins à présent, je sais à quoi m'en tenir et j'ai hâte de discuter avec toi layette, biberons et berceau.

Daniel fronça les sourcils.

— Vous ne manquez pas de culot, les filles ! Dites-le, si vous voulez que j'aille dîner à la cuisine.

Chelsea lui décocha un regard moqueur.

— Reste. Erin et moi aurons besoin de ton aide pour le plan de la future nurserie.

— Et pour décider de ce qu'il faudra acheter, ajouta Erin.

Daniel laissa échapper un grognement.

— Ça commence bien. Dans les semaines à venir, ma carte de crédit va chauffer.

— Dis plutôt qu'elle va flamber pour la bonne cause ! s'exclama Chelsea en riant.

Pour la dixième fois, Gabe consulta sa montre.

Déjà 20 h 30...

— Mais que fait-elle, bon sang ?

Il détestait qu'on le fasse attendre et Chelsea avait promis d'être là à 20 heures.

Or, pas un appel, pas un texto de sa part...

Sa frustration était d'autant plus vive qu'il brûlait d'envie de lui refaire l'amour et, si possible, toute la nuit...

Se pouvait-il qu'une affaire urgente l'ait retenue ou qu'elle ait été prise à partie par un toqué, comme l'autre soir ? À cette idée, il serra les poings.

Plus il pensait à elle et plus il se demandait... s'il aurait la force de vivre sans elle.

Oui, il l'aurait, cette force.

Plus question de se laisser piéger par une femme.

À Dallas, lors de sa dernière enquête, la femme qu'il aimait lui avait soutiré des informations aussitôt transmises à ces gangsters du cartel de la drogue pour lequel la traîtresse travaillait.

Son collègue du FBI en était mort, de quoi le vacciner contre les aventures sentimentales, aussi avait-il applaudi des deux mains à la proposition de Chelsea de ne pas prolonger leur relation au-delà du mariage de Shane et Brandee.

Mais qui peut se prétendre vacciné contre les sentiments ?

Chelsea avait le chic pour le tenir à distance, attisant ainsi son désir, et plus elle le faisait languir, plus il avait envie d'elle, envie de la conquérir.

Allait-il enfin admettre que, comme tout un chacun, il avait besoin d'aimer et de se sentir aimé ? Qu'il rêvait de conduire un jour sa belle, tout de blanc vêtue, jusqu'à l'autel ?

Ne l'avait-il pas appelée « chérie » au creux de l'oreille, l'autre soir ?

Et qu'il n'ait plus été question de « chérie » le lendemain, au réveil, ne changeait rien à l'affaire.

Un tapotement discret à la porte le ramena à l'instant présent, et il se précipita pour aller ouvrir.

— Chels, mais que t'est-il arrivé ! On t'a fait du mal ?

Des larmes coulaient sur les joues de la jeune femme qui, pourtant, souriait.

— Désolée pour le retard. Et si je pleure c'est de bonheur...

— De *bonheur* ? Tu peux m'expliquer ?

— Daniel et Erin vont avoir des jumeaux !

Il serra la jeune femme dans ses bras.

— Pourquoi pleurer, alors ?

— Je ne peux m'empêcher d'établir un parallèle entre leur bonheur et ma propre existence.

— Je vois. Le mariage, la famille...

— Rassure-toi, je n'ai pas d'arrière-pensées nous concernant, déclara-t-elle en se blottissant contre lui, mais disons qu'il m'arrive de m'imaginer enceinte...

Un mari, des enfants...

— Je vois...

Le sourire lumineux de Chelsea en aurait fait fondre plus d'un.

— Aussi incroyable que cela paraisse, moi la solitaire, la célibataire endurcie, je m'imagine volontiers en mère de famille.

Et lui, avait-il envie d'une vie différente de celle qu'il s'était choisie ? Se voyait-il en père de famille ?

La bague au doigt, des enfants qui grandissent à l'ombre d'un grand chêne...

Pas de délire, Walsh !

Qu'y pouvait-il si, au contact de Chelsea, il se découvrait différent de celui qu'il pensait être ?

— Tante Chels, ironisa-t-il.

Un éclat de joie traversa le regard de la jeune femme.

— Si tu savais comme je me réjouis d'avoir bientôt des neveux ou des nièces !

Et lui dans l'affaire, que deviendrait-il, sinon un souvenir ?

Belle comme elle l'était, Chelsea trouverait un jour le bonheur avec un homme, et l'imaginer vivant avec un autre fut pour lui une véritable torture.

Chels mariée, mère de famille... Et un autre homme qui partagerait sa vie...

— Dis, tu ne m'en veux pas de ce retard ? demanda-t-elle, le regard suppliant.

— Mais non, voyons. Et il me vient une idée...

— Laquelle ?

— Pourquoi ne pas acheter un sapin de Noël géant que nous décorerons tous les deux ?

Noël coïnciderait avec le mariage de leurs amis et donc, avec la fin annoncée de leur histoire, mais ce sapin resterait au moins dans leurs mémoires comme le symbole d'une brève mais intense passion.

— Crois-tu que ça en vaille la peine, pour si peu de temps ? demanda-t-elle.

— Tout ce que je partage avec toi en vaut la peine, répondit-il, très sérieux soudain.

Plus tard, ces souvenirs l'aideraient à avoir moins froid.

14

Au fur et à mesure que Gabe sortait de ses tiroirs les futurs ornements de Noël, Chelsea ne pouvait s'empêcher de faire grise mine.

— Tu n'imagines quand même pas que nous allons décorer le sapin avec *ça* !

Gabe haussa les épaules.

— Ces mignonnettes de bar ont leur charme.

Et il lui montra une bonne vingtaine de minuscules bouteilles de whisky, de rhum, de vodka et autres alcools, cadeaux de ses bons clients.

— Sur un sapin de Noël ! s'exclama-t-elle, mi-amusée, mi-indignée. Et à quoi pourraient bien nous servir ces mini-fers à cheval en plastique ?

— Des souvenirs de rodéo.

— Des souvenirs de rodéo ? Raconte !

Il ne se fit pas prier et, de fil en aiguille, elle en vint à raconter ses propres souvenirs d'enfance.

— Noël était ma période préférée. J'aidais mon père à sortir de leur boîte les guirlandes, les cheveux d'ange, les étoiles et les boules si fragiles que j'en cassais régulièrement deux ou trois chaque année.

Gabe lui caressa la joue.

— Tu penses beaucoup à lui, n'est-ce pas ? Passer les fêtes sans ses parents doit être difficile...

Par crainte de laisser libre cours à son émotion, elle fuit son regard et s'obligea à admirer le sapin trônant dans le salon.

— Après le départ de ma mère, mon père n'a plus été le même, expliqua-t-elle. Chaque jour il attendait de ses nouvelles et comme il n'en obtenait aucune, il a commencé à dépérir.

Sa gorge était nouée, ses yeux piquaient. Mais elle voulait aller jusqu'au bout.

— Le plus triste était que moi, je savais où elle se trouvait, ma mère. Oh bien sûr, j'aurais pu en parler à papa, mais à quoi bon ? Qu'aurait-il fait ? Elle ne voulait plus le voir, voilà tout.

— Chels !

Gabe l'enlaça avec tendresse et elle posa son front sur son épaule.

— Comment a-t-elle pu être si cruelle avec un homme qui nous avait toujours aimés, mon frère et moi ? murmura-t-elle.

— Peut-être avait-elle ses raisons. As-tu cherché à la contacter ?

— J'aurais pu grâce à Internet mais j'ai choisi de respecter sa tranquillité. Je sais qu'elle a rencontré un homme et qu'elle vit avec lui, pas très loin d'ici.

— Mon cœur, je suis désolé...

La tendresse de sa voix fut pour elle comme une caresse.

— Papa est mort un an après le départ de maman et j'ai eu du mal à admettre qu'il ne serait plus jamais là pour moi. Alors, autant te le dire, j'ai perdu les pédales.

Aujourd'hui encore, elle se sentait honteuse de ce qu'elle avait fait.

— Continue, l'encouragea Gabe.

— J'en étais arrivée à un point de rupture totale. Sans Daniel et sans Brandee, je ne sais pas ce qu'il serait advenu de moi. Si seulement tu savais...

— Tout ce qui te touche m'importe, Chels. Mais si tu préfères garder tes secrets, cela ne me pose aucun problème.

Au moins Gabe avait-il assez de tact pour la laisser libre de parler ou non.

Repenser à cette période-là de sa vie la mit au supplice car, de toutes les difficultés qu'elle avait endurées, la mort de son père était celle qui l'avait le plus traumatisée.

Totalement déboussolée, elle avait perdu la tête.

Par la suite, sur l'insistance de Daniel et de Brandee, elle avait rencontré un conseiller spécialiste de ce genre de problèmes, ce qui lui avait permis de reprendre pied dans la réalité. Et, petit à petit, elle avait remonté la pente.

Son regard anxieux se fixa sur Gabe.

— Il faut quand même que tu saches, murmura-t-elle. J'ai essayé de me tuer.

— Chelsea ! s'exclama-t-il en l'encerclant de ses bras musclés.

Sa chaleur virile à laquelle se mêlait une incontestable tendresse l'encouragea à poursuivre.

— Eh oui… Une tentative de suicide en bonne et due forme.

— Je… Je ne sais que dire.

— Alors ne dis rien, dit-elle d'une voix douce.

Tous deux restèrent un long moment dans les bras l'un de l'autre.

C'était si bon, si rassurant…

— D'après les médecins, j'ai été à deux doigts de mourir, expliqua-t-elle. Une fois ranimée, j'ai été en proie à un immense sentiment de solitude. Daniel et Brandee me tenaient la main, s'occupaient de moi, mais autour de moi, rien n'était plus pareil.

— L'absence de ta mère, la mort de ton père, c'est normal, murmura Gabe, visiblement ému.

— C'est vrai. Tant que papa vivait encore, j'avais de l'espoir mais après…

Gabe effleura sa joue.

— Tu n'es plus seule, ma Chels. Ton fardeau est désormais le mien.

Elle lui sourit.

— Comprends-tu pourquoi Daniel se montre aussi protecteur à mon égard ?

— Oui, je comprends.

— Voilà. Je voulais que tu connaisses cette partie de ma vie.

— Et je te remercie de ta confiance.

Il ne lui serait pas venu à l'esprit que Gabe puisse un jour la trahir.

— Assez discuté ! lança-t-elle en prenant les lèvres de Gabe avec autorité.

Il l'enlaça, et sa main sur ses reins se fit pressante.

En étroit contact avec sa virilité, elle poussa un gémissement de plaisir puis les lèvres chaudes et sensuelles de son amant prirent possession des siennes, en un long baiser.

Comment pourrait-elle un jour se lasser de cet homme, de ses attentions ?

Alors qu'elle brûlait d'envie de se donner à lui, Gabe lui parut changé, perdu dans des pensées lointaines, perturbé peut-être par ce qu'elle venait de lui raconter de ce petit épisode de sa vie.

Qu'il prenne à ce point en considération son âme, ses secrets, ne devait pas être si facile pour un homme tel que lui habitué à décider seul, à vivre seul aussi...

Elle eut alors l'idée d'accrocher une boule de gui, souvenir rapporté de la fête prénuptiale, à la plus haute branche du sapin.

Gabe comprit-il son intention ?

Toujours est-il qu'il l'entraîna sous la boule symbolique, ce qu'elle interpréta comme un signe positif pour leur avenir.

Ce sapin, le gui, l'envie de se marier un jour avec cet homme qu'elle avait désormais dans la peau, tout cela était si... si parfait.

— Chels, veux-tu que...

— Oui !

Quand Gabe l'emporta vers la chambre, elle n'eut plus qu'une hâte, une seule : se retrouver nue entre ses bras.

— Tu ne vas pas me faire faux bond comme l'autre fois ? lui demanda-t-il.

— N'aie crainte, demain matin nous nous réveillerons ensemble.

Et elle appela de ses vœux le jour où elle ne dormirait plus jamais seule.

Alors que Chelsea somnolait entre ses bras, Gabe repensa aux révélations qu'elle lui avait faites concernant sa tentative de suicide.

Non seulement la nouvelle l'avait choqué et ému au-delà de tout mais il avait pris conscience que cette femme lui était devenue indispensable, qu'il n'avait pas envie de vivre sans elle.

Plus ému que jamais, il contempla Chelsea et caressa son épaule gracile.

Désormais, il comptait les heures, les minutes qui les séparaient l'un de l'autre et il se fit le serment de ne plus jamais la laisser seule.

Et surtout, il voulait la guérir du mal que lui avait infligé Maverick, un mal dont il se sentait responsable malgré tout.

En lui parlant à cœur ouvert comme elle l'avait fait, Chelsea ne lui avait-elle pas montré qu'il comptait pour elle ?

— Chels, ma chérie, je t'aime.

Des mots jaillis du plus profond de son être mais qu'elle ne pouvait entendre puisqu'elle dormait.

Gabe ne s'était jamais senti aussi heureux.

L'influence de Chelsea, sans nul doute.

Ce matin encore, tous deux s'étaient donnés l'un à l'autre avec une fougue qui avait contribué à balayer ses derniers doutes.

Plus question de rupture, du moins de sa part.

Chelsea et lui devaient se revoir bientôt pour régler les derniers détails du mariage de leurs amis et cette fois, il avait l'intention de lui déclarer sa flamme et son désir de partager sa vie.

Tout guilleret, il passa sa veste, prit l'ascenseur pour le rez-de-chaussée, et lui qui ne sifflait jamais se surprit à égrener les notes d'une vieille chanson de cow-boy.

La vie était belle !

Un mois plus tôt, il aurait traité de fou quiconque lui aurait parlé mariage tandis que, aujourd'hui, la pensée de marcher vers l'autel au bras de Chelsea en robe blanche lui mettait presque les larmes aux yeux.

Mais d'abord, relever son courrier, ce qu'il n'avait pas fait depuis au moins une semaine, la plupart des échanges passant désormais par Internet.

Une volumineuse enveloppe lui était adressée et, à l'intérieur, il découvrit un petit mot rédigé à l'encre bleue.

Cette lettre a été mise dans ma boîte par erreur. Je n'étais pas chez moi alors. De retour depuis quelques jours de mes vacances, je rends à César ce qui appartient à César.

Votre voisine du 2C.

Non sans effroi, il reconnut l'écriture de son oncle sur l'enveloppe.

— Tout va bien, monsieur Walsh ? lui demanda le portier.

— Très bien, répondit-il d'une voix étranglée.

Vite, remonter à l'appartement !

Une fois sa porte fermée, il ouvrit l'enveloppe et plusieurs photos noir et blanc s'éparpillèrent sur le comptoir de la cuisine.

Bon sang !

Chelsea, nue ou très dévêtue, dans les vestiaires du TCC !

D'après l'angle de prise de vue, l'appareil avait été placé soit dans une bouche de ventilation, soit dans un lustre, à l'évidence par le complice de son oncle.

Une bouffée de rage le saisit.

Les photos qu'il avait sous les yeux ne lui semblaient pas être les mêmes que les précédentes, celles qui avaient circulé sur les réseaux sociaux et qu'il avait malgré lui survolées d'un regard horrifié.

Que ressentirait Chelsea en découvrant cette nouvelle infamie ?

Tremblant, il se servit un bourbon et en but presque la moitié d'une gorgée.

La lettre à présent...

Gabriel,

Je ne sais pas combien de temps il me reste encore à vivre et tu es mon seul parent.

Je suis Maverick, ce qui n'est plus un mystère pour toi, à présent. Seulement tu te poses sans doute des questions concernant ce que j'ai fait.

Eh bien, j'avais mes raisons pour avoir agi comme je l'ai fait et j'entends te les expliquer. J'espère que tu comprendras et que tu m'aideras à accomplir la dernière partie de ma mission, mais venons-en au fait.

Tu ne l'ignores pas, j'ai plusieurs fois fait acte de candidature au Texas Cattleman's Club, sans succès.

Chaque fois, le comité directeur m'a jugé indésirable et m'a refusé l'admission.

Te rends-tu compte ? Moi, Dusty Walsh, traité comme un paria alors même que les femmes, elles, étaient admises au TCC ?

Insupportable, n'est-ce pas ?

Autant que tu le saches, quelques années plus tôt, j'ai eu une liaison avec Colleen Humphreys, l'épouse du président du TCC, oui, le fameux Humphreys qui a passé l'arme à gauche il y aura bientôt un an.

Il devait s'agir d'une simple aventure et puis, les sentiments s'en sont mêlés. Je l'ai aimée et je l'aime encore.

Son mari a découvert notre liaison et menacé de me mettre financièrement sur la paille. Il n'y est pas parvenu et, pour se venger, il a fait systématiquement capoter toutes mes demandes d'adhésion au TCC, ce qui, pour moi, à été la plus grande humiliation de toute mon existence.

Pour me venger, je suis devenu Maverick et j'ai calomnié les membres du TCC en mettant au grand jour leurs turpitudes, coucheries et escroqueries.

Tu crois que ton cher oncle est un monstre pour avoir agi ainsi ? Comme je l'ai écrit, je voulais me venger.

Aujourd'hui que je suis au seuil de la mort, il m'arrive de regretter d'avoir traîné dans la boue des innocents mais vois-tu, je n'avais pas le choix.

Gabe n'en revenait pas.

Faire autant de mal simplement pour se venger d'une seule personne, n'était-ce pas la preuve que son oncle était fou ?

Plus dégoûté que jamais, il poursuivit sa lecture.

Ci-joint quelques photos de Chelsea Hunt jamais encore diffusées et qui satisferont, je pense, les voyeurs de tout acabit.

À toi, mon neveu, de veiller à ce que ma vengeance aille à son terme. Tu as toujours été loyal à mon égard, toujours prêt à m'épauler en cas de besoin, aussi je suis certain que tu sauras faire le meilleur usage de ces clichés olé olé.

Les femmes de l'espèce de Chelsea Hunt marchent la tête haute et se croient tout permis parce qu'elles ont une carte de membre du TCC !

Ne serait-ce que pour ça, elles méritent de souffrir même si, en vérité, je n'ai rien à leur reprocher.

Arrivé à la signature, sa vue se brouilla.

Le lendemain du jour de l'expédition de cette lettre infâme, son oncle mourait.

Mais il y avait pire.

En faisant de lui, contre sa volonté, son exécuteur testamentaire, son oncle le mêlait à une machination qui lui était totalement étrangère.

— Bon sang, Dusty ! Comment as-tu osé ?

Ces photos, il ne voulait plus les voir, aussi les glissa-t-il dans un tiroir, avec la lettre.

Une fois le choc passé, il confierait ces pièces à conviction au shérif.

Resterait à laver l'honneur de Chelsea, et pour cela, il fallait à tout prix découvrir l'identité du complice de Dusty, celui ou celle qui avait caché une caméra dans le vestiaire des femmes, au TCC.

Ensuite, et à condition qu'un autre complice ne se manifeste pas, Chelsea et lui pourraient enfin marcher d'un même pas vers l'avenir.

15

Grâce à cette répétition générale, dans le ranch de la future mariée, les invités avaient pu se familiariser avec le déroulement de la noce prévue officiellement pour le lendemain et, à voir leurs mines réjouies, aucun d'eux ne regrettait d'être venu.

— Dire que je serai bientôt l'épouse de Shane ! s'exclama Brandee en l'étreignant.

Émue, Chelsea lui rendit son accolade. La joie de son amie la réjouissait – au moins autant que le succulent dîner qui venait d'être servi !

— Tout se passera à la perfection, dit-elle.

Brandee lui offrit un sourire radieux.

— Gabe et toi, vous avez tant fait pour nous !

— Et nous y avons pris un grand plaisir, assura-t-elle en rougissant.

Car entre deux préparatifs, Gabe et elle s'étaient occupés... de tout autre chose que du mariage de leurs amis.

— Tant mieux, dit Brandee. Et avez-vous des projets ?

Pas si anodine qu'elle paraissait, la question réclamait une réponse prudente.

— Notre mariage n'est pas à l'ordre du jour, s'empressa-t-elle de répondre.

Devenir Mme Walsh n'aurait pas été pour lui déplaire, mais chaque chose en son temps.

— Quand je vous vois ensemble, ma première réaction est de me dire que vous formez un beau couple, fit remarquer Brandee.

Sans aucun doute, songea Chelsea. Mais serait-elle un jour tout de blanc vêtue comme son amie ?

En attendant, au terme du contrat passé entre Gabe et elle, leur relation devait s'achever au plus tard demain, une fois leurs amis mariés.

— Pourquoi précipiter les choses ? dit-elle.

— Parce qu'il faut saisir l'amour au vol quand il passe à notre portée, ma belle. Après, il est parfois trop tard.

— Au risque de forcer le destin ? demanda-t-elle en haussant le ton pour couvrir le brouhaha des conversations et la musique de l'orchestre.

Brandee lui lança un regard empreint de sympathie.

— Tu aimes Gabe, n'est-ce pas ?

— Oui je l'aime, admit-elle. Et j'espère que c'est réciproque.

Brandee hocha la tête, satisfaite.

— Ça l'est, décréta-t-elle. À la façon qu'il a de te couver du regard, j'en mettrais ma main au feu.

— Quand un homme a envie d'une femme, tout lui est bon, murmura-t-elle tandis que lui revenait en mémoire leur étreinte de la veille.

Son amie haussa les épaules.

— Gabe fait plus que te désirer, Chelsea, mais si tu le tiens à distance, alors tu le perdras. Sois honnête et laisse parler ton cœur.

Laisser parler son cœur était tentant mais dangereux.

— Shane et toi n'avez-vous pas été sur le point de vous séparer, il y a quelque temps ?

— C'est vrai, mais nous nous sommes battus pour notre bonheur et je t'engage à nous imiter.

Avant qu'elle ait eu le temps d'approfondir, les demoiselles d'honneur installées à la table voisine firent signe à Brandee de venir les rejoindre. Comme à regret, son amie se leva.

— Nous nous verrons demain, à l'église, Chels. En attendant, réfléchis à ce que je t'ai dit.

Chelsea hocha la tête sans répondre.

Réfléchir ? Mais à quoi ? Tout ce qui lui importait, c'était de se retrouver dans les bras de Gabe.

Elle se sentit soudain très seule, et la grande tente avait beau être chauffée, il lui parut soudain qu'il faisait plus froid.

Gabe lui manquait...

Qu'en serait-il, après le mariage, de sa relation avec lui ?

Elle ne voulait pas y penser maintenant. Pour l'instant, elle devait profiter de ce moment de fête.

Après des semaines de préparation, tout était au point. La pensée d'offrir à Shane et Brandee le plus parfait des mariages aurait dû la réjouir... mais ses pensées la ramenaient toujours à Gabe, à ce qui allait ou non se passer entre eux prochainement.

– Tu n'as jamais été plus sexy, déclara une voix familière.

Et, un sourire aux lèvres, Gabe prit place à côté d'elle.

Comme par magie, elle n'eut plus du tout froid.

— Ma robe est plutôt sage, remarqua-t-elle en gonflant sa poitrine.

Le regard que Gabe lui jeta n'avait rien à voir avec la sagesse...

— As-tu fini de m'aguicher ? demanda-t-il. Déjà tout à l'heure, un coup de vent a retroussé ta robe...

Ladite robe avait été choisie courte à dessein mais ça, pas question de l'avouer.

— Ah bon ? répliqua-t-elle d'un air innocent. Je l'ai choisie à cause de sa couleur, je trouve qu'elle va bien à mon teint, tu ne trouves pas ?

À la façon dont Gabe la détaillait, il était clair qu'elle était à son goût.

— Je meurs d'envie de te faire l'amour là, tout de suite, dit-il en baissant la voix pour ne pas être entendu des autres.

— Il te faudra attendre.

— Et tes dessous ? Est-ce bien un string que j'ai cru entrevoir, tout à l'heure ?

La question la fit sourire.

— Devine ?

Après un coup d'œil à la ronde, Gabe se focalisa de nouveau sur elle.

— Que dirais-tu de partir tout de suite ? proposa-t-il.

— Si nous prenons l'habitude de filer à l'anglaise, les autres vont nous taxer d'obsédés sexuels...

— Je me moque des autres. C'est toi qui m'importes.

Jamais il ne lui avait témoigné son intérêt de façon aussi flagrante, aussi se prit-elle à espérer que, peut-être, elle finirait par lui inspirer de l'amour.

— Bon, d'accord, mais alors quittons le ranch séparément afin de ne pas faire jaser.

— Si tu veux, déclara-t-il en embrassant le coin de ses lèvres. Et rendez-vous chez moi dans un quart d'heure.

Un quart d'heure, juste le temps de faire la route...

Avant qu'elle ait pu protester – mais en avait-elle envie ? –, Gabe se leva, salua Shane au passage puis se dirigea vers le parking.

En voyant son frère Daniel se diriger vers elle, elle soupira. Il venait de lui gâcher le plaisir qu'elle savourait déjà à la pensée de retrouver Gabe dans quelques minutes.

— Que veux-tu ? lui demanda-t-elle avec une certaine brusquerie.

Avec un sourire, son frère s'assit à ses côtés.

— Discuter avec toi quelques minutes, si c'est possible.

— Je t'écoute.

— Gabe et toi, vous sembliez en grande discussion, non ? demanda Daniel en la scrutant d'un air protecteur.

— Oui, et alors ?

— Puisque je l'ai vu se diriger vers le parking, je suppose que ton chevalier servant retourne à Royal ?

— C'est son droit.

— Et toi, je suppose que tu ne vas pas tarder à partir aussi ?

— En effet.

Daniel lui lança un regard navré.

— Tu vas souffrir, Chels. Les hommes comme Gabe Walsh ne font pas de cadeau à leurs conquêtes.

La colère s'empara brusquement d'elle.

— Je suis assez grande pour mener ma vie comme je l'entends, alors ne t'en mêle plus !

Elle se levait pour partir mais Daniel la retint par le bras.

— J'espère que tu sais ce que tu fais, sœurette ?

— Gabe fait partie de ma vie, rétorqua-t-elle en se dégageant. Mets-toi bien ça dans la tête une fois pour toutes.

— Et toi, fais-tu partie de la sienne ?

Cette question, elle se l'était déjà posée mais elle n'entendait pas en discuter avec Daniel.

— À plus tard.

— Réfléchis à ce que je t'ai dit, Chels.

Elle s'éloigna avec un haussement d'épaules.

C'était Gabe qu'elle aimait, Gabe qu'elle voulait, et elle ne permettrait à personne de venir contrecarrer ses plans.

Elle prit le temps de dire quelques mots aimables aux futurs mariés et se garda de réagir aux sourires ironiques de certains invités.

Enfin, sa voiture !

Le trajet jusqu'à Royal dura une éternité.

Comme elle était impatiente de retrouver Gabe et de sentir ses mains sur son corps, sa bouche sur ses lèvres, et ailleurs...

Elle se fit ouvrir par le portier puis, plus impatiente que jamais, s'engouffra dans l'ascenseur.

Un étage, deux, trois, quatre, cinq...

La porte du loft était ouverte et elle en franchit le seuil comme on entre en terrain conquis.

— Tu en as mis, du temps ! lui fit remarquer Gabe en l'enlaçant avec fougue.

Elle se garda bien de lui expliquer pourquoi.

— Enlève ta robe, ordonna-t-il.

Elle s'exécuta non sans trembler d'impatience.

— Alors ?

— Oh Chels, je...

— L'attente en valait la peine ?

Les joues en feu, Gabe se lécha les lèvres.

— Si j'avais su que tu portais ce genre de dessous, il y a belle lurette que j'aurais écourté le dîner ! Je te promets la nuit la plus belle de toute ton existence, ma chérie.

Leur dernière nuit ensemble...

Devait-elle lui révéler une bonne fois pour toutes la vérité sur les sentiments qu'il lui inspirait ?

— Gabe, je...

Elle se retrouva emportée par des bras puissants et ce qu'elle ressentit alors dépassa tout simplement l'imaginable.

Elle l'aimait, oui, mais que ferait-elle si lui ne l'aimait pas ?

L'éclat des lumières de la ville à travers la baie vitrée excita sa mémoire érotique.

— Aurais-tu par hasard l'intention de me prendre debout, comme la dernière fois ?

— Pas question ! Nous ferons l'amour au lit, répondit Gabe avec, pour elle, un regard empreint de tendresse.

Son souhait secret serait-il en train de se concrétiser ?

Dans la chambre, quand elle lui ouvrit les bras, des larmes qu'elle ne pouvait retenir coulèrent sur ses joues.

À son réveil, le premier geste de Chelsea fut de remettre de l'ordre dans la tignasse en bataille de Gabe encore endormi.

Puis elle le contempla un instant, la gorge nouée par l'émotion.

Dans quelques heures, tous deux se tiendraient à côté de leurs amis qui allaient se marier.

Un mariage, l'union de deux êtres qui s'aiment...

Dire qu'elle n'en rêvait pas pour Gabe et elle aurait été mentir.

D'un geste doux, elle effleura le visage aimé et sourit du soupir que poussa Gabe dans son sommeil.

Comme il lui avait bien fait l'amour !

Et avec quel mélange de passion, de sexualité brute, de sentiments aussi.

Il était temps de se lever.

Le jour où elle serait sa femme, il lui faudrait bien apprendre à préparer le petit déjeuner...

Prenant soin de ne pas réveiller Gabe, elle enfila son T-shirt puis se rendit dans la cuisine.

Un célibataire endurci comme lui avait-il seulement dans ses placards de quoi reprendre des forces ?

Où donc rangeait-il le pain ? Et les couteaux ?

Alors qu'elle ouvrait les tiroirs l'un après l'autre, son œil fut attiré par plusieurs photos en noir et blanc...

Son pouls s'accéléra quand elle vit que la femme nue sur les clichés n'était autre qu'elle-même.

Plus récentes que les précédentes, les photos la montraient dans des poses pour le moins embarrassantes mais, autant qu'elle puisse en juger, aucune n'avait encore été diffusée sur les réseaux sociaux.

Gabe, comment as-tu pu me trahir à ce point-là !

D'une main qui tremblait, elle lut la lettre qui accompagnait les photos et par laquelle l'oncle Dusty passait le flambeau à son cher neveu.

Si Gabe avait jugé bon de cacher lettre et photos au fond d'un tiroir, plutôt que de confier le tout au shérif, c'était bien la preuve qu'il était complice de Dusty, non ?

Peut-être même que c'était lui, qui était à l'origine de certains scandales...

Une immense tristesse la submergea, aussitôt remplacée par une violente colère.

Toutes ses illusions envolées, elle serra les poings.

Jamais elle n'aurait dû lui faire confiance !

Cette nuit, elle s'était donnée à lui en toute candeur, avec toute son âme.

Accablée de honte et de chagrin, elle frappa le comptoir du plat de la main.

Gabe, pourquoi ?

Elle y avait cru, à ce bonheur auquel elle aspirait de tout son être. Et voilà que tout s'effondrait.

Quitter ce loft infâme, ne plus jamais revoir Gabe !

Dans le salon, la vision du sapin que Gabe et elle avaient orné de guirlandes, de boules et d'étoiles décupla sa détresse.

Il l'avait bernée avec un naturel... digne d'un salaud !

C'était à pleurer.

L'idée de lui demander des explications lui traversa l'esprit, mais elle était trop en colère pour l'instant, trop bouleversée par ce qu'elle venait de découvrir.

Elle s'habilla en silence.

Un dernier sanglot lui échappa.

Une belle histoire ?

Non, une histoire désastreuse basée sur le mensonge.

Et si elle se trompait sur son compte ? S'il n'y était vraiment pour rien, comme il le lui avait souvent répété ?

Non, pas après ce qu'elle venait de découvrir au fond de son tiroir !

Dans tous les cas, par égard pour Brandee, elle s'obligerait à tenir son rang de demoiselle d'honneur au mariage.

Restait à affronter celui à qui elle avait tant donné et qui, désormais, n'existait plus pour elle.

Derrière le masque séduisant du cow-boy millionnaire, qui aurait cru que pouvait se cacher un tel monstre ?

16

— Espèce de salaud !

L'apostrophe tira Gabe de son sommeil.

— Mais… Pourquoi ? demanda-t-il en se frottant les yeux.

Pâle de colère, Chelsea lui jeta au visage les photos en noir et blanc qui la représentaient nue.

Le tiroir !

Cette satanée lettre…

Il aurait dû prévenir le shérif tout de suite mais les derniers préparatifs du mariage l'avaient accaparé.

À présent, Chelsea ne manquerait pas de le considérer comme le complice de son oncle. Avec raison, il devait bien le reconnaître.

— Je ne veux même pas entendre tes explications, ajouta Chelsea en boutonnant son manteau.

Ce qui lui laissait, quoi, deux secondes tout au plus pour tenter de se justifier ?

— Par pitié, écoute ce que j'ai à te dire.

— Épargne-moi tes excuses ! Pourquoi avoir laissé traîner ces sales photos dans un tiroir sinon pour m'humilier un peu plus encore ? Par solidarité avec ton oncle ?

Il s'habilla à la va-vite.

— Chels, j'ignorais l'existence de ces photos, je te le jure. Elles m'ont été envoyées par Dusty la veille de sa mort et je n'ai reçu le tout qu'hier.

— Vraiment ?

Posément, il lui expliqua comment sa voisine, absente, avait trouvé à son retour la lettre de son oncle glissée par erreur dans sa boîte.

L'expression de Chelsea s'adoucit.

— Tu aurais dû brûler ces photos. Ou encore les remettre au shérif, comme pièces à conviction. Ou me les donner.

— Je ne voulais pas perturber le mariage de Brandee et Shane, ou te perturber, toi.

— Et je devrais te croire ?

— Il *faut* que tu me croies.

— Facile à dire !

Les yeux de Chelsea n'étaient que souffrance et déception. Il ne pouvait que la comprendre. Et surtout, faire en sorte qu'elle le croie, qu'elle lui fasse confiance à nouveau.

— Que dois-je dire ou faire pour te convaincre de ma bonne foi ? demanda-t-il d'un ton où perçait le désespoir.

Quand il tendit sa main vers elle, elle recula aussitôt.

Alors qu'il se creusait la cervelle pour sortir de l'impasse, la cellule photoélectrique déclencha l'ouverture automatique des volets roulants et le soleil levant lui redonna un peu d'optimisme.

Pas pour longtemps, hélas.

— Je n'ai plus confiance en toi, Gabe, déclara Chelsea, les yeux emplis de larmes. Ma conviction est que tu m'as trahie. D'abord en me faisant croire que tu n'étais pour rien dans les machinations de ton oncle, et ensuite, en me persuadant que tu étais différent des autres hommes.

Voir pleurer la femme de sa vie le bouleversa.

N'avait-il pas juré de prendre soin d'elle, de la protéger envers et contre tout ?

— Chels, je...

— N'ajoute rien. Tu m'as trahie. Tu étais complice de ton oncle depuis le début et cette lettre le prouve. Quand je pense que je voulais prolonger notre relation au-delà du mariage de Brandee et Shane. J'allais même te proposer un essai de vie commune, tu te rends compte ?

La colère monta en lui.

— Encore une fois, je ne t'ai pas trahie car j'ignorais tout des manœuvres de mon oncle.

— Alors pourquoi ne m'as-tu pas mise au courant tout de suite ? Ces photos volées me concernaient et la moindre des choses aurait été que tu me les remettes !

— Pour te gâcher la vie ? Pour te faire de la peine, surtout un jour comme aujourd'hui, quand nos amis se marient ? Dès la fin de la cérémonie, mon intention était d'avertir le shérif.

— Trop tard, Gabe. Je n'aurai plus jamais confiance en toi.

— Chels, ne pars pas !

— Trop tard...

Alors qu'elle s'éloignait, un sentiment d'impuissance l'envahit. Il était en train de perdre la femme de sa vie...

Il ne le supporterait pas.

— Je ne t'ai pas trahie ! cria-t-il. Discutons-en et ensuite, nous irons ensemble à l'église.

Arrivée sur le seuil de la porte, Chelsea se retourna, hagarde.

— J'irai seule à l'église et nous nous rejoindrons seulement là-bas, le temps que nos amis soient mariés. Ensuite, je ne veux plus jamais entendre parler de toi.

Il décida de ne pas la retenir, et commença à réfléchir à la façon de reconquérir la jeune femme. Il était hors de question qu'il perde Chelsea.

Tôt ou tard, elle comprendrait qu'il n'était pour rien dans ce scandale et que jamais il ne lui serait venu à l'idée de faire de la peine à une femme comme elle.

Oui, mais qu'importait puisque leur rupture serait alors consommée ?

La porte du loft claqua, et ce fut comme si son cœur était coupé en deux.

Pour la première fois de sa vie, il eut envie de pleurer et dut se faire violence pour contenir son émotion.

Allait-il abandonner la partie ?

Jamais !

Une fois remplies ses obligations de garçon d'honneur, Chelsea et lui auraient, qu'elle le veuille ou non, une discussion concernant leur avenir.

— Merci, Dusty, pour tout le bien que tu m'as fait !

Son oncle aigri et ses sales combines...

Encore bouillonnant de colère, il alla se préparer du café puis il glissa, avec une note de sa main, photos et lettre dans une grande enveloppe adressée à Nate Battle, le shérif.

Dusty Walsh avait l'art de lui compliquer l'existence, et seule l'arrestation du fameux complice de son oncle mettrait un terme à ce cauchemar.

Tout en buvant son café, il imagina Chelsea préparant le petit déjeuner et découvrant les photos et la lettre alors qu'elle cherchait des couverts.

Brillante idée de glisser ces horreurs dans un tiroir, à portée de main, Walsh !

Mais il n'avait pas dit son dernier mot, et tant qu'il lui resterait un souffle de vie, il ferait tout pour reconquérir sa belle et la convaincre de son innocence dans cette triste affaire.

Revêtue de sa robe de demoiselle d'honneur, Chelsea avait toutes les peines du monde à ne pas penser à Gabe.

Et ses larmes qui coulaient tant et plus !

Elle se remaquilla à la hâte et remit du mascara sur ses cils.

Tout à l'heure, Brandee s'était inquiétée de ses yeux rougis et, pour se justifier, elle avait alors invoqué un trop-plein d'émotion.

Au moins était-ce la vérité.

Se regarder dans le miroir lui faisait irrésistiblement penser à Gabe, au jour où, dans la cabine d'essayage, il avait si bien titillé son désir...

Et quelle fabuleuse nuit d'amour les avait réunis, quelques heures plus tôt !

Parviendrait-elle un jour à oublier cet homme ? À tirer un trait sur leurs étreintes voluptueuses ?

Reprends-toi ! Tiens ton rang de demoiselle d'honneur.

— Je suis prête ! dit-elle en rejoignant Brandee dans la pièce voisine.

En robe de mariée, son amie était tout simplement sublime, et le maquillage lui conférait une expression angélique qu'elle lui envia.

— Veux-tu m'aider à mettre mon voile ? Mes mains tremblent..., dit Brandee avec émotion.

Chelsea sortit le tulle délicat de son enveloppe protectrice.

— Baisse-toi un peu, conseilla-t-elle à son amie. La tête en arrière, oui, comme ça.

Maintenu par quelques épingles, le voile donnait à la future mariée une expression de pur bonheur.

— Comment te sens-tu ? demanda-t-elle en guidant Brandee devant le miroir en pied.

— La plus heureuse des femmes...

L'amour existait et son amie, toute de blanc vêtue, en était la preuve vivante.

Un jour, il lui serait donné de rencontrer l'âme sœur, l'homme qui l'aimerait et qui ne la trahirait pas.

— Shane a de la chance. Vous formez un beau couple, tous les deux.

Le souvenir de Gabe et de leur discussion de ce matin revint la hanter... Elle avait perdu à jamais, sans doute, l'homme de sa vie... Le simple fait d'y penser fut pour elle un véritable supplice, et elle sentit de nouveau ses yeux se brouiller de larmes.

— Que se passe-t-il, Chels ? Quelque chose ne va pas ? demanda Brandee.

Allait-elle mentir à sa meilleure amie ?

— Je me suis disputée avec Gabe. Nous deux, c'est fini.

Brandee ouvrit de grands yeux.

— Oh ! ma chérie... Raconte !

Sa gorge se serra, mais elle devait une explication à Brandee.

— Il n'est pas l'homme que je croyais, voilà tout. Je me suis trompée.

— Il t'a fait du mal ?

Du coin de son mouchoir, elle tamponna délicatement ses paupières.

— J'ai découvert dans l'un de ses tiroirs d'autres photos de moi prises dans les vestiaires du TCC. Des photos encore pires que celles diffusées sur les réseaux sociaux. Et une lettre de son oncle lui recommandant de continuer le travail.

— Le travail ?

— La diffusion de ces photos sur les réseaux sociaux, si tu préfères.

— Mais c'est fou ! Et qu'a-t-il dit pour se justifier ?

— Qu'il n'était au courant de rien. D'après lui, les photos et la lettre lui seraient parvenues tardivement.

Après qu'elle eut fourni d'autres détails, Brandee l'embrassa tendrement.

— Gabe est sûrement innocent, dit-elle. Et que je sache, aucune nouvelle photo de toi n'a été diffusée sur les réseaux, dernièrement.

C'était exact.

— Je lui reproche de ne pas m'avoir avertie. Pourquoi ces cachotteries, s'il est vraiment innocent ?

— Il t'a déjà dit qu'il comptait remettre le tout au shérif, après le mariage. Et puis, as-tu songé que, peut-être, Gabe voulait te ménager, ne pas te créer d'autres soucis alors que tu allais être ma demoiselle d'honneur ?

C'était aussi ce que Gabe lui avait dit...

— N'empêche qu'il m'a menti par omission...

— Pour ton bien, Chels ! Par souci de te protéger.

Comme elle aurait voulu le croire !

— Je ne peux m'empêcher de penser que Gabe reste loyal à son oncle, murmura-t-elle. L'esprit de famille...

De nouveau, cette envie de pleurer.

Dans quelques minutes, elle serait au bras de l'homme qu'elle aimait et détestait le plus au monde, pour accompagner les mariés jusqu'à l'autel, donc pas question de tout gâcher.

Elle s'obligea à sourire.

— Oublions ça ! Ce jour va être le plus beau de ta vie et c'est ce qui compte.

Brandee lui rendit son sourire.

— Je ne doute pas que vous trouverez une solution, Gabe et toi. L'autre soir, au club, il était déchaîné contre ce type qui te manquait de respect.

— C'est vrai...

— Il a des façons de te regarder qui ne trompent pas. Un homme comme lui ne peut pas trahir.

— Tu le crois vraiment ?

— J'en suis certaine. Gabe t'aime.

Oui, mais ces photos au fond du tiroir, la lettre de Dusty, ce lugubre testament...

Avait-elle fait une erreur en refusant de croire à ses explications ?

D'un geste tendre, elle rajusta le voile autour du visage radieux de son amie.

— Viens ! Et ne pense plus qu'à ton bonheur, à cette bague que bientôt Shane va passer à ton doigt !

— Je viens, mais par pitié, donne sa chance à Gabe.

Elle ne demandait pas mieux, mais tant que le complice de Dusty ne serait pas arrêté, un doute subsisterait toujours en elle.

Non loin de l'autel, la vision de Gabe, beau comme un dieu, raviva son anxiété.

Faire bonne figure malgré tous ses griefs allait lui demander du courage !

17

Alors que la cérémonie était sur le point de commencer, Gabe ne put s'empêcher d'admirer Chelsea, si belle dans sa robe à galons dorés.

— As-tu fini de me regarder ainsi ? murmura-t-elle.

— Qu'y puis-je si tu es la plus éblouissante des demoiselles d'honneur !

Pour la première fois depuis ce matin cauchemardesque, Chelsea lui adressa un léger sourire qui lui redonna espoir.

— Tu n'es pas mal non plus, comme garçon d'honneur, dit-elle avant de détourner les yeux.

En guise de bouquet, elle tenait à la main quelques branches de gui – une idée de Brandee –, et la vue de ces minuscules boules blanches garantes d'un mariage heureux, lui rendit un peu d'optimisme.

— Puisse ce gui nous porter chance, ne put-il s'empêcher de dire.

Tout un symbole…

D'autres fleurs, blanches elles aussi, étaient disposées de part et d'autre de l'allée conduisant à l'autel, et il avait personnellement veillé à ce que les éclairages ne soient ni trop brillants, ni trop diffus.

Moulée dans la robe qui lui rappelait leurs ébats de l'autre jour, Chelsea était incroyablement sexy, et quand il lui prit le bras pour la conduire vers l'autel, une pulsation enflamma son bas-ventre.

— Tu me serres ! protesta-t-elle entre ses dents.

— Désolé.

Qu'y pouvait-il s'il avait besoin plus que jamais d'un contact physique avec elle ?

Sentir sa chaleur, savoir qu'elle était là, tout près de lui, le rassurait.

Désarçonnée par la découverte des photos, elle était partie de chez lui en pleine crise, les yeux rougis de larmes, le laissant seul à réfléchir à la situation.

Et il avait réfléchi.

Dans le fond, qu'avait-il à se reprocher ?

Rien.

Il l'avait laissée partir sans se justifier plus amplement par respect pour elle, pour ne pas la perturber.

À lui désormais de démontrer son innocence.

Une fois devant l'autel, Chelsea dégagea son bras du sien et un froid soudain l'envahit alors même que la tente sous laquelle avait lieu la cérémonie était chauffée.

Chelsea allait-elle le repousser au moment précis où, pour la première fois de son existence, l'idée du mariage ne le rebutait pas ?

Les premières notes du *Canon de Pachelbel* jaillirent des haut-parleurs.

Sous le regard ému de son futur mari, Brandee essuya une larme.

— Sois heureux ! murmura-t-il à Shane tandis que Chelsea serrait le bras de la future mariée.

Que leurs amis aient trouvé le bonheur le réjouissait, bien sûr, mais en ce moment précis, ce dont il rêvait était de passer à son tour l'alliance symbolique au doigt de Chelsea...

En définitive, la plus belle chose au monde n'était-elle pas d'avoir tant d'amour pour son ou sa partenaire, que seule la perspective d'un bonheur futur comptait ?

— Chels ! murmura-t-il à celle qui serrait toujours entre ses doigts le bouquet de gui.

Le petit sourire qu'elle lui adressa fit de lui le plus heureux des hommes.

Les vœux des futurs mariés et l'échange des alliances passèrent au second plan tant ses pensées se focalisaient désormais sur son espoir de reconquérir Chelsea.

S'il la perdait...

Le supporterait-il ?

L'épisode de Dallas et la mort de son collègue l'avaient terriblement marqué, certes, mais en doutant de sa sincérité, Chelsea lui avait infligé une blessure encore plus douloureuse.

À lui de prouver son innocence, de faire valoir ses droits sur elle car, désormais, il considérait la jeune femme comme sienne.

Shane et Brandee enfin mari et femme, il fit le vœu qu'un jour, Chelsea et lui soient eux aussi unis pour la vie.

La Marche nuptiale retentit et, profitant de ce que Brandee et Shane saluaient les invités, il s'approcha de Chelsea.

— J'ai à te parler.

— Non, pas maintenant.

Et elle le quitta pour rejoindre Brandee.

Désemparé, il sortit de la tente dans la nuit froide, fit quelques pas, revint à l'intérieur.

Allait-il renoncer si près du but ?

Un serveur lui proposa du champagne, puis deux invités, qui étaient clients de sa compagnie, vinrent parler affaires avec lui.

Rejoindre Chelsea maintenant risquait de compromettre ses chances de la reconquérir, aussi s'appliqua-t-il à exposer à l'un de ses interlocuteurs, un riche industriel, sa stratégie de sécurisation d'une usine proche de Dallas.

— Qu'en pensez-vous ?

— Je pense que votre stratégie est la bonne, répondit l'industriel. Pourrions-nous prendre rendez-vous ?

— Bien sûr.

Au moins ce client potentiel ne lui avait pas parlé de ses doutes concernant sa réputation.

Après avoir trinqué avec l'industriel à la prochaine signature du contrat, il se mit en quête de Chelsea.

Où donc était-elle passée ?

Il la trouva enfin, grâce aux galons dorés de sa robe, non loin du buffet.

Alors qu'il se frayait un passage parmi les invités, sa mauvaise humeur fut telle qu'il bouscula un serveur chargé d'un plateau.

— Désolé ! dit-il en attrapant au vol un verre de bourbon plus que bienvenu.

Quand il atteignit le buffet, Chelsea avait disparu.

Bon sang ! On aurait dit qu'elle avait des antennes qui l'avertissaient quand il s'approchait d'elle !

Où donc pouvait-elle bien être ?

Il la chercha hors de la tente et finit par l'apercevoir près des écuries, en grande conversation avec Daniel qui, de temps à autre, avait pour elle un geste tendre.

Tous deux parlant très fort, il ne put faire autrement que d'entendre leur conversation.

— Je le sais bien, que tu m'avais mise en garde ! s'exclama Chelsea. Tu avais raison de penser que cet homme me ferait du mal et moi, j'aurais dû t'écouter.

Dissimulé derrière un buisson, il tendit l'oreille.

— J'aurais voulu me tromper, répondit Daniel, car tout ce que je souhaite est ton bonheur. Simplement, je savais bien que Walsh n'était pas pour toi.

Gabe serra les poings. Un jour ou l'autre, il allait dire deux mots à Daniel, en homme.

La réplique de Chelsea le figea sur place.

— Mais je l'aime, Daniel ! J'aime Gabe, que tu le veuilles ou non.

Sa colère s'évanouit.

Elle l'aimait !

Si elle avait pleuré, ce matin, en lui jetant les photos au visage, c'était une réaction d'amoureuse, une preuve qu'elle tenait à lui.

Jamais il n'avait été aussi soulagé de toute sa vie !

Fort de l'aveu de la jeune femme, fort de sa détermination à les tirer de l'impasse où le destin les avait jetés, il ferait de Chelsea Hunt sa femme, quoi qu'il advienne.

Et pour toujours.

Chelsea essuya discrètement ses larmes d'un revers de main.

Si seulement elle n'avait pas trouvé ces maudites photos et cette lettre !

— Désolée. Je me conduis comme une petite fille…

Daniel lui tendit un mouchoir.

— Tu es tout excusée mais quelle décision vas-tu prendre, à présent ?

Tout à l'heure, au moment des vœux de Brandee et Shane, sentir Gabe si près d'elle avait presque eu raison de sa résolution de rompre.

— Je veux lui faire confiance.

— Es-tu sûre de toi ?

— Au moins dois-je avoir une longue discussion avec lui.

Son frère lui caressa la joue.

— Tu sais que je veux t'aider…, murmura-t-il.

— Alors laisse-moi décider de mon destin.

Daniel soupira.

— Très bien, mais ne te laisse pas emporter par tes sentiments. Et n'oublie pas qu'un scandale est vite arrivé.

— Je serai prudente. Quoi qu'il en soit, Maverick a été démasqué.

— Reste à découvrir son complice.

— Simple question de temps. Bon, je dois rejoindre les autres invités, dit-elle en s'éloignant. Et merci de m'avoir écoutée.

— Je serai toujours là pour toi, répondit Daniel en lui adressant un salut de la main.

Sous la tente, la fête était sur le point de se terminer et elle fit ses adieux à Shane et Brandee qui devaient s'envoler pour leur lune de miel.

Gabe s'était-il lassé de l'attendre ?

En tout cas, elle ne le voyait nulle part. Et soudain, il lui manqua.

Mieux que des longues explications, son absence lui fit

comprendre à quel point elle tenait encore à lui, et elle résolut de se donner, de *leur* donner, une dernière chance.

Demain et après-demain seraient consacrés aux préparatifs de Noël, l'occasion ou jamais de sortir en ville et d'en revenir les bras chargés de cadeaux.

Serait-elle assez forte, contrôlerait-elle assez ses émotions, pour affronter le seul homme qui comptait pour elle ?

Gabe Walsh, qu'elle désirait plus que tout au monde...

18

Sa joie de se savoir aimé de Chelsea ne l'empêchait pas d'éprouver une sourde inquiétude toutefois, car à ce jour, il était sans nouvelles de la jeune femme.

Peut-être devrait-il aller sonner chez elle ?

Car aucun des textos qu'il lui avait adressés depuis le mariage n'avait obtenu la moindre réponse.

L'autre soir, pourtant, n'avait-elle pas admis devant son frère qu'elle éprouvait pour lui des sentiments amoureux ? Oui, elle l'avait dit. Il n'avait pas rêvé. Elle l'aimait.

En cette veille de Noël, une mise au point s'imposait.

La ville en liesse serait propice à leurs retrouvailles et, dans cette foule joyeuse, il dirait alors à Chelsea tout le bien qu'il pensait d'elle, et aussi son désir de passer toute sa vie avec elle.

Cette époque de l'année, le moment tant attendu où les gens se parlent, échangent des sourires, des promesses, était celle que Chelsea aimait plus que toute autre.

Après la honte et l'humiliation d'avoir été livrée en pâture aux voyeurs des réseaux sociaux, elle aspirait plus que jamais à la paix et à la sérénité.

Cette épreuve lui avait au moins permis de faire le compte de ses vrais amis, de ceux qui l'appréciaient sans concession, et de rejeter ceux qui, hypocritement, feignaient de compatir à ses malheurs et, par-derrière, se réjouissaient de ce qui lui était arrivé.

Ce jour de réveillon, elle avait choisi son chandail vert émeraude qui la moulait à la perfection, une paire de jeans noirs et ses bottes de cow-girl.

Et Gabe, que pouvait-il bien faire en ce moment précis ?

En volant à son secours l'autre jour au bar du TCC, il lui avait donné la preuve qu'avec lui, elle serait en sécurité, que rien ni personne ne pourrait plus lui manquer de respect ni la menacer.

En ce qui concernait les photos et la lettre, il s'en était déjà expliqué et elle ne pouvait le tenir pour responsable d'avoir pour oncle celui qui avait fait naître scandales et malentendus dans Royal.

Et puis tous deux ne s'étaient-ils pas tenus sous l'arche ornée de gui, comme deux fiancés promis à un amour éternel ?

Penser à lui compensait largement l'absence de Brandee, sa meilleure amie partie en lune de miel avec Shane.

Après s'être garée près de la place centrale, elle flâna entre les échoppes de Noël décorées de sapins, d'étoiles géantes, de guirlandes lumineuses multicolores.

Les devantures regorgeaient de pains d'épices, de pâtes d'amande en forme d'animaux et de gâteaux au miel.

Groupés autour des braseros, des couples savouraient un chocolat chaud ou une bolée de cidre.

Les rires fusaient ici et là.

Érigé sur la place de Royal, le sapin géant brillait de tous ses feux et, avant de s'en approcher, elle commanda du cidre chaud et fit l'emplette d'un cierge.

Soudain, un homme tenant à la main un cierge identique au sien croisa sa route.

Gabe !

Tous deux se regardèrent, émus.

— Ah ! je... Je voulais te voir, dit-elle.

— Je te cherchais, moi aussi, répondit-il en la dévorant du regard.

Tout comme son cierge, celui de Gabe était orné d'une minuscule branche de gui et elle ne put s'empêcher d'y voir le plus beau des symboles.

— J'ai tant à te dire mais je ne sais par où commencer, murmura-t-elle d'une voix émue.

— Ma chérie !

Cette main d'homme caressant doucement sa joue...

Autour d'eux, plusieurs enfants emmitouflés jouaient à se poursuivre en poussant des cris de sauvages.

— Viens, allons un peu à l'écart, décida Gabe en lui prenant le bras.

Caressant entre ses doigts ce brin de gui qui contribuait à les réunir, elle le suivit dans une ruelle adjacente.

— Ici ?

Seule une rumeur lointaine leur parvenait.

Gabe la serra contre lui.

— Oh ! ma chérie, comme tu m'as manqué !

— J'avais peur de t'affronter. Il y a tant à dire, tant de souhaits à faire pour nous deux...

— J'attendais ton appel, Chels. Jamais le temps ne m'a paru aussi long !

Il était sincère, c'était évident. Comment douter plus longtemps de sa loyauté ?

— Je te demande pardon, Gabe. Trouver dans ton tiroir ces photos et la lettre m'a fait perdre la tête.

— Mais qu'as-tu donc imaginé ?

— Dusty était ta seule famille et j'ai pensé que, par loyauté envers lui, tu aurais pu décider d'accomplir la mission dont il te chargeait.

Le regard de Gabe se fit farouche.

— Moi, te faire du mal alors que tu es l'être que j'aime le plus au monde ? Car je t'aime, Chels.

— Tu m'aimes ? D'amour ?

— Bien sûr !

— Alors... embrasse-moi !

Après un tendre baiser, Gabe pressa son front contre le sien.

— La lettre et les photos sont entre les mains du shérif et je finirai bien par découvrir l'identité de celui ou celle qui a prêté main-forte à mon oncle. Je te le promets.

Après lui avoir confié son cierge orné de gui, elle se serra contre lui.

— Si j'avais su ! Jamais je ne t'aurais quitté comme je l'ai fait l'autre matin…

Et elle se détesta pour la peine qu'elle lui avait causée.

— Ce n'est rien, n'y pense plus, murmura-t-il à son oreille.

Elle lui sourit.

— Tu m'aimes et c'est tout ce qui compte.

— Je t'aime plus que tout au monde, Chels.

Comme elle aurait voulu étirer à jamais cet instant !

— Dis-le-moi encore, s'il te plaît.

Gabe essuya les larmes qui perlaient à ses paupières.

— Je t'aime et personne ne saura jamais t'aimer autant que moi. Quand tu n'es pas là, je me languis de toi et l'autre soir, après le mariage de Shane et Brandee, j'ai vraiment touché le fond du désespoir tellement tu me manquais.

— Oh Gabe, moi aussi je t'aime !

— Alors tout va bien ! Et quelle que soit notre destinée, nous la vivrons à deux désormais.

— Unis à jamais…, murmura-t-elle. M'aideras-tu aussi à concrétiser l'un de mes rêves ?

— Quel rêve ?

— Tant d'ados et de jeunes adultes souffrent en silence. Je voudrais les aider et j'ai l'intention d'ouvrir un centre où ils trouveront du soutien.

— Mais c'est formidable, Chels !

— J'ai déjà le local et il ne me reste plus qu'à recruter des conseillers et conseillères, précisa-t-elle pleine d'espoir.

Sur fond de chant de Noël, la réponse de Gabe eut de quoi la ravir.

— Tu peux compter sur mon aide, ma chérie. Je t'aime et je t'aimerai toujours.

Enfin !

— Et moi, c'est pour l'éternité que je t'aime, ajouta-t-elle, en se haussant sur la pointe des pieds afin de mieux embrasser celui qui serait bientôt son mari.

Épilogue

— À quoi penses-tu ? demanda Gabe en caressant les cheveux dorés de Chelsea étendue auprès de lui.

Tous deux venaient de faire l'amour, et ce qu'il éprouvait pour cette femme dépassait l'imaginable.

Son beau visage auréolé par la pâleur romantique du clair de lune, Chelsea leva les yeux sur lui.

— Je pense à toi, à moi… À nous deux.

La réponse qu'il espérait.

Depuis un mois, tous deux se partageaient entre la maison de la jeune femme à Pine Valley, et son loft de Royal, mais il était question désormais d'habiter dans un même lieu.

Après avoir allumé la lampe de chevet, il sortit du tiroir un écrin et le tendit à Chelsea.

— Pour toi. J'avais l'intention de te l'offrir à l'occasion de notre prochaine soirée dans ce cabaret russe mais à quoi bon attendre.

— Oh Gabe…

— Veux-tu être ma femme devant Dieu et les hommes ? J'ajoute que ton frère approuve ma demande. Détail non négligeable ! précisa-t-il en riant.

Chelsea ouvrit l'écrin et en tira une bague ornée d'une perle blanche.

— Je… C'est magnifique ! Je l'adore !

Après avoir hésité entre un diamant, une émeraude et un rubis, il s'était finalement décidé pour ce qui, à ses yeux, symbolisait le mieux la jeune femme.

— Cette perle te ressemble. À la fois belle et fine mais d'une matière que rien ne peut entamer. Tu permets que je te la passe au doigt en attendant le grand jour ?

Trop émue pour répondre, Chelsea hocha la tête.

Des larmes coulèrent sur les joues de la jeune femme tandis qu'il faisait glisser la bague à son annulaire.

— Merci, mon chéri !

— Merci à toi.

En un mois, sa vie s'était transformée et le bonheur que Chelsea lui faisait vivre était au-delà de ce qu'il aurait pu souhaiter. Et même imaginer !

L'arrestation récente du complice de son oncle – sa maîtresse Colleen Humphreys, l'ex-épouse d'un des dirigeants du TCC – avait mis un point final au scandale Maverick. C'était cette femme qui, en toute discrétion, avait placé une caméra dans le vestiaire du TCC.

Curieusement, il n'arrivait pas à lui en vouloir. C'était peut-être la seule femme qui avait aimé son oncle.

Quoi qu'il en soit, elle aurait des comptes à rendre prochainement à la justice.

Ainsi se terminait le règne de terreur de Maverick ! Le ciel de l'avenir était serein !

Et, pour commencer, il se réjouissait d'apprendre que, fin mars, Chelsea allait donner le coup d'envoi de sa fondation.

— Tu veux toujours de moi pour épouse ? lui demanda cette dernière à l'oreille.

Comme s'il allait changer d'avis !

— Bien sûr. Et je m'en remets à toi pour organiser notre mariage.

Chelsea lui offrit un beau sourire.

— Mon plus cher souhait serait une cérémonie discrète au Crescent Moon. Quelques intimes. Rien de somptueux ou de clinquant. Simplicité et convivialité.

Il fixa la jeune femme d'un regard plein d'amour.

— Tout ce que tu voudras, mon cœur, et en attendant, que dirais-tu de célébrer notre futur mariage ?

Les yeux de Chelsea se mirent à briller.

— Hum... Quel genre de célébration ?

— Ce genre-là, dit-il en repoussant le drap et en attirant à lui celle qui serait bientôt son épouse légitime.

— Gabe !

— Veux-tu que j'arrête ?

Chelsea lui tendit ses lèvres.

— Oh non, je veux que tu continues. Et pour la vie entière.

MAUREEN CHILD

Une mariée en fuite

Traduction française de
FRANÇOISE HENRY

PASSIONS

HARLEQUIN

Titre original :
RUNAWAY TEMPTATION

Ce roman a déjà été publié en 2019.

1

— Je hais les mariages, grommela Caleb Mackenzie en glissant un index dans le col de sa chemise.

Geste qui n'atténua en rien la pression exercée par la cravate sur son cou, pas plus qu'il ne chassa son souhait d'être *n'importe où ailleurs sauf ici.*

— J'ai l'impression de m'être mis sur mon trente et un pour ma propre pendaison.

Il n'aimait pas particulièrement les costumes. Bien sûr, il en avait toute une collection pour ses rendez-vous d'affaires, mais il se sentait tellement plus à l'aise lorsqu'il s'activait au ranch, en jean, chemise de travail et bottes. Cependant, à mesure que le Double M. Still prenait de l'ampleur, il se trouvait de plus en plus souvent contraint de passer ces costumes détestés pour assister à des réunions avec banquiers et investisseurs.

Pour l'heure, il aurait donné cher pour se trouver sur la selle de son cheval, en train de traverser ses pâturages. Il avait toute confiance dans ses hommes, mais il y avait les réservoirs d'eau pour le bétail à vérifier, une jument pleine à surveiller et une récolte de foin à faucher et entreposer.

Pourtant, au lieu de s'affairer au Double M. Still, il était ici, sous le soleil texan, vêtu d'un élégant costume et de bottes impeccablement cirées. Il abaissa son stetson sur ses yeux et jeta un regard de biais sur le flot des invités pénétrant lentement dans le Texas Cattleman's Club pour assister à la cérémonie et à la réception qui suivrait.

— Tu prêches un converti, mon vieux.

Il adressa un signe de tête à Nathan Battle. S'il était obligé d'assister à ce genre d'événement, du moins avait-il de la compagnie.

Nathan cala plus fermement son chapeau sur sa tête et adressa une moue à sa jolie et très enceinte épouse, qui bavardait un peu plus loin avec un groupe d'amies.

— Je te jure, Caleb, je crois qu'Amanda se régale quand je dois porter un costume.

— Les femmes te tueront, dit-il en soupirant.

Il s'adossa à son pick-up et poussa un soupir. Il n'était pas pressé d'aller s'asseoir dans la salle de cérémonie. S'il avait le choix, il resterait toujours dehors, avec le ciel au-dessus de sa tête. Même par un jour lourd et humide d'août, cela valait mieux que d'être coincé à l'intérieur.

— Possible, répliqua Nathan, mais ce ne serait pas la pire façon de partir...

Nathan s'interrompit brusquement.

— À propos, pourquoi es-tu venu ? Tu n'as pas de femme pour t'obliger à faire ce dont tu n'as pas envie.

Nathan n'avait pas terminé sa phrase qu'il grimaçait.

— Désolé, mec. J'ai parlé sans réfléchir.

— Aucune importance.

Serrant les dents, il ravala l'humiliation qui menaçait parfois de l'étouffer. C'était la particularité des petites villes : non seulement tout le monde savait ce que faisait le voisin, mais de plus, rien ne s'oubliait. Quatre ans s'étaient écoulés depuis le jour où Meg ne s'était pas présentée à leur mariage, et le souvenir était toujours bien vivace dans les esprits.

De toute façon, lui-même n'était pas près d'oublier.

Étrange, vraiment. Au cours des dernières années, Royal avait connu tornades, maîtres-chanteurs, et même un homme revenu d'entre les morts. Mais le flot des événements n'avait pas réussi à emporter le souvenir de son mariage avorté.

Nathan changea de position, visiblement mal à l'aise, mais souffrant lui-même le martyre, il était incapable de le réconforter.

— Tu aurais dû porter ton uniforme, dit-il pour dissiper la tension.

Nathan émit un reniflement.

Shérif de la ville, aux vêtements civils il préférait de loin son uniforme kaki complété d'un badge.

— Je ne tenais pas à encourir les foudres d'Amanda !

En voyant un tendre sourire éclore sur les lèvres de son ami, il l'envia.

— C'est pour quand, le bébé ?

— Le mois prochain.

Bien qu'il connaisse déjà la réponse, il demanda :

— Combien cela t'en fera-t-il ?

— Ce sera le quatrième, répondit Nathan avec un sourire béat accompagné d'un clin d'œil.

Des jumeaux de quatre ans, récapitula-t-il silencieusement, une petite fille de deux ans et un petit dernier à venir.

— Et combien prévoyez-vous d'en avoir ?

Nathan haussa les épaules.

— Nous n'avons rien planifié. Amanda aime les bébés, et j'avoue que j'aime lui en faire.

Une femme, des enfants. Tout ce qui lui avait échappé quatre ans plus tôt. Maintenant Nathan ravivait ses regrets... Combien d'enfants Meg et lui auraient-ils aujourd'hui, si leur vie avait suivi le cours prévu ? Mais la veille de leur mariage, Meg s'était enfuie avec son frère, Mitch. À présent, le couple vivait au ranch avec Jack et Julie, leurs jumeaux âgés de trois ans, et il reportait sur eux l'amour qu'il aurait donné à ses propres enfants.

Même si ses relations restaient tendues avec son frère, et bien évidemment avec Meg, il aimait les petits plus qu'il n'aurait cru possible.

— Mitch et Meg sont toujours absents ? demanda Nathan, regardant autour de lui comme s'il s'attendait à les voir surgir.

— Oui. Ils rendent visite aux parents de Meg.

— Un bon moyen d'éviter un mariage d'été.

— Sûr.

Il desserra légèrement son nœud de cravate. Il avait l'impression qu'il allait littéralement se liquéfier sous l'ardeur du soleil. Il jeta un coup d'œil au ciel où quelques nuages blancs glissaient paresseusement.

— Mais quelle idée d'organiser un mariage au mois d'août, pesta-t-il. Il fait plus chaud ici que dans l'antichambre de l'enfer !

— Tu connais les Goodman. Le père se figure qu'il sait tout, et les autres, Brooke exceptée, filent doux. C'est sûrement lui qui a retenu la date, probablement dans l'intention que toute la ville en parle.

C'était du Simon Goodman tout craché. Goodman avait été l'avocat de son père, et leur lien professionnel de longue date était la seule raison de sa présence aujourd'hui. En règle générale, il évitait les mariages qui risquaient de réveiller de douloureux souvenirs.

— Enfin bref, reprit Nathan, en tant que shérif de Royal, je suis tenu d'assister aux divers événements. Mais toi, pourquoi es-tu venu ?

— Tu penses bien que normalement je ne serais pas là. Mais Simon Goodman est toujours le représentant légal du ranch, et comme nous sommes en relations d'affaires, il fallait que l'un de nous assiste au mariage.

Il haussa les épaules.

— Si Mitch et Meg avaient été là, j'aurais forcé mon frère à y aller à ma place. Mais comme ils sont absents, j'ai dû m'y coller.

Bien fait pour toi ! pensa-t-il. *Tu n'avais qu'à réagir plus tôt.* Il n'aurait pas dû garder Simon Goodman comme avocat. Celui-ci et son père avaient été grands amis, ce qui ne plaidait pas en faveur de Goodman.

Hélas, il était trop occupé pour lui trouver un remplaçant. Entre la direction du ranch et l'exploitation du gisement pétrolifère découvert vingt ans plus tôt, il ne voyait pas le temps passer.

— Puisque tu es là, je suppose que le nouvel adjoint est en poste, dit-il, désireux de changer de sujet.

Nathan grimaça.

— Oui. Jeff s'en sort bien.

— Tu m'en diras tant ! s'exclama-t-il en éclatant de rire.

Nathan fourragea dans ses cheveux en soupirant.

— Avec le départ de Jack à la retraite, il me fallait un adjoint, et Jeff Baker a postulé à point nommé. Malheureusement, il vient de Houston, et il va lui falloir un peu de temps pour s'habituer aux usages d'une petite ville.

Il avait entendu parler de Jeff, la trentaine et un peu trop strict en ce qui concernait le respect de la loi. Le nouvel adjoint avait déjà mis plus d'amendes pour excès de vitesse en six mois que Nathan en quelques années. En effet, dans le coin, comme on utilisait un réseau de routes quasi désertes, les gens accéléraient tout naturellement. Et Jeff Baker ne s'était pas fait beaucoup d'amis à Royal.

— Le problème, poursuivit Nathan comme en lisant dans ses pensées, c'est que j'ai reçu un déluge de réclamations à cause des amendes de Jeff.

— Ce n'est pas ainsi qu'il fera ralentir les gens.

— Sans doute pas, mais il ne changera pas de méthode de sitôt.

— C'est certain.

Son regard tomba sur Amanda qui agita la main dans leur direction.

— Je crois que ta femme te réclame.

— Exact. Eh bien, à tout à l'heure, Caleb, à la réception.

— N'y compte pas. Je filerai dès que possible.

Nathan soupira.

— Veinard !

Le sourire aux lèvres, il regarda son ami se diriger vers l'entrée du Texas Cattleman's Club, un bâtiment de bois et de pierre qui, bien que dépourvu de style, s'enorgueillissait d'un toit d'ardoise. Il représentait l'emblème de Royal depuis des générations, toute sorte d'événements s'y étaient déroulés, et un mariage allait y être célébré d'ici quelques minutes.

Shelby Arthur reconnut à peine son reflet dans le miroir. Les futures mariées éprouvaient peut-être toutes ce sentiment d'étrangeté, mais sur elle l'effet était proprement terrifiant.

Elle observa d'un œil critique ses longs cheveux auburn attachés en chignon et son voile qui gonflait autour de sa tête. En se posant sur la robe détestée, ses yeux rétrécirent entre ses paupières. Des ridicules mètres de tulle blanc la déguisaient en une sorte de marshmallow géant prisonnier d'un filet. Cet accoutrement était l'œuvre de sa future belle-mère, qui avait clamé que la jolie robe laissant ses épaules découvertes qu'elle avait choisie ne conviendrait pas.

Ainsi, au lieu de cette tenue toute simple, elle portait une robe de mariée à l'ancienne qui traînait jusqu'au sol, avec de longues manches en dentelle, une taille cintrée et un col qui montait si haut qu'elle avait la sensation d'étouffer.

— Merci pour l'air conditionné, marmonna-t-elle.

Sinon, dans la chaleur accablante de l'été texan, elle ne serait plus qu'une flaque répandue au milieu de la pièce dans un nuage de tissu blanc. Elle se tourna pour examiner son dos et soupira. Elle ressemblait à une de ces poupées au crochet que sa grand-mère fabriquait pour dissimuler les rouleaux de papier toilette.

Elle s'apprêtait à se marier dans une robe qu'elle détestait, isolée du monde par un voile d'un autre siècle, avec un homme qu'elle n'était pas certaine d'apprécier, sans parler de l'aimer. Comment en était-elle arrivée là ?

Elle avait quitté Chicago pour suivre Jared Goodman au Texas et l'épouser. Mais depuis qu'il était de retour chez lui, sous la coupe de son père, elle ne le reconnaissait plus. Leur coup de foudre s'était métamorphosé en cauchemar et, à présent, elle était prise au piège.

— Qu'est-ce que tu fabriques ? demanda-t-elle à son reflet tout en prenant une profonde inspiration.

— Excellente question !

Elle sursauta, surprise par la soudaine irruption de la mère de Jared dans la pièce. Elle apercevait maintenant son reflet derrière elle dans le miroir. Margaret Goodman était grande et d'une minceur qui frôlait la maigreur. Un visage taillé à la serpe, des petits yeux bleus prompts à la critique, des cheveux autrefois blonds tirés en arrière et entre lesquels, de manière incongrue, elle avait piqué une rose. Elle portait un tailleur élégant, mais d'une sobriété à vous faire mourir d'ennui et d'un beige si proche de la couleur de ses cheveux et de son teint qu'elle semblait disparaître dedans.

Si seulement, pensa-t-elle.

— Votre voile doit couvrir votre visage, décréta Margaret d'un ton de réprimande, s'approchant pour rectifier l'erreur.

Le voile obstruant sa vision, elle eut la sensation de ne plus pouvoir respirer à travers l'étouffant rideau et se laissa submerger par une vague de panique.

Instinctivement, elle le rabattit en arrière.

— Désolée, bredouilla-t-elle. Je ne peux pas...

— Vous pourrez, affirma Margaret en reculant pour la considérer d'un regard acéré. Vous avez tout intérêt à adopter une attitude modeste. Il est déjà assez inconvenant que ce mariage ait été décidé aussi vite. Vous allez être au centre de toutes les conversations en attendant que votre ventre s'arrondisse.

— Je vous ai déjà dit que je n'étais pas enceinte ! protesta-t-elle.

Un sourcil blond s'arqua au-dessus d'un œil d'un bleu délavé.

— Le temps dira qui a raison. La famille Goodman a une réputation à tenir dans cette ville, et j'espère que vous ne ferez rien pour entacher son honneur.

Bon sang ! Qui s'exprimait encore ainsi de nos jours ? Elle avait débarqué dans un univers parallèle ! Soudain, Chicago, ses amis, sa vie lui manquèrent cruellement.

Accompagner au Texas un beau cow-boy branché pour qui elle avait eu un coup de cœur lui avait paru une aventure enviable. À présent, elle était engluée dans une toile d'araignée dont il semblait impossible de s'échapper. Son fiancé était devenu un inconnu falot, la mère de celui-ci, une ennemie déclarée, et son futur beau-frère avait une façon de la regarder qui lui faisait regretter de ne pas avoir suivi de cours de self-défense.

Simon, le père, ne relevait pas le lot avec ses insinuations prétendument subtiles qui lui donnaient la chair de poule. Seul membre sympathique de la famille Goodman : Brooke, la sœur de Jared, qui, bien sûr, ne lui serait d'aucune aide pour la suite des événements.

Elle avait perdu le contrôle de son existence et, tout en croulant sous une montagne de tulle, elle essayait de se raccrocher aux lambeaux de son ancien moi pour ne pas sombrer.

— Une fois la cérémonie terminée, nous nous rendrons à la réception, enchaîna Margaret.

Oh ! non. Pitié !

— Bien sûr, Jared et vous accueillerez personnellement chaque invité. Ensuite, pendant un quart d'heure précisément, le photographe procédera à la prise de photographies traditionnelles, après quoi Jared et vous regagnerez la salle de réception pour le premier toast.

Margaret marqua une pause le temps de s'examiner dans le miroir et de lisser une mèche de cheveux qui refusait de rester en place.

— M. Goodman est un homme important, reprit-elle, et en tant que membres de sa famille, nous devons lui apporter notre soutien. Est-ce compris ?

Question accompagnée d'un regard dur et froid qui la transperça.

— Au retour de votre voyage de noces...

Son estomac se contracta un peu plus. Le jour de son mariage était programmé à la minute près, sa lune de miel également, et elle ne doutait pas que le moindre détail de sa vie future le soit déjà. Comment était-ce possible ?

Pour leur voyage de noces, elle avait suggéré Paris, mais la mère de Jared avait exigé qu'ils se rendent à Philadelphie afin de la présenter à la branche de la famille vivant sur la côte Est. Et, à sa consternation, Jared avait capitulé sans tenir compte de ses désirs. Il avait tellement changé depuis son retour au Texas qu'elle ne le reconnaissait plus.

Margaret continuait son petit exposé, son regard implacable rivé au sien dans le miroir.

— À votre retour, je disais, vous renoncerez évidemment à votre ridicule occupation pour devenir la parfaite épouse qui permettra à Jared d'avancer dans sa carrière judiciaire.

— Eh bien, je ne crois pas...

— N'oubliez pas que vous serez une Goodman ! lança Margaret d'un ton sans réplique.

Elle déglutit péniblement. À Chicago, Jared lui avait raconté sa vie au Texas. Il était un cow-boy doublé d'un diplômé en droit, prétendait-il. Et elle devait avouer que la perspective de vivre dans un ranch avec un homme de cette envergure la grisait. Et puis il avait aussi parlé de fonder une famille, et cet argument avait fini par la convaincre.

Elle s'était dit alors qu'elle pourrait exercer son métier d'organisatrice professionnelle n'importe où. Cependant, du moment où Jared l'avait présentée à sa famille, Margaret avait déclaré sans ambages qu'il serait inconvenant que sa belle-fille dirige une « petite entreprise », ces derniers mots prononcés sur un ton plein de dédain.

Elle croisa son propre regard dans le miroir, un regard désespéré. Elle supporterait sans doute mieux la situation si elle était follement amoureuse de Jared, mais elle se rendait compte qu'elle s'était illusionnée depuis le début. Entre Jared et elle, il ne s'agissait pas d'amour. L'excitation des débuts d'une histoire s'était rapidement dissipée. Et plutôt que d'assumer ses positions, il se laissait complètement dominer par ses parents, ce qui n'augurait rien de bon pour l'avenir.

Après avoir consulté son élégante montre en or, Margaret émit un claquement de langue.

— Les premiers accords de musique vont retentir dans exactement cinq minutes, annonça-t-elle en se dirigeant vers la porte.

Toutefois, avant de sortir, l'impossible créature s'arrêta et lui jeta par-dessus l'épaule :

— Mon mari vous conduira à l'autel puisque vous n'avez pas de père pour tenir le rôle.

En recevant ce dernier jet de venin, elle demeura bouche bée. Comme si elle avait fait en sorte que son père meure dix ans plus tôt dans le seul but de perturber l'organisation du mariage du fils de Margaret Goodman !

L'idée de donner le bras à Simon Goodman la fit frissonner. Elle ne voulait pas le toucher, ni qu'il l'escorte. Mais il y avait pire : elle s'apprêtait à entrer dans la famille Goodman où elle croupirait le reste de sa vie.

— Non ! Ce n'est pas possible ! s'exclama-t-elle.

Dans le miroir, elle vit son reflet arracher le voile de son visage. Après quoi, soufflant pour écarter une mèche auburn tombée sur ses yeux, elle souleva à pleines mains sa volumineuse robe.

— Tu ferais mieux de te dépêcher ! marmonna-t-elle afin de se donner l'élan nécessaire pour réagir avant qu'il ne soit trop tard.

Si elle ne fuyait pas maintenant, elle se retrouverait mariée à la plus horrible famille de la planète !

Elle alla ouvrir la porte et examina les alentours. Personne en vue, les invités étant rassemblés dans la pièce principale en attendant que la cérémonie commence. À distance, elle entendait le murmure des conversations et imagina quel en serait le sujet d'ici peu.

Mais ce n'était plus son problème. Soulevant au maximum la lourde robe, elle se hâta le long du couloir vers la plus proche issue.

Elle crut s'entendre appeler par son prénom, mais ne ralentit pas pour autant. La porte de devant franchie, prise de panique, elle se mit à courir. À part les Goodman, elle ne connaissait personne à Royal et n'avait aucun endroit où se réfugier. Elle continuait cependant à courir, car l'inconnu était mille fois préférable au destin qui l'attendait.

Son voile s'accrochant à un des piliers du porche, sans hésiter, elle arracha la tiare qui maintenait l'instrument de torture et jeta le tout à terre. Contournant alors le coin du bâtiment, elle se heurta à un mur de briques.

Un mur de briques qui possédait assez de sex-appeal pour embraser la ville de Houston tout entière. L'homme la saisit par les épaules et sourit, les yeux pétillants de malice. Et la chaleur de ses mains se propagea dans tout son corps, l'éveillant à la vie.

— Êtes-vous sûre de ne pas vous tromper de côté ? demanda-t-il d'une voix grave aux intonations enjôleuses.

Une seule pensée lui traversa l'esprit.

Que m'arrive-t-il ?

2

Un cow-boy en chair et en os se tenait devant elle.

Elle renversa la tête pour l'examiner et lut la surprise dans son regard.

Étrangement, étant donné la situation — elle fuyait son propre mariage tout de même — elle sentit passer sur elle un souffle chaud et… infiniment troublant.

Le cow-boy possédait une crinière de cheveux châtain clair en désordre, des yeux bleu glacier, un stetson gris abaissé sur son front. Et il portait un costume noir, une chemise blanche et une cravate couleur tourterelle. Et… Oh… Des bottes de cow-boy d'un noir étincelant. Ses mains étaient fortes et chaudes sur ses épaules, et un lent sourire étira ses lèvres quand il examina plus attentivement sa tenue.

Son accent légèrement traînant avait produit un effet détonant sur elle. Cet homme avait tout ce qui manquait à Jared. Encore que, ayant si mal jugé ce dernier, elle pouvait aussi bien se tromper au sujet de ce séduisant cow-boy.

— Vous allez bien ? demanda-t-il.

Et sa voix fit courir un voluptueux frisson le long de son dos.

— Pas du tout ! Il faut que je parte d'ici. Tout de suite ! Pouvez-vous m'aider ?

Le regard de l'inconnu rétrécit entre ses paupières et sa bouche prit un pli sévère.

— Vous fuyez votre mariage ?

Devant sa désapprobation, elle se crispa.

— Le plus vite possible ! Pouvez-vous m'aider, oui ou non ?

Avant qu'il ait la possibilité de répondre, une voix éclata derrière elle.

— Shelby ! Qu'est-ce qui vous prend ?

Se retournant, elle vit Margaret Goodman marcher sur elle, le regard furibond.

— Vos invités attendent !

— Ce ne sont pas mes invités !

Elle ne connaissait à Royal que les membres de la famille dans laquelle elle était censée entrer et, franchement, s'ils représentaient ce que la ville avait de mieux à offrir, elle était prête à courir jusqu'à Chicago.

— Bien sûr que si, dit Margaret, agitant la main avec impatience. Ne faites pas la sotte !

Elle recula jusqu'à sentir le grand corps musclé du cow-boy pressé contre son dos. Elle faisait preuve de lâcheté ? Possible, mais tant pis. Pour le moment, cet homme si bien bâti représentait le refuge le plus sûr qu'elle puisse trouver.

Margaret posa sur le cow-boy un regard dépourvu d'aménité.

— Caleb, ramenez-la à l'intérieur immédiatement.

Caleb. Il s'appelait Caleb.

Un instant, elle craignit qu'il n'obéisse aux ordres de la mégère. Après tout, il ne la connaissait pas, et la famille Goodman, on le lui avait assez répété, était respectée à Royal. Peut-être n'était-il pas le refuge qu'elle imaginait.

Soudain, il se glissa devant elle afin de faire rempart contre la femme qui la fusillait du regard. Puis il ôta son chapeau.

— Je n'ai pas d'ordres à recevoir de vous, madame Goodman.

Le nez de Margaret se pinça sous l'effet de la colère, et si elle avait pu foudroyer le cow-boy, nul doute qu'elle l'aurait fait.

— Très bien. S'il vous plaît, pouvez-vous faire rentrer cette jeune écervelée ? La cérémonie va commencer.

— À vrai dire, déclara-t-il de sa voix qui caressait chaque mot, je n'ai pas l'impression que mademoiselle désire retourner dans la salle.

— Non ! cria-t-elle. Je ne veux pas !

— Vous voyez, madame Goodman. Elle paraît sûre d'elle.

Caleb haussa les épaules comme s'il se désintéressait du tour que prendrait l'affrontement.

— Eh bien, moi, je suis sûre qu'elle va rentrer, déclara Margaret en avançant d'un pas menaçant. Malheureusement, cette fille est fiancée à mon fils.

Se sentant insultée, elle se rembrunit, mais déjà Margaret reprenait :

— Nous avons une salle pleine d'invités qui attendent que la cérémonie commence, et la famille Goodman a une réputation à tenir. Je refuse de laisser cette dévergondée nous ridiculiser.

— Moi, une dévergondée ?

Cette fois, elle était plus sûre que jamais d'avoir pris la bonne décision. La seule idée d'avoir à considérer cette femme comme une *parente* tout le reste de sa vie lui faisait froid dans le dos.

Elle voulut s'avancer vers Margaret dans l'idée de lui dire le fond de sa pensée, mais le cow-boy la retint par le bras.

— Ça suffit, Margaret, dit-il calmement.

Celle-ci le foudroya du regard.

— Je vous prie de rester en dehors de ceci, Caleb Mackenzie ! Cette affaire ne vous regarde pas.

Comme il devenait urgent de s'éclipser avant que le reste du clan s'en mêle, elle se tourna vers Caleb.

— Pouvez-vous me sortir de là ? demanda-t-elle en plongeant son regard dans ses froids yeux bleus.

— Comment ?

Ignorant Margaret, il la regardait comme s'il doutait d'avoir bien entendu.

— Emmenez-moi quelque part, lâcha-t-elle.

Peu importait qu'elle ne connaisse pas cet homme. Pour le moment, il lui suffisait de savoir que Margaret ne l'appréciait guère. L'ennemi de son ennemi était un ami.

— Vous voulez que je vous aide à fuir l'homme qui vous attend à l'autel ?

— Dit comme ça, c'est affreux, reconnut-elle, faisant maladroitement passer son poids d'un pied sur l'autre.

— Quelle autre manière de présenter les choses ?

— D'accord. Je suis une horrible personne, murmura-t-elle

tandis que Margaret déversait un flot d'imprécations sur sa tête. Et, plus tard, je m'excuserai de mon comportement auprès de Jared. Mais pour le moment...

Le regard de Caleb la fouilla et elle se félicita qu'il ne puisse lire en elle. Parce qu'à l'intérieur, elle n'était qu'un amoncellement d'émotions contradictoires qui l'aurait fait passer pour une aliénée en fuite de l'asile.

Remontant les mètres de tulle de sa robe à bout de bras, elle murmura :

— Margaret vous a appelé Caleb, n'est-ce pas ?

— C'est mon prénom.

Seigneur ! Cette voix si profonde semblait résonner autour d'elle. Et sous son regard d'un bleu intense, elle ressentit un trouble jamais connu avec celui qu'elle avait failli épouser.

Ce qui n'était sans doute pas une bonne chose.

— Écoutez, je n'ai pas beaucoup de temps. Si vous ne pouvez pas m'aider, il faut que je trouve quelqu'un d'autre, et vite.

Elle reprit sa respiration.

— Alors, Caleb ?

Un coin de ses lèvres frémit.

— Comment vous appelez-vous ?

— Shelby, répondit-elle, fascinée par le mouvement de ses lèvres. Shelby Arthur.

— Moi, c'est Caleb Mackenzie. Mon pick-up est là-bas.

De la tête, il désigna un gros véhicule noir aux chromes rutilant au soleil, qui prit soudain l'aspect d'un carrosse magique destiné à la transporter loin de son cauchemar. Engoncée dans sa robe, elle se précipita vers le pick-up du plus vite qu'elle pouvait.

— Où allez-vous ? cria d'une voix aiguë Margaret derrière elle. Vous ne pouvez pas partir ! Que vont penser les gens ?

— Ils penseront ce qu'ils voudront, lui jeta Caleb par-dessus son épaule. Comme d'habitude.

Il la rejoignit à grandes enjambées, ouvrit la portière du passager et l'aida à s'installer sur le siège.

— Dépêchons-nous ! dit-elle en jetant des coups d'œil anxieux derrière eux.

— Ce serait plus facile si vous ne portiez pas cette satanée robe, maugréa-t-il, saisissant le tissu à pleines poignées pour le faire entrer dans l'habitable.

— Tant pis pour la robe ! s'écria-elle.

C'était réel : elle fuyait son cauchemar ! Sauf qu'elle n'était pas encore partie. Elle rassembla le maximum de tulle et le coinça entre ses genoux.

— Ne vous occupez pas du reste ! Grimpez et filons !

Quand il leva les yeux sur elle, elle sentit un flot de chaleur l'envahir. C'était inattendu et tellement étrange. Quelques minutes plus tôt, elle s'apprêtait à épouser un homme et maintenant elle fondait pour un cow-boy en étincelante armure ? Il y avait chez elle quelque chose qui ne tournait pas rond.

— Bien, madame, dit-il. C'est vous la patronne.

Et il claqua la portière sur la robe.

Cela lui était bien égal ; tout ce qu'elle voulait, c'était s'éloigner le plus vite possible de cet endroit. Tandis que Caleb prenait place au volant, par sa fenêtre, elle aperçut Margaret Goodman qui vociférait toujours.

Elle eut l'étrange envie d'agiter la main en signe d'adieu tout en lui adressant un sourire. Mais elle détourna le regard de celle qui avait failli devenir sa belle-mère, et quand Caleb démarra, elle poussa son vrai premier soupir de soulagement. À la sortie du parking, elle éclata de rire, grisée par la folle sensation de liberté qui l'envahissait.

Il tourna la tête vers elle.

— Seriez-vous cinglée ?

Elle secoua la tête en riant.

— Je l'ai été, mais c'est fini. Je suis guérie !

Si elle n'était pas folle, elle devait être porteuse du virus, se dit-il. Sinon, comment expliquer le fait qu'il roulait sur la longue route pratiquement déserte qui menait à son ranch avec pour voisine une ex-future mariée en fuite ?

Trois mots tournaient en boucle dans son cerveau. *Mariée en fuite.* Bon sang ! Il aidait à faire subir à Jared l'épreuve que Mitch et Meg lui avaient imposée quatre ans plus tôt. S'agissait-il d'un mauvais tour du destin ?

Il jeta un regard de biais à sa passagère. La robe, horrible, laissait malgré tout deviner des seins hauts et pleins sous la couche de dentelle, et le col montant obligeait à s'interroger sur ce qu'il dissimulait. Les longues manches lui enserraient les bras comme un carcan et la pauvrette semblait perdue dans cet océan de tissu blanc.

Sa pâleur faisait ressortir la poignée de taches de rousseur disséminées sur son nez comme autant de petites flammes dans une tempête de neige. Pendant qu'il l'observait, elle baissa sa fenêtre et sa chevelure se métamorphosa soudain en un feu d'artifice de mèches rouge sombre volant au vent.

Elle ferma les yeux, sourit au vent qui lui fouettait le visage, puis se tourna vers lui et son sourire s'élargit.

— Merci d'être venu à la rescousse.

Oui, il l'avait secourue. Et aidée à humilier un homme comme il l'avait été autrefois. Qu'il n'apprécie pas particulièrement Jared Goodman ne soulageait pas sa conscience.

— Pourquoi avoir tant tardé à partir ?

— Comment ?

— Pourquoi avez-vous attendu le dernier moment pour prendre votre décision ?

— Bonne question.

Elle soupira, rejeta ses cheveux en arrière et posa le coude sur le bord de la fenêtre.

— Je suppose que je me persuadais qu'il y aurait des lendemains meilleurs. En réalité, ça a été de mal en pis.

Il comprenait. On parlait des Goodman, n'est-ce pas ?

— Et vous ne pouviez pas renoncer à l'épouser avant aujourd'hui ?

Elle fronça les sourcils.

— J'aurais pu. Seulement, je ne voulais pas reprendre ma parole.

— Pourtant, vous la reprenez.

— C'est que je ne *peux* pas l'épouser ! C'est impossible ! Me regarder dans le miroir vêtue de cette hideuse robe, entendre Margaret m'exposer ses projets pour notre lune de miel...

Sa voix s'éteignit et il lui fallut quelques secondes pour se ressaisir.

— D'un seul coup, il est devenu évident que je ne tiendrais pas jusqu'au bout, alors je suis partie en courant. J'imagine que vous trouvez ça lâche.

— Eh bien...

Elle s'agita sur son siège, retroussant sa robe sur ses genoux et découvrant ainsi, en partie, une paire de longues jambes bronzées. *Dommage qu'elle se soit arrêtée là*, pensa-t-il, tout déçu.

Il reporta son regard sur la route. C'était plus sûr.

— Vous vous trompez, dit-elle. Il m'a fallu plus de courage pour fuir que pour rester.

Sourcils froncés, il réfléchit quelques instants. Était-il possible qu'elle ait raison ?

Comme elle levait les mains, la robe retomba à terre accompagnée d'un juron. Elle la ramassa et la retint sur ses genoux. Il jeta un nouveau regard à ses belles jambes avant de se concentrer sur la route.

— Franchement, dit-elle, j'aurais pu éviter d'être traitée de dévergondée. Oui, j'aurais pu rester, tout en sachant que finalement je n'aimais pas Jared et en me mariant pour ne pas faire de vagues. Mais ça aurait été injuste pour moi et pas honnête pour Jared. Vous voyez ce que je veux dire ?

Sans lui laisser le temps de répondre, elle enchaîna tout en rattrapant sa robe avec un nouveau juron.

— Je sais qu'aujourd'hui il est furieux et probablement blessé, mais tôt ou tard il comprendra que j'ai fait la seule chose possible et, qui sait, il me remerciera peut-être.

— Ne vous faites pas trop d'illusions, grommela-t-il.

— Quoi ? Oh ! peu importe...

Elle tourna la tête vers le paysage qui se déroulait derrière sa fenêtre.

— Même s'il ne formule pas de remerciements, en fin de compte, il sera content. Ce sera tellement mieux. Je veux dire, je suis perdue pour le moment, mais cela vaut mieux pour tous les deux.

— Vous paraissez bien sûre de vous.

Elle se tourna vers lui et il ressentit l'envie irrésistible de croiser, même brièvement, son beau regard vert.

— Je le suis. Et c'est pourquoi je vous remercie encore de m'avoir tirée de ce mauvais pas.

— Je vous en prie.

Ne sachant que faire d'elle, il se dirigeait vers son ranch. De chez lui, elle pourrait appeler sa famille. Ou un taxi. Alors, elle poursuivrait sa route, et lui pourrait se débarrasser de ce maudit costume.

Ce plan en tête, il se concentra sur la route familière qui s'étirait devant lui et fit de son mieux pour ignorer cette jolie jeune femme bien trop proche pour son confort.

Un paysage de vastes prairies parsemées de buissons défilait de chaque côté de la voiture. Ici et là, on apercevait des maisons et des granges, des chevaux dans des paddocks et du bétail paissant paisiblement dans les prés. Dans le ciel de ce bleu profond qu'il n'avait vu qu'au Texas dérivaient des petits nuages blancs.

Tout était absolument normal, à l'exception de la fiancée en fuite dans son pick-up.

— Étrange journée, murmura-t-il.

— N'est-ce pas ? Je n'ai jamais imaginé fuir mon propre mariage. Et je sais que je me répète, mais, du fond du cœur, merci ! Je me suis jetée sur vous comme une folle furieuse et j'apprécie votre attitude chevaleresque.

— J'aurais pu refuser.

Elle pencha la tête de côté pour mieux l'étudier.

— Non, je ne crois pas.

Il poussa un grognement.

— Ah bon ?

— Non. Vous avez le mot « responsable » écrit sur vous. De toute façon, j'ignorais comment j'allais m'en sortir. Je n'y ai même pas réfléchi. Je courais, c'est tout.

— Et vous m'êtes rentrée dedans.

À cette occasion, il avait eu une assez bonne appréciation de son corps sous la hideuse robe. Des seins hauts et fermes, une taille mince, des hanches agréablement arrondies. Il se rembrunit et remua sur son siège en sentant son corps s'émouvoir. Parfait. Juste ce qui manquait.

— Désolée de vous avoir entraîné dans cette aventure.

Il la regarda.

— Non, vous ne l'êtes pas.

— Non, pas vraiment, avoua-t-elle avec un sourire. Difficile d'être désolée quand on croise la route d'un chevalier en armure étincelante.

Il ne releva pas ; il n'était le héros de personne.

— Et maintenant ? demanda-t-il. Quels sont vos projets ?

Elle se renfonça dans son siège.

— Aucune idée.

— Vous avez bien un plan.

— Pas du tout ! Je ne pensais qu'à m'enfuir. Je ne savais même pas que j'allais me mettre à courir avant de le faire.

Elle avait tordu ses cheveux qui formaient maintenant une masse emmêlée de boucles auburn avec des mèches voletant autour de son visage à cause du vent qui s'engouffrait par la fenêtre ouverte. Son pick-up disposait de l'air conditionné mais elle l'avait coupé et avait baissé sa vitre. Visiblement, elle aimait sentir le vent sur son visage. Il se demanda s'il était normal qu'il préfère ses cheveux libres et fous au chignon élaboré qu'il avait aperçu au moment de leur brutale rencontre.

Sa robe de mariée étant toujours retroussée sur ses genoux, il jeta un coup d'œil admiratif à ses jambes.

— Écoutez, je vous emmène à mon ranch…

— Votre *ranch* ?

— Parfaitement.

— Jared prétendait avoir un ranch.

Il renifla avec mépris.

— Il y a quelques générations de ça, les Goodman étaient effectivement ranchers. Aujourd'hui, ils louent leurs terres pour vivre en ville.

— C'est ce que j'ai découvert.

Retenant ses cheveux d'une main, elle le considéra entre ses paupières plissées.

— En tout cas, ça prouve que je ne suis pas folle.

— Ah bon ?

Elle l'ignora.

— Maintenant, dites-moi, êtes-vous un déséquilibré ?

Il la considéra d'un air ébahi avant d'éclater de rire.

— Quelle drôle de question !

— J'aurais sans doute mieux fait de la poser avant de grimper dans votre pick-up.

— Exact !

— Et avant que nous nous engagions sur cette jolie route déserte.

— Je ne suis donc plus le chevalier accouru à votre secours ? demanda-t-il, amusé malgré lui.

— Oh ! vous resterez toujours un héros, assura-t-elle. Mais vous pourriez être déséquilibré aussi. Vous ne l'êtes pas, n'est-ce pas ?

— Est-ce que je l'admettrais, si je l'étais ?

Elle haussa les épaules.

— Pourquoi pas ? On ne sait jamais avec les fous.

— Vous semblez en fréquenter beaucoup.

Il n'arrivait pas à croire qu'ils aient cette conversation.

— Quelques-uns. Mais vous ne paraissez pas appartenir à la catégorie.

Un pan de sa robe se gonflant et volant au vent, elle le ramena avec autorité sur ses genoux.

— Avez-vous déjà vu une telle quantité de tulle ?

— Qu'est-ce que le tulle ?

— Ceci.

Elle lui présenta un échantillon du tissu.

— Si vous n'aimez pas votre robe, pourquoi l'avez-vous achetée ?

— Je n'ai rien acheté du tout, répondit-elle en soupirant. C'est la mère de Jared qui s'en est chargée.

Il rit.

— Ça lui ressemble bien !

— Parfait. Vous n'êtes pas fou, déclara-t-elle avec un soupir de satisfaction. Que vous n'appréciiez pas mon ex-future belle-mère prouve que vous avez toute votre tête.

— Merci. Donc, comme je vous disais, je vous emmène au ranch. Là, vous pourrez réfléchir à ce que vous allez faire. Où aller.

— Je n'ai aucun endroit où aller, dit-elle en tournant la tête vers sa fenêtre pour regarder le paysage. Je n'ai pas mon sac, et, par conséquent, ni carte bancaire ni papiers. Bon sang ! Je n'ai même pas de vêtements.

Le ton hystérique de sa voix l'alarma.

— Je ne sais pas à quoi j'ai pensé, reprit-elle, bégayant dans sa précipitation. Je n'ai rien avec moi !

— Je peux vous conduire à un distributeur…

— Je vous ai dit que je n'ai pas mon sac ! Pas de carte de crédit, et pas de vêtements non plus à part ce gigantesque marshmallow de robe.

Elle se comprima la poitrine des deux mains comme pour empêcher son cœur d'en jaillir.

— Ne vous laissez pas emporter par la panique, conseilla-t-il.

— Je voudrais vous y voir ! Maintenant que je suis partie, je peux penser à autre chose, et ce que je pense c'est que je suis seule, dans un endroit où je ne connais personne à part les gens que je fuis !

Du coin de l'œil, il la vit secouer vigoureusement la tête.

— Je peux difficilement aller réclamer mes affaires chez les Goodman, reprit-elle. Mes vêtements, mes papiers. Mon *téléphone* !

Elle se prit la tête dans les mains.

— C'est un cauchemar…

— Voyons, rappelez-vous. Vous sortez du cauchemar.

— Facile à dire pour vous qui avez, je suppose, des vêtements de rechange !

— Un point pour vous. Écoutez, vous êtes à peu près de la même taille que ma belle-sœur. Vous lui en emprunterez.

— Et si elle n'a pas envie de se montrer généreuse ?

— Elle est absente.

Elle eut un rire sans joie.

— Fantastique. Je ne suis livrée à moi-même que depuis un quart d'heure et je vole déjà des vêtements.

— Vous ne volez pas, vous empruntez. Êtes-vous toujours aussi extrême ?

— Seulement quand mon univers explose. Donc, pour

résumer, je suis SDF et sans ressources. Cette journée prend un tour intéressant, vous ne trouvez pas ?

Il rit.

Elle le regarda d'un air soupçonneux avant d'éclater de rire à son tour.

— Ce n'est pas ainsi que je me représentais ce jour, censé être le plus beau de ma vie, lâcha-t-elle.

— Figurez-vous que ce n'est pas non plus comme ça que je prévoyais de passer ma journée, répliqua-t-il.

Il était soulagé de voir qu'elle dominait sa panique.

— Pour être honnête, dit-elle en hochant la tête, je n'ai pas réfléchi au-delà de mon déménagement au Texas pour épouser un prince charmant qui s'est révélé être un affreux crapaud.

— Vous ne vous en êtes pas aperçue tout de suite ?

— Non.

Elle tourna la tête pour offrir son visage au vent.

— D'habitude, je sais pourtant juger des gens.

Comme il n'acquiesçait pas, elle ajouta :

— Je vous ai choisi pour me sauver, n'est-ce pas ?

Il rit de nouveau, amusé.

— Certes, mais votre choix était limité.

— J'aurais pu partir en courant dans la rue. Ce que j'envisageais avant de tomber sur vous.

Elle reprit son souffle.

— Dites, vous n'avez pas l'impression de nager en plein conte de Grimm ?

— Eh bien, à vrai dire…

— Sérieusement, regardez l'histoire de plus près. Tout est là ! Le fiancé qui se révèle être une mauviette. La cruelle mère, le père qui donne la chair de poule, sans parler du frère aux mains baladeuses.

Il devait avouer qu'il commençait à trouver sa passagère très sympathique. La famille Goodman n'était pas franchement le meilleur que la petite ville ait à offrir ; Shelby Arthur l'avait découvert à ses dépens.

Elle frissonna.

— Justin est le genre d'homme avec qui une femme ne doit

rester seule sous aucun prétexte. Brooke est la seule personne bien dans cette famille. Un vrai rayon de soleil. À mon avis, elle a été adoptée. Mais à présent, elle aussi doit être furieuse contre moi.

— Attendez-vous une réponse de ma part, ou allez-vous continuer à parler toute seule ?

— Bon sang, quel gâchis...

— Vous pouvez le dire.

— Vous n'allez pas essayer de me consoler ?

— Ça vous ferait du bien ?

— Non.

— Ce serait donc une perte de temps ?

— Oui.

Son rire chaud et vibrant toucha un point sensible qu'il se refusa à identifier. Mais ce rire était tellement préférable à son angoisse.

— Écoutez, voilà ce que nous allons faire. Vous allez passer un jour ou deux chez moi, le temps de prendre des dispositions.

— Vous me proposez d'habiter sous votre toit ?

— Inutile de prendre cet air soupçonneux ! Je ne vous propose pas une place dans mon lit.

Vraiment dommage, parce que rien que de la regarder lui donnait envie de l'embrasser et de lui faire mille autres choses. Mais là n'était pas le sujet.

— Vous pouvez occuper l'autre partie de la maison. Ma mère est morte il y a deux ans. Vous prendrez son aile. Nous ne nous croiserons même pas.

— Son *aile* ? répéta-t-elle en fronçant les sourcils. Vous habitez un château ?

— Pas exactement, mais la maison est bien assez grande pour deux.

Au Texas Cattleman's Club, la réception prévue pour le mariage se déroulait malgré tout. Un orchestre jouait des airs de danse, car les Goodman auraient trouvé vulgaire d'utiliser les services d'un DJ.

Des nappes d'un blanc immaculé ornaient les tables, et sur

chacune d'elles trônait un vase contenant une rose unique. La porcelaine de Chine et le cristal tintaient en sourdine, et tandis que les invités se rassemblaient par petits groupes pour commenter la fuite de la mariée, assise seule à une table, Rose Clayton observait la scène.

À soixante-sept ans, Rose était une femme séduisante dotée d'une silhouette dont elle prenait grand soin, de cheveux châtain foncé avec juste quelques touches de gris coupés court et d'yeux gris fumé auxquels rien n'échappait.

Le flot des conversations enflant ou diminuant formait une marée continuelle. Tout en n'y prêtant qu'une oreille distraite, elle surprenait pas mal de références à l'élection imminente du bureau du Texas Cattleman's Club. À une époque, elle n'y aurait pas accordé une pensée, mais à présent que les femmes étaient autorisées à devenir membres à part entière du club, elle s'y intéressait beaucoup.

De son point de vue, James Harris, l'actuel président, accomplissait un excellent travail, et elle ne voyait aucune raison d'en changer. En tendant l'oreille, elle constata avec plaisir que la plupart des membres partageaient son avis.

En passant devant sa table, les gens lui adressaient un signe de tête ou un sourire sans toutefois s'arrêter. La réputation de Rose de reine sans couronne de la bonne société de Royal tenait les gens à distance.

Elle connaissait tous les invités, elle en avait vu grandir la plupart, Margaret Fraser Goodman comprise. Cette femme, pensa-t-elle, était née vieille et desséchée, toujours plus concernée par les apparences que par ce qui comptait vraiment. Cependant, tout en critiquant Margaret, Rose reconnaissait qu'elle n'avait pas agi différemment. Seule différence, Rose s'amusait de se conformer aux principes imposés depuis l'enfance.

Son regard se posant brièvement sur Margaret Goodman, elle nota la fureur dans le regard de cette dernière et le pli amer de ses lèvres minces tandis qu'elle s'efforçait de faire bonne contenance. Grâce à des bribes de conversations saisies au vol, Rose avait eu vent de la version que faisait courir Margaret afin de retourner la situation. On racontait maintenant que c'était

Jared qui avait changé d'avis au dernier moment et prié son infortunée fiancée de disparaître.

Rose n'avait jamais rencontré la promise, mais du diable si elle ne l'admirait pas ! Cette jeune femme avait pris son destin en main. Qui savait le cours qu'aurait pris la vie de Rose si elle avait fait preuve du même cran ?

Mais l'époque était très différente cinquante ans plus tôt. Et nul ne se serait avisé de contrarier Jed, son père. Du regard, elle balaya la pièce jusqu'à repérer son petit-fils Daniel. Daniel Clayton la récompensait de toutes les épreuves qu'elle avait dû surmonter au fil des décennies.

Un homme adulte, à présent, et beau, intelligent et très drôle quand il le voulait. C'était la lumière de sa vie et il n'était rien qu'elle n'aurait fait pour le voir heureux. Dans la limite du raisonnable, naturellement.

— Oh ! c'est tout simplement inacceptable, murmura-t-elle en voyant Daniel se pencher et embrasser avec douceur une jolie jeune femme qui parut éblouie par son attention.

Alexis Slade, petite-fille de Gus Slade.

Rien que de penser à ce dernier, elle sentit son cœur s'affoler. À une époque, elle était follement amoureuse de cet homme et elle avait bravé la colère de son père pour continuer à le voir. Jusqu'au soir où son père avait proféré la menace qui avait définitivement mis fin à leur histoire.

Elle redressa les épaules, releva le menton. De temps à autre, elle adressait un signe de tête aux gens qui la saluaient, mais son esprit vagabondait vers le passé.

Depuis des décennies maintenant, les Clayton et les Slade étaient, sinon ennemis, du moins en conflit. Ils évitaient de se côtoyer, se méfiaient les uns des autres. Et ils ne se regardaient sûrement pas comme Daniel et Alexis se regardaient à présent. Il fallait mettre un terme à cette idylle et, sur ce point, elle était sûre que Gus serait d'accord avec elle.

Leurs petits-enfants s'étaient épris l'un de l'autre des années plus tôt, mais Gus et elle avaient mis le holà à leur histoire. Gus avait envoyé Alexis dans une université d'un État voisin tandis qu'elle avait accablé Daniel de travail au ranch pour qu'il n'ait pas le temps de s'attrister sur le départ de la jeune fille.

— Inacceptable, répéta-t-elle d'une voix étouffée tout en tapotant la nappe du bout de ses ongles manucurés.

De nouveau, elle examina la pièce, cherchant Gus.

Quand elle le trouva, elle se leva, traversa la pièce et s'arrêta devant sa table.

— Gus, il faut que nous parlions.

3

Gus Slade portait un costume gris anthracite avec une chemise blanche et une cravate rouge vif. Ses épais cheveux, autrefois noirs comme l'aile du corbeau, étaient maintenant argentés, et sa peau bronzée avait pris l'aspect du cuir après des années à travailler sous le dur soleil texan. Il se renversait contre le dossier de sa chaise, un pied botté sur son genou. À soixante-neuf ans, il se dégageait toujours de lui une impression de force et un magnétisme certain.

Maudit soit-il !

Ses yeux bleus au regard perçant se posèrent sur Rose sans exprimer aucune chaleur.

— De quoi voudrais-tu que nous parlions ?

Ignorant sa grossièreté, elle prit place sur le siège voisin du sien et regarda par-dessus son épaule en direction de leurs petits-enfants.

— De *ça*, répondit-elle avec insistance.

Il suivit son regard et se rembrunit.

— Il n'y a rien à en dire. Tiens ton garçon à l'écart de ma petite, et il n'y aura pas de problème.

— Regarde mieux, vieil entêté, lui chuchota-t-elle. C'est Alexis qui flirte avec lui. Et elle a l'expression d'une fille qui vient d'être amoureusement embrassée.

Gus se rembrunit un peu plus et son regard revint se poser sur elle.

— Une femme qui flirte, ça ne veut rien dire. Et les baisers sont éphémères, n'est-ce pas, Rose ?

Elle tressaillit sous le reproche amer et implicite. Elle avait seize ans quand elle était tombée amoureuse de Gus et, pour être honnête, elle devait avouer que cinquante ans plus tard il avait encore le pouvoir de faire battre son cœur. Malgré tout, elle n'allait pas rester sans réagir à ses allusions pleines de rancœur.

— Je ne suis pas venue parler du passé.

— Dans ce cas, que fais-tu à ma table ? demanda-t-il, l'air mauvais.

Elle ravala son agacement. Depuis le décès de sa femme, victime d'un cancer quelques années auparavant, Gus avait perdu le peu de bonnes manières qui lui restait. Et son cœur se serra. Sarah Slade avait été sa meilleure amie, mais quand elle avait repoussé Gus, il avait cherché du réconfort auprès de cette dernière. Et bientôt ils avaient formé un couple.

Cependant, l'heure n'était pas à s'apitoyer sur son sort. Un présent inquiétant requérait leur intervention.

— Gus, à moins que nous soyons prêts à voir nos petits-enfants de nouveau ensemble, il faut trouver un moyen de les éloigner l'un de l'autre.

Il se frotta la joue dans un geste qu'elle ne se rappelait que trop bien. Avec autorité, elle ferma la porte au déferlement de souvenirs et attendit impatiemment sa réaction. Il pesait toujours soigneusement ses mots. Et même à l'époque où elle l'aimait, ce trait de caractère l'agaçait.

— D'accord, murmura-t-il enfin tout en regardant autour de lui pour s'assurer que personne n'entendait. Mais pas ici. Je n'ai pas besoin qu'une bande de commères fassent des suppositions sur le fait que nous sommes soudain redevenus amis.

Elle grimaça. Elle n'avait pas réfléchi à cela. Sa seule idée avait été de réclamer l'aide de Gus pour mettre fin à la relation amoureuse entre leurs petits-enfants.

— Tu as raison.

Il eut un sourire pincé.

— C'est un jour à marquer d'une pierre blanche ! Rose Clayton vient d'admettre que Gus Slade a raison sur un point !

La repartie ne l'amusa pas.

— Note-le en grosses lettres sur ton calendrier. En attendant…

— Très bien. Retrouvons-nous demain à 14 heures sous le chêne.

Elle prit sa respiration. Le coup était rude. Elle était presque surprise qu'il se souvienne, mais comme il la fixait, elle comprit qu'il la mettait à l'épreuve. Il cherchait à savoir si *elle* se souvenait.

Comment aurait-elle pu oublier ?

— D'accord, 14 heures.

Elle se détourna, ne voulant pas lui donner la satisfaction de constater qu'il l'avait déstabilisée. Toutefois, avant de s'éloigner, elle se retourna et lança :

— Essaie de ne pas être en retard cette fois.

Se félicitant de sa pique, elle regagna sa table.

Shelby leva les yeux sur la maison principale du ranch et demeura ébahie.

Elle avait été impressionnée quand Caleb avait franchi le portail au-dessus duquel trônait en lettres de fer forgé un énorme M. Et elle avait admiré la majestueuse allée bordée de chênes. Mais la maison en elle-même lui coupait le souffle.

Immense, elle s'étalait sur le terrain tel un chien surveillant d'un œil paresseux son territoire. L'architecture n'en était pas homogène, ce qui laissait supposer que chaque génération avait apporté sa contribution. Un porche soutenant l'avancée du toit courait tout autour de la demeure.

Fauteuils et balancelles garnis de coussins le meublaient ainsi que d'immenses pots d'où s'échappaient des coulées de fleurs aux vives couleurs. L'endroit semblait inviter à s'asseoir et à savourer la vue magnifique. C'était exactement le genre de maison de ranch dont on trouvait des photographies dans les pages de luxueux magazines de décoration.

Sa robe de mariée relevée au niveau des genoux, elle pivota sur elle-même pour examiner les alentours. Elle distingua une grange, une écurie et un corral où trois chevaux s'attroupaient comme s'ils avaient des secrets à se confier. Une autre maison de style cottage à un étage s'élevait un peu plus loin et, à distance, elle apercevait d'autres bâtiments tout en longueur.

Elle revint à Caleb.

— Tout ça est à vous ?

— À moi et à mon frère, oui.

Il se rembrunit.

— Votre robe traîne dans la poussière.

Elle se tordit le cou pour regarder par-dessus son épaule, marmonna un juron et poussa un soupir excédé.

— Ça m'est égal. Je ne la porterai plus jamais.

— Comme vous voudrez.

Il désigna la maison à un étage.

— Mon frère et ma belle-sœur vivent là. Je vais vous chercher des vêtements.

— Je ne sais pas si...

Cela paraissait étrange. Elle lui devait déjà tant. Jusqu'où devrait-elle aller ? Il l'avait aidée à fuir, lui avait offert un endroit où dormir et maintenant il allait lui procurer de quoi se vêtir.

— À vous de voir si vous préférez votre robe de mariée.

Se mordillant la lèvre, elle baissa les yeux sur son cauchemar de tulle.

— D'accord, oui. Je serais ravie que vous me procuriez des vêtements.

S'il vous plaît, faites qu'il ne soit pas fou, pria-t-elle silencieusement.

— Je reviens, dit-il. Oh ! quand vous entrerez dans la maison, juste... Faites bien attention à vous.

Pourquoi cette mise en garde ? Elle examina la lourde porte de chêne ; qu'allait-elle découvrir derrière ? Une chambre de torture ? Des pièces infestées de rats ? Une collection des robes de mariée des femmes à qui il avait porté secours avant elle ?

Voyons, c'était ridicule ! Combien de fois dans la vie un homme peut-il se trouver en face d'une mariée en fuite ? D'ailleurs, après les épreuves endurées aujourd'hui, qu'est-ce qui aurait pu encore l'affecter ?

Ainsi, se préparant à tout, elle gagna le porche et poussa la porte d'entrée. Un souffle d'air glacé provenant du climatiseur lui procura un intense plaisir. Elle trouvait torrides les étés de

Chicago, mais à côté de ceux du Texas, ils étaient tout à fait supportables. Pressée de jouir de l'air frais, elle ouvrit plus largement la porte, mais celle-ci heurta un objet et se bloqua.

Intriguée, elle passa la tête par l'entrebâillement et examina les lieux. Et ses yeux s'écarquillèrent. L'entrée et la pièce contiguë regorgeaient de... de tout un fouillis de meubles et d'objets.

La porte ne s'ouvrait pas entièrement parce qu'une commode se dressait juste en face. Un pas dans la grande salle lui permit de comprendre comment fonctionnait la défunte mère de Caleb.

Les meubles étaient élégants, mais entassés dans ce qui aurait dû être une pièce aux proportions généreuses. Et la surface de chaque table, chaque commode, chaque buffet était encombrée d'objets : statuettes, verreries de cristal, bagues et bracelets, bougies, coupes, corbeilles et plateaux.

Si Caleb s'imaginait que le désordre de cette pièce allait la traumatiser, il se trompait. Au contraire, il mit instantanément en éveil son âme d'organisatrice. Son affaire, Simple Solutions, dépendait de gens comme la mère de Caleb. À Chicago, elle avait construit sa réputation sur le fait qu'elle était capable d'entrer dans un capharnaüm, d'y mettre de l'ordre et d'expliquer aux propriétaires comment le conserver net. Sa clientèle s'était constituée par le bouche-à-oreille et elle projetait de s'agrandir et de recruter des employés quand elle avait rencontré Jared Goodman.

Comment croire qu'elle avait renoncé à tout pour un homme qui s'était finalement révélé inconsistant ? Elle avait cru en lui, s'était persuadé qu'elle l'aimait, mais elle se rendait compte à présent qu'elle avait juste aimé l'idée d'aimer et de se marier. Et le choc avec la triste réalité l'avait instantanément désillusionnée.

Elle pénétra plus avant dans la pièce, souleva un soliflore en cristal pour l'examiner de plus près et le reposa avec précaution. Dans son métier, elle avait rapidement appris à déchiffrer les signatures des fabricants de verreries en cristal. Elle reconnaissait les pièces anciennes quand elle les voyait et avait une idée juste de leur valeur.

Tournant sur elle-même, elle examina l'ensemble de la pièce et se demanda pourquoi la mère de Caleb avait ressenti le besoin de s'entourer de tant d'objets. La maison avait du cachet, et même dans l'état actuel de la pièce, elle en voyait le potentiel.

— Oui, c'est terrible, fit la voix de Caleb derrière elle.

Elle se retourna.

— J'ai vu pire.

— J'ai du mal à vous croire ! répliqua-t-il en riant.

— Franchement, ce n'est rien.

Elle souleva un plateau de porcelaine et fit courir ses doigts sur la table.

— Pas de poussière. J'ai connu des endroits où la couche en était si épaisse que la pièce semblait peuplée de fantômes.

— Camilla, la femme de mon régisseur, prend soin de cette salle.

— Elle fait du bon travail. Ce ne doit pas être facile de chasser la poussière de tous ces objets.

Il soupira.

— Je n'arrête pas de lui dire que nous allons faire venir des gens pour débarrasser tout ce fatras, mais…

— Mais vous êtes occupé.

— Oui.

— Et c'est là que j'interviens.

Il lui jeta un regard circonspect.

— C'est-à-dire ?

— Je suis organisatrice professionnelle, répondit-elle en souriant. C'est donc mon métier d'aller chez les gens et de les aider à venir à bout de leur désordre. Ma propre affaire à Chicago était florissante.

— Et vous y avez renoncé pour épouser Jared.

— Eh bien, oui.

Elle s'interrompit, sourcils froncés.

— Erreur de jugement à part, j'excelle à ce que je fais.

— Je peux m'en occuper pour vous. Elle examina de nouveau la pièce puis proposa :

— Est-ce que ça ira ? demanda-t-il en lui tendant un jean et un T-shirt.

Bien sûr, espérer des chaussures était trop demander.

— Mais oui. C'est très gentil. Merci.

Son esprit fonctionnait à plein régime et, quand elle eut une idée d'ensemble de la façon dont elle allait procéder, elle reprit :

— Il me faudrait juste un endroit où loger pendant que je travaille.

— Un instant...

— Écoutez-moi.

Elle prit sa respiration et se hâta de poursuivre.

— Vous avez été fantastique. Vraiment. Alors, merci encore de m'avoir accueillie chez vous et de n'être pas un *serial killer.*

Un coin des lèvres délectables de Caleb frémit.

— Je vous en prie.

Elle sourit. Franchement, il était terriblement séduisant, mais quand il esquissait un sourire, il devenait carrément craquant. Pourtant, là n'était pas la question.

— La vérité, poursuivit-elle, c'est que jusqu'à ce que je récupère mes affaires chez les Goodman, sans parler de l'argent placé sur un compte commun au nom de Jared et moi, je suis coincée.

— Et votre famille ? N'y a-t-il pas quelqu'un que vous puissiez appeler ?

— Non.

Au rappel de son deuil, elle éprouva un vif chagrin, mais se ressaisit.

— Ma mère est morte l'année dernière et je n'ai plus personne.

— Désolé, dit-il, l'air gêné.

Elle reprit très vite :

— Comme je vous l'ai dit, je suis organisatrice professionnelle et...

— Vous aviez le projet de monter une affaire ici, au Texas.

Elle se rembrunit. Son avenir paraissait si incertain.

— En tout cas, à Chicago, j'avais des tas de clients satisfaits.

— Je vous crois.

Il ne paraissait pas très intéressé par ce qu'elle lui racontait, mais il ne s'était pas non plus éclipsé. Elle ne l'avait donc pas complètement perdu. Et la perspective de remettre de l'ordre dans sa maison lui redonnait espoir. Jusqu'ici, elle s'était sentie dans la peau d'une mendiante, implorant de l'aide. Mais s'il la laissait faire, elle aurait le sentiment de lui rendre un service en échange de son accueil. Et c'était très important pour elle.

— Voilà ce que je vous propose, reprit-elle avec enthousiasme. Je débarrasse et aménage cette pièce. Tout ce que vous aurez à faire sera de décider ce que vous voulez faire de chaque objet.

Son regard bleu fit le tour du lieu avant de revenir sur elle.

— C'est un gros travail.

— Je suis prête à m'y atteler.

Durant une longue minute il scruta son expression si bien que, mal à l'aise, elle finit par changer de position. Que voyait-il en l'observant ? Percevait-il, si peu que ce soit, l'attirance qu'elle éprouvait pour lui et qui frémissait dans ses veines ? Mais à la minute où la pensée lui traversa l'esprit, elle la repoussa.

Franchement ? Fuir ton mariage pour entretenir des fantasmes déplacés à propos de ton sauveur ? Voyons, Shelby, reprends-toi !

— Mon frère et sa femme ont déjà pris ce qui les intéressait, dit-il enfin. Pour ma part, je m'en remettrai à vous. Conservez ce qui vous semble convenir à la pièce et nous pourrons donner le reste, je suppose.

Il acceptait !

— Absolument, se hâta-t-elle de dire. Et ce sera très généreux de votre part. À lui seul, le cristal a certainement beaucoup de valeur. Si vous le désirez, je peux entrer en contact avec un magasin d'antiquités et voir si je peux vendre certaines pièces. J'établirai des listes des collections, noterai l'endroit où elles se trouvent et…

— N'arrêtez-vous jamais de parler ?

Elle fit la moue.

— Rarement. Et nous débattons d'un point important. Je dois vraiment savoir si vous êtes d'accord avec ma proposition, ou si je dois aller dormir sous un pont. Alors voilà : je m'occupe entièrement de vider et aménager cette pièce en échange du vivre et du couvert, en attendant de retomber sur mes pieds.

— Combien de temps pensez-vous que ça prendra ?

— Ça dépend du degré de coopération des Goodman, répondit-elle en grimaçant.

— Donc, c'est pour l'éternité.

La remarque refroidit son enthousiasme et elle soupira.

— Je sais que je m'impose, mais je me ferai toute petite...

Il demeura silencieux et elle souhaita pouvoir deviner quelles pensées creusaient un sillon entre ses sourcils. Mais son expression était indéchiffrable. Cet homme était l'incarnation même de l'image qu'on se fait du cow-boy. Grand, d'une beauté brute, impassible. Il ne lui restait donc plus qu'à attendre le verdict. Heureusement, il ne la laissa pas sur la sellette trop longtemps.

— Nous pouvons toujours essayer.

Avec un soupir de soulagement, elle porta une main à son cœur.

— Oh ! merci, merci. Je me sens déjà mieux. Vous verrez, vous ne serez pas déçu. Je vais tellement bien m'en occuper que vous ne reconnaîtrez plus cette pièce !

Il grommela un acquiescement.

— Venez, ajouta-t-il. Je vais vous conduire à l'aile est où vous logerez.

Tout en le suivant, elle examinait la maison. D'après ce qu'elle découvrait, beaucoup de pièces auraient gagné à être réorganisées par ses soins.

— Je n'ai jamais habité une maison où l'on disposait d'ailes, fit-elle remarquer, accélérant le pas pour rester à son niveau.

— C'est que, depuis près d'un siècle et demi, chaque génération a ajouté sa contribution à la maison originelle.

Très impressionnée, elle émit un petit sifflement. Sa mère et elle avaient constamment déménagé d'un appartement à un autre. Jamais elle ne restait plus de trois ans dans le même endroit. Et découvrir qu'une famille vivait depuis plus d'un siècle dans la même maison l'emplit d'une envie inattendue. C'était cela avoir des racines. Creuser et construire son propre univers, pour ses enfants et les enfants de ses enfants.

Et c'était ce désir de famille et de racines qui l'avait poussée dans les bras de Jared. Une leçon à retenir.

Les murs de la maison étaient construits soit en rondins, soit en pierre. Les parquets luisants prouvaient que l'endroit était méticuleusement entretenu malgré le désordre de la pièce principale. Camilla devait travailler dur pour la maintenir propre et belle comme elle l'était.

Caleb poussa une porte sur la droite d'un couloir. Se glissant derrière lui, elle s'immobilisa sur le seuil et ne put retenir un cri d'admiration. La chambre était superbe. Vaste, avec un grand lit à colonnes en merisier pourvu d'une courtepointe à motif étoilé bleu foncé et blanc. Deux tables basses, un coffre au pied du lit et une commode sur le mur opposé composaient le reste de l'ameublement. Deux baies vitrées offraient une vue sur le jardin et les chênes bordant l'allée.

— C'était la chambre de ma mère.

— C'est curieux. Elle n'a pas encombré cette pièce.

— Non. Seulement la grande salle et la cuisine. Quoi qu'il en soit…

Il désigna une porte.

— La salle de bains est là.

Elle avança dans la chambre.

À quelle rapidité tout changeait, songeait-elle. Le matin seulement, elle se trouvait dans la demeure familiale des Goodman, s'habillant le cœur lourd pour son mariage et redoutant l'avenir qu'elle s'était fabriqué.

Et à présent, quelques heures plus tard, elle se retrouvait dans une véritable maison de ranch, avec un superbe cow-boy qui l'avait tirée des griffes du dragon. Oui, la vie pouvait prendre des tournants imprévus ; en un instant, tout pouvait basculer, et mieux valait boucler en permanence sa ceinture de sécurité pour être parée à toute éventualité.

— J'ai du travail, dit Caleb, l'arrachant à ses pensées.

Il déposa les vêtements de sa belle-sœur au pied du lit.

— En cas de besoin, vous me trouverez à l'écurie ou dans la première grange.

— Très bien.

Il était si proche qu'elle percevait le parfum de sa lotion après-rasage évoquant une forêt lors d'une nuit de pleine lune et, pourquoi pas, une baignade, nus dans un lac…

— Où dormez-vous ? lâcha-t-elle soudain.

— Dans l'aile ouest, de l'autre côté de la grande salle.

— Ah bon.

Sûrement pas assez loin pour sa tranquillité d'esprit, mais qu'y faire ?

Il haussa un sourcil.

— Un problème ?

— Non, non, pas du tout...

Elle poursuivit très vite pour ne pas être tentée d'avouer qu'il lui plaisait beaucoup et qu'elle aurait aimé savoir ce que cela faisait d'être embrassée par lui. Impossible, bien sûr, d'autant que deux heures plus tôt, elle s'apprêtait à en épouser un autre. Elle eut le sentiment d'être dédoublée, une des deux personnes en elle connaissant de sérieux ennuis.

— Comme vous m'avez assuré que vous n'étiez pas fou, je sais que vous ne viendrez pas rôder ici la nuit.

Il la regarda fixement.

— J'essaierai de me contrôler.

— C'est flatteur. Merci encore.

— Tenez-vous à m'entendre dire que vous êtes belle ?

Une vague de plaisir la parcourut.

— Non, bien sûr !

— Tant mieux. Parce que je ne le dirai pas.

— Me faites-vous un affront ?

— Pas du tout. C'est une promesse. Je m'efforce de ne pas séduire les femmes en robe de mariée. Ce serait envoyer un mauvais message.

Il se dirigea vers le couloir, s'arrêta à mi-chemin et dit par-dessus son épaule :

— Mon régisseur et sa femme habitent la maison située derrière celle-ci. Pour trouver la cuisine, il vous suffira de reprendre le couloir principal en sens inverse.

— Parfait.

L'estomac serré par une appréhension mêlée de soulagement, elle n'avait pas faim, mais elle pourrait avoir envie d'une tasse de café tout à l'heure. Et si elle restait, même temporairement, il faudrait qu'elle fasse la connaissance de Camilla et lui demande son aide.

— Et, euh... Merci. Du fond du cœur.

Il la parcourut du regard de la tête aux pieds, lentement, attentivement. Et une intense chaleur se propagea en elle.

Sérieusement, perdait-elle la tête ? Elle venait de fuir un homme pour se retrouver tout émoustillée devant un autre ? Et si c'était ses nerfs qui lâchaient à cause de toutes ces émotions ? Une façon de libérer la tension accumulée depuis des semaines ?

Il ôta sa veste et, la tenant d'un doigt, la jeta sur son épaule, puis, repoussant son chapeau en arrière, il la regarda de nouveau longuement avant de se détourner.

Elle l'observa pendant qu'il s'éloignait, ses longues jambes se mouvant avec aisance, sous des fesses fascinantes. Elle déglutit. Quoiqu'il lui arrive, sa vue n'était pas affectée. Elle tenta de se ressaisir mais n'y réussit pas avant qu'il n'ait tourné l'angle du couloir.

S'adossant au mur, elle soupira.

Quel mystérieux pouvoir sur les femmes possédaient donc les cow-boys ?

Le lendemain, Rose attendait sous le chêne quand Gus arriva selon son habitude un bon quart d'heure en retard. Dans une autre vie, quand elle était jeune et amoureuse, ce manque de ponctualité l'irritait au plus haut point. Mais alors, il lui souriait et l'embrassait, et sa rancune fondait comme neige au soleil.

Mais c'était en d'autres temps.

— Tu es en retard.

— Et toi, tu aimes toujours autant souligner l'évidence, riposta-t-il en s'asseyant près d'elle sur le banc qu'il avait fabriqué pour eux près de cinquante ans plus tôt.

De sa main usée par le travail, il donna une tape sur le bois devenu rugueux après avoir survécu à des années de vent, de pluie et de soleil.

— Je suis heureux de constater qu'il tient bon, dit-il.

— Tu as toujours été habile de tes mains.

Il se tourna vers elle, un sourcil grisonnant haussé.

— Tu le pensais, en tout cas.

Elle fut surprise de se sentir rougir. Qui aurait cru qu'une femme de son âge était encore capable de s'empourprer ? Pour se donner une contenance, elle posa les mains sur ses genoux et lissa son pantalon kaki. Et elle se demanda quand ses mains avaient vieilli. Où étaient passées toutes les années écoulées depuis leur jeunesse ?

Une éternité plus tôt, les nuits d'été, Gus et elle se rencontraient sous ce chêne avec le vent qui bruissait dans les feuilles et les étoiles piquetant le ciel au-dessus d'eux comme autant de petits lumignons. Ils étaient seuls au monde. Le présent était excitant et l'avenir promettait monts et merveilles.

Et puis, ce bonheur avait eu une fin.

Mécontente d'elle-même, elle leva les yeux sur le paysage. Cette partie du ranch familial n'avait guère changé au cours du demi-siècle écoulé. Le bétail paissait toujours à distance sous un ciel d'un bleu implacable, et l'épais feuillage au-dessus de leurs têtes se taisait, écrasé par la puissance du soleil. Et voilà qu'elle se trouvait de nouveau ici. Avec Gus.

— Pourquoi as-tu choisi cet endroit pour me donner rendez-vous ?

— Parce que je savais que ça t'ennuierait, répondit-il en haussant les épaules.

Elle éprouva un élancement de douleur.

— Du moins, tu es honnête.

— J'ai toujours placé très haut l'honnêteté, dit-il en la fixant.

Elle eut conscience du reproche implicite.

Autrefois, après lui avoir promis de l'aimer toujours, elle l'avait repoussé et avait affirmé qu'elle ne l'aimait pas, ne l'avait jamais aimé et qu'elle ne l'épouserait pour rien au monde. Mensonges qui lui avaient déchiré le cœur et, comble de souffrance, elle avait dû assister au désespoir de Gus.

— Nous ne sommes pas là pour parler du passé, dit-elle.

— C'est sûr ! rétorqua-t-il. Allons donc au sujet qui nous intéresse. Tu vas dire à ton petit-fils qu'il vaudrait mieux qu'il évite de poser ses pattes sur ma petite-fille, s'il ne veut pas d'ennuis.

Elle éclata d'un rire bref.

— Inutile de prendre ce ton de seigneur et maître avec moi ! Et ça ne marchera pas non plus avec Daniel.

Elle projeta son menton en avant et défia du regard son vieil amoureux.

— Mon petit-fils n'est pas un lâche. Tu ne l'impressionneras pas, alors, trouve autre chose.

— Très bien. Que veux-tu que je fasse ?

Il se leva, fit quelques pas dans les broussailles desséchées avant de revenir se planter devant elle.

— Je suppose que tu as un plan. Tu as toujours eu des idées à ne savoir qu'en faire.

Elle se leva à son tour. Il était plus grand qu'elle, mais grâce aux talons de ses bottes italiennes elle pouvait le regarder dans les yeux sans se dévisser le cou.

— Il se trouve que j'ai réfléchi.

— Et ?

Il était visiblement agacé, impatient de mettre fin à l'entretien, et elle ne put s'empêcher de se rappeler qu'il n'avait pas toujours été aussi pressé de la quitter.

— Et tout ce que nous avons à faire, c'est de leur trouver quelqu'un d'autre.

— Et c'est tout ? demanda-t-il en riant.

Elle lui jeta un regard noir.

— Tu ferais mieux de m'écouter avant de te moquer de mon idée.

Il croisa les bras.

— Très bien. Explique.

— J'ai pensé que nous pourrions organiser un événement à Royal, quelque chose d'important qui drainerait les gens depuis Houston.

— Bien. Et qu'as-tu en tête ?

— Rien encore. Mais tu peux aussi avoir des idées.

Elle tapota le sol du bout de sa botte.

— Cela nous touche tous les deux, rappelle-toi.

— Ce ne serait pas le cas si tu contrôlais ton petit-fils, marmonna-t-il.

— Ou si tu pouvais empêcher ta petite-fille de regarder Daniel des étoiles plein les yeux !

L'air renfrogné, il hocha la tête à contrecœur.

— Alors, tu penses à un événement auquel ils assisteraient tous les deux, mais qui les jetterait vers d'autres personnes.

— Exactement.

Elle l'observa tandis qu'il se frottait la joue. Et à travers celui qu'il était devenu, elle voyait celui qu'il avait été. L'homme qui avait pris son cœur quand elle n'avait que seize ans et avec qui elle pensait passer sa vie.

L'homme que son père lui avait arraché. L'ironie de la situation ne lui échappa pas. Son propre père l'avait éloignée de l'homme qu'elle aimait, et maintenant elle projetait d'en faire autant avec son petit-fils. Elle n'avait pourtant pas le choix. Les Clayton et les Slade n'étaient pas destinés à être ensemble.

— Très bien, dit Gus d'une voix grave qui avait quelque chose d'intime. Je vais y réfléchir de mon côté. Retrouvons-nous ici dans quelques jours et voyons où nous en sommes.

— D'accord.

Pour rien au monde elle n'aurait avoué que l'idée de revoir Gus la transportait de joie.

Ils se tenaient à quelques pas l'un de l'autre, mais séparés par cinquante ans de défiance et de chagrin.

Un souffle de vent fit frissonner les feuilles du chêne et glissa sur ses cheveux comme une caresse.

— Bon, je vais y aller, dit-il abruptement.

Et elle sursauta comme au sortir d'une transe.

— Bien sûr. Moi aussi.

— Tu es d'accord pour que nous nous retrouvions ici dans trois jours, même heure ?

— Ça marche.

Elle le regarda se diriger vers son pick-up et, éprouvant un pincement de regret, elle appela :

— Gus.

Il s'immobilisa, se retourna.

— Qu'y a-t-il ?

Plongeant son regard dans le sien, autrefois si familier et qui était devenu celui d'un étranger, elle prononça les mots qu'elle avait tus deux ans plus tôt.

— Je suis désolée pour Sarah.

Au rappel de la mort de sa femme, ses traits se figèrent. Sarah avait été autrefois plus proche qu'une sœur, mais elle l'avait également perdue en rompant avec Gus. Et elle regrettait de ne pas lui avoir tendu la main quand Sarah était morte deux ans auparavant.

— Merci.

Ne pouvant supporter son expression fermée, elle fit un pas vers lui.

— J'aurais dû te présenter mes condoléances plus tôt, mais j'ai craint que tu ne veuilles rien entendre de ma part.

Il la contempla un moment avant de dire doucement :

— Eh bien, tu te trompais, Rose.

Cette fois, quand il se remit en marche, elle le laissa partir.

4

Durant les deux jours qui suivirent, Caleb fit de son mieux pour éviter Shelby Arthur. Ce n'était pourtant pas facile parce que, chaque fois qu'il se retournait, elle était là. Elle se présentait régulièrement aux écuries ou à la grange avec une question au sujet des *trésors* de sa mère.

Depuis le décès de celle-ci, deux ans auparavant, il ne s'était pas préoccupé de ses collections. Bon sang ! Avec le ranch à diriger, le bétail à s'occuper et les nouveaux sites pétrolifères à superviser, où aurait-il trouvé le temps ? D'autant qu'il n'y connaissait rien en antiquités et n'avait aucun désir d'apprendre.

Mais à présent, Shelby s'était attelée à la tâche pour, selon ses termes, « gagner son gîte et son couvert », et il était assailli quotidiennement de questions. Elle avait même demandé l'aide de Camilla pour sortir les meubles sous le porche et les protéger avec des bâches.

Raina Patterson, propriétaire de Priceless, le magasin d'antiquités, était déjà venue une fois au ranch. Elle avait tout examiné et acheté quelques pièces. Bientôt, un camion viendrait chercher la majeure partie du reste. Mais Shelby n'avait pas terminé. Elle travaillait avec Raina à établir un catalogue des objets.

Son frère n'étant pas intéressé par les affaires de leur mère et Meg ayant déjà choisi certaines pièces en souvenir de sa belle-mère, rien ne s'opposait à débarrasser la maison. Et Shelby était bien partie pour venir rapidement à bout de cette tâche.

Appuyé contre la barrière du corral, il l'observait qui s'affairait sous le porche. Malgré la distance, à sa vue il sentait une chaude énergie circuler dans ses veines. Elle portait toujours le jean de Meg, un peu étroit pour elle, ce qu'il appréciait au plus haut point. Elle portait aussi un des deux T-shirts qu'elle lui avait empruntés.

Comme il était beaucoup trop grand, elle l'avait noué sous sa poitrine, découvrant ainsi son ventre bronzé qu'il pouvait admirer tout à loisir en rêvant d'en voir davantage. Ses cheveux auburn étaient noués en une queue-de-cheval qui dansait sur ses épaules, et ses escarpins de mariée qui chaussaient ses pieds fins et élégants paraissaient totalement déplacés.

Sa mâchoire se crispa quand elle se pencha pour tirer une table par la porte de devant. Ses fesses moulées par le jean délavé paraissaient très appétissantes et il aurait donné cher pour les voir nues. Les toucher, caresser les courbes de son corps et...

— Elle est dure au travail, il faut le lui reconnaître.

Au prix d'un gros effort de volonté, il ignora la tension entre ses jambes et se tourna vers son ami Mike qui venait le rejoindre.

— Oui, elle se démène. Mais elle me soûle avec ses questions.

Mike s'accouda près de lui à la barrière.

— J'ai vu. Mais je dois dire que Camilla est ravie qu'elle débarrasse la salle de ces meubles en excédent. Elle pestait toujours au moment de dépoussiérer et entretenir ce fatras.

Tout en hochant la tête, il reporta son regard sur Shelby. Elle avait sorti la table et s'étirait au-dessus pour la recouvrir d'une bâche en prenant appui sur la pointe d'un pied telle une ballerine. Et le geste découvrait un peu plus de peau. Chassant les pensées érotiques qui l'assaillaient joyeusement, il se contenta de dire :

— Ce sera bien agréable de pouvoir enfin traverser cette salle.

Mike leva la tête et sourit en suivant la direction de son regard.

— Elle est très séduisante.

— Et tu es un homme marié.

— Dis donc, je ne suis pas aveugle ! J'ai bien remarqué qu'elle ne t'était pas indifférente !

Il s'écarta de la barrière et enfouit ses mains dans les poches de son jean.

— Ah bon ? Si tu disposes d'assez de temps pour épier les gens, je devrais peut-être te donner plus de travail.

— Si tu veux, répliqua Mike, nullement intimidé, ou alors tu peux avouer qu'elle te plaît. Tu sais, Camilla dit que Shelby n'est pas seulement belle, mais qu'elle est aussi intelligente. Bon sang ! Elle doit l'être pour avoir renoncé à épouser Jared Goodman !

— Elle avait tout d'abord accepté, fit-il remarquer.

Et en dépit de l'attirance qu'il éprouvait pour elle, l'idée le travaillait. Oui, elle était très jolie et elle possédait un corps qui le hantait nuit et jour. Elle était capable de convaincre une statue de l'écouter, et le travail ne lui faisait pas peur, ce qui était un bon point de plus pour elle.

Seulement, il butait toujours sur le même obstacle : elle avait fui son mariage et abandonné son futur époux sans autre forme de procès. D'accord, c'était Jared Goodman, mais tout de même...

Ce comportement touchait un point resté sensible chez lui. S'étant trouvé à la place de Jared, il savait combien c'était humiliant. Et encore. Meg ayant rompu la veille de leur mariage, il ne s'était pas retrouvé devant une salle pleine d'invités guettant sa réaction. Malgré tout, comment diable pourrait-il entretenir une relation avec une femme qui avait fait subir à un homme la même épreuve que lui ?

Il avait tendu l'oreille sur ce qui se disait à Royal à propos du mariage raté. Les Goodman géraient la situation différemment de lui, bien sûr. Ils avaient arrangé l'histoire de façon que Jared passe pour le héros qui avait démasqué une femme intéressée avant qu'elle ne réussisse à l'épouser.

Si cette rumeur n'était pas encore parvenue aux oreilles de Shelby, tôt ou tard, ce serait chose faite. Et elle serait furieuse. Naturellement, la plupart des habitants de Royal n'avalaient pas cette histoire, mais il avait quand même entendu toute sorte de propos désagréables sur Shelby quand, la veille, il était allé en ville.

Et tout en ayant très envie de la défendre, il s'était tu parce que, après tout, il ne connaissait pas la jeune femme qui s'était installée chez lui. Tout qu'il savait de façon certaine, c'était qu'il la désirait plus qu'il n'avait jamais désiré une femme et qu'il ne satisferait jamais son désir.

— Oui, bien sûr, dit Mike, elle avait accepté de l'épouser. Mais l'essentiel c'est qu'elle ait été assez intelligente pour comprendre son erreur avant qu'il ne soit trop tard.

Il se tourna vers son ami.

— Et ça excuse tout ?

Mike se rembrunit, paupières plissées contre l'éclat du soleil.

— Je n'ai pas dit ça. Mais reconnais que la situation est différente de celle que tu as vécue.

Il détestait se rappeler cet épisode. Détestait que l'histoire soit restée dans toutes les têtes et qu'on puisse la lui jeter à la figure au moment où il s'y attendrait le moins. Mais à Royal, rien ne s'oubliait.

— Il ne s'agit pas de moi.

— Vraiment ?

À présent, Mike souriait.

— J'ai vu la façon dont tu la dévores des yeux. Bon sang ! Comme il y a une minute à peine, jusqu'à ce qu'elle rentre dans la maison !

Caleb lui jeta un regard noir.

— Depuis quand regarder une jolie femme est-il un crime ?

— Ce n'en est pas un. Je dis juste qu'elle est célibataire, toi aussi, alors...

— C'est compliqué et tu le sais.

— Je sais que tu peux venir à bout de n'importe quelle difficulté pourvu que tu le veuilles.

Il prit une longue inspiration.

— N'as-tu pas du travail qui t'attend ?

— Bien sûr que si. Je venais juste te dire que Scarlett va revenir examiner la jument tout à l'heure.

Scarlett McKittrick, la vétérinaire de la ville, fantastique avec les animaux, du chiot à la vache en passant par l'étalon.

— Très bien. Préviens-moi quand elle arrivera.

— Compris. Hé ! s'exclama soudain Mike, regardant en direction de la longue allée de chênes. Qu'est-ce que le shérif vient faire ici ?

Tournant la tête, il vit la Chevrolet noire de Nathan se garer.

— Nous n'allons pas tarder à le savoir.

Il sauta par-dessus la barrière et rejoignit Nathan sous le

porche. Le soleil était chaud, l'air surchargé d'humidité. Et l'expression de Nathan n'annonçait rien de bon.

— Salut, Caleb. Shelby est dans les parages ?

— Oui, elle est à la maison. De quoi s'agit-il ?

Nathan ôta son chapeau et fourragea dans ses cheveux en grimaçant.

— Les Goodman font courir le bruit qu'ils vont poursuivre Shelby en justice.

— *Quoi ?*

Derrière lui, la porte d'entrée s'ouvrit et Shelby sortit de la maison en trombe. Quand elle vint se placer à côté de lui, il aurait juré sentir la chaleur émanant de son corps se déverser dans le sien. Probablement un effet du soleil texan, essaya-t-il de se persuader.

— Ils veulent me poursuivre en justice ? demanda-t-elle, abasourdie.

— Je n'ai pas dit ça, mademoiselle, répondit Nathan tournant son chapeau dans ses mains. Ils menacent de le faire.

— Me poursuivre en justice pour quel crime ?

Bonne question, pensa-t-il.

Nathan semblait gêné.

— Ils parlent d'atteinte à la réputation d'autrui. En somme, vous avez ridiculisé Jared aux yeux de toute la ville.

Caleb renifla avec mépris, regardant tour à tour Nathan et Shelby.

— Jared passe pour un idiot depuis l'école primaire.

Avec un sourire en coin, Nathan hocha la tête.

— Je sais, mais sa mère semble l'ignorer.

— Ils ne peuvent pas faire ça, murmura Shelby.

Elle se tourna vers lui.

— Ils le peuvent ? demanda-t-elle.

Mais pourquoi diable éprouvait-il le besoin de la protéger ? C'était pourtant ainsi. Depuis deux jours qu'il la connaissait, il avait lu détermination, courage, joie et soulagement dans ses yeux. Il n'avait pas envie d'y voir de l'inquiétude, à présent.

— Ils peuvent, assura-t-il. Mais ils ne le feront pas.

— Je voudrais vous croire, murmura-t-elle.

Elle surprit le regard qu'il échangea avec Nathan.

— Qu'y a-t-il ? Que savez-vous que j'ignore ? s'exclama-t-elle.

Avec un soupir, Nathan se tourna vers elle.

— Aux yeux de Margaret Goodman, seules comptent les apparences. Aussi n'entraînera-t-elle pas Jared dans un procès alors que toutes les femmes en ville témoigneraient que c'est un pauvre type et que vous avez bien fait de le planter là.

— Franchement, je suis partagée entre soulagement et horreur.

Elle recula jusqu'à ce qu'elle rencontre un rocking-chair sur lequel elle se laissa tomber.

— Comment ai-je pu être aussi stupide ?

Caleb faillit répondre quand il se rendit compte qu'elle se parlait à elle-même avec des hochements de tête qui faisaient osciller sa queue-de-cheval comme un pendule. Tout ce qu'il pouvait faire, c'était rester là et écouter.

— Je n'ai rien vu venir, marmonna-t-elle, mais honnêtement, je ne voulais pas voir non plus. Je voulais du rêve. Il disait qu'il était cow-boy. Qui repousserait un cow-boy ?

— Elle va bien ? lui demanda Nathan, l'air inquiet.

— Du diable si je le sais !

Il la regarda tandis qu'elle poursuivait tout haut son monologue intérieur. Il aurait peut-être dû intervenir, mais il doutait qu'elle l'entende. Elle ne prêtait aucune attention ni à lui, ni à Nathan. On aurait dit que, seule dans son monde, elle se querellait avec elle-même.

— Il disait qu'il possédait un ranch, mais c'est faux. Il est avocat ! Et il se fait tout petit devant sa mère ! À vrai dire, tout le monde a peur d'elle. J'en avais peur, n'est-ce pas ?

— Shelby…, dit-il.

Elle secoua la tête encore plus fort, envoyant valser sa queue-de-cheval rousse.

— Étais-je vraiment aussi stupide ? Ou simplement seule ? Il était mignon, évidemment, mais je crois que j'avais tellement envie de tomber amoureuse que je n'ai rien voulu voir. Vous comprenez ?

— Euh…, fit Nathan avec une inquiétude grandissante. Est-ce qu'elle s'adresse à nous ?

— Je n'en sais rien.

— C'est si différent ici, poursuivit-elle, mais je pensais que le dépaysement me ferait du bien. Avais-je raison ? Oh ! non. Maintenant, je n'ai même pas un sous-vêtement de rechange et je suis menacée du tribunal ! Est-ce juste ?

— J'ai réussi à récupérer son sac à main chez les Goodman, lui dit Nathan sans la quitter des yeux.

— Mon sac à main ?

Elle se précipita sur Nathan, lui arracha l'objet des mains et serra le grand sac de cuir marron contre sa poitrine comme s'il s'agissait d'un enfant tendrement chéri. Puis elle regarda à l'intérieur.

— Oh ! mon portefeuille, mon téléphone, mon couteau !

— Vous trimballez un couteau dans votre sac ? s'enquit-il.

— Comme tout le monde, répliqua-t-elle en sortant un petit couteau suisse pour le leur montrer.

Ensuite, son regard se porta sur le pick-up de Nathan.

— Mais le reste ? Mes valises ? Mes vêtements ? Mes chaussures ?

Nathan grimaça.

— Margaret tient à les garder pour l'instant.

— Comment ça, elle les garde ? Pourquoi ?

— Par pure méchanceté, je suppose, répondit Caleb.

Nathan approuva de la tête.

— C'est aussi mon avis.

— Je n'ai pas de vêtements de rechange ! s'exclama-t-elle. Je ne peux pas vivre ainsi. Personne ne le pourrait !

Nathan prit l'air gêné, mais il concentra son attention sur elle.

Le désarroi qui se lisait sur son visage peina Caleb. Au cours des deux derniers jours, elle avait fait preuve de courage en s'accrochant aux lambeaux de son univers dévasté. Elle avait travaillé dur pour donner sens aux collections de sa mère et ramener de l'ordre dans la maison.

Et bon sang, il devait avouer qu'il ne lui avait pas facilité la tâche. Il avait ignoré sa présence au maximum étant donné que le seul fait de penser à elle le mettait dans un douloureux état d'excitation sexuelle.

Même s'il n'était pas fan de Jared Goodman, il éprouvait une certaine compassion pour lui. En même temps, il reconnaissait que Shelby avait fait ce qu'elle pensait juste. Sa décision n'avait certainement pas été facile à prendre, et maintenant elle la payait.

— Laissez-moi deux jours, le temps que Margaret se calme, dit Nathan d'un ton apaisant. Et j'irai chercher vos affaires.

— Merci, lui dit-elle avec un sourire.

Rassérénée, elle se tourna ensuite vers lui. Pourtant, devant l'éclat de son regard, il craignit qu'elle ne se mette à pleurer. Il détestait que les femmes pleurent. Il se sentait impuissant devant leurs larmes.

Elle se ressaisit, se força à sourire.

— Bon, du moins j'ai récupéré mon sac. Je peux m'acheter des vêtements et...

— À ce propos, dit Nathan, l'air très ennuyé. Vous aviez ouvert un compte commun avec Jared, n'est-ce pas ? Il l'a supprimé, si bien que vous ne pouvez plus vous servir de votre carte de crédit.

— Il ne peut pas faire ça ! s'écria-t-elle, son indignation balayant toute trace de larmes. J'ai placé l'argent de la vente de ma maison sur ce compte ! C'est *mon* compte. Heureusement que j'avais gardé une réserve en espèces.

Il posa une main sur son épaule et la sentit trembler. Mais il eut le sentiment qu'elle frémissait plutôt de rage, ce dont il ne pouvait la blâmer.

— Elle a raison, dit-il à Nathan. Un tel comportement s'apparente à du vol.

— Tu crois que je ne le sais pas, lui rétorqua son ami.

Secouant la tête, Nathan la regarda.

— Je me suis déjà entretenu avec la juge. Il faudrait que vous apportiez les preuves de votre dépôt, et alors elle vous rendra votre argent.

— Pouvez apporter ces preuves ? demanda Caleb à Shelby.

— Bien sûr. Sauf qu'elles se trouvent dans ma valise. Et que ma valise est chez les Goodman.

— Je vais aller récupérer ses affaires, dit-il d'un ton ferme.

— Toi, tu restes en dehors de ça ! lui intima Nathan. Margaret soupçonne déjà que c'est à cause de toi que Shelby a rompu avec Jared.

— À cause de *moi* ? répéta-t-il, stupéfait.

— À cause de *Caleb* ? fit-elle en écho.

— Mais comment Margaret a-t-elle pu parvenir à cette conclusion ? demanda-t-il.

Nathan haussa les épaules.

— En fuyant la cérémonie, Shelby est tombée directement sur toi. Là-dessus, elle part dans ton pick-up et, maintenant, elle habite dans ta maison.

Il retint un juron. Dire que, depuis quatre ans, il s'efforçait de faire oublier l'événement de son mariage raté, tout ça pour donner naissance à une nouvelle et alléchante rumeur. Les langues devaient aller bon train à Royal. Pourtant, curieusement, l'idée ne le contrariait pas autant qu'il s'y attendait.

Peut-être parce que Shelby paraissait si outrée. Ses yeux jetaient des éclairs, et deux taches rouges coloraient ses pommettes.

Surgi de nulle part, un souffle de vent brûlant fit voleter ses mèches rousses et il trouva le tableau adorable.

— Mais c'est ridicule ! s'exclama-t-elle. Caleb n'a fait que m'aider !

— Margaret ne voit pas les choses comme cela, répliqua Nathan.

Puis, s'adressant à lui :

— Je me moque pas mal de ce que Margaret Goodman peut raconter, de même que la plupart des habitants de Royal.

— Ces bavardages vont rapidement s'éteindre, renchérit Caleb. Bientôt, les langues trouveront un autre sujet plus intéressant.

Du moins, l'espérait-il.

— Restez juste à l'écart des Goodman, Shelby, conseilla Nathan. Je vais aller parler à Simon et voir ce que je peux faire pour récupérer vos affaires. S'ils font des histoires, nous demanderons à votre banque qu'on vous envoie une copie des documents nécessaires.

— Bonne idée, répondit-elle. Je vais leur envoyer un mail dès demain. Pour le cas où.

Pauvre Shelby. Tant d'événements lui tombaient dessus en même temps, aucun agréable.

À quoi pouvait-elle bien penser ? Son regard restait impénétrable, mais heureusement ses yeux étaient secs. Il n'empêchait que son calme soudain l'alarmait. Il avait pris l'habitude de l'entendre parler comme un moulin.

— Merci, Nathan, dit-il.

— Pas de problème. Je reprendrai contact avec vous, Shelby. Nous allons débrouiller cette affaire.

Sur ces entrefaites, Nathan se retira, les laissant en tête à tête sous le porche.

Elle se cramponnait toujours son sac en cuir comme s'il s'était agi d'une bouée de sauvetage dans les vagues d'une mer déchaînée. Elle restait muette, mais il devinait ce qu'elle ressentait. Son univers était devenu un chaos et, pour une femme organisée dans l'âme comme elle, ce devait être l'enfer.

— Eh bien, dit-elle enfin en haussant les épaules, je suppose que je n'ai plus qu'à me remettre au travail.

Pas de plaintes, pas d'explosion de colère. Elle semblait accepter la situation, tourner la page ; et sa façon de faire face à l'adversité l'impressionna. Il n'avait jamais vu quelqu'un rebondir aussi vite après un coup dur. Et il ne fut pas très étonné de s'entendre dire :

— Le travail peut attendre.

Elle le regarda, interloquée.

— Comment ça ?

— Si je vous emmenais plutôt faire du shopping ?

L'éclair de plaisir dans son regard vert l'enflamma, menaçant d'allumer un brasier.

Quel grandiose feu de joie cela aurait donné !

5

Caleb ne l'emmena pas à Royal, ce dont Shelby lui fut reconnaissante, sachant que la petite ville résonnait du bruit de ses exploits. Se montrer ensemble à Royal n'aurait servi qu'à alimenter les commérages. Sans parler du fait qu'ils auraient risqué de tomber sur un membre de la famille Goodman.

À Houston, personne ne les connaissait, et personne ne se souciait de les voir parcourir ensemble les rues animées. Ils n'attiraient que l'attention des femmes qui jetaient des regards furtifs et appréciateurs à Caleb. S'il ne semblait rien remarquer, elle, en revanche, n'était pas dupe de leur petit manège. Et pour tout dire, elle-même le regardait subrepticement.

Il portait un jean noir, des bottes et une chemise blanche avec un blazer noir jeté dessus. Son chapeau gris abaissé sur son front et dissimulant en partie ses yeux lui donnait une allure... incroyable. Il était si sexy que ses sens s'enfiévraient.

Voilà. Elle se l'était avoué. Caleb Mackenzie était un rêve érotique ambulant. Sa voix grave à l'accent traînant glissait sur sa peau comme une caresse, et quand il la fixait, elle avait l'impression qu'il voyait jusqu'au fond de son âme. C'était déstabilisant et en même temps excitant d'une façon toute nouvelle. Il y avait aussi ses longues jambes moulées dans le jean, son torse athlétique et ses mains grandes et fortes, rendues calleuses par des années de dur labeur. Elle se languissait de savoir l'effet qu'elles produiraient sur elle.

Et puis, il se montrait si gentil. Il aurait pu l'attendre dans un bar pendant qu'elle faisait ses achats, mais il avait tenu à rester avec elle. Et non seulement il lui tenait compagnie, il lui donnait même son avis sur les vêtements qu'elle essayait. Le seul moment où il l'avait laissée seule avait été dans le rayon lingerie. Et elle en avait ressenti une pointe de déception. Elle aurait aimé qu'il la regarde choisir soutien-gorge et culottes. Cela l'aurait… excitée. Idée particulièrement déplacée, se morigéna-t-elle. Elle n'avait pas à fantasmer sur un homme juste après avoir fui son fiancé.

Elle se frappa le front. Sûrement qu'elle perdait la tête à cause de l'ardent soleil texan qui lui brûlait le cerveau.

— Peut-on savoir pourquoi vous vous donnez des claques ?

Elle leva les yeux sur Caleb, et instantanément son cœur s'emballa. Évidemment, elle ne pouvait pas lui confier de telles inepties.

— Euh… Je regrettais juste de n'avoir pas acheté de sandales dans la dernière boutique.

— Celles que vous avez achetées ne suffisent pas ?

— Si, si.

Idiote ! Elle en avait acheté une paire. Quelle piètre menteuse elle faisait.

Une grande activité régnait sur le trottoir. Hommes d'affaires, adolescents, groupes de femmes faisant du lèche-vitrines ou se hâtant de se rendre au travail s'y bousculaient. La ville était bruyante, bondée, et le soleil torride se reflétant sur le ciment du trottoir l'aveuglait. Elle adorait.

Depuis près d'un mois qu'elle vivait au Texas, elle s'était habituée à la vie dans la petite ville de Royal et elle appréciait sincèrement. Malgré tout, les sollicitations, l'effervescence d'une grande ville lui avaient manqué. Et elle s'en rendait compte en cet instant.

Elle portait une légère robe bleu ciel à fines bretelles qui lui arrivait au-dessus des genoux, des chaussures couleur taupe à petits talons, et c'était bon de se sentir de nouveau jolie.

— La plupart des grandes villes se ressemblent, dit-elle, haussant le ton pour se faire entendre par-dessus le brouhaha urbain.

— Ah oui ?

— Eh bien, c'est ce que j'entends dire. Et je le croyais jusqu'à aujourd'hui.

Elle sourit.

— Mais je me rends compte que Houston et Chicago sont très différents.

— Les chapeaux ? demanda-t-il avec un petit sourire qui la fit fondre.

— Absolument ! Mais il y a davantage. Houston est animée et bruyante et les gens courent en tous sens. Mais malgré tout, l'ambiance est plus détendue qu'à Chicago. Curieusement, plus bon enfant.

D'une main au creux de ses reins, il l'entraîna à l'écart du chemin d'un homme d'affaires très pressé. Sa respiration s'accéléra. Le geste ne signifiait rien, bien sûr. Il s'agissait de simple courtoisie. Pourtant, cet innocent contact envoyait des vagues de chaleur par tout son corps. Il fallait se rendre à l'évidence, elle avait de plus en plus de mal à ignorer ses réactions physiques.

À chaque fois qu'ils étaient proches, des étincelles crépitaient. Comment savoir s'il ressentait la même chose, puisqu'il se montrait si impassible ? Et finalement, c'était pour le mieux.

Après tout, elle sortait d'une relation et n'en cherchait pas d'autre. Cependant, quels que soient ses efforts pour ignorer Caleb durant la journée, ses rêves étaient pleins de lui. Chaque fois qu'elle fermait les yeux, il était là. On aurait dit que son subconscient était impatient d'explorer de nouvelles possibilités.

— Je voulais encore vous remercier pour tout, dit-elle abruptement. C'est drôle, j'ai l'impression d'être sans cesse en train de vous remercier.

— Je n'attends pas de remerciements.

Il lui prit le bras pour l'attirer hors du trajet d'un nouvel homme d'affaires, celui-ci en costume mal coupé, hurlant dans son téléphone sans se soucier d'importuner les passants.

— Merci, dit-elle. Désolée, ajouta-t-elle.

Elle vit ses lèvres frémir et se félicita intérieurement. Franchement, quand elle lui tirait cet adorable demi-sourire, elle avait le sentiment de recevoir un prix.

— C'est fantastique, dit-elle en désignant les deux sacs

contenant ses achats. J'ai tellement hâte de porter des sous-vêtements neufs. Si vous saviez comme j'en ai assez de laver les miens tous les soirs et de les mettre à sécher sur le porte-serviettes. Je craignais qu'ils finissent par s'user.

Bon, d'accord. Ce n'était sans doute pas une bonne idée d'évoquer ses sous-vêtements.

— Et les chaussures ! J'adore mes chaussures. Surtout les bottines que nous avons dénichées. Dedans, je me sens texane, ajouta-t-elle en secouant le sac qui les contenait.

— Je ne sais pas si l'on peut qualifier de *texanes* des bottes de cow-boy rose fluo.

— Je les ai pourtant achetées ici.

— Vous avez tout acheté ici, dit-il soulevant trois sacs à bout de bras.

Elle sourit. Il ne lui restait plus de liquide. Mais c'était un souci à réserver pour un autre jour. Elle se réjouissait de n'être plus sans toit, ni sans vêtements. Son avenir restait incertain, son ex-future-belle-mère lui cherchait toujours des noises, elle ne pouvait toucher son argent, mais elle avait des sous-vêtements neufs !

— J'adore vraiment cette ambiance, dit-elle en regardant la rue animée et les gratte-ciel les environnant. Ça fait du bien de sortir un peu de Royal.

— Houston, c'est bien de temps en temps, convint-il, fronçant les sourcils parce qu'un bus s'arrêtait au bord du trottoir dans un nuage de fumée noire. Mais je préfère quand même Royal, malgré les inconvénients que présentent les petites villes.

— Oh ! j'aime Royal et la plupart des gens que j'y ai rencontrés, mais je déteste savoir qu'on parle de moi. Je veux dire, à Chicago, je n'étais qu'un visage au milieu de la foule...

Elle laissa son regard errer sur les milliers de personnes qui se hâtaient le long des rues.

— Mais je voulais vivre dans une petite ville. Avoir des racines, un foyer, une famille. C'est en grande partie pour cette raison que j'ai accepté d'épouser Jared, enfin, je crois. Je désirais si fort cette vie que je n'ai pas remarqué que l'homme qui me l'offrait n'était pas à la hauteur de mon rêve.

Une femme passant en toute hâte près d'eux la poussa et il lui prit le bras pour l'empêcher de tomber.

— C'était donc si important pour vous ? demanda-t-il.

— Vous parlez en homme qui a toujours eu un foyer.

Ils s'arrêtèrent à un coin de rue.

— Ma mère m'a élevée seule après la mort de mon père. Nous étions heureuses, mais nous ne sommes jamais restées longtemps quelque part.

Elle continua de parler, anxieuse de lui faire comprendre pourquoi elle avait agi comme elle l'avait fait.

— J'ai toujours langui d'un foyer, vous comprenez ? Un endroit où les gens me connaîtraient, où je me sentirais vraiment chez moi.

Elle contempla de nouveau la rue et ses passants pressés.

— Quand Jared est apparu dans ma vie, je crois que je me suis convaincue que je l'aimais parce que j'aimais ce qu'il représentait.

La marée humaine les contournait sans qu'ils songent à bouger.

— Pourquoi avez-vous attendu la dernière minute pour renoncer ? Vous avez passé un mois à Royal avant la date du mariage.

— Je sais, dit-elle en soupirant.

Ils se remirent à marcher. Le soleil lui brûlait le dos, et elle plissait les paupières à cause de son éclat. Dans le vacarme et l'agitation de la ville, elle continua de parler.

— Je me suis sentie... prise au piège. J'avais déjà dit oui et ainsi, j'ai laissé la mère de Jared m'écraser. C'était plus facile de jouer le jeu que d'essayer d'arrêter la machinerie que j'avais mise en route. Vous comprenez ?

— Pas vraiment.

Elle lui adressa un sourire en coin.

— À présent, je ne comprends plus bien moi-même. En tout cas, le jour du mariage, j'ai soudain su avec certitude que je n'arriverais pas à aller jusqu'au bout. Qu'il était impossible de laisser un mensonge devenir le mensonge de toute une vie. Alors, je suis partie en courant.

Elle lui jeta un coup d'œil et fut soulagée de voir qu'il hochait la tête comme s'il voyait ce qu'elle voulait dire, malgré le pli sévère de ses lèvres. Pourquoi se préoccupait-elle autant de l'opinion de Caleb Mackenzie ? Elle l'ignorait, mais c'était ainsi. Parler du mariage et de la famille Goodman la ramena aux nouvelles apportées par le shérif, et comme elle se remémorait ses paroles, elle sentit son ventre se nouer. Sur le moment, elle n'avait pas voulu en faire un drame, mais plus elle y pensait, plus l'anxiété la gagnait.

— Et si les Goodman m'assignent en justice ?

— Ils ne le feront pas.

Elle aurait aimé partager son optimisme.

— On ne peut pas en être sûrs.

— Si.

Il s'arrêta à un feu rouge. Et quand il baissa les yeux sur elle, bien qu'ils soient dans l'ombre du chapeau, elle y lut une assurance qui la réconforta.

— Simon Goodman est avocat, reprit-il, et honnêtement, mauvais avocat. Il ne va pas se lancer dans un procès qu'il n'est pas certain de gagner.

Le raisonnement paraissait correct. Pourtant...

— Mais Royal est une petite ville, les gens le connaissent, pas moi. Pourquoi ne gagnerait-il pas ?

Elle sourit à un bébé en poussette.

— Justement parce que les gens le connaissent, répondit-il comme le feu passait au vert. Ils le connaissent et ne l'apprécient guère.

— N'est-il pas votre avocat ?

Elle accéléra l'allure pour ne pas se laisser distancer par les grandes enjambées de Caleb. Même sur un trottoir bondé il marchait avec la détermination d'un homme qui a un objectif en vue. Et elle trouvait sexy son assurance.

Reviens au sujet qui te préoccupe, Shelby, se réprimanda-t-elle.

— Camilla m'a dit que c'était pour cette raison que vous vous prépariez à assister au mariage.

— C'est vrai. C'était l'avocat de mon père. J'aurais dû en changer, mais je ne l'ai pas fait par manque de temps et par négligence.

— Je suis impressionnée !

— Pourquoi ?

— Le grand taciturne a enchaîné plusieurs phrases.

Elle leva tête pour croiser son regard. C'était étrange, mais maintenant qu'elle lui avait expliqué pourquoi elle était venue épouser Jared au Texas, et pourquoi, finalement, elle avait renoncé, elle se sentait… libre. Elle n'avait jamais été très à l'aise avec les non-dits, et avoir clarifié la situation auprès de Caleb, qui s'était montré compréhensif, lui ôtait un poids.

Il esquissa son petit sourire.

— Je dois avoir une bonne influence sur vous, dit-elle avec un grand sourire. Je parie que jusqu'à mon arrivée, au ranch, personne ne parlait beaucoup.

— Rien de comparable à votre débit, c'est sûr, marmonna-t-il.

— Comme c'est gentil.

Il n'avait pas eu l'intention de lui faire un compliment, mais elle prit quand même sa remarque comme telle. Quand il sourit de nouveau, comme s'ils étaient complices, son cœur battit plus vite.

— Caleb !

Au son de la voix féminine, elle sentit qu'il se crispait. Ils s'arrêtèrent, laissant s'écouler le flot des passants et, soudain, comme dans une scène de film, elle vit la foule se fendre pour permettre à une superbe jeune femme de se précipiter vers eux.

De longs cheveux blonds, des yeux bleus, et une robe noire dont le tissu fluide moulait des formes voluptueuses. Des chaussures à talons noires complétaient sa tenue et, malgré sa jolie robe et ses chaussures toutes neuves, Shelby se sentit totalement dépourvue de classe.

— Caleb ! Tu es fantastique ! s'écria la nouvelle arrivée se jetant dans ses bras, la faisant profiter au passage d'un nuage de parfum floral.

— Marta, dit-il se dégageant avec douceur. Je suis content de te voir.

À ses yeux, il donnait l'impression d'essayer de s'extirper de l'étreinte d'une pieuvre et il n'en semblait pas particulièrement ravi. Ce qui lui remonta le moral. Encore qu'elle se demande en quoi cette petite scène aurait pu l'affecter. Caleb et elle n'entretenaient pas de relation intime, elle ne le connaissait que depuis peu. Et pourtant… La logique ne changeait rien à son ressenti.

— Dieu, ça fait une éternité ! s'exclama Marta, reculant d'un pas, mais sans lâcher les mains de Caleb, comme si elle craignait qu'il ne lui échappe.

— Oui, dit-il. J'ai été très occupé.

Elle lui donna une tape sur le torse.

— Toi et tes vaches !

— Il s'agit de bétail, rectifia-t-il.

Mais manifestement ce détail n'intéressait pas Marta, qui d'ailleurs continuait de l'ignorer ostensiblement.

— Depuis quand es-tu en ville ? demanda-t-elle, imprimant à ses cheveux un gracieux mouvement et affichant une moue boudeuse. Il faut que nous dînions ensemble pour rattraper le temps perdu. Tu pourrais venir chez moi et...

— Impossible. Désolé, dit-il, interrompant le flot de paroles de Marta et la réduisant momentanément au silence.

Il se tourna vers elle.

— Shelby, nous allons devoir y aller, n'est-ce pas, chérie ?

Dans un premier temps, stupéfaite, elle ne put que le regarder, les yeux écarquillés. Mais voyant qu'il la fixait avec insistance, elle comprit qu'il la priait de jouer le jeu. Pour une raison connue de lui seul, il souhaitait se débarrasser de Marta et cela lui convenait très bien. Elle sourit pour lui montrer qu'elle était prête à le suivre. Il posa alors brièvement son front contre le sien comme pour sceller leur complicité.

— C'est vrai, mon cœur, répondit-elle.

En souriant, il passa un bras autour de ses épaules, l'attira contre lui et posa un baiser sur ses cheveux.

— Shelby, je te présente Marta. Une vieille amie.

— Vieille, vraiment ?

Avec satisfaction, elle vit le regard de Marta noircir par la fente de ses paupières plissées. La jeune femme l'inspecta sommairement et, à en juger par son expression, ne sembla guère impressionnée. Shelby glissa alors un bras autour de la taille de Caleb et posa la tête contre son torse dans un geste de propriétaire. Quelques secondes plus tard, Marta se rendait.

— Très bien. Si c'est ainsi...

— Content de t'avoir revue, dit-il.

— Quant à moi, j'aime faire la connaissance des vieilles

amies de mon chéri, ajouta Shelby, se blottissant plus étroitement contre lui.

— Je vois ça, dit Marta, amusée cette fois. Profitez bien de votre journée en ville. Caleb, tu as mon numéro, au cas où la situation évoluerait.

— Elle n'évoluera pas, assura-t-elle.

Et elle souhaita que ce soit vrai.

— J'y vais, dit Marta. J'ai rendez-vous pour déjeuner. Moi aussi, je suis contente de t'avoir revu, Caleb.

Toujours enlacés, ils la regardèrent s'éloigner. Elle leva les yeux vers lui.

— Vous savez que ses seins sont faux, n'est-ce pas ?

Il éclata de rire et la serra une dernière fois contre lui avant de la lâcher.

— Vous pouvez me croire, ils sont vrais !

Le flot des passants s'écoulait de part et d'autre comme une rivière glissant sur des rochers.

— Vous savez quoi ? dit-elle. Après que vous m'avez accompagné dans mes achats, le moins que je puisse faire est de vous inviter à un déjeuner tardif ou à un dîner prématuré.

Elle examina les alentours.

— N'y a-t-il pas un restaurant près d'ici ?

Il secoua la tête.

— J'ai une meilleure idée.

— Monsieur Mackenzie, dit l'hôtesse du Houston Grille, l'accueillant avec un large sourire. Nous sommes ravis de vous revoir.

— Merci, Stella.

Il regarda en direction de la salle principale du restaurant.

Les fenêtres qui donnaient sur l'animation de la rue étaient munies de stores rouge foncé qui protégeaient les yeux des clients de l'éclat du soleil sans masquer la vue. L'atmosphère était feutrée, et des violons déversaient en sourdine leurs accords mélancoliques par des haut-parleurs discrètement fixés aux murs. Des nappes de lin blanc recouvraient les tables, et les membres du personnel évoluaient sur le parquet avec la grâce de danseurs de ballet.

— Mon box habituel est-il libre ? s'enquit-il.

— Bien sûr.

L'hôtesse sourit à Shelby, prit deux menus, mais s'arrêta quand il lui demanda s'il était possible d'entreposer leurs achats. Une fois les sacs mis à l'abri, Stella les conduisit à un box jouissant d'une belle vue sur le centre-ville de Houston.

Shelby se glissa sur la banquette de cuir marron et il s'installa près d'elle.

— Pouvons-nous avoir tout d'abord deux thés glacés ? demanda-t-il.

— Je m'en occupe tout de suite.

Les yeux écarquillés, Shelby examina la salle du restaurant avant de se tourner vers lui.

— Cet endroit est superbe, dit-elle dans un souffle.

— Pourquoi chuchotez-vous ?

Son rire déclencha chez lui une étrange émotion.

— J'ai l'impression qu'il ne faut pas élever la voix. Ce lieu est si raffiné et... si calme.

— Vous devriez revenir un samedi soir. C'est beaucoup plus bruyant !

Après avoir remercié la serveuse qui leur apportait leurs boissons, il reporta son attention sur Shelby. Elle était si jolie dans sa robe qui mettait en valeur sa silhouette et soulignait des formes qu'il mourait d'envie de toucher.

— C'est une merveilleuse journée, Caleb. Merci pour cette sortie !

— Cessez donc de me remercier.

Elle haussa les épaules, but une gorgée de thé et reposa son verre.

— Si vous tenez à ce que j'arrête, cessez de me traiter aussi gentiment !

À ce moment, une serveuse se présenta à leur table et lui demanda s'il était prêt à commander. Il se tourna vers Shelby.

— Avez-vous faim un peu, beaucoup, passionnément ?

— À la folie !

— D'accord. Me faites-vous confiance ?

Le regard de ses beaux yeux verts le fascina.

— Bien sûr, dit-elle.

Il hocha la tête.

— Nous prendrons deux entrecôtes saignantes, de la purée de pommes de terre et des asperges au bacon.

La commande notée, la serveuse se retira.

— Avez-vous d'autres achats en vue pendant que nous sommes en ville ? demanda-t-il.

— Non.

Elle suivait délicatement du bout des doigts le contour de la fourchette en argent posée près de son assiette.

— J'ai de quoi tenir jusqu'à ce que les Goodman me rendent mes affaires. Combien de temps pensez-vous que ça prendra ?

Il sentit l'irritation le gagner. Dès l'enfance, on lui avait enseigné à agir correctement, en toutes circonstances. Que les Goodman confisquent les affaires de Shelby par simple dépit le faisait bouillir. D'autant plus que Nathan était convaincu que, s'il intervenait, il ne ferait qu'envenimer la situation.

Malheureusement, la patience n'était pas son fort.

— Je n'en sais rien, répondit-il enfin, mais Nathan est un excellent homme et un encore meilleur shérif ; il va faire en sorte de régler cette affaire au plus vite.

— Tant mieux.

— N'est-ce pas un *mais* que j'entends dans votre ton ?

Il la fixa avec attention et lut l'anxiété dans son regard. Elle lui sourit.

— *Mais* je ne peux pas squatter éternellement votre ranch. J'en ai presque fini avec les collections de votre mère et quand ma tâche sera terminée…

Il s'aperçut qu'il ne voulait pas qu'elle parte. Il avait beau prétendre que c'était juste parce qu'il s'était habitué à sa présence, la vérité était plus dérangeante. Il la désirait, tout simplement. Dans sa maison, dans son lit, sous et sur lui.

Il voulait Shelby Arthur comme il n'avait jamais rien voulu de sa vie.

Difficile pourtant à avouer.

— Ne vous inquiétez pas pour ça, dit-il comme s'il s'agissait d'un détail négligeable. Vous pouvez rester tant que ce sera nécessaire. La maison recèle encore bien des endroits à mettre en ordre. Parlez-en avec Camilla. Tenez, quand vous serez venue à bout de la cuisine et de la grande salle, demandez-lui de vous faire visiter le grenier.

— Le grenier ?

— Il contient des rebuts datant de plus d'un siècle. Ce serait faire œuvre utile de le ranger, et de trier et classer correctement les papiers de famille.

En voyant ses yeux verts briller, il se réjouit. Visiblement, la perspective l'enthousiasmait. Pour sa part, il savait que sa présence garantirait de l'ordre chez lui, mais apporterait un sacré désordre dans sa vie !

— Bonjour, Caleb !

Il leva les yeux vers l'homme qui le saluait et lui tendit la main. Reese Curran, le meilleur entraîneur de chevaux qu'il connaisse, maintenant marié à Lucy Navarro Bradshaw. Quelques mois plus tôt, Reese était venu s'installer à Royal et il n'avait pas fallu longtemps à Lucy et lui pour se trouver. C'était un plaisir de voir Lucy de nouveau heureuse.

— Bonjour, Reese. Content de vous voir, Lucy, ajouta-t-il à l'adresse de la jeune femme qui accompagnait le grand cow-boy dégingandé.

— Moi aussi, répondit Lucy.

Elle tendit la main à Shelby.

— Vous devez être Shelby. Enchantée de faire votre connaissance.

— Merci.

— Shelby, dit Caleb, je vous présente Reese et Lucy Curran. Ils dirigent un centre d'opérations de sauvetage de chevaux à Paradise Farms, sur le ranch McKittrick, pas très loin de Royal.

Il regarda ses amis.

— Alors, que fabriquez-vous en ville ?

— Du shopping, expliqua Lucy.

Avec un sourire, elle glissa un bras autour de la taille de son mari et l'étreignit.

— C'est courant en ce moment, dit-il avec un sourire en coin à l'intention de Shelby.

Comme elle lui rendait son sourire, il sentit une délicieuse chaleur l'inonder.

— Possible, mais nous, nous sommes en quête de vêtements de maternité, précisa Lucy avec un sourire ravi.

— Toutes mes félicitations.

Il serra la main de Reese et se leva pour embrasser Lucy. Il connaissait depuis toujours ses parents, et elle était comme une petite sœur pour lui. Il l'avait vue souffrir quand elle avait perdu son premier mari, le père de son fils Brody. Ensuite, se faire beaucoup de souci pour son frère Jesse et son demi-frère Will, qui avaient récemment rencontré de gros problèmes familiaux. Et il s'était réjoui avec Lucy quand Reese et elle étaient tombés amoureux peu après que Jesse et Will trouvent tous les deux l'amour.

— C'est merveilleux, dit Shelby comme il se rasseyait.

— Vraiment, renchérit Lucy. Et c'est en partie pourquoi je suis contente de vous rencontrer. Camilla m'a vanté vos mérites d'organisatrice, et j'aimerais beaucoup que vous veniez au ranch jeter un coup d'œil aux plans de la nouvelle maison que Reese fait construire. Brody devient un grand garçon et il a besoin d'espace à lui, et puis, je voudrais votre avis pour la chambre du bébé.

— J'adorerais ! s'exclama-t-elle, heureuse à l'idée de relever un nouveau défi.

— Parfait ! dit Lucy. Dès que vous aurez un peu de temps, venez au ranch. Je suis toujours là.

— Lucy ne fait confiance à personne pour s'occuper des chevaux, dit Reese, taquin.

— C'est faux ! J'ai confiance en toi. *Maintenant*, ajouta-t-elle.

Comme leurs plats arrivaient, Reese et Lucy les saluèrent.

— Vous voyez, Shelby ? Aucune raison de vous sentir obligée de partir. Le ranch de Reese et Lucy est proche du mien. Estimez-vous donc occupée pour un moment.

— On le dirait bien, n'est-ce pas ?

Satisfaite, elle reporta son attention sur le contenu de son assiette, sans se rendre compte qu'il l'observait, perdu dans ses pensées.

Ce soir-là, il se sentit agité, nerveux. C'était peut-être d'avoir revu Marta. Ça faisait six mois qu'il avait quitté son appartement pour la dernière fois, et, à vrai dire, durant ce laps de temps, il ne lui avait pas accordé la moindre pensée. Tout ce qu'ils partageaient, c'étaient des relations sexuelles épanouies, et rien de plus. Donc, s'il n'avait pas pensé à elle durant tout ce temps, pourquoi le simple fait de l'avoir revue le mettrait-il dans un tel état de fébrilité ?

Parce qu'il ne s'agit pas de Marta.

Non, c'était le souvenir d'avoir tenu Shelby contre lui, la sensation de l'avoir eue dans ses bras. Son parfum, le contact de sa main sur sa taille et de sa tête sur sa poitrine. Ils avaient quitté Houston après leur déjeuner tardif, et à l'instant où ils étaient rentrés au ranch, il s'était immergé dans le travail pour ne pas penser à elle.

Ruse qui n'avait pas marché.

Bon sang ! Rien ne pouvait la chasser de ses pensées. Il avait même sauté le dîner parce qu'il n'était pas sûr d'être capable de rester assis en face d'elle sans tenter un geste. Et maintenant, il était énervé et sexuellement frustré.

À pas de loup, sans se donner la peine d'allumer, il traversa la maison silencieuse. Il aurait trouvé son chemin les yeux fermés. Comme d'habitude, après le départ de Camilla, la cuisine était plongée dans l'obscurité, mis à part le clair de lune filtrant par la fenêtre qui jetait sa pâle lueur dans la pièce. En entrant, il remarqua que Shelby y avait également fait du tri.

Sa mère collectionnait aussi des appareils ménagers. Anciens, neufs, peu importait. Elle possédait des théières, des bouilloires, des cafetières, des mixers et tant de bols qu'elle aurait pu ouvrir son propre magasin de porcelaines. Sa mère avait tout de la pie ; dès qu'un objet brillant lui attirait l'œil, elle le convoitait.

Mais il ne voulait pas penser à sa mère. Ni à Shelby. Il voulait juste fouiller le réfrigérateur à la recherche d'un morceau de poulet froid et ensuite essayer de dormir quelques heures avant le matin.

Il était à mi-chemin du réfrigérateur quand il entendit une voix émaner du coin repas situé près de la baie vitrée.

— Je pense qu'il vaut mieux vous prévenir : vous n'êtes pas seul.

Il se figea, regarda par-dessus son épaule et la découvrit à la lumière de la lune.

— Shelby...

— En plein dans le mille !

Elle penchait la tête, déversant sur une épaule le flot de ses beaux cheveux.

— Qu'est-ce que vous faites assise dans le noir ?

Pourquoi êtes-vous justement dans la cuisine ?

Elle haussa les épaules.

— Le clair de lune est superbe et donne assez de lumière. Mais comment se fait-il que *vous* vous rôdiez dans le noir ?

— Je ne rôde pas, se défendit-il.

Et soudain, il se trouva tout bête de s'être effectivement glissé sur la pointe des pieds dans une maison obscure pour éviter de croiser une femme qui le rendait fou.

— De plus, c'est ma maison et...

Il inhala une bouffée d'air.

— Vous avez mis la main sur le poulet ?

— Oui, et il est délicieux.

Elle poussa un plat au milieu de la table.

— Camilla est une excellente cuisinière. Savez-vous qu'adolescente elle a fréquenté une école culinaire de Park City dans l'Utah ? Elle m'a raconté des histoires à propos d'un chef qu'elle a connu là-bas. Vous ne croirez jamais...

— Stop ! dit-il en levant une main. Taisez-vous, je vous en supplie. Je suis venu là pour manger un morceau de poulet avant de dormir.

— Pas de problème. Prenez une assiette.

— Pas besoin d'assiette.

— Mais si !

Elle se leva de la banquette peinte en bleu vif et passa près de lui en coup de vent pour se diriger vers un placard. Il la regarda se déplacer et étouffa un gémissement de convoitise. Elle portait un minuscule haut et un short en coton qui couvrait tout juste ses fesses. À la pâle lumière de la lune ses longues jambes soyeuses semblaient implorer des caresses.

À chacun de ses mouvements, ses cheveux auburn glissaient sur ses épaules et il n'arrivait pas à s'arracher à sa contemplation.

— Voilà, dit-elle en revenant, une assiette à la main. Asseyez-vous, maintenant.

Au passage il reçut une bouffée de son parfum. Contrairement aux effluves entêtants de celui de Marta, frais et propre, celui de Shelby évoquait l'été.

Elle posa l'assiette en face d'elle ainsi qu'une fourchette et une serviette.

— J'ai sorti aussi la salade de pommes de terre de Camilla. À l'heure du dîner, je n'avais pas faim, mais plus tard, je me suis aperçue que j'aurais volontiers dévoré une de vos vaches, cornes et sabots inclus et... voilà, nous sommes là.

— Oui.

Il s'assit, s'efforçant d'oublier à quel point il la trouvait jolie au clair de lune et combien elle était proche de lui. Il lui aurait suffi d'étendre le bras par-dessus la table pour lui prendre la main, la caresser du pouce et sentir battre son pouls au creux du poignet.

Quand elle se pencha en avant, son haut bâilla et il eut un aperçu de ses seins. Quelque part, un dieu de la sensualité doté d'un vilain sens de l'humour devait ricaner. Il avait passé une partie de l'après-midi à éviter Shelby et, maintenant, elle était devant lui, et il se consumait de désir pour elle.

— Merci encore de m'avoir emmenée à Houston aujourd'hui, dit-elle.

Réprimant un grognement, il mordit dans sa cuisse de poulet qu'il accompagna d'une bouchée de salade de pommes de terre.

— Arrêtez de me remercier !

— J'essaie, mais c'est plus fort que moi. Alors je crois que vous feriez mieux de vous y habituer.

Il soupira, remplit son assiette et se leva pour aller chercher une bouteille d'eau dans le réfrigérateur. À la faveur de la lumière qui jaillit quand il en ouvrit la porte, elle lui apparut dans toute sa beauté. Les pointes de ses seins faisaient saillie à travers le fin tissu de son haut, ses merveilleux cheveux auréolaient son visage, et ses yeux verts, limpides et brillants, le fixaient.

Il laissa la porte se refermer, plongeant de nouveau la pièce dans la pénombre.

— Ce soir, je vous ai évitée, dit-il.

Ses yeux s'accoutumaient rapidement à la faible lueur de la lune.

— Oui, murmura-t-elle. Je l'ai compris quand vous n'êtes pas réapparu après la tombée de la nuit. Pourquoi croyez-vous que je suis ici maintenant ?

— Vous m'avez tendu un piège ?

— C'est un bien grand mot.

Peut-être, mais il avait la nette impression qu'il convenait tout à fait.

— Quel était le plan ?

— Dois-je en avoir un ?

Non. Il lui suffisait de rester là, lui jetant des regards qui semblaient promettre monts et merveilles. Une étrange émotion s'empara de lui.

— Je savais qu'à un moment ou à un autre, vous auriez faim.

— Là-dessus, vous avez raison. Je suis affamé.

Son regard devait clairement trahir ses vraies pensées : il ne faisait pas allusion à ce maudit poulet.

— Moi aussi...

Soudain il ne fut plus qu'un douloureux nœud de désirs.

— C'est une très mauvaise idée.

— Sans aucun doute, répondit-elle sans détourner le regard.

Elle lui laissait le choix. Il pouvait renoncer à ce qui s'avérerait la pire erreur de sa vie. Malgré tout, cette constatation ne suffisait pas à le dissuader de prendre ce qu'il désirait tant.

— Bon sang, Shelby ! gronda-t-il.

— Vous parlez beaucoup trop, dit-elle doucement.

Avec un rire étranglé, en deux enjambées, il fut près d'elle. La prenant par les mains, il la mit debout et l'embrassa à en perdre haleine, comme il en avait envie depuis des jours.

Depuis le moment où elle s'était jetée dans ses bras en fuyant son mariage.

6

C'était encore plus agréable de la serrer dans ses bras *maintenant*, pensa-t-il.

Suspendue à son cou, elle s'alanguissait contre lui, lèvres offertes. Ce fut un baiser tumultueux, respirations entrecoupées, cœurs battants, passion rugissant plus fort dans leurs veines à chaque seconde.

Il lui caressa le dos du bout des doigts, puis descendit vers ses fesses et la pressa désespérément contre son sexe dans le vain effort de soulager sa tension. Elle soupira en réaction, et le doux bruit l'affola.

Avec un sourd grognement, il la souleva, la fit pivoter et la plaqua contre le mur. Lâchant sa bouche, il plongea son regard dans le sien et, à la lueur du clair de lune, il y lut une vibrante passion.

— N'arrête pas, implora-t-elle.

— Je n'arrêterai pas, promit-il.

Il glissa une main sur le devant de son short. Quand il la toucha, elle frémit de tout son corps et, renversant la tête contre le mur, se cambra pour mieux s'offrir. Il caressait maintenant son sexe, et elle balançait ses hanches contre sa main en haletant. Quand il introduisit un doigt puis deux en elle, elle cria son prénom, et, tremblante, ferma les yeux pour mieux savourer les sensations.

Il faisait aller ses doigts, son pouce titillant son clitoris et, tout en observant ses réactions, son corps se tendait douloureusement. Sachant qu'elle ne mènerait nulle part, il n'avait pas voulu entamer une relation avec Shelby, et maintenant, fou de désir, il ne pouvait plus s'interdire de la toucher.

Il la désirait si fort qu'il en perdait le souffle. Il voulait, il *fallait* qu'il se glisse en elle, qu'il la sente envelopper son sexe, le prendre en elle. L'obscurité gagnait la pièce, mais de la lumière brillait entre eux, et de la chaleur, et un désir passionné.

La caresser le comblait et en même temps creusait un vide en lui. C'était bon, mais pas suffisant. Il avait besoin de plus, il voulait plus. Elle éveillait en lui un désir aussi insatiable qu'inconnu. Il fit aller ses doigts plus profondément, plus rapidement, jusqu'à ce qu'il sente sa respiration s'accélérer et son corps se tendre comme un ressort dans l'attente de la délivrance. L'orgasme la secoua avec force et il la serra contre lui dans l'obscurité, sentant son cœur battre contre le sien.

À la fin, elle reprit son souffle, ouvrit les yeux et poussa un petit cri de satisfaction.

Il la considéra une seconde ou deux, puis éclata de rire.

— Tu me surprends, dit-il.

— Pourquoi ? Tu t'attendais à des regrets ? Mais comment pourrais-je être désolée de ce qui s'est produit ?

Tout en l'enlaçant, il se demanda s'il n'était pas masochiste, car ce contact le tortura. Cependant, maintenant que la frénésie initiale s'était dissipée, qu'il n'avait plus les mains pleines d'elle, il arrivait mieux à réfléchir. Il reprit conscience de ce qui l'attendait au-delà du désir et recula en secouant la tête.

— Ça n'arrivera pas.

— C'est déjà arrivé, riposta-t-elle. Et, de mon point de vue, c'était formidable.

Il sourit fugitivement. Qu'avait donc cette femme pour le rendre fou de désir un instant et le faire rire le suivant ? Elle était sincère et forte, drôle et si sensuelle. Mais à quoi bon se laisser troubler puisqu'il ne se passerait rien de plus ? Il s'agissait juste de lui procurer un endroit où vivre jusqu'à ce qu'elle reprenne le cours normal de sa vie. Il fallait donc mettre un terme à cet intermède. Il n'avait pas besoin de femme dans sa vie, surtout pas d'une femme qui, comme Meg, avait fait le choix de fuir une situation délicate plutôt que de l'affronter.

— Maintenant, marmonna-t-il d'une voix enrouée car chaque mot lui coûtait, fini de s'amuser.

— Que se passe-t-il ?

Il se dégagea de leur étreinte.

— Rien, Shelby. C'est bien là le problème.

Parce qu'il craignait, s'il s'attardait, de ne pas avoir la force de résister à son attirance, il l'abandonna toute seule dans le noir.

Pour son deuxième rendez-vous avec Gus, Rose apporta un soin tout particulier à sa coiffure ainsi qu'à son maquillage. Pas pour les beaux yeux de Gus, bien sûr. Elle éprouvait une certaine vanité à savoir que, malgré quelques rides récalcitrantes et des touches de gris dans ses cheveux, elle avait conservé un physique agréable.

Elle avait passé un pantalon couleur crème assorti à un chemisier jaune beurre et une légère paire de boots de cuir brun. La chaleur de l'été était accablante, et elle fut reconnaissante au vieux chêne de l'ombre qu'il lui fournit quand elle s'assit sur le banc. Pendant qu'elle attendait Gus, en retard, comme d'habitude, elle consulta ses mails sur son téléphone. En voyant qu'elle en avait reçu un de son petit-fils, elle fronça les sourcils.

Mamie,

Je rejoins une amie pour dîner. Ne m'attends pas.

À demain.

Daniel.

— *Une amie*, dit-elle sur le ton de la réflexion.

Elle savait très bien qu'il allait retrouver Alexis Slade. La prenait-il pour une idiote ? Ou la croyait-il trop âgée pour reconnaître les signaux qu'envoie un homme quand il est amoureux d'une femme ? Elle ne se rappelait que trop bien à quoi ressemblait Gus quand il était épris d'elle.

Ed, son mari, n'avait jamais affiché cette expression rêveuse, éblouie, sur son visage. Mais pourquoi l'aurait-il eue ? Le leur avait été un mariage de raison voulu par son père.

En entendant Gus approcher, elle rangea son portable dans son sac et leva les yeux. Il était toujours aussi grand, solidement taillé, et rien que de le regarder approcher remuait en elle des émotions qu'il aurait mieux valu laisser dormir.

— Tu es encore en retard, Gus, dit-elle en se levant.

— Moi aussi je suis content de te voir, Rosie.

L'espace d'un instant, l'entendre prononcer ce surnom familier lui coupa le souffle. Personne d'autre que Gus ne l'avait appelée Rosie. Et il ne l'avait pas appelée ainsi depuis près de cinquante ans. La lueur qu'elle lut dans ses yeux laissait supposer qu'il était aussi surpris qu'elle d'avoir employé ce surnom.

Il se frotta la joue et s'éclaircit la gorge.

— L'histoire entre Alexis et Daniel devient sérieuse, dit-il. Il faut vraiment que tu éloignes ton garçon de ma petite. Alexis prétend qu'elle va dîner avec une amie ce soir, mais elle n'a jamais acheté de robe neuve pour sortir avec ses amies. C'est *lui* qu'elle va retrouver.

— Je le sais bien. Et je crois avoir trouvé la solution.

— Heureux de l'apprendre.

Il se planta sur ses jambes écartées, croisa les bras et attendit.

— Une vente aux enchères de célibataires à but caritatif, annonça-t-elle.

L'idée lui était venue en regardant un stupide *reality show* à la télévision.

— Daniel participera, ajouta-t-elle, et il sera mis en relation avec d'autres femmes. En espérant qu'il en trouvera une plus convenable.

— Comment ça, plus convenable ? Ma petite est parfaite !

Elle chassa l'objection d'un geste.

— Tu sais très bien ce que je veux dire. Alexis est une charmante jeune femme, mais ni toi ni moi ne souhaitons voir nos petits-enfants ensemble, n'est-ce pas ?

— Non, naturellement.

— Dans ce cas…

Elle fouilla son sac et en sortit un morceau de papier qu'elle lui tendit.

— J'y ai jeté quelques idées. J'ai pensé qu'Alexis pourrait

également participer et rencontrer des célibataires qui la distrairaient de Daniel. Elle n'enchérira pas sur lui publiquement.

Il examina la liste tout en hochant la tête.

— Pas mal. Si nous en faisons une collecte de fonds pour une œuvre caritative, disons pour le cancer du pancréas, Alexis voudra absolument être de la partie.

Son cœur se serra. La femme de Gus était décédée de cette maladie deux ans auparavant, et elle savait à quel point ça avait été douloureux pour lui comme pour Alexis. Royal était une petite ville où chacun se mêlait des affaires des autres. Ainsi, bien que Gus et elle ne se soient pas parlé depuis des dizaines d'années, elle était au courant des principaux événements qui s'étaient produits dans sa vie.

— C'est une très bonne idée, Gus.

Il la regarda pendant ce qui lui parut une éternité.

— Tu as manqué à Sarah, dit-il enfin.

— Elle m'a aussi manqué.

Autrefois, elles étaient inséparables, mais les choses étaient devenues si compliquées.

— Tu n'étais pas obligée de couper les ponts avec elle juste parce que tu ne voulais plus de moi, dit-il d'un ton accusateur.

L'ancienne souffrance se réveilla. Elle n'avait jamais dit à quiconque pourquoi elle avait agi ainsi à l'époque, et trop de temps s'était écoulé depuis lors pour déterrer cette histoire.

— Tu ignores ce qui s'est passé, Gus.

— Alors, raconte-moi.

— À quoi cela servirait-il après toutes ces années ?

— Comment ça, à quoi ça servirait ? Faire jaillir la vérité se suffit à soi-même.

— La vérité n'est pas toujours agréable.

— Qu'est-ce que ça peut bien faire qu'elle soit ou non agréable ? gronda-t-il, mécontent. Bon sang, Rose ! Tu me dois une explication.

— Nous sommes ici pour parler des enfants.

— Nous arrivons enfin à nous parler après je ne sais combien d'années. Alors pendant que nous y sommes, mettons les choses au clair.

Il fourra le papier dans sa poche, mit les poings sur ses hanches et la dévisagea froidement.

— Qu'est-ce qui a subitement changé pendant que j'étais parti gagner assez d'argent pour que nous nous mariions ?

Il semblait qu'elle n'y couperait pas après tout. Et il avait raison, peut-être lui devait-elle cette explication trop longtemps différée.

— Mon père voulait que j'épouse Ed, avoua-t-elle au bout d'un moment de silence. Et pour être sûr que j'obéirais, il m'a soumise à un chantage. Il a dit qu'il priverait ma mère de son médecin et de ses médicaments si je ne rompais pas avec toi.

— Il ne l'aurait jamais fait.

— Si, il l'aurait fait.

Elle se remémora l'époque où elle vivait sous le joug de Jedediah Clayton. Son père régnait sur son royaume par la peur et l'intimidation, et personne n'avait été épargné. Sa mère avait toujours été de constitution délicate, et son père se servait de sa faiblesse pour la faire marcher droit.

— Papa ne t'aimait pas, reprit-elle. Et comme il ne supportait pas mes velléités d'indépendance, il a mis fin à notre histoire.

Elle déglutit péniblement.

— Il m'a *obligée* à rompre, dit-elle en le regardant dans les yeux.

— C'est tout ?

Visiblement, il ne comprenait pas, et il était furieux.

— Tu as rompu avec moi parce que tu avais peur de ton père ?

— Pas pour moi. S'il ne s'était agi que de moi, je l'aurais défié, mais je ne pouvais pas risquer la santé de ma mère. Je n'étais qu'une enfant, Gus. Je n'étais pas capable de lui tenir tête.

Il se détourna avant de revenir à la charge.

— Ensemble, *nous* aurions pu, Rose.

— Tu n'étais pas là, et je n'avais aucun moyen de te joindre pour t'informer de ce qui se passait. J'ai dû épouser Ed pour sauver ma mère.

— Tu ne m'as pas laissé une chance ! Tu ne *nous* en as pas laissé !

Elle secoua la tête, refusant d'envisager la possibilité qu'elle ait pu agir différemment des années plus tôt.

— Tu ne le connaissais pas.

— Bon sang, Rosie ! Tu aurais dû me faire confiance.

Son cri ébranla la tranquillité du lieu.

— Il ne s'agissait pas de toi, Gus, mais de ma mère. Quand tu es parti gagner de l'argent pour que nous puissions nous marier, je suis restée seule avec mon père. Il était responsable de moi, et il ne me l'a jamais laissée oublier.

Que Gus ne s'y trompe pas, jamais elle ne s'excuserait de ce qu'elle avait fait pour protéger sa mère.

— J'espérais toujours que tu reviennes, en vain. Tu es parti quatre longues années, Gus.

— Pour nous, Rose.

— Mais pendant ces années-là, mon père nous détruisait à petit feu, ma mère et moi. J'étais seule, répéta-t-elle. Je n'ai pas eu le choix.

Il la dévisagea tout en hochant la tête.

— Tu m'as laissé tomber, d'accord, mais tu n'étais pas obligée de rayer également Sarah de ta vie.

— Sarah était ma meilleure amie, dit-elle, le cœur lourd. Crois-tu que je me suis privée d'elle de gaieté de cœur ?

— Alors, pourquoi ?

— Mon père. Il n'aurait pas permis que je continue à la voir.

— J'espère que ce vieux salaud brûle en enfer.

— Tu n'es pas le seul, assura-t-elle.

Tout en hochant la tête, il demanda :

— As-tu fini par être heureuse ?

Elle lui adressa un pauvre sourire. Pendant plus de quarante ans, elle s'était efforcée de dissimuler la solitude, la détresse de son mariage.

Aux yeux des observateurs extérieurs, les Clayton passaient pour les rois de la ville. Mais en réalité...

— Ed buvait beaucoup trop et dans ces cas-là...

— Il te frappait ?

Elle croisa son regard bouillonnant de colère.

— Juste une fois.

— Bon sang, Rose ! Pourquoi es-tu restée avec lui ?

— Où serais-je allée ? Il était ivre quand il m'a frappée, et je me suis défendue pour qu'il comprenne que je ne supporterais pas un tel comportement. Tu étais déjà marié à Sarah. J'avais perdu l'amour de ma vie et ma meilleure amie. Je n'avais plus que mes enfants. Alors, je suis restée, et je me suis tenue hors du chemin d'Ed.

— Je n'en crois pas mes oreilles, marmonna-t-il, l'air atterré.

— Oh ! je t'en prie. Je ne me pose pas en victime.

— Il t'a frappée.

— Une fois.

— Et ça te va ? demanda-t-il d'une voix vibrant de colère.

— Bien sûr que non ! Seigneur, comment en sommes-nous arrivés là ? J'ai survécu à mon mariage, protégé mes enfants. Et maintenant, j'ai Daniel, la lumière de ma vie.

Elle vit sa mâchoire se contracter sous l'effet de la fureur. Mais comme il savait se tenir devant une femme, il se contint.

— Je ne quémande pas de pitié, Gus. Le passé est révolu. Ed est mort, et je vis ma vie comme je l'entends.

— Tu as toujours eu du cran. Et c'est pourquoi je ne comprends pas que tu n'aies pas tenu tête à ton père.

— Pour moi, je l'aurais fait. Mais je ne voulais pas mettre ma mère en danger.

— Je suppose que je peux comprendre.

Il ôta son chapeau et fourragea dans sa crinière grise.

— Mais tu aurais dû me parler, parler à Sarah. Tu n'avais pas à te couper de nous.

— C'est pourtant ce que j'ai fait, dit-elle en hochant tristement la tête. Comment aurais-je supporté de vous voir heureux alors que moi...

Elle s'interrompit, luttant contre l'émotion.

Bon sang ! Elle n'avait pas eu l'intention d'étaler sa vie de misère, et maintenant elle n'avait plus qu'une idée : mettre fin à cette conversation.

Drapée dans sa dignité, elle fit pointer son menton en avant.

— Je me réjouis que Sarah et toi ayez vécu heureux toutes ces années.

Comme s'il comprenait qu'elle ne souhaitait pas s'étendre sur le passé, il hocha la tête.

— Nous avons été heureux. Et maintenant, toi et moi allons

faire en sorte que nos petits-enfants aient un avenir convenable. D'accord ?

— D'accord.

Soulagée de se retrouver en terrain sûr, elle s'assit sur le banc et tapota la place voisine de la sienne.

— Assieds-toi, Gus, et parlons de la vente aux enchères.

— Une vente d'hommes, dit-il en secouant la tête. Qui aurait imaginé ça ?

— Il est temps d'atterrir, Shelby ! dit en riant Camilla.

— Comment ?

Elle se reprit.

— Désolée. J'étais ailleurs.

— Encore une fois, souligna Camilla.

Avec un soupir, elle fixa son attention sur la jeune femme. Camilla était petite, dotée de formes plantureuses et d'une longue natte blonde qui lui tombait sur l'épaule. En ce moment, ses yeux bleus brillaient d'amusement.

— Vous avez raison, reconnut-elle.

Revenant à la tâche en cours, elle examina les objets de cristal soigneusement empaquetés qu'elle avait placés dans le coffre de Caleb.

— Je suis là ! dit-elle. Il y a tout ?

Camilla hocha la tête.

— Tout ce que nous avons mis de côté pour le premier voyage, en tout cas. Mme Mackenzie avait vraiment accumulé beaucoup de choses.

— C'est vrai. Mais j'ai vu pire.

— Heureusement que j'ai échappé à ça ! Je ne peux même pas vous dire à quel point je suis heureuse que vous nous débarrassiez de tout ce fatras. Et je sais que Caleb aussi.

— Il ne m'en a pas parlé, ni en bien, ni en mal.

Son regard erra sur la cour, l'écurie et la grange. Il n'était nulle part en vue, ce qui n'était pas surprenant. Depuis l'intermède dans la cuisine, deux nuits plus tôt, il l'évitait soigneusement.

— Eh bien, croyez-moi sur parole, il est content, dit Camilla.

Avant votre arrivée, le pauvre homme ne pouvait même pas s'asseoir dans la salle. Maintenant, ça ressemble plus à un foyer qu'à un entrepôt.

Un foyer qu'il évitait. À cause d'*elle*.

Elle sentit l'irritation la gagner et ne fit rien pour la contenir. Elle avait essayé de se montrer compréhensive, mais franchement il agissait comme si elle lui avait tendu une embuscade. Bon, d'accord, elle l'avait attendu tapie dans l'ombre, mais ce qui s'était passé ensuite était de leur fait à tous deux. Pour l'amour du ciel, pourquoi se comportait-il comme s'ils étaient des criminels ? Et pourquoi s'arrangeait-il pour qu'elle pense que tout était sa faute ?

— Shelby ?

— Désolée, Camilla.

Elle demeura quelques instants songeuse, puis releva la tête.

— Pouvez-vous me rendre un énorme service en transportant ces paquets chez Priceless, le magasin d'antiquités ? Il faut que je trouve Caleb.

— Pas de problème. Mais vous savez, il vaque à ses occupations quelque part sur le ranch. Vous devrez prendre un cheval.

— Je suis une bonne cavalière, dit-elle avec plus d'assurance qu'elle n'en éprouvait.

Elle n'était pas montée à cheval depuis des années, mais ce devait être comme la bicyclette, non ? On n'oubliait pas.

— Très bien. Demandez à mon mari où est allé Caleb. Il vous indiquera la direction.

Une heure plus tard, Shelby repéra Caleb au loin. Le trajet n'aurait pas dû prendre autant de temps, mais la considérant comme une débutante, Mike avait insisté pour lui confier une jument qui se déplaçait à la vitesse de l'escargot.

Le ciel était d'un bleu très pur, le soleil brillait. Dans les pâturages qui offraient différents tons de verts et de bruns, le bétail paissait paisiblement, et elle nota avec soulagement qu'une barrière qui semblait s'étirer à l'infini les séparait.

En se rapprochant, elle se réjouit de voir la stupéfaction qui se peignit sur son beau visage.

— Qu'est-ce que tu viens fabriquer ici ?

— Quel accueil aimable !

— Je n'essaie pas d'être aimable, grommela-t-il. J'ai du travail.

— Moi aussi je suis ravie de te voir.

Elle lui jeta un long regard. Occupé à fixer du fil barbelé sur un piquet de clôture, il avait ôté sa chemise. Et à la vue de son torse musclé et hâlé par le soleil, sa bouche se dessécha. S'il ne l'avait pas accueillie si durement, elle aurait fondu à ses pieds.

— Comment m'as-tu trouvé ? Et depuis quand montes-tu à cheval ?

— Mike m'a expliqué où tu étais et, enfant, j'ai pris des leçons pendant des années, expliqua-t-elle de toute sa hauteur pendant que sa jument saluait le cheval de Caleb en frottant son nez au sien.

Toujours renfrogné, il se repencha sur sa tâche.

— Très bien. Tu m'as trouvé. Maintenant, tu peux rentrer.

Elle haussa les sourcils.

— Ce doit être l'hospitalité du Sud tant vantée.

— Bon sang, Shelby ! J'ai du travail.

— Moi aussi. Je suis censée emporter un lot de verreries en cristal en ville.

— Dans ce cas, que fais-tu ici ?

— Camilla s'en charge parce que je lui ai dit que je devais te parler. Je ne me doutais pas que c'était si compliqué.

Elle passa une jambe par-dessus la croupe de la jument et sauta à terre en grimaçant. Elle esquissait un pas vers lui quand elle poussa un cri de douleur et porta les mains à ses fesses.

— Bien fait pour toi, maugréa-t-il. Quelle idée, quand on n'est pas monté depuis des années, de se jucher sur un cheval et de parcourir des kilomètres ! Tu auras de la chance si tu peux encore marcher demain.

— Si tu cessais de m'éviter, je n'aurais pas recours à de tels procédés !

— Je ne t'évite pas, dit-il en lui tournant le dos.

Geste qui l'incita à examiner de plus près son postérieur. Et elle conclut que la vue sous cet angle était également réjouissante.

— Ma présence ici n'a rien à voir avec toi. Je travaille ! lui rappela-t-il.

— D'accord.

Elle n'en croyait pas un mot et s'étonna qu'il puisse la supposer aussi candide.

— Et tu te gardes de faire des incursions dans la cuisine la nuit. Alors quoi ? Tu fais la grève de la faim ?

Il lui jeta un regard noir, tendit le fil et en coupa l'excédent. Après quoi, plaçant le morceau de barbelé dans une ceinture porte-outils usagée qu'il portait sur les hanches, il ôta ses gants, repoussa son chapeau en arrière et la fusilla du regard.

— Qu'est-ce que tu veux, à la fin ? Des excuses ? C'est bon. Je suis désolé.

— Tu n'écoutes jamais, n'est-ce pas ? Je t'ai déjà dit que je ne regrettais rien.

Il émit un reniflement réprobateur.

— Tu devrais.

— Pourquoi ?

L'ignorant, il mit ses gants dans les sacoches de sa selle. Elle posa une main sur son bras et réitéra sa question.

— Pourquoi ?

Il fixa sa main et releva la tête.

— Parce qu'il n'y a rien ici pour toi ! Je n'ai rien à t'offrir !

Elle laissa retomber sa main.

— Je ne t'ai rien demandé.

— Pas encore.

Elle recula comme s'il l'avait frappée.

— Tu as l'impression que j'essaie de te piéger dans une relation ?

— Tu as reconnu que tu m'attendais dans le noir l'autre nuit.

— Oui, parce que j'éprouve de l'attirance pour toi. Encore qu'à cet instant, je me demande bien pourquoi !

Il retira sa ceinture porte-outils, l'accrocha au pommeau de sa selle et se retourna pour lui faire face, mâchoire crispée, lèvres pincées et regard froid comme l'acier.

— Je t'ai donné un endroit où te réfugier...

— Et je t'en suis reconnaissante.

— Ce n'est pas la question. Seulement, je n'ai pas pour habitude d'utiliser des femmes juste parce que la situation s'y prête.

Elle ouvrit de grands yeux.

— Comme si j'étais une victime ! Nous sommes sur la même longueur d'onde, je te rappelle.

— Tout ce que je dis, c'est que tu n'es pas le genre de femme à avoir des aventures sans lendemain, et c'est tout ce que tu peux espérer de moi.

Sur ces mots, il se retourna pour sortir sa chemise d'une sacoche et l'enfiler sans toutefois la boutonner.

— C'est pourquoi je me tiens à l'écart, ajouta-t-il.

— Je ne sais pas ce que j'en pense, avoua-t-elle. Dois-je être flattée que tu estimes que je vaux plus d'une nuit, ou blessée que tu te figures que j'attends de toi une déclaration d'amour éternel ?

— Je n'ai pas dit...

— Non. Tu as dit tout ce que tu avais à dire, dit-elle levant une main pour lui imposer silence. Maintenant, c'est mon tour. Je te suis infiniment reconnaissante de m'accueillir, mais je n'ai pas besoin d'un protecteur. Je suis une grande fille...

— J'ai remarqué.

— Écoute, Caleb. Nous sommes adultes. Si nous avons envie d'aller plus loin ensemble, qu'est-ce qui nous l'interdit ? Je n'attends rien de toi. Minute ! C'est faux, j'ai une attente.

— Ah oui ? dit-il sur ses gardes.

— Pour l'amour du ciel ! s'exclama-t-elle, excédée, cesse de te croire menacé dès que j'ouvre la bouche !

Bras croisés sur la poitrine, il la considéra d'un air renfrogné.

— Très bien. Qu'attends-tu de moi ?

— Que tu cesses de m'éviter...

Elle s'approcha. Un souffle de vent chaud joua dans ses cheveux et souleva les pans de sa chemise.

— Et que tu m'embrasses encore. Souvent.

Elle vit son torse se soulever et s'abaisser plus vite. Son regard se porta sur le vaste paysage qui s'étendait derrière elle. Plusieurs secondes s'écoulèrent avant qu'elle ne croise de nouveau son regard orageux.

— Bon sang, Shelby ! Tu devrais te méfier de tes souhaits.

D'un geste brusque, il la prit par la taille, et elle soupira, submergée par une vague de chaleur.

— Je ne souhaite pas, je dis, précisa-t-elle.

Elle attira le bord de son chapeau sur ses yeux et ajouta en souriant :

— Cesse de faire semblant qu'il n'y a rien entre nous.

— Et si je cesse ?

Sa voix s'était réduite à un sourd murmure, et il resserra son étreinte sur ses hanches.

— Si tu arrêtes de me traiter en ennemie, tout ira bien, répondit-elle en se dégageant.

Elle recula et se dirigea vers sa jument.

— Et maintenant que nous avons tiré les choses au clair, je rentre à la maison.

En un éclair, il l'attira à lui et, agrippant une poignée de cheveux, lui renversa la tête en arrière pour l'embrasser en homme cherchant son salut. Ce fut un baiser fougueux et, quand il la laissa aller, elle avait l'impression de ne plus tenir sur ses jambes.

Il la regarda droit dans les yeux.

— *Maintenant*, tout va bien.

7

Quand Caleb regagna le ranch deux heures plus tard, il n'arrêtait pas de penser à Shelby. Il avait réfléchi pour parvenir à la conclusion qu'elle avait raison. Ils étaient adultes, libres de toute attache, ils se plaisaient. Alors, qu'attendait-il ? L'embrasser avait allumé en lui un brasier avec lequel l'ardent soleil texan ne pouvait rivaliser.

La cour bruissait d'animation. Deux hommes exerçaient des chevaux dans le corral, deux autres repeignaient en blanc la barrière de l'écurie. Il avait chaud et ne songeait pas au travail qui l'attendait. Il n'avait qu'une idée en tête, trouver Shelby et soulager la tension qui le torturait depuis des jours.

Mais soudain, il remarqua une Porsche couleur argent garée devant la maison. Tout rembruni à l'idée de recevoir une visite imprévue, il sauta de cheval, jeta les rênes à Mike et, de la tête, désigna la voiture.

— Qui est-ce ?

— Jared Goodman, répondit Mike, l'air sombre.

Avec un juron, il passa une main sur son visage. Évidemment, on pouvait s'attendre à ce que Jared montre le bout de son nez d'un moment à l'autre. Mais pourquoi justement *maintenant* ?

— Comment a réagi Shelby ?

Mike haussa les épaules.

— Quand j'ai vu la voiture arriver, je suis allé lui proposer d'assister à son entrevue avec Jared. Mais elle a prétendu que tout allait bien.

C'était du Shelby tout craché. Entêtée, forte et ne jurant que par son indépendance.

— Camilla est là ?

— Non.

Mike regarda la maison comme s'il pouvait voir à travers les murs ce qui se passait à l'intérieur.

— Elle est partie pour la ville il y a deux heures et n'est pas encore revenue.

Donc, Shelby était seule avec un homme qu'elle avait gravement humilié. Il se rappelait très bien ce qu'il avait ressenti quand Meg l'avait lâché pour son frère, et ce n'était pas joli. Mais pourquoi l'idée que Shelby affronte seule un ex probablement furieux le contrariait-elle ? Il n'aurait su l'expliquer et préférait ne pas se pencher sur la question.

— Je vais voir, dit-il.

Il traversa la cour d'un pas vif, poussa la porte, et la première chose qu'il entendit fut la voix de Shelby qui parlait à toute vitesse. Pour le moment, tout se déroulait donc normalement.

— Je suis vraiment navrée, disait-elle, mais je devais agir ainsi. Tôt ou tard, tu en conviendras.

— Bien sûr, répliqua Jared avec une ironie amère. Tôt ou tard, je serai heureux que ma fiancée m'ait plaquée devant la ville entière !

Il s'approcha tout doucement de l'entrée de la grande salle afin d'observer incognito l'entrevue. Si elle gérait bien la situation, il pourrait toujours s'éclipser, et elle ne saurait même pas qu'il avait entendu une partie de la conversation.

Il fut cependant distrait par l'aspect de la pièce, à peine reconnaissable. Depuis qu'elle habitait chez lui, il entrait et sortait par les portes de son aile, si bien qu'il n'avait pas suivi la progression des travaux.

En quelques jours, elle avait débarrassé la salle de ses vitrines, vaisseliers superflus et de montagnes d'objets de verre et de cristal. C'était maintenant une pièce lumineuse, meublée de deux canapés, de fauteuils dont il se souvenait à peine et de deux tables qui avaient toujours été là. Et en découvrant ce vaste et confortable espace, avec vue sur le paysage, il eut la sensation de respirer.

Cependant, son intérêt pour la pièce fut vite balayé par la vue de Jared Goodman qui se tenait beaucoup trop près de Shelby. Un peu moins grand que lui, ses cheveux bruns lissés en arrière, il portait un impeccable costume gris. Son visage exprimait une sombre colère, et ses yeux lançaient des éclairs quand il se pencha sur Shelby.

Au-delà de la fureur déconcertante qui le saisit, il éprouva de l'admiration pour Shelby, qui faisait crânement face à son ex-fiancé.

— J'ai eu vent de l'histoire que ta mère propage, dit-elle. Il paraît que c'est toi qui as annulé le mariage.

— Mais nous savons tous deux ce qu'il en est ! riposta-t-il d'une voix sèche.

Elle poussa un soupir exaspéré.

— Écoute, Jared, c'est fini. Nous n'aurions jamais dû envisager ce mariage, et cela aussi tu le sais. Je me suis bercée d'illusions en croyant que j'étais amoureuse alors que j'étais juste flattée que tu cherches à me séduire. Mais ça ne suffit pas pour construire une relation.

Elle soupira.

— Honnêtement, reprit-elle, tu n'aurais pas été heureux avec moi. Je parle trop, je suis trop directive, je veux tout organiser et tu détestes ça. Je veux dire, regarde ton bureau : c'est un désordre pas possible, avec des dossiers qui traînent partout. Ça n'aurait jamais marché.

Jared essaya en vain de placer un mot et il eut presque de la peine pour lui.

— Je suis sûre que tu vas trouver la bonne personne. Simplement, ce n'est pas moi et ça ne le sera jamais. Alors mieux vaudrait que nous nous serrions la main et nous quittions bons amis. J'en suis capable, Jared. Pas toi ?

— « Bons amis » ? se récria Jared.

Elle lui adressa un sourire plein d'une sympathie qui fut perdue pour le malheureux fiancé éconduit.

— Ça ne pouvait pas marcher, c'est certain ! Franchement,

nous n'aurions même pas dû avoir une histoire. J'en suis désolée, mais je ne regrette pas d'être partie.

— Nous ne sommes pas amis ! aboya Jared.

Il se rapprocha encore avec un regard qui n'augurait rien de bon.

— Tu ne te débarrasseras pas de moi comme ça, dit Jared d'un ton menaçant.

Bon, il en avait assez entendu.

— Elle s'est déjà débarrassée de toi.

Surpris, les deux protagonistes de la scène se tournèrent vers lui et le regardèrent traverser la pièce. Il vint se placer près de Shelby.

— Il est temps de vider les lieux, Jared, ajouta-t-il.

Les traits de ce dernier se durcirent.

— En quoi cela te regarde-t-il, Mackenzie ?

— Caleb..., commença-t-elle.

Mais il lui coupa la parole.

— Ça me regarde pour une chose, dit-il sans quitter Goodman des yeux, je suis ici chez moi. Tu n'as rien à y faire, et tu as encore moins le droit de venir intimider Shelby sous mon toit. Tu n'es pas le bienvenu et je te conseille de partir.

— Je partirai quand je serai prêt ! riposta Jared. Tu ne me fais pas peur.

— Tu as tort.

Il passa un bras autour des épaules de Shelby et l'attira contre lui.

— Je travaille dur pour gagner ma vie, toi, tu brasses des papiers. Alors, mieux vaut ne pas tenter de te mesurer à moi.

Jared observait, fasciné par la façon dont il tenait Shelby.

— C'est comme ça, Jared. Nous sommes ensemble, Shelby et moi.

La sentant se raidir contre lui, il espéra de tout son cœur que, pour une fois, elle n'ouvre pas la bouche.

— Shelby a mis fin à votre relation dès qu'elle a fui votre mariage. C'est pourquoi je ne veux plus te voir ici. Tu avais des choses à dire. Maintenant que tu les as dites, tu peux t'en aller.

Jared regarda Shelby.

— Tu espères me faire croire que tu m'as quitté pour *lui* ?

— Tu peux croire ce que tu veux, dit-il sans laisser à Shelby le temps de répondre.

— C'est ridicule !

L'ignorant, il se pencha sur Shelby et lui donna un baiser. Puis, il défia Jared du regard.

— Maintenant, sors avant que je te jette dehors !

Jared dévisagea Shelby.

— Tu n'es qu'une putain.

Il fit un pas vers Jared et eut la satisfaction de constater que celui-ci reculait.

— C'est bon, dit-il. Va-t'en.

Jared traversa la pièce d'un pas furieux et sortit en claquant la porte. Dans le silence qui retombait, elle le repoussa.

— Qu'est-ce qui t'a pris ? demanda-t-elle en pressant ses mains sur ses tempes. Tu n'as fait qu'aggraver la situation. Je gérais. Et puis, je suis capable de me débrouiller toute seule !

— À vrai dire, je ne crois pas. Jared était fou de rage, et un homme comme lui peut avoir des réactions imprévisibles.

— Il ne m'aurait pas fait de mal ! se récria-t-elle.

L'idée lui paraissait visiblement absurde.

— À l'avenir, il ne t'en fera pas, en tout cas.

Sourcils froncés, elle parut réfléchir à la question. Mais soudain, une autre idée lui traversa l'esprit.

— Les Goodman ont toujours mes vêtements et mon argent. Crois-tu que Jared va avoir envie de coopérer maintenant ?

Ses épaules se voûtèrent, et elle soupira.

— Qu'il nous croie en couple va compliquer la situation.

— Peut-être.

Il retira son chapeau et le jeta sur une table Il n'avait pas vraiment réfléchi aux conséquences de son intervention. Pour tout dire, il n'avait pas réfléchi du tout. Seul, son instinct lui avait fait traverser la pièce pour s'interposer entre elle et un danger potentiel.

Et il ne pouvait même pas prétendre qu'il était désolé d'avoir agi aussi impulsivement.

Il la prit par les épaules.

— Je me moque pas mal de ce que pense Jared Goodman et personne ne viendra chez moi te chercher des ennuis. Personne.

Elle lui adressa un petit sourire mi-soulagé, mi-agacé.

— C'est vraiment gentil, mais ne t'ai-je pas dit que je n'avais pas besoin que tu me protèges ?

— Si, mais il se trouve que j'éprouve le besoin de te protéger.

— Tu te rends compte que ça va attiser la colère des Goodman ? Jared va raconter à ses parents que nous sommes ensemble, sa mère va se faire un plaisir de répandre la nouvelle et les langues vont se déchaîner. De plus, Margaret va penser qu'elle avait raison depuis le début et que j'ai quitté Jared pour toi.

— Elle en était déjà persuadée. Rappelle-toi.

— Mais maintenant, elle a ta parole. Tu m'as même embrassée devant Jared !

— Il n'a pas l'esprit très vif. Il avait besoin de visualiser.

— Ce n'est pas drôle ! protesta-t-elle.

Mais ses lèvres frémissaient d'un rire contenu. Soudain, pourtant, elle se rembrunit.

— Ils ne me rendront jamais mes affaires maintenant. Et Jared a toujours mon argent. Je ne peux ni trouver à me loger, ni démarrer une affaire. Je ne peux même pas rentrer à Chicago.

La mention d'un retour à Chicago le contraria. Il n'avait pas réfléchi au fait que rien ne la retenait à Royal, ni au Texas.

— C'est ce que tu envisages de faire ? Rentrer à Chicago ?

— Franchement, je n'ai pas réfléchi jusque-là. À quoi bon ? Sans argent, je ne peux pas faire de projets.

Ce n'était pas une réponse, mais quelle importance ? Ne l'évitait-il pas depuis des jours ? Qu'est-ce que ça pouvait donc lui faire qu'elle quitte le Texas ? Ne serait-ce pas un dénouement parfait à leur situation ?

Autant écarter ces pensées et revenir au présent.

— La banque t'a envoyé le reçu du dépôt de l'argent provenant de la vente de ta maison, lui rappela-t-il. Si Nathan n'arrive pas à récupérer ton argent, la juge s'en chargera.

Elle hocha la tête.

— C'est vrai. J'ai la preuve que cet argent m'appartient. Je sais que je ne devrais pas en vouloir aux Goodman. Tout est ma faute. Je n'aurais pas dû accepter d'épouser Jared, mais ça me paraissait aller de soi à l'époque.

Elle ne cherchait pas à dialoguer ; il s'agissait juste d'un de ces monologues intérieurs dont elle avait le secret. Et bizarrement, il commençait à s'en amuser.

— Je n'avais pas l'intention de t'entraîner dans cette histoire, reprit-elle en fourrageant dans ses cheveux. Tu as été si gentil, et je t'ai dit que je me débrouillerais toute seule. Mais en réalité, j'ai adoré que tu sois intervenu, que tu m'aies embrassée et que tu aies ordonné à Jared de vider les lieux. Ce n'est pas bien, mais je ne peux pas me changer, n'est-ce pas ?

» Je veux dire, poursuivit-elle, c'était comme dans un de ces vieux films où le cow-boy entre à grandes enjambées, son chapeau sur la tête, le visage impénétrable et...

Elle durcit ses traits et prit une voix grave.

— *C'est ma femme, bas les pattes !* Tu ne peux pas savoir comme ça m'a fait chaud au cœur et...

C'est ma femme. Il n'avait pas eu l'intention de se comporter ainsi. Pas vraiment. Il en était presque sûr. Mais il devait reconnaître que voir Jared se pencher sur elle d'un air menaçant l'avait mis hors de lui. Il n'avait eu alors qu'une idée, s'interposer entre eux pour que le visage de Shelby retrouve ses couleurs.

Et maintenant, il désirait par-dessus tout qu'elle se calme, et l'expérience lui avait enseigné que le meilleur moyen pour ça était de...

Il l'embrassa.

Comme lorsqu'elle l'avait rejoint dans les prés, il glissa une main dans ses cheveux et lui maintint la tête afin de la savourer tout à loisir.

En une fraction de seconde, elle lui rendait son baiser, glissait une jambe autour de la sienne et le serrait contre elle. Leurs langues se caressaient, ils buvaient mutuellement leurs souffles. Il l'étreignait si fort qu'il sentait les douces collines de ses seins s'incruster dans son torse. Elle frotta ses hanches contre les siennes, faisant grimper son excitation dans des proportions épiques. Il n'avait jamais connu le genre de désir qu'elle lui inspirait, jamais expérimenté le degré de nécessité absolue de lui faire l'amour qu'il ressentait en cet instant.

Sondant son regard, il y vit briller la même flamme.

— Je te veux, Shelby. Tout de suite.

— Pourquoi traînes-tu ? demanda-t-elle en riant.

Et tout en l'embrassant passionnément, elle tâtonna à la recherche de la boucle de sa ceinture. Il sentit qu'elle la dégrafait et défaisait le premier bouton de son jean. Elle en sortit ensuite sa chemise et glissa les mains dessous pour explorer son torse.

Il se produisit un à-coup dans sa respiration.

— Heureusement que tu as aménagé cette pièce, dit-il. Parce que le canapé est plus accessible que les lits.

— Oui, murmura-t-elle en glissant ses pouces sur ses tétons.

Serrant les dents, il sentit tout son sang refluer dans son pénis. S'il ne lui faisait pas l'amour dans la minute, il allait mourir, c'était certain.

En deux pas, il atteignait le canapé où il la fit doucement basculer. Ses yeux étincelaient, ses lèvres délectables s'étiraient en un sourire qui promettait des ébats d'un érotisme fou.

Quand elle ôta son haut, elle révéla un tout petit soutien-gorge de dentelle bleu ciel qui le fascina. Puis elle le dégrafa et, dans la fraîcheur de l'air conditionné, les pointes sombres de ses seins durcirent. Sans perdre une seconde, il s'allongea sur elle et prit tour à tour ses mamelons dans sa bouche. Et il les tourmenta de ses lèvres, de ses dents et de sa langue tant et si bien qu'elle se tortilla sous lui en poussant de petits cris.

Elle tira si violemment sur sa chemise qu'il abandonna les délices de son corps et se redressa pour lui permettre de l'arracher. Alors, ses mains furent sur lui, petites, douces et énergiques à la fois. Elle le caressa et le griffa de ses ongles courts pendant qu'il reprenait ses seins.

— Ce que tu sens bon, chuchota-t-il, s'attardant à en lécher les pointes.

— Toi aussi, dit-elle en frissonnant langoureusement.

Il rit.

— Ce n'est pas vrai !

Il se souleva.

— Laisse-moi cinq minutes, le temps de prendre une douche et je suis à toi...

— Tu n'iras nulle part ! s'exclama-t-elle en traçant du bout des doigts des dessins sur son torse et son ventre et en s'égarant vers le bouton ouvert de son jean.

Il demeura parfaitement immobile, attentif au frôlement de ses doigts qui en défaisaient un à un les boutons. Et à chaque pouce de liberté gagnée, son sexe se tendait un peu plus. Finalement, elle referma sa petite main dessus et la fit aller et venir. Il appuya son front au sien et se força à respirer profondément. S'il perdait le contrôle, il exploserait avant d'avoir assouvi son désir de la faire mourir de plaisir. Prenant sa main, il la maintint prisonnière au-dessus de sa tête.

— Arrête. Tu vas me faire jouir, et je veux te savourer encore.

De sa main libre, il saisit la ceinture de son short, en défit le nœud et baissa la fermeture. Il découvrit alors une minuscule culotte assortie au soutien-gorge. Et tout son être se contracta. Il aurait aimé se délecter du spectacle, mais pour le moment il la voulait nue.

Il glissa le long de son corps, semant des baisers au passage et apprécia de la sentir longuement frémir. Il lui retira short et culotte et lui ordonna d'ôter son soutien-gorge.

Elle se souleva suffisamment pour se débarrasser du sous-vêtement et le jeter à terre. Quand elle se rallongea, elle lui fit signe de la rejoindre.

— Tu portes trop de vêtements, déclara-t-elle.

— Entièrement d'accord !

Il l'observa attentivement pendant qu'elle le déshabillait et il vit l'éclair de plaisir dans ses yeux quand elle découvrit son sexe tout prêt pour l'amour.

Dans son impatience, elle souleva les hanches tout en écartant les jambes.

— Prends-moi, Caleb. S'il te plaît.

Ces mots le bouleversèrent. Il n'y avait rien qu'il désirât plus au monde. Mais d'abord... Il examina son sexe offert, rose, chaud et humide. Elle était aussi prête que lui, et il dut faire appel à toute sa volonté pour résister à l'envie de s'enfouir en elle.

Il se pencha, posa ses lèvres sur son sexe et le goûta, le lécha et le mordilla jusqu'à ce que, en gémissant, elle balance ses hanches tout en l'implorant de la pénétrer.

Encore et encore il la provoqua, la tourmenta, se repaissant de ses soupirs et de ses cris de volupté. Enfin, elle saisit ses cheveux à pleines mains et cria son prénom d'une voix étranglée.

Il la maintint serrée contre lui pendant qu'elle jouissait, puis, aveuglé par le désir, il s'allongea sur elle et glissa dans sa chaleur. Elle noua ses jambes à ses hanches pour mieux s'unir à lui, et, liés l'un à l'autre, ils se regardèrent pendant qu'ils faisaient l'amour. Il voyait ses yeux briller, ses lèvres s'écarter pour lâcher des soupirs qui venaient du plus profond d'elle.

Il poussa plus profond, plus fort, dans sa chaleur enveloppante. Quand il accéléra le rythme, elle le suivit. Elle ne faisait qu'un avec lui et c'était une expérience unique. Il existait entre eux une harmonie qui allait au-delà de l'aspect physique. Chacune de ses caresses laissait sur sa peau des flammes qui le consumaient tout entier.

Il allait et venait en elle, les emportant toujours plus loin vers le gouffre sans fond de la jouissance.

— Viens, maintenant, murmura-t-il.

Elle secoua la tête.

— Ensemble, tous les deux.

Elle glissa une main entre eux, saisit son sexe et le caressa. Il fit de même, et ils passèrent par-dessus bord, se dissolvant dans des lumières aveuglantes et toutes nouvelles pour lui.

Quand les battements de son cœur se calmèrent, Shelby reprit son souffle et, fermant les yeux, se laissa dériver dans un bonheur sans nom. Son corps bruissait encore des échos d'un orgasme tel qu'elle n'en avait jamais connu. Aucune de ses expériences d'amour physique ne se comparait à ce qu'elle venait de vivre. Jusque-là, faire l'amour était un passe-temps agréable qui se soldait par une petite explosion de soulagement.

Avec Caleb Mackenzie, il n'en allait pas de même.

Il avait une parfaite connaissance du corps féminin ; ses

mains étaient douées de magie, ainsi que ses lèvres. Et elle se sentait un peu désolée pour les femmes qui n'avaient pas eu le bonheur de coucher avec lui tout en souhaitant passionnément le garder pour elle et ne jamais laisser une autre l'approcher.

Elle fronça les sourcils. Quelle idée ! Il ne lui appartenait pas ; il n'existait entre eux que le hasard des circonstances et une attirance torride.

Il y avait là de quoi calmer son accès de sentimentalisme, non ?

Cependant, Caleb serré contre elle, elle sentit une douce chaleur l'envahir. Elle aurait pu se poser des questions sur cette étrange sensation, mais elle se contenta de savourer le moment.

Soudain, il la regarda, l'air grave.

— Le moment est on ne peut plus mal choisi pour poser la question mais, prends-tu la pilule ?

Cette fois, c'était la redescente sur terre assurée.

— Oui, répondit-elle.

Elle lut le soulagement dans ses yeux.

— Je la prends depuis quelques années, ajouta-t-elle, seulement...

Elle s'interrompit, réfléchit une seconde.

— Qu'y a-t-il ? demanda-t-il, circonspect.

— Probablement rien, assura-t-elle.

Elle n'était pourtant pas aussi confiante qu'elle s'efforçait de paraître.

— Je suis sûre que tout va bien..., dit-elle encore, se forçant à sourire.

— Mais ?

— Mais, rappelle-toi, je n'ai pas emporté mes affaires et mes pilules sont dans ma trousse de toilette.

Il y eut un moment de silence.

— Tu ne l'as donc pas prise depuis quelques jours, dit-il enfin.

— C'est ça. Mais je suis sûre qu'il n'y a pas de problème. J'ai emmagasiné un stock de ces fabuleuses petites hormones dans mon corps.

— Possible. Mais...

Il s'assit et récupéra son jean par terre.

— Pas de raison de paniquer, dit-elle.

— Tu en es vraiment sûre ? demanda-t-il avec un rire amer.

Il se leva et enfila son jean.

Quel dommage qu'il dissimule son beau corps, pensa-t-elle vaguement.

— Je ne sais pas où j'avais la tête, dit-il. Je n'ai jamais oublié de mettre un préservatif.

Elle haussa les épaules et tâtonna à la recherche de son soutien-gorge.

— Jusqu'à aujourd'hui.

— Oui, répondit-il, fourrageant dans ses cheveux, visiblement agacé. Jusqu'à *toi*.

Elle sourit.

— Le mot sonne comme un compliment, mais pas le ton.

— Je suppose que je devrais m'excuser de ma brusquerie, mais n'y compte pas pour le moment.

Visiblement, le moment d'intimité après l'amour touchait à sa fin.

Récupérant sa chemise, elle l'enfila et ramassa sa culotte. Elle se leva, la passa en agitant ses hanches et se délecta de l'intérêt qui s'allumait dans les yeux de Caleb.

— Pas besoin d'excuse, dit-elle en s'introduisant dans son short.

Une fois qu'elle en eut remonté la fermeture Éclair, elle repoussa ses cheveux en arrière.

— De toute façon, je m'en moque. Tout ce qui m'intéresse, c'est que j'ai fait l'amour avec *toi*.

Son regard s'éclaira.

— Bon sang, moi aussi je ne pense plus qu'à ça !

Elle lui sourit et sentit son corps s'émouvoir.

— Je ne regretterai rien quoi qu'il arrive, assura-t-elle. Mais franchement, Caleb, je suis sûre qu'il n'y a pas de problème.

Il lui jeta un long regard.

— Tant mieux. Tu m'en parleras si toutefois...

— Bien sûr, mais je suis tranquille. Enfin, à peu près.

Il ramassa sa chemise et la passa.

— Rien ne t'arrête, n'est-ce pas ?

— À quoi servirait de se faire du souci à l'avance ?

Il esquissa un sourire qui fit battre son cœur. S'approchant de lui, elle posa ses mains sur son torse et en perçut la chaleur.

— Ma grand-mère irlandaise avait coutume de me dire que si on se faisait du souci, on finissait par mourir. Et que, si on ne s'en faisait pas, le résultat était le même. Alors, à quoi bon se torturer ?

Il la regarda fixement.

— Tu me déconcerteras toujours, dit-il en souriant. Je ne sais jamais ce que tu vas sortir.

Elle glissa ses bras autour de sa taille.

— Dans ce cas, accroche-toi ! Que dirais-tu d'aller prendre une douche ensemble ?

Il cueillit son visage dans ses mains et l'embrassa tendrement. Et tout en elle reprit vie. À présent qu'elle savait de quoi il était capable, elle en tremblait d'anticipation.

— Je pense que c'est une excellente idée, dit-il. Et puis, j'ai une réserve de préservatifs dans la salle de bains.

— Combien y en a-t-il ? demanda-t-elle, malicieuse.

— Allons vérifier.

Quand il la souleva et la jeta sur son épaule, son rire s'égrena derrière eux.

8

Mitch et Meg revinrent le lendemain matin et, en un clin d'œil, leur bulle de bonheur explosa.

Dans l'animation et le vacarme de l'arrivée de la famille, les cris des enfants heureux de se retrouver à la maison, Shelby sentit Caleb s'éloigner si radicalement que c'en était presque effrayant. On aurait dit que la nuit qu'ils venaient de passer ensemble n'avait jamais existé.

Le matin seulement, ils étaient lovés l'un contre l'autre dans le lit de Caleb, après une longue et fantastique nuit où ils avaient largement puisé dans la réserve de préservatifs. Ils avaient ri, s'étaient embrassés, avaient pique-niqué au lit, et pourtant, à l'instant où Mitch et Meg réapparurent, Caleb se referma sur lui-même.

Avec son frère et sa belle-sœur dans les parages, il était un autre homme. Sauf avec les jumeaux. Les deux enfants s'étaient jetés sur lui et il les avait accueillis à bras ouverts.

C'était devant Mitch et Meg que son visage s'était fermé. Il l'avait présentée et avait rapidement expliqué les raisons de sa présence au ranch. Mais à part ça, il lui avait à peine adressé la parole. Pour quelle raison ? se demandait-elle. Cherchait-il à lui rappeler qu'à part le sexe il n'existait rien entre eux ? Tenait-il à souligner vis-à-vis des siens qu'elle n'était là que temporairement ?

Mais dans ce cas, pourquoi se montrait-il également froid et distant envers eux ? Pour être juste, elle devait reconnaître que Mitch et Meg ne se montraient pas non plus chaleureux envers lui. Tout en sachant que les relations familiales étaient souvent compliquées, il lui semblait qu'il existait plus que des frictions entre les deux frères, et elle était curieuse de savoir ce qui bouillonnait sous la surface.

Elle ferait probablement mieux de s'occuper de ses travaux d'organisation pas tout à fait terminés. Pourtant, pendant deux heures, elle resta assise sous le porche, observant, fascinée, les échanges entre les membres de la famille Mackenzie.

Elle nota que les deux frères faisaient preuve de circonspection l'un envers l'autre. Alors qu'ils se tenaient près de la barrière du corral, regardant des employés faire travailler les chevaux, ils observaient une distance de sécurité. À en croire le langage du corps, il régnait un gros malaise entre les deux frères.

Mitch Mackenzie, version plus jeune et plus petite de Caleb, était de son point de vue beaucoup moins beau que son aîné. Meg était minuscule, avec des cheveux blonds coupés court et de grands yeux bleus. Son mari l'adorait visiblement, mais Caleb paraissait ignorer son existence. Et elle se demanda une fois de plus ce qui se tramait entre eux.

En revanche, âgés de trois ans, Jack et Julie semblaient parfaitement à l'aise. C'étaient des enfants adorables et dotés d'une bonne dose d'énergie. Pendant deux heures, ils en déployèrent des trésors pendant que Caleb et Mitch s'entretenaient des affaires du ranch et que Meg allait et venait dans sa maison, de l'autre côté de la cour.

Sur une table basse du porche, elle avait disposé un pichet de thé glacé et quatre verres, mais jusqu'ici personne n'était venu la rejoindre.

Elle observa Caleb.

Parfois, les gens imperturbables sont juste agaçants.

Malgré tout, elle n'arrivait pas à en détacher son regard. Pareillement accoudés à la barrière, son frère et lui s'appuyaient d'un pied sur la traverse inférieure. Se rendaient-ils compte à quel point ils se ressemblaient ? À moins que leurs similitudes se perdent dans leurs dissensions. Elle avait très envie de parler avec Caleb, mais au vu de la tournure prise par les événements, cela ne se produirait sans doute pas de sitôt.

Elle but une gorgée de thé, reposa son verre. Un vent brûlant balayait le ranch, soulevant ses cheveux sur sa nuque et créant dans la cour des minicyclones de poussière qui disparaissaient aussi vite qu'ils s'étaient formés. Le bruit régulier des sabots des chevaux galopant dans le corral évoquait les battements du cœur du ranch.

Elle en était venue à développer une passion pour cet endroit, son ciel immense, ses grands espaces, ses chevaux… et Caleb. Et à présent, elle était bien obligée de reconnaître que, malgré son attachement au ranch, elle n'y avait pas sa place. La constatation la peinait plus que de raison. Quand le lieu et l'homme s'étaient-ils mis à représenter pour elle plus qu'un port dans la tempête ?

Soudain, les jumeaux la repérèrent et la rejoignirent en courant. Elle sourit devant leurs petits visages radieux et leurs yeux d'un bleu rivalisant avec l'éclat du ciel.

Ayant battu son frère de quelques enjambées, la petite fille grimpa sur ses genoux et lui sourit. Ses doux cheveux châtains étaient attachés en deux drôles de petites couettes de chaque côté de sa tête, et son sourire creusait deux fossettes dans ses joues.

— Papa dit que tu vis ici, déclara-t-elle. C'est vrai ? Je peux avoir un cookie ?

Épineuse question. Ça n'aurait pas été très correct de leur donner des gâteaux sans en référer d'abord à leur mère.

À ce moment, Jack fit une apparition remarquée en criant :

— J'adore les cookies !

Et, sans plus de manières, il s'empara d'un gâteau et en fourra la moitié dans sa bouche. Pour ne pas être en reste, Julie se tortilla sur ses genoux pour en attraper un. Puis, des miettes plein les joues, elle déclara :

— Oncle Caleb habite ici.

— Je sais.

— Tu aimes oncle Caleb ?

Terrain glissant, pensa-t-elle avant de chasser l'idée. Ces enfants étaient trop petits pour interpréter sa réponse.

— Oui, et vous ?

— Oh ! oui, s'exclama Jack. Il est marrant.

— Des fois, oncle Caleb est de mauvaise humeur, dit Julie, pensive. Tu pourrais faire qu'il ne soit plus de mauvaise humeur ?

En riant, elle essuya les joues de l'enfant.

— Pas sûr, mais je peux toujours essayer.

— Je monte des petits chevaux, annonça Jack.

— Des poneys, rectifia Julie d'un ton moqueur.

— Ce sont des *grands* poneys, riposta Jack.

— Du calme, vous deux ! intervint une voix. Si vous alliez faire un tour ?

Trop amusée par ses échanges avec les enfants, elle n'avait pas vu arriver leur mère. Meg grimpa les marches et s'assit dans un fauteuil à côté d'elle.

— Allez donc embêter votre père, dit-elle aux enfants en les chassant d'un geste de la main.

Ils s'élancèrent en courant vers le corral où Caleb et Mitch se tenaient toujours accoudés à la barrière, respectant une distance de sécurité entre eux.

Le chapeau de cow-boy de Jack s'envola et décrivit un cercle avant d'atterrir dans la poussière. Quand Julie arriva près de son père, il la souleva et la jucha sur ses épaules, et Caleb fit de même avec Jack quand celui-ci tira sur la jambe de son jean.

Le soleil étincelait dans un ciel d'un bleu lumineux où dérivaient de petits nuages blancs.

— Désolée, dit Meg. Les enfants sont si contents d'en avoir fini avec la voiture qu'ils sont encore plus excités que d'habitude !

— Pas de problème ! Ils sont adorables.

— Vous au moins, vous savez comment gagner des points auprès des mères ! dit en souriant Meg.

— Je ne..., commença-t-elle avant de s'interrompre et de sourire à son tour. Mille excuses pour les cookies. J'aurais dû vous demander la permission d'abord, mais ils se sont jetés dessus comme...

— Comme un vol de sauterelles, et vous avez été débordée. Contre ces deux-là, il n'y a rien à faire. Croyez-moi, je suis bien placée pour le savoir !

— Ils sont si mignons.

— Et si pleins d'énergie.

Meg se tapota le ventre.

— Heureusement, celui-là est tout seul.

— Vous êtes enceinte ? dit-elle d'une voix qui sonna mélancolique à ses propres oreilles. Mes félicitations !

— Merci.

Il y eut quelques instants de silence.

— Vous les observez, dit soudain Meg.

Avec un tressaillement, elle détourna le regard.

— Oui, je suppose.

— Ils sont craquants, n'est-ce pas ?

— C'est vrai.

— Je suis partiale au sujet de Mitch, mais Caleb n'est pas mal non plus.

Meg se versa un verre de thé, but une longue gorgée et soupira d'aise.

— Ça fait du bien ! Franchement, après ce séjour chez mes parents en Oregon, j'avais oublié la chaleur torride qui règne ici.

— Elle est vraiment éprouvante.

Meg soupira.

— L'été au Texas… Et maintenant que nous avons parlé du temps, si vous me racontiez ce qui s'est passé après que vous avez fui votre mariage ?

Elle déglutit. Que savait Meg à ce sujet ?

— Caleb vous en a parlé ?

— Bien sûr que non, répondit Meg en haussant les épaules. Mais vous savez sûrement comment ça se passe dans les petites villes.

— Oui, mais vous n'étiez pas là !

— Ce n'est pas un problème, dit Meg, tendant la main vers un cookie. J'adore les pépites de chocolat ! Quoi qu'il en soit, j'ai téléphoné à mon amie Amanda, la femme du shérif, pour lui apprendre qu'elle n'était pas la seule à être enceinte, et elle m'a raconté le désastre du mariage Goodman.

— Oh ! non, s'exclama Shelby, se couvrant le visage avec les mains comme si cela pouvait la dissimuler au regard de la population de Royal. C'est tellement embarrassant.

Meg lui tapota la main.

— Croyez-moi si je vous affirme que vous n'avez pas à vous flageller pour ça.

— C'est pourtant le cas.

— Parce que vous avez eu le cran de réagir avant qu'il ne soit trop tard ?

Meg secoua énergiquement la tête.

— Aussi pénible que ça ait été, c'était la seule chose à faire. Jared Goodman ? Non !

— C'est tout de même gênant.

Elle regarda Meg. C'était étrange d'évoquer un événement aussi intime avec quelqu'un dont on venait juste de faire la connaissance. Cependant Meg avait une attitude, si franche, si amicale, qu'il était difficile de lui résister.

— Pourquoi n'ai-je pas vu ce que tout le monde à Royal sait déjà ? ajouta-t-elle.

Meg soupira tout en reportant son regard sur son mari et son beau-frère.

— Je ne sais pas. Parfois, je crois qu'on s'aveugle délibérément plutôt que de regarder la vérité en face.

À quoi pouvait bien faire allusion Meg ? Au sein de la famille Mackenzie devaient exister des secrets qu'ils n'étaient pas près de laisser échapper.

Quelques heures plus tard, Caleb se rendit compte que, pour la première fois, il était content de devoir assister à une réunion du Texas Cattleman's Club. Mais évidemment, il n'avait jamais eu autant besoin de quitter le ranch qu'aujourd'hui. En présence de Mitch, Meg et Shelby, il avait l'impression d'être englué dans un piège.

Il était content que son frère soit de retour pour participer aux travaux du ranch, mais entre eux les relations étaient tendues depuis la trahison de Meg. Malgré ses efforts, il ne réussissait pas à digérer le passé. Pas facile quand on était quotidiennement confronté à sa réalité.

Il n'était plus amoureux de Meg. Ses sentiments s'étaient volatilisés plus vite qu'il n'aurait cru possible, et il lui arrivait de soupçonner que Meg avait peut-être eu raison d'agir comme elle l'avait fait. Sauf que la méthode était cruelle.

Et puis, il y avait Shelby. Il s'était trop rapproché d'elle la nuit dernière. Les relations sexuelles étaient une chose, rire, parler avant et après l'amour en était une autre. Bien sûr, il avait adoré ces moments, mais ce qui le contrariait c'était d'avoir dormi avec elle dans son propre lit.

S'éveiller avec les jambes de Shelby enlacées aux siennes, la contempler, attendre qu'elle ouvre ses beaux yeux verts et lui sourie... Cela ressemblait drôlement aux relations amoureuses qu'il s'était juré de ne plus avoir. Surtout avec une femme qui avait agi envers un homme comme Meg avait agi envers lui.

Désireux de chasser ces idées obsédantes, il se concentra sur la réunion organisée en vue des prochaines élections du bureau. Assis au fond de la salle, il écouta patiemment les échanges.

Le Texas Cattleman's Club était une institution à Royal. Tous ses membres étaient liés au club soit par une longue histoire familiale, soit par alliance. Son père en avait fait partie ainsi que Simon Goodman. Ce dernier, présent à la réunion, lui jetait des regards noirs à travers la salle.

— Alors, tu vas te présenter aux élections ?

En riant, il se tourna vers Nathan, assis près de lui. Tous deux avaient une bière à la main, qu'ils feraient durer la soirée car ils devaient conduire pour rentrer chez eux.

— Oui, répondit-il. Quand j'aurai couru tout nu dans Main Street !

Nathan se renfonça contre le dossier de son siège en hochant la tête.

— Pareil pour moi ! Même si on me payait, je ne participerais pour rien au monde au bureau. Pour avoir à supporter magouilles politiciennes et revendications des gens...

Tout en marquant son approbation d'un signe de tête, il regarda James Harris calmer une discussion animée qui n'aurait pas manqué de dégénérer en affrontement quelques minutes plus tard. Rancher et éleveur de chevaux afro-américain, James était imposant et serein, qualités qui lui conféraient une autorité toute naturelle le rendant tout à fait apte à occuper le rôle de président.

— Regarde ça, dit Nathan. Il a calmé le jeu sans peine. Je te jure, s'il n'était pas scotché à son ranch, je le prendrais comme adjoint ! L'actuel aurait bien des choses à apprendre de lui.

— Avec son neveu à élever, James doit s'exercer tous les jours dans l'art de la patience, fit remarquer Caleb.

James avait été nommé tuteur de son neveu de dix-huit mois et il admirait sa façon d'affronter ce nouveau défi. Tenir un ranch tout en étant père célibataire ne devait pas être aisé.

— Simon Goodman te jette des regards assassins, dit Nathan.

— J'ai vu. Et je l'ignore.

— Bonne chance !

Nathan se pencha vers lui.

— Dis à Shelby que je vais le voir demain pour récupérer son argent, chuchota-t-il. Je voulais lui laisser le temps de se calmer.

— Ça m'étonnerait qu'il se montre coopératif.

Et il raconta à son ami la visite de Jared au ranch.

— Bon sang ! dit Nathan en buvant une gorgée de bière. Tu te rends compte que tu as aggravé la situation en racontant des boniments à propos de Shelby et toi ?

Il repensa à la soirée de la veille avec Shelby, à la nuit et à au matin, et il se frotta le visage comme s'il pouvait chasser ainsi les images qui le hantaient. Shelby nue dans son lit, Shelby criant son prénom au comble du plaisir, Shelby le chevauchant, ses longs cheveux ruisselant sur son corps nacré.

— Tu lui as bien menti ? insista Nathan.

— Comment ?

Tournant la tête, il vit le regard suspicieux que lui jetait son ami.

— Bien sûr, se hâta-t-il de dire.

Nathan haussa les sourcils.

— D'accord, reconnut-il. Je n'en sais rien.

Il but une gorgée de bière.

— Il y a quelque chose entre nous, reprit-il, mais je ne sais pas quoi.

— Je déteste les complications, marmonna Nathan.

— Sans blague !

À ce moment, James déclara la séance ouverte.

— Bien, si vous êtes installés, nous avons quelques points

à débattre ce soir. Mais tout d'abord, Gus voudrait nous faire part d'un projet intéressant destiné à récolter des fonds pour la recherche sur le cancer du pancréas. J'espère que vous serez tous d'accord pour participer.

Pendant que Gus exposait son idée d'organiser une vente aux enchères de célibataires, il guetta les réactions des hommes. Certains semblaient curieux, ce qu'il ne comprenait pas. Du diable s'il se vendrait aux enchères pour sortir un soir avec une femme !

James gardait l'air réservé mais, en tant que président, il serait forcément embrigadé. *Raison de plus pour ne pas entrer dans le bureau*, pensa-t-il. Daniel Clayton ne semblait pas apprécier l'idée, mais il annonça tout de suite que sa grand-mère avait beaucoup insisté pour qu'il y participe et qu'elle invitait tous les hommes à en faire de même.

Rien ne pourrait l'en persuader, mais après des échanges de paroles, il fut décidé de suivre le projet. Gus parut satisfait, James, résigné et la plupart des jeunes membres, enthousiastes. *Il faut de tout pour faire un monde.*

Quelques heures plus tard, toujours éveillée au fond de son lit, Shelby vit la lumière de phares trouer l'obscurité et en déduisit que Caleb revenait de sa réunion. Elle fut tentée d'aller à sa rencontre et d'exiger des explications. Mais à vrai dire, elle n'avait pas envie de savoir ce qui se passait. Comment avait-il pu se transformer d'amant merveilleux en étranger froid et distant en l'espace d'un clin d'œil ? Se pouvait-il que le feu qui brûlait entre eux se soit déjà éteint ?

À moins qu'il ne verse délibérément de l'eau dessus ?

Tu es ridicule, se dit-elle. Il ne s'agissait pas d'une relation ; elle ne le connaissait que depuis une semaine. Mais une petite voix argumentait. *Oui, mais quelle semaine !* Il s'était passé énormément de choses en peu de temps. Mais dès l'instant où son frère et sa belle-sœur avaient fait leur apparition, il l'avait rejetée dans le néant.

Soudain, elle entendit la poignée de la porte tourner, et son cœur bondit en voyant Caleb entrer dans sa chambre. Il lui apparut à la faveur du clair de lune, beau et sexy, habillé d'un pantalon noir et d'une chemise blanche ouverte au col.

— Désolée, je ne t'ai pas entendu frapper.

Il avança jusqu'au pied de son lit.

— Sans doute parce que je n'ai pas frappé.

Il la contempla longuement, assez longuement en tout cas pour qu'elle s'agite, mal à l'aise. Finalement, on aurait dit qu'il souhaitait parler, qu'elle en ait envie ou non.

— Comment s'est passée ta réunion ? s'enquit-elle.

Elle s'en moquait, mais ne supportait plus le silence qui s'étirait.

— Comment ?

Il secoua la tête.

— Ah, oui, la réunion. Très bien. Et ta soirée ?

— Sommes-nous obligés de faire assaut de politesse ? marmonna-t-elle, agacée.

Elle eut la satisfaction de le voir hausser les sourcils.

— Ma soirée s'est passée tranquillement, répondit-elle. J'ai rangé l'office.

— L'office ? répéta-t-il.

— L'endroit où l'on entrepose la nourriture.

Plus cette situation s'éternisait, plus son impatience grandissait.

— Tu es vraiment venu me trouver pour parler de rien ?

— Non, répondit-il abruptement en enfonçant ses mains dans ses poches.

— Alors, pourquoi es-tu là ? demanda-t-elle.

Elle repoussa sa couette et se leva.

— Tu m'as ignorée toute la journée, laissée ce soir sans un mot et tu entres sans prévenir dans ma chambre. Que t'arrive-t-il ?

Le clair de lune accentuait la dureté du pli de sa bouche et la ride creusée entre ses sourcils. Et elle se traita d'idiote, parce qu'elle avait envie de l'apaiser alors qu'elle aurait dû le jeter dehors.

— C'est toi, dit-il brusquement. Bon sang ! Tout ça, c'est à cause de toi, Shelby.

Et soudain, toute envie de conciliation s'envola.

— Non, dit-elle fermement. Tu ne peux pas rejeter la faute sur moi.

Elle vint se placer devant lui.

— C'est toi qui as changé. Dès l'instant où les tiens sont revenus, tu t'es métamorphosé en bloc de glace. Je suppose donc que tu ne voulais pas qu'ils sachent que nous…

— Que nous quoi ? l'interrompit-il. Que nous couchons ensemble ? Ça ne regarde que nous.

— Alors, qu'y a-t-il ?

Il la dévisagea avec une telle intensité qu'elle se sentit percée jusqu'au fond de l'âme.

— Tu m'obsèdes, finit-il par avouer.

— Et c'est une mauvaise chose ?

— Oui. Je ne veux pas avoir envie de toi, Shelby.

Sa gorge se serra douloureusement. La franchise était peut-être la meilleure des politiques, mais c'était dur à entendre.

— C'est très flatteur. Merci.

Elle croisa les bras dans un geste de protection. Après la nuit passée ensemble, se voir rejetée était plus que douloureux. C'était dévastateur. Et ce n'aurait pas dû être ainsi.

Elle n'aurait pas dû s'attacher, se laisser entraîner dans une situation qu'elle savait sans issue. Pourtant, c'était arrivé. Elle n'aurait même pas su dire quand elle était tombée amoureuse de lui. Peut-être le premier jour, quand elle s'était jetée dans ses bras et qu'il avait accepté de l'aider. Ou quand il lui avait confié la gestion des objets chers à sa mère. Ou quand il l'avait embrassée dans les pâturages, ou encore quand il s'était interposé entre Jared et elle, même si elle lui avait reproché de s'être déguisé en chevalier volant au secours d'une damoiselle en détresse.

Peu importait. À présent, elle devait affronter les répercussions de cette histoire. Elle était venue au Texas épouser un homme qu'elle n'aimait pas vraiment. Maintenant, elle était amoureuse d'un homme qui ne voulait pas d'elle. Décidément, dans le rayon amour, elle battait des records de nullité.

Jusqu'ici, elle n'avait pas voulu s'avouer qu'elle aimait Caleb parce que ça n'aurait fait que rendre ses sentiments plus réels. Mais maintenant, plongeant son regard dans ses yeux bleu glacé, elle ne pouvait nier l'évidence.

— Je n'essaie pas de te flatter, lâcha-t-il.

Il la prit par les épaules et l'attira à lui tout en gardant malgré tout une certaine distance.

— J'essaie juste d'être honnête. Il ne peut rien y avoir entre nous, Shelby.

— Tu me l'as très clairement fait comprendre, dit-elle en se dégageant.

Il la retint contre lui.

— Je ne veux pas te désirer, mais il *faut* que je t'aie.

Elle demeura parfaitement immobile. Ses yeux brûlaient à présent d'une passion qu'elle ne reconnaissait que trop bien et qu'elle partageait. C'était tellement stupide, se dit-elle alors que son corps vibrait déjà d'anticipation. Pourquoi coucherait-elle avec lui alors qu'il avait clairement dit qu'il refusait de s'attacher ? Mais comment ne plus aimer quelqu'un qu'on aimait ?

— Tu me rends fou, Shelby, gronda-t-il en prenant son visage dans ses mains. Je n'arrête pas de penser à toi.

Elle posa ses mains sur les siennes.

— Pourquoi veux-tu que ça cesse ?

— Parce que ce serait mieux pour tous les deux.

— Tu te trompes, et je peux te le prouver.

Elle se souleva sur la pointe des pieds, le prit par le cou et l'embrassa comme elle avait eu envie de le faire toute la journée. Il réagit instantanément, la serrant si fort contre lui qu'elle sentait battre son cœur.

Il dévorait sa bouche et elle prenait tout ce qu'il lui offrait et le lui rendait. Il glissa ses mains sous son haut pour prendre des seins, ses pouces et ses doigts en pinçant les pointes, et elle fondit de désir. Elle emmêla ses doigts à ses cheveux et maintint sa bouche sur la sienne.

Son corps palpitait, son cœur s'emballait et son sang brûlait dans ses veines. Quand il lui arracha son haut et pencha la tête pour prendre un mamelon puis l'autre entre ses lèvres, titubante, elle s'agrippa à ses épaules pour maintenir son équilibre.

Il la poussa sur le lit et elle s'y allongea. Puis elle tira si fort sur sa chemise que les boutons volèrent et tombèrent en cliquetant au sol.

— Tu m'as manqué, aujourd'hui, avoua-t-elle, embrassant

son épaule et léchant sa peau échauffée jusqu'à ce qu'elle trouve le point qu'il avait particulièrement sensible à la base du cou.

— Tu m'as manqué aussi.

Il reprit sa bouche pendant qu'elle faisait glisser sa chemise le long de ses bras. Ensuite, elle défit la boucle de sa ceinture, détacha le bouton du pantalon et baissa la fermeture Éclair. En soupirant, elle referma ses doigts sur son érection.

Il agitait ses hanches sous la pression de sa main tout en gémissant de plaisir, ce qui accroissait son désir. Elle faisait aller sa main le long de son sexe, en caressait l'extrémité du pouce, le faisant trembler. Et elle pensa qu'il n'y avait rien de plus sexy qu'un homme fort en position de vulnérabilité.

— Attends, attends, dit-il en s'écartant.

Il acheva de se déshabiller, saisissant au passage un préservatif dans la poche de son pantalon.

— Je suis passé dans ma chambre avant de venir te trouver, confessa-t-il.

— La prévoyance est une qualité que j'apprécie chez un homme.

Lentement, elle se débarrassa de son haut, et elle aima l'éclat du regard de Caleb se posant sur elle.

De retour sur le lit, il lui ôta son short, caressa ses fesses et son sexe humide. Elle se tordait sous ses doigts, déjà proche de l'orgasme, et tendit les mains vers lui.

— Pénètre-moi, Caleb. J'ai besoin de te sentir en moi.

— C'est incroyable l'effet que tu me fais, murmura-t-il d'une voix rauque. Je ne pense qu'à être avec toi, en toi.

— Alors, viens, le pressa-t-elle.

Il la fit basculer sur le ventre et la souleva. Elle s'agenouilla, se mit à quatre pattes et le regarda par-dessus son épaule. Un sauvage et tout nouveau désir la saisit devant son expression sombre, menaçante et terriblement sexy.

Il referma ses fortes mains sur ses hanches et lui fit l'amour sur un rythme à couper le souffle. Les doigts crispés sur le drap, elle allait au-devant de ses coups de reins qui l'emmenaient toujours plus haut, plus loin qu'elle n'aurait cru possible. Il devenait une part d'elle. Elle ne parvenait plus à les dissocier, et c'était sans importance. Tout ce qui comptait, c'était les incroyables sensations qu'il éveillait en elle. Puis elle s'abandonna à la jouissance, pressant son visage contre le matelas pour étouffer ses cris.

Encore toute palpitante, elle l'entendit crier son prénom tandis qu'il s'affaissait sur elle, lui donnant tout sans rien promettre.

9

Le magasin d'antiquités faisait partie d'un ensemble éclectique de boutiques situé dans l'enceinte d'un ancien ranch à quelques kilomètres de Royal.

Une grande grange fraîchement repeinte en rouge abritait Priceless ainsi qu'un atelier d'artisanat où les gens pouvaient venir exercer leurs talents dans une gamme variée d'activités telles que la peinture ou la céramique.

D'autres bâtiments accueillaient des artisans locaux, artistes, verriers, fabricants de savons et de bougies. Des producteurs locaux y louaient des stands où ils proposaient leurs produits frais.

Shelby aimait beaucoup ce lieu. À vrai dire, elle aimait presque tout à Royal. La vie dans une petite ville lui convenait parfaitement et elle redoutait presque le moment où les Goodman lui rendraient son argent et où elle n'aurait plus de raisons de s'attarder. Ce qui ne saurait tarder, puisque le shérif devait se rendre chez eux aujourd'hui.

Il était temps de réfléchir à sa situation.

Un plateau chargé d'un thé glacé et d'un brownie à la main, elle s'assit à une table ronde installée devant une minuscule cafétéria. Août restait torride, et elle se demandait à quoi ressemblait l'hiver au Texas.

Sans doute ne le saurait-elle jamais.

En regardant les gens passer en flânant devant elle, certains main dans la main, elle fut prise d'un accès de mélancolie. La veille, ses rapports avec Caleb s'étaient en quelque sorte précisés.

Il refusait de s'attacher à elle, et elle ne pouvait s'attacher à lui malgré ses sentiments, puisqu'il ne voudrait jamais en entendre parler.

— Quel gâchis..., murmura-t-elle.

— Je vous demande pardon, fit une voix inconnue. Vous êtes bien Shelby Arthur ?

La jeune femme blonde, aux grands yeux bleus et au large sourire portait une robe d'été vert pâle qui mettait en valeur son bronzage.

— Oui, c'est bien moi.

— Me permettez-vous de m'asseoir à votre table ? Je voudrais vous parler.

Sans attendre son consentement, la jeune femme tira une chaise et s'installa en soupirant.

— Je m'appelle Alexis Slade, dit-elle. Et je vous remercie de me laisser partager l'ombre de votre parasol.

Elle lui sourit.

— C'est de bon cœur. Est-ce que je ne vous ai pas vue chez Priceless ?

Elle y était passée afin de régler les derniers détails de la vente des collections de la mère de Caleb. D'un côté, elle était contente d'avoir rendu son aspect agréable à sa maison, mais d'un autre, elle était triste, car cela signifiait la fin de son séjour à Royal.

— Si. Je suis allée parler à Raina de la collecte de fonds que le Texas Cattleman's Club est en train d'organiser.

Elle hocha la tête.

— Bien sûr. La vente aux enchères de célibataires. Toute la ville en parle.

Alexis posa son sac sur la table, en tira un bloc-notes et esquissa une grimace gênée.

— Je sais. Papier et stylo, c'est complètement obsolète. Mais tant pis si je passe pour une femme des cavernes, je trouve ça tellement plus pratique !

— Je fais pareil, assura Shelby tandis qu'un souffle de vent chaud balayait l'espace, faisant voleter ses cheveux dans ses yeux. De quoi vouliez-vous me parler ? demanda-t-elle en les repoussant.

— Je n'ai pas honte d'avouer que j'ai besoin d'aide, répondit en souriant Alexis. Je dirige le ranch familial sans problème. Mais l'idée d'organiser cette vente, de s'occuper des invitations, de trouver des sponsors pour les prix et des célibataires acceptant de participer me donne des maux de tête.

— Je comprends, dit-elle avec un frisson d'excitation.

Elle n'aimait rien tant qu'apporter de l'ordre dans le chaos.

— Raina m'a parlé du travail fantastique que vous avez accompli chez Caleb...

— C'était un gros défi, reconnut-elle, mais oui, j'en suis venue à bout.

— Si ça ne vous a pas rebutée, j'imagine que je pourrais vous persuader de m'aider à organiser cette vente ?

Un petit garçon passa en courant près de leur table, un ballon au bout d'un fil dans son sillage. Son rire évoquait l'éclatement de bulles de savon dans l'air. Alors qu'elles n'avaient rien commandé, une serveuse leur apporta du thé glacé.

— Merci, Ella, dit Alexis. Tu me sauves la vie.

La serveuse sourit.

— Autre chose ?

Le regard d'Alexis se posa sur son brownie.

— Je vais en prendre un, et tant pis pour ma ligne !

— Par cette chaleur, fit remarquer Ella en se retirant, tes calories seront consumées dès la dernière miette !

— Je serais ravie de vous aider, Alexis, dit-elle alors. L'ennui c'est que j'ignore combien de temps je reste à Royal.

Alexis but une gorgée de thé.

— Ainsi, vous avez décidé de repartir pour Chicago quand vous aurez récupéré l'argent que vous doit Jared ?

Elle ouvrit de grands yeux.

— Incroyable à quelle rapidité fonctionne ici le bouche-à-oreille !

— Désolée, dit Alexis en haussant les épaules. C'est que j'assistais au mariage.

— Seigneur...

— Ne vous en faites donc pas pour ça ! s'exclama Alexis en lui tapotant la main. Je comprends parfaitement. Je sais que

Caleb et vous êtes ensemble, et comment épouser Jared quand on en aime un autre ?

— Oh ! Alexis, nous ne...

Bon sang ! Il fallait mettre les choses au point. Les gens bavardaient, et ce n'était pas juste vis-à-vis de Caleb, même si c'était lui qui avait lancé la rumeur.

— Je ressens la même chose, vous savez, dit Alexis en croisant les jambes. Quand nous étions au lycée, Jared n'arrêtait pas de me demander de sortir avec lui, mais il n'en était pas question parce que j'étais folle amoureuse d'un autre...

Elle traîna sur les derniers mots, et une expression de contrariété passa fugitivement sur ses traits.

— Enfin, bon, reprit-elle avant de s'interrompre pour remercier Ella qui apportait son brownie. Acceptez-vous de m'aider à organiser cette vente ?

Elle détourna le regard du visage sérieux d'Alexis et réfléchit un court instant. Même si elle quittait bientôt Royal, il faudrait bien qu'elle s'occupe en attendant...

— J'en serais heureuse, annonça-t-elle enfin.

— Fantastique ! s'exclama Alexis, s'emparant de son stylo et la regardant d'un air interrogateur. Alors, par quoi commençons-nous ?

Shelby éclata de rire et se lança dans la tâche qu'elle préférait au monde.

— Il est grand temps que nous parlions.

Par-dessus son épaule, Caleb vit son jeune frère pénétrer dans l'écurie pleine d'ombres.

— Pas maintenant.

— Bien sûr, rétorqua Mitch avançant vers lui d'un pas décidé. C'est ce que tu as dit il y a quatre ans.

— Je le pensais certainement.

Il se tourna pour caresser le nez d'une jument qui cherchait à attirer son attention en lui donnant de petits coups de tête. La veille au soir, elle avait bravement mis bas son poulain sans l'intervention de la vétérinaire.

Il avait un million de choses à faire et aucune envie de parler du passé avec son frère. Il inspira une bouffée d'air, heureux de sentir l'odeur familière et apaisante de paille, de cheval et de cuir. Mais cette trêve fut brève, car son frère revint à la charge, apparemment décidé à obtenir gain de cause.

— Franchement, Caleb, dit Mitch. Qu'attendais-tu que nous fassions, Meg et moi ?

— À quoi bon réveiller le passé ? Je sais que tu ne voulais pas me faire de mal.

— Alors, pourquoi te comportes-tu comme si on pointait un couteau dans ton dos ?

Il jeta un regard noir à son frère et se tourna vers les doubles portes. Il s'apprêtait à sortir quand Mitch l'arrêta en lui saisissant le bras.

— Personne ne te veut de mal, Caleb.

— Ça ne t'a pourtant pas empêché de m'en faire.

Mitch ôta son chapeau et frotta son crâne presque rasé.

— Non, c'est vrai. Mais rien n'aurait pu nous séparer, Meg et moi.

Il grimaça. C'était exactement ce qu'il ressentait vis-à-vis de Shelby. Des images de la nuit précédente envahirent son esprit, et son corps se tendit de désir. Cette femme avait touché un endroit en lui dont il ignorait l'existence. Cependant, malgré la force de son désir, comment pourrait-il lui accorder sa confiance ? Comment pourrait-il de nouveau faire suffisamment confiance à une femme pour risquer le genre d'humiliation déjà vécue ?

— Tu n'es plus amoureux de Meg, n'est-ce pas ? demanda Mitch.

Il tressaillit.

— Non ! Bien sûr que non !

L'idée seule le choquait. Il ne souffrait pas de voir son frère et Meg heureux. Il n'était pas jaloux, ni même amer, de ce qu'ils avaient construit ensemble. C'était la trahison qui l'avait blessé plus que tout. Et n'était-ce pas éclairant ? S'il avait vraiment aimé Meg, il n'aurait pas supporté de voir son frère avec elle.

Qu'est-ce que ça signifiait ? Bon sang ! En regardant en arrière, il n'était même pas certain qu'il l'ait jamais vraiment aimée. Il avait souhaité se marier, avoir des enfants, et il avait choisi Meg pour remplir ce rôle d'épouse et de mère.

S'était-il vraiment conduit de façon aussi minable ?

— C'est bon à entendre, déclara Mitch. Je t'ai toujours admiré, tu le sais. Mais Meg...

Mitch lui adressa un sourire mélancolique.

— Nous nous connaissions depuis des années, et puis, cet été-là, c'était comme si je la voyais pour la première fois. Le coup de foudre a été réciproque et totalement inattendu. Et quand tu as la chance de connaître ça, tu ne peux tout simplement pas la laisser passer.

Avec quatre ans de recul et l'évidence de la profondeur de leur amour sous les yeux, il le comprenait maintenant. Et peut-être que l'irruption de Shelby dans sa vie lui donnait des aperçus de ce qui avait pu arriver à son frère. Néanmoins...

— Fuir la nuit précédant le mariage n'était pas correct.

— Je suis bien d'accord. Et tu dois savoir que Meg n'avait pas l'intention de s'enfuir. C'est moi qui l'en ai convaincue. Lâcheté ? Certainement.

Mitch hocha pensivement la tête.

— Mais bon sang, Caleb ! Tu étais toujours si moralisateur, si sûr de toi et de la façon dont le monde devait tourner. Si nous étions venus te parler, nous aurais-tu écoutés ?

Bien qu'il déteste l'admettre, presque à coup sûr, il aurait refusé. Il avait un plan de vie tout tracé et il n'aurait pas supporté que quelque chose vienne le déranger.

— Sans doute pas.

— Merci de le reconnaître. Tu dois aussi savoir que nous avons été très malheureux du chagrin que nous t'avons causé. Caleb, tu ne peux pas savoir comme je suis navré que les choses se soient passées ainsi.

Tout en hochant la tête, il regardait son frère. Quatre ans qu'ils n'avaient pas eu de conversation à cœur ouvert. Ça lui faisait beaucoup de bien, et il sentit même frémir l'espoir qu'ils arrivent à dépasser ce drame.

— Meg et toi êtes heureux ensemble, dit-il enfin.

Il vit le sourire de son frère s'élargir.

— Je l'aime tellement… Encore plus que quand je l'ai épousée.

— Je vois ça, dit-il en donnant une tape affectueuse sur l'épaule de Mitch.

Allons, il était temps de mettre fin à cette brouille.

— En fin de compte, tout s'est passé comme il se devait.

— Tu le penses vraiment ?

— Oui, confirma-t-il, le premier surpris par sa réponse.

— J'en suis heureux, dit Mitch en hochant la tête. Oui, vraiment. Tu sais que tu vas être de nouveau tonton ?

— C'est vrai ?

Tout joyeux à cette perspective, il se rendit compte que la souffrance des dernières années l'avait quitté. Il pouvait de nouveau aimer son frère et sa belle-sœur. Libéré du passé, il se sentait capable d'apprécier la vie de famille.

Alors, chuchota une petite voix, *cela signifie-t-il que tu peux tirer un trait sur la conduite de Shelby et lui accorder ta confiance ?*

Il écarta l'idée car il ignorait la réponse. Certes, il était finalement parvenu à adopter le point de vue de Mitch et Meg, seulement, Shelby avait agi tout à fait différemment. Elle n'avait pas fui le mariage parce qu'elle en aimait un autre, mais parce qu'elle n'en supportait plus l'idée. S'il tentait l'aventure avec elle, comment être sûr qu'elle ne se déroberait pas au dernier moment ?

S'efforçant d'écarter cette question épineuse, il regarda son frère.

— Que dirais-tu d'aller boire une bière à la maison ? Il faut que nous parlions des nouvelles terres que nous avons achetées, et le bail pour l'exploitation du pétrole touche à sa fin dans six mois. Nous devons décider si nous le renouvelons ou si nous nous lançons dans le forage.

Mitch remit son chapeau et sourit.

— Allons-y !

Tandis qu'ils marchaient côte à côte, il se réjouissait de leur réconciliation. Dommage que la pensée de Shelby lui rappelle qu'il n'avait pas réglé tous ses problèmes.

Pour le dîner, Camilla avait laissé une salade de pâtes et du rôti de bœuf dans le réfrigérateur, menu qui, après une longue et chaude journée, semblait parfait. Pour le moment toutefois, assise à la table de la cuisine, Shelby dressait pour Alexis la liste des choses à faire pour la vente aux enchères.

En premier lieu, évidemment, il fallait s'occuper de la publicité. S'ils voulaient que la vente soit une réussite, il faudrait obtenir la participation du maximum de célibataires.

— Il faut envoyer l'information aux journaux de Houston comme à ceux de Royal, murmura-t-elle, prenant des notes tout en parlant. Ce serait bien aussi de créer un site Internet. Peut-être en lien avec celui de la ville...

— Tu parles toute seule ?

Elle leva les yeux et, découvrant Caleb sur le seuil de la porte, sourit.

Les souvenirs de la nuit refluèrent. Peut-être aurait-elle dû éprouver de l'embarras, mais en réalité elle ne pensait qu'à recommencer.

— Non. Je m'adressais à Alexis Slade. Je l'aide à organiser la vente aux enchères.

Il sortit une bouteille de bière du réfrigérateur, la décapsula et but une longue gorgée.

— Je n'arrive pas à croire qu'ils se lancent dans un truc pareil.

— Vas-tu participer en tant que célibataire ?

— Certainement pas ! s'exclama-t-il en hochant énergiquement la tête.

Bizarrement, elle en éprouva du soulagement. Alors qu'elle ne serait peut-être plus à Royal quand la vente aurait lieu, elle se réjouissait de savoir qu'il ne serait pas acheté par une autre femme !

— Je trouve l'idée amusante. Nous pensons à un thème de Noël.

— Noël ? Mais on est en plein mois d'août !

— La vente est programmée pour novembre. Ce sera parfait.

Elle consulta sa liste et fit une nouvelle colonne pour les décorations.

— Beaucoup de gui, de guirlandes et de rubans, murmura-t-elle. Probablement cent mètres de ruban puisque, d'après Alexis, la vente aura lieu dans le kiosque du Cattleman's Club.

Il faut créer un paysage d'hiver avec des branches de pin, des couronnes, des rubans rouges... Et de la neige.

Elle leva les yeux sur Caleb.

— Est-ce qu'il neige au Texas ? Au moins, est-ce qu'il y fait parfois moins chaud ?

— Habituellement, il ne fait pas assez froid pour qu'il neige, répondit-il en souriant.

— Il faut de la neige factice alors. On pourrait en monter des tas, avec de petits panneaux indiquant la direction des stands de pâtisseries et de boissons, et de la vente elle-même... Oh... Note ça tout de suite. Pour les pâtisseries, je parie que Jillian qui tient Miss Mac's Pie Shack en confectionnera pour nous et...

Elle se tut et le dévisagea d'un air soupçonneux.

— Pourquoi souris-tu ?

— C'est que je me suis habitué à tes monologues.

— Je me parle parce que je me comprends toujours.

— Bien sûr.

Il entra dans la cuisine, s'assit au bord de l'îlot central.

— Comment connais-tu Jillian Navarro de Miss Mac's Pie Shack ?

— J'étais en ville et, quand je suis passée devant la boutique, j'ai eu envie de goûter une tarte. J'ai fait sa connaissance. Sa fille est adorable, et ses desserts sont fabuleux.

— D'accord. Alors tu vas aider Alexis pour la vente et tu te fais des amis partout en ville. Cela signifie-t-il que tu as décidé de t'installer à Royal quand tu auras récupéré ton argent ?

Elle soupira. Elle avait justement passé du temps à réfléchir à la question. Rester ou partir ? À vrai dire, elle n'avait pas grand-chose à Chicago. Quelques amis, des clients fidèles et c'était tout. Ici, elle pourrait repartir de zéro, remonter une affaire, se faire des amis. Mais ce n'étaient pas les seules raisons pour lesquelles elle envisageait de rester.

Elle aimerait donner une chance à son histoire avec Caleb. Naturellement, il n'y avait aucune garantie que ça tourne comme elle l'espérait. La question était de savoir si elle supporterait de vivre dans la même ville que lui au cas où leur relation serait un échec.

— Franchement, je ne sais pas. Jusqu'à ce que je rentre en possession de mon argent, je n'ai pas besoin de prendre de décision et je repousse le moment.

Il la considéra une longue minute, et, une fois de plus, elle souhaita pouvoir lire dans ses pensées. L'attitude du cow-boy impénétrable devenait irritante quand vous attendiez des réponses et que vous obteniez juste des questions supplémentaires.

Soudain, il se redressa et désigna la fenêtre derrière elle.

— Il semble que nous ayons de la visite.

Elle tourna la tête à temps pour voir Brooke Goodman descendre de voiture. Le crépuscule envahissait peu à peu le ranch, mais à la lumière du porche, elle vit les cheveux blonds de Brooke soulevés par le vent. Elle avait revêtu un jean noir moulant, une chemise à manches longues et des sandales. Brooke examina avec intérêt la maison puis, se retournant vers son cabriolet rouge vif, elle se pencha sur le siège arrière.

Quand elle s'aperçut que Brooke en sortait ses valises, Shelby poussa un cri de joie.

— Elle rapporte mes affaires ! s'exclama-t-elle.

Et se levant d'un bond, elle courut à la porte.

— Je vais lui parler.

— Allons-y, dit-il, lui emboîtant le pas.

Elle leva les yeux au ciel. Il ne cesserait donc jamais de chercher à la protéger ? C'était d'autant plus inutile que Brooke ne la menaçait en rien.

Elle ouvrit la porte au moment où Brooke levait la main pour frapper.

— Oh là là, dit Brooke en riant. Tu m'as fait une de ces peurs !

— Désolée, s'excusa-t-elle en l'embrassant. Je suis si heureuse de te voir.

— J'espère que tu me pardonneras d'avoir mis si longtemps à te rapporter tes affaires, dit Brooke tandis que Caleb lui prenait une valise des mains et la rentrait à l'intérieur. Il y en a une autre, ajouta-t-elle.

— Je vais la chercher, dit-il.

Pendant ce temps, elle guida leur visiteuse dans la grande salle sans réussir à retenir un sourire de satisfaction. Elle était fière des transformations apportées à la pièce, à présent aérée et accueillante. Après avoir indiqué le canapé à Brooke, elle s'assit près d'elle.

Brooke était petite et si avenante qu'on oubliait sa perfection apparente. C'était aussi une artiste pleine de talent, même si ses parents ne la reconnaissaient pas comme telle.

— Merci de m'avoir rapporté mes affaires.

— Je ne mérite pas de remerciements. Tu sais, je suis navrée, je n'ai pas obtenu qu'ils te rendent ton argent. Mes parents et mon frère sont toujours furieux contre toi et j'ai dû m'y prendre en douce pour sortir tes bagages de la maison.

Malgré sa déception, elle fit contre mauvaise fortune bon cœur. Elle récupérerait son argent, c'était juste une question de temps.

— Pas de problème, dit-elle tout se forçant à sourire. De toute façon, je ne peux m'en prendre qu'à moi. J'aurais dû annuler ce mariage bien avant la date fatidique.

Brooke secoua la tête.

— Ne te mésestime pas. Dans cette histoire, tu es mon héroïne. Tu as tenu tête aux Goodman, ce que je suis incapable de faire.

Elle savait que Brooke rêvait de partir étudier la peinture en Europe, mais ses parents exerçaient un contrôle sur l'héritage reçu de sa grand-mère et lui en refusaient l'usage.

Elle prit sa main et la serra.

— Fais-le, dit-elle d'une voix persuasive. N'attends pas la permission de tes parents pour partir.

Brooke soupira.

— À moins d'être mariée, je ne peux pas disposer de mon argent sans l'accord de mes parents.

— Est-ce que tu ne pourrais pas partir quand même ? Travailler pour vivre une fois en Europe ?

— Évidemment, ce serait le rêve, mais je n'ai pas été éduquée pour travailler. Je ne sais rien faire à part arranger un dîner de trente couverts.

— Tu es trop dure avec toi-même. Tu es bourrée de talent. Il faut que tu développes ton art.

Le visage de Brooke s'éclaira.

— Figure-toi qu'Alexis Slade m'a demandé de réaliser des

tableaux pour le Cattleman's Club. Et ce n'est pas tout. La garderie m'a commandé une fresque ainsi que le jardin public pour ses bâtiments. Ce n'est pas l'Europe, mais c'est quand même excitant !

Shelby répondit par un sourire à l'enthousiasme de son amie.

— Qu'en pensent tes parents ?

— Ils ne sont pas au courant !

De retour, Caleb prit place près d'elles.

— J'ai mis tes bagages dans ta chambre, lui dit-il.

— Merci. Brooke me disait juste...

— Qu'est-ce que c'est ? s'exclama-t-il soudain regardant par la fenêtre.

Elle tourna la tête dans la direction de son regard et vit une voiture noire qui empruntait l'allée à vive allure pour s'arrêter brutalement derrière celle de Brooke.

Apercevant la scène, celle-ci poussa un cri de détresse.

— C'est mon père ! Que vient-il faire ici ?

— Il a probablement compris que tu m'as rapporté mes affaires, dit-elle en se levant. Tout est ma faute. Désolée de te créer des ennuis.

— Tu n'as pas à t'excuser, assura Brooke, se levant à son tour.

Tous trois regardèrent Simon Goodman grimper d'un pas furieux les marches du porche.

Sans prendre la peine de frapper, il fit irruption dans la maison et claqua la porte derrière lui.

— Brooke ! Où es-tu ?

— Ici, père, répondit Brooke avec un triste sourire.

Caleb vint s'interposer entre Simon Goodman et elles. Il faisait bravement face au danger, très droit, les jambes écartées, bras croisés sur la poitrine. Et Shelby eut un élan de chaude reconnaissance. Il se dresserait toujours pour défendre les plus faibles.

Simon Goodman traversa la salle, le visage furibond, ses yeux noirs jetant des éclairs, et il se planta devant sa fille.

— Dès que j'ai vu que les bagages de cette femme avaient disparu, j'ai compris que tu étais derrière tout ça !

— Père, dit calmement Brooke, ces bagages appartiennent à Shelby. Il est normal qu'elle les récupère.

— Elle ne mérite rien de notre part, répliqua-t-il en se tournant vers elle. Vous avez traîné le nom de mon fils dans la boue. Et tout ça pour quoi ?

Caleb l'arrêta d'un regard glacial.

— Attention à ce que vous allez dire, Simon.

— Merci, Caleb, je peux gérer, intervint-elle.

Elle se tourna vers Goodman, vibrant de fureur.

— Monsieur Goodman, je n'avais pas l'intention de...

Il eut un ricanement moqueur.

— Et alors ? Vous vous figurez que ça va arranger votre cas ? Toute la ville colporte des ragots sur le compte de mon fils, et vous, vous êtes là, vivant sans vergogne avec un rancher qui ne vaut pas mieux que vous !

— Ça suffit, Simon, intervint Caleb.

Goodman lui lança un regard haineux. Il portait costume et cravate, mais ses cheveux se hérissaient sur sa tête comme s'il venait de subir une décharge électrique.

— Certainement pas ! Vous étiez invité au mariage de mon fils et vous avez enlevé sa fiancée ! Comment qualifie-t-on un homme qui agit ainsi ?

— Monsieur Goodman..., commença-t-elle.

— Père, vous ne faites qu'envenimer les choses, renchérit Brooke.

— Toi, ferme-la, maudite traîtresse !

— Vous n'avez aucune raison de vous en prendre à Brooke, protesta Shelby. Elle n'y est pour rien !

— Allez-vous-en immédiatement, dit sèchement Caleb. Vous n'avez rien à faire ici.

— Je suis venu remettre l'argent de cette misérable.

Il porta la main à sa poche de poitrine et en sortit un chèque qu'il lui jeta et regarda voleter au sol.

— Ramassez-le, ordonna Caleb.

— Du diable si je le fais !

Brooke cueillit le chèque et le lui remit.

— Désolée pour cette scène, Shelby, murmura-t-elle.

— Désolée ? Tu es désolée ? rugit son père. Cette femme a sali publiquement l'honneur de ta famille et tu veux t'excuser auprès d'elle ?

Simon Goodman se tourna vers Caleb.

— Je lui ai rapporté son argent parce que je voulais voir en face cette dévergondée et lui conseiller de quitter Royal, car si elle reste je veillerai à faire de sa vie un enfer.

— Vous ne veillerez à rien, dit Caleb, avançant sur Goodman.

Avec satisfaction, elle nota la rapidité avec laquelle celui-ci reculait.

Malgré tout, elle ne voulait pas créer davantage d'ennuis dans cette maison et dans cette ville.

— Je t'ai dit que je n'avais pas besoin d'être défendue, rappela-t-elle à Caleb.

— Vous êtes indéfendable, mademoiselle, lui asséna Goodman.

L'ignorant, Caleb s'exclama :

— Je sais très bien que tu es capable de gérer la situation, mais je ne tolérerai pas qu'on injurie mes invités dans ma propre maison !

— Ça m'est égal, insista-t-elle.

Brooke posa une main sur son bras et secoua doucement la tête, la priant silencieusement de laisser Caleb prendre les choses en main.

— À moi, ça importe, dit-il. En une semaine, j'ai plus eu affaire aux Goodman qu'au cours de l'année passée et je peux dire qu'à part Brooke j'en ai plus qu'assez de cette famille !

— Votre père n'aurait pas supporté que vous m'insultiez !

— Là, vous apportez de l'eau à mon moulin ! Vous êtes viré.

— Quoi ? s'exclama Simon Goodman, abasourdi.

— Je regrette de ne pas l'avoir fait plus tôt, mais maintenant, c'est réglé.

— Caleb…, murmura-t-elle.

— Vous allez permettre à cette femme d'empoisonner nos relations de travail ?

Visiblement, Simon Goodman n'en revenait pas.

— Seriez-vous devenu aveugle, mon garçon ? Ce n'est qu'une fille de la ville venue pêcher un riche cow-boy. Elle a tourné la tête de mon fils et elle s'en prend à vous, maintenant.

— Alors ça…, marmonna-t-elle.

— Fichez le camp, Simon ! Vous n'avez plus rien à faire ici.

— Vous le regretterez, mon garçon.

— Je ne suis plus un gamin, lui rappela Caleb. Et mon seul regret, c'est de ne pas vous avoir dégagé plus tôt.

— Brooke, regagne ta voiture, ordonna Goodman. Nous ne resterons pas une minute de plus dans une maison où on nous insulte.

— Brooke..., murmura-t-elle.

— Il vaut mieux que j'y aille. Ne t'inquiète pas. Il aboie mais ne mord pas. Je te vois bientôt.

Simon traversa la pièce en trombe, Brooke sur ses talons. Sur le seuil, elle se retourna, leur adressa un petit sourire et suivit son père.

Côte à côte, Caleb et elle regardèrent les voitures démarrer. L'empoignade l'avait profondément affectée, mais du moins avait-elle récupéré ses valises et son argent. Elle baissa les yeux sur le chèque pour s'assurer que la somme inscrite était la bonne. Ce qui était le cas.

Il regarda également le chèque avant de lever les yeux sur elle.

— Eh bien, j'imagine que plus rien ne te retient ici.

Elle le regarda et eut envie de pleurer devant la froideur de son expression. Quelques instants plus tôt, il la défendait ; à présent, il érigeait un mur entre eux, la ramenant au statut d'étrangère.

— Je ne sais pas, dit-elle simplement. Je ne sais pas ce que je vais faire.

— Allons, Shelby, dit-il sans la quitter du regard. Ne me raconte pas d'histoires. Je sais que ta décision est prise.

— C'est faux !

Elle se mouvait dans un tel chaos qu'elle ignorait sincèrement dans quelle direction aller.

— Maintenant que tu en as les moyens, tu vas retourner à Chicago, dit-il d'un ton brusque. Tu n'as plus de raison de rester. Et tout bien considéré, c'est probablement préférable. Inutile de faire traîner les choses.

Seigneur... C'était comme s'il lui avait déjà dit adieu. Était-ce si facile pour lui de la laisser partir ?

— Caleb...

— Je ne te reproche pas de partir. Tu n'es pas chez toi à Royal.

Désolé que tu aies eu à subir cette épreuve, mais c'est derrière toi désormais.

Il recula.

— J'ai à faire, marmonna-t-il. Ne m'attends pas pour dîner. Je ne sais pas quand je serai de retour.

En le regardant quitter la pièce, elle comprit qu'il faisait bien plus.

Il sortait aussi de sa vie.

10

Deux jours plus tard, dans une totale solitude, le cœur lourd, Shelby se débattait toujours dans l'incertitude.

Caleb avait taillé dans leur relation avec l'efficacité d'un chirurgien. Certes, elle vivait toujours au ranch, mais elle aurait aussi bien pu habiter la lune. Il ne venait plus la retrouver la nuit, ils ne partageaient plus de repas dans la quiétude de la cuisine, se racontant les menus événements de la journée.

Le matin, il partait tôt, s'arrangeant pour s'en aller avant l'heure du café. Et elle évitait la cuisine parce que la compassion qu'elle lisait dans le regard de Camilla lui brisait le cœur.

S'il te restait un peu de bon sens, tu partirais.

Elle avait ouvert un compte dans une banque de la ville pour y déposer son chèque, ce qui ne signifiait pas qu'elle comptait rester, se remit-elle en mémoire. Rien ne serait plus facile que de faire virer cet argent sur un nouveau compte à Chicago. Ou peut-être à New York. Ou encore en Floride. Quelque part en tout cas loin du Texas, pour que rien ne lui rappelle le cauchemar qu'était devenu ce mois d'août.

— Désolée, dit Meg, revenant en hâte dans la chambre des jumeaux. Parfois, je déteste le téléphone.

— Pas de problème, dit-elle essayant d'adopter un ton léger.

Elle ne voyait pas de raison de communiquer son mal-être à Meg. D'autant que celle-ci lui fournissait de quoi s'occuper. C'est-à-dire, un dérivatif à son chagrin.

— Ça m'a permis d'examiner la pièce et de trouver quelques idées.

Comme la maison principale, celle de Mitch et Meg respirait l'argent, mais sans ostentation. L'ameublement était raffiné et la demeure elle-même avait été construite avec des matériaux de qualité. Les parquets luisaient au soleil qui se déversait par les vastes fenêtres, et des tapis contribuaient à l'ambiance chaleureuse.

Elle débordait déjà d'idées pour faire de la chambre des jumeaux le rêve de tout enfant.

— Tu comprends, dit Meg, avec la prochaine arrivée du bébé, je tiens à ce que la chambre de Jack et Julie soit rénovée. Et compte tenu du miracle que tu as réalisé dans la grande maison, qui pourrait m'aider mieux que toi ?

Meg ramassa une paire de baskets roses et la rangea sous le lit de Julie.

Shelby hocha la tête tout en réfléchissant.

— J'aime beaucoup la décoration de cette chambre. Elle est très réussie.

— Mais elle fait trop adulte, tu ne trouves pas ?

Meg avait raison. L'ameublement était adorable, mais trop sérieux.

Meg regarda autour d'elle.

— C'est une décoratrice qui s'en est occupée, mais elle n'avait pas d'enfants, dit-elle en grimaçant. Alors, elle a aménagé la pièce comme pour une exposition. Je veux dire, la pièce est jolie, et je l'aime beaucoup, mais avec les jouets, les vêtements et le désordre général créé par deux enfants, le résultat est impressionnant. La femme de ménage elle-même lève les bras au ciel quand elle rentre ici !

Elle sourit.

— Je comprends. Je n'ai pas non plus d'enfants, mais j'ai quelques idées pour simplifier ta vie et la leur.

— Je suis tout ouïe !

— Le maître mot est *organisation*. À partir de là, on pourra rafraîchir le tout pour créer un décor plus fantaisiste.

— Je sens que ça va me plaire, dit Meg.

Shelby alla ouvrir les portes du dressing.

— Prends ça, par exemple. Il y a beaucoup de place perdue. Sur des cintres, les vêtements des enfants ne prennent guère de place en hauteur. Si nous aménageons des rayonnages et installons des paniers en osier en bas, les enfants pourront y ranger leurs jouets tandis que tu disposeras d'étagères pour les chaussures, les pulls, bref, tout ce qui ne se suspend pas.

— L'idée me plaît.

— Et, reprit-t-elle, si nous installons des lits avec des tiroirs dessous, les enfants seront ravis d'y cacher leurs trésors.

— C'est sûr qu'ils adoreraient.

Elle se réjouit intérieurement. Les jumeaux étaient adorables, et elle s'était déjà attachée à eux. Dommage que le temps passé avec eux ait activé son horloge biologique...

— Et dans le coin, nous pourrions placer une table et des chaises à la taille des enfants, avec étagères et paniers pour ranger papier, crayons et marqueurs.

— Quelle bonne idée ! s'exclama Meg.

En riant, Shelby désigna le coin opposé.

— Cette pièce est si grande qu'il y a la place pour construire une maisonnette, style cabane dans les arbres.

Son visage s'éclairait à mesure que les idées se précipitaient.

— J'y pense, Brooke Goodman est une artiste pleine de talent. Elle pourrait peindre un arbre sur les murs de telle sorte que nous pourrions installer la cabane comme si elle était suspendue dans les branches. Et y ajouter des échelles et des passages secrets.

— Quelle bonne idée ! dit Meg en la prenant par la taille. Tu es vraiment douée.

— Je te remercie. Mais parfois il suffit d'apporter un regard neuf pour envisager différemment l'espace.

Examinant la chambre, elle l'imagina terminée, et son cœur se serra quand elle prit conscience qu'elle ne verrait probablement pas le projet achevé.

Comment imaginer rester alors que Caleb ne souhaitait plus sa présence ?

— Ce sera tellement plus fonctionnel, dit Meg. Et un rêve de chambre d'enfants !

Elle sourit.

— Pour le moment. Quand ils seront plus grands et souhaiteront des chambres séparées, tu pourras faire de celle-ci un espace commun et leur aménager d'autres pièces.

— Dieu sait si la maison est grande, dit Meg en hochant la tête. Et Mitch qui parle déjà d'ajouter une aile ! Il veut beaucoup d'enfants. Ça tombe bien, moi aussi.

— C'est merveilleux.

Bien qu'elle ait eu l'impression de rester stoïque, quelque chose dans son ton dut la trahir.

— Qu'y a-t-il, Shelby ?

— Rien, je t'assure.

Mais elle mentait si mal.

— C'est Caleb et toi ?

Elle secoua la tête. À quoi bon faire semblant ? Elle quitterait bientôt le ranch. Et tout le monde saurait la vérité.

— Il n'y a plus rien entre Caleb et moi.

— Comment ça ? Depuis quand ?

Meg s'approcha d'elle.

— J'ai vu la façon dont vous vous regardiez. Tu le dévores pratiquement des yeux quand il entre dans une pièce. Et il est visiblement très épris.

— Tu te trompes.

Elle jeta un regard par la fenêtre. De la chambre, on apercevait le corral où Caleb exerçait un immense cheval noir en longe sous le regard attentif de Mitch et des jumeaux. Et sa vue la fascina.

— Dis-moi ce qui se passe, insista Meg. Vous avez eu des mots ?

— Non, non. C'est le plus dur. Il ne s'est rien passé, rien du tout. Pas de dispute, pas de décision de rompre. Ce doit être plus facile à accepter quand il y a un conflit.

Elle soupira, le regard toujours sur Caleb.

— Il s'est juste... recroquevillé sur lui-même et il m'a exclue. Comme les Goodman m'ont rendu mon argent, il est persuadé que je vais retourner à Chicago. Il m'a même dit que c'était pour le mieux.

— Quel idiot..., murmura Meg.

Shelby sourit tristement.

— Ensuite, il a fermé la porte. Depuis deux jours, il m'ignore complètement et refuse de me parler. Je ne sais même pas pourquoi je suis encore ici. Je finis par penser qu'il a raison et qu'il vaudrait mieux pour notre bien à tous deux que je fasse mes bagages.

— C'est bien ce que je craignais, dit Meg, la mine sombre.

Elle la rejoignit près de la fenêtre.

— Il ne s'agit pas de toi, Shelby, mais de moi.

À quoi faisait-elle illusion ?

— Que veux-tu dire ?

— C'est le destin qui frappe. On n'en sortira jamais.

— Je ne comprends rien du tout.

Meg paraissait si désemparée.

— C'est à cause de la décision que nous avons prise, Mitch et moi, il y a quatre ans. Figure-toi qu'à cette époque, j'étais fiancée à Caleb.

Elle dévisagea Meg, abasourdie. Elle ne savait pas à quelle révélation s'attendre, mais certainement pas à celle-là. Caleb se montrait toujours si froid avec Meg. Comment imaginer qu'ils aient été intimement liés ?

— Pas possible !

— Je sais, c'est dur à croire. Tu comprends, Caleb ne m'a pas officiellement demandée en mariage. Ça s'est fait tout naturellement Nous nous connaissions depuis l'enfance ; il voulait fonder une famille, moi aussi et...

Meg soupira.

— Ça paraît si nul à présent...

— Crois-moi, je comprends, assura Shelby.

N'avait-elle pas agi de même avec Jared ?

Meg lui adressa un pâle sourire.

— Merci. Enfin bref, quelques semaines avant le mariage, Mitch et moi avons découvert que nous nous aimions. Mais que pouvions-nous faire ? J'étais fiancée à son frère ! Nous ne voulions ni l'un ni l'autre le faire souffrir, mais c'est finalement ce qui s'est passé.

Cela expliquait beaucoup de choses. En particulier, pourquoi Caleb reculait dès que leur relation prenait un tour plus sérieux.

Et sachant cela, elle ne voyait pas comment lutter pour gagner sa confiance.

— À l'époque, reprit Meg, j'ai essayé de parler à Caleb, mais il est si obstiné qu'il n'a rien voulu entendre. Ne te méprends pas, dit-elle en levant la main, je ne rejette pas toute la responsabilité sur lui. Mitch et moi étions amoureux et il n'y avait qu'un moyen d'être ensemble. Alors, la veille du mariage, nous sommes partis.

— Non...

Son regard se porta instinctivement sur l'homme qui faisait travailler son cheval dans le corral.

— Si, dit Meg. J'ai laissé une lettre à Caleb, mais évidemment, toute explication semblait bien vaine. Pendant quatre ans, nous avons essayé de nous rapprocher de lui, mais il a toujours refusé toute possibilité de communication.

— Je sais..., murmura-t-elle.

— Caleb et Mitch continuent de travailler ensemble, mais quelque chose s'est brisé entre eux. Je culpabilise toujours à ce sujet, car je sais que Mitch en souffre quotidiennement. Et je pense que son frère manque également à Caleb.

Meg soupira.

— L'autre jour, ils ont parlé et il m'a semblé que l'atmosphère se détendait. Mais jamais Caleb ne me pardonnera.

Meg se tourna vers elle.

— Et c'est pourquoi ta dérobade devant le mariage l'a particulièrement touché.

— Évidemment...

Shelby avait la sensation que son cœur avait sombré telle une pierre en eau profonde. Voilà pourquoi elle ne pouvait franchir le mur qu'il avait érigé entre eux, et cette histoire était à l'origine des ombres qu'elle voyait parfois passer dans son regard.

Pas étonnant qu'il n'arrive pas à lui faire confiance. Elle avait fait subir à Jared ce que Meg lui avait fait subir. Il avait connu la trahison et refusait de prendre le risque de renouveler l'expérience.

— Je suis tellement malheureuse, Shelby. Caleb est devenu un salaud à cause de moi.

Une part d'elle avait envie de le défendre. Mais en agissant ainsi, elle aurait décuplé la culpabilité de Meg qui se rongeait déjà bien assez.

— Tu sais quoi ? dit-elle soudain. Tu n'y es pour rien. Tu as fait le bon choix, tout comme moi. Caleb devrait le comprendre.

— Oui, mais...

— Non. S'il ne veut pas m'accorder sa confiance, il faut que ce soit pour de bonnes raisons ! D'accord, j'ai renoncé à mon mariage, mais ce n'est pas à Caleb que j'ai fait l'affront. Pourquoi devrait-il en conclure que je ne suis pas digne de confiance ? Tout au contraire, je suis d'une fidélité canine !

Plus elle y réfléchissait, plus la colère montait en elle.

— Il devrait bien le savoir ! poursuivit-elle. Nous avons passé près de quinze jours sans pratiquement nous quitter, et en termes de liaison amoureuse, ça équivaut à deux ans ou...

— Euh... Deux ans, c'est beaucoup dire...

— Il devrait mieux me connaître ! continua-t-elle, s'adressant à elle-même plus qu'à Meg.

Elle observa par la fenêtre le dos large de Caleb et s'attendit presque à ce que le pouvoir de son regard l'oblige à se retourner.

— Et s'il ne me connaît pas mieux que ça, il aurait dû au moins être franc. Bon sang ! Il est toujours en colère contre Mitch et toi parce que vous ne lui avez pas parlé ! Qu'il me dise lui-même que j'aurais dû aller parler à Jared. Mais le grand Caleb Mackenzie a le droit, lui, de s'enfermer dans le silence !

À présent, elle fulminait tout en dévorant des yeux l'homme qu'elle aimait.

— M'a-t-il dit pourquoi il me tourne le dos ? Non. Je suppose qu'il s'attend à ce que je disparaisse et lui facilite ainsi la vie. Mais qu'il n'y compte pas. Il se comporte en enfant, et je n'apprécie pas du tout !

— Shelby...

— Pourquoi est-ce que je devrais retourner à Chicago ?

— Qui a dit que tu le devais ? rétorqua Meg en l'observant d'un œil inquiet.

— Caleb. Mais pourquoi s'arrogerait-il le droit de me dicter ma conduite alors qu'il refuse de parler ? Eh bien, je n'ai aucune envie de retourner à Chicago ! Pourtant, il faut que je parte parce que ce serait trop dur de vivre à Royal sans Caleb. Mais il serait trop content. Et pourquoi s'en sortirait-il facilement alors qu'il est responsable de toutes ces complications ?

— Euh…, fit Meg.

— Si Caleb Mackenzie veut m'ignorer, qu'il sache que je ne vais pas lui faciliter la tâche !

Soudain, submergée par la colère, elle se dirigea vers la porte.

— Je vais rester au Texas, à Royal. Je vais y monter mon affaire qui aura tant de succès qu'il entendra prononcer mon nom où qu'il aille !

— C'est très bien, mais…

Elle s'immobilisa sur le seuil et regarda son amie.

— La bonne nouvelle, c'est que je serai là pour t'aider à transformer cette pièce en chambre de rêve pour les jumeaux, et nous ferons ensemble le projet d'aménagement de la chambre du bébé aussi. Et si tu veux, quand tu seras prête à ajouter une aile à ta maison, nous dessinerons les plans ensemble. Et je vais aider aussi Lucy et Alexis à organiser la vente.

— Oui, dit Meg, visiblement déstabilisé par la rapidité avec laquelle elle était passée de l'abattement à la compassion, puis à la colère. Où vas-tu maintenant ?

— Je vais expliquer au cow-boy solitaire que s'il ne peut pas me faire confiance c'est bien dommage pour lui.

Elle n'attendit pas la réaction de Meg pour se précipiter dans le vaste escalier, traverser l'entrée et se ruer hors de la maison. Une fois dans la cour, elle marcha droit sur le corral et ne s'arrêta que lorsque Jack et Julie se précipitèrent vers elle.

— *Sheby*, cria Jack, j'ai un petit chien !

Elle s'attendrit en entendant le petit garçon écourter son prénom.

— *On* a un petit chien, rectifia Julie. Il est à moi aussi !

— Non !

— Si !

Mitch vint prendre ses enfants dans ses bras.

— C'est *mon* petit chien ! dit-il aux enfants. Allons trouver maman, et ensuite nous irons chercher ce pauvre animal qui va succomber sous une avalanche d'amour.

Les deux enfants poussèrent des cris de joie tandis que leur père les emmenait chez eux.

Quand Mitch eut disparu, elle se retourna vers Caleb qui continuait de l'ignorer superbement.

À présent qu'elle savait ce qu'il y avait derrière son comportement des derniers jours, elle était partagée entre amour et colère. Elle avait envie de l'embrasser et en même temps de lui donner des coups de pied.

— Caleb !

Il lui jeta un bref coup d'œil par-dessus son épaule.

— Je suis occupé.

— Dommage, répliqua-t-elle en continuant à avancer.

Elle portait des jolies sandales tout à fait inadaptées au terrain. Ce qui lui était bien égal. Ouvrant la barrière du corral, elle se glissa dans l'enceinte.

— Fiche le camp d'ici ! lui cria Caleb. Ce cheval n'est pas encore totalement dressé et il peut être dangereux !

La remarque l'arrêta net. Bien que furieuse et prête à le provoquer, elle n'avait pas l'intention de finir sous les sabots d'un cheval.

— Très bien. Alors viens. J'ai à te parler.

Il la dévisagea sans douceur pendant toute une minute, et elle se demanda par quel mystère elle pouvait être à la fois en colère et fondre néanmoins devant lui. Il arborait une expression fermée, mais elle n'en avait cure. Au contraire, elle alimentait le désir qui l'avait torturée ces derniers jours.

Elle le regarda retirer le licol du cheval et le laisser galoper librement autour du corral. Enfin, il se dirigea vers la barrière, sortit et la referma soigneusement derrière lui. Après quoi, sans la regarder, il se dirigea vers la grange. À quelques pas derrière lui, elle l'interpella.

— Ne peux-tu pas t'arrêter que nous puissions parler ?

— Quoi que tu aies à me dire, je préfère que ce soit en privé, grommela-t-il.

— D'accord.

Parvenu dans l'ombre de la grange, il s'arrêta et se retourna.

— Que veux-tu ?

Maintenant qu'elle avait capté son attention, elle ne savait plus très bien par où commencer. Cependant, l'éclat irrité de son regard bleu la poussa à se précipiter, tête la première.

— Meg m'a raconté ce qui est arrivé il y a quatre ans.

— Je n'ai aucune intention d'en parler, dit-il en se détournant.

Elle lui saisit le bras.

— Si tu préfères. Mais nous devrons parler du fait que c'est pour cette raison que tu me repousses.

— Ne sois pas ridicule.

— Je ne le suis pas. Tu n'as pas confiance en moi.

Prononcer ces mots et lire dans ses yeux que c'était la vérité lui brisait le cœur.

— Tu me repousses parce que j'ai agi envers Jared comme Meg envers toi. À cause de ça, tu te figures que je ne suis pas digne de confiance. C'est faux. J'ai très bien fait de fuir ce mariage. Et ça n'a pas été facile, crois-moi.

— Je n'ai jamais dit que je n'avais pas confiance en toi.

— Oh ! s'il te plaît. C'était inutile.

Dans leur box, les chevaux s'agitaient. Une odeur de foin, de bois et de cuir les enveloppait, qu'elle associerait toujours à Caleb, elle le savait déjà.

— Je comprends ce que tu ressens, dit-elle, mais tu te trompes.

— Eh bien, merci. Maintenant, je vais retourner au travail.

— Je te suivrai jusqu'à ce que tu m'aies écoutée, prévint-elle.

Avec un soupir agacé, il croisa les bras sur sa poitrine.

— Très bien. Parle.

— Tu m'aimes, Caleb.

Il la dévisagea, interdit.

— Quoi ?

— Tu m'aimes et tu nies tes sentiments. C'est triste pour nous deux parce que nous sommes très heureux ensemble. Mais tu ne veux pas l'avouer parce que tu as peur.

— Peur, moi ? s'exclama-t-il avec un rire moqueur.

Mais elle le connaissait suffisamment pour lire la vérité dans ses yeux.

— Tu es terrifié. Tu sais, j'étais prête à quitter Royal parce que, sachant que tu ne voulais plus me voir, je préférais ne pas te compliquer la vie.

Il ouvrit la bouche, mais elle le fit taire d'un geste.

— Mais je n'ai plus l'intention de te la faciliter. Je reste à Royal, et tu souffriras parce que j'y vivrai, mais pas avec toi. Et ce sera entièrement ta faute, parce que tu es trop borné pour reconnaître que Meg a eu raison de ne pas t'épouser et que, moi aussi, j'ai bien fait de ne pas épouser Jared. Cela a été douloureux mais nécessaire, j'en suis toujours persuadée. Et n'as-tu jamais pensé que c'est le destin qui m'a amenée au Texas pour que je te rencontre ?

— Le *destin* ?

— Je vais démarrer une affaire ici, à Royal, et travailler pour Lucy Curran, Alexis, et aussi pour Meg. Tu me verras donc souvent au ranch. Il faudra t'y habituer.

Son cœur saignait, mais en même temps, il lui paraissait honnête de lui révéler le fond de sa pensée. Comment avait-elle pu s'éprendre d'une pareille tête de mule, si réfractaire à l'idée de saisir sa chance ?

— Il faut que tu saches que je t'aime, mais que je vais essayer de passer à autre chose.

Sur ces mots, elle fit demi-tour, soucieuse de sortir avant de se mettre à pleurer. Après ce beau discours, ça aurait été dommage de tout gâcher en éveillant sa pitié. Et pourtant, elle se sentait pitoyable sous la colère qui bouillonnait.

— Où vas-tu ? lui cria-t-il.

— À Royal, acheter une maison.

Une heure plus tard, Caleb réfléchissait encore aux propos de Shelby et à son attitude courageuse. Dire qu'elle l'avait traité de lâche.

Et si elle avait raison ?

Elle restait à Royal ; elle vivrait tout près, en ville, chaque jour. Et elle ne serait pas avec *lui*. Était-ce vraiment ce qu'il voulait ? Ces derniers temps, il l'avait ignorée parce qu'il pensait qu'il valait mieux s'habituer à se passer d'elle pour moins souffrir quand elle repartirait à Chicago.

Mais elle ne partait pas.

Et elle lui manquait déjà !

— Oncle Caleb !

La voix de Julie retentit, accompagnée d'un bruit de galop de petits pieds.

— Regarde ! Un bébé chien !

Heureux de la diversion, il vit les jumeaux entrer en courant dans la grange. Jack portait dans ses bras un chiot labrador noir. La chienne d'un voisin rancher ayant eu une portée, Mitch avait décidé que les jumeaux étaient en âge d'avoir un animal de compagnie. Cela du moins semblait bien se passer.

Meg arriva derrière les enfants, mais son sourire s'effaça vite.

— C'est une fille, dit fièrement Jack.

— Elle n'a pas de nom, déclara Julie.

— Elle *a* pas de nom, rectifia Meg. Posez-la donc par terre, mais surveillez-la pendant que je parle à votre oncle. D'accord ?

Tandis que les enfants s'amusaient avec la petite chienne, il considéra Meg d'un air méfiant. S'être expliqué avec Mitch était une chose, mais il n'était pas certain d'être prêt à parler avec elle du passé. Bon sang, il en avait par-dessus la tête de ces femmes de caractère !

— J'ai du travail, Meg.

— Tu es toujours occupé, Caleb. Pourtant, il y a longtemps que nous aurions dû avoir cette conversation.

Elle caressa le nez d'une jument qui, par-dessus la porte du box, cherchait son attention.

— J'ai prêté ma voiture à Shelby, dit-elle. Elle est partie à Royal chercher une maison à acheter ou louer.

— Je sais.

— Et tu restes là sans rien faire ? Je suppose que tu n'as pas écouté ce qu'elle t'a dit, pas plus que tu ne m'as écoutée autrefois.

Elle lui adressa un regard sévère qui ne l'impressionna pas outre mesure. Il désigna Jack et Julie de la tête.

— Ce n'est pas le moment.

— Oh ! si, c'est tout à fait le moment. Tu ne m'enverras pas promener devant les enfants.

— Tu les utilises donc.

— Tu paries ?

Elle posa une main sur son bras et se pencha vers lui.

— Tu es un homme bon, Caleb. Mais tu refuses de voir et d'entendre.

— Ne te mêle pas de ça, prévint-il à voix basse.

— Pas question que je me taise. Je me suis tenue à l'écart trop longtemps. Nous avons été amis autrefois, ajouta-t-elle avec un sourire attristé. Notre erreur a été de croire que c'était une base suffisante pour un mariage réussi. Je suis désolée de t'avoir fait du mal, mais ne peux-tu voir à présent que c'était la seule chose à faire, pour l'un comme pour l'autre ? Nous sommes trop semblables, Caleb. Généralement trop silencieux. Imagine, nous ne nous serions jamais parlé.

Il réfléchit quelques instants et finir par acquiescer. De son frère et lui, Mitch avait toujours été le plus expansif et celui qui faisait rire Meg. Comme Shelby le faisait rire. Déjà, il redoutait le silence qui l'accueillerait quand elle aurait quitté la maison pour de bon.

— Écoute, Caleb, n'importe qui peut voir que tu éprouves pour Shelby ce que j'éprouve pour Mitch.

Elle le regarda, grave et déterminée.

— Toi et moi aurions été malheureux ensemble, mais tu es heureux avec Shelby. Ça marche entre vous.

Il soupira, le regard sur la cour inondée de soleil. Il revoyait Shelby, tête haute, fouler la paille et la poussière de ses sandales absurdes, bouillonnante de colère. Il la revoyait à Houston, dans sa robe bleue, riant avec lui.

Et il la revoyait au lit, auréolée par la masse indisciplinée de ses cheveux, les yeux brillants, et un tendre sourire sur ses lèvres qu'il ne goûterait plus.

— Ne te sers pas de ce que je t'ai fait contre Shelby, insista Meg. Ne te prive pas d'une merveilleuse histoire parce que tu refuses de laisser cicatriser les anciennes blessures. À propos, je suis heureuse que Mitch et toi vous soyez expliqués. Tu lui as beaucoup manqué, idiot ! Et à moi aussi.

Soudain, il éclata de rire. Meg défendait Mitch comme il défendait Shelby. Et devant cette évidence, il fut bien obligé d'admettre qu'elle avait raison depuis le début. Bien sûr, il aurait aimé que Mitch et Meg gèrent un peu plus élégamment la crise, à l'époque, mais ils étaient faits l'un pour l'autre. Tout comme Shelby et lui.

Pour la première fois depuis quatre ans, il put regarder sa belle-sœur sans se sentir trahi. Et il comprit qu'il était seul responsable du fait que la plaie ne s'était jamais refermée. Là-dessus, Shelby avait sans doute également raison. Il ne s'était jamais considéré comme un lâche, mais comment appeler un homme qui refuse de pardonner, refuse d'accorder sa confiance et préfère regarder vers le passé plutôt que vers l'avenir ?

Il avait détesté l'idée que Shelby quitte Royal pour Chicago, mais il détestait encore plus celle qu'elle habite en ville sans lui. Il ne supportait pas l'idée de vivre sans elle, et du diable si elle n'avait pas raison également sur ce point. Il l'aimait. Simplement, il ne voulait pas se l'avouer.

Quel idiot !

— Je déteste les sermons, Meg. Tu le sais.

— Oui, mais...

— Surtout quand tu as raison.

Un lent sourire joua sur les lèvres de sa belle-sœur.

— Ne te réjouis pas trop vite, ajouta-t-il en la serrant d'un bras contre lui.

Ce qui aida à chasser les derniers relents de chagrin et les rapprocha.

Et quand Meg lui rendit son étreinte, il se détendit.

— Bon sang, j'ai été aveugle ! Je vois maintenant quel beau couple vous formez, Mitch et toi. Et j'en suis heureux.

Elle lui sourit, les yeux humides.

— Ne pleure pas.

— Je suis tellement heureuse, dit-elle en secouant la tête. Alors, que vas-tu décider ?

— Je vais aller chercher Shelby à Royal et la ramener à la maison, où est sa place.

Les appartements visités n'étaient pas mal, pensait Shelby en déambulant le long de Main Street. Mais après le ranch de Caleb, ils paraissaient petits, confinés. Leurs fenêtres ne donnaient pas sur un vaste paysage de prairies ou de chênes centenaires. Il n'y avait pas d'enfants jouant dans le jardin et surtout… pas de Caleb.

— Tu vas devoir t'y habituer, murmura-t-elle.

En passant devant Miss Mac's Pie Shack, elle fit signe à Jillian à travers la vitrine.

De l'autre côté de la rue, elle aperçut Lucy Curran et la salua de la main tandis que celle-ci se dirigeait vers son pick-up. Et en voyant Alexis se hâter vers le Cattleman's Club, elle s'aperçut qu'elle se sentait désormais chez elle à Royal. Elle y avait des amis, du travail. Elle y serait bien. Et elle finirait par guérir de son amour pour Caleb.

— Ça ne devrait pas prendre plus de dix ou vingt ans, se dit-elle avec un brin d'humour.

Elle hâta le pas pour se rendre au Cattleman's Club. Il fallait qu'elle prévienne Alexis qu'elle s'installait à Royal et que, par conséquent, elle l'aiderait jusqu'au bout à organiser la vente aux enchères de célibataires.

En entendant le ronflement d'un moteur, elle leva les yeux et découvrit le gros pick-up noir de Caleb qui filait le long de Main Street et s'engouffrait dans le parking du Cattleman's Club.

Son cœur se mit à battre avant même qu'il coupe le contact et saute à bas de son véhicule en claquant la portière derrière lui. Sa bouche se dessécha et il lui sembla que son estomac chavirait. Il avança vers elle, son expression sombre et fermée.

— Que fais-tu ici ? s'enquit-elle.

Il la prit par les épaules et amena son visage à la hauteur du sien.

— Bon sang, Shelby ! Qu'est-ce que ça signifie ? Tu m'aimes, mais tu m'oublieras ?

Stupéfaite, elle pouvait seulement le regarder. Le bord de son chapeau projetait une ombre sur son visage, mais elle voyait très bien ses yeux bleus brûlants de passion.

— Je te l'ai dit. Comme je n'ai pas l'intention d'être amoureuse à sens unique, je vais surmonter mon chagrin et...

— Arrête ! gronda-t-il. Et laisse-moi parler pour une fois. J'ai beaucoup à dire. Beaucoup de choses que j'aurais dû dire plus tôt.

Il desserra son étreinte sur ses épaules, mais sans la laisser aller.

— Tout d'abord, tu ne vis pas un amour à sens unique, Shelby. Je t'aime.

Son cœur se gonfla de gratitude et les larmes lui montèrent aux yeux.

— Tu t'es faufilée subrepticement dans mon cœur. Avant que je le sache, je t'aimais et me battais contre cet amour dont je ne voulais pas.

— Génial..., murmura-t-elle.

Il sourit, puis reprit son sérieux.

— Tu avais raison, tu sais. Deux semaines telles que nous avons vécues ensemble valent bien deux ans de flirt. Je te connais, Shelby. Je sais que je peux avoir confiance en toi. En réalité, je l'ai toujours su. J'étais juste...

— Un grand cow-boy solitaire, termina-t-elle.

— Oui, je suppose.

Il prit son visage dans ses mains.

— Le problème, dit-il d'une voix grave, c'était que je ne voulais pas d'autre femme dans ma vie. J'étais furieux contre Meg et Mitch, et je ne prenais même pas le temps de voir qu'elle avait eu raison d'agir comme elle l'avait fait. Tout comme toi.

— Oh ! Caleb...

Il n'aurait rien pu dire qui la touche davantage.

— Je n'ai pas fini, dit-il avec ce petit sourire qui la bouleversait toujours. Je ne veux pas que tu arrêtes de m'aimer, Shelby. J'ai trop besoin de toi.

— Je ne veux pas cesser de t'aimer.

Pressentant que ses rêves devenaient réalité, elle exulta.

— Je t'aime, Caleb. Je t'ai toujours aimé !

— J'y compte bien, mon amour.

Il lui adressa son ombre de sourire.

— J'étais idiot. Je ne voulais plus prendre le risque d'aimer. Je croyais me mettre en danger rien qu'en essayant. Sauf que je viens de comprendre que le véritable risque était de te perdre. Comment supporterais-je de vivre dans une maison silencieuse ? Tes tirades me manqueraient terriblement.

— Je vais choisir d'être flattée !

Elle lui sourit. Le cœur battant, elle se rendait compte que ses rêves et ses espoirs étaient sur le point de se réaliser, là, dans cette rue animée de Royal, Texas.

— Je t'aime, Shelby, je ne me lasserai jamais de le dire ! Je sais que je ne suis pas facile à vivre ; j'ai tendance à me montrer taciturne et pensif, mais je sais que tu as assez de ressources en toi pour me secouer.

— Je le ferai, promit-elle. Quand tu seras trop morose, je te suivrai partout, ou je partirai à cheval à ta recherche, et je ne te lâcherai pas jusqu'à ce que tu me parles de nouveau.

— Tu n'auras pas à me suivre, dit-il plongeant son regard dans le sien. Parce que nous marcherons au même rythme. Nous vivrons follement heureux et nous aurons des tas d'enfants pour remplir la maison de rires et d'amour. Parce que tu le mérites. Nous le méritons tous les deux.

— C'est mon rêve qui devient réalité, dit-elle. Et tu sais, il se pourrait que nous ayons déjà démarré un de ces bébés. Ne pas prendre la pilule pendant quelques jours n'était sans doute pas une bonne idée.

Il ouvrit de grands yeux, mais la joie qui illumina son visage lui alla droit au cœur.

— Mais c'est formidable ! s'exclama-t-il. Meg étant enceinte, ils ont trois enfants d'avance sur nous.

— Nous rattraperons notre retard, assura-t-elle.

— Bien dit !

Il se pencha sur elle et lui donna un long baiser plein de passion.

— Allons-y, dit-il quand il lâcha ses lèvres.

— Où ça ?

— Chez le bijoutier. Nous allons choisir une bague, la plus grosse qu'il ait ! Parce que je veux que tout le monde sache que nous nous appartenons.

— Tu ne parles pas beaucoup, fit-elle remarquer, mais quand tu t'y mets, c'est un véritable feu d'artifice !

— J'ai encore quelque chose à dire.

Que restait-il ? Il réalisait son rêve de foyer, de racines, de famille et d'*amour*.

— Shelby Arthur, m'épouserais-tu dès demain ?

Le cœur débordant d'amour, elle se perdit dans son regard qui n'avait plus l'éclat de l'acier, sourit et demanda :

— Pourquoi pas ce soir ?

Il la souleva dans ses bras et planta un ardent baiser sur ses lèvres.

— Je te reconnais bien, là !